UMA FARSA DE AMOR NA ESPANHA

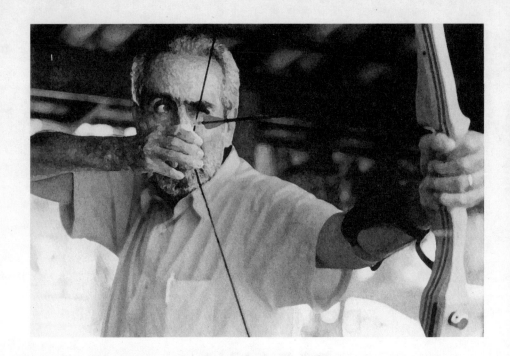

O Arqueiro

GERALDO JORDÃO PEREIRA (1938-2008) começou sua carreira aos 17 anos, quando foi trabalhar com seu pai, o célebre editor José Olympio, publicando obras marcantes como *O menino do dedo verde*, de Maurice Druon, e *Minha vida*, de Charles Chaplin.

Em 1976, fundou a Editora Salamandra com o propósito de formar uma nova geração de leitores e acabou criando um dos catálogos infantis mais premiados do Brasil. Em 1992, fugindo de sua linha editorial, lançou *Muitas vidas, muitos mestres*, de Brian Weiss, livro que deu origem à Editora Sextante.

Fã de histórias de suspense, Geraldo descobriu *O Código Da Vinci* antes mesmo de ele ser lançado nos Estados Unidos. A aposta em ficção, que não era o foco da Sextante, foi certeira: o título se transformou em um dos maiores fenômenos editoriais de todos os tempos.

Mas não foi só aos livros que se dedicou. Com seu desejo de ajudar o próximo, Geraldo desenvolveu diversos projetos sociais que se tornaram sua grande paixão.

Com a missão de publicar histórias empolgantes, tornar os livros cada vez mais acessíveis e despertar o amor pela leitura, a Editora Arqueiro é uma homenagem a esta figura extraordinária, capaz de enxergar mais além, mirar nas coisas verdadeiramente importantes e não perder o idealismo e a esperança diante dos desafios e contratempos da vida.

UMA FARSA DE AMOR na Espanha

ELENA ARMAS

Título original: *The Spanish Love Deception*

Copyright © 2021 por Elena Armas
Copyright da tradução © 2022 por Editora Arqueiro Ltda.

Todos os direitos reservados. Nenhuma parte deste livro pode ser utilizada ou reproduzida sob quaisquer meios existentes sem autorização por escrito dos editores.

tradução: Alessandra Esteche
preparo de originais: Marina Góes
revisão: Carolina Rodrigues e Pedro Staite
diagramação e adaptação de capa: Gustavo Cardozo
capa: Elena Armas
imagem de capa: Ella Maise
impressão e acabamento: Lis Gráfica e Editora Ltda.

CIP-BRASIL. CATALOGAÇÃO NA PUBLICAÇÃO
SINDICATO NACIONAL DOS EDITORES DE LIVROS, RJ

A758f

Armas, Elena
Uma farsa de amor na Espanha / Elena Armas ; tradução Alessandra Esteche. - 1. ed. - São Paulo : Arqueiro, 2022.
448 p. ; 23 cm.

Tradução de: The spanish love deception
ISBN 978-65-5565-297-0

1. Ficção espanhola. I. Esteche, Alessandra. II. Título.

22-76688

CDD: 863
CDU: 82-3(460)

Gabriela Faray Ferreira Lopes - Bibliotecária - CRB-7/6643

Todos os direitos reservados, no Brasil, por
Editora Arqueiro Ltda.
Rua Artur de Azevedo, 1.767 – Conj. 177 – Pinheiros
05404-014 – São Paulo – SP
Tel.: (11) 2894-4987
E-mail: atendimento@editoraarqueiro.com.br
www.editoraarqueiro.com.br

Para os caçadores de sonhos: nunca desistam.
Nós *não* desistimos, ouviram bem?

UM

– Eu vou como seu acompanhante no casamento.

Palavras que eu jamais – nem nos meus sonhos mais loucos, e, acredite, eu tinha uma imaginação fértil – imaginei ouvir naquele tom de voz grave e forte chegaram aos meus ouvidos.

Olhando para meu café, semicerrei os olhos, tentando encontrar qualquer sinal de substâncias tóxicas flutuando na superfície. Isso pelo menos explicaria o que estava acontecendo.

Mas não. Nada. Só havia o resto do meu café americano.

– Se você precisa tanto assim de alguém, eu vou. – A voz grave soou mais uma vez.

Com os olhos arregalados, levantei a cabeça. Abri a boca e voltei a fechar.

– Rosie... – falei, deixando no ar a palavra sussurrada. – Ele está mesmo ali? Você está vendo ele? Ou alguém batizou meu café sem eu notar?

Rosie – minha melhor amiga e colega na InTech, empresa de consultoria em engenharia localizada na cidade de Nova York, onde nos conhecemos e trabalhávamos juntas – assentiu devagar. Vi seus cachos escuros balançarem com o movimento, uma expressão de descrença desfigurando a suavidade usual do seu semblante. Ela baixou o tom de voz.

– Não. Ele está bem ali – disse ela, dando uma espiada rápida ao meu redor. – Oi. Bom dia! – falou, animada, antes de voltar a atenção para mim. – Bem atrás de você.

Com a boca entreaberta, encarei minha amiga por um bom tempo. Estávamos paradas no fim do corredor do décimo primeiro andar do prédio da InTech. Nossas salas ficavam relativamente próximas, e assim que entrei na sede, bem no coração de Manhattan, perto do Central Park, fui direto para a sala dela.

Meu plano era nos jogarmos nas poltronas estofadas de madeira que ficavam na sala de espera dos clientes, geralmente vazias de manhã cedinho. Mas não conseguimos chegar até lá. Sem querer acabei soltando a bomba no meio do caminho. Isso mostra o quanto a situação em que me encontrava demandava a atenção imediata da Rosie. Então... então ele se materializou do nada.

– Eu preciso repetir uma terceira vez?

A pergunta gerou uma nova onda de incredulidade que percorreu meu corpo, congelando o sangue em minhas veias.

Ele não faria isso. Não porque não pudesse, mas porque o que estava dizendo não fazia sentido nenhum. Não no nosso mundo. Um mundo em que...

– Beleza, tudo bem – disse ele, suspirando. – Eu posso ir com você.

E então ele parou, fazendo o arrepio frio percorrer meu corpo todo outra vez.

– Ao casamento da sua irmã – acrescentou.

Minha coluna travou. Os ombros se tensionaram.

Senti até a camisa de cetim, enfiada para dentro da calça larga bege, se esticar com o movimento repentino.

Ele disse que pode ir comigo.

Ao casamento da minha irmã. Como meu... acompanhante?

Pisquei algumas vezes, as palavras ecoando na minha cabeça.

Então, alguma coisa dentro de mim estalou. O absurdo daquilo, o que quer que fosse – uma piada perversa que aquele homem, em quem eu sabia que não devia confiar, estava tentando emplacar –, provocou uma bufada de escárnio, que subiu borbulhando pela minha garganta até os lábios, de onde saiu rápida e alta. Como se estivesse com pressa de sair.

Um grunhido veio de trás de mim.

– Qual é a graça? – perguntou a voz, agora mais grave, mais fria. – Estou falando sério.

Segurei outro acesso de riso. Eu não estava caindo nessa. Nem por um segundo.

– A probabilidade – falei para a Rosie – de ele realmente estar falando sério é a mesma de o Chris Evans aparecer do nada e me jurar amor eterno.

Olhei para um lado e para o outro, chamando a atenção propositalmente.

– Ou seja, inexistente. Então, Rosie, você estava falando sobre... o Sr. Frenkel, né?

Não existia nenhum Sr. Frenkel.

– Lina – disse Rosie, com aquele sorriso falso cheio de dentes que eu sabia que ela usava quando não queria ser grossa. – Ele parece estar falando sério.

Sem desfazer aquele sorriso bizarro, ela inspecionou o homem que estava em pé atrás de mim e acrescentou:

– É. Acho que ele pode estar falando sério, sim.

– Não. Não pode.

Balancei a cabeça, ainda me recusando a me virar e reconhecer que existia qualquer possibilidade de que minha amiga tivesse razão.

Não podia ser. Nunca que Aaron Blackford, meu colega e desafeto de longa data, sequer tentaria oferecer algo assim. Nun-qui-nha.

Um suspiro impaciente veio de trás de mim.

– Isso está ficando cansativo, Catalina.

Uma longa pausa. Então, mais um suspiro barulhento, dessa vez bem longo. Mas me mantive firme e não me virei.

– Me ignorar não vai me fazer desaparecer. Você sabe disso.

Eu sabia.

– O que não significa que eu não vá continuar tentando – resmunguei baixinho.

Rosie me encarou. Então, espiou mais uma vez atrás de mim, mantendo aquele sorriso cheio de dentes.

– Desculpe, Aaron. Não estamos ignorando você – explicou ela, reforçando o sorriso. – Estamos... discutindo uma coisa.

– Estamos ignorando, sim. Você não precisa poupar os sentimentos dele. Até porque ele não tem nenhum.

– Obrigado, Rosie – disse Aaron, com um pouco menos da frieza habitual.

Não que ele tivesse a intenção de ser legal com alguém. Ser legal não fazia parte do vocabulário de Aaron. Eu achava que ele nem sequer era capaz de ser amigável. Mas ele sempre era menos... sombrio quando falava com Rosie. Uma cortesia que nunca estendeu a mim.

– Você acha que pode pedir à Catalina para se virar? Eu gostaria de falar olhando para o rosto dela, não para a nuca – pediu ele, o tom de voz retornando à temperatura de zero grau. – Isso, é claro, se não for mais uma das piadas dela que eu nunca entendo, muito menos acho engraçadas.

O calor que percorreu meu corpo chegou ao rosto.

– Claro – disse Rosie. – Acho... acho que posso fazer isso.

Com as sobrancelhas erguidas, Rosie desviou o olhar do ponto atrás de mim para o meu rosto.

– Lina, então, é, o Aaron gostaria que você se virasse, se isso não for uma daquelas piadas que...

– Obrigada, Rosie. Eu ouvi – falei entredentes.

Sentindo as bochechas arderem, me recusei a encará-lo porque isso seria permitir que ele vencesse o joguinho que estava fazendo, qualquer que fosse. Além disso, Aaron tinha acabado de dizer que eu não era divertida. *Ele.*

– Se puder, diga ao Aaron, por favor, que eu não acho que seja possível rir, e muito menos entender uma piada, quando não se tem senso de humor. Seria ótimo. Obrigada.

Rosie coçou a lateral da cabeça com um olhar suplicante. *Não me obrigue a fazer isso*, parecia me pedir com os olhos.

Arregalei os meus, ignorando o pedido e implorando a ela que colaborasse.

Ela soltou um suspiro e olhou para além de mim mais uma vez.

– Aaron – disse, o sorriso falso ficando mais largo. – Lina acha que...

– Eu ouvi, Rosie. Obrigado.

Eu estava tão sintonizada com ele – com a situação – que percebi a ligeira mudança na voz, alternando o tom para aquele que Aaron só usava comigo. Era igualmente seco e frio, mas agora vinha com uma camada extra de desdém e distanciamento. Um tom de voz que logo levaria a uma cara amarrada. Eu nem precisava olhar para ele para saber. Era algo que de alguma forma estava sempre presente quando se tratava de mim e dessa... coisa entre a gente.

– Tenho certeza absoluta de que minhas palavras estão chegando direitinho aí embaixo até a Catalina, mas se você puder dizer a ela que eu preciso trabalhar e não posso ficar perdendo muito mais tempo com isso, eu agradeço.

Aí embaixo? Homem ridiculamente alto.

Minha estatura é mediana. Na média para uma espanhola, é claro. Mas ainda assim, mediana. Eu tenho 1,60 metro, muito obrigada.

Os olhos verdes de Rosie voltaram para mim.

– Então, o Aaron precisa ir trabalhar, e ele gostaria...

– Se...

Eu me contive quando ouvi que a palavra saiu aguda demais. Pigarreei e comecei de novo:

– Se está tão ocupado, por favor diga a ele que fique à vontade para me poupar. Ele pode voltar para a sala dele e retomar qualquer que seja a atividade workaholic que, para nosso choque, ele tenha interrompido para vir meter o nariz onde não foi chamado.

Vi a boca da minha amiga se entreabrir, mas o homem atrás de mim falou antes que ela pudesse dizer qualquer coisa.

– Então, você ouviu o que eu disse. Minha oferta. Ótimo.

Uma pausa. Durante a qual xinguei baixinho.

– Então, qual é sua resposta? – insistiu ele.

Mais uma vez, a expressão de Rosie foi de puro choque. Continuei olhando fixamente para ela e consegui visualizar meus olhos castanho-escuros ficando vermelhos com a irritação crescente.

Minha resposta? O que é que ele estava tentando conseguir com isso? Era um jeito novo e criativo de azucrinar o meu juízo? Acabar com a minha sanidade?

– Não faço a menor ideia do que ele está falando. Não ouvi nada – menti. – Pode dizer isso a ele também.

Rosie colocou um cacho atrás da orelha, e seus olhos saltaram brevemente para Aaron e voltaram para mim.

– Acho que ele está se referindo à oferta de ser seu acompanhante no casamento da sua irmã – explicou ela, com delicadeza. – Sabe, logo depois que você me disse que as coisas mudaram e que você agora precisa encontrar outra pessoa... qualquer pessoa, você disse, eu acho... que possa ir à Espanha com você para o casamento porque, caso contrário, você vai sofrer uma morte lenta e dolorosa e...

– Acho que entendi – interrompi, sentindo o rosto arder de novo ao pensar que Aaron tinha escutado aquilo tudo. – Obrigada, Rosie. Já pode parar com a recapitulação.

Ou eu vou sofrer uma morte lenta e dolorosa aqui mesmo.

– Acho que você usou a palavra "desesperada" – comentou Aaron.

Minhas orelhas arderam, provavelmente em uns cinco tons de vermelho radioativo.

– Não – respondi, bufando. – Eu não usei essa palavra.

– Você… meio que usou, sim, querida – confirmou minha melhor amiga, não!, ex-melhor amiga a partir daquele momento.

Com os olhos semicerrados, formei as seguintes palavras com os lábios:

– *Que merda é essa, sua traidora?*

Mas os dois tinham razão.

– Tá. Então eu disse. Mas não estou desesperada a esse ponto.

– É isso que pessoas realmente desesperadas diriam. Mas, se sua consciência está tranquila, vai nessa, Catalina.

Xingando baixinho pela enésima vez naquela manhã, fechei os olhos por um instante.

– Não é da sua conta, Blackford, mas não estou desesperada, tá? E a minha consciência está bem tranquila. Não, na verdade, está tranquilíssima.

Que diferença fazia uma mentira a mais, não é mesmo? Ao contrário do que eu tinha acabado de afirmar, eu estava mesmo desesperada para encontrar um acompanhante para o casamento. Mas isso não queria dizer que eu…

– Com certeza.

Ironicamente, de todas as porcarias de palavras que Aaron Blackford disse para minha nuca naquela manhã, essas foram as que romperam minha capacidade de fingir que não estava sendo atingida.

Aquele *com certeza*, tão cheio de condescendência, tédio e desdém, tão Aaron…

Com certeza.

Meu sangue ferveu.

Foi tão impulsivo, um reflexo tão brusco àquelas duas palavrinhas – que, ditas por qualquer outra pessoa, não teriam significado nada –, que eu nem percebi que meu corpo estava virando e de repente era tarde demais.

Por causa de sua altura descomunal, dei de cara com um peitoral largo coberto por uma camisa branca tão bem passada que me deu vontade de agarrar o tecido e amassá-lo, porque quem é que consegue andar tão elegante e imaculado o tempo todo? Aaron. Aaron Blackford conseguia.

Meu olhar percorreu os ombros poderosos e o pescoço forte, chegando às linhas retas da mandíbula. Seus lábios também formavam uma linha reta, como eu já imaginava. Meus olhos subiram mais, chegando aos olhos azuis – um azul que lembrava as profundezas do oceano, onde tudo era frio e mortal – fixados em mim.

Ele ergueu uma das sobrancelhas.

– *Com certeza?* – repeti, sibilando.

– Aham.

Aquela cabeça, coberta pelo cabelo preto, assentiu uma só vez, sem desviar o olhar do meu.

– Não quero perder mais tempo discutindo uma coisa que você é teimosa demais para admitir, então, sim. *Com certeza.*

Aquele homem irritante de olhos azuis que provavelmente gastava mais tempo passando roupa do que interagindo com outros seres humanos não me faria perder a cabeça de manhã tão cedo. Lutando para manter meu corpo sob controle, respirei fundo e coloquei uma mecha de cabelo atrás da orelha.

– Se é tão perda de tempo assim, eu realmente não sei o que você ainda está fazendo aqui. Por favor, não fique por minha causa ou da Rosie.

Um ruído evasivo saiu da boca da *Srta. Traidora.*

– Eu adoraria – admitiu Aaron em um tom moderado. – Mas você ainda não respondeu minha pergunta.

– Não foi uma pergunta – respondi, amargamente. – O que quer que você tenha dito não foi uma pergunta. Mas isso não importa, porque eu não preciso de você, muito obrigada.

– Com certeza – repetiu ele, aumentando ainda mais minha irritação. – Só que estou achando que você precisa, sim.

– Está achando errado.

Aquela sobrancelha se ergueu ainda mais.

– Ainda parece que você precisa, sim, de mim.

– Então você deve estar com problemas sérios de audição, porque, mais uma vez, ouviu errado. Eu não preciso de você, Aaron Blackford.

Engoli em seco, torcendo para que o desconforto na garganta aliviasse um pouco.

– Eu posso escrever se você quiser. Mandar por e-mail, também, se for ajudar.

Com uma expressão de desinteresse, Aaron pareceu refletir por um instante, mas eu sabia que ele não desistiria tão facilmente. Fato comprovado assim que voltou a abrir a boca.

– Você não disse que o casamento é daqui a um mês e você não tem acompanhante?

Meus lábios comprimidos formaram uma linha reta.

– Talvez. Não me lembro exatamente.

Eu tinha dito aquilo, sim. Palavra por palavra.

– A Rosie não sugeriu que, talvez, se você sentasse no fundo e tentasse não chamar a atenção, ninguém perceberia que você foi sozinha?

A cabeça da minha amiga surgiu no meu campo de visão.

– Sugeri, sim. Também sugeri usar uma cor sem graça e não o vestido vermelho deslumbrante que…

– Rosie – interrompi. – Você não está ajudando em nada.

Os olhos de Aaron nem hesitaram quando ele retomou o passeio pela memória.

– E sua resposta para Rosie não foi que você é, em suas palavras, a *porcaria* da madrinha e portanto *todo mundo*, mais uma vez, em suas palavras, perceberia de qualquer forma?

– Exatamente – confirmou a Srta. Traidora.

Minha cabeça virou na direção dela.

– O que foi? – perguntou Rosie, dando de ombros e assinando a própria sentença de morte. – Você disse isso, sim, amore.

Eu precisava imediatamente de novas amizades.

– Então – confirmou Aaron, atraindo meu olhar e minha atenção de volta. – E você não disse que seu ex-namorado é o padrinho e que só de pensar em ficar perto dele, *sozinha e pateticamente solteira*, mais uma vez citando você mesma, te dava vontade de arrancar a própria pele?

Sim. Eu tinha dito isso, mas não achei que Aaron estivesse ouvindo; do contrário, jamais teria falado em voz alta.

Mas pelo visto ele estava bem ali e descobrira. Tinha me ouvido admitir isso abertamente e acabado de jogar na minha cara. E, por mais que eu dissesse a mim mesma que não me importava – que não devia me importar –, mesmo assim a pontada de dor estava lá, me fazendo sentir ainda mais solitária e patética.

Engolindo o nó na garganta, desviei o olhar e me concentrei em um ponto fixo perto de seu pomo de adão. Eu não queria ver o que estava estampado em seu rosto, o que quer que fosse. Escárnio. Pena. Tanto faz. Eu podia me poupar de saber que mais uma pessoa sentia isso em relação a mim.

A garganta dele foi quem reagiu e eu soube disso porque era a única parte dele que eu me permitia olhar.

– Você *está* desesperada.

Suspirei, o ar saindo de mim à força. Minha única reação foi assentir apenas uma vez. O que me deixou confusa... Não era uma reação típica da minha parte. Eu geralmente revidava até tirar sangue dele primeiro. Porque era isso que a gente fazia. Não poupávamos os sentimentos um do outro. Aquele comedimento era novidade.

– Então me deixa ir. Eu vou como seu acompanhante no casamento, Catalina.

Meu olhar foi subindo bem devagar, uma mistura estranha de cautela e vergonha tomando conta de mim. Ele ter testemunhado todo o meu discurso já era péssimo, mas tentar usar a seu favor? Só para sair por cima?

A não ser que não fosse esse o caso. A não ser que talvez houvesse uma explicação, um motivo para ele estar fazendo aquilo, se oferecendo para ser meu acompanhante.

Analisando a expressão dele, ponderei todas essas opções e possíveis motivações, sem chegar a nenhuma conclusão razoável. Não havia nenhuma resposta plausível que me ajudasse a entender o que ele estava tentando fazer ou por quê.

Só havia a verdade. A realidade. Nós não éramos amigos. Nós mal nos tolerávamos. Agíamos com despeito, apontávamos os erros um do outro, criticávamos nossas formas de trabalhar, de pensar, de viver. Condenávamos nossas diferenças. Em algum momento no passado, eu teria jogado dardos em um pôster com a cara dele. E tinha certeza de que ele faria o mesmo, porque aquela trilha do ódio era uma via de mão dupla. E, além disso, nosso desentendimento havia sido causado por ele. Não tinha sido eu a culpada por aquela rixa. Então, por quê? Por que ele estava fingindo me oferecer ajuda, e por que eu faria a vontade dele, considerando aceitar?

– Eu posso estar desesperada para encontrar um acompanhante, mas não estou tão desesperada assim. Como já disse.

Ele soltou um suspiro cansado. Impaciente. Furioso.

– Vou deixar você pensar a respeito. Sei que está sem opções.

– Não há nada pra pensar.

Cortei o ar entre nós com a mão. Então, dei minha versão do sorriso falso e cheio de dentes da Rosie.

– Eu prefiro ir com um chimpanzé de smoking a ir com você.

As sobrancelhas dele se ergueram. Aaron era incapaz de rir, mesmo com os olhos.

– Ora, por favor, nós dois sabemos que isso não é verdade. Embora existam chimpanzés que se ofereceriam para a ocasião, é seu ex que vai estar lá. Sua família. Você disse que precisa impressionar, e eu posso oferecer exatamente isso – disse ele, inclinando a cabeça. – Sou sua melhor opção.

Bufei, batendo as mãos uma vez. Aquele pé no saco presunçoso...

– Você não é o melhor nada, Blackford. E tenho muitas outras opções – respondi, dando de ombros. – Vou achar alguém no Tinder. Talvez coloque um anúncio no *New York Times*. Vou encontrar alguém.

– Em um mês? É bem improvável.

– A Rosie tem amigos. Vou com um deles.

O que, desde o começo, era o meu plano e motivo pelo qual eu tinha ido atrás dela tão cedo. Erro de principiante, percebi. Eu devia ter esperado o fim do expediente e ido conversar com ela em um lugar seguro, livre de Aarons. Mas depois da ligação do dia anterior com *mamá*... é. As coisas tinham mudado. Minha situação definitivamente tinha mudado. Eu precisava de alguém e tinha deixado bem claro que qualquer um serviria. Qualquer um que não fosse Aaron, é claro. Rosie era nascida e criada em Nova York. Com certeza ela conhecia alguém.

– Não é, Rosie? Um dos seus amigos deve estar disponível.

A cabeça dela surgiu de novo.

– Marty, talvez? Ele adora casamentos.

Olhei rápido para ela.

– Marty não é aquele que ficou bêbado no casamento da sua prima, roubou o microfone da banda e cantou "My Heart Will Go On" até ser arrastado para fora do palco pelo seu irmão?

– Esse mesmo – disse ela, estremecendo.

– É, não.

Eu não podia arriscar uma coisa dessas no casamento da minha irmã. Ela arrancaria o couro do cara e serviria junto com o prato principal.

– E o Ryan?

– Noivo e feliz.

Suspirei.

– Não me surpreende. Ele é um partidão.

– Eu sei. Por isso tentei tantas vezes juntar vocês dois, mas você…

Pigarreei alto.

– Não estamos discutindo o porquê de eu estar solteira – falei, dando uma olhada rápida em Aaron, que estava com os olhos em mim, semicerrados. – E que tal… Terry?

– Se mudou para Chicago.

– Droga.

Balancei a cabeça, fechando os olhos por um instante. Aquilo não estava dando certo.

– Então eu contrato um ator. Pago para que ele seja meu acompanhante.

– Isso deve ser caro – disse Aaron, categórico. – E atores não ficam por aí esperando serem contratados e exibidos como acompanhantes.

– Então eu contrato um acompanhante profissional mesmo – falei, exasperada.

Aaron comprimiu os lábios daquele jeito firme, que era quase um fechamento hermético da boca, que ele fazia sempre que estava extremamente irritado.

– Você prefere levar um michê para o casamento da sua irmã a ir comigo?

– Eu disse acompanhante, Blackford. *Por Dios* – murmurei, observando suas sobrancelhas se arquearem e voltarem à cara feia. – Não estou atrás desse tipo de serviço. Só preciso de alguém que esteja ao meu lado e é isso que acompanhantes profissionais fazem. Acompanham as pessoas em eventos.

– Não é isso que eles fazem, Catalina – rebateu ele com uma voz rouca e fria, me cobrindo com seu julgamento glacial.

– Você nunca viu comédias românticas?

A cara feia ficou mais feia.

– Nem *Muito bem acompanhada*?

Nenhuma resposta, só aquele olhar ártico.

– Você vê filmes? Ou só... trabalha?

Havia a possibilidade de ele nem ter televisão em casa.

A expressão dele permaneceu impassível.

Meu Deus, não tenho tempo para isso. Para ele.

– Quer saber de uma coisa? Deixa pra lá. Eu não ligo.

Lancei as mãos no ar e juntei uma na outra.

– Obrigada por... isso. O que quer que tenha sido. Foi uma excelente contribuição, mas não preciso de você.

– Acho que precisa.

Pisquei para ele.

– Acho que você é irritante.

– Catalina – disse ele, fazendo minha irritação aumentar com o jeito como pronunciou meu nome. – Você está delirando se acha que vai conseguir alguém em tão pouco tempo.

Mais uma vez, Aaron Blackford não estava errado.

Era provável que eu estivesse mesmo delirando um pouco. E ele nem sabia sobre a mentira. A minha mentira. E nem viria a saber. Mas isso não mudava os fatos. Eu precisava de alguém, qualquer pessoa, que não fosse o Aaron, para ir comigo à Espanha para o casamento da Isabel. Porque (A) eu era a irmã da noiva e madrinha. (B) Meu ex, Daniel, era o irmão do noivo e padrinho. E, no dia anterior, eu tinha ficado sabendo que ele estava noivo e feliz, um fato que minha família vinha escondendo de mim. (C) Sem contar os poucos e malsucedidos encontros, eu estava tecnicamente solteira havia mais ou menos seis anos. Desde que me mudei da Espanha para os Estados Unidos, o que aconteceu logo depois que meu primeiro e único relacionamento explodiu na minha cara. Algo que todos os convidados – porque não havia segredos em famílias como a minha e muito menos em cidadezinhas como a minha – sabiam e por isso tinham pena de mim. E (D) também tinha a questão da *minha mentira*.

A mentira.

A que eu meio que contei a minha mãe e consequentemente a todo o clã Martín, porque privacidade e limites não existem entre a gente. Merda. Àquela altura, minha mentira provavelmente estava na coluna social do jornal local.

Catalina Martín, finalmente, não está mais solteira. A família tem o prazer de anunciar que ela trará o namorado americano para o casamento. Todos estão convidados a testemunhar o acontecimento mais mágico da década.

Porque era isso que eu tinha feito. Logo depois que a notícia do noivado de Daniel deixou os lábios de minha mãe e chegou a meus ouvidos pelo telefone, eu disse que também levaria alguém. Não, não só alguém. Eu disse – eu menti, eu enganei, eu prestei um falso testemunho – que levaria *meu namorado*.

Que tecnicamente não existia. Ainda.

Ok, ok, talvez nem fosse existir. Porque Aaron tinha razão. A ideia de achar um acompanhante em tão pouco tempo talvez fosse meio otimista. Acreditar que eu encontraria alguém para fingir ser meu namorado era provavelmente um delírio. Mas aceitar que Aaron era minha única opção e dizer "sim" para aquela oferta? Maluquice completa.

– Estou vendo que enfim a ficha está caindo.

As palavras de Aaron me trouxeram de volta ao presente, e vi seus olhos azuis voltados para mim.

– Vou deixar que você chegue a um acordo consigo mesma. Não esqueça de me avisar quando isso acontecer – disse ele.

Fiz um biquinho. E quando senti que minhas bochechas ardiam de novo – porque eu devia ser mesmo muito patética para que ele, Aaron Blackford, que nunca gostou nem um pouquinho de mim, sentisse pena a ponto de se oferecer para ser meu acompanhante –, cruzei os braços e desviei o olhar daquelas duas esferas gélidas e implacáveis.

– Ah, e Catalina?

– Sim?

A palavra saiu de meus lábios sem forma. *Nossa, que patética.*

– Tente não se atrasar para a reunião das dez. Já perdeu a graça.

Meu olhar disparou em sua direção, uma bufada presa na garganta.

Babaca.

Jurei ali mesmo que um dia eu encontraria uma escada alta o bastante, subiria nela e jogaria algo com muita força naquela cara irritante dele.

Um ano e oito meses. Fazia esse tempo todo que eu o suportava. Sim, eu estava contando.

Então, com nada mais que um aceno, Aaron se virou e observei enquanto se afastava. Dispensado até segunda ordem.

– Ok, isso foi...

A voz da Rosie foi sumindo, sem terminar a frase.

– Uma maluquice? Um insulto? Bizarro? – sugeri, colocando as mãos no rosto.

– Inesperado – respondeu ela. – E interessante.

Olhando por entre os dedos, vi os cantos de seus lábios se erguerem num sorriso.

– Sua amizade foi revogada, Rosalyn Graham.

– Você sabe que não está falando sério – disse ela, dando um risinho.

Eu não estava; ela jamais se livraria de mim.

– Então... – Rosie entrelaçou o braço no meu e foi me levando pelo corredor. – O que você vai fazer?

O suspiro trêmulo que soltei drenou toda a minha energia.

– Eu... eu não faço a menor ideia.

Mas de uma coisa eu tinha certeza: não aceitaria a oferta de Aaron Blackford. Ele não era minha única opção, e certamente também não era a melhor. Inferno. Ele não era nada. Muito menos o cara que iria comigo ao casamento da minha irmã.

DOIS

Não me atrasei para a reunião.

Desde aquele dia, há um ano e oito meses, eu nunca me atrasei.

Por quê?

Aaron Blackford.

Uma vez. Bastou um único atraso para Aaron jogar isso na minha cara sempre que podia.

Ele nunca relacionou isso ao fato de eu ser espanhola ou mulher. Ambos estereótipos injustificados no que diz respeito à falta de pontualidade.

Aaron não falava bobagem. Ele destacava fatos. Declarava verdades verificáveis. Fora disciplinado para isso, como qualquer outro engenheiro na empresa de consultoria onde trabalhávamos, incluindo eu. E, tecnicamente, eu tinha, sim, me atrasado. Naquela única vez meses antes. Era verdade que eu tinha perdido os primeiros quinze minutos de uma apresentação importante. Também era verdade que Aaron era o responsável – aquela tinha sido a primeira semana dele na InTech –, e mais uma vez era verdade que minha entrada tinha sido um tanto escandalosa e envolvido uma garrafa de café derrubada sem querer.

Em cima da pilha de documentos que Aaron tinha preparado para a apresentação. Ok, ok, e um pouco na calça dele também.

Não é a melhor maneira de causar uma boa impressão em um novo colega, mas fazer o quê? Coisas desse tipo acontecem o tempo todo. Acidentes ínfimos, não intencionais e inesperados como esse são coisas comuns. As pessoas superam e seguem em frente.

Mas Aaron, não.

Em vez disso, todas as semanas e todos os meses desde então, ele soltava provocações como: "Tente não se atrasar para a reunião das dez. Já perdeu a graça."

Em vez disso, toda vez que ele entrava em uma sala de reuniões e me encontrava em meu assento, dolorosamente cedo, olhava para o relógio de pulso e erguia as sobrancelhas, surpreso.

Em vez disso, ele tirava jarras de café do meu raio de alcance, fazendo um gesto de cabeça de advertência na minha direção.

Era isso que Aaron Blackford fazia em vez de deixar o incidente para lá.

– Bom dia, Lina.

A voz suave de Héctor veio da porta.

Eu sabia que ele estava sorrindo antes mesmo de olhar para seu rosto, como sempre.

– *Buenos días*, Héctor – respondi na língua materna que compartilhávamos.

O homem que eu considerava um tio após ter sido recebida em seu círculo familiar próximo colocou a mão em meu ombro e apertou levemente.

– Tudo bem, *mija*?

– Não posso reclamar – falei, retribuindo o sorriso.

– Você vai no próximo churrasco? Vai ser no mês que vem e a Lourdes fica o tempo todo falando para lembrar você. Ela vai fazer ceviche dessa vez, e você é a única que vai comer.

Ele riu.

Era verdade; ninguém da família Díaz era fã do prato peruano à base de peixe. O que eu não conseguia entender.

– Pare de fazer perguntas bobas, seu velho – falei, agitando a mão e sorrindo. – É claro que eu vou.

Héctor ocupava o lugar de costume à minha direita quando os três outros colegas invadiram a sala, murmurando seus bons-dias.

Deixando o riso fácil de Héctor, meu olhar foi até os homens que faziam a volta na mesa para se reunir na formação costumeira das dez horas.

Aaron logo surgiu à minha frente, as sobrancelhas erguidas e o olhar encontrando o meu brevemente. Observei seus lábios virarem para baixo enquanto ele puxava uma cadeira.

Revirando os olhos, segui para Gerald, cuja cabeça careca reluzia sob a luz fluorescente enquanto ele acomodava o corpo um tanto rechonchudo no assento. Por último, mas não menos importante, Kabir, que tinha sido promovido recentemente à posição que todos na sala ocupavam – líder de equipe do Departamento de Soluções da empresa. O que englobava quase todas as disciplinas, exceto engenharia civil. O que era uma loucura à parte.

Kabir começou a reunião com o entusiasmo que somente alguém que estava no cargo havia um mês teria demonstrado.

– Bom dia a todos. Esta semana é minha vez de liderar e protocolar a reunião, então, por favor, respondam quando forem chamados.

O grunhido exasperado que eu conhecia tão bem preencheu a sala. Olhando para o homem de olhos azuis do outro lado da mesa, encontrei a expressão irritada que acompanhava o som.

– Claro, Kabir – falei com um sorriso, embora estivesse pensando o mesmo que o carrancudo do outro lado da mesa. – Por favor, faça a chamada.

Aaron me observava com um olhar gélido.

Encarei e ouvi Kabir chamar cada nome, obtendo confirmações de Héctor e Gerald, um *presente* desnecessariamente animado de mim, e mais um grunhido do Sr. Rabugento.

– Certo, obrigado – disse Kabir. – O próximo ponto da pauta é a atualização do status dos projetos. Quem gostaria de começar?

A pergunta foi recebida com silêncio.

A InTech fornecia serviços de engenharia para qualquer um que não tivesse habilidade ou mão de obra para planejar um projeto por conta própria. Às vezes, terceirizávamos uma equipe de cinco ou seis pessoas, outras, apenas uma pessoa bastava. Então, os cinco líderes de equipe da nossa divisão supervisionavam vários projetos diferentes para diversos clientes, e todos os projetos avançavam sem parar, atingindo inúmeras metas, mas também encontrando todo tipo de problema e dificuldade. Fazíamos videoconferências diárias com os clientes e as partes interessadas. O status de cada projeto mudava tão rápido e com tamanha complexidade que era impossível que todos os outros líderes de equipe se atualizassem em poucos minutos. Por isso a pergunta de Kabir foi recebida com silêncio. E por isso a reunião não era nem um pouco necessária.

Kabir se remexeu na cadeira, desconfortável.

– Hum… Tudo bem, posso começar. É, melhor eu ir primeiro – disse ele, vasculhando a pasta que tinha trazido. – Esta semana, vamos apresentar à Telekoor o orçamento que estamos desenvolvendo. Como vocês sabem, a Telekoor é uma startup que está desenvolvendo um serviço de nuvem para aprimorar o fornecimento de dados móveis nos transportes públicos. Bem, os recursos disponíveis são bastante limitados e…

Distraída, fiquei ouvindo Kabir falar enquanto meus olhos passeavam pela sala de reuniões. Héctor assentia, embora eu suspeitasse que ele estava prestando tanta atenção quanto eu. Gerald, por sua vez, conferia o celular sem a menor cerimônia. *Grosseiro. Muito grosseiro.* Mas eu não esperava outra coisa dele.

Então, chegamos a *ele*. Aaron Blackford, que percebi estar me encarando antes que meus olhos encontrassem os dele.

Ele estendeu o braço na minha direção, o olhar fixo no meu. Eu sabia o que ele estava prestes a fazer. *Eu sabia.* Os dedos longos presos à palma enorme se espalharam ao encontrar o objeto à minha frente. A garrafa de café. Semicerrei os olhos, observando sua mão se curvar ao redor da alça da jarra.

Ele a arrastou até o outro lado da mesa de carvalho.

Bem lentamente. Então, acenou com a cabeça.

Rancoroso irritante.

Dei um sorriso com os lábios fechados – porque a outra opção era me atirar até o outro lado da sala e jogar todo o conteúdo da porcaria da garrafa nele. De novo. Mas desta vez de propósito.

Tentando me distrair desse pensamento, desviei o olhar e rabisquei, furiosa, uma lista de afazeres na agenda.

Perguntar à Isa se o buquê que ela encomendou para mamá *é de peônias ou lírios.*

Encomendar um buquê de peônias ou lírios para a tía *Carmen.*

Se não fizéssemos isso, ela olharia feio para mim, para Isa – minha irmã e a noiva – e para *mamá* até o dia que ela ou qualquer uma de nós desencarnasse.

Mandar as informações do voo para o meu pai e pedir para ele me buscar no aeroporto.

Pedir à Isa que relembre papá *de que ele tem as informações do voo.*

Levei a caneta até a boca, e uma sensação horrível de que estava esquecendo uma coisa importante me deixou inquieta.

Mordendo a caneta, vasculhei minha mente atrás do que ainda faltava. Então, uma voz que eu infelizmente estava condenada a nunca mais esquecer trovejou em minha cabeça.

Você está delirando se acha que vai conseguir alguém em tão pouco tempo.

Meus olhos saltaram de volta para o homem à minha frente. Como se tivesse sido flagrada fazendo algo errado – tipo pensar nele –, senti o rosto arder e voltei a atenção para a lista.

Arrumar um namorado.

Risquei isso.

Arrumar um namorado fake. Não precisa ser de verdade.

– ... e é só isso que tenho a relatar – disse Kabir, suas palavras surgindo ao longe.

Continuei fazendo a lista.

Arrumar um namorado fake. Não precisa ser de verdade. Mas NÃO ELE.

É claro que eu tinha opções. Um acompanhante profissional estava fora da lista, no entanto. Uma busca rápida no Google confirmou que Aaron estava certo, mais uma vez. Pelo jeito, Hollywood tinha mentido para mim, porque a cidade parecia cheia de homens e mulheres oferecendo uma vasta gama de serviços que não se limitavam a *acompanhar*.

Fiz uma careta e mordi a caneta com mais força. Não que eu fosse admitir isso ao Aaron. Eu preferia deixar de comer chocolate por um ano a admitir ao Aaron que ele tinha razão.

Mas eu estava começando a ficar desesperada, algo sobre o qual ele também tinha razão. Eu precisava encontrar alguém que fingisse estar em um relacionamento sério comigo diante de toda a minha família. E isso não incluía apenas o dia do casamento, mas também os dois dias de comemorações que antecediam o evento. O que significava que eu estava ferrada. Eu estava...

– ... e seria a Lina.

Meu nome invadiu meu cérebro, fazendo todo o restante desaparecer. Larguei a caneta na mesa e pigarreei.

– Sim, estou aqui. – Tentei voltar à conversa. – Ouvindo. Estou ouvindo.

– Isso não é exatamente o que alguém que não estivesse ouvindo diria?

Se fosse capaz de sentir emoções humanas, eu diria que Aaron parecia quase satisfeito com sua observação.

Endireitei a postura e virei a página da agenda.

– Eu estava fazendo anotações para uma *call* que tenho com um cliente mais tarde e perdi a conversa – menti. – É uma *call* importante.

Aaron soltou um "hum", balançando a cabeça. Graças a Deus, ele deixou passar.

– Vamos recapitular um pouco. Para que todos saibam em que pé estamos – disse Kabir, com uma voz suave.

Ele vai ganhar um muffin amanhã.

– Obrigada, Kabir – falei com um sorriso largo.

Ele ficou corado e retribuiu com um sorriso hesitante.

Mais um grunhido de impaciência vindo de Aaron.

Esse aí não vai ganhar um muffin amanhã. Nem nunca.

– Então – disse Kabir, finalmente. – Jeff queria vir à reunião hoje para dizer isso pessoalmente, mas vocês sabem como é lotada a agenda de um chefe de divisão. Muitos compromissos paralelos. Enfim, ele disse que vai encaminhar a todos as informações necessárias, mas achei que seria uma boa ideia avisar antes.

Pisquei algumas vezes. Do que é que a gente estava falando?

– Obrigada mais uma vez, Kabir.

– De nada, Lina. – Ele assentiu. – Acho que a comunicação entre nós cinco é fundamental para...

– Kabir – disse Aaron, sua voz preenchendo a sala –, o que você estava dizendo?

Os olhos de Kabir saltaram na direção dele, e ele pareceu um pouco assustado. Pigarreou duas vezes antes de continuar.

– Sim, obrigado, Aaron. A InTech fará um Open Day daqui a algumas semanas. Vamos receber um grupo, a maioria clientes em potencial interessados em conhecer os serviços que oferecemos, mas também para verem de perto alguns dos maiores projetos em que estamos trabalhando. Jeff mencionou que todos têm posições bem estratégicas, o que faz sentido já que essa é uma iniciativa para expandir e consolidar nosso *networking* cara a cara. Ele quer que a InTech se destaque. Que pareça moderna. Quer demonstrar que estamos alinhados com os mercados contemporâneos. Mas, ao mesmo tempo, quer deixar claro para clientes atuais e em potencial que não nos importamos apenas com trabalho... – disse ele, dando uma risadinha nervosa. – Por isso o Open Day vai ser das oito da manhã, quando eles serão recebidos aqui na sede, até a meia-noite.

– Meia-noite? – murmurei, incapaz de conter minha surpresa.

– Isso – disse Kabir, e assentiu com entusiasmo. – Não é o máximo? Vai ser um evento completo. Todo tipo de workshop sobre novas tecnologias, sessões de troca de conhecimentos, atividades para conhecer nossos clientes e suas necessidades. E, é claro, vamos servir café da manhã, almoço e jantar. Ah, e drinques após o expediente. Sabe, para animar as coisas.

Meus olhos foram se arregalando aos poucos enquanto Kabir explicava.

– Isso… – disse Héctor, hesitante. – Isso parece diferente.

Parecia mesmo. E parecia um evento complexo para planejar em apenas algumas semanas.

– Pois é – respondeu Gerald, com uma presunção que me pareceu suspeita. – Isso vai colocar a InTech definitivamente à frente no jogo.

Kabir olhou para mim e assentiu.

– Com certeza. E o Jeff quer que você esteja à frente de tudo, Lina. Não é incrível?

Pisquei várias vezes, me recostando na cadeira.

– Ele quer que eu organize? Tudo isso?

– Isso.

Meu colega sorriu para mim, como se estivesse me dando uma notícia boa.

– E que você apresente também. De nós cinco, você é a opção mais atraente.

Piscando bem devagar, vi seus lábios se voltarem para baixo, provavelmente em reação à expressão em meu rosto.

Atraente. Respirando fundo, tentei me manter firme.

– Bem, fico lisonjeada de ser considerada a opção mais atraente – menti, tentando não me concentrar em meu sangue que fervia. – Mas não tenho tempo nem experiência para organizar algo assim.

– Mas o Jeff insistiu – rebateu Kabir. – E é importante para a InTech ter alguém como você representando a empresa.

Eu devia ter perguntado o que *alguém como eu* queria dizer, mas imaginei que não gostaria de ouvir a resposta. Minha garganta ficou seca na hora.

– Mas qualquer um de nós não alcançaria o mesmo objetivo? Será que não é melhor que alguém com experiência em tarefas de relações públicas organize um evento tão importante?

Kabir desviou o olhar, sem responder a minha pergunta.

– Jeff disse que você daria conta da organização. Que não precisamos gastar verba extra contratando alguém. Além do mais, você é...

Dando a impressão de que preferiria estar em qualquer outro lugar, Kabir fez uma pausa antes de acrescentar:

– Sociável. Desenvolta.

Era o sonho de qualquer pessoa ser chamada pelo chefe de *desenvolta*.

Cerrando o punho sob a mesa, tentei ao máximo esconder o turbilhão interno.

– Claro – falei, entredentes. – Mas eu também tenho coisas a fazer. Também tenho projetos em andamento. Por que esse... *evento* é mais importante que meus próprios clientes e minhas demandas atuais?

Fiquei em silêncio por um bom tempo, esperando o apoio dos colegas.

Qualquer tipo de apoio.

E... nada, apenas o silêncio carregado que sempre acontecia nesse tipo de situação.

Eu me ajeitei na cadeira, sentindo o rosto quente de frustração.

– Kabir – falei, com a maior calma que consegui –, sei que Jeff pode ter sugerido que eu ficasse responsável por isso, mas vocês entendem que não faz sentido, certo? Eu... nem saberia por onde começar.

Não foi para isso que me contrataram, nem era para isso que me pagavam.

Mas ninguém admitiria, mesmo que esse apoio fosse fazer a diferença para mim. Porque ficar ao meu lado traria à tona o real motivo pelo qual eu tinha sido incumbida da tarefa.

– Já estou cobrindo duas das melhores pessoas da minha equipe, a Linda e a Patricia. Já não tenho horas suficientes na semana.

Eu odiava estar ali reclamando e pedindo por – qualquer – compreensão, mas o que mais eu poderia fazer?

Gerald bufou, o que fez com que minha cabeça virasse em sua direção.

– Bem, essa é a desvantagem de contratar mulheres na casa dos trinta anos.

Eu ri, sem querer acreditar que ele tinha acabado de dizer isso. Mas ele tinha. Abri a boca, mas Héctor me impediu de dizer qualquer coisa.

– Certo, e que tal se nós ajudarmos? – sugeriu Héctor, com uma expressão conformada. – Talvez todo mundo possa contribuir com alguma coisa.

Eu amava aquele homem, mas seu coração mole e sua falta de combatividade não estavam ajudando muito. Ele estava apenas evitando o verdadeiro problema.

– Não estamos no colégio, Héctor – retrucou Gerald. – Somos profissionais, ninguém tem obrigação de realizar as tarefas dos outros.

Balançando a cabeça careca e oleosa, ele soltou mais uma bufada.

Héctor fechou a boca imediatamente e Kabir voltou a falar.

– Vou encaminhar a lista de pessoas que o Jeff montou, Lina.

Balancei a cabeça mais uma vez, sentindo o rosto ficar ainda mais quente e mordendo a língua para não dizer algo do qual eu me arrependeria.

– Ah – acrescentou Kabir. – Jeff também pensou em algumas opções de comida. Isso está em um e-mail separado que também vou encaminhar, mas ele quer que você faça uma pesquisa. Talvez até pense em um tema. Ele disse que você saberia o que fazer.

Meus lábios se abriram com um palavrão mudo que faria minha *abuela* me levar à igreja pela orelha. *Eu saberia o que fazer? Como eu saberia?*

Peguei minha caneta e segurei com as mãos, tentando aliviar um pouco a frustração crescente com aquele aperto, e respirei fundo.

– Eu mesma vou conversar com ele, Kabir – falei entredentes, com um sorriso tenso. – Normalmente eu não o incomodaria, mas...

– Será que não dá para você simplesmente parar de desperdiçar nosso tempo? – disse Gerald, fazendo com que o sangue em meu rosto caísse até o pé. – Não tem por que levar esse assunto ao chefe – disse ele, balançando o dedo gordo. – Pare de dar desculpas e faça o que precisa ser feito. Você consegue sorrir e ser mais amigável por um dia inteiro, não consegue?

As palavras *mais amigável* ecoaram em minha cabeça enquanto eu olhava para ele com os olhos arregalados.

Aquele homem suado, enfiado em uma camisa desenhada para alguém com a classe que ele jamais teria, aproveitaria qualquer chance de derrubar alguém. Principalmente se esse alguém fosse mulher. *Eu sabia.*

– Gerald – falei com a voz suave e apertando mais a caneta, rezando para que ela não quebrasse e denunciasse minha indignação –, o propósito desta reunião é discutir questões como esta. Então, sinto muito, mas você vai ter de me ouvir fazer exatamente...

– *Querida* – interrompeu ele, com um sorriso de escárnio no rosto –, encare como se fosse uma festa. As mulheres sabem dar festas, não sabem? Simplesmente prepare algumas atividades, providencie comida, vista uma roupa interessante e faça umas piadinhas. Você é jovem e bonita, nem vai precisar usar tanto o cérebro. Eles vão comer na palma da sua mão. Tenho certeza de que você sabe fazer isso, não sabe? – perguntou ele, rindo.

Engasguei com minhas próprias palavras. O ar que devia estar entrando e saindo de meus pulmões ficou preso em algum lugar no meio do caminho.

Incapaz de controlar o que meu corpo estava fazendo, senti minhas pernas esticarem, me colocando de pé. Minha cadeira foi arrastada para trás com um barulho alto e repentino. Batendo as mãos na mesa, senti minha cabeça esvaziar por um instante e fiquei vermelha de raiva. Naquele instante entendi de onde vinha a expressão. Eu estava *literalmente* vermelha, como se tivessem pintado meu rosto.

Em algum lugar à minha direita, ouvi Héctor exalando pesado e murmurando baixinho.

Então, não ouvi mais nada. Só meu coração martelando no peito.

Era aquela. A verdade. O verdadeiro motivo pelo qual eu, das quatro pessoas sentadas naquela sala, tinha sido escolhida para organizar o maldito evento. Eu era mulher – a única do departamento, liderando uma equipe – e tinha o *necessário*, independentemente de ter curvas generosas ou não. Desenvolta, bonita, mulher. Eu era a opção atraente. Que seria exibida aos clientes como o símbolo de ouro que provava que a InTech não estava presa ao passado.

– Lina.

Me esforcei para que minha voz permanecesse firme e calma, odiando o fato de não conseguir. Odiando o fato de que eu queria virar e deixar que minhas pernas me levassem para fora daquela sala.

– Meu nome é Lina, não é *querida*.

Voltei a sentar bem lentamente, pigarreei e tentei me acalmar. *Estou no controle. Preciso estar no controle.*

– Na próxima vez, me chame pelo meu nome, por favor. E me trate com a decência e o profissionalismo com que trata todos os demais.

A voz que chegou a meus ouvidos não me agradou nem um pouco. Me fez sentir a versão fraca de mim mesma que eu não queria ser. Mas pelo menos consegui dizer tudo sem surtar ou fugir.

– Obrigada.

Sentindo que meus olhos começavam a ficar vidrados de pura indignação e frustração, pisquei algumas vezes, tentando apagar aquilo e ficar inexpressiva. Desejei que o nó na minha garganta não fosse por constrangimento. Porque como eu poderia não sentir vergonha depois de um acesso daqueles? Como não me sentir mal por ainda não saber lidar com a situação, mesmo que não fosse a primeira vez que eu era obrigada a lidar com aquele tipo de merda?

Gerald revirou os olhos e me lançou um olhar condescendente.

– Não leve isso tão a sério, *Lina*. Eu estava só brincando. Né, gente?

Ele olhou para nossos colegas, buscando algum apoio.

Não encontrou.

Com o canto do olho, vi Héctor murchar na cadeira.

– Gerald… – disse, com a voz cansada e desanimada. – Por favor, cara.

Mantendo os olhos em Gerald e tentando impedir que meu peito arfasse com a impotência crescente, me recusei a olhar para Kabir e Aaron, que permaneceram em silêncio.

Provavelmente ambos achavam que não estavam tomando partido, mas estavam. O silêncio deles indicava exatamente de que lado eles estavam.

– Ah, por favor o quê? – disse Gerald, tirando sarro. – Eu não disse nenhuma mentira, a garota não precisa nem…

Antes que eu pudesse reunir a coragem para interrompê-lo, a última pessoa que eu esperava que falasse foi mais rápida que eu.

– Encerramos por hoje.

Minha cabeça virou de uma vez na direção de Aaron, que olhava para Gerald com uma expressão tão densa e gélida que quase senti a temperatura da sala cair alguns graus.

Balançando a cabeça, desviei o olhar. Aaron podia ter dito qualquer coisa nos últimos dez minutos e escolheu não fazê-lo, então, por mim, podia ter continuado em silêncio.

Gerald empurrou a cadeira para trás e se levantou.

– Sim, com certeza encerramos – disse, categórico, recolhendo suas coisas. – Também não tenho tempo para isso. Ela sabe o que fazer.

E com essa pequena pérola, Gerald foi até a porta e saiu da sala.

Meu coração ainda martelava no peito, pulsava nas têmporas.

Kabir também ficou de pé e olhou para mim como se pedisse desculpas.

– Não estou tomando partido dele, tá? – disse, olhando para Aaron muito rapidamente e voltando para mim com a mesma velocidade. – Isso tudo foi ideia do Jeff, foi ele quem pediu que você faça isso. Não fique remoendo, Lina. Considere como um elogio.

Sem me dignar a responder, observei enquanto ele saía da sala.

O homem que quase me adotou e me tratava como membro do clã Díaz olhou para mim e balançou a cabeça. Murmurou, *Qué pendejo*, o que arrancou de mim um sorriso sem graça. Mesmo que aquilo fosse algo que jamais diríamos na Espanha, eu sabia exatamente o que ele queria dizer.

Héctor tinha razão. Gerald era um completo *idiota*.

Aaron, que ainda não tinha se dado ao trabalho de olhar para mim, reuniu metodicamente suas coisas com aqueles dedos longos e, com pernas ainda mais longas, se levantou da cadeira.

Ainda irritada com tudo o que tinha acabado de acontecer, observei seu olhar passar de suas mãos para mim. Os olhos azuis, que tinham ficado sérios e voltado à indiferença, permaneceram em mim apenas por um instante e me dispensaram com a mesma rapidez.

Como sempre.

Observei sua figura alta e robusta sair para o corredor, o que fez meu coração martelar e se acalmar, ao mesmo tempo.

– Vamos, *mija* – disse Héctor, agora de pé e olhando para baixo, para mim. – Tenho um pacote de *chicharrones* na minha sala. A Ximena colocou sem eu ver na minha pasta esses dias, e eu estava guardando.

Ele deu uma piscadinha.

Fiquei de pé, e ele deu um risinho. A filhinha de Héctor receberia um abraço de urso na próxima vez que nos encontrássemos.

– Você precisa aumentar a mesada semanal daquela garota.

Fui atrás dele, e tentei retribuir o sorriso.

Mas não pude deixar de perceber que, poucos passos depois, a tentativa não foi o suficiente para chegar aos olhos.

TRÊS

Não foi daquele jeito que imaginei passar a noite.

Era tarde, a InTech estava quase vazia, eu tinha pelo menos quatro ou cinco horas de trabalho pela frente e meu estômago estava roncando tão alto que eu suspeitava que estivesse prestes a se autodevorar.

– *Estoy jodida* – falei baixinho.

Primeiro porque minha última refeição tinha sido uma salada, o que, embora pudesse ser a ideia mais inteligente, uma vez que o casamento aconteceria dali a um mês, claramente se revelara um erro e tanto. Segundo, eu não tinha lanchinho algum nem dinheiro trocado para comprar algo na máquina no andar de baixo. E, terceiro, a apresentação de slides ainda piscava na tela no notebook, só até a metade.

Repousei as mãos no teclado e hesitei sobre as teclas durante um minuto inteiro.

Uma mensagem piscou no celular, chamando minha atenção. O nome de Rosie surgiu na tela. Desbloqueei e uma imagem abriu imediatamente.

Era a foto de um café com leite delicioso, com uma rosa desenhada com espuma de leite. Ao lado, um brownie de chocolate triplo reluzia descaradamente sob a luz.

Rosie: Topa?

Ela não precisava especificar os planos ou mandar o endereço. O banquete só podia ser no Na Esquina, nosso café favorito. Fiquei imediatamente com água na boca só de pensar naquele paraíso cafeinado na Madison Avenue.

Abafando um resmungo, respondi.

Lina: Adoraria, mas estou presa no trabalho.

Três pontinhos surgiram na tela.

Rosie: Certeza? Guardei um lugar para você.

Antes que eu pudesse digitar uma resposta, chegou mais uma mensagem.

Rosie: Peguei o último brownie. Podemos rachar, mas só se você chegar logo. Não sou de ferro.

Soltei um suspiro. Definitivamente era uma alternativa melhor do que a realidade de ter que fazer hora extra em uma noite de quarta-feira, mas...

Lina: Não posso mesmo. Estou aqui trabalhando nas coisas do tal Open Day. Aliás, vou apagar essa foto, é tentação demais.

Rosie: Putz... Mas você não me disse nada além do fato de que ficaria responsável por isso. Quando vai ser?

Lina: Logo depois que eu voltar da Espanha. *emoji de noiva* *emoji de caveira*

Rosie: Ainda não entendi por que você tem que cuidar disso. Você não tá cheia de trabalho?

É. Era exatamente o que eu deveria estar fazendo, o trabalho que eu era paga para fazer. Não organizando um evento. Evento que, por sinal, era uma desculpa para me fazer recepcionar um bando de almofadinhas. Em suma, eu teria que alimentá-los, dar uma de babá deles e ser superlegal com todos, seja lá qual fosse o significado disso. Mas reclamar não me levaria a lugar nenhum.

Lina: *emoji blasé* É a vida.

Rosie: É. Bem, eu não gosto nem um pouco do Jeff neste momento.

Lina: Achei que você achava ele um grisalho gato *emoji de sorriso malicioso*

Rosie: Objetivamente falando, eu acho. Mas ele pode ser gato para um cara de 50 e continuar sendo um babaca. Você sabe que eu tenho uma queda pelo tipo.

Lina: Tem mesmo. Aquele Ted era um completo babaca. Que bom que vocês não estão mais juntos.

Rosie: *emoji de cocô*

As mensagens pararam por tempo suficiente para que eu achasse que a conversa tinha terminado. Ótimo. Eu precisava trabalhar naquele maldito... Meu celular piscou de novo.

Rosie: Desculpa, o marido da dona apareceu e me distraí. #desmaiando

Rosie: O cara é muito lindo. Traz flores pra ela toda semana. *emoji chorando*

Lina: Rosalyn, estou tentando trabalhar. Tira uma foto e me mostra amanhã.

Rosie: Desculpa, desculpa! Aliás, você deu alguma resposta ao Aaron? *emoji pensativo* Ele ainda está esperando?

Não me orgulha admitir que meu estômago embrulhou à menção inesperada de algo em que eu não estava me permitindo pensar.

Mentirosa. Nos últimos dois dias parecia que eu estava esperando a explosão de uma bomba a qualquer instante.

Não, desde segunda, Aaron não tinha dito mais nada sobre aquela loucura de ser meu acompanhante. Nem Rosie, porque mal nos encontramos por conta das agendas loucas.

> **Lina:** Não faço a menor ideia do que você está falando. Ele está esperando alguma coisa?

> **Rosie:** …

> **Lina:** Ele está na fila para um transplante de coração? Porque fiquei sabendo que é uma coisa que ele não tem.

> **Rosie:** Haha, muito engraçado. Guarda essas piadinhas para ele, pra quando forem conversar.

> **Lina:** Nós não vamos conversar.

> **Rosie:** Verdade. Os dois estão ocupados demais se encarando profundamente. *emoji de foguinho*

Um rubor indesejado tomou meu rosto.

> **Lina:** O que você quer dizer com isso?

> **Rosie:** Você sabe o que eu quero dizer.

> **Lina:** Que eu quero jogar ele na fogueira como se fosse uma bruxa? Se sim, tudo bem.

> **Rosie:** Ele também deve estar trabalhando até tarde.

Lina: E?

Rosie: Ah… você pode ir até a sala dele e dar essa
encarada que eu tenho certeza que ele ama.

Eita. O que foi isso? Me remexi na cadeira, desconfortável, olhando para
a tela do celular, horrorizada.

Lina: Do que você tá falando? Comeu chocolate demais
de novo? Você sabe que fica doidona. *emoji chocada*

Rosie: Pode evitar o assunto o quanto quiser.

Lina: Não estou evitando, só genuinamente preocupada
com a sua saúde neste momento.

Rosie: *emoji revirando os olhos*

Aquilo era novidade. Minha amiga nunca tinha falado abertamente sobre qualquer absurdo desses que ela *achava* ter visto. Rosie se limitava a
fazer um comentário ou outro de vez em quando. "Uma tensão fervilhante",
tinha dito certa vez.

O que me fez rir tanto que saiu um pouco de água pelo meu nariz.

Era esse o efeito das *observações* ridículas dela.

Em minha humilde opinião, todas aquelas novelinhas que ela via estavam começando a atrapalhar sua percepção da realidade. E olha que a espanhola da amizade era eu. Posso ter crescido assistindo a novelas com minha *abuela*, mas certamente não estava vivendo uma. Não havia nenhuma
tensão fervilhante entre mim e Aaron Blackford. Ele não amava as minhas
encaradas. Aaron não amava nada porque é impossível amar alguma coisa
quando não se tem coração.

Lina: Ok, preciso trabalhar, então vou deixar você voltar
para o seu café, mas pare de atacar o balcão de doces.
Estou preocupada.

Rosie: Tá bom, tá bom. Vou parar – por enquanto. *emoji de coração* Boa sorte!

Lina: *emoji de coração* *emoji de foguinho*

Bloqueei o celular e coloquei na mesa com a tela virada para baixo. Respirei fundo, reunindo minhas forças.

É hora do show.

A imagem de um brownie de chocolate surgiu na minha cabeça.

Uma agressão.

Não, Lina.

Pensar em brownies – ou em qualquer comida – não ia ajudar. Eu precisava me obrigar a acreditar que não estava com fome.

– Não estou com fome – falei em voz alta, fazendo um coque no cabelo.
– Estou de barriga cheia depois de comer todo tipo de comida deliciosa. Tipo tacos. Ou pizza. Ou brownies. Café e...

Meu estômago roncou, ignorando o exercício de visualização, e lembranças do Na Esquina invadiram minha mente. O aroma delicioso de café torrado. A agradável explosão sensorial de morder um brownie feito com três tipos de chocolate. O som da máquina de café espumando o leite.

Mais uma reclamação do meu estômago barulhento.

Suspirando, expulsei com relutância todas aquelas imagens da cabeça e arregacei as mangas do casaco leve que era obrigada a usar graças ao ar--condicionado que ficava no máximo durante o verão.

– Vamos lá, colabora – resmunguei para o meu estômago, como se as palavras fossem fazer alguma diferença. – Vamos ao Na Esquina amanhã. Agora você precisa ficar quieto e me deixar trabalhar, combinado?

– Combinado.

A palavra ecoou na sala, como se meu estômago tivesse respondido.

Mas eu não tinha tanta sorte.

– Isso foi estranho – disse a voz grave mais uma vez. – Mas acho que combina com a sua personalidade.

Sem precisar levantar a cabeça para saber quem era, fechei os olhos.

Maldita seja, Rosalyn Graham. Vou evocou essa entidade maligna na minha sala, e vai pagar por isso com chocolate.

Xingando baixinho – porque, é claro, se tinha alguém para me ouvir reclamando de mim mesma, esse alguém era ele –, obriguei meu rosto a assumir uma expressão neutra e ergui a cabeça.

– Estranho? Acho que é cativante.

– Não – respondeu ele muito rápido, até demais. – É um pouco preocupante quando você diz mais que duas palavras. Você estava em franca conversa consigo mesma.

Peguei a primeira coisa que achei em cima da minha mesa – um marca-texto. Inspirei e expirei.

– Sinto muito, Blackford. Mas não tenho tempo para analisar minhas peculiaridades no momento – falei, segurando o marca-texto no ar. – Precisa de alguma coisa?

Observei-o parado à porta da minha sala, o laptop embaixo do braço, uma das sobrancelhas escuras levantadas.

– O que é esse tal Na Esquina? – perguntou ele, olhando na minha direção.

Expirando devagar, ignorei a pergunta e fiquei olhando suas pernas longas percorrerem a distância até minha mesa. Então, fui obrigada a vê-lo dar a volta na mesa e parar em algum lugar à minha esquerda.

Girei a cadeira, ficando de frente para ele.

– Desculpe, posso ajudar com alguma coisa?

Ele olhou atrás de mim, para a tela do meu laptop, o corpo comprido curvado.

Ao perceber como seu corpo estava perto do meu rosto e como parecia ainda maior de perto, recostei na cadeira.

– Olá? – perguntei, em um tom mais hesitante do que eu gostaria. – O que você está fazendo?

Ele colocou a mão esquerda na minha mesa e soltou um "hum", o barulho suave tão próximo quanto ele em si. Bem na minha cara.

– Blackford – falei bem lentamente.

Os olhos dele percorriam o slide na tela, o rascunho do cronograma que eu estava montando para o Open Day.

Eu sabia o que ele estava fazendo. Mas não sabia por quê. Nem o motivo de estar me ignorando – além do fato de tentar me irritar profundamente.

– Blackford, estou falando com você.

Perdido em pensamentos, ele soltou mais um "hum", aquele maldito barulho abafado e masculino.

E irritante, lembrei a mim mesma.

Engoli o nó que magicamente tinha acabado de se formar na minha garganta.

Então, ele finalmente abriu a boca:

– Só isso?

Como quem não quer nada, Aaron colocou o notebook dele em cima da mesa. Bem ao lado do meu.

Estreitei os olhos.

– *Oito da manhã. Recepção.*

Um braço grandalhão pairou em frente ao meu rosto, apontando para a tela.

Voltei a colar o corpo no encosto da cadeira e notei a flexão do bíceps dele sob o tecido da camisa lisa.

Aaron seguiu lendo as informações da minha tela em voz alta, apontando com o dedo para cada item.

– *Nove da manhã. Uma introdução às estratégias de negócios da InTech.*

Meus olhos viajaram até seus ombros.

– *Dez da manhã. Coffee break...* até as onze. Vai exigir uma quantidade grande de café. *Onze da manhã. Atividades pré-almoço.* Não especificadas.

Fiquei surpresa ao perceber que o braço preenchia a manga perfeita e completamente, os músculos aconchegados no tecido fino sem deixar muito espaço para a imaginação.

– *Meio-dia. Almoço...* até as duas. Um banquete e tanto. Ah, e tem mais um *coffee break* às três da tarde.

O braço em que eu estava prestando atenção pairou no ar e caiu.

Corada, lembrei a mim mesma que não estava ali para ficar secando Aaron.

Ou secando os músculos escondidos pelas roupas sem graça.

– É pior do que eu imaginava. Por que você não disse nada?

Saí do transe e olhei para ele.

– Oi, como é?

Aaron inclinou a cabeça, então algo pareceu chamar sua atenção. Meu olhar seguiu sua mão até o outro lado da mesa e o vi pegar uma das canetas espalhadas.

– Um evento como esse... Você nunca organizou um. E pelo jeito não sabe fazer isso.

Ele largou a caneta no porta-lápis em forma de cacto.

– Tenho alguma experiência com workshops – resmunguei, acompanhando Aaron guardar mais uma caneta. – Mas só para faculdades, nunca para prospectar clientes.

E mais uma.

– Com licença, o que pensa que está fazendo? – perguntei, por fim.

– Muito bem – respondeu ele.

Aaron segurava meu lápis favorito, um cor-de-rosa, com uma pena no mesmo tom vivo no topo. Olhou para o lápis com uma expressão estranha, franzindo a testa.

– Não é o ideal, mas é um começo.

Ele apontou para mim com o lápis.

– Sério?

Peguei o objeto da mão dele e recoloquei no porta-lápis.

– Aham, isso me anima. Por acaso ofende seu gosto refinado, Sr. Robô?

Aaron não respondeu. Em vez disso, suas mãos avançaram em direção a alguns panfletos que eu tinha empilhado – tudo bem, admito que eles tinham sido largados – à minha direita.

– Eu sei organizar eventos como esse – declarou ele, arrumando os papéis em um canto da mesa. – Organizei alguns antes de vir trabalhar na InTech.

Em seguida ele pegou meu *planner*, que estava virado de cabeça para baixo no meio da bagunça que só naquele momento percebi ser o meu ambiente de trabalho. Ele segurou o *planner* com aquela mãozona.

– Só precisamos resolver isso rápido. Não temos muito tempo para organizar tudo.

Ei, ei, ei.

– Temos? – perguntei, arrancando o *planner* da mão dele. – Não existe isso de "temos". E você pode *por favor* deixar as minhas coisas em paz? O que você está tentando fazer?

A mão furtiva se deslocou mais uma vez, por trás do encosto da minha cadeira. Aaron estava quase me imprensando entre a mesa e a cadeira, a cabeça pairando sobre a minha, os olhos percorrendo minhas coisas.

Observando seu perfil e tentando muito não admitir o calor que sentia irradiar de seu corpo, esperei por uma resposta.

– Não tem como você se concentrar, sua mesa está toda bagunçada – disse ele por fim, pragmático. – Então estou arrumando.

Fiquei de queixo caído.

– Eu estava conseguindo me concentrar muito bem até você chegar.

– Posso ver a lista que Jeff montou?

Ele pairou os dedos sobre o meu notebook e abriu uma janela.

Desconfortável, senti o corpo ficar quente, mas pelo menos ele tinha parado de mexer nas minhas coisas.

– Ah, aqui está.

Aaron analisou o documento e comecei a me sentir sufocada com a nossa proximidade.

Meu Deus.

– Certo – continuou –, não é muita gente, então pelo menos o catering vai ser relativamente fácil de organizar. Quanto ao… cronograma que você preparou, não vai funcionar.

Colocando as mãos no colo, senti o pânico se espalhar pela barriga e me perguntei como eu conseguiria dar conta daquilo.

– Eu não pedi sua opinião, mas obrigada por me avisar – falei com a voz fraca, pegando o notebook e trazendo-o para mais perto. – Agora, se não se importa, preciso voltar ao trabalho.

Aaron olhou para baixo no mesmo instante em que olhei para ele.

Analisou meu rosto por um instante que pareceu se estender por um minuto inteiro – um minuto bastante desconfortável.

Aaron então foi para o lado oposto da mesa e, com braços fortes para os quais talvez eu tenha olhado por tempo demais, se apoiou e ligou o notebook.

– Aaron, você não precisa me ajudar – falei, torcendo para ser pela última vez naquela noite. – Se é isso que está tentando fazer.

A última parte saiu baixinho.

Aproximei minha cadeira da mesa observando Aaron digitar sua senha e tentando muito desviar o olhar daqueles ombros largos irritantes que ficavam bem no meu campo de visão.

Por el amor de Dios. Preciso parar de ficar... admirando.

Meu cérebro faminto estava claramente se esforçando para agir de um jeito normal. E a culpa era dele. Eu precisava que Aaron fosse embora. Agora mesmo. A uma distância normal, ele era extremamente irritante, e, naquele momento, ele estava... bem ali. Mais cabeça-dura do que nunca.

– Tenho uma coisa que podemos usar.

Aaron deslizava os dedos pelo *trackpad* enquanto procurava pelo documento ao qual imaginei que estivesse se referindo.

– Antes de sair da empresa eles pediram que eu montasse uma lista. Uma espécie de manual. Deve estar aqui em algum lugar. Um segundo.

Aaron continuou digitando, e fui ficando cada vez mais irritada. Comigo mesma, com ele. Com... tudo.

– Aaron...

Naquele exato momento, um PDF finalmente surgiu na tela. Pensando que ser o mais simpática possível talvez fosse a abordagem certa, suavizei o tom para acrescentar:

– Está tarde, e você não precisa fazer isso. Você já indicou o caminho, agora pode ir – falei, e apontei para a porta. – Obrigada.

Os dedos que eu continuava observando bateram graciosamente nas teclas mais uma vez.

– Tem de tudo um pouco... Exemplos de workshop, conceitos-chave para atividades e dinâmicas de grupo e até objetivos que devemos ter em mente. Podemos usar como base.

Podemos. De novo.

– Posso fazer isso sozinha, Blackford.

– Eu posso ajudar.

– Você pode, mas não precisa. Eu não sei por que você tem esse impulso de entrar voando com sua capa vermelha como um Clark Kent nerd e salvar o dia, mas não, obrigada. Você pode até ser parecido com ele, mas eu não sou uma donzela em perigo.

Mas a pior parte era que eu precisava, sim, de ajuda. O difícil era aceitar que Aaron era justamente a única pessoa disposta a ajudar.

Ele endireitou a postura e arqueou as sobrancelhas.

– Um Clark Kent nerd? Isso por acaso é um elogio?

Fechei a boca e mordi a língua.

– Não.

Revirei os olhos, embora talvez ele tivesse um pouco de razão.

Ele parecia um pouco o Clark Kent, de fato. A parte do Super-Homem que usava terno, tinha um emprego comum e era meio… *atraente* para um cara que trabalhava em um escritório. Não que eu fosse admitir isso em voz alta. Nem mesmo para a Rosie.

Aaron analisou meu rosto por alguns segundos.

– Acho que vou encarar como um elogio – disse, e os cantos de seus lábios se curvavam só um pouquinho.

Sósia presunçoso do Clark Kent.

– Bem, mas não foi.

Peguei o mouse e abri uma pasta aleatória.

– Thor ou Capitão América sim, aí seria um elogio. Mas você não é nenhum dos dois. Além do mais, ninguém liga para o Super-Homem hoje em dia, Sr. Kent.

Aaron pareceu refletir por um segundo antes de dizer:

– Mas parece que você ainda liga.

Ignorei o comentário.

Aaron começou a andar atrás de mim. Depois, o vi seguindo para a estação de trabalho de um dos caras que dividiam a sala comigo, mas que, obviamente já tinham ido embora horas antes. Ele pegou a cadeira e a empurrou na minha direção.

Cruzei os braços quando ele colocou a cadeira ao lado da minha e jogou o corpo imenso em cima dela, fazendo-a ranger e parecer bastante frágil.

– O que está fazendo? – perguntei.

– Você já fez essa pergunta – disse ele, com um olhar entediado. – O que parece que estou fazendo?

– Não preciso da sua ajuda, Blackford.

Ele soltou um suspiro.

– Acho que estou tendo mais um *déjà-vu*.

– Você… – gaguejei, e bufei mais uma vez. – Eu… ah.

– Catalina – disse ele, e eu detestei o modo como meu nome soou em seus lábios naquele instante –, você precisa de ajuda. Então estou economizando nosso tempo porque nós dois sabemos que você jamais pediria.

Ele não estava errado. Eu jamais pediria nada a Aaron porque sabia exatamente o que ele achava de mim. Pessoalmente, profissionalmente, tanto faz. Eu tinha plena consciência do que ele pensava a meu respeito. Meses antes eu havia escutado com meus próprios ouvidos, embora ele não soubesse. Então, sim, eu me recusava a aceitar qualquer coisa que viesse dele. Por mais que isso fizesse de mim uma rancorosa igual a ele. Por mim tudo bem.

Aaron se recostou e colocou a mão no descanso da cadeira. Sua camisa se esticou com esse movimento, a mudança na tensão do tecido atraente demais para que meus olhos não notassem por reflexo.

Dios. Meus olhos se fecharam por um segundo. Eu estava com fome, cansada de ter que lidar com tudo aquilo, traída por meus próprios olhos e, para falar a verdade, simplesmente confusa àquela altura.

– Pare de ser teimosa – disse ele.

Teimosa. Por quê? Porque não pedi sua ajuda e deveria aceitá-la quando você decidiu oferecer?

E, aí sim, fiquei irritada. Provavelmente por isso abri a boca sem pensar.

– Foi por isso que você não disse nada durante a reunião em que tudo isso e mais um pouco foi despejado em cima de mim? Porque eu não pedi ajuda? Porque sou teimosa demais para aceitar ajuda?

Aaron recuou um pouco a cabeça, provavelmente chocado com minha admissão.

Na mesma hora me arrependi de ter dito aquilo. De verdade. Mas escapou, como se as palavras tivessem sido arrancadas de mim.

Alguma coisa passou rapidamente por sua expressão séria.

– Eu não percebi que você queria que eu interviesse.

É claro que não. Ninguém percebeu. Nem Héctor, que eu considerava quase minha família. Mas eu já não devia saber? Porque, sim, eu estava mais do que acostumada com o fato de que, em situações como aquela, existem dois grupos de pessoas. As que acreditam que o silêncio é um terreno neutro e as que se posicionam. E, com frequência, se posicionam do lado errado. Claro, nem sempre se tratava de algo relativamente inofensivo como os comentários condescendentes e desrespeitosos de Gerald.

Às vezes eram coisas muito, muito piores. Eu sabia. Tinha vivido isso na pele muito tempo antes.

Balancei a cabeça, afastando a lembrança.

– Teria feito alguma diferença se eu tivesse pedido, Aaron? – perguntei, como se ele tivesse a solução, quando não tinha.

Fiquei olhando para ele, o coração disparado de ansiedade.

– Ou se eu dissesse que estou exausta de *precisar* pedir, você teria interferido?

Aaron me analisou em silêncio, observando meu rosto quase com cautela.

Sob escrutínio, fui ficando vermelha e me arrependendo cada vez mais de ter falado.

– Esqueça o que eu disse, ok?

Desviei o olhar, decepcionada e com raiva de mim mesma por colocar Aaron, justo ele, na reta quando ele não me devia nada. Absolutamente nada.

– De qualquer jeito, vou ter que fazer isso. Não importa como ou por quê.

Também não importa que essa não seria a última vez.

Aaron se endireitou, inclinou ligeiramente o corpo na minha direção e respirou fundo. Prendi a respiração, esperando que ele dissesse o que quer que estivesse se formando em sua mente.

– Você nunca precisou que alguém lutasse suas batalhas, Catalina. É uma das coisas que mais respeito em você.

Essas palavras causaram um impacto no meu peito, uma espécie de pressão com a qual eu não me sentia confortável.

Aaron nunca dizia esse tipo de coisa. Para ninguém, principalmente para mim.

Abri a boca para dizer que não tinha importância, que eu não ligava, que podíamos deixar isso para lá, mas ele levantou a mão, me interrompendo.

– Por outro lado, nunca imaginei você como alguém que se acovardaria e deixaria de dar seu melhor diante de um desafio, ainda que tenha sido por uma imposição injusta – disse ele, e virou para o notebook. – E aí, o que você vai fazer?

Minha mandíbula travou.

Eu... Eu não estava sendo covarde. Eu não estava com medo. Sabia que era capaz. Eu só... inferno, eu só estava exausta. É difícil ter motivação diante de uma perspectiva tão desanimadora.

– Eu não estou...

– E aí, Catalina, como vai ser? – perguntou ele, deslizando os dedos com habilidade pelo *trackpad*. – Choramingando ou trabalhando?

– Não estou choramingando – falei.

Sósia babaca do Clark Kent.

– Então vamos trabalhar – respondeu ele.

Olhei bem para ele, observando a mandíbula contraída de determinação. Talvez alguma irritação também.

– *Nós* não *vamos* nada – falei, bufando de novo.

Aaron balançou a cabeça, e eu jurei ter visto o fantasma de um sorriso agraciar seus lábios por uma fração de segundo.

– Juro por Deus... – disse ele, olhando para cima como quem pede paciência aos céus. – Você vai aceitar a minha ajuda. Está decidido.

Ele olhou para o relógio, soltando um suspiro.

– Não tenho o dia todo para te convencer – acrescentou, e, com a cara amarrada de sempre, voltou a ser o Aaron que eu conhecia. – Já perdemos muito tempo.

Eu me sentia mais à vontade com o Aaron carrancudo. Ele não saía por aí falando coisas idiotas como, por exemplo, que me respeitava.

E aí foi a minha vez de fazer cara feia, porque eu tinha plena consciência de que não conseguiria mais tirá-lo da minha sala.

– Sou tão teimoso quanto você – disse ele, baixinho, digitando alguma coisa. – Você sabe disso.

Voltando a atenção para a tela, decidi permitir que aquela trégua se estabelecesse. Para o bem da reputação da InTech. Pela minha saúde mental, também, porque ele estava me deixando completamente louca.

Seríamos dois idiotas carrancudos que aguentariam um ao outro por uma noite, pensei.

– Tudo bem. Vou aceitar sua ajuda já que insiste tanto – falei, tentando não me concentrar na bola quente de emoção se formando em minha barriga.

Uma emoção que parecia gratidão.

Ele olhou para mim rapidamente, com uma expressão indecifrável.

– Vamos ter que começar do zero. Abra um modelo em branco.

Desviando o olhar, tentei me concentrar na tela do meu notebook.

Fazia alguns minutos que estávamos em silêncio quando, com o canto do olho, percebi uma movimentação. Logo depois, ele colocou alguma coisa na minha mesa. Entre nós dois. Ouvi sua voz ao meu lado.

– Toma.

Olhando para baixo, vi algo embrulhado em papel-manteiga. Era um quadrado, de uns oito ou dez centímetros.

– O que é isso? – perguntei, e meus olhos saltaram para ele.

– Uma barrinha de granola – respondeu ele, sem olhar para mim, digitando. – Você está com fome. Coma.

Vi minhas mãos irem até a barrinha por conta própria. Depois de aberta, inspecionei de perto. Feita em casa. Só podia ser, a julgar pelo modo como a aveia torrada, as frutas secas e as castanhas estavam unidas.

Ouvi o suspiro longo de Aaron.

– Se você me perguntar se está envenenada, eu juro...

– Não – respondi baixinho.

E balancei a cabeça, sentindo aquela pressão estranha no peito mais uma vez. Então, levei a barrinha até a boca, mordi e – *santa barrinha de granola*. Gemi de prazer.

– Pelo amor de Deus – resmungou ele.

Devorando aquela maravilhosidade de castanhas docinhas, dei de ombros.

– Desculpa, foi uma mordida digna de um gemido.

Vi sua cabeça balançar enquanto ele se concentrava no documento na tela. Analisei seu perfil e fui tomada por sensação estranha e incomum, algo que não tinha nada a ver com meu apreço pelas inesperadas habilidades culinárias de Aaron. Era outra coisa, a sensação calorosa e agradável que eu percebera alguns minutos antes, mas que agora me fazia querer curvar os lábios em um sorriso: gratidão.

Aaron Blackford, sósia mal-humorado do Clark Kent, estava na minha sala, me ajudando e me dando lanches caseiros, e eu estava feliz. Grata, até.

– Obrigada – disse, sem pensar.

Ele se virou para olhar para mim e por um instante vi que estava relaxado. Então seus olhos saltaram para a minha tela e ele bufou.

– Você ainda não abriu um modelo em branco?

– *Oye* – deixei escapar em espanhol. – Não precisa ser tão mandão. Nem todo mundo tem supervelocidade como você, Sr. Kent.

Aaron ergueu as sobrancelhas e pareceu pouco impressionado ao dizer:

– Pelo contrário, algumas pessoas têm o superpoder inverso.

Revirei os olhos.

– Rá, rá. Muito engraçado.

O olhar dele voltou para a tela.

– Modelo em branco. E é para hoje, se não for pedir muito.

Aquela seria uma longa noite.

QUATRO

– *Mamá* – repeti pela centésima vez. – *Mamá, escúchame, por favor.*

Não faria nenhuma diferença se eu pedisse a ela que por favor me ouvisse outras mil vezes. Escutar não era algo em que minha mãe se destacava, nem que praticava. Escutar é para as pessoas que dão um descanso às cordas vocais.

Dei um suspiro longo e alto enquanto a voz da minha mãe viajava do celular ao meu ouvido em jorros compulsivos de espanhol.

– *Madre* – repeti.

– … então se você decidir ir com aquele outro vestido… sabe qual? – perguntou ela, em espanhol, sem dar espaço para resposta. – Aquele que é todo leve e sedoso e cai até os tornozelos. Bom, como sua mãe, preciso dizer que não te valoriza. Desculpe, Lina, mas você é baixinha e o corte faz você parecer mais baixinha ainda. E verde também não fica bem em você. Não acho que seja a cor que a *madrina* deve usar.

– Eu sei, *mamá*. Mas eu já disse…

– Você fica parecendo… um sapo de salto alto.

Nossa, obrigada, mãe.

Ri e balancei a cabeça.

– Não importa, porque eu vou com o vestido vermelho.

Ouvi seu arquejo.

– *Ay*. Por que você não me disse antes? Me deixou ficar meia hora falando de todas as outras opções.

– Eu disse assim que o assunto surgiu. Mas você…

– Bem, acho que me deixei levar, *cariño*.

Abri a boca para confirmar, mas nem tive a chance.

– Perfeito – interrompeu. – É um vestido tão lindo, Lina. É elegante e sedutor.

Sedutor? O que ela estava querendo dizer com isso?

– Seus peitos vão chegar antes de você.

Ah... *ah*. Era *isso*.

– Essa cor favorece muito sua pele, seu corpo e seu rosto. Ao contrário do vestido do sapo.

– Obrigada – murmurei. – Acho que nunca mais vou usar verde.

– Ótimo – respondeu ela, rápido demais para o comentário ser considerado gentil. – E o que seu namorado vai vestir? Vocês vão combinando? *Papá* comprou uma gravata no mesmo tom de azul-bebê que a roupa que eu vou usar.

Soltei um gemido baixinho.

– *Mamá*, você sabe que a Isa odeia isso. Ela pediu que a gente não combinasse.

Minha irmã tinha insistido bastante nesse ponto: nada de casais combinando. Precisei até brigar com ela para que não acrescentasse essa recomendação nos convites. Demandou muita energia e paciência convencê-la de que ela não queria ser esse tipo de noiva.

– Bom, considerando que eu pari a noiva e que já comprei a gravata para o *papá*, acho que sua irmã vai ter que abrir uma exceção.

Essa, sim, era teimosa. Eu com certeza era, minha irmã provavelmente mais ainda, mas nossa mãe? A mulher cunhou o termo no momento em que veio ao mundo e abriu os olhos.

– Acho que vai – admiti baixinho.

Peguei a agenda e rabisquei o item "ligar para a Isa e avisá-la" em minha lista de tarefas.

– Tenho um voucher de um site que você pode usar, eu acho – comentou *mamá* enquanto eu desbloqueava o notebook e conferia os e-mails, distraída. – Talvez não funcione fora da Espanha. Mas devia funcionar, não devia? Você é minha filha e devia poder usar meus vouchers, independentemente do lugar no mundo em que estiver. Não é exatamente pra isso que serve a internet?

Cliquei em uma notificação para uma nova bateria de reuniões.

– É, claro.

Uma breve olhada na descrição deixou claro que eu deveria ter encerrado a ligação antes de abrir.

– É, claro, a internet é pra isso? Ou é, claro, você vai usar meu voucher?

Recostei na cadeira, lendo as informações anexadas.

– Lina?

Do que é que a gente está falando mesmo?

– Sim, *mamá*.

– Bom, é melhor você mesma conferir o voucher, você sabe que eu não sou boa com essas coisas de internet.

– Claro – respondi, ainda sem saber com o que estava concordando.

– A não ser que ele já tenha uma gravata…

Ele.

Toda a minha atenção voltou para a conversa.

– Ele tem? – insistiu ela, uma vez que eu não respondi. – Seu namorado?

Gotículas de suor se formaram em minha testa ao pensar em falar no assunto.

Ele.

O namorado que eu não tinha, mas que minha família achava que eu tinha. Porque eu disse isso a eles.

Porque eu *menti* para eles.

De repente, meus lábios ficaram magicamente costurados. Entrando em pânico, torci para que minha mãe mudasse de assunto do seu jeito caótico e acelerado de sempre.

O que eu devo dizer, afinal? Não, mamá. *Não tem como ele ter uma gravata porque ele nem existe. Ele é uma invenção minha, sabe. Uma tentativa de parecer menos patética e solitária.*

Talvez eu pudesse desligar. Ou fingir estar ocupada para ter uma desculpa. Mas eu sabia que ficaria morrendo de remorso e, francamente, eu não era capaz de suportar mais remorsos. Além disso, minha mãe não era burra.

Ela saberia que estava acontecendo alguma coisa.

Eu tinha saído do útero daquela mulher.

Mais alguns segundos se passaram sem que nada saísse da minha boca. Eu não conseguia acreditar que, provavelmente pela primeira vez na vida, a matriarca dos Martín estava esperando minha resposta em silêncio.

Merda.

Mais alguns segundos se passaram.

Merda, merda, merda.

Confesse, disse uma voz baixinha dentro de mim. Mas balancei a cabeça, me concentrando em uma das gotinhas de suor que escorria pelas costas.

– Lina? – disse ela, finalmente, a voz insegura, preocupada. – Aconteceu alguma coisa?

Eu era um ser humano horrível, uma mentirosa, responsável por aquela preocupação que eu ouvia em sua voz.

Pigarreei e ignorei o peso que parecia vir da vergonha em meu estômago.

– Não... Está tudo bem.

Ouvi *mamá* suspirar. Um daqueles suspiros que atingem o outro, sabe? Eu me senti mal. Como se pudesse vê-la olhando para mim com os olhos derrotados e tristes, balançando a cabeça. Eu odiava isso.

– Lina, você sabe que pode conversar comigo se tiver acontecido alguma coisa.

A sensação de culpa ficou ainda mais intensa e meu estômago revirou. Me senti péssima. Burra também. Mas quais eram as alternativas além de continuar mentindo ou falar a verdade?

– Vocês terminaram? Sabe, faria sentido, porque você nunca falou dele antes. Pelo menos não até aquele dia.

Uma pausa, e eu ouvi meu coração batendo nas orelhas.

– Sua prima Charo disse uma coisa ontem...

É claro que Charo sabia. Tudo o que *mamá* sabia, o resto da família sabia.

– Ela disse que você não tem fotos dele no Facebook.

Fechei os olhos.

– Ninguém posta mais nada no Facebook, *mamá* – respondi com a voz fraca, ainda lutando comigo mesma.

– E Prinstanam? Ou o que quer que vocês, jovens, usem agora. Nenhuma foto também.

Eu conseguia imaginar Charo vasculhando todos os meus perfis nas redes sociais, procurando pelo homem imaginário e se deleitando ao não achar nada.

– Charo disse que se não é oficial no Prinstanam, não é sério.

Meu coração martelou forte no peito.

– É Instagram.

– Tá bom – disse ela, suspirando. – Mas, se você terminou com ele, ou ele com você... não importa quem fez o quê... Conversa com a gente. Comigo, com seu pai. Eu sei o quanto você tem tido dificuldades com essa coisa de namoro desde... você sabe, desde o Daniel.

O último comentário foi a facada no peito, transformando aquela sensação de peso em uma coisa feia e dolorosa. Algo que me fez pensar no motivo que me levara a mentir, que estava criando minha dificuldade – segundo minha mãe – e que me colocara naquela situação para começo de conversa.

– Você nunca trouxe ninguém aqui em todos esses anos morando fora. Nunca comentou sobre estar saindo com alguém. E nunca tinha falado desse namorado atual até contar que ele viria ao casamento. Então, se estiver sozinha de novo...

Uma pontada muito familiar e dolorosa perfurou meu peito quando ouvi essas palavras.

– Não tem problema.

Não tem?

Se realmente não tivesse, eu poderia contar para minha mãe. Era minha chance de acabar com aquele circo de mentiras, enterrar todo aquele arrependimento em algum lugar profundo e escuro e respirar. Eu poderia dizer a ela que eu de fato não estava mais em um relacionamento e, consequentemente, não levaria meu namorado – imaginário – ao casamento. Eu iria sozinha. *E não teria problema.*

Ela mesma disse isso. E talvez tivesse razão. Eu só precisava acreditar.

Respirei fundo, senti uma onda de coragem e decidi.

Vou confessar.

Ir sozinha não seria divertido. Os olhares de pena e comentários sussurrados sobre um passado no qual eu não queria pensar certamente seriam um saco, para dizer o mínimo. Mas eu não tinha alternativa.

A carranca de Aaron surgiu em minha cabeça. Sem ser chamada.

Definitivamente sem ser chamada.

Não. Eu não permitiria.

Quatro dias tinham se passado desde segunda-feira e ele não dissera mais nada. Não que isso pudesse ter mudado alguma coisa. Eu estava sozinha nessa e não havia motivo para acreditar que ele estava falando sério.

E não tinha problema, *mamá* acabou de dizer.

Abri a boca para falar. Era hora de colocar em prática a decisão de crescer e parar de agir feito uma mentirosa compulsiva diante de uma situação que eu deveria ter a maturidade de encarar sozinha. Mas, é claro, a sorte não estava do meu lado. As palavras seguintes da minha mãe mataram imediatamente qualquer coisa que eu estivesse prestes a dizer.

– Sabe – falou *mamá* em um tom que deveria ter me alertado quanto ao que viria a seguir –, cada pessoa é diferente. Todos temos um ritmo próprio para reconstruir a vida depois de passar por algo assim. Algumas pessoas precisam de mais tempo do que outras. E, se você não conseguiu chegar lá ainda, não precisa se envergonhar. Daniel está noivo e você está solteira, mas isso não tem importância. Você pode vir ao casamento sozinha, Lina.

Meu estômago se revirou só de imaginar.

– Daniel não teve que reconstruir nada porque, bem... Ele pulou fora ileso.

E não é que era verdade? Uma verdade que, além de todo o resto, piorava ainda mais as coisas. Ele seguira em frente feliz da vida enquanto eu... eu... tinha encalhado. E todo mundo sabia. Cada convidado que estaria no casamento sabia.

Como se tivesse lido minha mente, minha mãe enunciou meus pensamentos:

– Todo mundo sabe disso, *cariño*. E todos entendem. Você passou por muita coisa.

Todos entendem?

Não, minha mãe estava errada. Todos *achavam* que entendiam, mas ninguém se dava conta de que todos aqueles *pobrecita, coitadinha da Lina* – acompanhados de olhares e acenos piedosos, como se entendessem o tamanho da minha mágoa e o fato de eu não ter me relacionado de novo – eram o motivo pelo qual eu tinha mentido para a minha família. O motivo pelo qual eu tinha vontade de sair do corpo ao pensar em ir sozinha e encontrar Daniel – meu primeiro amor, meu ex-namorado, padrinho e irmão do noivo – com a noiva, o que só reforçaria as suposições que todos tinham ao meu respeito.

Solteira e sozinha depois de ir embora correndo para outro país, de coração partido.

Encalhada.

Eu tinha superado Daniel; tinha mesmo. Mas, cara, a situação toda havia… mexido comigo. Depois de tanto tempo eu começava a perceber isso – e o gatilho não tinha sido me dar conta de que estava solteira havia anos, mas sim ter mentido – e o pior era que eu tinha acabado de decidir não voltar atrás na mentira.

Todos entendem. Você passou por muita coisa.

Muita coisa era um eufemismo.

Não. Sem chance. Eu não faria aquilo. Eu não seria aquela Lina diante da família toda, da cidade toda. Do Daniel.

– Lina… – chamou minha mãe, dizendo meu nome de um jeito que só uma mãe diria. – Você ainda está aí?

– É claro que estou.

Minha voz saiu hesitante e pesada com tudo o que eu estava sentindo, e odiei isso. Me endireitei na cadeira.

– Não aconteceu nada com meu namorado.

Mentiras, mentiras e mais mentiras. *Lina Martín, mentirosa profissional.*

– Ele vai comigo, exatamente como eu disse – afirmei, forçando uma risada que soou muito esquisita. – Se você me deixasse falar antes de tirar conclusões bobas e me passar sermão, eu poderia ter dito isso antes.

Nenhum som vindo da Espanha. Só silêncio.

Minha mãe não era burra. Acho que nenhuma mãe é. E, se por um segundo acreditei estar livre da tempestade, estava enganada.

– Tá bom – respondeu ela, com a voz estranhamente suave. – Então vocês ainda estão juntos?

– Estamos.

– E ele vai vir para o casamento? Para a Espanha?

– Exato.

Uma pausa. Notei que minhas mãos suavam tanto que o celular teria escorregado se eu não estivesse segurando com toda a força.

– Ele também mora em Nova York?

– Mora.

Ela soltou um "hum", e acrescentou:

– Americano?

– Nascido e criado aqui.

– Como é mesmo o nome dele?

Minha respiração ficou presa em algum lugar da garganta. *Merda*. Eu não tinha dito nome, tinha? Eu achava que não, mas...

Percorri todas as opções muito rápido. Desesperadamente rápido. Eu precisava de um nome. Uma coisa fácil e administrável. Um nome.

Só um nome.

O nome de um homem que não existia ou que eu ainda tinha que encontrar.

– Lina... você está aí? – perguntou minha mãe, rindo de nervoso. – Você esqueceu o nome do seu namorado?

– Não seja boba – respondi, ouvindo a angústia em minha voz. – Eu...

Uma sombra chamou minha atenção. Meu olhar disparou até a porta da sala e, exatamente como havia se enfiado em minha vida um ano e oito meses antes – em um momento absolutamente péssimo –, Aaron Blackford entrou pela porta e se colocou no olho do furacão.

– Lina? – Pensei ter ouvido minha mãe dizer.

Em duas passadas, ele estava na minha frente, do outro lado da mesa, largando uma pilha de papéis.

O que aquele homem estava fazendo?

Não íamos à sala um do outro. Nunca precisamos, quisemos ou nos demos ao trabalho de fazer isso.

O olhar azul gélido recaiu sobre mim. Acompanhado por aquela cara fechada, como se Aaron estivesse se perguntando por que eu parecia uma mulher lidando com uma crise de vida ou morte, que era exatamente o caso. Ser pega mentindo era muito pior do que mentir. Depois de apenas dois segundos, aquela carranca se transformou em uma expressão de choque. Dava para ver o julgamento em seus olhos.

De todas as pessoas que podiam ter entrado na minha sala naquele momento, tinha que ser justo ele.

Por que, Deus? Por quê?

– Aaron. – Eu me ouvi dizer com a voz pesada.

Registrei vagamente minha mãe repetir:

– Aaron?

– *Sí* – murmurei, e nossos olhares se cruzaram, o meu e o dele.

O que é que ele quer?

– Tá bom – disse *mamá*.

Tá bom?

Meus olhos se arregalaram.

– *¿Qué?*

Aaron, que ouviu as palavras em espanhol, juntou dois mais dois com uma facilidade que não deveria ter me surpreendido.

– Assuntos pessoais em horário de trabalho? – perguntou ele, balançando a cabeça.

Minha mãe, que ainda estava na linha, perguntou em espanhol:

– É ele? Essa voz que estou ouvindo? É o tal Aaron com quem você está saindo?

Meu corpo inteiro travou. Boquiaberta, fiquei olhando para ele de olhos arregalados. As palavras de *mamá* ressoavam na minha cabeça claramente oca. O que diabos eu tinha acabado de dizer?

– Lina? – insistiu ela.

Aaron fechou ainda mais a cara, soltou um suspiro resignado e continuou parado ali. Sem ir embora.

Por que ele não estava indo embora?

– *Sí* – respondi, sem perceber que ela veria isso como uma confirmação.

Mas é claro que ela veria. Eu sabia que ela faria exatamente isso, não sabia?

– Não – acrescentei, tentando recuar.

Mas então Aaron soltou um "tsc" e balançou a cabeça mais uma vez, desistindo de dizer fosse lá o que tinha em mente.

– Eu… – *Meu Deus, por que está fazendo tanto calor aqui dentro? – No sé, mamá.*

Aaron perguntou baixinho:

– Sua mãe?

– *¿Cómo que no sabes?* – perguntou ela, ao mesmo tempo.

– Eu… Eu…

Parei, sem saber exatamente com quem estava falando. Aaron carrancudo ou *mamá*. A sensação era a de estar em piloto automático. O avião se aproximava do chão a toda a velocidade e eu não podia fazer nada para impedir o impacto. Nenhum dos meus comandos respondia.

– *Ay, hija* – disse minha mãe, rindo. – Sim ou não? É o Aaron?

Eu queria gritar.

De repente, senti muita vontade de chorar ou abrir a janela e jogar o celular lá embaixo, no trânsito implacável de Nova York. Também senti vontade de quebrar alguma coisa e bater os pés com força, tamanha frustração, tudo ao mesmo tempo.

Aaron pareceu intrigado e inclinou a cabeça, observando enquanto eu fazia de tudo para respirar com calma.

Cobri o celular com a outra mão e falei com ele com uma voz fraca e derrotada:

– O que você quer?

Ele balançou a mão em um gesto de desdém.

– Não, por favor, não permita que eu ou o trabalho atrapalhemos sua ligação pessoal – disse ele, cruzando os braços no peitoral ridiculamente largo e colocando uma das mãos sob o queixo. – Eu espero você terminar.

Se fosse fisicamente possível sair fumaça dos meus ouvidos, uma nuvem preta estaria subindo e dando voltas acima da minha cabeça.

Minha mãe, que ainda estava na linha, disse:

– Você parece ocupada, vamos desligar.

Mantive os olhos em Aaron e, antes mesmo que eu pudesse assimilar as palavras, minha mãe acrescentou:

– Espere só a sua *abuela* ficar sabendo que você está namorando alguém do trabalho. Sabe o que ela vai dizer?

Acho que meu cérebro idiota ainda estava em piloto automático, pois respondi imediatamente:

– *Donde se gana el pan, no se come carne.*

Aaron contraiu levemente os lábios.

Minha mãe riu.

– *¡Eso es!* Agora volte ao trabalho. Você fala mais sobre ele quando vierem para o casamento, sim?

Não, eu queria dizer. *Antes disso eu vou morrer sufocada em minha própria teia de mentiras.*

– É claro, *mamá* – respondi. – Te amo. Diga ao *papá* que também o amo.

– Também te amo, *cielo* – respondeu ela, antes de desligar.

Enchendo os pulmões com um ar muito necessário, olhei para o homem que tinha acabado de deixar minha vida dez vezes mais complicada e larguei o celular na mesa como se estivesse queimando minha mão.

– Então, sua mãe.

Assenti, incapaz de falar. Melhor assim, porque só Deus sabia o que poderia sair da minha boca traiçoeira.

– Tudo bem?

Suspirei e assenti mais uma vez.

– O que significa? – perguntou ele, com algo que poderia ser genuína curiosidade. – Aquilo que você disse em espanhol, ali no fim?

Minha cabeça ainda estava girando depois daquela ligação catastrófica. Pelo que eu tinha feito e pela confusão que eu tinha criado. Eu não tinha tempo para brincar de Google Tradutor com Aaron, que, além de tudo, era a última pessoa com quem eu queria conversar naquele momento.

Deus, como ele conseguiu fazer isso? Bastou ele aparecer e em questão de minutos simplesmente...

Balancei a cabeça.

– E por que você quer saber? – esbravejei.

Aaron se encolheu. Bem pouquinho, mas quase dava para afirmar.

Imediatamente me senti uma idiota e levei as mãos ao rosto, tentando me acalmar.

– Desculpe, estou um pouco... estressada. O que você quer, Aaron? – perguntei, suavizando a voz e fixando o olhar em um ponto sobre a mesa.

Em qualquer lugar que não fosse nele. Não queria encará-lo, não queria dar a chance de que Aaron me visse tão... abalada. A ideia de que ele testemunhasse meu pior momento era péssima. Se não fosse completamente inadequado, eu teria me jogado no chão e me escondido embaixo da mesa.

– Imprimi mais alguns documentos que podem ajudar com os workshops que esboçamos – disse ele.

Como eu me recusava a olhar para ele, percebi a diferença em seu tom de voz, que soou quase gentil. Gentil para alguém como o Aaron, claro.

– Deixei na sua mesa.

Ah.

Avistei os papéis e me senti ainda mais idiota.

A sensação no estômago virou algo muito parecido com impotência, então foi impossível me sentir melhor.

– Obrigada – murmurei, massageando as têmporas e fechando os olhos.

– Você poderia ter mandado por e-mail.

Assim quem sabe aquilo tudo pudesse ter sido evitado.

– Você destaca tudo à mão.

De fato. Quando alguma coisa exigia minha total atenção, eu precisava imprimir e revisar com um marca-texto. Mas como ele… *Que inferno.* Dane-se que Aaron tivesse percebido isso de alguma forma, provavelmente ele só havia notado porque fazer isso era desperdício de papel e péssimo para o meio ambiente. O que não mudava o fato de eu ser uma idiota por ter descontado nele.

– Você tem razão, eu faço isso mesmo. Isso foi… – Parei de falar, mantendo o olhar na mesa. – Foi bem gentil da sua parte. Vou analisar tudo no fim de semana.

Ainda sem levantar a cabeça para olhar para ele, peguei a pilha e coloquei na minha frente.

Um longo momento se passou antes que algo fosse dito.

Eu sabia que ele ainda estava parado ali, imóvel, escultural, apenas olhando para mim. Mas Aaron não dizia nada e não me dava desculpa para levantar o olhar. Mantive os olhos fixos nos papéis que ele, com muita gentileza, tinha imprimido para mim.

Mas logo o que era um momento longo pareceu se transformar em um intervalo de tempo dolorosamente incômodo. Quando eu estava prestes a perder a estranha batalha e olhar para ele, senti sua sombra deixar a sala. Esperei um minuto para ter certeza de que já tinha ido mesmo e… Desabei.

Minha cabeça caiu na mesa com um baque surdo. Não, não exatamente na mesa, mas sobre a pilha de papéis que Aaron – *com muita gentileza* – trouxera para mim, segundos antes de eu perder as estribeiras e dizer à minha mãe que o nome do meu namorado inventado era Aaron.

Soltei um gemido feio e triste.

Como eu.

Bati a cabeça levemente contra o tampo da mesa.

Bam.

– *Estúpida.*

Bam. Bam. Bam.

– *Idiota. Tonta. Boba. Y mentirosa.*

Isso era o pior de tudo. Eu não era só uma idiota, eu era uma idiota mentirosa.

Gemi outra vez.

– Eita – disse alguém parado à porta.

Rosie.

Que bom. Eu precisava de alguém de confiança para me resgatar daquela loucura na qual eu tinha me enfiado e me internar na clínica psiquiátrica mais próxima. Eu não era confiável para... agir de forma adulta.

– Está tudo bem, Lina?

Não.

Nada naquela situação que eu tinha criado estava bem.

– CALMA AÍ! CALMA AÍ, CALMA AÍ, CALMA AÍ...

Rosie levantou a mão, fazendo o sinal universal de "calma aí".

– Você disse o quê pra sua mãe?

Devorando o resto do meu sanduíche de pastrami, olhei para ela.

– Fofê oufiu o que eu dife – falei, nem aí com o fato de estar de boca cheia.

– Só quero ouvir aquela última parte mais uma vez.

Rosie recostou no assento da cadeira, os olhos cor de esmeralda arregalados de choque.

– Quer saber? Que tal me contar tudo de novo? Eu devo ter perdido alguma coisa porque essa história está parecendo maluquice demais, até para você.

De olhos semicerrados, dei um sorriso falso que certamente mostrou o conteúdo do meu sanduíche. Estávamos almoçando no décimo quinto andar e eu não ligava para a possibilidade de ser vista por alguém. Àquela hora, o andar já estava meio vazio. Era mesmo a cara de Nova York uma empresa dedicar aquele espaço todo – e dinheiro, porque a decoração era diretamente saída da hipsterlândia – em um *coworking* para um bando de workaholics que só ia ali no horário de almoço. Algumas poucas mesas à minha direita estavam ocupadas – as mais próximas do vidro impressionante que ia do chão ao teto, claro.

– Não me olhe assim – disse Rosie, com um biquinho. – E, por favor, eu te amo, Lina, mas isso aí não está bonito. Tem um pedaço de... de alface saindo da sua boca.

Revirei os olhos, mastigando e finalmente engolindo.

Ao contrário do que eu esperava, a comida não melhorou nem um pouco meu humor. Aquela bola de ansiedade quicando ainda pedia para ser alimentada.

– Eu deveria ter pedido mais um sanduíche.

Em qualquer outro dia, eu teria feito exatamente isso. Mas o casamento estava chegando, e eu estava tentando manter a linha.

– Sim, e sabe o que mais você deveria ter feito? Me contado tudo isso antes.

Sua voz era gentil, assim como tudo o que dizia respeito a Rosie, mas o peso por trás das palavras me deixou arrepiada assim mesmo.

– Desde o instante em que você decidiu inventar um namorado, sabe.

Eu merecia isso. Sabia que Rosie ia – com todo o carinho – me dar uma bronca assim que descobrisse que eu não tinha contado a respeito de todo aquele lance de *mentir para minha família sobre estar em um relacionamento.*

– Me desculpe – pedi, estendendo a mão por cima da mesa para alcançar a dela. – Me desculpe, Rosalyn Graham. Eu não deveria ter escondido isso de você.

– Não, não mesmo – retrucou ela, fazendo biquinho de novo.

– Em minha defesa, eu ia contar na segunda-feira, mas fomos interrompidas por você sabe quem.

Eu não queria dizer o nome em voz alta, pois ele surgia do nada quando eu fazia isso. Apertei a mão dela.

– Para me redimir, vou pedir à *abuela* para acender umas velas para um dos santos dela, para que você seja recompensada com muitos filhos.

Rosie soltou um suspiro, fingindo pensar por um instante.

– Tudo bem, desculpas aceitas – disse Rosie, apertando minha mão. – Mas, em vez de filho, prefiro ser apresentada a um dos seus primos, talvez.

Recuei, meu rosto em choque.

– Um dos meus *o quê?*

Observando um leve rubor tomar conta de suas bochechas, minha surpresa só cresceu quando ela disse:

– Aquele que surfa e tem um pastor belga? Ele é um sonho.

– Oi?

Nenhum daqueles selvagens dos meus primos podia ser considerado um *sonho*.

As bochechas de Rosie ficaram ainda mais vermelhas.

Como é que minha amiga conhece um dos membros do clã Martín? A não ser que...

– Um sonho? Lucas? – gaguejei.

E nesse momento me lembrei que eu tinha, sim, mostrado alguns stories do Instagram dele. Mas só por causa do Taco, o cachorro. Não por causa dele.

– Lucas, aquele da cabeça raspada?

Ela fez que sim casualmente, dando de ombros.

– Você é boa demais para o Lucas – falei, sibilando. – Mas deixo você participar do sequestro do cachorro porque o Taco também é bom demais para ele.

– Taco, que nome fofo.

Rosie deu uma risadinha.

Soltei a mão dela e peguei a garrafa de água.

– Rosie, não. Não.

– Não, o quê?

O sorriso ainda estava ali, preso em seus lábios enquanto ela pensava no meu primo, eu acho, de um jeito que...

– Não! Que nojo! Pelo amor de Deus, mulher. Lucas é um bárbaro, um bruto sem modos. Poder ir parando de sonhar com meu primo – falei, bebendo um gole refrescante de água. – Pode parar ou eu vou ser obrigada a contar algumas histórias de terror da nossa infância, e isso provavelmente vai arruinar o gênero masculino para você.

Os ombros dela desabaram.

– Se você acha mesmo necessário... não que isso fosse ajudar. Acho que já sou um caso perdido.

Ela fez uma pausa, soltando um suspiro triste, e eu quis pegar sua mão de novo e dizer que seu príncipe encantado ia aparecer. Rosie só precisava parar de escolher apenas os babacas. Incluindo meus parentes.

– Mas, antes disso, podemos conversar sobre a sua história de terror da vida real.

Ah. Isso.

Olhei para baixo e fiquei brincando com o rótulo da garrafa.

– Já contei tudo. Com riqueza de detalhes, desde o momento em que eu disse aos meus pais que estava namorado um homem que não existe até o momento em que de algum jeito levei minha mãe a acreditar que o nome dele era Aaron porque um babaca de olhos azuis apareceu do nada.

Arranquei o rótulo da superfície de plástico.

– O que mais você quer saber?

– Tudo bem, esses são os fatos. Mas o que você está pensando?

– Neste momento? – perguntei, e ela assentiu. – Que devíamos ter comprado sobremesa.

Rosie colocou os braços na mesa e se apoiou neles.

– Lina... Você entendeu.

Ela olhou para mim com seriedade, o que, no caso da Rosie, queria dizer com paciência, mas sem sorrir. Ou com um sorriso menor que de costume.

– O que você vai fazer?

E eu sei lá?

Dando de ombros, deixei meu olhar percorrer a sala, observando as mesas antigas de madeira e as samambaias penduradas que decoravam a parede de tijolinhos vermelhos à esquerda.

– Ignorar isso até o avião pousar em solo espanhol e eu ser obrigada a explicar por que meu namorado não foi?

– Querida, você tem certeza de que quer fazer isso?

– Não.

Balancei a cabeça.

– Sim.

Levando as mãos às têmporas, massageei tentando afastar o início de uma dor de cabeça.

– Não sei.

Rosie pareceu absorver isso por um bom tempo.

– Mas e se você de repente considerasse levá-lo?

Minhas mãos caíram das têmporas para o tampo da mesa, e meu estômago se revirou.

– Quem?

Eu sabia exatamente *quem*. Mas não conseguia acreditar que ela estivesse sugerindo isso.

Ela se deu ao trabalho de responder:

– Aaron.

– Ah, o filho favorito do Lúcifer? Não vejo como pensar em levá-lo a lugar nenhum.

Observando Rosie juntar as mãos sobre a mesa, como se estivesse se preparando para uma negociação comercial, estreitei os olhos.

– Não acho que o Aaron seja tão ruim assim – disse Rosie, com uma tremenda audácia.

Me limitei a soltar um suspiro dramático.

Minha amiga revirou os olhos, sem dar bola para minhas besteiras.

– Tudo bem, ele é… um pouco mordaz e leva as coisas um pouco a sério demais – destacou ela, como se usar a palavra "pouco" fizesse dele uma pessoa melhorzinha. – Mas ele tem qualidades.

– Qualidades? – perguntei, bufando. – Que por dentro ele é feito de aço inoxidável, por exemplo?

A piada não colou. Merda. Sinal de que ela estava falando sério.

– Seria tão ruim assim conversar com ele de verdade sobre o assunto? Porque quem se ofereceu foi ele.

Sim, seria. Porque, para começo de conversa, eu ainda não tinha entendido o motivo dele para fazer o que fez.

– Você sabe o que eu acho dele, Rosie – falei com uma expressão séria. – Você sabe o que aconteceu. O que ele disse.

– Já faz tanto tempo, Lina… – disse ela, suspirando.

– Faz mesmo – admiti, desviando o olhar. – Mas não significa que eu esqueci. As coisas não prescrevem só porque o tempo passa, sabe.

– Faz mais de um ano.

– Vinte meses – corrigi, rápido demais para esconder que eu estava contando. – Faz quase dois anos, Rosie – resmunguei, olhando para o papel amassado que tinha embrulhado meu almoço.

– E é exatamente esse o ponto, Lina – destacou Rosie, com gentileza. – Já vi você dar segunda, terceira, quarta chance para pessoas que fizeram coisas bem piores. Algumas mais de uma vez.

Ela estava certa, mas eu era filha da minha mãe e, portanto, teimosa como uma mula.

– Não é a mesma coisa.

– Por que não?

– Porque não é.

Os olhos verdes dela ficaram mais severos; ela não ia deixar o assunto de lado. Então eu seria obrigar a dizer. A gente teria que falar sobre aquilo. *Tá.*

– Que tal pelo fato de que ele disse ao nosso chefe que preferia trabalhar com qualquer outra pessoa da InTech? No segundo dia de trabalho dele?

A lembrança fez meu sangue subir até o rosto.

– Destaque para o *qualquer*. Até com o Gerald, pelo amor de Deus.

Eu não ouvi Aaron citar Gerald, mas tinha certeza de que tinha ouvido todo o resto.

– "Qualquer um, menos ela, Jeff. Ela não. Acho que não vou aguentar. Ela tem capacidade para assumir esse projeto? Parece jovem e inexperiente."

Aaron tinha dito isso ao nosso chefe por telefone. Eu estava passando pela sala dele e ouvi sem querer. Nunca mais esqueci. Estava gravado na minha memória.

– Fazia dois dias que ele me conhecia, Rosie. Dois.

Mostrei com o indicador e o dedo médio.

– E ele era o novato. Ele chegou e pôs em xeque minha capacidade para o chefe, me tirou indiretamente de um projeto, questionou meu profissionalismo, e a troco de quê? Porque não gostou de mim depois de dois minutos de conversa? Porque eu parecia jovem demais? Porque eu sorrio e dou risada e não sou um robô? Eu trabalhei muito para chegar aonde estou. Ralei muito. Você sabe o que comentários como esse podem causar.

Senti meu tom de voz aumentar, e a pressão idem, porque o sangue pulsava nas têmporas.

Respirei fundo, tentando me acalmar.

Rosie assentiu, olhando para mim com a compreensão que só uma boa amiga demonstraria. Mas havia algo mais ali, e eu tinha a impressão de que não ia gostar do que ela ia dizer em seguida.

– Eu entendo. De verdade.

Rosie sorriu.

Tudo bem, isso era bom. Eu precisava que ela estivesse do meu lado e sabia que estava.

Observei Rosie dar a volta na mesa e se sentar ao meu lado. Então, ela ficou de frente para mim.

Ah, não. Já não estava mais tão bom assim.

Rosie colocou a mão nas minhas costas e continuou:

– Odeio ter que lembrar você disso, mas você nem queria participar do projeto da Green-Solar. Lembra como você reclamava do cliente?

É claro que eu tinha que ter uma melhor amiga com uma memória praticamente fotográfica. É claro que ela lembrava que eu tinha ficado feliz ao ser realocada para outro projeto.

– E – continuou ela –, como você bem disse, Aaron não conhecia você.

Exatamente. Ele nem se deu ao trabalho de fazer isso antes de decidir me rotular como um obstáculo e falar mal de mim para nosso chefe.

Cruzei os braços.

– Aonde você quer chegar, Rosalyn?

– Eu sei que ele julgou você depois de apenas dois dias – respondeu ela, acariciando minhas costas. – Mas, Lina, você às vezes soa mesmo um pouco… informal. Tranquila. Espontânea. Às vezes espalhafatosa.

Meu protesto foi ouvido até na Espanha.

– Como é?

Bufei alto. *Droga.*

– Eu amo você, querida – disse ela, dando um sorriso caloroso. – Mas é verdade.

Abri a boca, mas ela não me deu a chance de falar.

– Você é uma das profissionais mais dedicadas da empresa, é incrível no que faz e ao mesmo tempo consegue criar uma atmosfera leve e divertida. Por isso você é líder de equipe.

– Ok, estou gostando bem mais dessa abordagem – resmunguei. – Continue.

– Mas o Aaron não tinha como saber disso.

Meus olhos se arregalaram.

– Você está defendendo ele? Preciso lembrar que nós, como amigas, devemos odiar os inimigos e rivais uma da outra? Você precisa que eu imprima uma cópia do código das melhores amigas?

Ela balançou a cabeça, parecendo frustrada.

– Amiga, vamos falar sério um instante.

Imediatamente fiquei séria, murchando na cadeira.

– Tá. Tudo bem. Desculpa, continua.

– Acho que você ficou magoada, com razão, e isso te incomodou tanto que você cancelou o Aaron esse tempo todo.

Sim, eu tinha ficado indignada e magoada também. Eu odiava quando as pessoas julgavam as outras com base em impressões superficiais. Exatamente o que Aaron tinha feito comigo. E foi ainda pior porque eu tinha feito de tudo, com a melhor das intenções, para que ele se sentisse à vontade no departamento. Eu ainda não conseguia acreditar que tinha aparecido na sala dele com um presente idiota de boas-vindas – uma caneca com uma frase engraçada sobre ser engenheiro. Vinte meses haviam se passado desde então e eu ainda sabia o que tinha tomado conta de mim. Eu nunca tinha feito aquilo por ninguém. E qual tinha sido a reação dele? Aaron olhou para a caneca horrorizado e ficou me encarando como se eu tivesse duas cabeças enquanto eu falava um monte de gracinhas feito uma boba, totalmente sem jeito.

Então, ouvir Aaron dizer aquele tipo de coisa sobre mim dois dias depois... Fez com que eu me sentisse diminuída e ainda mais patética. Como se estivessem me colocando para escanteio por não estar à altura dos adultos de verdade.

– Bem, quem cala consente – disse Rosie, apertando meus ombros. – Você estava magoada, e tudo bem, querida. Mas será que isso é motivo suficiente para odiá-lo para sempre?

Eu queria dizer que sim, mas àquela altura eu nem sabia mais. Então, recorri a outro tópico.

– Mas também, depois disso, ele não levantou nem um dedo para ser agradável comigo. Ele tem sido insuportável esse tempo todo.

Exceto por aquela barrinha de granola caseira que salvou minha vida, admito. E aqueles documentos que ele imprimiu para mim, é claro.

E talvez por ele ter ficado comigo até tarde trabalhando na organização do Open Day, na última quarta-feira.

Tudo bem, exceto por essas três ocasiões, ele tem sido insuportável.

– Você também – respondeu ela. – Um é tão insuportável quanto o outro. Na verdade, é até fofo o jeito como vocês vivem procurando desculpas para dar rasteira um no outro e...

– Ah, não – interrompi, virando para ficar de frente para ela. – Pode ir parando, nem comece a falar aquela coisa estranha dos olhares e não sei o quê.

Minha amiga teve a audácia de gargalhar.

– Eu não sei mais quem é você – afirmei, boquiaberta.

Ela se recuperou e olhou para mim.

– Você não sabe de nada, querida.

– Sei, sim. E você parece ter esquecido, então vou te dizer como as coisas são, Rosie. Desde que ouvi Aaron falar aquelas coisas horríveis e preconceituosas sobre mim, para nosso chefe ainda por cima, ele entrou na minha lista de desafetos. E você sabe até que ponto eu levo essa lista a sério. Depois que a pessoa entra nela...

Dei um soco na palma de uma das mãos para deixar claro.

– Eu perdoei Zayn Malik?

Rosie balançou a cabeça, rindo.

– Ah, Deus sabe que não.

– Exatamente. Assim como não esqueci o que David Benioff e D. B. Weiss fizeram com a gente no dia 19 de maio de 2019 – falei, agitando o indicador entre nós duas. – Por acaso Daenerys da Casa Targaryen, Primeira de Seu Nome, Nascida da Tormenta, não merecia coisa melhor? – perguntei, com uma pausa dramática. – A gente não merecia coisa melhor, Rosie?

– Tá, nesse ponto eu estou do seu lado – admitiu ela. – Mas...

– Não tem mas – interrompi. – Aaron Blackford está na lista de desafetos e vai permanecer nela. Ponto final.

Fiquei observando minha amiga assimilar minhas palavras, refletindo sobre o que eu tinha acabado de dizer... Ou defender apaixonadamente, não importa.

Murchando, Rosie suspirou.

– Eu só quero o melhor para você.

Ela deu um daqueles sorrisos tristes que me fazem pensar que talvez estivesse decepcionada comigo.

– Eu sei.

Grande abraçadora que sou, me joguei na direção dela, envolvendo-a em meus braços e apertando forte. Para ser sincera, provavelmente não era ela quem estava precisando mais daquele abraço. A situação toda estava sugando minha energia vital.

– Mas o melhor para mim não é Aaron Blackford – acrescentei.

Curtindo o abraço, fechei os olhos por um ou dois segundos.

Olhos que, para meu desgosto, se abriram para detectar uma figura imponente que só podia ser um homem.

– Droga, Rosie – sussurrei com os braços ainda em volta dela, fazendo contato visual com o homem que se aproximava. – A gente invocou ele de novo.

Vi Aaron Blackford diminuir a distância entre nós com passadas rápidas. Suas pernas longas pararam bem à nossa frente. Ainda estávamos abraçadas, então olhei para ele por cima do ombro de Rosie.

Aaron observou nosso abraço, parecendo ao mesmo tempo horrorizado e absorto. Eu não saberia dizer qual das duas coisas era verdadeira. Aaron era bom em esconder o que quer que estivesse pensando por trás daquela cara amarrada infame.

– O quê? Quem a gente invocou? – perguntou Rosie enquanto nos afastávamos sob o olhar atento de Aaron. – Ah, ele…

Aaron definitivamente ouviu o comentário, mas não reagiu, limitando-se a ficar parado na nossa frente.

– Olá, Blackford – cumprimentei, forçando um sorriso de lábios fechados. – Que surpresa ver você aqui.

– Catalina – respondeu ele. – Rosie.

Ele olhou para o relógio e voltou a olhar para nós, ou melhor, para mim, com uma das sobrancelhas arqueadas.

– Ainda no intervalo do almoço, pelo jeito.

– Chegou a patrulha do intervalo… – resmunguei baixinho.

A outra sobrancelha dele se juntou àquela que estava quase encostando no couro cabeludo.

– Se veio até aqui para transmitir uma das suas lições sobre como se tornar um robô, saiba que estou sem tempo.

– Ok – respondeu ele, apenas, e se virou para minha amiga. – Mas é para a Rosie que tenho um recado.

Ah.

Franzi a testa, sentindo algo se revirar no estômago.

– Ah… – repetiu Rosie.

– Héctor está procurando você, Rosie. Alguma coisa sobre um projeto que não deu certo porque alguém que ele chamou de Quebra-Mão deu um chilique – explicou ele. – Nunca vi o Héctor tão agitado.

Minha amiga levantou de um salto.

– Oliver "Quebra-Mão"? É um dos nossos clientes. É que ele… Ele cumprimenta a gente com tanta força que dá para sentir os ossos da mão se esmigalhando – explicou, balançando a cabeça. – Mas isso não importa agora. Nossa, que merda.

Rosie pegou seus poucos pertences: o crachá corporativo, a chave da sala e a carteira.

– Ai, meu Deus…

Uma expressão de pânico tomou conta de seu rosto.

– Isso quer dizer que a reunião terminou. Minha intenção era estar lá embaixo agora, mas toda essa confusão com a Lina e…

Belisquei o braço dela, antes que falasse demais.

Aaron se animou… Bem, isso se estreitar levemente os olhos contasse como se animar.

– Com o gato da Lina… – acrescentou ela.

Mais um beliscão. Eu não tinha gato, e Rosie sabia disso.

– O gato do vizinho?

Rosie olhou para todos os lados, menos para o Aaron ou para mim, as bochechas ficando rosadas.

– Bryan, o vizinho dela. Isso. O gato do Bryan. O Sr… Gato.

Ela balançou a cabeça.

Os olhos de Aaron se estreitaram ainda mais e se voltaram para mim. Ele analisou meu rosto enquanto minha amiga gaguejava aquela mentira óbvia.

– Lina está cuidando do Sr. Gato esta semana porque a avó do Bryan está doente e ele está viajando. Sabe como a Lina ama ajudar os outros.

Assenti lentamente, como se a baboseira da Rosie fizesse algum sentido.

– Você não é alérgica a gatos? – perguntou Aaron.

Pisquei várias vezes, absolutamente chocada.

– Sou. Mas como é que você…

Pigarreei e balancei a cabeça.

Não importa.

– É um gato pelado.

As mãos dele deslizaram para os bolsos da calça, demorando um pouco para avaliar minha resposta.

– Um gato pelado.

– É, tipo o de *Friends* – falei, tentando soar o mais casual possível. – O gato da Rachel. Um Sphynx.

Não havia nada na expressão de Aaron que indicasse que ele sabia do que eu estava falando.

– Você mora em Nova York, é americano, e nunca assistiu *Friends*?

Nenhuma reação.

– Nunca? Ah, esquece.

Aaron ficou em silêncio, e eu fingi que ele não tinha me flagrado em uma mentira deslavada com a Rosie.

– Tá bom, ufa – disse Rosie nos presenteando com um sorriso largo e cheio de dentes, do tipo falso. – Preciso mesmo ir falar com Héctor.

Ela olhou para mim como se pedisse desculpas. Levantei, também, com medo de ser deixada para trás e ter que explicar mais sobre o Sr. Gato.

– Obrigada, Aaron, por ter vindo atrás de mim. Foi muito...

Rosie olhou para mim.

– Foi *muito* gentil da sua parte.

Revirei os olhos.

Rosie me deu uma cotovelada suave.

– Não foi, Lina?

Ela provavelmente achou que estivesse sendo esperta. Não estava.

– Muito – respondi, seca.

– Certo. Falo com você depois.

Rosie correu para a escada, nos deixando para trás.

Um silêncio constrangedor recaiu sobre nós e Aaron pigarreou.

– Catalina...

– O quê, Rosie? – interrompi, fingindo que minha amiga estava me chamando.

Covarde, pensei. Mas, depois de tudo o que tinha acontecido naquele dia e de ter que reviver o início difícil da minha relação com Aaron, a última coisa que eu queria fazer era conversar com ele.

– Ah, você está segurando o elevador para mim?

E, com isso, saí correndo atrás dela, ignorando os lábios absolutamente contraídos de Aaron ao ver que eu estava saindo.

–Estou indo!

Então virei uma última vez, dando uma olhada rápida por cima do ombro.

– Desculpe, Blackford, preciso ir. Você pode me mandar um e-mail, talvez? Pode? Beleza, tchau.

Quando dei as costas para ele, Rosie entrou em meu campo de visão. Ela estava apertando o botão do elevador sem parar.

– Rosalyn Graham! – chamei.

E desejei que minha cabeça não se virasse para o par de olhos azuis que com certeza estavam abrindo um buraco em minhas costas.

CINCO

Você sabe que o universo não gosta tanto assim de você quando, depois de uma semana exaustiva, coroada com uma sexta-feira catastrófica, começa a chover no segundo em que você sai do escritório.

– *Me cago en la leche* – xinguei baixinho.

Pelo vidro da enorme porta de entrada da InTech, observei as nuvens escuras cobrindo o céu, a chuva caindo quase com violência.

Peguei o celular e, pelo aplicativo do tempo, descobri que a tempestade de verão provavelmente pairaria sobre Manhattan durante mais algumas horas.

Perfeito, simplesmente perfeito.

Já passava das oito da noite, então ficar no escritório para esperar a chuva passar não era uma opção. Eu precisava da minha cama. Não, eu precisava mesmo era de uma lata de Pringles e um pote de meio litro de sorvete Ben & Jerry's. Mas aquele não seria o encontro que eu teria naquela noite. Provavelmente eu enganaria o estômago com alguma sobra de legume ou verdura que estivesse na geladeira.

Um trovão ressoou no céu em algum lugar por perto, me devolvendo ao presente terrível.

A chuva começou a cair com mais força, rajadas de vento levando a água de um lado para o outro.

Ainda na segurança do hall de entrada da InTech, tirei da bolsa o casaco leve que usava no prédio gelado e cobri a cabeça na esperança de que me protegesse um pouco. Por sorte, a bolsa que eu tinha escolhido naquela manhã, ainda que não fosse a mais bonita, era à prova d'água.

Olhando para meus sapatos de camurça lindos e novinhos – que, ao contrário da bolsa, eram maravilhosos e infelizmente não resistentes à água –, guardei sua imagem em perfeitas condições pela última vez.

– Adeus, sapatos de trezentos dólares – disse a eles com um suspiro.

E com isso, empurrei a porta de vidro e saí para a noite escura e úmida segurando o casaco em cima da cabeça.

Depois de cinco segundos debaixo de chuva notei que chegaria completamente encharcada na estação do metrô.

Fantástico, pensei andando rápido sob o aguaceiro implacável. *São só quarenta e cinco minutos de metrô até o Brooklyn mesmo.* Quarenta e cinco minutos que eu passaria ensopada.

Quando virei a esquina do prédio, mais um trovão rugiu, o temporal me obrigando a caminhar desajeitada e lentamente, a água caindo pesada sobre meu inútil guarda-chuva de casaco.

Levei um tapa de uma rajada de vento que fez metade do meu cabelo grudar no rosto.

Tentando me livrar das mechas com o antebraço, continuei desviando das poças, pensando em como sair andando tinha sido uma péssima ideia.

De repente, pisei em uma poça com o pé direito. Como o esquerdo permaneceu no lugar, deslizei para a frente e, ainda segurando o casaco, balancei os braços, lutando para manter o equilíbrio.

Por favor, por favor, por favor, por favor, universo. Fechei os olhos, sem querer testemunhar meu próprio destino. *Por favor, universo, não deixe esta semana terrível acabar assim.*

Meu pé deslizou mais um centímetro, prendi a respiração e por milagre consegui parar.

Ao abrir os olhos, me dei conta de que estava quase fazendo um espacate, mas ainda de pé.

Antes de conseguir me endireitar e retomar o passo sob o temporal, percebi um carro parando um pouco à frente.

Eu conhecia alguém que tinha um carro naquele tom de azul.

Continue andando, Catalina, eu disse a mim mesma ao retomar meus pulinhos desajeitados.

Com o canto do olho, vi a janela do passageiro abrir.

Permanecendo longe do veículo que eu suspeitava ser de alguém com quem eu não estava com nenhuma vontade de interagir, me virei e olhei para a silhueta do motorista ainda segurando o casaco idiota e encharcado em cima da cabeça.

Meus-Deus-do-céu.

Aaron estava ao volante. O corpo dele estava inclinado em direção à porta do passageiro e, embora conseguisse ver seus lábios se mexendo, eu não conseguia entender o que dizia por causa do barulho do trânsito, do vento e da chuva batendo na calçada com força.

– O quê? – gritei na direção dele, sem me mexer um centímetro.

Aaron acenou com a mão, provavelmente pedindo para que eu me aproximasse. Fiquei ali, olhando para ele com os olhos semicerrados, encharcada. Ele agitava o indicador sem parar na minha direção.

Ah, inferno, não.

Observei a expressão de Aaron mudar para a cara amarrada de sempre enquanto ele murmurava algumas palavras que pareciam impossíveis e teimosas.

– Não estou conseguindo ouvir! – gritei, ainda congelada no lugar.

Os lábios dele se movimentaram em algo que entendi como *meu Deus do céu*. A não ser que ele estivesse dizendo que queria ir no *carrossel*. O que, a julgar pela cara dele, não fazia sentido algum.

Revirando os olhos, me aproximei bem devagar, para não escorregar na calçada mais uma vez. Não na frente dele, de todas as pessoas de Nova York.

– Entre no carro, Catalina.

Ouvi a irritação na voz do Aaron, mesmo com a chuva furiosa e implacável.

Como eu suspeitava, ele não queria ir no carrossel.

– Catalina – disse ele, e aquele olhar azul caiu sobre mim –, entre.

– É Lina.

Depois de quase dois anos com ele usando exclusivamente meu nome inteiro, eu sabia que corrigi-lo não adiantava. Mas eu estava frustrada. Irritada. Cansada. Encharcada também. E eu odiava meu nome inteiro. *Papá*, aquele grande nerd, batizou as duas filhas em homenagem a duas monarcas espanholas, Isabel e Catalina. E dos dois o meu é o que nunca volta à moda no meu país.

– E por quê?

Boquiaberto de choque, Aaron balançou a cabeça.

– *Por quê?* Para uma viagem de última hora para a Disney. Para que mais?

Por um bom tempo, olhei para dentro do carro de Aaron Blackford com o que eu sabia ser uma expressão de genuína confusão.

– Catalina.

Vi o rosto dele passar da irritação para algo que beirava a resignação.

– Vou te dar uma carona até em casa.

Ele estendeu o braço e abriu a porta que estava mais próxima de mim, como se já estivesse decidido.

– Antes que você pegue pneumonia e quase quebre o pescoço. De novo. *De novo.*

Essa última parte ele acrescentou bem devagar.

O sangue subiu até minhas bochechas. Entredentes, tentando ignorar o quanto eu estava envergonhada e abrindo um sorriso falso, respondi:

– Ah, obrigada... Mas não precisa.

Fiquei parada em frente à porta aberta, o cabelo molhado grudando no rosto mais uma vez. Finalmente baixei o casaco idiota e comecei a torcer a água.

– Eu me viro. É só uma chuva. Se sobrevivi até agora sem quebrar o pescoço, acho que consigo chegar em casa sozinha também. Além disso, não estou com pressa.

Além do mais, eu estou evitando você desde que você saiu da minha sala hoje.

Enquanto eu espremia a água do casaco, inutilmente, vi Aaron franzir a testa, recuperando a expressão anterior enquanto assimilava minhas palavras.

– E o gato?

– Que gato?

Ele inclinou a cabeça.

– O Sr. Gato.

A água devia estar escorrendo pelo meu crânio adentro, porque demorei mais um segundo para entender do que ele estava falando.

– O gato pelado do seu vizinho ao qual você não é alérgica – disse ele, devagar, enquanto meus olhos se arregalavam. – Do Ryan.

Desviei o olhar.

– Bryan. O nome dele é Bryan.

– Isso não é importante.

Ignorando esse último comentário, não pude deixar de perceber uma fila de carros se formando atrás do dele.

– Entra logo, anda.

Mais um carro entrou na fila.

– Não precisa mesmo. O Sr. Gato vai sobreviver mais um tempinho sem mim.

Aaron abriu a boca, mas antes que ele pudesse dizer qualquer coisa, o som estridente de uma buzina me assustou, me fazendo dar um pulinho e quase bater na porta aberta do carro.

– *¡Por el amor de Dios!* – gritei.

Virando a cabeça com o coração na boca, avistei um dos famosos táxis amarelos de Nova York. Depois de alguns anos morando e trabalhando ali, eu já tinha aprendido a lição no que dizia respeito a taxistas irritados. Ou nova-iorquinos irritados em geral. As pessoas demonstram exatamente o que sentem quando sentem.

Provando esse ponto de vista, uma torrente de xingamentos veio em nossa direção.

Virei de volta bem a tempo de ver Aaron também xingar, só que baixinho. Ele parecia tão furioso quanto o taxista.

Mais um som de buzina desesperador – desta vez muito, muito mais longo – ressoou em meus ouvidos, me fazendo pular de novo.

– Catalina, agora – falou Aaron, enfático.

Pisquei forte por tempo demais, um pouco atordoada com tudo o que estava acontecendo à minha volta.

– Por favor.

E antes mesmo que eu pudesse assimilar essas duas palavras que tinham escapado de seus lábios, um borrão amarelo passou por nós, nos presenteando com um "*Babacas!*" furioso e apertando a buzina com muita vontade.

Aquelas duas expressões – o *por favor* e o *babacas* – impulsionaram minhas pernas em direção à segurança do carro de Aaron. Com uma velocidade impressionante, de repente deixei meu corpo cair no banco de couro com um baque surdo e bati a porta.

O silêncio nos envolveu imediatamente, os únicos sons eram o ruído abafado da chuva na carroceria do carro e o rugido leve do motor nos conduzindo pelo caos que era o tráfego de Nova York.

Extremamente desconfortável com aquela situação, coloquei o cinto de segurança e resmunguei:

– Obrigada.

Aaron manteve os olhos na rua.

– *Eu* é que agradeço – respondeu ele, com sarcasmo – por você não ter me obrigado a sair do carro e te carregar para dentro.

A imagem me pegou completamente desprevenida. Arregalei os olhos e depois estreitei, confusa.

– E em que mundo isso teria sido uma boa ideia?

– Eu também estava me perguntando isso, acredite.

A resposta não fazia nenhum sentido. E, por algum motivo, senti meu rosto ficar quente outra vez.

Virando a cabeça para o outro lado e me concentrando na disposição caótica dos carros à nossa frente, me remexi no banco. Deslizei para a beirada, esticando o cinto de segurança com o movimento, mas logo notei que as roupas molhadas faziam barulhos estranhos em contato com o couro e parei.

Pigarreei.

– É um belo carro. É algum aromatizante que deixa esse cheirinho de novo e de couro?

Eu sabia que não era; o interior estava imaculado.

– Não.

Outro movimento, outro barulho esquisito, outro pigarro. Endireitei as costas e abri a boca, mas não consegui dizer nada. Minha mente se concentrava no fato de que minhas roupas provavelmente estavam acabando com o estofamento caro.

Que ideia péssima. Eu não devia ter aceitado a carona, devia ter ido andando.

– Catalina, você já esteve dentro de um veículo em movimento?

– Quê? Claro que já. Que pergunta é essa? – perguntei, franzindo a testa.

Eu estava empoleirada na beirada do assento do carona, os joelhos encostados no painel.

Aaron me deu uma olhada, analisando minha posição.

Ah.

– Bem, para sua informação, é assim que eu sempre sento. Amo ver tudo de pertinho – expliquei, fingindo estar absorta pelo trânsito. – Eu aaaaamo a hora do rush. É tão...

Paramos de repente, e minha cabeça e meu corpo inteiro foram projetados para a frente tão rápido que meus olhos se fecharam por instinto. Eu já estava sentindo o gosto do PVC que revestia o painel elegante. Os detalhes da madeira também.

Alguma coisa me segurou na última hora.

– Meu Deus...

Com um olho aberto, vi o caminhão de entrega atravessado na nossa frente. Então abri o outro e olhei para baixo, descobrindo por que meu rosto não estava tatuado na superfície lustrosa do painel.

A mão direita. Grande. Todos os cinco dedos espalmados na minha clavícula e... bem, no meu peito.

Antes mesmo que eu pudesse piscar, vários barulhos esquisitos se seguiram e fui empurrada para trás até as costas ficarem completamente coladas no banco.

– Fique onde está – disse Aaron, os dedos aquecendo minha pele através da blusa encharcada. – Se está preocupada com o banco, é só água. Vai secar.

Mas a afirmação não me tranquilizou. Seria impossível que algo fosse capaz disso, com ele parecendo tão irritado minutos antes. Talvez até um pouco mais do que irritado.

Ele tirou a mão, o movimento abrupto e rígido.

Engoli em seco, agarrando o cinto de segurança que agora ocupava o lugar de sua palma.

– Não quero estragar o banco.

– Não vai estragar.

– Tá – respondi, lançando um olhar rápido para ele.

Ele manteve os olhos no trânsito, fitando com uma cara muito feia quem quer que tivesse sido o responsável por aquele pequeno incidente.

– Obrigada.

Voltamos a avançar. Com o interior do carro em silêncio e Aaron concentrado em dirigir, meu pensamento vagou. E fiquei surpresa ao me pegar lembrando das palavras de Rosie.

"*Não acho que ele seja tão ruim assim*", disse ela mais cedo. Mas por que o pensamento tinha esperado para se infiltrar bem naquele momento?

Para soar em alto e bom som na minha cabeça? Porque o Sr. Raio de Sol ao meu lado não estava sendo mais agradável do que de costume.

Embora tivesse acabado de meio que me salvar do temporal e de bater a cabeça.

Soltando um suspiro discreto, me repreendi pelo que estava prestes a fazer.

– Obrigada por imprimir aqueles documentos para mim – falei em voz baixa, lutando contra o impulso de retirar aquelas palavras imediatamente.

Mantive o discurso porque, ao menos naquele momento, eu poderia ser diplomática.

– Foi muito gentil, Aaron.

Esta última parte me fez estremecer; admitir aquilo provocou uma sensação esquisita na língua.

Olhando para o perfil de Aaron, notei a mandíbula relaxar um pouco.

– De nada, Catalina – respondeu ele, com o olhar no tráfego.

Uau. Olha só para nós dois. Isso foi muito... civilizado.

Antes que eu pudesse pensar melhor, estremeci com um arrepio que desceu pelas costas. Eu estava encharcada. Abracei meu corpo na esperança de me aquecer um pouco.

Imediatamente Aaron mexeu em um botão no console, mudando a temperatura e acionando o aquecimento do meu assento. Na hora senti o ar quente agradável tocar meus tornozelos e braços, aquecendo as pernas aos poucos.

– Melhor?

– Muito. Obrigada.

Olhei para ele com um sorriso tímido.

Ele virou a cabeça e analisou meu rosto com uma expressão de descrença, como se estivesse esperando que eu acrescentasse alguma coisa.

Revirei os olhos.

– Não deixe esses agradecimentos todos te subirem à cabeça, Blackford.

Ele tirou uma das mãos do volante e fui capaz de jurar que havia um toque de humor em sua voz quando disse:

– Eu não ousaria. Só estou me perguntando se devo aproveitar ou perguntar se está tudo bem com você.

– É uma ótima pergunta, mas eu não saberia responder.

Dei de ombros, lutando contra a resposta sarcástica na minha língua. Soltei um suspiro.

– Sinceramente? Estou encharcada, com fome e cansada. Então, eu aproveitaria se fosse você.

– Foi um dia tão ruim assim?

A pitada de bom humor desapareceu.

Sentindo a chegada de mais um arrepio, me aconcheguei ainda mais no banco aquecido.

– Foi uma semana ruim.

Aaron soltou um "hum" como resposta, um som grave, quase um ronco.

– Talvez não seja surpresa para você, mas quase assassinei algumas pessoas essa semana – confessei, aproveitando a trégua que eu mesma havia imposto como um sinal verde para desabafar com ele. – E você nem está no topo da lista.

Ele deu uma bufada muito leve e suave. Com a trégua, acho que eu podia admitir que tinha gostado daquilo, então sorri.

– Eu...

Aaron parou de falar; estava pensando.

– Também não sei como reagir a isso. Devo ficar ofendido ou grato?

– Pode ser as duas coisas, Blackford. Além do mais, o dia ainda não acabou. Você ainda pode reivindicar seu lugar como o primeiro da lista a despertar meu lado mais assassino.

Paramos em um sinal. Aaron virou o rosto para mim bem devagar e fui pega de surpresa por sua expressão leve. Os olhos estavam tranquilos e a expressão mais relaxada do que nunca. Nos encaramos por dois ou três segundos. Outro arrepio me subiu pela nuca.

Coloquei a culpa nas roupas molhadas.

Atento e como se tivesse olhos na lateral da cabeça, Aaron virou para a frente quando o sinal abriu.

– Vou precisar de instruções a partir daqui.

Confusa com as implicações do pedido, minha cabeça virou na direção contrária. Observei o traçado da avenida em que estávamos.

– Ah – murmurei. – Já estamos no Brooklyn.

Eu estava tão... distraída que esqueci de dizer a Aaron onde eu morava. Embora ele não estivesse no caminho errado. Nem um pouco,

– Você mora por aqui, não é? Na região central, mais ao norte?

– Aham, em Bed-Stuy – respondi, assentindo. – Eu só... como você sabia?

– Você reclama.

Como? Fiquei bem surpresa com a explicação.

Ele continuou:

– É por aqui mesmo ou viro?

Pigarreei, me atrapalhando com as palavras.

– É, pode ficar na Humboldt Street, eu aviso na hora de virar.

– Ok.

Agarrei o cinto de segurança, sentindo calor de repente.

– Eu reclamo? – resmunguei.

– Sobre o transporte – respondeu Aaron, com calma.

Abri a boca, mas não tive tempo de falar.

– Você já disse que leva quarenta e cinco minutos para chegar até a parte do Brooklyn onde mora – explicou ele, pensativo. – Você reclama disso quase todos os dias.

Fechei a boca. Eu reclamava mesmo, mas não para ele. Basicamente eu desabafava com todas as outras pessoas. Ok, às vezes ele estava por perto, mas nunca pensei que Aaron se interessasse pelo que eu tinha a dizer a não ser que fossem assuntos de trabalho. Ou se fosse sobre *mim*.

– Quem estava no topo da lista, então? Das pessoas que você queria matar essa semana? – perguntou ele, para o meu espanto.

Surpresa por ele ter se interessado a ponto de perguntar, tudo que consegui responder foi:

– Hã...

– Quero saber quem são meus adversários, acho justo.

Aquilo era uma piada? Ah, meu Deus, era, não era?

Vi que ele sorria com cautela.

Tudo bem, eu podia entrar no jogo.

– Bem, vejamos… Jeff – respondi, contando nos dedos –, minha prima Charo e Gerald. É, com certeza Gerald também.

Deixei as mãos caírem no colo.

– Ora, ora, veja só… Você não estava nem no top três, Blackford. Parabéns.

Para falar a verdade, eu mesma estava genuinamente surpresa.

– O que houve com a sua prima? – perguntou ele, franzindo a testa.

– Ah, nada importante, só um drama familiar.

Gesticulei como quem dispensa o assunto, pensando no que *mamá* tinha dito. No que aquela aspirante a Sherlock Holmes disse sobre não ter encontrado evidências fotográficas do meu namorado imaginário.

Aaron pareceu pensar por um bom tempo, e seguimos em silêncio. Aproveitei para olhar pela janela, observando as ruas do Brooklyn passarem em um borrão atrás das gotas que escorriam pelo vidro.

– Gerald é um idiota.

Arregalando os olhos, olhei para ele. Aaron estava com a expressão séria.

Acho que eu nunca tinha ouvido Aaron xingar alguém antes.

– Um dia ele vai ter o que merece. Me choca que isso ainda não tenha acontecido, para falar a verdade. Se dependesse de mim…

Ele balançou a cabeça.

– Se dependesse de você o quê? O que você faria?

Observei um músculo saltar em sua mandíbula. Como ele não respondeu, deixei o assunto de lado. Aquela conversa era inútil e eu estava muito cansada para ela.

– Tudo bem. Não é o primeiro problema que tenho com ele.

– Como assim? – perguntou ele em um tom estranho.

Tentando não prestar atenção a isso, respondi o mais sinceramente possível, sem entrar em muitos detalhes. Não queria a pena ou a compaixão de Aaron.

– Ele não tem sido exatamente agradável desde que fui promovida a líder de equipe. É como se ele não conseguisse entender como alguém como eu pode ter o mesmo cargo que ele.

– Alguém como você?

Soltei um suspiro profundo pela boca e minha respiração embaçou o vidro.

– Uma mulher. No começo achei que fosse por eu ser a mais jovem ocupando essa posição e por ele não confiar em mim, o que seria justo. Depois, também pensei que ele talvez tivesse algum problema com o fato de eu não ser americana. Sei que alguns caras ficavam rindo do meu sotaque e uma vez ouvi Tim me chamar de Sofia Vergara. O que, sinceramente, encarei como um elogio, porque ter metade das curvas ou da inteligência daquela mulher não seria a pior coisa do mundo. Não que eu esteja insatisfeita com o meu corpo. Eu sou feliz como eu sou.

Normal. Reta. E eu estava feliz, mesmo. O meu corpo era bem dentro do padrão espanhol. Olhos e cabelos castanhos. Mais baixinha. Nem magra nem gorda. Quadris largos, mas seios bem pequenos. Milhões de mulheres se encaixavam nessa descrição. Então, eu estava... na média. Isso não tinha importância.

– Não seria má ideia perder uns quilinhos para o casamento, mas o que quer que eu esteja fazendo pelo jeito não está funcionando.

Um som veio do banco do motorista e notei que eu não só tinha falado demais, como também fiquei tagarelando. Logo com Aaron, que jamais jogava conversa fora.

Pigarreei.

– Enfim. Sei que Gerald não gosta de me ver onde estou, e isso não tem nada a ver com a minha nacionalidade ou a minha idade. Mas é assim que o mundo funciona, e vai ser assim até que deixe de ser.

Mais silêncio.

Olhei para Aaron, curiosa para saber que pensamentos eram aqueles em sua cabeça que o impediam de dar uma palestra ou dizer que eu estava choramingando ou que ele não se importava com nada daquilo. Mas ele só pareceu irritado. De novo. Sua mandíbula estava toda tensa, e as sobrancelhas unidas. Pelo canto do olho, avistei o cruzamento da minha rua.

– Ah, vire na próxima à direita, por favor. Eu moro no fim daquela rua.

Aaron seguiu minhas instruções em silêncio, ainda parecendo incomodado com alguma coisa que eu tinha dito. Por sorte, meu quarteirão surgiu antes que eu ficasse tentada a perguntar o quê.

– Ali – falei, apontando. – O prédio à direita. Com a porta vermelho-escura.

Aaron estacionou em uma vaga que magicamente estava bem em frente ao prédio.

Ele desligou o motor e o silêncio inundou o veículo.

Engolindo em seco, olhei ao redor. Tentei me concentrar nas características daquela parte do Brooklyn, os prédios de arenito, as poucas árvores ao longo da rua, a pizzaria na esquina que era muito útil à noite, quando eu estava com preguiça de preparar algo, ou só com fome mesmo. Me concentrei em tudo, menos no silêncio que pesava a cada segundo ali dentro.

Atrapalhada com o cinto de segurança e sentindo uma quentura sem motivo na ponta das orelhas, abri a boca.

– Ok, vou indo…

– Você pensou na minha oferta? – perguntou Aaron.

Meus dedos congelaram no cinto. Virei a cabeça bem lentamente, até estar de frente para ele.

Pela primeira vez desde que eu tinha colocado minha bunda encharcada dentro daquele carro, me permiti olhar de verdade para Aaron. Vê-lo por completo. Seu perfil estava iluminado pelo brilho suave dos poucos postes da rua. A tempestade tinha diminuído um pouco, mas o céu ainda estava escuro e ameaçador, como se fosse apenas uma pausa e o pior ainda estivesse por vir.

Estávamos praticamente no escuro. Os olhos poderiam ter assumido aquele tom escuro de azul que dizia que ele estava falando sério – o que eu esperava não ser o caso – ou o tom mais claro que precedia uma batalha. Mas notei que seus ombros pareciam tensos, um pouco mais largos que o normal, quase diminuindo o interior espaçoso do carro. Inferno. A distância entre o banco e o volante era enorme para acomodar suas pernas compridas. Eu poderia apostar que cabia uma pessoa sentada ali.

No instante em que me peguei me perguntando o que ele diria se eu pulasse em seu colo para testar a teoria, Aaron pigarreou. Provavelmente duas vezes.

– Catalina.

Voltei a atenção para o rosto dele.

– Você…

Parei de falar, um pouco abalada por ter viajado a ponto de pensar em pular no colo dele para testar a hipótese. *Como eu sou ridícula.*

– Você quer fazer xixi ou algo do tipo?

Aaron franziu a testa e se ajeitou no banco, virando-se um pouco para mim e me olhando de um jeito esquisito.

– Não – respondeu ele. – Provavelmente vou me arrepender de perguntar, mas o que te faz achar que eu quero?

– Você estacionou na minha rua. Em frente ao meu prédio. Achei que talvez quisesse subir para ir ao banheiro. E fiquei torcendo para que não fosse número dois, para ser sincera.

Vi seu peito inflar com uma respiração profunda e então soltar todo o ar.

– Não, não preciso usar o banheiro.

Aaron me analisou como se não entendesse por que eu estava ali, dentro do seu carro. Fiquei me perguntando exatamente a mesma coisa.

Meus dedos finalmente conseguiram soltar o cinto. Aaron me perfurava com o olhar.

– Então, qual é a sua resposta?

Congelei.

– Minha resposta?

– À minha oferta. Já pensou? E por favor…

Droga, outro por favor.

– Pare de fingir que não lembra porque eu sei que lembra.

Meu coração parou, afundando por um segundo de pânico.

– Não estou fingindo – murmurei, fazendo exatamente o que ele pediu que eu não fizesse.

Mas, em minha defesa, eu precisava ganhar um tempo para entender aquilo. Como… lidar com a situação. E, mais importante, entender *por quê*.

Por que ele tinha se oferecido? Por que estava insistindo? Por que estava se dando ao trabalho? Por que achava que poderia me ajudar com aquilo? Por que parecia estar sendo sincero? Por quê…

Simplesmente *por quê*?

Esperando um comentário sarcástico, ou que ele revirasse os olhos por eu estar me fazendo de desentendida, ou até que retirasse o que tinha dito só porque eu estava dificultando as coisas e ele não tinha paciência para isso, me preparei. Mas de todas essas possíveis reações, Aaron fez a única coisa que eu não estava preparada para enfrentar.

Ele suspirou, parecendo derrotado.

Pisquei.

– O casamento da sua irmã. Eu vou com você – disse Aaron, como se estivesse disposto a se repetir quantas vezes fosse preciso, desde que eu desse uma resposta.

Ou como se estivesse oferecendo algo simples, que eu pudesse responder com facilidade, sem muita consideração. Algo como *Você quer sobremesa, Lina? Ah, sim, é claro. Vou querer cheesecake, obrigada*. Mas o que ele oferecia não era simples e muito menos tinha a ver com cheesecake.

– Aaron – olhei para ele –, você não pode estar falando sério.

– O que faz você achar que não?

Que tal tudo?

– Bem, para início de conversa, você é você. E eu sou eu. Somos nós, Aaron. Você simplesmente não pode estar falando sério – repeti.

Porque não podia.

– Mas eu estou falando sério, Catalina.

Pisquei. De novo. Então dei um sorriso amargo.

– Isso é algum tipo de brincadeira? Porque sei que você não é muito bom com isso. Então, assim, acho que você não devia sair brincando com as pessoas sem ter noção do que é engraçado e do que não é. Vou te dar uma ajudinha: *isso* aqui não tem graça, Aaron – falei, olhando bem nos olhos dele.

– Não é brincadeira.

Fiquei olhando para ele por um bom tempo.

Não. *Não*. Não tinha como não ser uma brincadeira. Não tinha como ele estar falando sério.

Com um gesto brusco, passei a mão no cabelo molhado e embaraçado. Eu precisava sair dali, mas permaneci imóvel.

– Você arranjou alguma opção? Uma opção melhor do que eu?

As duas perguntas atingiram o alvo que imaginei que ele tinha mirado. Derrotada, senti meus ombros despencarem.

– Você tem alguma opção? – insistiu ele.

Não, eu não tinha. E o fato de Aaron abordar esse ponto tão diretamente não era agradável. Minhas bochechas esquentaram, e fiquei em silêncio.

– Vou entender isso como um não – disse ele. – Você não tem opção.

Foi como um chute no estômago.

Tentei muito não transparecer mágoa. Eu não queria que Aaron Blackford visse o quanto aquelas palavras faziam com que eu me sentisse patética e boba.

Para começo de conversa, eu devia mesmo estar solitária se minha única opção era um colega de trabalho que nem sequer gostava muito de mim.

Mas Aaron tinha razão e, por mais que doesse admitir, eu não tinha mais ninguém. Ele – apenas – era o total da minha lista de opções. Em um mundo onde eu consideraria levá-lo à Espanha como meu namorado de mentirinha, é claro.

A não ser que...

Ah, meu Deus. Que merda. Será que ele tinha percebido, entendido, na verdade, o que tinha acontecido na minha sala? Que sem querer eu havia dito à minha mãe que o nome do meu namorado era Aaron?

Não. Balancei a cabeça. *Sem chance. Impossível.*

– Não entendo por que você está fazendo isso – falei, com a certeza de que nunca tinha falado com ele com tanta sinceridade.

Ele soltou um suspiro quase com delicadeza.

– E eu não entendo por que é tão difícil acreditar que eu faria.

Dei uma risada amarga.

– Aaron, a gente não se gosta. E tudo bem, porque não poderíamos ser mais... diferentes. Incompatíveis. E, se mal conseguimos ficar num mesmo espaço por mais que alguns minutos sem brigar ou arrancar a cabeça um do outro, como você pode achar que isso é uma boa ideia?

– Nós podemos conviver perfeitamente bem.

Segurei mais uma risada.

– Tá, essa realmente teve graça. Mandou bem, Blackford.

Aaron fechou a cara.

– Não estou brincando. E sou sua única opção.

Maldita sea.

Apoiei as costas na porta do passageiro enquanto ele continuava desferindo golpes:

– Você quer ir ao casamento sozinha? Porque eu sou o único que pode impedir isso.

Argh, ele realmente achava que eu estava desesperada e sem alternativa.

Sim, disse uma voz na minha cabeça. *Porque as duas coisas são verdade.*

– Tudo bem – falei, bem devagar. – Digamos que eu considere essa ideia ridícula. Se eu aceitar a sua oferta, o que você ganha com isso?

Cruzei os braços, percebendo que as roupas ainda estavam molhadas e grudadas no corpo.

– Conheço você e sei que você não faz as coisas de graça. Tem alguma motivação por trás disso, algum objetivo. Você com certeza deve querer algo em troca, porque sei que não me ajudaria de graça. Você não é esse tipo de pessoa. Pelo menos não comigo.

Ele inclinou a cabeça para trás de um jeito quase imperceptível, mas vi com certeza. Aaron ficou em silêncio por um bom tempo, e quase ouvi as engrenagens funcionando.

– Você poderia fazer o mesmo por mim – respondeu por fim.

O mesmo?

– Você vai precisar ser mais específico, Blackford. Sua irmã vai casar também?

Fiz uma pausa, pensativa.

– Você tem irmãos? É que… Bem, tanto faz, não importa se tem ou não. Você tem um casamento e precisa de alguém para ir com você?

– Não – respondeu Aaron. – Não é um casamento, mas você pode ser minha acompanhante.

Ser sua acompanhante?

Por que parecia tão… tão… diferente quando era ele me convidando? Por que parecia tão diferente quando era Aaron precisando de alguém e não eu?

– Eu…

Parei, me sentindo constrangida por algum motivo que eu não entendia.

– Você precisa de uma acompanhante? Tipo… Você? Uma mulher para ser sua acompanhante?

– Não pretendo aparecer com um chimpanzé, como você sugeriu. Então, sim, uma mulher.

Ele fez uma pausa, a cara amarrada típica tomando forma devagar.

– Você.

Fechei e abri a boca, provavelmente parecendo um peixe.

– Então você quer que eu – falei, apontando para mim mesma – finja ser sua acompanhante.

– Eu não disse isso...

– Você não tem namorada? – interrompi, incapaz de me deter.

– Não, não tenho.

Ele fechou os olhos por um segundo e fez que não.

– Não está nem saindo com alguém?

Mais um não silencioso.

– Um casinho?

Ele soltou um suspiro.

– Não.

– Deixa eu adivinhar. Você não tem tempo para isso?

Me arrependi das palavras no mesmo segundo, mas a verdade é que eu estava curiosa. Se ele respondesse, quem sabe não me arrependesse tanto assim.

Ele deu de ombros e relaxou um pouco a postura, como se tivesse aceitado que teria de dar uma resposta ou eu continuaria pressionando.

– Tenho tempo, Catalina. Bastante, na verdade.

Mesmo na escuridão do carro, vi aqueles olhos azuis me encarando com uma sinceridade para a qual eu não estava preparada.

– Mas estou guardando para alguém que valha a pena.

Um comentário absurdamente presunçoso. Um pouco convencido também. E, para meu total espanto, meio... sexy.

Uau. Balancei a cabeça. *Não.* As únicas palavras com S que poderiam adjetivar Aaron Blackford eram... sarcástico. Sério. Sigiloso. Talvez até sonso. Mas não sexy. *Não.*

– É por isso que ainda não arrumou uma companhia, então? – perguntei, tentando parecer indiferente e fria. – Porque seus padrões são absurdamente altos?

Aaron não titubeou.

– É por isso que você não tem ninguém para levar ao casamento?

Eu gostaria que fosse esse motivo, e não o fato de eu ser burra e uma mentirosa compulsiva sem nenhum instinto de autopreservação.

– Eu... É complicado. Tenho meus motivos.

Deixei as mãos caírem no meu colo, mantendo os olhos no painel do carro.

– É impossível uma pessoa agir sem motivação.

– É? Então por que *você* está fazendo isso? – perguntei com os olhos ainda no material escuro e uniforme que adornava o interior do carro. – Que motivo você tem para pedir que eu, justo eu, finja ser sua acompanhante?

– É uma longa história.

Mesmo sem olhar para ele, ouvi Aaron expirar. Ele parecia tão cansado quanto eu, mas continuou explicando:

– É um compromisso social. Não posso prometer que vai ser divertido, mas é por uma boa causa.

Ele fez uma pausa, durante a qual não falei e me limitei a absorver os poucos detalhes que ele fornecera.

– Vou explicar tudo... se você aceitar, é claro.

Virei rapidamente o rosto na direção dele e vi que seus olhos azuis já estavam fixos em mim, tomados por um leve tom desafiador e um quê de expectativa.

Ele estava me instigando. Oferecendo um vislumbre da desconhecida – e presumivelmente inexistente – vida pessoal de Aaron Blackford. Ele sabia que eu ia querer saber.

Boa jogada, Blackford.

– Por que eu? – perguntei, atraída pela luz como uma mariposa idiota. – Por que não qualquer outra pessoa?

Seu olhar não vacilou quando ele respondeu:

– Porque se tem uma coisa que aprendi em todos esses meses em que trabalhamos juntos é que você é a única mulher que eu conheço louca o bastante para fazer algo assim. Talvez você também seja a minha única opção.

Não encarei como um elogio, porque não tinha sido um. Ele tinha acabado de me chamar de *louca*. Merda. O problema é que alguma coisa naquilo tudo – no tom de Aaron, naquele dia bizarro que eu estava vivendo e a reviravolta inesperada em que acabei descobrindo que ele também precisava de companhia – pareceu me convencer.

– Você sabe que vai ter que passar um fim de semana inteiro comigo na Espanha, né?

Aaron apenas assentiu.

– Sei.

93

– E em troca você quer só uma noite? Uma noite em que eu finja ser sua acompanhante?

Mais um sim mudo, e desta vez algo se intensificou em seu olhar. Ele travou a mandíbula e estreitou os lábios. Eu conhecia aquele olhar. Já tinha discutido com aquele olhar muitas vezes.

– Temos um trato? – perguntou ele.

Tínhamos mesmo enlouquecido?

Ficamos nos olhando em silêncio, eu com a resposta brincando nos lábios, até que...

– Ok. Fechado.

A chance de termos mesmo enlouquecido era grande.

– Fechado – repetiu ele, algo passando muito rápido por sua expressão.

É, definitivamente *enlouquecemos*.

Selar um acordo com Aaron era território inexplorado. De repente, o ar ficou denso e tive dificuldade de respirar fundo.

– Certo. Tudo bem. Ótimo. Temos um acordo então.

Passei o dedo na superfície do painel impecável e inspecionei uma partícula de poeira imaginária, sentindo a ansiedade aumentar a cada segundo que passava naquele carro.

– Tem uma montanha de detalhes que precisamos discutir.

A saber, o fato de que ele precisaria fingir que era meu namorado, não só alguém que eu estava levando ao casamento. Ou o fato de que teria de fingir estar *apaixonado* por mim.

– Mas vamos nos concentrar em você primeiro. Quando é o seu compromisso?

– Amanhã. Passo pra te pegar às sete.

Meu corpo inteiro parou.

– Amanhã?

Aaron se remexeu no assento, desviando o olhar.

– Aham. Esteja pronta às sete. Em ponto.

Eu estava tão... tão fora de mim que nem revirei os olhos quando ele continuou dando ordens.

– Vestido longo, de preferência formal – disse Aaron, pousando a mão direita na ignição. – Agora, vá para casa descansar, Catalina. Está tarde e você parece estar precisando dormir. Conto o resto amanhã.

De algum jeito, só registrei as palavras depois que fechei a porta do prédio ao entrar. E foi só alguns segundos depois, quando o motor ganhou vida e Aaron partiu, que me permiti assimilar realmente o significado daquilo.

Eu tinha um encontro no dia seguinte. Um encontro de mentirinha. Com Aaron Blackford. E precisava de um vestido longo formal.

SEIS

Eu não ia entrar em pânico. *Não*.

Meu apartamento estava uma zona de guerra, mas eu estava tranquila. A explosão de roupas? Problema nenhum.

Observei meu reflexo no espelho enorme que ficava em uma das paredes do meu loft, o vestido que prometi que seria o último que eu experimentaria. Não que eu não tivesse nada para vestir; meu problema era muito mais simples. A raiz do dilema – e, naquele momento, a maior dor de cabeça do mês, e considerando tudo o que estava acontecendo isso queria dizer muita coisa – era que eu não sabia para que ocasião eu estava me vestindo.

"*Esteja pronta às sete. Em ponto. Vestido longo formal de preferência.*"

Por que eu não pressionara Aaron para dar mais detalhes? Não fazia ideia.

A não ser pelo fato de que, infelizmente, aquele era um erro muito comum. Era assim que eu fazia as coisas, sem pensar. Era esse o motivo pelo qual, de alguma forma, eu tinha dado um nó na minha vida que eu não sabia como desatar.

Prova número um: *a mentira*.

Prova número dois: o ponto a que a mentira tinha me levado.

Em outras palavras, o trato que eu tinha feito com alguém de quem eu jamais, nem em meus sonhos mais loucos – sonhos não, pesadelos – imaginei precisar. Ou que precisasse de mim. Aaron Blackford.

– *Loca* – murmurei baixinho.

Abri o zíper de mais um vestido que eu nem sequer sabia dizer se era mesmo formal.

– *Me he vuelto loca. He perdido la maldita cabeza.*

Joguei o vestido em cima da cama com o restante das opções descartadas e fui atrás de um roupão. Eu precisava de todo o conforto naquele momento, então teria que ser o rosa fofinho. Não tinha outro jeito. Era isso ou me encher de biscoito.

Observando o estado em que meu apartamento se encontrava, massageei as têmporas. O fato de não haver paredes separando a sala do quarto e da cozinha era algo que eu amava. Algo que via como uma vantagem de morar em um loft – mesmo sendo pequeno, já que eu morava no Brooklyn. Mas, analisando a bagunça que eu tinha feito, quase odiei não morar em um lugar mais espaçoso. Algum com paredes que me impedissem de destruir o apartamento *inteiro*.

Havia roupas, sapatos e bolsas por toda parte – na cama, no sofá, nas cadeiras, no chão, na mesinha de centro. Nada tinha sido poupado. O ambiente geralmente arrumado, decorado com tanta dedicação em tons de branco e creme com alguns toques hippie-chics aqui e ali – como o tapete maravilhoso que tinha custado mais do que eu jamais seria capaz de admitir – lembrava mais um campo de batalha fashion do que um lar.

Tive vontade de gritar.

Apertando ainda mais o cordão do roupão, peguei o celular em cima da cômoda.

Eram cinco horas, portanto duas horas antes do horário marcado *em ponto*, e eu estava perdida. Sem roupa. Porque eu não tinha nenhum vestido que parecesse formal. Porque eu era burra. Porque eu não sabia para que estava me vestindo e não tinha perguntado.

Eu nem sequer tinha o número de Aaron para mandar uma mensagem de emergência e uns emojis hostis que deixassem bem clara a minha frustração. Como nunca senti prazer em confraternizar com o inimigo, não tinha precisado do número dele.

Até aquele momento, aparentemente.

Joguei o celular em cima da pilha de vestidos descartados e fui até o espaço confortável que era a sala de estar. Meu notebook repousava em cima da mesinha de centro que eu tinha comprado no brechó semanas antes. Me joguei no sofá com ele no colo.

Acomodada nas almofadas, acessei meu e-mail de trabalho.

Era o último recurso. Com um pouco de sorte, aquele workaholic estaria sentado na frente do computador no sábado. E aquele... trato que fizemos não parecia mesmo uma transação comercial? Tinha que ser. Não éramos amigos – nem sequer nos tratávamos bem –, aquilo não passava de uma transação. Um favor entre colegas.

Sem mais tempo a perder, comecei a compor o e-mail.

De: cmartin@InTech.com
Para: ablackford@InTech.com
Assunto: Informação urgente necessária!

Sr. Blackford,

Eu estava irritada – comigo mesma, sim, mas com ele também – e não tinha clima para primeiro nome.

Conforme nossa última conversa, sigo aguardando os detalhes de nossa próxima reunião. No momento me encontro sem acesso a todas as informações, o que levará à conclusão insatisfatória do tópico acordado.

Eu tinha assistido a todas as temporadas de *Gossip Girl* e sabia as consequências pavorosas de usar a roupa errada em um "compromisso social" em Nova York.

Como sabe, é imprescindível que você compartilhe todas as informações necessárias o mais rápido possível.

Por favor, aguardo seu retorno em breve.

Atenciosamente,

Lina Martín

Sorrindo para mim mesma, cliquei para enviar e vi o e-mail deixar a caixa de saída. Então, fiquei olhando para a tela durante um minuto, esperando que a resposta surgisse em minha caixa de entrada. Na terceira atualização sem sucesso, o sorriso já tinha desaparecido. Na quinta, gotículas de suor – que se deviam em parte ao fato de eu estar usando um roupão de inverno – começaram a se formar em minha nuca.

E se ele não respondesse?

Ou, pior ainda, e se aquilo tudo não passasse de uma pegadinha? Um jeito cruel de mexer com a minha cabeça e me fazer acreditar que ele me ajudaria. E se ele estivesse me fazendo de *Carrie, a estranha*?

Não, Aaron não faria isso, disse uma voz na minha cabeça.

Mas por que não? Eu tinha provas mais que suficientes que comprovavam que Aaron era, sim, capaz de algo do tipo.

Por outro lado, eu fazia alguma ideia de quem ele era de verdade? Ele ia a "compromissos sociais" que tinham a ver com "uma boa causa", pelo amor de Deus. Eu não o conhecia.

Merda. Eu precisava de biscoitos. Me daria ao luxo.

Quando voltei para o notebook, segurando o pacote de biscoito e com a boca cheia de um amanteigado reconfortante, a resposta de Aaron me esperava. Um breve suspiro de alívio.

Mordendo mais um biscoito, cliquei no e-mail do Aaron.

De: ablackford@InTech.com
Para: cmartin@InTech.com
Assunto: Re: Informação urgente necessária!

Chego em uma hora.

Atenciosamente,

Aaron

– Mas que p...

Um acesso de tosse me impediu de terminar a frase, o biscoito que eu estava mastigando ficou preso na garganta e não saía do lugar.

Aaron estava vindo. Até a minha casa. Em uma hora. O que significava uma hora antes do que tínhamos combinado.

99

Pegando um pouco de água na cozinha, olhei ao meu redor, absorvendo o caos.

– *Mierda*.

Eu não deveria me importar; sabia que não. Mas nem morta eu ia deixar que ele visse aquela bagunça. Eu preferia engasgar com outro biscoito a dar a ele munição contra mim. Ele nunca mais ia parar de falar disso.

Coloquei o copo no balcão e, sem perder nem mais um segundo, entrei em ação. Uma hora. Eu tinha sessenta minutos – e, conhecendo Aaron, nem um segundo a mais nem a menos – para dar um jeito naquele caos.

E levou mesmo uma hora para deixar o apartamento minimamente apresentável. Quando o interfone tocou, não só não tive tempo para colocar uma roupa que não me fizesse parecer um Furby gigante, como minha frustração também só aumentou.

– Droga de homem pontual – resmunguei baixinho pisando firme até a porta. – Sempre pontual.

Liberei a entrada dele.

Arrumando o coque bagunçado, tentei me acalmar.

Ele veio para ajudar. Seja simpática, disse a mim mesma. *Você precisa dele.*

Uma batida na porta.

Esperei dois segundos e respirei fundo, me preparando para ser o mais simpática possível.

Com a mão na maçaneta, me forcei a uma expressão neutra e abri a porta.

– Aaron, eu…

Eu ia dizer… outra coisa, mas o que quer que fosse tinha desaparecido da minha cabeça. Junto com a expressão neutra que pretendia demonstrar, porque eu estava de queixo caído.

– Eu… – comecei de novo, mas não encontrei as palavras.

Pigarreei.

– Eu… oi. Oi. Uau. Certo.

Aaron ficou me olhando com uma cara engraçada enquanto eu piscava algumas vezes, na esperança de que meus olhos não tivessem de repente se tornado grandes demais para meu rosto.

Mas como evitar que se esbugalhassem? Como é que qualquer par de olhos não ficaria duas vezes maior ao ver o que estava à minha frente?

Porque aquele homem não era Aaron. Não. Mesmo. Era um que eu nunca tinha visto antes. Uma versão completamente diferente do Aaron que eu conhecia.

E esse outro Aaron era… lindo de morrer. E não de um jeito óbvio. Esse Aaron era elegante. Sofisticado. Reluzente. Atraente no melhor estilo *senhoras e senhores, as coisas vão esquentar.*

Merda, mas por que aquilo tudo? Onde estava o Aaron que usava calça sem graça e camisa tediosa? O cara que estava na minha lista de desafetos classificado como "manter distância"? Como um único olhar podia ter me deixado gaguejando como uma adolescente?

Surpresa, encontrei a resposta bem à minha frente. Aquele corpo alto e esguio no qual eu não devia estar reparando tanto estava vestido em um terno preto. Não, não era um terno. Era um smoking. Um maldito smoking que deveria estar em um tapete vermelho e não na porta do meu apartamento em Bed-Stuy, para ser sincera.

Nada nele pertencia àquele lugar, comigo. Nem o cabelo, nem a camisa branca imaculada e a gravata-borboleta, nem os olhos azuis analisando minha reação, nem a droga do smoking de estrela do cinema e muito menos aquelas sobrancelhas escuras franzidas.

– Meu Deus, mas que roupa é essa que você está usando? – perguntei em um único fôlego. – É algum tipo de brincadeira? O que eu disse sobre você tentar ser engraçado, Aaron?

Vi seus olhos deixarem os meus e viajarem pescoço abaixo, me observando de cima a baixo algumas vezes.

– O problema é a roupa que *eu* estou vestindo? Tem certeza?

Algo em sua expressão mudou, como se ele não conseguisse entender o que estava diante de seus olhos.

– Aham.

Me sentindo completamente exposta e desconfortável, esperei que seu olhar voltasse até meu rosto, sem saber o que dizer ou fazer.

– O que é *isso*? – perguntei, suspirando alto sabe-se lá por quê.

– Me sinto na obrigação de devolver a pergunta. Sei que não fui específico, mas imaginei que você fosse esperta o bastante para saber que eu não a levaria a uma festa do pijama – disse ele, apontando para mim com o indicador comprido.

Engoli em seco. Eu tinha certeza de que meus olhos estavam ficando vermelhos. Tentei me recompor porque, na verdade, aquilo era bom. Ao contrário da versão que segundos antes tinha me feito perder totalmente o fôlego, com *aquele* Aaron eu sabia lidar.

Endireitei os ombros e peguei a barra do roupão rosa, evitando pensar no quanto me sentia ridícula e tentando disfarçar com atitude.

– Ah, você acha que eu deveria me trocar? Porque não quero parecer arrumada demais para a festa do pijama. Será que vão servir uns belisquetes?

Depois de pensar por alguns segundos, Aaron perguntou:

– Como você não está assando aí dentro? É muito veludo para alguém do seu tamanho.

Veludo?

– Ora, ora, um belo conhecimento de tecidos para alguém cujo guarda-roupa consiste em duas peças de roupa.

Aaron fechou os olhos por um instante. Uma emoção que não reconheci a tempo surgiu em seu rosto: ele estava irritado, perdendo a paciência. Dava para perceber.

Não vamos conseguir. Somos um caso perdido.

– Primeiro – disse Aaron, se recompondo –, você me come com os olhos descaradamente.

Isso fez com que uma onda de calor subisse diretamente até minhas bochechas. *Pega no flagra.*

– Depois, critica minha roupa. E agora meu jeito de me vestir. Aliás, você vai me deixar entrar ou costuma deixar seus convidados do lado de fora enquanto os insulta?

– Quem disse que você é meu convidado? – retruquei, e, sem esconder minha irritação, dei as costas e entrei em casa. – Foi você quem se convidou para vir até aqui – falei por cima do ombro. – Acho que não vai se importar de entrar e fechar a porta, certo, garotão?

Garotão? Fechei os olhos, dando graças a Deus por estar de costas para ele.

Ainda sem acreditar que tinha chamado Aaron Blackford de *garotão*, fui até a cozinha e abri a geladeira. O ar gelado foi um alívio na pele e me senti um pouco melhor. Fiquei olhando para as prateleiras por um bom tempo e, quando finalmente me virei, estampava no rosto um sorriso falso.

Aaron Blackford – em seu smoking – estava apoiado na pequena ilha que delimitava o espaço entre a cozinha e a sala. Seu olhar azul estava em algum lugar acima do meu joelho. Ainda analisando meus trajes, que ele parecia achar escandalosamente intrigante.

Percebi que isso me incomodava. O modo com que Aaron me olhava me fazia sentir inadequada, embora eu estivesse na minha casa e fosse ele o intruso que apareceu antes do combinado. Eu sabia que era besteira, mas a situação me fazia lembrar do quão diminuída eu havia me sentido meses antes, quando o ouvira falando com Jeff. E de quando ele quase jogou a caneca de boas-vindas na minha cara. E de todos os comentários e golpes que vieram depois disso e que nunca deixaram de me incomodar.

Rosie estava certa; eu era incapaz de deixar para lá. Ainda estava me prendendo ao rancor como se minha vida dependesse disso. Como se esse rancor fosse uma porta flutuando no oceano e eu estivesse sem colete salva-vidas.

– Parece bastante inadequado para o verão – disse Aaron, apontando com a cabeça para meu roupão.

Ele tinha razão. Eu estava assando, mas o roupão era reconfortante.

Imitando a postura dele, me apoiei no balcão da cozinha.

– Aceita algo para beber, *Anna Wintour*? Ou prefere continuar apontando o quanto meu roupão é um ultraje?

Vi seus lábios se contorcerem, lutando contra um sorriso. Eu, por outro lado, não estava achando graça nenhuma.

– Que tal uma água?

Ele não mexeu nem um músculo além dos cantos dos lábios, que continuavam tentando não sorrir.

Peguei uma garrafa de água e coloquei ao lado dele, e depois outra para mim.

– Você podia simplesmente ter respondido meu e-mail, sabe? Não precisava ter chegado tão cedo.

– Eu sei.

É claro que ele sabia.

– Mas vir até aqui mais cedo foi um favor que te fiz.

– *Um favor*? – Semicerrei os olhos até quase fechá-los. – Um favor seria aparecer aqui com os bolsos cheios de churros.

– Farei o possível para me lembrar disso – respondeu ele, parecendo sincero.

No segundo em que abri a boca para perguntar o que ele queria dizer com aquilo, Aaron continuou:

– Por que então você não me ligou em vez de mandar aquele e-mail... complexo? Isso teria nos poupado algum tempo, *Srta. Martín*.

Esta última parte ele acrescentou com a cara já amarrada.

Rá, eu sabia que chamá-lo de Sr. Blackford o deixaria incomodado.

– Tá, primeiro de tudo, eu não pedi para você vir, isso foi coisa sua.

Abri a garrafa e bebi um gole de água.

– Segundo, como eu ia ligar se não tenho seu número, espertinho?

Por cima da garrafa, vi ele franzir a testa.

– Você deveria ter. No último evento de formação de equipes, nós passamos uma lista com o número particular de todos. Eu tenho o seu. Tenho o número de todo mundo.

Baixei a garrafa devagar e fechei a tampa.

– Bem, eu não tenho o seu.

Eu tinha me recusado a adicionar o número dele na agenda porque, como eu já disse, sou uma pessoa rancorosa, um aspecto que não era exatamente motivo de orgulho, mas que seguia sendo verdadeiro.

– Por que eu precisaria dele?

Aaron levou um momento para assimilar minhas palavras e então balançou levemente a cabeça. Endireitando a postura, ele se afastou da ilha da cozinha.

– Então, o que era tão importante? – perguntou, retomando o assunto. – Que detalhes você precisa que eu *compartilhe* com tanta urgência?

– Não consigo escolher uma roupa sem saber aonde vamos, Blackford – respondi, dando de ombros. – É uma informação básica para escolher um traje.

Ele ergueu uma das sobrancelhas.

– Mas eu disse. É um compromisso social.

Coloquei a garrafa no balcão e juntei as mãos.

– Aham, isso foi o que você disse, preciso de um pouco mais de detalhes.

– Um vestido longo formal – disse o cabeça-dura de olhos azuis. – Deveria ter sido o suficiente para escolher um vestido.

Levei uma das mãos ao pescoço, tocando o tecido rosa e macio do roupão, mas agarrando meu colar de pérolas metafórico.

– O suficiente? – repeti bem devagar.

– Aham.

Eu ri, sem acreditar no que estava ouvindo. Ele realmente achava que estava certo.

– Respostas de uma ou duas palavras não são *informação suficiente*, Aaron.

Principalmente depois de ver que ele estava pronto para uma noite de gala no Upper East Side, o tipo de evento em que as pessoas se cumprimentam com beijinhos no ar e falam sobre as férias nos Hamptons. Com certeza eu não tinha nada assim em meu guarda-roupa.

– O que é tão difícil de entender nas palavras vestido, longo e formal? – perguntou ele, distraidamente puxando a manga do smoking. – São vestidos, são longos e são formais.

Pisquei com força, sentindo uma nova onda de frustração.

– Você está realmente me dando essa explicação? Você é…

Nesse momento, fechei as mãos. Eu estava muito perto de jogar alguma coisa nele.

– Meu Deus…

Aaron colocou a mão no bolso e ficou olhando para mim, todo… charmoso e elegante naquele maldito smoking.

Algo deve ter borbulhado e subido até o meu rosto porque o jeito como ele me olhava mudou.

– É um evento beneficente. Acontece todos os anos – explicou.

A informação crucial me deixou boquiaberta.

– Nós vamos até Manhattan… Park Avenue.

Não, não, não, não. Parecia chique.

– É um evento *black-tie*, então é preciso usar algo elegante. Um vestido formal para noite.

Seu olhar percorreu meu corpo de cima a baixo em dúvida, parando finalmente em meu rosto.

– Como eu disse.

– Aaron – deixei escapar entredentes. – *Mierda. Joder*… Um evento beneficente? Beneficente? Isso é tão… coisa de gente rica.

Balancei a cabeça, o cabelo quase caindo do coque. Comecei a perambular pela cozinha.

– Não, é coisa de gente que *limpa a bunda com dinheiro*. E não, minha intenção não é ser chata, mas, meu Deus. Um aviso teria sido legal. Você podia ter dito isso ontem, sabe? Eu poderia ter comprado alguma coisa hoje de manhã, Aaron. Podia ter preparado, não sei, algumas opções para você escolher. Mas agora eu não tenho ideia do que fazer. Tenho uns dois vestidos formais, mas eles não são... adequados.

Já passava das seis e...

– Você teria feito tudo isso?

Com a boca entreaberta, por um instante Aaron ficou com a expressão confusa com a qual eu não estava acostumada.

– Por *mim*? – perguntou então, recobrando a compostura.

Parei de andar. Por que ele estava tão chocado?

– Sim. É claro que teria.

Percebi que ele me olhava de um jeito estranho, mas segui falando:

– Primeiro de tudo, eu odiaria aparecer no seu "evento beneficente" – disse, fazendo aspas com os dedos no ar – parecendo uma palhaça. Acredite ou não, eu tenho certo senso de autoestima e sou passível de constrangimento.

Os olhos de Aaron brilhavam de um jeito que me deixava nervosa.

– Segundo, eu não ia querer que você se vingasse vestindo sabe Deus o que no casamento da minha irmã, só para me irritar. Ou que desistisse de ir por alguma violação de etiqueta agora que estou contando com você para ir à Espanha comigo. Eu...

Hesitei.

– Eu meio que preciso de você, sabe?

De alguma forma, a última parte se materializou na minha língua e só percebi que tinha saído quando era tarde demais e não dava para desdizer.

– Eu nunca faria isso – respondeu Aaron, me pegando de surpresa. – Não vou desistir. Fizemos um trato.

Admitir aquilo fez com que eu me sentisse exposta, então desviei o olhar. Me concentrei nas mãos de Aaron, que ele tinha tirado do bolso e pendiam junto à lateral do corpo.

– Não vou fazer isso, Catalina. – Ouvi Aaron dizer. – Nem que você me irrite muito, e sei que você é capaz disso.

Senti um sarcasmo intencional, só o bastante para me deixar tentada a retrucar. Mas, por algum motivo, não fiz. Suas palavras pareciam sinceras. Mas eu... não sabia se ele estava mesmo sendo sincero. Era muito difícil esquecer nosso histórico. Todos os golpes, os cutucões, empurrões. Todos os pequenos gestos para que nenhum dos dois esquecesse o quanto não gostávamos um do outro.

– Tá bom, Blackford. – Eu não parecia acreditar no que estava dizendo, mas aquilo teria que bastar. – Não tenho tempo para isso.

O que quer que isso fosse, porque eu não tinha mais certeza. Levei a mão à lateral do pescoço e massageei aquele ponto, distraída.

– Só... fique à vontade. Vou ver o que consigo arranjar para ir ao evento.

Fui até onde ele estava, seu corpo grande bloqueando a entrada que dava acesso à sala. Parando de repente na frente dele, levantei o olhar e arqueei uma sobrancelha, pedindo sem palavras que ele por favor me deixasse passar. Aaron se agigantou e me olhou de cima, os olhos percorrendo todo o meu rosto. Descendo por minha garganta e fazendo a volta em meu pescoço. Bem onde meus dedos tinham massageado a pele momentos antes.

Seus olhos voltaram aos meus com uma expressão que não reconheci.

Estávamos bem perto, os dedos dos meus pés descalços quase tocando seus sapatos engraxados. Senti minha respiração acelerar ao perceber isso. Meu peito subia e descia mais rápido a cada segundo que eu passava sob o escrutínio de Aaron.

Me recusando a desviar, sustentei o olhar.

Inclinando a cabeça para trás, não pude deixar de perceber que ele parecia maior do que nunca. Como se tivesse ficado centímetros mais alto. Ele ficou ali, parecendo muito maior do que eu, trajando aquele smoking que tinha o poder de transformá-lo em alguém para quem era difícil não olhar. Era difícil não absorver cada detalhe brilhando naquela versão.

Aaron passou a língua pelo lábio inferior, a boca carnuda reluzindo à luz da cozinha.

Minha pele começou a ficar quente demais embaixo do tecido daquele roupão idiota. Tão perto como estávamos, comecei a sentir muito calor, percebendo muitos detalhes daquele homem ao mesmo tempo.

Quando me obriguei a olhá-lo nos olhos novamente, Aaron ainda me analisava com um semblante diferente. Havia alguma coisa escondida ali. Um milésimo de segundo depois, eu jurava que seu corpo tinha avançado na minha direção. O correspondente à espessura de um fio de cabelo, mas talvez fosse apenas a minha imaginação.

Enfim.

– Eu estava falando sério.

A voz dele saiu grave e baixa, quase rouca.

Eu já não estava mais pensando coisa com coisa, mas captei o que ele estava falando. É claro que sim.

Aaron soltou o ar lentamente e senti a hortelã em seu hálito.

– Eu jamais me vingaria. Sei o quanto o casamento da sua irmã é importante.

A sinceridade por trás daquelas palavras foi mais impactante do que a nossa proximidade física. Senti um frio absurdo na barriga.

– Não volto atrás em palavra dada. Jamais.

Aaron Blackford estava realmente tentando me passar segurança? Estava mesmo garantindo que, independentemente do que havia ou tivesse acontecido entre nós, eu estava segura? Que ele manteria sua palavra, cem por cento? Que não voltaria atrás? Ele estava mesmo fazendo isso? Parecia que sim. O que me dizia que ou ele lia mentes – o que eu esperava que não fosse verdade – ou talvez Rosie não tivesse se enganado sobre ele.

Talvez Aaron não fosse tão ruim assim.

Talvez eu estivesse errada a respeito dele. Eu... Eu não sabia o que dizer. Não sabia o que fazer com aquilo tudo, para falar a verdade. E quanto mais tempo eu ficava em silêncio enquanto ele me dava toda aquela abertura, mais eu ficava com calor e tonta, e mais difícil era pensar com clareza.

– Você entendeu, Catalina? – insistiu ele, e o calor tomou conta de todo o meu copo.

Não, quis responder. *Não entendo nada do que está acontecendo aqui.*

A garganta se moveu, mas as cordas vocais falharam em articular uma resposta e emitiram apenas um som estranho. Pigarreei na hora.

– Preciso me arrumar – consegui dizer finalmente. – Se não se importa, preciso me vestir. Ou vamos nos atrasar.

Com um movimento bastante suave para alguém daquele tamanho, Aaron saiu do meu caminho. Ele chegou para o lado, ainda grande e largo demais para o meu apartamento apertado, uma presença que me inquietava e incomodava, principalmente quando passei por ele e meu roupão roçou em seu peitoral.

Um peitoral muito firme.

Todo o calor que tomava conta do meu corpo subiu até meu rosto.

Pare. Caminhei com as pernas fracas, sentindo a pele úmida. *Preciso só tirar esse roupão*, garanti para mim mesma, com a mão na nuca. É por isso que estou corada e com calor.

Me obriguei a pensar em outra coisa.

Coisas como... Vestidos. Não Aaron. Não Aaron usando smoking. O seu hálito de hortelã. Ou seu peitoral. Ou qualquer outra parte de seu corpo. Nem no que ele tinha dito.

Mas minha cabeça começou a virar, querendo olhar para trás. Para ele.

Não.

Cheguei ao armário e comecei a vasculhar as opções em busca de qualquer coisa digna da ocasião.

Aos poucos fui recuperando o foco e peguei das profundezas do armário a única peça de roupa que tinha potencial de me salvar, o salto que guardava para ocasiões especiais, alguns acessórios e fui para o banheiro.

No caminho, olhei para o Aaron de esguelha. Ele estava perto do sofá azul de veludo, fazendo o móvel parecer minúsculo. Concentrado no celular, ele nem sequer levantou a cabeça quando passei na sua frente.

Ótimo. Melhor do que se estivesse bisbilhotando ou exibindo aquele corpo perturbador.

Aquele meu comportamento – aquela reação que ele tinha causado em mim – não era normal. Tinha que ser culpa do smoking.

– Vou... me arrumar aqui dentro. Fique... à vontade.

Dentro do banheiro, o único cômodo fechado do apartamento, me senti mais leve e o corpo esfriou. O banheiro não tinha trinco, então só fechei a porta, pendurei o vestido no boxe e comecei com a maquiagem e o cabelo.

Depois do que pareceu uma eternidade – e, ao mesmo tempo, um segundo –, finalmente fiquei satisfeita com o resultado. A mulher que me olhava do espelho de corpo inteiro (que, sabiamente, eu tinha instalado no banheiro) usava um vestido sem mangas que ia até o chão. A cor era algo entre preto ônix e azul-escuro. O corte e o tecido eram simples – e definitivamente não formais o bastante –, mas a fenda que subia até logo acima do joelho direito dava um toque gracioso e elegante. A verdadeira estrela, no entanto, era o decote – ainda que não mostrasse um centímetro de pele, fechando ao redor do pescoço –, bordado com contas brancas que imitavam pérolas. Era lindo e tinha sido comprado por impulso meses antes justamente por causa do decote. Como ainda não tinha tido a chance de usar, tinha esquecido que estava ali.

Inspecionei o cabelo castanho caindo em ondas sobre os ombros. Não eram ondas perfeitas, mas serviriam. Pensei em passar um batom vermelho, mas pensei que talvez fosse exagero e desisti. Melhor guardar o batom vermelho para um encontro de verdade.

Senti uma pontada desconfortável no peito e suspirei.

Meu último encontro parecia ter acontecido havia uma eternidade. Não que eu não me considerasse atraente o bastante para despertar o interesse de alguém. Tive alguns encontros aqui e ali logo que cheguei a Nova York, mas em algum momento parei de tentar. De que adiantava? Estava claro que tinha algo de errado comigo. Ao deixar a Espanha, minha capacidade de *confiar* – e a disposição para me apaixonar de novo – tinha se perdido em algum lugar no oceano.

Me olhando no espelho, percebi que fazia tempo que não investia em maquiagem, cabelo e roupas. E preferi não ter percebido isso.

Porque sentir pena de mim mesma era algo que eu tinha prometido, havia muito tempo, que não faria. Era uma estrada que eu havia jurado não pegar.

Então, por que estava me sentindo daquele jeito? Como tinha me permitido chegar àquele ponto? Pela primeira vez eu estava realmente investindo um tempo para cuidar da aparência e me vestir bem, e estava fazendo isso por algo que nem era de verdade. Para um encontro de mentirinha. Por conta de um trato, uma espécie de transação comercial. Meu Deus, como eu tinha chegado a ponto de ter que inventar um relacionamento para não me sentir uma fracassada?

Meus medos eram mais reais do que nunca. Eu estava destruída. Eu estava...

Uma batida na porta me trouxe de volta ao presente, e me lembrei da pessoa que me esperava do lado de fora do banheiro. Uma pessoa impaciente, se a batida era algum indicativo. A voz grave de Aaron atravessou a porta do banheiro.

– Ainda vai demorar muito, Catalina? Já faz bastante tempo que você está aí.

Olhei para o reloginho que ficava em uma das prateleiras do banheiro: 18h45. Ainda faltavam quinze minutos para a hora que tínhamos combinado inicialmente. Balancei a cabeça.

Mais uma batida. Desta vez mais forte. Mais impaciente.

– Catalina?

Decidi responder com silêncio. Alguém tinha que mostrar que ele nem sempre conseguiria o que queria. Além disso, ele tinha me prometido quinze – tudo bem, quatorze – minutos a mais.

Ainda sentindo a rachadura que voltara a se abrir em meu peito, deslizei o pé direito para dentro do salto e levantei-o até o assento do vaso. Meticulosamente, fechei a alça.

Com calma, fiz o mesmo com o pé esquerdo. Eu ainda tinha alguns minutos e planejava...

Uma terceira batida. Minha porta sem tranca se abriu, me dando um susto enorme e revelando um homem bastante impaciente.

– Catalina.

Uma pontinha de alívio veio à tona naquelas duas piscinas azuis de impaciência.

– Por que você não responde? Faz uma hora que você está aqui dentro.

De repente, Aaron percorreu toda a extensão do meu vestido, a expressão ficando mais séria a cada centímetro. Quando voltou a me encarar, sua mandíbula estava tensa.

Ele estava... bravo?

Uma voz na minha cabeça me disse que Aaron provavelmente estava arrependido de ter me convidado, já que parecia tão desgostoso. Ignorei o desconforto na boca do estômago e me agarrei à primeira emoção que consegui controlar. Uma que era muito fácil de invocar quando se tratava de Aaron.

– Aaron Blackford – falei, sibilando, o peito arfando. – Qual é o seu problema? Você não sabe bater na porta?

– Eu bati – disse ele em um tom grave, combinando com a expressão. – Duas vezes.

A voz grave idiota reverberou no banheiro.

– Eu podia estar sem roupa, sabia?

Aaron ficou inquieto. Os dedos grandes agarravam a maçaneta com tanta força que cheguei a pensar que ela ia se desmantelar com toda a pressão.

– Mas você não está – respondeu ele, com a voz ainda grave. – Você definitivamente não está sem roupa.

Nos encaramos por um bom tempo e a expressão dele foi ficando ainda mais sombria.

Quanto mais tempo nenhum de nós dizia nada, mais as palmas das minhas mãos suavam.

Meus Deus, o que está acontecendo?

Sem entender aquela tensão, meu coração disparou e eu quase não consegui respirar.

Era quase sufocante. Muito mais do que tinha sido minutos antes, na cozinha. Tanto que senti minha guarda baixar, vários pensamentos atacando minha mente indefesa.

Rompi o silêncio com a voz ofegante.

– Algum problema?

Ele balançou a cabeça e olhos percorreram meu corpo mais uma vez, bem rápido.

– Você achou um vestido.

– Achei. Faz tanto tempo que não vou a um encontro que esqueci que tinha este.

Vi sua expressão mudar e me senti muito burra por ter dito aquilo.

– Bem, não importa. Não que eu fosse usar isso em um encontro, imagino. É o único que tenho, então espero que seja suficiente.

Passei as mãos suadas nas coxas, parando ao perceber que podia estragar o tecido.

– Vai servir – disse ele.

Vai servir?

Eu não fazia ideia do que esperava que ele respondesse, mas estaria mentindo se dissesse que essa resposta não doeu um pouco.

– Ótimo – respondi, desviando o olhar, sem deixar que meus ombros caíssem. – Então vamos.

Ele não se moveu e não disse uma palavra.

– Vamos – falei, me obrigando a sorrir. – Você não quer se atrasar, né?

Alguns segundos depois, Aaron saiu da frente sem olhar para mim. O que me deixou grata, já que eu ainda não estava a fim de olhar para ele.

Saí do banheiro e me certifiquei de duas coisas: primeira, não roçar no peitoral dele ao passar; segunda, não me chatear, já que não tinha motivo nenhum para ficar magoada com o que quer que Aaron Blackford dissesse.

SETE

No carro, passamos os quinze minutos mais longos da minha vida em silêncio, até que decidi que eu não aguentava mais.

Eu não estava a fim de jogar conversa fora e sabia que esperar que Aaron dissesse alguma coisa seria como esperar que uma parede de tijolos se abrisse e revelasse um portal para um mundo mágico. Mas, se eu não dissesse nada para preencher o silêncio, seria obrigada a saltar do carro em movimento.

– Então, um evento beneficente...

No espaço reduzido e silencioso, as palavras soaram altas demais.

Aaron assentiu, mantendo o olhar à frente e as mãos no volante.

– Por uma boa causa, imagino.

Ele assentiu mais uma vez.

– É um evento anual?

Um grunhido afirmativo.

Se ele não começasse a falar, se não dissesse *qualquer coisa*, eu não saltaria do carro em movimento, eu jogaria *ele* do carro.

Eu precisava de alguma pergunta que não exigisse apenas sim ou não como resposta.

– E qual é a modalidade de arrecadação?

Ele pareceu pensar por um instante, quase me fazendo acreditar que teria mesmo que jogá-lo do carro.

– Leilão.

Finalmente.

– O que vai ser leiloado? – perguntei, remexendo na pulseira simples de ouro que eu havia colocado, esperando uma resposta que não veio.

– Arte? Aulas de golfe? Um iate?

Nada. Nenhuma resposta.

– A cueca do Elvis?

Isso arrancou uma reação, que foi ele me olhar confuso, mas logo voltou a atenção ao tráfego.

– Quê? – retruquei, dando de ombros. – Fiquei sabendo que leiloaram uma cueca que ele usou em um show nos anos setenta.

Aaron balançou a cabeça. O Sr. Certinho provavelmente estava escandalizado, mas continuou sem falar nada, então continuei preenchendo o silêncio.

– Calma. Ninguém comprou.

Analisei seu perfil em busca de alguma reação. Nada.

– Ninguém nem deu lance. Não entendo muito de leilões. Quase nada, na verdade, mas pelo visto ninguém queria a cueca usada do Elvis – falei, contendo uma risada. – O que, para falar a verdade, meio que fortaleceu minha fé na humanidade. Nem tudo está perdido, né?

Uma mínima reação em um músculo da mandíbula.

– Afinal, quem ia querer uma coisa dessa? E o que é ainda mais assustador: para quê? Colocar em um quadro? Imagina, você vai na casa de alguém e dá de cara com uma cueca usada emoldurada em cima do sofá. Ou no banheiro.

Aaron me lançou um olhar, com algo que parecia surpresa. Então, finalmente falou:

– Nunca sei o que esperar de você, sabia?

Era isso que ele tinha para dizer?

– Como assim esperar?

Franzindo a testa, ele balançou a cabeça mais uma vez e, em um tom quase pensativo, disse:

– Nunca sei o que vai sair da sua boca. Você sempre acha um jeito de me pegar completamente de surpresa. E não é algo que muitas pessoas consigam fazer.

Ah...

O que ele esperava que eu respondesse? Aquilo era... um elogio? Eu estava tagarelando sobre a cueca usada do Elvis pendurada na sala de alguém, então talvez não. Não tinha como ser um elogio. Além do mais, tinha vindo de Aaron, então com certeza não era.

– Bom, tenho mais curiosidades para compartilhar se é o que deseja. De todo tipo, não só relacionadas a cuecas – falei, sorrindo.

– É claro que tem – resmungou ele.

– A não ser que queira usar esse tempo precioso para, sei lá, me dar algum contexto sobre a noite de hoje.

Esperei um, dois, três segundos. Mais uma vez, ele pareceu perder a voz.

– Você poderia me explicar por que estou aqui, fingindo ser sua acompanhante. Seria um bom começo.

Aaron aumentou a pressão no volante, algo que não tive como não perceber porque, bem, eu tinha passado os últimos minutos olhando atentamente para ele.

E, ainda assim, ele não me dava assunto.

Franzi a testa, começando a me sentir frustrada de um jeito não muito caridoso.

– Você disse que me explicaria tudo se eu concordasse em vir.

– Eu disse mesmo, não é?

– Pois é.

Eu não conseguia entender por que ele estava sendo tão... reservado. Mas o Aaron que eu conhecia era exatamente assim, não era? Eu não deveria me surpreender.

Observei suas mãos se movimentarem pelo volante, a ação esticando o tecido do smoking. Como não pude deixar de notar o modo como seus braços preenchiam as mangas, minha mente divagou por um instante e a sensação esquisita que eu tinha vivenciado no apartamento voltou.

Eu estava ficando distraída por... *ele*. Sua presença, sua proximidade, sua aparência. Objetivamente falando, era difícil fazer qualquer coisa além de olhar para Aaron – fazendo o banco do carro parecer minúsculo como ele fazia em relação a quase tudo – principalmente quando ficava sem falar e me dava uma desculpa para não falar. Mas não havia nada de objetivo no modo como involuntariamente meus olhos percorriam seus braços, seus ombros, subindo até seu rosto. Um homem estoico. Tão estoico e sério. Aaron nunca sorria e eu nunca tinha ficado tão ciente desse fato.

Não era só o smoking, percebi.

Até aquele momento, eu dera um jeito de ignorar o quão bonito ele era. Não que eu não tivesse notado que ele era atraente – eu tinha. Mas era só eu me lembrar de sua personalidade seca e azeda que isso era rapidamente encoberto. O que não mudava a realidade. E a realidade era que Aaron tinha todas as características que me faziam virar a cabeça para olhar de novo. Todas as características que eu não procurava, mas que, por algum motivo, me atraíam. Todas as características que eu não tinha. Alto, sempre tão ereto e impassível. Músculos definidos, gestos controlados. Cada movimento muito preciso e disciplinado. A pele clara e o cabelo escuro que destacavam o azul intenso dos olhos, de um tom que eu nunca tinha visto antes.

Olhando em outra direção, me repreendi por ter permitido que minha mente pensasse essas coisas. *O que é que eu estou fazendo?* Tínhamos coisas importantes a discutir. Eu não tinha tempo para pensar naquele corpo ridiculamente grande e atraente vestido em um smoking. *Malditos smokings.*

– Você está se fazendo de difícil, Blackford. Mas tudo bem – falei ao perceber que Aaron ainda não tinha dado a explicação que me devia. – Posso adivinhar por que estou aqui.

Se isso me ajudar a parar de pensar coisas loucas e idiotas a seu respeito.

– Se você quer jogar, posso jogar também.

Mais silêncio.

– Tudo bem, vou tomar isso como um sim. Vamos jogar.

Me ajeitei no banco, inclinando o corpo para a minha esquerda.

– Por que estou aqui? Vejamos… Estou aqui para proteger você de uma ex louca?

Clássico, mas eu precisava começar por algum lugar.

– Você parece ser do tipo que atrai as malucas.

Ele me olhou de canto de olho, franzindo a testa.

– Como assim? – perguntou, mas balançou a cabeça e voltou a olhar para a frente. – Quer saber? Não quero saber.

– Tá, tudo bem. Acho que isso é um não. Não é uma ex louca. Humm… então se não é de proteção que você precisa… Estou aqui para deixar alguém com ciúme?

– Não – respondeu ele, rápido.

– Tem certeza? – perguntei, erguendo as sobrancelhas algumas vezes. – Nenhum amor antigo que quer reconquistar? Mostrar para ela o que ela está perdendo? Reviver uma história de amor?

Os ombros dele ficaram mais rígidos de tensão.

– Eu já disse, não tem ex nenhuma.

– Tá bom, tá bom, entendi. Se acalme, Blackford. Não precisa se exaltar. Vi seus lábios se contorcerem. De raiva ou por ter achado graça, não sei.

– Não sei – continuei, me divertindo demais com aquilo tudo. – Se não é isso, então… Já sei! É um amor não correspondido, então! É isso, não é?

Juntei as mãos em frente ao peito.

– Alguém que não percebeu seus olhos de cachorrinho abandonado. Não, espera. Acho que você deve ser incapaz de fazer olhos de cachorrinho abandonado.

Inclinei a cabeça quando algo me ocorreu.

– Você sabe que não pode sair por aí olhando para as mulheres com frieza quando está interessado, não sabe? Sei que o cachorrinho abandonado deve ser um pouco demais para você, mas se tem alguém por aí capaz de mexer com esse seu coração de pedra…

– Não – disparou ele, me interrompendo. – Você não está aqui por nenhuma dessas coisas – explicou Aaron, respirando fundo. – Não gosto de joguinhos, Catalina.

Repousei as mãos sobre o colo.

– Desse tipo de jogo ou… de jogos em geral? – perguntei, imaginando o que poderia ter causado aquela reação nele. – Ou estamos falando de joguinhos de sedução?

Meus lábios se fecharam imediatamente quando ouvi minhas próprias palavras. Eu não conseguia acreditar que tinha dito aquilo. E para *ele*.

Nem Aaron acreditava, pelo visto, porque soltou um… barulho que era para ser uma risada, eu acho. Embora não devesse ter sido, porque pareceu mais… estrangulado.

– Você…

Ele balançou a cabeça, consternado.

– Meu Deus, Catalina.

Franzindo a testa, abri a boca para dizer alguma coisa, mas Aaron falou primeiro.

– Quando eu termino um relacionamento, eu termino de verdade.

A voz dele ficou pelo menos uma oitava mais grave, um estrondo no espaço confinado em que nos encontrávamos.

– E, quando estou interessado em alguém, eu deixo claro. Cedo ou tarde dou um jeito de fazer com que ela saiba – explicou ele, olhando para a frente o tempo todo. – Eu não usaria você, ou qualquer outra pessoa, para algo do tipo. Ao contrário do que você disse no seu apartamento, eu não sou nenhum garoto.

Senti uma onda de calor subir até meu rosto. Provavelmente a maquiagem não conseguia esconder o tom profundo de vermelho que se espalhava em minhas bochechas. Desviei o olhar, lutando contra a vontade de tocar meu rosto para ver se estava quente.

– Certo, entendi.

Mas eu não tinha entendido *nada*. E, para falar a verdade, também não estava entendendo por que Aaron estava causando aquelas coisas em mim. Ou, mais importante, por que ele tinha pedido a minha ajuda se *não gostava de joguinhos* e não era nenhum *garoto*.

Mas, no que dizia respeito àquele homem, eu não parecia entender muita coisa mesmo. O que ficava claro principalmente em relação ao meu corpo, que tinha decidido parar de cooperar e ficava fazendo coisas idiotas como enrubescer.

Fiquei concentrada na janela, observando as luzes da cidade passarem.

– Você disse que me explicaria tudo se eu aceitasse fazer isso… Se nós… fizéssemos isso um pelo outro – falei, e engoli em seco, não querendo deixar transparecer que eu me importava tanto assim.

– Você tem razão – disse ele, sem acrescentar mais nada por um bom tempo, durante o qual não olhei para ele. – Eu jogava futebol na faculdade – admitiu Aaron, me pegando de surpresa.

Bem devagar, agarrei a alça do cinto de segurança tentando abafar o *puta merda* que tinha subido até minha língua.

Tudo bem, aquilo não era uma explicação. Não era a resposta que eu esperava, mas era a primeira coisa que ele dizia que não era relacionada ao trabalho. Em quase dois anos. Então, se meus ouvidos não estavam me pregando uma peça, Aaron tinha acabado de se abrir… pela primeira vez. Porque eu considerei aquela frase uma abertura. Bem pequenininha, é claro, mas ainda assim era uma rachadura naquele exterior de aço. Tive vontade de pegar um martelo e abrir caminho até o outro lado.

– Futebol? Aquele com capacetes e com a bola em formato de melão? – perguntei, mantendo o tom de voz o mais normal possível.

Eu não era uma ignorante no que dizia respeito aos esportes, mas sou europeia. Precisava ter certeza de que estávamos falando do mesmo esporte.

– Isso, o americano. O da bola de melão – respondeu ele, assentindo. – Eu jogava em Seattle, onde fiz faculdade.

– Seattle – repeti, pensando nessa informação.

Mas eu queria um pouquinho mais.

– Fica no norte de Washington, certo? Eu sei por causa do *Crepúsculo*. Forks fica a algumas horas de Seattle.

Me arrependi um pouco de ter mencionado *Crepúsculo*, mas a gente usa o que tem e, além dos poucos lugares que eu tinha visitado, meus conhecimentos de geografia americana eram baseados em livros e filmes.

– Isso mesmo – respondeu ele, relaxando um pouco os ombros, o que, na linguagem de Aaron, significava uma abertura para mais perguntas.

– Então, o evento desta noite tem alguma coisa a ver com seus dias de jogador de futebol?

– Aham. Eu ainda sou convidado para alguns eventos. Por ter sido jogador, mas principalmente por causa do envolvimento da minha família com a NCAA – explicou ele, dirigindo pelas avenidas largas de Manhattan. – Uma vez por ano, eles fazem um evento beneficente para uma associação de bem-estar animal aqui em Nova York, e algumas personalidades comparecem.

– Você é uma personalidade, então?

Eu teria que dar um Google para saber o que era a NCAA depois, mas estava com uma sensação de que ele não estava me contando alguma coisa.

– Ah, meu Deus, Aaron Blackford, você por acaso está me dizendo que vem de uma longa linhagem da realeza do futebol americano?

Aaron franziu a testa e me deu uma resposta típica:

– Catalina.

– Sua família vai estar lá?

– Não – respondeu ele.

Por um instante sua expressão ficou mais séria e confirmou minhas suspeitas. Pelo jeito eu teria que pesquisar a família no Google também.

– O evento desta noite é para arrecadar fundos para a causa animal. Resgatar, abrigar, encontrar adotantes. Eu vou sempre que posso. É bom poder encontrar amigos e conhecidos de longa data por uma boa causa.

Esqueci imediatamente o que quer que fosse que ele não queria me contar sobre a família. Aaron se importava com o bem-estar animal? Com resgates e adoções?

Nessa hora, algo estranho e quente formigou em meu peito. E a sensação piorou quando me peguei imaginando Aaron, com aqueles braços enormes, segurando um monte de filhotes com os quais ele se importava tanto a ponto de angariar dinheiro para eles. Ajoelhado em um campo. Com uniforme de futebol americano. Calça apertada. Ombros imensos. O rosto sujo de terra.

O calor ficou um pouco mais intenso e difícil de ignorar.

– Isso é... ótimo – falei, tentando expulsar as imagens da cabeça. – É muito legal da sua parte.

Aaron olhou para mim e ergueu uma das sobrancelhas, provavelmente achando estranho eu estar tão vermelha.

Por que não paro de ficar vermelha?

– Você sempre leva uma acompanhante de mentirinha a esses eventos? – perguntei sem pensar.

Os lábios de Aaron formaram aquela linha reta de sempre.

– Não. Costumo ir sozinho. É a primeira vez que convido alguém.

Convido.

Convido?

Franzi a testa. Não tinha sido exatamente um *convite*.

Eu estava prestes a corrigi-lo, mas ele falou primeiro.

– Estamos quase chegando.

Fiquei em silêncio assimilando tudo o que tinha acabado de ouvir. Aquela nova camada em Aaron que eu tinha descoberto. Uma espiada naquela abertura que ele tinha me revelado. Todas aquelas imagens mentais perigosas que eu tinha criado e, que, para meu desespero, ficariam comigo por muito tempo. Eu precisava assimilar aquilo tudo.

– Espera – deixei escapar quando ele virou à direita. – Você não me disse o que vai ser leiloado. Nem por que estou aqui.

O carro parou em frente a um dos vários arranha-céus da Park Avenue. Olhando para fora, vi um manobrista esperando na calçada.

Com os olhos arregalados, virei para Aaron. *Um manobrista? Caramba.*

Seu olhar repousou em mim uma última vez e eu podia jurar que havia uma coisa meio selvagem nele.

– Eu.

Ele inclinou a cabeça, sustentando o olhar.

– Eu vou ser leiloado – disse ele, e a voz igualmente selvagem fez meu braço arrepiar. – Esta noite você vai dar lances para ficar *comigo*, Catalina.

Com os olhos ainda mais arregalados e o queixo provavelmente caído em algum lugar perto dos sapatos, pisquei e vi Aaron abrir a porta do motorista. Ele deu a volta no carro enquanto eu tentava – sem sucesso – me recompor. Aaron fez um gesto indicando ao manobrista que não abrisse minha porta.

Porque ele mesmo abriu.

A brisa úmida do verão deslizou por meus braços e minhas pernas quando aquele homem de olhos azuis, sobre quem eu estava começando a perceber que sabia muito pouco, me ofereceu a mão.

– Srta. Martín, por favor.

Pisquei mais uma vez, o corpo inteiro dormente com todas aquelas… coisas que eu não sabia definir ou identificar.

Um dos cantos dos lábios dele se curvou em um quase sorriso malicioso; Aaron claramente estava se divertindo com meu desconcerto. Eu devia estar parecendo muito confusa. *Meu Deus*, eu nunca tinha visto ele se divertir tanto.

– É para hoje, Catalina.

Esse comentário era tão Aaron, o Aaron que eu conhecia e com que me sentia familiarizada e confortável – não o que estava me levando a um evento beneficente onde eu teria que dar lances para ser premiada com ele –, que ofereci minha mão minúscula à dele, imediatamente.

Aaron me ajudou a descer do carro, a saia longa do meu vestido que não era exatamente formal descendo em cascata por minhas pernas. Quando ele me soltou, senti a mão ainda quente com o calor de seu toque, e Aaron abriu a porta enorme e suntuosa daquele arranha-céu da Park Avenue para que eu passasse.

Dei um passo à frente, tentando manter o coração sob controle.

Tudo bem.

O outro pé deu um passo.

Então, eu daria lances falsos por meu acompanhante falso. Por aquele que em breve seria meu namorado de mentirinha se nosso acordo sobrevivesse àquela noite.

Nada de mais, não é mesmo?

OITO

Quando Aaron mencionou o *evento beneficente*, seguido pela palavra *leilão*, imaginei um salão elegante, mas exagerado, cheio de velhos ricos da parte nobre da cidade. Não me pergunte por quê, mas eu não esperava o terraço espetacular onde fomos recebidos com uma taça do espumante mais delicioso que eu já tomei. E, obviamente, nem o grupo elegante – e bastante extravagante – de pessoas de todas as idades e origens.

Quem diria que os mais altos escalões da Big Apple poderiam ser tão... coloridos?

Não que eu tenha sido apresentada a todo mundo. Na verdade, nos concentramos nas pessoas que tinham alguma relação com o mundo do futebol americano, o que era natural depois do que Aaron tinha revelado sobre seu passado e o envolvimento de sua família. Ao longo da última hora eu tinha sido apresentada a alguns treinadores e coordenadores de equipe, um locutor esportivo e várias pessoas influentes que eu não tinha ideia do que faziam, mas a quem cumprimentei como se soubesse exatamente quem eram. As únicas pessoas com quem conversamos que não eram da bolha dos esportes foram alguns empresários dos quais eu também nunca tinha ouvido falar.

Sempre que encontrávamos um grupo novo, Aaron me apresentava como Catalina Martín, sem acrescentar nenhum tipo de rótulo ao meu nome, o que acabou me ajudando a aliviar um pouco a tensão que eu sentia e definitivamente estimulando que eu tentasse me divertir.

Era a primeira vez que eu ia a um evento como aquele, e provavelmente seria a última, então o mínimo que eu podia fazer era me divertir.

– Sei que já disse isso, mas estou muito feliz por encontrar você, Aaron – disse com um sorriso Angela, uma mulher de uns cinquenta anos com um vestido que provavelmente valia duas ou três vezes o meu aluguel. – Principalmente com alguém nos braços.

Senti meu rosto ficando quente, mas um gole de espumante me ajudou a disfarçar.

Fazia alguns minutos que estávamos conversando com ela. Permaneci o tempo todo em silêncio, observando aquela mulher, fascinada. Sua elegância e sua postura me deixaram pasma. E, ao contrário de algumas pessoas ali, Angela tinha um olhar gentil. O fato de ser ela a mente por trás daquele evento era a cereja do bolo.

– Então, me conte – disse Angela, quase fazendo um biquinho –, você também vai participar do leilão deste ano, imagino? Ainda não consegui dar uma olhada na lista final.

– Vou sim, claro – respondeu Aaron, em pé ao meu lado.

Até aquele momento não tínhamos tido tempo para falar sobre como seria a coisa de eu *dar lances por ele*. Quando eu estava começando a ligar os pontos, entramos na festa e ficamos indo de grupo em grupo, então não tive tempo de perguntar a ele como seria.

Angela bebeu um gole.

– Que bom ouvir isso. Eu estava em dúvida, para ser sincera – disse ela, jogando a cabeça para trás e rindo. – O leilão do ano passado foi… intenso. Muito divertido, para dizer o mínimo.

Aaron se agitou ao meu lado. Olhando para ele, percebi pela tensão em seus ombros que ele estava ligeiramente desconfortável com o rumo da conversa.

Isso aguçou minha curiosidade.

– Que bom que você trouxe alguém esse ano. Tenho certeza de que vai animar a noite – disse ela, e então se virou para mim. – Catalina, querida, espero que esteja pronta para uma disputa acirrada.

Senti Aaron ficar ainda mais agitado.

– Acirrada? – repeti, pensando nas palavras dele *"Esta noite você vai dar lances pra ficar comigo, Catalina"* e percebendo que talvez eu estivesse ali exatamente por isso.

Aaron segurou a taça com mais força.

– Nada com que se preocupar.

Fiquei olhando para ele por alguns segundos, cada vez mais curiosa, e então virei para Angela, cujo sorriso parecia bastante malicioso. Sorri de forma muito parecida ao dizer:

– Ah, eu não estou preocupada. Estou sempre pronta para uma boa história.

Ouvi o suspiro resignado de Aaron ao meu lado, e Angela sorriu ainda mais.

– Acho que vou deixar que Aaron faça as honras e conte ele mesmo a história – disse ela, e se aproximou de mim para acrescentar em voz baixa: – Tenho certeza de que o lado dele é ainda mais interessante. Principalmente a parte que ninguém viu.

Ah, é?

Antes que eu tivesse a chance de tentar conseguir os detalhes que estava louca para ouvir, algo – alguém – atrás de nós chamou a atenção da Angela.

– Ah, Michael chegou. Se me dão licença, preciso cumprimentá-lo.

– É claro.

Aaron assentiu, seu corpo continuava tenso, embora ele provavelmente estivesse feliz por Angela ir conversar com outra pessoa.

– Foi bom ver você, Angela – disse ele.

– Foi um prazer conhecer você, Angela – falei, com um sorrido educado.

– O prazer foi todo meu, Catalina – devolveu ela, chegando perto de mim outra vez e me mandando um beijinho no ar. – Não deixe ele se safar dessa.

Ela deu uma piscadinha e foi em direção à área do terraço onde a maioria das pessoas estava reunida. Um espaço com mesas altas que parecia diretamente saído de um catálogo, iluminado apenas por fileiras de luminárias de vime.

Virei para Aaron e vi que seus olhos azuis já estavam em mim.

Tentando afastar o leve rubor que subia por meu pescoço, pigarreei. Levei a taça aos lábios e finalmente terminei o espumante que tinha passado a última hora bebericando.

– Sou toda ouvidos, Blackford. Acho que é hora de você me contar os detalhes.

– Como imagino que você já tenha percebido, o principal evento desta noite é um leilão de solteiros.

– Um leilão de solteiros – repeti devagar. – Algo comum para suas noites de sábado, imagino.

Aaron suspirou, mas indiquei para que continuasse.

– Quero ouvir o resto.

– Acho que não há muito mais a contar – disse ele, equilibrando a taça na palma da mão.

– Bom, me desculpe, Blackford, mas parece que você, sim, tem muito a contar. Além do mais, quero ter certeza de que entendi corretamente o conceito da atração da noite.

Ele me deu uma olhada e reprimi o sorriso.

– Certo. Então, durante esse seu leilão… solteiros são adquiridos.

– Correto.

– Por mulheres e homens também solteiros, imagino?

Ele assentiu.

– Por uma quantia em dinheiro – destaquei. – Tudo em nome da caridade, é claro.

Ele assentiu mais uma vez.

– Eu fiquei me perguntando… não, deixa pra lá. É idiota.

– Fala logo, Catalina – disse ele, parecendo cansado.

– Se as pessoas vão dar lances… comprar… esses solteiros…

Vi Aaron estreitar o olhar, sua expressão era de frustração.

– O que acontece depois? Quando o solteiro é adquirido, ele é adquirido para que, exatamente?

Aqueles lábios retos, tensos, voltaram.

Continuei:

– Quer dizer, não é como dar lance em um barco ou um Porsche. Acho que não dá para levar o solteiro para dar uma volta.

Tá, isso pareceu… errado. É claro que dá para levar um solteiro para dar uma volta. Uma coisa perfeitamente inocente.

– Não *aquele* tipo de volta… – falei de uma vez ao perceber a expressão de Aaron mudar. – Daquele tipo *ulalá*. Usei esse exemplo porque se fosse um carro daria pra dar uma volta, tipo, passear e tal. Mas não se o prêmio for uma pessoa, eu pelo menos nunca…

Balancei a cabeça. Eu estava piorando as coisas, e quanto mais eu falava mais os lábios de Aaron perdiam a cor.

– Ah, você entendeu o que eu quis dizer.

– Não – respondeu Aaron simplesmente, bebendo um gole. – Quase nunca entendo o que você quer dizer, Catalina. Bem, quem oferecer o maior lance ganha um encontro com o leiloado. O prêmio é esse, um encontro.

Espera, quê?

– Um encontro? – repeti.

Ele franziu a testa.

– Isso.

– Tipo, um encontro *de verdade*?

– É lógico que sim. Duas pessoas saem para fazer algo que geralmente envolve comida e às vezes outros tipos de atividade – explicou ele, me encarando. – Como dar um passeio, ou uma volta.

Meus lábios se abriram. Não, minha boca se abriu.

Ele estava… ele tinha acabado de…

Meu rosto ficou quente. Mas eu não tinha tempo para ficar envergonhada. Porque aquilo queria dizer…

– Rá, muito engraçado. Então temos que… você sabe, fazer isso?

– O que, exatamente?

– A coisa do encontro – expliquei, falando mais baixo para que ninguém ouvisse. – Sei que estou aqui para dar os lances de mentirinha, então a gente não vai precisar sair de verdade, certo? Tipo, num encontro falso? Porque você disse que estou aqui para dar lances falsos, então eu… enfim.

A julgar por sua expressão, Aaron considerava algo do que eu tinha acabado de dizer especialmente desagradável. Ele engoliu bem devagar, como se tivesse comido alguma coisa azeda.

– Esquece. Depois a gente vê isso. Acho que não é importante.

O importante agora é sair deste buraco em que me enfiei.

– Então, você participa do leilão todos os anos?

Ele desviou o olhar por um instante e então voltou a me encarar.

– Desde que me mudei para Nova York. É a terceira vez que participo.

– E você… tem encontros com todas essas mulheres?

Tudo bem, eu não estava exatamente mudando de assunto, mas parte de mim meio que queria saber.

– Claro. Faz parte do trato.

As palavras que ele tinha dito antes me vieram à mente.

– E você nunca volta atrás na sua palavra.

– Exatamente.

Aquela confirmação, aquele *faz parte do trato*, foi como um soco no estômago. Na minha casa ele tinha parecido sincero ao dizer que não desistiria do que tínhamos combinado. É claro que na hora aquilo tinha me deixado bem incrédula, mas parte de mim também tinha se sentido *especial*. Por falta de uma palavra melhor. Ele faria aquilo por mim e eu podia contar com ele. Talvez porque ele soubesse o quanto era importante para mim, o quanto eu precisava dele. Mas agora parecia que eu tinha me enganado. Aaron simplesmente agia assim em relação a tudo.

Não tinha a ver comigo.

E fazia sentido. O idiota era achar que tinha.

– E o que você faz nesses encontros? – perguntei sem pensar muito, só para que ele não percebesse minha expressão. – Aonde você leva essas mulheres?

– A nenhum lugar especial – admitiu Aaron, com um suspiro. – O leiloado geralmente escolhe como será a noite e organiza tudo. Então, nas duas vezes em que participei, escolhi passar um tempo em algum abrigo da cidade. Ser voluntário ou até levar alguns cachorros para passear.

Aquilo era… fofo. Generoso e gentil e muito mais do que eu teria esperado dele, segundo meu coração levemente acelerado.

Olhei para baixo e percebi que meus dedos estavam brincando com a manga do vestido de novo.

– Então foi isso que você fez com a ganhadora do ano passado?

– Foi.

Senti que Aaron pedia, sem palavras, para que eu não me aprofundasse no assunto. Que não perguntasse do que Angela estava falando momentos antes.

Mas eu tinha que perguntar. Então, com sarcasmo, mandei:

– Ah! Em relação ao ano passado, o que aconteceu no leilão?

Os ombros de Aaron ficaram tensos, seu rosto mostrou resignação.

– Nada de mais.

– É mesmo? – perguntei, fingindo surpresa. – Então a disputa acirrada que a Angela mencionou, para a qual devo me preparar, não te faz lembrar nada?

Aaron fez um biquinho. Um biquinho. Nos lábios de Aaron.

– Nadinha de nada? – insisti, vendo aquela expressão em seu rosto pela primeira vez. – Nada mesmo?

O biquinho permaneceu e senti vontade de abrir um sorriso enorme. Não que eu fosse fazer isso.

– Ah, tudo bem – falei, dando de ombros. – Tenho certeza de que ser cercado por compradoras animadíssimas deve ser muito comum para você, Blackford.

Como não provocá-lo quando ele parecia tão... envergonhado e com vontade de sumir? Além do mais, Aaron tinha começado.

– Como foi exatamente? Elas se jogaram em cima de você? Ou talvez algo mais sutil? Tipo jogar dinheiro aos seus pés? Calcinhas?

Se aquele homem tivesse a capacidade de ficar corado, eu apostaria todo o meu dinheiro que aquele rostinho ficaria vermelho a qualquer momento.

– Não precisa se envergonhar. Afinal, você não é nenhum garoto.

Parecia que as sobrancelhas de Aaron saltariam de sua testa a qualquer momento.

– É, isso já está bem claro – disse ele, se aproximando um passo. – Sou capaz de me defender.

– Não foi o que pareceu.

Minha voz saiu mais hesitante do que eu gostaria.

Mais um passo, e senti um frio na barriga.

– Por sorte – disse ele, chegando ainda mais perto, os olhos azuis fixos em mim – você está aqui esta noite.

O frio na barriga se tornou glacial. O que não fazia nenhum sentido. Eu devia estar... o quê? O que eu deveria estar sentindo?

– *Você* vai dar o lance mais alto, não uma desconhecida qualquer.

Meu coração acelerou quando olhei para ele, me sentindo dominada de um jeito que não era estritamente negativo, considerando a proximidade dele.

Sem recuar, Aaron continuou falando, cada vez mais perto.

– E eu vou pagar. A doação vai sair do meu bolso, então não precisa se preocupar com os lances, desde que você ganhe de todo mundo. Jogue dinheiro aos meus pés se for preciso, mas você precisa ganhar.

Ele fez uma pausa, e senti minha garganta secar.

– Você precisa *me* ganhar, ok?

As últimas palavras pareceram ecoar em minha cabeça, misturando-se ao frio na barriga, fazendo minha pele se arrepiar.

Tive que dar um passo atrás, literalmente, para me obrigar a assimilar o que ele tinha acabado de dizer. Se dependesse da minha conta bancária, eu não teria como doar mais do que algumas centenas de dólares, então que bom que Aaron tinha arquitetado aquele plano considerando a conta dele, não a minha.

O que me fez considerar duas possibilidades: ou Aaron Blackford se importava mesmo com a causa, ou era rico o bastante para não ligar para quanto eu doaria em seu nome desde que o poupasse de um encontro.

Um *encontro* que aconteceria comigo se seguíssemos as regras. Mas que também não seria de verdade. Porque nada daquilo era. Era tudo encenação.

– Bom, trato é trato, Blackford.

Dei de ombros sem jeito, afastando o pensamento estranho e nebuloso de um encontro com Aaron. Em um abrigo de animais. Ele brincando com um monte de filhotes fofinhos. De uniforme de futebol americano com...

Por el amor de Dios, *preciso parar com essas imagens mentais.*

Aaron abriu a boca, mas, antes que pudesse falar, um homem veio até nós e colocou a mão no ombro dele. Aaron virou e pareceu relaxar assim que viu o homem ao seu lado.

– Não acredito no que estou vendo – disse o sujeito, dando tapinhas firmes nas costas de Aaron. – É mesmo Aaron Blackford nos agraciando com sua companhia esta noite? Deve ser meu dia de sorte.

Aaron bufou, um som curto e leve, mas eu ouvi.

– Com certeza não é o meu agora que você está aqui – murmurou, o canto direito dos lábios curvado pela sombra de um sorriso torto.

O homem – que imaginei ser próximo de Aaron, ou pelo menos ter sido em algum momento, dada sua reação – balançou a cabeça.

O sujeito levou a mão ao peito e a pele escura em volta de seus olhos se enrugou.

– Ui, essa doeu. Há quanto tempo não vejo essa sua cara feia?

– Menos tempo do que eu gostaria, se quer minha opinião.

O rosto geralmente inexpressivo de Aaron ficou mais amistoso. Seu corpo pareceu relaxar.

– Como estão as coisas, T.J.?

Percebi o calor em sua voz. A intimidade.

– Nunca estive melhor – respondeu T.J., assentindo. – Estou feliz por estar de volta, acredite se quiser. Cara, nunca achei que fosse sentir falta dessa cidade.

Soltei um sorriso discreto ao testemunhar aquela troca, absorta por aquele Aaron completamente novo e diferente à minha frente. Um Aaron relaxado – o bastante para quase sorrir – e que estava brincando, ou quase, com alguém que parecia ser um velho amigo.

– Mas ora, ora. Vejo que o Sr. Solitário está acompanhado esta noite. Olá.

T.J. se endireitou e um sorriso cheio de dentes dominou seu rosto. Estimei que tivesse a mesma idade de Aaron, mais ou menos. Seu corpo era quase tão largo e quase tão alto. Seus olhos castanhos me observaram com um interesse que me pegou de surpresa. Não achei que estivesse interessado em mim, é claro; na verdade, ele parecia tão espantado como eu com o fato de Aaron ter companhia.

– Não vai me apresentar, Big A? Cadê sua educação? – perguntou ele, cutucando as costelas de Aaron.

O empurrão amigável não surtiu efeito algum e Big A permaneceu o mesmo muro imóvel de sempre. Certamente eu perguntaria sobre o apelido.

Quando Aaron estava prestes a abrir a boca, a mesma que segundos antes ostentava um biquinho, T.J. interrompeu e me estendeu a mão.

– Tá bom, eu mesmo me apresento à dama. Tyrod James. É um prazer conhecer você.

Ouvi um barulho vindo de Aaron. Muito próximo da bufada de antes.

– T.J. para aqueles que têm a sorte de me chamar de amigo – acrescentou, sorrindo ainda mais.

Sorrindo também, apertei a mão dele.

– É um prazer, T.J. Catalina Martín, mas, por favor, me chame de Lina.

Com a mão quente, T.J. segurou a minha e inclinou a cabeça, curioso.

– E o que a traz aqui, Lina?

Sorrindo, sem jeito e sem saber o que responder, olhei para Aaron de esguelha e abri a boca:

– Eu... é...

Aaron interveio.

– T.J. e eu jogamos juntos em Seattle – disse, e virou para o amigo. – Catalina veio comigo esta noite.

Os olhos de T.J. permaneceram em mim enquanto ele esperava em silêncio, obviamente querendo que eu elaborasse a resposta. A resposta tinha mesmo sido vaga e redundante, mas sem dúvida era o bastante para mim.

Pigarreei.

– É, viemos juntos.

Fiz um gesto com a mão indicando nós dois.

– Ele... foi me buscar e viemos juntos, no carro dele.

Os olhos de T.J. brilhavam. Ele estava se divertindo com aquilo, e isso me deixou constrangida. O que, por sua vez, fez com que eu sentisse necessidade de preencher o silêncio com mais informações.

– Eu tenho carteira. Mas o trânsito de Nova York é assustador, então nunca tive coragem de dirigir na cidade.

Desnecessário, Lina.

– Então... foi ótimo o Aaron ter ido me buscar. Ele não parece ter medo do trânsito. Na verdade, ele é que é meio assustador às vezes. Não que eu tenha medo dele, é claro. Se tivesse, não teria entrado no carro.

Cala a boca, Lina. Cala. A. Boca.

Senti os olhos de Aaron abrindo um buraco em mim, como um laser. Os de T.J. também, mas de um jeito muito menos hostil e muito mais curioso.

– Bem, resumindo, viemos juntos, sim – finalizei.

Era esse tipo de situação que eu merecia por mentir.

O amigo de Aaron riu, colocando as mãos nos bolsos do smoking bordô. Seus olhos saltaram algumas vezes de Aaron para mim e para Aaron de volta. O que quer que tenha achado, foi o bastante para que assentisse com uma expressão que parecia de confusão.

– Humm... É, o Aaron pode mesmo ser assustador pra cacete – disse T.J., dando uma piscadinha. – Já eu? Puro charme.

– Percebi.

Eu sorri, contente por T.J. ter dominado a conversa.

– Como você já deve saber, teremos um leilão de solteiros esta noite, e eu não apenas estou solteiro – disse T.J. levantando as mãos, mas malicioso –, como também me inscrevi para ser leiloado. E embora eu saiba que vou sair caro, posso prometer que valho o...

– T.J. – interrompeu Aaron, lançando um olhar furioso para ele –, isso não será necessário.

Aaron se aproximou de mim e meu ombro quase encostou em seu braço. A semente que tinha sido plantada no meu apartamento – a consciência do corpo do Aaron, o modo como de repente sua proximidade ficou muito difícil de ignorar – brotou.

Quando olhei para ele, notei que ele já estava me olhando.

– Pode parar de fazer propaganda, ok? – disse Aaron ao amigo com o olhar fixo no meu.

Nesse momento, senti o um toque fantasma nas costas. Ou pensei ter sentido, porque acabou muito rápido para que eu pudesse ter certeza de que fora real.

– Catalina vai dar lances em mim esta noite.

Pisquei, hipnotizada pelo olhar de Aaron e com a intimidade daquelas palavras, ditas tão perto que quase roçaram na minha têmpora esquerda.

Eu ainda estava com os olhos fixos nele quando ouvi T.J. dizer:

– Você parece muito confiante para alguém que parece mais o motorista do que o acompanhante dela.

Eu e Aaron olhamos para T.J. Alguma coisa se passou entre os dois e, por um instante, senti que devia intervir. Mas T.J. jogou a cabeça para trás e riu, rompendo a tensão que parecia ter se formado ao nosso redor.

– Estou brincando, Big A – disse T.J., dando outra gargalhada. – Nossa, você precisava ver a sua cara. Por um segundo achei que você fosse me jogar no chão ou sei lá. Sabe que não é meu estilo. Eu jamais tentaria nada com a garota de algum amigo.

– Eu não sou...

Quis corrigir T.J., mas as diretrizes do meu trato com Aaron eram incertas, e talvez eu acabasse metendo os pés pelas mãos. Eu era a acompanhante de mentirinha e daria lances de mentirinha, mas isso queria dizer que eu estava *com* ele de mentirinha também? Droga, a gente definitivamente precisava deixar tudo isso bem claro antes de ir para a Espanha. Aquele teste estava se mostrando muito mais desafiador do que eu esperava.

– Ele não ia jogar você no chão, T.J.

Aaron suspirou e pareceu relaxar. Seu peito tocou meu braço levemente, e senti seu calor.

– Já vi que uma coisa não mudou – resmungou Aaron. – Você continua se achando muito engraçado.

– Ele só estava implicando com você, Aaron.

Exatamente como eu faria se não estivesse me sentindo toda estranha e formigando e conseguisse me concentrar em qualquer outra coisa que não o lugar exato onde meu ombro tocava o peito do Aaron.

– Uma brincadeirinha inofensiva.

O sorriso de T.J. iluminou seu rosto inteiro.

– Viu? Sua garota tem razão, eu só estava provocando você, como nos velhos tempos.

Uma pergunta surgiu na minha cabeça naquele instante. Por que T.J. sentiu necessidade de provocar Aaron daquele jeito? A relação deles devia ser sempre assim, certo? Porque Aaron tinha assumido uma posição defensiva em questão de segundos, do nada.

– Ah, e falando em velhos tempos – disse T.J., mais sério. – Fiquei sabendo do que aconteceu com o Treinador, e sinto muito, cara. Sei que vocês não se falam, mas ele ainda é seu...

– Está tudo bem – respondeu Aaron, interrompendo o amigo.

Dava para sentir a tensão emanando de seu corpo. A mudança. Eu senti o quanto ele ficou constrangido e na defensiva de repente.

– Obrigado, mas estou bem.

Aaron olhava fixamente para o amigo em tom de alerta.

– Tudo bem. Tenho certeza de que não preciso dizer nada porque você mesmo já passou por isso, mas o tempo não espera a gente fazer as pazes, cara. O tempo não espera ninguém.

T.J. ficou olhando para o amigo com uma expressão que não consegui identificar. Uma emoção cuja origem me intrigava. Como e por que afetava Aaron, e o que isso tinha a ver com o homem que T.J. chamou de treinador?

– Convenci meu pai a vir hoje, inscrevi ele no leilão – disse T.J., o sorriso malicioso de volta. – Já está na hora do coroa voltar a viver, ele está bem animado.

Antes que Aaron ou eu pudéssemos dizer alguma coisa – ele porque ainda parecia um pouco perdido e eu porque estava tentando entender o que T.J. dissera –, ele virou para mim.

– Então, Lina, se você se cansar desse chato aí, saiba que não tem apenas um, mas dois Tyrod James disponíveis.

– Vou me lembrar disso – respondi, sorrindo e tentando usar um tom mais leve. – Mas acho que estarei ocupada com este aqui.

Senti os olhos de Aaron em mim, e meu rosto esquentou.

Por que eu disse isso?

– O que me lembra – disse T.J. – que o leilão vai começar em instantes e me mandaram vir buscar esse babaca feioso. Então, se não se importa, Lina, precisamos ir.

– Ah, claro.

Deixei que meu olhar passeasse ao redor e percebi que a maioria das pessoas já tinha ido para perto do palco, que ficava na extremidade do terraço. Uma onda de nervosismo me dominou e dei um sorriso tenso.

– Podem ir, podem ir. Vou ficar bem aqui sozinha – afirmei, e baixei o tom de voz. – Você deve saber que ele às vezes não para de falar – comentei, apontando para Aaron. – Então meus ouvidos agradecem.

T.J. gargalhou de novo.

– Tem certeza de que quer gastar seu dinheiro com esse cara, Lina? Estou falando…

Aaron olhou para ele.

– Dá para parar?

T.J. levantou as mãos.

– Tá bom, tá bom. Eu só estava comentando.

Minha risada saiu um pouco estrangulada porque Aaron tinha diminuído ainda mais a distância que nos separava, meu braço agora tocando o peito dele totalmente, e de repente eu não quis me afastar. Um pedido de desculpas reluzia em seus olhos azuis. Se Aaron estava se sentindo mal por me deixar sozinha, eu devia estar parecendo e soando tão nervosa quanto realmente me sentia. Balancei a cabeça, dizendo a mim mesma que parasse de bobagem.

– Tenho certeza, T.J. Podem ir, vou ficar bem sozinha.

Ele pareceu hesitar, não saiu do meu lado, e me senti mal por ter dado a impressão de que ele precisava cuidar de mim.

– Não seja bobo, *Big A*. Estou bem, e você precisa ir.

Acariciei o peito dele distraída, e minha mão congelou no lugar.

Aaron olhou para minha mão bem devagar, e um choque percorreu meu braço. Tirei a mão imediatamente, sem a mínima ideia de por que eu tinha feito aquilo, o toque tinha surgido naturalmente. Aaron estava se sentindo mal por me deixar sozinha – provavelmente porque, pela minha cara, parecia que alguém tinha chutado meu cachorrinho –, e eu automaticamente tentei confortá-lo com contato físico. Uma carícia amigável. Mas não éramos amigos, e eu não podia me esquecer disso.

Pigarrei.

– É sério, podem ir – repeti, erguendo a taça vazia e sentido o rosto quente pela milionésima vez naquela noite. – Vou me ocupar enchendo a taça.

– Posso ficar um pouco mais, explicar como o leilão funciona – disse Aaron em um tom estranhamente gentil que me deixou desconfortável. – Posso conseguir outra bebida também.

Reprimi o desejo de tocá-lo novamente para garantir que eu ficaria bem.

– Acho que consigo fazer essas coisas sozinha – respondi com a voz suave.

Não devia ser tão complexo assim.

– E se eu quiser te explicar assim mesmo?

Tive vontade de rebater, tentar fazer com que voltássemos ao normal, o que de algum jeito me fez subir na ponta dos pés. Me aproximei, para que só ele pudesse ouvir.

– Eu vou entender. E, se não entender, farei o possível para não gastar todo o seu dinheiro em coisas idiotas, como um iate ou uma cueca usada do Elvis. Mas não posso prometer, Blackford.

Me afastei, esperando que ele revirasse os olhos ou bufasse. Qualquer coisa que indicasse que eu tinha conseguido provocá-lo e que ainda éramos os mesmos – o Aaron e a Lina com quem eu me sentia confortável. Em vez disso, fui recebida por olhos azuis cheios de… alguma coisa que bateu e me deixou inquieta. Aaron piscou e apenas disse:

– Tudo bem.

Nenhum comentário sarcástico. Nenhuma repreensão dizendo que não seria nada engraçado gastar o dinheiro dele com um barco. Nenhum olhar chocado ao ouvir a menção à cueca do Elvis.

Nada, só um "tudo bem".

Tudo bem, então.

– Ok, vamos – disse T.J., incentivando Aaron a ir com ele e dando uma piscadinha para mim. – A gente se vê depois, Lina.

– Claro!

Balancei a cabeça e tentei não parecer tão confusa quanto estava me sentindo.

– Conquistem muitos lances, garotos! – falei, erguendo um punho como quem está na torcida.

T.J. riu e Aaron ficou olhando para mim com uma expressão que eu esperava que não fosse arrependimento por ter inventado aquela coisa toda.

Os dois viraram e se afastaram lado a lado, uma imagem atraente demais para que eu não ficasse olhando. Vi quando T.J. se aproximou do meu acompanhante de mentirinha e disse alguma coisa a ele. Aaron nem hesitou, sua única reação foi balançar a cabeça. Então, ele empurrou T.J. com uma força que com certeza faria qualquer outra pessoa voar longe.

Mais uma gargalhada de T.J. ressoou no ar.

E eu me peguei sorrindo ao vê-los se afastarem. Pensando em como ver Aaron com todas aquelas pessoas – partes de uma vida que eu nem fazia ideia de que existia, uma que ele mantinha reservada como todo o resto – era tão estranho quanto fascinante.

Minha mão levantou sozinha, me pegando de surpresa.

– Mil e quinhentos para a dama no belo vestido azul-escuro. – Gritou Angela, com um sorriso chocado, de trás do púlpito, de onde vinha conduzindo o leilão na última hora.

Senti a garganta seca, impossibilitando que eu engolisse minha própria audácia.

Eu era um ser humano desprezível que tinha acabado de dar um lance absurdamente alto por uma pessoa. Um homem. Solteiro.

Que não era o Aaron.

O homem mais velho e aparentemente gentil em que eu tinha dado o lance comemorou entusiasmado no centro do palco, o alívio tomando conta de seu rosto enrugado. Ele fez uma reverência na minha direção.

Por mais que eu me sentisse péssima e culpada e, para falar a verdade, um pouco apavorada, não pude deixar de sorrir em resposta.

Forçando meus olhos a permanecerem onde estavam – e não saltar na direção de Aaron, que estava a alguns metros à esquerda, esperando sua vez de ser leiloado –, tentei afastar o sentimento merecido de culpa que agora pesava em meus ombros.

Relaxar. Eu precisava relaxar. Outra pessoa daria um lance maior. Aquele senhor só precisava de um empurrãozinho.

E foi exatamente o que eu fiz. Ou o que me peguei fazendo depois dos cinco minutos de silêncio constrangedor e de partir o coração que se seguiram à apresentação daquele homem que parecia tão doce. Reconheci o sorriso imediatamente. Era o mesmo que eu vira brincando nos lábios de T.J.

– Senhoras e senhores, mil e seiscentos por Patrick James.

A voz de Angela saiu dos alto-falantes.

Nenhuma mão se levantou. Nem umazinha só.

Merda.

O homem que presumi corretamente ser pai de T.J., Patrick, ficou no palco com o cabelo grisalho e os suspensórios, as costas um pouco curvadas pela idade, parecendo totalmente deslocado em comparação a todos os outros leiloados da noite. Ele sorriu, satisfeito apenas por estar ali. Pelo lance de uma única pessoa, no caso eu. E isso era péssimo, péssimo, péssimo. Porque eu estava ali para dar lances em Aaron. Não em um homem que, segundo a apresentação da Angela, era um viúvo em busca não de uma segunda chance no amor, mas na vida.

Meu Deus, eu teria um encontro com ele se precisasse. Não fui capaz de ficar ali sem fazer nada enquanto um senhor que por algum motivo lembrava tanto meu falecido *abuelo*, um que eu sabia ser pai de T.J. e que estava esperando que alguém, *qualquer pessoa*, desse um lance nele. Era um evento de arrecadação, pelo amor de Deus. As pessoas não deviam estar doando dinheiro?

Era o que eu tinha feito. Mas talvez tecnicamente com um dinheiro que não era meu.

Fiz uma careta.

Não olhe para o Aaron, Lina. Não olhe.

Ok, eu mesma pagaria aquele lance. Mas havia uma questão mais urgente: era permitido dar lances em dois solteiros?

Merda. Eu esperava que sim.

Angela continuou oferecendo aquele homem gentil no palco.

– O Sr. James gosta de jantares à luz de velas e acredita em concretizar o próprio destino.

Patrick assentiu. Nenhuma mão se ergueu.

Mierda, mierda, mierda.

Eu não podia olhar para Aaron. Podia apostar que ele estaria furioso. Mas eu pediria desculpa depois. Eu... explicaria.

– Ele ama velejar, uma atividade que pratica desde que ganhou um lindo veleiro do neto e que pretende usar nesse encontro.

Com o canto do olho, avistei cerca de cinco mulheres que estavam a fim de um encontro em um veleiro fazendo seus lances.

Uma sensação de alívio me preencheu tão rápido que me senti uns cinco quilos mais leve.

Só então procurei Aaron. Meus olhos pareciam saber exatamente onde ele estava.

Minha respiração parou por um segundo. *Maldito smoking.*

Eu estava tão envolvida com o leilão que fui pega totalmente desprevenida ao tomar consciência da figura imponente e atraente em cima do palco.

O leilão de Patrick continuou no plano de fundo. Nos encaramos. De olhos semicerrados, Aaron provavelmente se perguntava que diabo tinha sido aquilo. Tirando isso, ele parecia... ótimo. Neutro e estoico como sempre. Tirando o *smoking* perturbador que vestia seu corpo como uma luva.

Um pouco menos aflita graças ao fato de Aaron não parecer furioso, dei de ombros e murmurei: *Sinto muito, tá?*

Os olhos de Aaron ficaram ainda mais estreitos, e ele balançou a cabeça discretamente. *Não sente, não,* vi seus lábios enunciarem.

Bufei. *Sinto, sim,* respondi. Eu sentia muito, muito mesmo, e ele...

Ele balançou a cabeça mais uma vez, havia descrença em seus olhos. *Não sente, não.*

Provocada pelas palavras que Aaron tinha murmurado – duas vezes –, embora ele tivesse todo direito e eu meio que já esperasse, joguei as mãos para cima, irritada.

Meu Deus, esse homem...

– Mil e novecentos para a dama de vestido azul – disse Angela de cima do palco.

Espera, o quê? Não.

Estremeci, então baixei as mãos e fixei-as ao lado do corpo. Olhando para Angela, para confirmar o que eu tinha feito, ainda que desta vez tivesse sido sem querer, vi que ela apontou na minha direção.

Merda.

Voltando o olhar para Aaron, vi que ele revirava os olhos, os lábios tensos naquela linha fina que eu conhecia tão bem.

Com uma careta, dei um sorriso tenso, torcendo para deixar claro que eu *sentia muito mesmo* e para que Patrick tivesse mais um barco. Porque eu precisava que mais alguém desse um lance no viúvo.

Angela anunciou a próxima quantia e não obteve uma resposta imediata.

A culpa voltou, com uma pontada de vergonha. O que me fez fixar um olhar muito sério em Aaron e murmurar mais uma vez *Foi sem querer*, bem devagar e enunciando bem cada palavra, para garantir que ele acreditasse.

Aaron me encarou com um daqueles semblantes inexpressivos.

Eu juro. Fiz com que meus lábios formassem a palavra silenciosa do jeito mais exagerado possível. Então, curvei os lábios em uma cara triste, mantendo o resto do corpo parado – para não dar mais nenhum lance sem querer. *Sinto muito mesmo*, murmurei, como uma idiota.

E eu sentia, mesmo. Muito. E também me sentia idiota. Embora, para falar a verdade, a culpa fosse dele por me pedir um favor para o qual eu claramente não era qualificada.

Algumas cabeças viraram e recebi vários olhares estranhos, mas não deixei que isso me constrangesse e continuei com os lábios curvados para baixo. A cena devia ter sido mesmo grandiosa, porque de repente Aaron balançou um pouco os ombros e segurou a nuca, baixando o rosto. Eu não conseguia ver sua expressão, então não tinha a menor ideia do que estava acontecendo. Poderia apostar todo o meu dinheiro que ele estava se transformando no Hulk de tanta frustração e raiva. E, quando eu estava começando a ficar realmente preocupada, ele ergueu a cabeça e revelou o que eu menos esperava.

O maior e mais lindo sorriso do mundo. De enrugar os cantos dos olhos. Transformando Aaron em um homem que meus olhos não acreditavam estarem vendo. Um homem que eu nunca tinha visto. Que estava começando a fazer com que fosse muito, muito difícil odiá-lo.

Meu rosto também se iluminou. O sorriso que dei em resposta foi tão grande, largo e inesperado quanto o dele.

E Aaron começou a rir. Com a cabeça jogada para trás, seus ombros sacudiam com a gargalhada. E ele estava fazendo aquilo em cima de um palco, na frente de todas aquelas pessoas e na minha frente, como se não tivesse nenhuma preocupação no mundo.

E nem eu, pelo jeito. Porque, naquele momento, a única coisa em que consegui me concentrar, pensar e com a qual consegui me importar foi o sorriso e a risada inesperados e gloriosos que Aaron deu. Meus dedos coçaram para pegar o celular e tirar uma foto. Eu queria ter uma prova de que aquilo tinha mesmo acontecido, queria poder revisitar o momento em que Aaron Blackford, que tinha o poder de me irritar com nada mais que uma palavra, iluminou o lugar com um sorriso que tinha escondido desde que eu o conhecera.

Aquilo não era bem estranho? Ou, na verdade, não era estranho o fato de eu não me importar mais com o quanto tudo aquilo era estranho?

Antes que eu pudesse me recuperar – do efeito de algo tão mundano quanto um sorriso, mas que era tão raro naquele homem que eu não conseguia parar de olhar –, ele começou a caminhar para o centro do palco.

A voz de Angela saiu dos alto-falantes.

– Ótimo. Tenho certeza de que o Patrick e a sortuda que deu o lance, a dama com o leque azul, vão curtir o que quer que ele tenha preparado.

Envolvida demais com o acompanhante de mentirinha que sabia sorrir, eu nem tinha percebido que outra pessoa dera um lance em Patrick.

– Por último, mas não menos importante, Aaron Blackford. Senhoras e senhores, vamos começar com mil e quinhentos, e lembrem-se – disse Angela, de olhos arregalados e rindo. – Ah, acho que nem preciso estimular vocês a dar lances dizendo que este é o último solteiro da noite, certo?

Olhando ao redor, descobri por quê. Mais de dez pessoas já estavam com o braço no ar.

– Estou amando a dedicação de vocês – continuou Angela com um sorriso malicioso. – Mil e quinhentos para a dama de vermelho.

Virando, localizei a dama de vermelho envolvida-com-a-causa. Ela estava na primeira fila e parecia uns vinte anos mais velha do que eu. E, embora eu não quisesse ser preconceituosa ou superficial, só de olhar para ela consegui imaginar o quanto suas doações seriam generosas.

Meu olhar cruzou com o de Aaron muito rapidamente. O sorriso tinha desaparecido, sua expressão estava rígida e vazia outra vez. Senti uma pontada de decepção que eu não tinha tempo para analisar.

Eu tinha uma missão e estava fracassando. Pela segunda vez.

Me preparando, soltei todo o ar. Eu não podia me distrair com algo tão maravilhosamente surpreendente, mas inútil, como Aaron ser capaz de rir e sorrir.

– Mil e setecentos? – anunciou Angela, e levantei a mão para dar um lance tarde demais. – Para a dama de vermelho.

A Dama de Vermelho – junto com outras cinco ou seis mãos – foi mais rápida que eu.

Uma olhada rápida para os ombros tensos de Aaron me mostrou que ele estava tão infeliz quanto eu novamente.

Endireitei os ombros, me concentrando em Angela e em suas próximas palavras.

– Maravilha – disse ela no microfone. – Vamos aumentar isso, senhoras e senhores. O Sr. Blackford é, afinal, muito popular. Que tal mil e novecen…

Minha mão disparou no ar, de olho na Dama de Vermelho, que foi mais rápida do que eu. De novo.

Angela riu e apontou mais uma vez para a mulher, reconhecendo seu lance.

Para meu choque e surpresa, a Dama de Vermelho virou na minha direção com um sorriso presunçoso no rosto.

Meus olhos se estreitaram. *Ah, não*. Não se tratava mais de caridade, a coisa tinha ido para o pessoal.

Angela anunciou a próxima quantia, e disparei a mão para o alto com uma velocidade impressionante, a ponto de quase distender um músculo, mas as palavras de Angela compensaram possíveis lesões.

– Para a adorável dama de azul-escuro – disse ela, sorrindo atrás do pedestal.

Retribuí o sorriso, sentindo uma queimação estranha no estômago, acompanhando a do ombro.

O próximo lance foi chamado, e foi meu mais uma vez.

Rá! Toma essa, Dama de Vermelho.

Como se tivesse me ouvido, a mulher virou a cabeça. Os olhos muito estreitos, os lábios formando um biquinho. A mulher jogou o cabelo loiro, em sinal de desprezo.

Naquele momento eu soube que estava certa ao imaginar que a coisa tinha ido para o pessoal. Aquela mulher queria vencer, mas eu não ia deixar que ela ficasse com o meu Aaron...

Meu não, me corrigi. *Só Aaron.* Eu não ia deixar que ela ficasse com Aaron.

A chamada para o lance seguinte veio, e antes mesmo que as palavras de Angela saíssem, já era meu. A Dama de Vermelho me lançou um olhar que poderia ter congelado o sol em um dia quente de verão nova-iorquino, e fiquei tentada a mostrar a língua. Percebendo que isso seria absolutamente inadequado, me limitei a um sorriso malicioso.

A Dama de Vermelho e eu batalhamos por mais cinco ou seis rodadas. Uma mais enérgica que a anterior, ambas levantando o braço cada vez mais rápido, lançando olhares cada vez mais glaciais. Minha respiração acelerou, e senti a pele do rosto queimar como se tivesse atravessado o Central Park correndo atrás do vendedor de sorvetes. Mas até então estava valendo a pena, porque Aaron continuava meu.

Não meu. Só... ah, que seja.

Eu estava tão concentrada no duelo que quase esqueci o homem que estava no palco. Mal tinha olhado para ele desde que a carnificina do leilão começara.

Quando eu estava prestes a olhar para Aaron, minha mão subiu no ar de novo – tão alto quanto a quantia ridícula de dinheiro a que tínhamos chegado –, desta vez sozinha.

Angela acenou na minha direção.

– Dou-lhe uma para a dama de azul-escuro – cantou.

Meu coração bateu mais forte. Vi um homem grisalho ao lado da Dama de Vermelho morder os lábios, com os braços cruzados no peito.

– Dou-lhe duas.

O homem sussurrou alguma coisa no ouvido da Dama de Vermelho, ao que ela soltou um suspiro e assentiu. Relutante.

Vamos, vamos, vamos. Aaron é quase meu.

– Vendido para a encantadora e apaixonada dama de vestido azul-escuro – disse Angela, encerrando o leilão com uma piscadela.

Senti um grito de comemoração subindo pela garganta quando minha cabeça finalmente virou na direção de Aaron. Eu queria fazer uma dancinha da vitória, balançar os braços. Também senti vontade de gritar algumas palavras inadequadas, mas sabia que teria me arrependido imediatamente.

Mas, quando vi Aaron, aquele turbilhão de emoção exagerado de repente se silenciou. Ele não estava sorrindo. Ele estava só... olhando para mim.

Fiquei decepcionada pelo sorriso ter desaparecido e me perguntei se seria assim daquele momento em diante. Eu procurando pelo sorriso de Aaron, e ele se negando como sempre.

Engoli em seco, afastando esses pensamentos idiotas da cabeça.

Apesar de tudo, sorri e comemorei sem muita convicção. Ao que Aaron apenas assentiu, com cara de quem estava pensando em alguma coisa incômoda.

Franzindo a testa, vi ele descer com aquelas pernas longas e vir em minha direção, o tempo todo tentando ignorar a frustração por ele não ter comemorado comigo. Em vez disso, me concentrei em manter o que eu esperava ser um sorriso sincero.

O homem de olhos azuis que eu tinha acabado de *comprar* para um encontro que não aconteceria parou na minha frente. Ele baixou a cabeça, o queixo quase encostando na clavícula. Esperei, mas ele não disse nada.

Como também não consegui pensar em nada, retribuí o silêncio.

E então a sensação – com a qual eu estava me familiarizando rápido demais para meu próprio bem – voltou de uma vez, arrepiando os pelinhos do meu braço. Me ocorreu o quanto era estranho, esquisito e chocante, de mil maneiras, o fato de estarmos naquela situação. O quanto aquela noite nem ao menos parecia real.

Mudando de posição sob o peso do olhar do Aaron, engoli em seco. Mais uma vez, eu não conseguia pensar naquele silêncio pesado que se impunha entre nós.

– Espero que você venha com um barco, Blackford – falei finalmente, com a voz um pouco distante. – Ou eu posso me arrepender por não ter ficado com Patrick.

Os olhos de Aaron não hesitaram e se fixaram nos meus. E percebi que por um instante pareceram mais calorosos. A pele ao redor deles enrugou levemente com o sorriso que agora eu sabia que ele se recusava a me dar.

Uma coisa muito sutil e quase imperceptível reagiu dentro do meu peito, dificultando que minha respiração acelerada por causa do leilão voltasse ao normal.

– Às vezes tenho certeza de que você gosta de me ver sofrer – disse ele, se aproximando.

A voz grave de sempre soou abafada, dando a suas palavras um tom de reflexão tardia.

– Ah.

Franzi a testa. Minha boca abriu, mas por um momento tive dificuldade de falar.

– Ok, você tem o direito de estar irritado, mas em minha defesa estamos quites porque você devia ter me avisado que a coisa era disputada assim – falei, com um sorriso sem graça. – Se eu soubesse, teria colocado uma ou duas estrelas ninjas na bolsa. Definitivamente teriam sido úteis contra a Dama de Vermelho.

Aaron me olhava de cima, em silêncio e de um jeito que estava me deixando inquieta.

O silêncio se impôs mais uma vez, chamando minha atenção para o fato de que não estávamos mais rodeados pela multidão que antes se encontrava reunida em frente ao palco. O murmúrio de vozes acompanhadas de uma música suave vinha do outro lado do terraço.

Aaron rompeu o silêncio.

– Vamos dançar.

NOVE

Aaron me ofereceu a mão, que ficou estendida no espaço entre nós.

Olhando para ela, hesitei, sem saber se eu tinha mesmo motivo para duvidar da oferta ou se essa era só a minha reação automática a ele.

– Isso faz parte do acordo? – perguntei.

Aaron franziu a testa.

– A gente dançar, quero dizer. É só para fazer de conta, certo? – expliquei.

Eu não era cega – ou burra – e tinha quase certeza de que dançar não era algo que a gente precisasse fazer. A questão é que grande parte de mim estava realmente confusa e ficando cada vez mais. Então, ao dizer aquilo em voz alta, eu estava jogando para mim mesma uma boia na qual me agarrar até resolver toda aquela confusão mental.

– Isso – respondeu Aaron, dissipando a cara amarrada, mas com a mão ainda esperando pela minha decisão. – Só para fazer de conta.

Aceitei a oferta, deixando que aquela mão enorme envolvesse a minha, sem saber se era mesmo uma boa ideia.

Aaron me puxou com delicadeza, e minhas pernas tremeram em uma mistura estranha de ansiedade e inquietação. O toque quente e firme causou uma sensação de bem-estar e formigamento, mas, ao mesmo tempo, afundou a boia à qual eu tentava me agarrar com unhas e dentes.

Eu ainda não tinha certeza se aquilo era uma boa ideia quando ele me arrastou delicadamente até um pequeno grupo de pessoas dançando.

Mas foi só quando ele parou de andar, virou e se aproximou – muito – que minha mente finalmente sinalizou que era uma má ideia. A ponto de parte de mim se perguntar se eu deveria correr ou fingir um desmaio bem ali para não ter que encarar o que estávamos prestes a fazer.

Dançar.

Juntos.

Aaron Blackford – o homem que era meu inimigo havia tanto tempo – e eu.

Meu Jesus Cristinho.

Aaron colocou os braços ao redor da minha cintura, e senti a eletricidade se espalhando pelo meu corpo no exato ponto em que suas mãos tocavam minhas costas. Parei de respirar por um instante e senti algo pesado e sólido assentar no fundo do estômago.

Engolindo em seco, inclinei a cabeça para trás e pensei ter visto ousadia e cautela em seu olhar. Ao mesmo tempo. Fui tomada por uma ansiedade súbita.

Coloquei as mãos no peito de Aaron – sentindo a firmeza do tônus –, mas, ao contrário de antes, quando havia encostado nele sem querer, dessa vez deixei que minhas mãos repousassem ali. E então ele me trouxe mais para perto, meu corpo pequeno se aninhando imediatamente no dele, que era muito maior.

No instante seguinte, estávamos em movimento, quase todas as partes do nosso corpo se tocando do peito para baixo. Os passos de Aaron eram seguros, diretos; os meus, rígidos e resistentes.

Soltando o ar pelo nariz, tentei relaxar. Focar na mecânica da dança. Acalmar uma consciência que ardia feito brasa dentro de mim. Mas reconhecer a proximidade dos nossos corpos disparou alarmes dentro da minha cabeça que impossibilitavam pensar em outra coisa.

Dançando. Estávamos dançando. Corpos encaixados. E era algo que não deveríamos estar fazendo. Uma situação na qual *Aaron e Lina, que mal se suportavam*, não deveriam estar, porque pessoas que não se suportam não dançam juntas.

Aaron me girou em um movimento rápido e voltou a puxar meu corpo contra o seu, o que fez meu coração acelerar.

A música era lenta, perfeita para balançar distraidamente e esquecer tudo o que não fosse o ritmo. Ideal para se perder na paz de estar nos braços de outra pessoa. Mas, quanto mais balançávamos, mais longe eu ficava de qualquer coisa que lembrasse paz. Não com o corpo do Aaron tão... grande, firme e quente junto ao meu.

Acho que foi por isso que tropecei. Antes que eu conseguisse entender o que estava acontecendo, meus pés se perderam no ritmo e se enrolaram, e teriam me mandado direto para o chão se não fosse aquele homem para me manter no lugar, os braços fortes me envolvendo com firmeza.

– Obrigada – murmurei, sentindo o rosto quente e o corpo ainda mais quente. – E desculpe.

Meu Deus. Eu nunca havia ficado vermelha tantas vezes em uma única noite. Não estava me reconhecendo.

Aaron me abraçou mais forte.

– Por precaução – disse ele, me trazendo para ainda mais perto.

Cada terminação nervosa do meu corpo se transformou em uma onda elétrica. Minha pele formigava, o coração acelerava e a mente girava.

– Ah. Tudo bem – falei, minha voz soando esganada, como se eu tivesse falado em meio a um gargarejo. – Obrigada.

Meu rosto ficou ainda mais quente.

Aaron só fez "hum". Seu polegar acariciava minhas costas de leve, desenhando um círculo que deixou um rastro de arrepio por onde passou. Um arrepio que viajou por absolutamente todo o meu corpo.

Por mais que eu dissesse a mim mesma que era apenas uma reação física a estar encostada no corpo de um homem, a ser abraçada por um homem, aquele era o corpo de Aaron, e eram os braços de Aaron também. Então ou eu tinha passado tempo demais solteira ou tinha enlouquecido. Porque aquilo era... bom. Muito bom.

Bom demais.

Aqueles olhos azuis como o oceano observaram meus lábios por um instante. Tão rápido que me convenci de que tinha apenas imaginado. O que não fez diferença porque em seguida ele baixou o rosto, ficando mais perto do que nunca e me fazendo esquecer tudo aquilo. Percebi detalhes que até então haviam passado despercebidos. Detalhes como seus lábios carnudos, que eu vira tantas vezes contraídos. Ou os cílios longos e escuros que emolduravam os olhos claros com perfeição. Ou as linhas dos vincos suaves na testa, logo acima de onde aquele franzido que era quase uma característica fixa repousava.

Fiquei tão perdida em tudo isso que quase tropecei outra vez. Aaron me segurou pela cintura com ainda mais firmeza e baixou a cabeça ao lado da minha.

– Você não devia ser boa nisso, Catalina? – perguntou ele, a poucos centímetros da minha orelha.

Senti o ar que saía de sua boca na minha têmpora.

Tentando ignorar a proximidade entre os lábios dele e meu rosto, me concentrei em meus pés e respondi, quase distraída:

– Como assim?

Ao som da música suave, mais uma vez Aaron nos girou pelo salão.

– Achei que você tivesse nascido sabendo – explicou ele, em voz baixa, sem afastar a cabeça nem um centímetro. – Que a música corresse nas suas veias.

Eu torcia para que minhas orelhas não estivessem vermelhas de vergonha.

– É que esse não é meu estilo.

Mentira. Eu nunca tinha dançado tão mal, e não tinha nada a ver com a música, e tudo a ver com meu par.

– Ou talvez meu parceiro não seja o mais adequado.

Aaron deu uma risadinha. Baixa e rápida, mas que ainda assim me fez lembrar da risada de antes e me deixou meio sem ar.

Inspirei fundo, tentando recuperar o ritmo da respiração. Imediatamente me arrependi da *péssima* ideia. Da *pior ideia* do mundo. Porque o único resultado foi encher os pulmões com o cheiro de Aaron.

O cheiro bom e intenso e muito, muito masculino de Aaron.

Posso des-sentir esse cheiro, universo? Por favor.

– Você por acaso admitiu que não é boa em alguma coisa? – perguntou Aaron, me tirando dos meus devaneios. – Para mim?

– Eu nunca disse que sou uma dançarina espetacular.

Não quando o parceiro era alguém tão capaz de tirar totalmente a porcaria da minha atenção.

– Além do mais, essa coisa de nascer sabendo dançar é só um estereótipo. Muitos espanhóis não seriam capazes de acompanhar o ritmo de uma música nem que a vida deles dependesse disso.

– Estou percebendo. Vou continuar conduzindo, então – disse ele em voz baixa, ainda mais perto da minha orelha do que antes. – Só para o caso de você fazer parte desse grupo.

– Se acha melhor... – murmurei.

Mas de que adiantaria negar algo tão óbvio? Eu estava fazendo um péssimo trabalho.

– Eu não fazia ideia que você sabia dançar.

Quando pensei que fosse fisicamente impossível que o corpo de Aaron se encaixasse mais no meu, que ficássemos ainda mais próximos, ele baixou mais a cabeça. Baixou absurdamente. Seus lábios estavam logo acima da minha orelha.

– Tem algumas coisas sobre mim que você não sabe, Catalina.

Meu corpo ficou ainda mais rígido. Senti um frio na barriga.

Me obriguei a lembrar que eu estava ali como uma acompanhante de mentirinha. Que no leilão eu tinha brigado de mentirinha por ele com aquela mulher. Então, de mentirinha ou não, eu deveria ser alguém que aceitaria aquele tipo de proximidade, não alguém que se afastaria num pulo, em choque.

Então, posicionei as mãos em seu peito com mais firmeza. Infelizmente, o gesto só fez com que o frio na barriga virasse um iceberg.

– No que você está pensando? – perguntou Aaron, com uma curiosidade que pareceu genuína.

Pega de surpresa pela pergunta – e pelo interesse –, deixei escapar a única coisa que me veio à cabeça.

– Você disse que isso não tinha nada a ver com uma mulher. Mas parece que tem, sim, tudo a ver com uma.

– Nunca vi a Sra. Archibald tão irritada – admitiu Aaron.

Mudei a posição das mãos em seu peito mais uma vez, tentando não me perder no calor de sua pele, mesmo sob todas as camadas de tecido.

– Então quer dizer que você conhece a Sra. Archibald? – perguntei. Quando ele assentiu, seu queixo encostou em minha têmpora. – Vamos ver se eu adivinho... Esta noite não foi a primeira vez que ela entrou em uma pequena batalha por você em nome da caridade.

– Não.

– Aaron Blackford, o ímã de coroas – falei, com uma risadinha que saiu um pouco trêmula.

Um sopro leve de ar atingiu minha orelha, provocando uma onda de arrepios.

– A Sra. Archibald não era a única dando lances entusiasmados, se me lembro bem.

– Convencido – murmurei.

Mas Aaron tinha razão. Havia outras mulheres – jovens, atraentes – interessadas nele.

– Foi por isso que você me pediu para vir? – perguntei e, como Aaron não respondeu prontamente, continuei: – Acho que faz sentido. O que a Angela disse antes e que o T.J. meio que confirmou.

– O quê?

– Que Aaron Blackford tem medo de um bando de mulheres ricas e entusiasmadas dispostas a pagar pela sua companhia.

As mãos dele se reposicionaram em minhas costas, nos fazendo girar no ritmo de uma música nova.

– Você está me provocando? – perguntou Aaron em meu ouvido.

Eu estava. Mas jamais admitiria isso em voz alta. Senti que relaxei um tantinho de nada em seus braços.

– Isso acontece com frequência?

– O que exatamente, Catalina? – perguntou ele, bem devagar. – Quase ser trocado por um cara com um barco ou ter uma parceira de dança questionável?

– Nenhum dos dois – respondi, sentindo um sorriso se formar em meus lábios, e continuei: – Mulheres se jogando em cima de você. Vi como você estava tenso no palco. Parecendo prestes a sair correndo.

Pensei nisso por um instante. No fato de ele ter me levado ao evento... parecia fazer sentido agora.

– Esse tipo de atenção te deixa constrangido?

– Nem sempre.

Senti seu queixo encostar em meu rosto, o gesto simples e leve causando uma onda eletrizante que percorreu minha nuca.

– Não tenho medo do interesse de uma mulher por mim, se é o que você está perguntando. Não afasto todas.

– Ah, muito bem – falei, com a voz ofegante e insegura.

É claro que ele não afastava todas. Eu estava certa de que ele tinha *ne-*

cessidades. E não estava disposta a pensar nelas enquanto ele me envolvia em seus braços.

A mão direita de Aaron se reposicionou em minhas costas, descendo uns cinco centímetros. Nesse momento, a pele do meu rosto – não, a pele do corpo inteiro – se incendiou.

Mais uma vez, ele me segurou mais forte.

– Obrigado – disse.

Senti a palavra com um sopro suave de ar em meu cabelo.

– Pelo quê? – sussurrei.

– Por não pisar no meu pé.

Quando abri a boca para pedir desculpas, ele continuou:

– Mas também por não se intimidar com a Sra. Archibald. Ano passado as coisas ficaram um pouco… constrangedoras quando ela descobriu que nosso encontro seria limpar canis e passar algumas horas passeando e brincando com os cachorros. Não que isso tenha feito com que ela desistisse esse ano – contou ele, e senti sua respiração em meu pescoço.

Um sentimento muito parecido com instinto protetor surgiu em meu peito.

Balancei a cabeça levemente, tentando entender a mim mesma. Toda aquela dança e aqueles giros claramente estavam mexendo comigo.

– Bom, por mais que eu esteja com pena da sua carteira, considerando a quantia que a doação alcançou, fiquei feliz por ver a irritação dela quando ganhei – admiti.

Na verdade, eu estava chocada com o quanto a vitória me deixara satisfeita.

– Também tenho pena dos cachorrinhos que tiveram que aguentar aquela mulher ano passado. Que tipo de pessoa hipócrita doa dinheiro para a causa animal e não gosta de cachorro? Coitados dos bichinhos. Eu adotaria todos se não morasse em um estúdio minúsculo. Seria voluntária e passaria um tempo com eles com muito prazer.

– Posso levar você, se quiser.

As palavras de Aaron pairaram no ar. Parte de mim quis aceitar. Aceitar a oportunidade de ver outro lado dele. Talvez outro sorriso também.

– Você acabou de me comprar mesmo.

– Com o seu dinheiro.

– Não importa – respondeu ele. – Faz parte do acordo.

Aquela pontada sem precedentes voltou, me fazendo lembrar da nossa condição. *Parte do acordo.* Aaron era assim mesmo, um homem de palavra.

Ele inclinou a cabeça para trás, revelando seu rosto. Seu olhar inquisidor.

– Eu…

Hesitei, me sentindo idiota por pensar por um instante que ele talvez tivesse feito a oferta porque queria mesmo me levar.

– Eu só…

Merda.

Tudo o que aconteceu naquela noite girava na minha cabeça. Aaron de smoking. Todas aquelas… sensações novas e diferentes que eu estava experimentando. O leilão. O sorriso dele. A risada dele. Dançar com ele. Nossos corpos bem juntinhos. Tudo isso e o fato de que iríamos para a Espanha em poucas semanas.

A minha cabeça era um nó só.

Aaron ficou olhando para mim, uma emoção estranha nos olhos azuis. Provavelmente esperando que eu dissesse algo mais além de resmungos.

– Será que isso… – comecei, balançando a cabeça. – Não quero causar nenhum problema pra você – consegui dizer, finalmente. – Porque, sei lá, alguém pode conferir se os termos do leilão foram cumpridos, certo?

Eu nem sabia se isso era verdade, se alguém ia conferir alguma coisa. A expressão de Aaron não mudou.

– A última coisa que quero é estragar o sucesso da arrecadação dessa noite. Ninguém precisa saber que o encontro é de mentirinha, né? – completei.

Ele continuou me olhando com aquele olhar questionador que eu não entendia.

– Não. Ninguém precisa saber.

– Nem que vamos como amigos, né? – falei.

Mas nem isso pareceu certo. Nós por acaso éramos amigos?

– É isso que você quer que a gente seja, Catalina? – perguntou Aaron, calmamente. – Amigos?

– Aham – respondi.

Mas era? Nunca fomos amigos, e isso não tinha nada a ver comigo. Não era culpa minha.

– Não – corrigi.

Nesse momento, me lembrei daquele obstáculo que se impunha entre nós desde o início. O obstáculo que Aaron – e não eu – tinha colocado entre nós. Ele é que nunca havia gostado de mim, não o contrário. Não era justo me perguntar aquilo. Minhas mãos ficaram úmidas, minha garganta, seca, e eu fiquei... confusa.

– Não sei, Aaron. Que tipo de pergunta é essa?

Aaron pareceu pensar sobre a pergunta.

– Sim ou não? – insistiu ele, me pressionando.

Minha boca se abriu e fechou. Tínhamos parado de dançar em algum momento. Minhas mãos, que estavam em seu peito, caíram. O olhar dele acompanhou o movimento. Alguma coisa estava muito bem escondida atrás daquela máscara indecifrável que ele ostentava no rosto.

– Deixa pra lá – disse ele, e seus braços, que continuavam em minha cintura, caíram. – Isso foi uma má ideia.

Estremeci, sem entender o que motivara minha atitude ou o que ele queria dizer com aquilo. Ficamos ali, frente a frente, imóveis. E, por mais distante e desdenhoso que Aaron tivesse sido no passado, ele nunca tinha parecido tão... arredio. Quase como se tivesse ficado magoado com algo que eu falei.

O desejo de estender as mãos e colocá-las em seu peito voltou. E eu não fazia a mínima ideia do porquê. Não com aquela vozinha na cabeça – que presumi se tratar do meu bom senso – dizendo que eu devia estar feliz, que estávamos voltando ao nosso modo normal.

Mas eu não estava sendo muito boa em dar ouvidos ao bom senso ultimamente. Então, quando meu braço se ergueu – porque eu era assim e não conseguia não consolar as pessoas à minha volta com abraços, toques ou o gesto de que elas precisassem – e Aaron deu um passo para trás, se afastando de mim, doeu de verdade. Tanto que fui obrigada a repreender a mim mesma por ser tão burra.

– Viu? – falei baixinho. – É por isso que não sei se podemos ser amigos. Por isso que nunca fomos.

Aquela noite foi apenas uma obra do acaso. Tudo entre nós sempre saía do controle.

– Você tem razão – disse ele, a voz saindo sem emoção alguma. – Ser seu amigo nunca passou pela minha cabeça.

Somadas às minhas, essas palavras foram como uma chuva de pedras implacável sobre mim. Sobre nós, parados ali frente a frente. Abrindo buracos na bolha em que passamos algumas horas. A bolha em que dançamos. Pouco antes de a trégua tácita explodir na nossa cara.

Como eu deveria ter imaginado.

Pisquei forte, sem saber o que dizer.

– Se me dá licença, eu volto em alguns minutos para te levar para casa.

Ele virou e me deixou ali. No meio do salão.

Sustentada por pernas nas quais eu não confiava sem o apoio de seus braços. O coração batendo forte no peito. Sentindo o sangue que corria gelado com sua ausência repentina, a cabeça questionando tudo o que tinha acontecido naquela noite, por mais que eu tentasse me lembrar que tudo não significava nada.

Nada.

Nunca fomos amigos.

Voltamos a ser o mesmo Aaron e a mesma Lina de sempre, e isso era algo que nunca iria mudar.

DEZ

Quando entrei na sede da InTech naquela segunda-feira, era como se eu tivesse engolido uma bola de chumbo com o café da manhã. E a cada passo que eu dava em direção à minha sala, a sensação ficava mais forte, como se a bola estivesse se expandindo e ocupando cada vez mais espaço dentro de mim.

Eu não ficava tão... *inquieta* desde aquela ligação terrível algumas semanas antes, quando fiquei sabendo que Daniel estava noivo. A ligação em que a mentira tinha surgido.

Mas aquilo era diferente, não era?

Aquele peso no estômago não tinha nada a ver com algo que eu soltara sem querer em um momento de desespero e estupidez.

Mas talvez tivesse.

Porque, por mais que reconhecer que o incômodo tivesse a ver com o modo como Aaron e eu deixamos as coisas no sábado fosse a última coisa que eu queria, eu precisava fazer isso. E por mais que eu me recusasse a gastar mais um segundo me preocupando com o assunto, eu me preocupava.

O que era absolutamente ridículo. Por que eu permitira que o sábado – ou ele – tivesse algum lugar especial na minha mente? Eu não tinha motivo nenhum para querer isso. Não conscientemente, pelo menos. Não éramos amigos. Não devíamos nada um ao outro. E o que quer que Aaron tivesse falado – ou feito, ou sua aparência, seu cheiro, ou o jeito como sorriu ou me abraçou ou o que quer que tivesse sussurrado no meu ouvido – não deveria ter me atingido.

Mas, pelo jeito, minha cabeça não pensava assim.

"Ser seu amigo nunca passou pela minha cabeça."

Ele não poderia ter sido mais claro.

Por mim tudo bem. Eu também nunca quis ser amiga de Aaron. Tirando talvez nos primeiros dias dele na InTech.

Mas isso fazia muito tempo. Ele estava na minha lista de desafetos por um motivo e jamais deveria ter saído de lá.

O único probleminha nisso tudo era que eu meio que precisava dele. E eu... *meu Deus*. Eu lidaria com isso depois.

Tentando deixar de lado todo o drama com Aaron e enterrando bem fundo aquele núcleo de ansiedade para que não crescesse e virasse outra coisa, coloquei a bolsa na cadeira, peguei meu *planner* e fui até a sala onde fazíamos o Café com Notícias mensal. Jeff, nosso chefe, e todas as cinco equipes que ele coordenava participavam da reunião. E não, não tomávamos café da manhã e assistíamos ao jornal. Infelizmente. Era só uma reunião mensal com café ruim e uma coisa que deveriam ser biscoitos, na qual Jeff atualizava a divisão com as últimas notícias e anúncios.

Uma das primeiras a entrar, me sentei no lugar de sempre, abri o *planner* e repassei alguns lembretes que eu tinha anotado para a semana enquanto a sala ia se enchendo.

Sentindo o toque suave de uma mão em meu braço e o aroma suave de pêssego, virei, já sabendo quem eu encontraria sorrindo para mim.

– Ei, Jim's ou Greenie's no almoço? – perguntou Rosie em voz baixa.

– Eu venderia a alma por um bagel do Jim's, mas é melhor não.

Aquele definitivamente não era um dia para salada; meu humor pioraria ainda mais, mas o casamento estava chegando.

– Vamos de Greenie's.

– Certeza? – perguntou Rosie, olhando para os biscoitos que estavam na mesa estreita na entrada da sala. – Meu Deus, parecem piores do que nunca.

Dei uma risadinha e, antes mesmo que eu pudesse responder, meu estômago roncou.

– Estou me arrependendo de não ter tomado café da manhã – resmunguei, olhando para ela com uma careta.

Rosie franziu a testa; havia um tom de alerta em sua voz quando ela disse:

– Lina, você não é assim, querida. Essa dieta que você está fazendo é ridícula.

Revirei os olhos, ignorando a voz na minha cabeça que concordava com ela.

– Não é uma dieta, só estou tentando me alimentar melhor.

Ela me lançou um olhar que revelava sua descrença.

– Nós vamos ao Jim's.

– Acredite, depois do fim de semana que eu tive, eu supertoparia e comeria tudo que tem no cardápio, mas não.

Minha amiga analisou meu rosto, provavelmente encontrando algo, porque ela arqueou uma sobrancelha.

– O que você fez?

Eu me recostei na cadeira, e uma bufada leve deixou meus lábios.

– Eu não fiz…

Parei de falar. Eu tinha feito muita coisa, sim.

– Mais tarde eu conto, tá?

Os olhos dela se encheram de preocupação.

– No Jim's.

Com um último aceno, Rosie passou por mim e foi até a cadeira ao lado de Héctor, seu líder de equipe. Quando o meu olhar cruzou com o dele, acenei com um sorrisinho e recebi uma piscadela como resposta. Então – me pegando completamente desprevenida, embora não devesse – meu radar Aaron disparou, me alertando quanto à presença dele.

Procurei por ele, meu coração saltando dentro do peito.

Ele não é tão bonito assim. Ele só é alto, disse a mim mesma ao olhar para ele.

Meu coração acelerou.

Deve ter sido o smoking, porque meu corpo certamente não está reagindo a essa camisa de botão e essa calça engomada, pensei enquanto meus olhos acompanhavam seus passos largos até a cadeira que eu sabia que ele ocuparia algumas fileiras à frente, à minha esquerda.

É, o rosto dele não tem mesmo nada de mais, pensei enquanto analisava seu perfil grave e masculino, da linha da mandíbula até o cabelo escuro.

Viu só? Está tudo sob controle, Lina. Estou me sentindo normal. Eu não precisava de um bagel com cream cheese e salmão.

Então Aaron se virou e nossos olhares se encontraram. E, nesse momento, ele viu que eu o observava de um jeito que imaginei ser intenso demais para alguém que, minutos antes, tinha jurado que não pensaria mais nele.

Senti as bochechas corarem muito. Com certeza devia parecer que meu rosto estava pegando fogo.

Ainda assim, não fui eu quem desviou o olhar primeiro. Aaron baixou o olhar e se concentrou em algum ponto à sua frente. Em algo que não fosse eu.

Alguma coisa nisso não caiu bem. O fato de ele me dispensar tão rápido me incomodou mais do que nunca. Mas, antes que eu pudesse me aprofundar na questão, Jeff chamou a atenção da sala.

– Bom dia a todos – cumprimentou ele, e os murmúrios baixinhos cessaram. – Esta edição do Café com Notícias vai ser bem rápida. Em meia hora preciso correr para uma reunião que acabou de surgir, então não se acomodem demais e peguem seus biscoitos antes que acabem.

Nosso chefe deu uma risada leve. Ninguém nem se mexeu. Claro.

– Como vocês sabem, a InTech está passando por mudanças estruturais importantes. Passaremos por uma reorganização das responsabilidades... entre outras coisas, é claro. E tudo isso vai repercutir na organização atual da empresa. A maioria dessas mudanças vai acontecer aos poucos durante os próximos meses, mas isso não deve ser motivo de preocupação para ninguém, ok?

A tela em uma das paredes da sala de conferência mostrava um organograma da divisão com o nome do chefe em destaque no topo – Jeff Foster – e o nome dos cinco líderes de equipe logo abaixo do dele, Aaron Blackford, Gerald Simmons, Héctor Díaz, Kabir Pokrehl e eu, Catalina Martín.

Havia rumores – nada mais que sussurros no corredor – de que algo grande estava prestes a acontecer. Algo que mudaria tudo, mas que ninguém sabia exatamente o que era.

– Tendo dito isso – continuou nosso chefe após pigarrear –, eu gostaria de fazer um anúncio agora, antes que seja divulgado oficialmente em um comunicado corporativo.

O homem naturalmente charmoso a quem, um dia, meio bêbada, Rosie se referira como um *grisalho gato* pareceu hesitar por um instante. Ele levou as mãos à gola da camisa e puxou de leve.

Jeff apertou uma tecla no laptop e um novo slide apareceu na tela. Com um diagrama que era muito parecido com o anterior. Quase uma cópia, quase exatamente igual, exceto por um único detalhe.

O nome no quadro azul acima dos cinco líderes de equipe da divisão não era mais o dele, Jeff.

A bola de chumbo que eu estava sentindo desde cedo caiu até meus pés.

Nosso chefe uniu as mãos, e meu olhar saltou dele para a tela.

– Tenho a satisfação de anunciar que Aaron Blackford será promovido a chefe da Divisão de Soluções da InTech.

As palavras viajaram do ouvido ao cérebro, onde pareceram ricochetear nas paredes, fora do alcance do meu entendimento.

– Aaron tem sido uma das pessoas mais consistentes e eficientes que tive o prazer de supervisionar e provou muitas vezes que merece essa promoção. Então, não tenho dúvidas de que ele vai fazer um ótimo trabalho como chefe de divisão.

Todos estavam em silêncio, em choque. Assim como eu.

– Ainda não foi decidido quando ele vai assumir todas as minhas responsabilidades à medida que passo a prestar um papel mais consultivo para a InTech. Embora ainda não tenha sido anunciado oficialmente, eu quis contar a novidade a vocês, a família Soluções, primeiro.

Jeff continuou falando, provavelmente sobre o que quer que estivesse na agenda do Café com Notícias. Ou talvez não... não sei. Eu não estava ouvindo. Era impossível. Aquela novidade era a única coisa girando na minha cabeça.

Aaron Blackford vai ser meu chefe.

Meu olhar disparou até Aaron, que estava recostado na cadeira, o olhar fixo à frente, a expressão ainda mais impassível que de costume.

Houve uma pausa seguida de aplausos, aos quais me uni automaticamente.

Aaron Blackford vai ser promovido a chefe da divisão, e eu tive um encontro com ele. Um encontro falso, mas que pareceria verdadeiro a qualquer um.

Por um instante, voltei no tempo. Para um passado que eu tinha deixado para trás e que não queria lembrar. Ou reviver.

Balançando a cabeça, tentei acalmar o turbilhão de lembranças indesejáveis. Não, eu não pensaria nisso agora, não na frente de todo mundo.

Meu olhar, ainda fixo em Aaron, analisou sua expressão vazia.

Aquilo mudava tudo. O que quer que houvesse… entre a gente.

Não importava mais que ele fosse minha única opção. Não importava mais que ninguém na Espanha acreditaria naquele namoro porque brigamos e discutimos o tempo todo. Não importava mais que ele tivesse confessado que nunca quis ser meu amigo e que eu não soubesse o que isso significava.

Nada disso importava mais porque, a partir daquele momento, o acordo estava encerrado. Tinha que estar.

Eu não faria joguinhos com o homem que seria promovido a chefe da minha divisão. Meu chefe.

Eu jamais me colocaria de novo em uma situação pela qual já tinha passado, que tinha terminado tão mal. E somente para mim. Então, ainda que tudo aquilo fosse falso – tinha sido falso no sábado –, eu simplesmente não arriscaria.

O barulho das cadeiras sendo arrastadas me trouxe de volta à sala. Vi todos se levantarem e se espalharem, incluindo Aaron.

Meu olhar encontrou o da Rosie, olhos verdes arregalados emoldurados pelos cachos escuros.

Puta merda, os lábios da minha amiga enunciaram sem som.

Puta merda mesmo, pensei.

E ela ainda nem sabia da história toda.

Enxerguei as costas do Aaron em algum lugar atrás da Rosie, e uma decisão que não estava ali no instante anterior se solidificou em minha mente. *Mamá* havia me ensinado a nunca deixar questões pendentes. Ignorar e querer que as coisas desaparecessem sozinhas não era uma atitude inteligente. Porque elas não desaparecem. Mais cedo ou mais tarde – e quando a gente menos espera – elas caem na nossa cabeça e podem nos levar junto se a gente deixar.

Com determinação renovada, acenei para Rosie e deixei que minhas pernas me levassem para fora da sala de reunião. Meus membros curtos estavam em uma missão, tentando alcançar as passadas largas do homem de quem eu estava indo atrás.

Em menos de um minuto, o que não era muito, mas o suficiente para meu coração acelerar com uma ansiedade esquisita, ele chegou à sala dele, e entrei apenas alguns passos atrás.

Vi Aaron andar até a cadeira e jogar o corpo pesadamente sobre ela, as pálpebras se fechando e a mão direita indo em direção ao rosto. Ele esfregou os olhos.

Ele deve ter achado que estava sozinho, porque desconfio que Aaron jamais se permitiria ser visto por alguém daquele jeito. Tão cansado. Tão *real*, sem a armadura de aço que sempre vestia.

Exatamente como tinha acontecido sábado, o desejo de consolá-lo surgiu em mim. E, embora soubesse que não deveria, quase fui até ele e perguntei se estava tudo bem. Por sorte, o pouco de bom senso que me restava no que dizia respeito àquele homem impediu esse constrangimento.

Aaron não queria ser consolado por mim. Ele nem sequer queria ser meu amigo.

Em pé do outro lado da mesa, apenas aquele móvel funcional nos separando, finalmente fiz minha presença ser notada.

– Parabéns! – falei, com uma dose de entusiasmo da qual me arrependi imediatamente.

Aaron se ajeitou na cadeira, a mão no descanso de braço.

– Catalina… Obrigado.

Eu não conseguia mais ouvir a voz dele sem me lembrar de sábado. O olhar de Aaron se concentrou em mim, e sua expressão começou a se recompor.

– Uma promoção merecida – acrescentei.

Merecida mesmo. Por trás de tudo o que eu estava sentindo naquele momento, eu estava feliz por ele. De verdade.

Aaron assentiu, em silêncio.

Segurando meu *planner* com força, sabendo que era o único jeito de mantê-las quietas, vasculhei a bagunça dentro da minha cabeça, procurando como dizer o que eu tinha ido dizer enquanto olhávamos um para o outro em silêncio.

– Acho que devemos… Acho que é melhor a gente…

Balancei a cabeça.

– Sei que você não deve estar com tempo para conversar. Mas acho que precisamos.

Vi Aaron franzir muito a testa.

– Em particular. Se você puder, é claro.

Eu não queria fechar a porta da sala dele, porque a ideia de estar sozinha ali dentro com Aaron provocava reações idiotas e bobas no meu coração, coisas que eu estava tentando a todo custo ignorar. Infelizmente, era o único jeito de garantir que ninguém entrasse ou passasse por ali e nos ouvisse.

– É claro – respondeu ele, com as sobrancelhas ainda franzidas. – Sempre tenho tempo para você.

O solavanco idiota no meu peito voltou.

Rapidamente, Aaron levantou da cadeira, deu a volta na mesa e depois em mim enquanto eu mantinha o olhar no lugar que ele ocupara segundos antes. Parada ali como um manequim, ouvi Aaron fechar a porta, o barulho ecoando na sala silenciosa.

– Desculpe – murmurei quando ele reapareceu à minha frente. – Eu mesma podia ter feito isso. Eu só não... Não pensei a tempo. Obrigada.

Dessa vez, ele não voltou para a cadeira. Em vez disso, apoiou o corpo na beirada da mesa.

– Tudo bem. Podemos conversar agora.

Aqueles olhos azuis me prenderam no lugar, esperando.

– Podemos sim – repeti, endireitando os ombros. – Seria bom esclarecer as coisas depois... de tudo o que aconteceu.

– Sim, com certeza – admitiu ele, apoiando os braços na mesa, as mãos agarrando a borda. – Vim para o trabalho hoje com a intenção de conversar com você depois da reunião. Eu ia sugerir que almoçássemos juntos para conversar.

Almoçássemos juntos.

– Mas nunca fazemos isso.

Aaron soltou um suspiro bem suave.

– Eu sei – disse, em um tom quase amargo. – Mas eu queria assim mesmo.

Fiquei olhando para ele. Era difícil ignorar o efeito que suas palavras surtiam em mim.

– Mas agora acho que não vou conseguir. O dia todo foi atropelado pela notícia.

Aquilo... aquilo era tão chocante quanto ele admitir que queria almoçar comigo.

– Você não sabia que Jeff ia anunciar sua promoção?

– Não. Não achei que isso fosse acontecer tão rápido. Principalmente hoje – confessou ele, disparando um milhão de perguntas pela minha cabeça. – Mas isso não importa agora. Você quer falar sobre nós dois, imagino. Então vamos fazer isso.

– Importa, sim – respondi, me sentindo indignada por ele e ignorando o que aquele *nós dois* me fez sentir. – Acho que o Jeff encurralar você desse jeito é importante, sim. E muito – falei em voz mais baixa, percebendo que tinha subido um pouco o tom – pouco profissional.

Os olhos azuis de Aaron fervilharam e agora ele era quem parecia surpreso.

– É, você tem razão. E vou conversar com ele sobre isso, pode ter certeza.

– Ótimo. Acho que você deve fazer isso, sim.

Algo em seu rosto suavizou, e desviei os olhos. Eu não queria que Aaron soubesse que eu me importava tanto assim. Simplesmente era o melhor a fazer. Ainda éramos a mesma Lina e o mesmo Aaron de sempre – com certeza não éramos amigos –, agora separados por todo um degrau hierárquico.

Liberando uma das mãos do aperto mortal no *planner*, cocei a lateral do pescoço. Meu olhar continuava se recusando a ir para a esquerda, onde provavelmente encontraria o dele. Então, em vez disso, ele desceu, acompanhando a costura da camisa de botão azul que cobria aqueles ombros largos, um silêncio pesado nos envolvendo.

– Olha só, sobre o nosso acordo, eu…

– No sábado, eu… – começou Aaron ao mesmo tempo.

Finalmente voltando a olhar para o rosto dele, encontrei-o fazendo um gesto indicando que eu continuasse. Aceitei com um aceno.

– Vou falar rápido e deixar você em paz, prometo.

Soltei o ar pelo nariz, sem prestar atenção na carranca de Aaron.

– Agora que você vai ser chefe da divisão, o que, de novo, é ótimo, parabéns – comecei, com um sorriso educado surgindo no canto da boca. – As coisas entre… nós vão mudar.

Mudei de posição, insatisfeita com minhas palavras. Não tinha *nós*. Não depois de sábado e não depois disso.

– Você provavelmente já sabe o que eu quero dizer, mas preciso deixar as coisas às claras.

Aaron contraiu a mandíbula.

– Nosso acordo está encerrado. Era idiota e agora faz menos sentido ainda. Então, não tem nada de mais. Eu ajudei você sábado, mas você não me deve nada. Considere uma retribuição por ter me ajudado com a organização do Open Day, tá? Estamos quites.

Achei que fosse tirar um grande peso dos ombros, mas não foi o que aconteceu. Em vez disso, pareceu que minhas palavras tinham me puxado ainda mais para baixo.

– Estamos quites? – perguntou Aaron; suas mãos se ergueram da superfície de carvalho e voltaram a cair. – O que isso quer dizer?

– Quer dizer que você não me deve nada – respondi, dando de ombros, totalmente ciente de que estava me repetindo. – Pode esquecer toda essa bobagem.

Seus olhos foram tomados por uma mistura perigosa de confusão e frustração.

– Acho que estou sendo bem clara, Aaron. Você não precisa cumprir sua parte do acordo. Sem viagem até a Espanha, sem essa besteira de ir ao casamento e fingir ser meu namorado. Sem joguinhos. Não vai ser necessário.

– Seu namorado? – perguntou ele, bem devagar.

Ah, merda. Eu não tinha usado a palavra namorado da primeira vez, né?

– Meu acompanhante, enfim.

– Você conseguiu outra pessoa? É isso?

Olhei para ele. Ele estava falando sério?

– Não, não é isso. Não mesmo.

Aquele músculo na mandíbula dele saltou.

– Então eu vou com você.

Tentei manter a irritação longe do meu rosto. *Por que ele sempre tem que dificultar tanto as coisas?*

– Não precisa mais, Aaron.

– Mas eu disse que iria, Catalina. Não importa se você acha que estamos quites ou não.

A voz dele soou tão segura, com tanta confiança, que foi difícil não questionar minha decisão.

– O que aconteceu sábado não muda nada.

– Muda, sim – respondi, um pouco brusca demais.

Aaron abriu a boca, mas não deixei que falasse.

– E a sua promoção também. Você vai ser meu chefe. Meu supervisor.

Chefe da nossa divisão inteira. Não devíamos nem pensar em ir juntos a um casamento que vai acontecer do outro lado do oceano. As coisas que as pessoas diriam se descobrissem... Não vou permitir que questionem...

Parei de falar ao perceber que já tinha dito demais.

– É tão...

Ridículo? Irresponsável? Todas as anteriores.

Balancei a cabeça, me sentindo tonta e esgotada.

– Não precisa mais.

Mas é claro que Aaron não desistiria sem lutar.

– Eu entendo que você esteja preocupada agora que a notícia foi divulgada – disse ele, balançando a cabeça. – Não achei que fosse acontecer tão rápido. Mas não há nada que eu possa fazer a respeito e isso não precisa mudar nada entre nós.

Ele esperou que eu respondesse, mas, em vez de palavras subirem à boca, uma avalanche de alguma outra coisa desceu pela garganta.

Lembranças de uma época em que fiz a burrice de me colocar em uma posição bem parecida. Que não envolvia um relacionamento inventado, mas um que tinha sido real. Tão real que a dor que senti quando ele acabou do nada era algo que eu nunca mais queria reviver.

– É um risco que não estou disposta a correr – falei, e soube que tinha revelado mais do que eu gostaria. – Você não entenderia.

– Então me ajuda – respondeu ele, com sinceridade. – Me ajuda a entender. Pelo menos isso.

Com os pensamentos ecoando na cabeça, minha garganta entrou em ação:

– Não. Eu reservo esse tipo de tratamento aos meus amigos.

Algo surgiu em seu rosto. Esperei que Aaron reagisse, como era de costume entre nós, mas, em vez disso, ele disse:

– Catalina, se eu disser que não fui sincero ao dizer aquilo sábado, não mudaria nada, então não vou fazer isso.

Aaron soou estranho e muito, muito longe da irritação que eu esperava.

– Ótimo – respondi, e minha voz também saiu estranha, mas com um tipo diferente de estranheza. – Porque tudo bem se você não quer ser meu amigo. Você não precisa se explicar ou se retratar. Sei disso há quase dois anos, e tudo bem.

Os olhos dele se estreitaram, mas eu continuei:

– Não somos crianças de dez anos indo para o parquinho no recreio. Não precisamos perguntar um ao outro se queremos ser amigos. Não precisamos ser. Principalmente agora que você vai ser meu chefe. Talvez não devamos nem ser tão amigáveis. E tudo bem. Também é por isso que você não precisa cumprir sua parte no nosso acordo, eu posso ir sozinha.

Por mais que isso fosse a última coisa que eu queria fazer. Mas era isso que madrinhas solteiras e mentirosas faziam, elas iam a casamentos sozinhas.

– Não é você que está voltando atrás, Aaron. Eu é que estou te liberando.

Ficamos nos encarando por um bom tempo, meu coração acelerado enquanto eu dizia a mim mesma que aquilo que eu via nos olhos dele não era arrependimento. Não fazia sentido que Aaron se arrependesse, a não ser que o arrependimento fosse por ter se enfiado naquela confusão. Isso era algo que eu entenderia.

Antes que eu pudesse pensar mais a respeito, o celular dele tocou. Aaron não tirou os olhos de mim ao atender:

– Blackford.

Uma pausa. Ficamos olhando um para o outro, sua expressão ficando mais dura.

– Ok, tudo bem. Vou dar uma olhada. Dois minutos.

E então ele colocou o celular em cima da mesa e se empertigou.

Aaron analisou meu rosto de um jeito que fez meu pescoço e minhas orelhas corarem. Como se a pele das minhas bochechas, do meu nariz e do meu queixo estivesse escondendo as respostas que ele procurava.

– Tem algo que você não está me contando – disse ele, finalmente.

E não estava enganado. Havia muitas coisas que eu estava omitindo. E continuaria assim.

– Mas eu sou paciente.

Isso me atingiu em cheio. Não entendi o que ele quis dizer, nem por que me fez sentir daquele jeito.

– Preciso resolver uma coisa importante.

Ele deu um passo na minha direção, as mãos nos bolsos e os olhos ainda em mim.

– Pode voltar ao trabalho, Catalina. Depois continuamos nossa conversa.

No instante seguinte, Aaron desapareceu, me deixando em sua sala, onde permaneci olhando para o nada. Pensando em como ele já tinha assumido muito bem o novo papel. A meu ver, não tínhamos mais nada para falar e era muito difícil acreditar que Aaron poderia ter qualquer motivo para ser paciente.

Basicamente porque, no que dizia respeito a nós dois, não havia nada a esperar.

ONZE

Depois daquele dia, a situação foi ladeira abaixo.

Por mais que minha intenção fosse resolver definitivamente a situação com Aaron, nossa conversa não me deixou nem um pouco aliviada. Eu tinha deixado claro que ele não precisava ir comigo, mas suas palavras ainda pairavam na minha cabeça. Já fazia duas semanas.

Tem algo que você não está me contando, disse ele. *Mas eu sou paciente.*

Era como esperar uma bomba explodir.

E além de não saber em que pé ficava a nossa situação depois daquela declaração enigmática, eu não tinha conseguido contar nada para Rosie. Ainda. Porque eu ia contar – assim que tivesse um plano de contingência para a situação do casamento. Que seria daqui a três dias. Três.

Olhei para o relógio analógico que ficava em cima da mesa. Oito horas da noite, e o dia não estava nem perto de terminar.

Como poderia se nada estava saindo conforme o planejado? Eu não tinha encontrado ninguém para substituir Linda e Patricia, então eu mesma continuava cobrindo as duas. Eu ainda não tinha decidido como entreteria os convidados durante todas as dezesseis horas de duração do Open Day. E tinha descoberto que um potencial cliente, Terra-Wind, estava tendo conversas com um de nossos maiores concorrentes. Não porque fossem melhores do que a gente, mas por serem uma daquelas consultorias que oferecem serviços a preços ridiculamente baixos.

Uma crise com a qual eu estava lidando nas últimas três horas.

– Obrigado, Srta. Martín – disse o homem de terno preto na tela do meu laptop. – Vamos estudar sua oferta e chegar a uma decisão.

Assenti.

– Obrigada por ter reservado esse tempinho para ouvir nossa proposta, Sr. Cameron – falei, me obrigando a sorrir com educação. – Vou aguardar seu retorno. Boa noite.

Finalizando a chamada com o representante do conselho da Terra-Wind, tirei o fone e fechei os olhos por um instante. Meu Deus, eu nem sabia dizer como tinha sido a reunião. Só esperava ter convencido o homem. Minha equipe valia cada centavo, e a Terra-Wind era uma empresa de energia renovável que tinha os recursos e o potencial para fazer a diferença no estado de Nova York. Eu queria aquele projeto.

Abrindo os olhos, vi o nome da minha irmã piscando na tela do celular, o que causou um turbilhão de emoções. Em qualquer outro dia eu teria atendido automaticamente. Mas não naquele. Eu já tinha deixado várias chamadas dela caírem na caixa postal. Se fosse uma emergência de verdade, a família inteira estaria ligando sem parar.

– *Lo siento mucho, Isa* – falei como se ela pudesse me ouvir. – Não tenho tempo de lidar com mais um apocalipse nupcial.

Silenciei o celular, virei a tela para baixo e passei para a pilha de currículos que o RH tinha enviado para as vagas que eu precisava preencher. Duas vagas. A ideia era dar uma olhada em alguns currículos e levar o restante para casa.

Quatro currículos depois, larguei meu fiel marca-texto e estiquei as costas no encosto da cadeira.

Minha cabeça girava, possivelmente porque eu estava de estômago vazio. De novo. Porque estava fazendo dieta. Bem provável que do jeito errado. Fechando os olhos mais uma vez, me repreendi por ser tão burra.

Mas, por mais que eu me odiasse por isso, não conseguia parar de pensar que teria de encarar Daniel. Meu ex-namorado, que era irmão e padrinho do noivo. Que, ao contrário de mim, estava noivo e feliz. Eu teria, na verdade, que encarar *todo mundo*. Já sentia cada um dos convidados olhando para mim, para nós. Medindo minha reação e me analisando – da minha aparência em geral a como eu estaria de lábios brancos quando finalmente o encarasse. Procurando por respostas que explicassem por que eu ainda estava solteira depois de todo aquele tempo, e Daniel não.

Será que ela superou ele? Será que ela superou tudo o que aconteceu? É claro que não. Coitadinha. Deve ter mexido muito com ela.

Então, será que eu era realmente muito boba por querer parecer ótima? Não só bem. Não só seguindo em frente. Eu queria parecer completa. Bonita, impecável, impassível. Eu precisava causar a impressão de que minha vida tinha voltado aos trilhos. De que eu estava bem resolvida. Feliz.

Objetivamente, eu sabia o quanto tudo isso parecia bobo, que eu não devia atrelar meu valor a um homem, a estar mais magra ou a estar com a pele boa. Mas eu sabia que todas as outras pessoas fariam exatamente isso.

Balancei a cabeça, tentando expulsar esses pensamentos, mas minha cabeça girava e o movimento só piorou tudo. Aos berros, meu corpo pedia por qualquer coisa que aplacasse o vazio no estômago.

Água. Isso vai ajudar.

Pegando o celular e colocando o crachá no bolso da calça, levantei com as pernas mais fracas do que eu gostaria e saí da sala. Tinha um bebedouro no final do corredor. Mais três chamadas perdidas da minha irmã. Com a diferença de fuso horário, agora ela estaria dormindo.

Lina: Lo siento, novia neurótica. *emoji cara de louca*

Digitei, e o texto ficou embaçado por um instante. Parei de andar, tentando obrigar meus olhos a focarem na tela.

Lina: Hablamos mañana, vale?

Os caracteres na tela começaram a dançar. Meus dedos perderam toda a força e hesitaram no teclado. Minha visão ficou duplicada e embaçada e eu não conseguia distinguir com clareza as palavras que achava que estava digitando.

Um suspiro deixou meus lábios quando tentei apertar Enviar.

Água. É disso que eu preciso.

Ergui a cabeça e minhas pernas voltaram à vida, me levando alguns metros pelo corredor. Eu sabia que o bebedouro estava bem ali, provavelmente a cinco ou seis passos. Mas manchas brancas se espalharam diante dos meus olhos e, por um segundo, tudo apagou. Branco total. Então, a iluminação fluorescente do corredor voltou, se estreitando, quase como um túnel.

– Uou – me ouvi murmurar.

Eu não percebi que minhas pernas tinham continuado até ter ser obrigada a me apoiar na parece com uma das mãos.

– *Mierda*.

Tropecei.

Fechei os olhos e senti todo o sangue do rosto desaparecer, me deixando tonta e desequilibrada. Quando me forcei a abri-los, vi tudo branco. Um cobertor branco e enevoado cobria tudo à minha frente. Embora talvez fosse a parede. Eu não tinha certeza.

Eu... eu fiz merda. Das grandes. São oito e meia e não tem ninguém por perto.

O alerta ficou ecoando na minha cabeça enquanto eu me dava conta de que eu ia cair. E eu... droga. Não conseguia me lembrar. Não conseguia... pensar. Minha pele estava gelada e úmida, e eu só queria fechar os olhos e descansar. Lembrei vagamente de que isso era uma má ideia quando meus membros começaram a se entregar.

Quando me dei conta, eu estava no chão.

Bom. Isso é bom. Vou descansar e vou melhorar. Virei de lado. *Está frio, mas eu... vou... melhorar.*

– Catalina.

Uma voz atravessou a névoa. Era grave. Urgente.

Meus lábios estavam frios e pareciam separados do corpo, então não respondi.

– Merda.

Aquela voz de novo. Então, senti algo quente na testa.

– Meu Deus. Merda. Catalina.

Fiz besteira. Eu... sabia. Tinha feito algo errado e queria admitir em voz alta para quem quer que estivesse ali, mas só consegui emitir um resmungo que não parecia significar... nada.

– Ei – disse novamente a voz, parecendo mais gentil e não mais irritada.

E eu... eu estava tão cansada.

– Abra esses olhos castanhos.

A pressão quente que senti na testa desceu pelo meu rosto, se espalhando pelas bochechas. O contraste com minha pele fria e úmida era uma sensação gostosa, então me aconcheguei.

– Abra os olhos para mim. Por favor, Catalina.

Minhas pálpebras se abriram por um instante, encontrando dois pontos azuis que me fizeram pensar no oceano. Senti um suspiro deixar meus lábios, aquela sensação de vazio retrocedendo por um instante.

– Isso.

A voz de novo. Ainda mais suave agora. Aliviada.

Enquanto eu piscava devagar, minha visão foi voltando em flashes. Olhos azuis profundos. O cabelo escuro como tinta preta. A linha da mandíbula bem marcada.

– Lina?

Lina.

Tinha alguma coisa engraçada naquela voz chamando meu nome. O nome que todos usavam.

Não, não todos.

Pisquei um pouco mais, mas, antes que meus olhos conseguissem focar em um ponto fixo, algo me ergueu. O movimento foi lento, tão suave que eu mal percebi de início, mas em seguida começamos a andar. E depois de alguns segundos, aquele movimento foi o bastante para fazer minha cabeça girar de novo.

– *Mi cabeza* – falei baixinho.

– Sinto muito.

Senti as palavras ressoando ao meu lado e percebi que meu rosto estava encostado em algo quente e firme. Algo com um batimento cardíaco. Um peito.

– Fique acordada, tá?

Tá, vou ficar. E me enterrei naquele peito, pronta para me entregar à exaustão.

– Olhos abertos, por favor.

De algum jeito, obedeci. Deixei meu olhar repousar em um ombro que parecia terrivelmente familiar enquanto avançávamos. E, aos poucos, minha visão foi retornando. Minha cabeça, que não estava mais girando, voltou à posição normal. O suor na minha pele esfriou.

Meus olhos vagaram enquanto a lembrança do que tinha acontecido passava pela minha cabeça. Eu tinha desmaiado de fraqueza. Como uma idiota. Soltando um suspiro, olhei para cima e vi a mandíbula travada e os lábios contraídos.

– Aaron – sussurrei.

Os olhos azuis encontraram os meus por um instante.

– Aguente firme. Estamos quase chegando.

Eu estava nos braços de Aaron. O braço esquerdo segurando minhas pernas, a mão espalmada em minha coxa. O direito nas minhas costas, os dedos compridos espalmados no meu quadril. Antes que eu pudesse pensar nisso ou me concentrar no calor reconfortante e maravilhoso que emanava dele, ele me soltou.

Confusa, olhei ao redor. Meu olhar esbarrou no quadro terrível e perturbador de uma criança com olhos enormes. Um quadro que sempre odiei e que sabia exatamente onde ficava. Nós só podíamos estar na sala de Jeff. Ele era a única pessoa que eu conhecia que não achava aquele quadro assustador.

Minha bunda se acomodou em uma superfície de pelúcia, e minhas costas seguiram o exemplo, descansando em algo que parecia um travesseiro. Apoiei as mãos ao lado do corpo, reconhecendo o tecido. Couro. Um sofá. Jeff tinha um sofá na sala. Um daqueles que pareciam pretensiosos e sofisticados.

Aaron tocou meu rosto mais uma vez, chamando minha atenção. Ajoelhado na minha frente, ele estava muito, muito perto. Seu toque era reconfortante, mas sua expressão não combinava com a leveza do gesto.

– Você quer deitar? – perguntou ele, em um tom áspero.

– Não, estou bem.

Eu queria que minha voz transmitisse a força que eu não estava sentindo. Aaron franziu as sobrancelhas.

– Você parece tão irritado.

Era um comentário que eu provavelmente deveria ter guardado para mim, mas considerei que, dadas as circunstâncias, eu não podia ser exigente demais com o que saía da minha boca.

– Por que você está irritado?

A cara feia se intensificou, e ele mudou de posição, endireitando as costas. Vi quando tirou alguma coisa do bolso.

– Quando foi a última vez que você comeu, Catalina?

– No almoço? Eu acho – respondi, com uma careta. – Talvez estivesse mais para um brunch, porque não tive tempo de tomar café da manhã, então comi alguma coisa às onze.

A mão dele congelou no ar à minha frente, me permitido ver o que ele estava segurando. Alguma coisa embrulhada em papel-manteiga.

– Meu Deus, Catalina.

Ele me lançou um olhar que faria qualquer outra pessoa se encolher. Um olhar que definitivamente seria útil no novo cargo.

Mas, mesmo que meu tanque estivesse totalmente vazio, eu ainda era Lina Martín.

– Eu estou bem, Sr. Robô!

– Não está, não – respondeu ele, irritado.

Então, com muito cuidado, colocou em meu colo o que eu já sabia ser uma barrinha de granola caseira deliciosa de Aaron Blackford.

– Você desmaiou, Catalina. Está bem longe de estar bem. Coma.

– Obrigada. Mas já estou melhor.

Olhei para baixo, reencontrando o lanchinho que começava a ficar familiar. Com mãos trêmulas, peguei a barrinha e desembrulhei meio sem jeito. Hesitei. Por algum motivo meu estômago estava reclamando.

– Você sempre carrega essas barrinhas?

– Coma, por favor.

Era muito estranho o modo como aquele pedido soava ameaçador.

– Meu Deus!

Dei uma mordida. Em seguida, falei com a boca cheia, porque quem se importa? Ele tinha acabado de me pegar literalmente do chão, de lábios brancos, suando e quase desmaiada.

– Eu já disse que estou bem.

– Não – vociferou ele. – Você está *tonta*, isso sim.

Franzi a testa, querendo ficar chateada, mas tive que concordar. Embora ele não precisasse saber disso.

– Mulher teimosa – resmungou baixinho.

Parei de mastigar, tentando levantar e sair da sala. Ele me impediu, colocando as mãos em meus ombros com muita delicadeza.

– Acho melhor você não testar a minha paciência.

A maldita cara amarrada estava de volta para se vingar.

Desisti ao sentir o aperto suave e deixei meu corpo cair de volta no sofá.

– Coma a barrinha, Catalina. Não é nem de longe suficiente, mas vai ajudar por enquanto.

Sentindo o fantasma de suas mãos em meus ombros, estremeci.

– Estou comendo. Não precisa ficar mandando.

Desviei o olhar e voltei a mastigar, tentando não pensar no quanto eu queria aquelas mãos tocando minha pele de novo. Ou naqueles braços compridos e grandes me abraçando. Eu precisava do consolo. Meu corpo parecia estar retesado havia muito tempo, todo meu ser gelado, os músculos sobrecarregados.

– Fique aqui. Já volto.

Assenti, sem levantar o olhar, me limitando a comer a barrinha.

Logo depois, Aaron voltou. Com passadas determinadas e as costas bem eretas.

– Água – anunciou, jogando uma garrafa no meu colo e colocando meu celular ao meu lado.

– Obrigada.

Abri a tampa, engolindo um quarto da garrafa.

Quando terminei de beber, vi Aaron parado à minha frente, concentrado e ainda parecendo irritado, o que fez com que eu me sentisse ainda menor, sentada ali enquanto ele se agigantava à minha frente.

– Então, acho que esta sala vai ser sua. Espero que deixem você redecorar.

Olhei para o quadro horrível atrás dele.

– Catalina.

O tom com que ele disse meu nome soou como um aviso.

Argh. Eu não estava a fim de ouvir um sermão.

– Isso foi muito idiota, ficar sem comer, arriscar uma hipoglicemia com o prédio deserto. E se você tivesse ficado inconsciente e não tivesse ninguém aqui para ajudar?

– Bem, mas você estava, não estava? – respondi, ainda sem olhar para ele. – Você está sempre aqui.

Um barulho saiu da garganta dele. Mais um aviso. *Não me venha com essa merda*, dizia.

– Por que você tem ficado sem comer?

A pergunta veio como um soco bem no meu estômago.

– Você sempre tinha alguma coisa à mão e… Você tirava uns petiscos do bolso nas horas mais estranhas e inadequadas, meu Deus.

Isso me fez olhar para cima e encarar aqueles olhos gélidos. Era verdade; eu sempre tinha um lanchinho. O que era justamente parte do problema, certo?

– Por que não está mais fazendo isso? Por que agiu diferente ao longo do último mês? Por que não está comendo direito?

Estreitando os olhos, juntei as mãos.

– Você está me chamando de…

– Não – disse ele, sibilando. – Nem tente.

– Tá bom.

– Agora fala – insistiu, o olhar rígido como pedra. – Por que não está comendo?

– Não é óbvio?

Minha respiração acelerou, e cada palavra demandava mais esforço que a anterior. Admitir a verdade era custoso.

– Eu quero emagrecer, ok? Para o casamento.

Ele recuou. Chocado.

– Por quê?

A maior parte do sangue que tinha se esvaído da minha cabeça antes voltou. Em péssima hora. Como tudo na minha vida.

– Porque – comecei a responder, soltando um suspiro. – Porque é isso que as pessoas fazem antes de um evento importante como esse. Porque quero estar na minha melhor forma, por mais que você não acredite. Porque quero estar o mais maravilhosa possível. Porque, pelo jeito, eu vinha andando por aí com coisinhas para beliscar o tempo todo, e meu corpo definitivamente andou guardando essas calorias. Porque eu… porque sim, tá? Por que você se importa?

– Catalina – disse ele, e ouvi em sua voz o quanto ele estava perturbado. – Isso é… ridículo. Você nunca foi assim.

Era realmente tão difícil de entender que eu pudesse querer… estar bonita?

– O quê, Aaron? – sussurrei, sem conseguir encontrar minha voz. – O

177

que exatamente é tão ridículo? É tão difícil acreditar que eu seja assim? Que eu me importe com minha aparência?

– Você não precisa dessas merdas. Você é inteligente demais para fazer essas dietas escrotas.

Pisquei com força. Duas vezes.

– Você disse merda e escrota? No ambiente de trabalho? – perguntei, em voz baixa. – Na sala do Jeff?

Pensando bem, ele já tinha soltado uns palavrões antes, não tinha?

Olhando para baixo, Aaron balançou a cabeça, e seus ombros cederam, parecendo derrotado. Então suspirou.

– Porra, Catalina, meu Deus do céu…

Eita.

– Nossa, mas quantos palavrões – falei, analisando seu rosto para tentar decifrar o que estava acontecendo com ele. – Acho que meus ouvidos nunca vão se recuperar, Blackford.

Ele colocou uma das mãos na nuca. Jogou a cabeça para trás, como fez naquele momento que eu não conseguia esquecer. Quando ele fez o mesmo gesto depois daquela risada maravilhosa. Quando sorriu abertamente. O maior sorriso que alguém poderia dar. Mas naquele instante Aaron só contraiu levemente os lábios e ruguinhas se formaram no canto de seus olhos.

– Você é uma gracinha – disse ele, com naturalidade. – Mas nem pense que vai se safar assim agora. Ainda estou irritado.

Uma gracinha? Tipo bonita ou tipo pequena e engraçada e alguém para quem as pessoas sorriem com ternura? Ou talvez tipo…

Fechei os olhos por um instante, tentando parar de pensar.

– Está se sentindo melhor? Acha que consegue levantar?

– Consigo – respondi, abrindo os olhos. – Não precisa me carregar de novo.

Embora o solavanco dentro do peito me lembrasse do quanto eu tinha ficado confortável naqueles braços.

– Obrigada.

– Eu posso fazer isso se…

– Eu sei que pode – interrompi.

Se ele oferecesse mais uma vez, talvez eu aceitasse.

– Obrigada por me carregar antes, mas agora já está tudo sob controle.
Ele assentiu, estendendo a mão para mim.
– Venha. Vamos. Vamos pegar suas coisas e ir embora.
Fiquei parada.
– Eu consigo...
– Pode parar, tá?
Aaron me interrompeu. Meu Deus, nós dois éramos tão teimosos.
– Agora, ou você me deixa te levar para casa – disse ele, acrescentando uma pausa dramática – ou vou ter que carregar você para fora desse prédio e para dentro do carro.
Sustentando seu olhar, levantei a mão e a mantive no ar, a alguns centímetros da dele. Considerei suas palavras. Avaliei meus pensamentos. Eu queria muito vê-lo tentar a segunda opção, pensando se não estaria cogitando isso só pelo prazer de brigar com ele, o que era perturbador.
– Tá bom – respondi, envolvendo a mão dele com os dedos o melhor que pude, considerando a diferença de tamanho. – Não precisa se exaltar.
Ele soltou um suspiro. E então me levantou, fazendo alguma coisa com nossas mãos. Alguma coisa que de algum jeito mudou a posição delas, que agora se encaixavam melhor.
Senti uma vibração no peito. E, saindo da sala, percebi que em breve ela não seria mais de Jeff. Seria de Aaron.
Muito em breve.
O que deveria ter sido motivo suficiente para soltar imediatamente a mão dele e correr na direção oposta. Motivo suficiente para que eu não aceitasse sentir o calor da mão dele na minha nem deixasse ele me levar para casa.
Deveria ter sido assim, mas, ironicamente, eu não parecia dar ouvidos a vários *deveria* naqueles dias. Que diferença faria ignorar mais um, não é mesmo?

– Alô? – Uma voz masculina distante me trouxe de volta à vida.
Un poquito más, implorei em silêncio lutando para voltar ao torpor. *Un ratito más.*
– Aqui é o Aaron.

Aaron?

Com os olhos fechados e os pensamentos insistentes e pesados, tentei sem muita vontade entender o que estava acontecendo. Por que a voz de Aaron parecia tão perto? Eu queria voltar a dormir.

Reconheci vagamente a vibração de um motor. *Estou em um carro? Um ônibus?* Mas não estávamos avançando.

Um sonho. É, um sonho faria sentido, certo?

Confusa e exausta, me enterrei mais fundo no calor da cama e decidi que não me importaria se estivesse sonhando com Aaron. Não seria a primeira vez, de toda forma.

– Sim, esse Aaron – disse a voz masculina, não mais distante. – Sim, infelizmente – continuou. – Ela está dormindo agora.

Eu já estava despertando e senti uma carícia muito leve nas costas da mão. Senti o corpo todo retornar, real demais para que aquilo fosse um sonho.

– Não, está tudo bem.

A voz de barítono de Aaron reverberou em meus ouvidos, e senti um conforto esquisito ao reconhecê-la.

– Tudo bem, eu peço a ela para retornar a ligação – disse ele, rindo. – Não, não sou desses. Adoro carne. Principalmente cordeiro assado.

Carne. É. Eu também adorava. A gente devia comer uma carne juntos, Aaron e eu. Minha mente vagou por um instante, pensando em um cordeiro suculento e crocante e em Aaron também.

– Tá bom. Obrigado. Pra você também, Isabel. Tchau.

Espera. *Espera.*

Isabel?

Minha irmã, Isabel?

Minha mente ainda nebulosa ficou ainda mais confusa. Senti um dos meus olhos abrir. Eu não estava na cama. Estava em um carro, impecável. Obsessivamente impecável.

O carro de Aaron.

Eu estava ali. Não era um sonho.

E... *Isabel.* Ela tinha me ligado mais cedo, não tinha?

E mandado mensagem. E eu tinha ignorado tudo.

Os acontecimentos da última hora invadiram minha mente de uma só vez, como uma bola de neve sobrecarregando meu cérebro parcialmente funcional.

Não. Abri os olhos totalmente e dei um pulo.

– Estou acordada – anunciei.

Virando a cabeça de um lado para o outro, dei de cara com o dono do carro em que eu estava cochilando. Ele passou as mãos no cabelo, com a expressão mais exausta que um ser humano pode ter.

– Bem-vinda de volta – disse ele, me olhando de um jeito estranho. – De novo.

Meu coração apertou. E eu não fazia a menor ideia do porquê.

– Oi – respondi, conseguindo fazer meu cérebro disperso funcionar.

– Sua irmã ligou – disse Aaron, fazendo meu corpo todo ficar tenso. – Cinco vezes seguidas – acrescentou ele.

Abri a boca, minha língua incapaz de formar palavras. Qualquer uma.

– Está tudo bem. Ela queria falar sobre uma mensagem estranha que você mandou – explicou ele, e devolveu meu celular.

Peguei o aparelho, tocando de leve os dedos de Aaron.

Sentindo o olhar dele em mim, conferi a mensagem. Meu Deus, era ininteligível. Quase preocupante.

Aaron continuou:

– Depois ela começou a falar sobre os assentos ou as mesas, eu acho? Talvez alguma coisa sobre os guardanapos também.

Aaron passou a mão no cabelo mais uma vez. Os músculos de seu braço se contraíram, e meus olhos ainda sonolentos pareceram incapazes de se concentrar em algo além daquele movimento.

– Desculpe. Eu não devia ter atendido – disse ele, atraindo meu olhar de volta para seu rosto.

– Tudo bem – admiti, e fiquei chocada. – Se ela ligou às três ou quatro da manhã no horário da Espanha, é porque estava mesmo preocupada. Ela provavelmente teria mandado o Corpo de Bombeiros até a minha casa se você não tivesse atendido.

Algo estranho brilhou nos olhos dele.

– Ah, que bom, então. Porque seu celular não parava de tocar. E você…

Ele balançou a cabeça levemente.

– Você não dorme, Catalina. Você morre.

Ele não estava errado.

Nem mesmo o advento do apocalipse – nem sequer os Quatro Cavaleiros galopando na minha direção, gritando meu nome – me acordaria quando estou dormindo profundamente. O que é uma ironia, porque Isabel e Aaron conversando no telefone era mesmo a minha ideia de fim do mundo.

Arregalei os olhos ao perceber uma coisa: Aaron tinha conversado com minha irmã. E tinha falado alguma coisa sobre carne. Cordeiro assado. Que estava no cardápio do casamento. As implicações disso fizeram minha cabeça cansada rodar.

– Você está bem? – perguntou Aaron enquanto eu entrava em pânico silenciosamente.

– Estou, sim – menti, forçando um sorriso. – Superbem.

Ele arqueou as sobrancelhas, o que talvez fosse uma revelação de que eu não parecia *superbem*.

– Eu disse a ela que você estava bem, só dormindo. Mas acho bom você ligar amanhã – disse ele, apontando para o meu celular. – A julgar pelo monólogo de cinco minutos em espanhol antes mesmo que eu pudesse explicar que não era você quem estava falando, eu diria que ela vai se sentir melhor ao falar com você.

Os lábios de Aaron se contraíram em um quase sorriso.

– É – murmurei, distraída demais pelo movimento dos lábios dele enquanto eu deveria estar tentando controlar uma crise. – Tá bom.

O leve sorriso torto se transformou em um sorriso torto completo.

Merda. Por que ele ficava tão lindo quando sorria?

O que *não* era importante.

O importante era que Aaron tinha conversado com minha irmã, e Isabel nunca media palavras. Nunca.

– Então, Aaron – comecei a falar, as palavras saindo apressadas –, quando você conversou com minha irmã, você disse seu nome, né?

Ele ergueu uma sobrancelha.

– Disse. É o que as pessoas fazem quando se apresentam.

– Tá. E como você disse isso, exatamente? Tipo, *Oi, sou eu, Aaron* – falei com a voz mais grave, imitando a dele. – Ou tipo *Sou Aaron. Não sou ninguém. Oi.*

Ele inclinou a cabeça.

– Não sei se entendi a pergunta. Mas vou arriscar e responder que foi a opção um. Embora minha voz não tenha nada a ver com essa imitação.

Soltei o ar pelo nariz, levando as pontas dos dedos às têmporas.

– Ah, Aaron. Isso não é nada bom. Eu…

Pisquei com força, sentindo que estava ficando pálida.

– Ah, meu Deus.

Aaron franziu a testa.

– Catalina – disse, os olhos azuis me analisando, preocupados –, talvez eu devesse levar você ao hospital para fazer uns exames. Você deve ter batido a cabeça quando caiu.

Ele virou para a frente, uma das mãos no volante e a outra na ignição. Parecia prestes a dar partida.

– Espera, espera. Não é isso. Eu estou bem. Mesmo – falei.

Aaron olhou para mim.

– Estou bem – afirmei.

Ele pareceu não acreditar.

– Eu juro – reforcei.

Ele largou as mãos no colo.

– Mas preciso que você faça uma coisa.

Aaron assentiu. *Uau, tá.* Isso foi fácil.

– Preciso que você me conte exatamente o que disse à Isabel.

– A gente já falou sobre isso. Faz um minuto – retrucou ele, levando a mão à nuca.

– Por favor, Aaron – pedi, com um sorrisinho. – Preciso saber o que você disse.

E então aquele homem me olhou como se eu estivesse pedindo a ele que tirasse a roupa e dançasse no meio da Times Square.

O que eu acharia ótimo – mas, repetindo, isso não era importante.

Tentei a sorte com as palavrinhas mágicas.

– Por favor.

Aaron ficou me encarando por um bom tempo. De alguma forma, descobri que aquelas oito letrinhas eram o segredo para que ele fizesse qualquer coisa sem resistir.

Ele soltou um suspiro, afundando no assento.

– Tá.

– Ah, e com a maior quantidade possível de detalhes. Diga exatamente as palavras que ela usou, se puder.

Ele soltou mais um suspiro.

– Depois que começou a falar em inglês, ela disse que era um prazer me conhecer. Que era bom que você tivesse uma boa desculpa por não ter atendido porque a mensagem tinha sido assustadora. Que o hippie idiota que era responsável pelas flores ia estragar o casamento porque as toalhas de mesa não iam combinar com o buquê dela.

Isso me fez rir. O coitado do florista pagaria todos os pecados.

Aaron continuou:

– E que me veria em alguns dias. No casamento.

Essa última parte acabou com todo o meu humor.

– Antes disso, ela me perguntou se eu sou um desses hipsters que não comem carne. Porque, nesse caso, ela teria que me desconvidar. Depois, disse que estava brincando e que, se eu tivesse algum juízo, era bom eu aparecer. Principalmente se eu amasse cordeiro assado. Eu disse claro. Eu amo mesmo cordeiro, para falar a verdade. Não como tanto quanto gostaria.

Um gemido alto, feio como o de um animal, saiu do meu corpo.

– *Mierda. Qué desastre. Qué completo y maldito desastre.*

Coloquei as mãos no rosto, cobrindo-o na esperança de que fosse fácil assim me esconder daquela situação ridícula.

– Talvez ela tenha dito algo assim quando achou que era você no telefone. Combina com o tom do início da conversa.

– Aaron – falei, deixando as mãos caírem no colo –, por que você disse a ela que estaria lá? O casamento está chegando. Eu vou para a Espanha daqui a três dias.

– A gente acabou de falar sobre isso – respondeu ele, parecendo tão exausto quanto eu estava me sentindo. – Eu não disse a ela que estaria lá. Ela chegou a essa conclusão sozinha.

Olhei para ele, irritada.

– Depois do que aconteceu? – falei para ele, tentando uma nova abordagem. – Depois da nossa conversa e de termos concordado que o acordo estava encerrado? Você simplesmente deixou que ela continuasse acreditando nisso?

Será que ele tinha esquecido tudo? Porque eu não tinha.

– Eu disse que a gente ia conversar sobre isso.

Quando?, eu quis perguntar. Quando eu estivesse a caminho do aeroporto? Não tínhamos mais tempo de conversar sobre nada.

– Mas a gente não conversou, Aaron.

Duas semanas. Ele teve duas semanas para falar comigo. E por mais que me causasse ódio, parte de mim sabia que ele faria isso. Eu tinha acabado de perceber. Bom, pelo menos explicava por que eu ainda não tinha conseguido contar a Rosie. Ou à minha família.

Balancei a cabeça. Eu era tão burra...

– Não precisamos fazer isso. Não temos nada para conversar.

Aaron contraiu a mandíbula e não disse mais nada.

Meu celular apitou algumas vezes, mas ignorei. Estava ocupada lançando olhares penetrantes para Aaron. Exausta, desisti e descansei a cabeça no encosto exuberante do assento do carona. De olhos fechados, desejei ter o poder de fazer o mundo parar.

O celular apitou de novo com mais algumas mensagens. Ignorei de novo.

– O que eu vou fazer? – perguntei, pensando em voz alta. – Em algumas horas, Isabel vai ter telefonado para todo mundo para dizer que falou com *o namorado da Lina.*

Eu estava completamente ferrada.

– Acho que posso dizer que terminei com você.

Soltei um suspiro longo. Então, virei para olhar para ele.

– Não você, você. Mas... Ah, você entendeu.

Ao ouvir isso, Aaron se endireitou no banco, deixando o espaço dentro do carro ainda mais apertado.

Mas antes que qualquer um de nós pudesse dizer alguma coisa, o celular apitou. De novo. Ergui o aparelho do colo para silenciar as notificações.

– *Por el amor de Dios.*

Uma quantidade preocupante de mensagens piscava na tela, confirmando minhas suspeitas.

Isabel: Acabei de conversar com seu namorado. *emoji de sorriso malicioso* Que voz grave e sexy. Mande fotos, pfvr.

Mamá: Sua irmã me disse que falou com o Aaron. Se ele

quiser o cardápio sem carne, ainda podemos falar com o restaurante e pedir a eles que preparem uma opção com peixe. Ele come peixe, né? Não é carne, certo?

Mamá: A não ser que vegetarianos comam frango. Eles comem? A Charo era flexotoriana? Flexatariana? Não lembro. Mas ela comia presunto e chouriço. Você sabe que eu não conheço esses modismos de comida.

Mamá: Se ele quiser, podemos pedir o frango. Pergunte a ele.

Ah, meu Jesus Cristinho. Como é que a minha mãe estava acordada?

Isabel: É estranho eu não saber como é seu namorado. Ele é feio? Não tem problema. Aposto que ele compensa em outras áreas. *emoji de berinjela*

Mamá: Só me avise o que ele come. Vai dar tudo certo. Não vou contar pra sua avó. Você sabe como ela é.

Isabel: Brincadeira. Eu não julgaria seu namorado pela aparência.

Isabel: E também não vou pedir uma foto íntima porque isso é problema seu, mas não vou reclamar se você quiser mostrar uma.

Soltei um gemido.

Isabel: Brincadeira também. *emoji de coração*

Isabel: Mas não sobre a voz sexy. Foi *emoji de foguinho*

– Então, isso nos deixa duas opções.

Virando a cabeça e quase batendo na dele, descobri que Aaron estava lendo por cima do meu ombro. Pertinho. A boca bem perto do meu rosto.

Encostei o celular no peito, e meu rosto ficou quente.

– Até onde você leu?

Aaron – meu futuro chefe – deu de ombros.

– Quase tudo.

É claro. *Estávamos no Lina Martín Show, afinal.*

– Pelo menos o suficiente para desaconselhar que você termine comigo antes de ouvir as opções que nós temos.

E então, no momento mais crítico, lá estava aquele homem se enfiando no meu dilema. Eu deveria estar irritada. Furiosa. E queria estar. Mas aquele *nós*, a ideia de que eu não precisava lidar com aquela confusão toda sozinha – uma que eu mesma tinha criado e que tinha virado uma bola de neve graças à teia complexa de mentiras que o incluíam – fez com que eu me sentisse um pouco... melhor. Um pouco menos desesperada. Um pouco menos sozinha.

– Nós? – falei, ouvindo a dúvida em minha voz, a relutância em acreditar no que eu estava dizendo, a esperança de me permitir fazer isso.

Aaron me lançou um olhar que eu conhecia muito bem. Aquela seria a última vez que ele diria o que quer que estivesse prestes a deixar seus lábios.

– Não vou obrigar você a fazer isso, Catalina. Principalmente porque tem coisas que você não me contou. Coisas que fizeram você mudar de ideia drasticamente depois do anúncio do Jeff.

Aaron levantou a mão e colocou o cabelo para trás, como se estivesse se preparando para alguma coisa.

– Eu disse para você que a gente ia conversar e foi culpa minha não termos conseguido. Tem uma explicação pra isso, mas não importa agora.

Ele deixou que eu absorvesse a informação por um instante. Senti que ela pesou em meu estômago.

– Mas a gente pode fazer dar certo. A gente faz se você quiser.

Ele fez uma pausa, e o ar ficou preso na minha garganta.

– Eu garanto.

Encarei aqueles olhos que reluziam, decididos. Eu queria que desse certo.

Aaron tinha razão quando declarou que era minha melhor opção. Mesmo antes de tudo isso acontecer, ele era. Mas as coisas tinham mudado alguns dias antes.

Ele vai ser promovido. Vai virar meu chefe. É inaceitável. Aprendi a lição com o Daniel.

E, naquele momento, tudo tinha mudado de novo.

Todo mundo vai estar à espera dele. *Agora mais do que nunca. É tarde demais para desistir.*

Talvez… Talvez se ninguém do trabalho descobrisse, não houvesse riscos. Ninguém tinha motivo para desconfiar que faríamos qualquer coisa juntos, quanto mais ir à Espanha para um casamento. Ninguém tinha ficado sabendo sobre o evento beneficente. Minha mente repassava tudo, e fui ficando apavorada. Eu, chegando à Espanha sozinha. Presa no passado. Todo mundo sorrindo para mim com pena. Olhando para mim com tristeza. Cochichando a meu respeito.

Meu sangue caiu até o pé, me fazendo lembrar de instantes antes, quando quase desmaiei.

– Qual é a opção A? – sussurrei, exausta de tentar chegar a uma conclusão sozinha. – Você disse que temos duas opções. Qual é a primeira?

A expressão de Aaron ficou toda profissional.

– Opção A: você vai para a Espanha sozinha. Por mais que eu desaconselhe isso.

Ouvir isso de alguém que não eu fez meus braços se arrepiarem.

– Não tenho dúvida de que você vai ficar bem. Mas isso não quer dizer que esse seja o melhor caminho para… para conseguir seja lá o que você deseja com tudo isso.

– Não quero conseguir nada.

– Nenhum de nós dois acredita nisso. Mas, de qualquer forma, você tem uma segunda opção. E, ao contrário da opção A, na opção B você não vai estar sozinha. Vai ter um apoio – disse ele, colocando a mão no peito largo –, *eu*. E mais do que ninguém você sabe que um projeto desafiador precisa do apoio certo para ter sucesso. Então, você me leva, e eu vou ser justamente esse apoio. Você não vai precisar encarar ninguém sozinha e vai cumprir exatamente o que prometeu.

Alguma coisa bateu contra minhas costelas e quase tive que massagear o peito para acalmá-la.

– Me levando como seu acompanhante e *namorado*, sendo essa uma parte que você muito convenientemente não me contou, você corta o mal pela raiz. Vai aparecer lá acompanhada e comprometida. Simples assim.

Aaron Blackford apresentou sua campanha de um jeito impecável. Direto à droga do ponto.

– Simples? Você é maluco se acha que vai ser simples – resmunguei. – Na maior parte do tempo você mal consegue me aguentar, imagine um exército de Linas em todos os tamanhos e formatos. Por três dias inteiros.

– Estou preparado.

A questão era: eu estava? Eu estava mesmo preparada para dar o salto e arriscar que a história se repetisse?

Mas então Aaron voltou a falar:

– Nunca tive medo de me esforçar para conseguir alguma coisa, Catalina. Mesmo quando tudo está contra mim.

As palavras me atingiram de um jeito que quase me deixou sem ar. Parecia que eu tinha levado um soco.

Estou sendo burra.

Não. Se as palavras que estavam prestes a deixar meus lábios fossem algum indicativo do quanto eu tinha perdido a cabeça, eu definitivamente *estava louca*. Mas, que merda, tudo indicava que eu já tinha concordado com tudo aquilo.

– Tá, mas você foi avisado… duas vezes – reforcei. – Acho que agora você está preso nisso. *Nós* estamos.

– Não fui eu que cancelei tudo, Catalina.

É, ele estava certo.

– E você já não tinha saída além de mim.

Desviei o olhar, sem querer mostrar como me senti ao ouvir isso.

– Se você diz… Só espero que a gente não estrague tudo.

– Não vamos estragar nada – declarou ele, com confiança. – Ou você esqueceu que quando eu coloco uma coisa na cabeça eu sempre consigo?

Pisquei, um pouco assustada com a última frase. *Merda.* Eu precisaria de uma dose de confiança, talvez até de loucura, para fazer aquilo dar certo.

Com um alívio que estava quase tirando aquele peso dos meus ombros, finalmente deixei que meu olhar vagasse para fora do carro.

– Não estamos na minha rua – observei, sem reconhecer o lugar onde estávamos estacionados. – Onde estamos?

– Pegando o jantar.

Aaron apontou para um *food truck* com uma pintura colorida misturando máscaras de *lucha libre* com motivos florais.

– Eles têm os melhores tacos de peixe da cidade.

Meu estômago roncou só de pensar em tacos de peixe. Qualquer taco suscitaria a mesma reação, sendo sincera. Mas tacos de peixe eram meu ponto fraco.

– Tacos de peixe?

Aaron franziu a testa, mas eu estava com tanta fome que seria capaz de beijar aquela cara amarrada.

– Você gosta – disse ele em tom de afirmação.

– Na verdade, eu amo.

Aaron assentiu como quem diz *Tá vendo?*.

– Talvez você tenha falado isso para o Héctor umas mil vezes – comentou Aaron como se não fosse nada.

Pisquei. Pensando bem, estava mais para um milhão de vezes.

– Quantos você quer? Eu sempre peço três.

Sempre pede?

– Três está bom – respondi, distraída.

Minha mente vagava, imaginando Aaron como um freguês frequente. Pedindo três tacos. O molho pingando daqueles dedos imaculados. Talvez do canto da boca sempre séria.

Pare, Lina, repreendi a mim mesma. *Tacos não são nem um pouco sexy. Fazem uma sujeira absurda.*

– Já volto – disse Aaron, desafivelando o cinto de segurança.

Segundos depois, fiz o mesmo para sair do carro também.

– Não – ordenou Aaron, abrindo a porta do lado dele. – Fica aí, eu trago.

– Você não precisa cuidar de mim nem pagar meu jantar, Aaron – reclamei, sem querer que ele achasse que precisava me alimentar ou algo do tipo. – Você já fez muito por mim hoje.

Aaron, que já estava do lado de fora, enfiou o corpo para dentro do carro outra vez.

– Eu sei que não tenho, mas eu já queria vir aqui hoje e calhou de você estar no carro – explicou, como se soubesse o que eu precisava ouvir, e acertando. – E você precisa comer alguma coisa. Vai demorar só uns minutinhos.

Suspirei, desistindo.

– Ok.

Observando meus próprios dedos sobre o colo enquanto ele se afastava do carro, chamei Aaron de novo.

– Então quero quatro – pedi em voz baixa, aquela besteira de dieta oficialmente chegando ao fim. – Por favor.

Aaron, que tinha parado quando me ouviu chamar, me encarou em silêncio por um bom tempo. Tanto que me perguntei se quatro tacos era um exagero. Quando finalmente abriu a boca, ele falou baixinho:

– Tente não dormir de novo, ok? Não posso prometer que ainda vai ter comida quando, ou se, eu conseguir te acordar.

Estreitei os olhos.

– Aconselho você a nunca fazer isso, Blackford – falei baixinho, um segundo depois de ele bater a porta do carro e atravessar a rua até o *food truck*.

Em menos de meia hora eu estava entrando em casa com uma embalagem de comida quente e cheirando maravilhosamente bem. Cinco tacos. Sim, Aaron fez o que quis. Cinco tacos com acompanhamento de arroz e pimenta serrano. E não me deixou pagar.

– Por minha conta – tinha dito.

Depois disso, Aaron salvou o número dele no meu celular e pediu que eu mandasse os detalhes do meu voo assim que chegasse em casa. Então, me fez prometer que ia comer e dormir. Como se eu não estivesse louca para fazer exatamente isso.

Então, sem me entregar ao pânico que certamente me atingiria assim que eu acordasse no dia seguinte, fiz exatamente o que ele pediu.

Ele. Aaron Blackford. Que logo seria meu chefe e mais logo ainda meu acompanhante de mentirinha no casamento da minha irmã.

Porque, como tinha dito, ele era minha única saída.

DOZE

Horas restantes para embarcar no voo com destino ao maldito casamento: vinte e quatro.

Nível de ansiedade: alcançando grau de emergência.

Plano de contingência: brownies de chocolate triplo. Um caminhão deles.

O dia anterior havia deixado claro que eu tinha sido uma idiota em relação à minha saúde. E embora eu soubesse que me encher de chocolate era o extremo oposto... bem, eu era uma mulher de extremos.

E foi exatamente isso que me levou à Madison Avenue. Mais especificamente, ao único lugar em Nova York que tinha o poder de acalmar a besta furiosa que era minha ansiedade naquele momento.

– Pra viagem, Lina? – perguntou Sally de trás do balcão. – Aliás, como está a Rosie? Ela não vem?

– Queria que ela tivesse vindo, mas hoje sou só eu.

Na noite anterior, eu havia passado quase duas horas ao telefone com ela. Não tinha sido fácil explicar a situação na qual eu estava prestes a embarcar, e talvez ela tenha soltado gritinhos – desnecessários – e me irritado com aquela coisa dos olhares entre mim e Aaron, algo que ela obviamente tinha imaginado. Em todo caso, era bom ter minha melhor amiga no meu time de novo. Ainda que o meu time fosse o Time Decepção. Seria muito importante ter Rosie me esperando com um sorriso cheio de compreensão e meio litro de sorvete, de que eu obviamente precisaria, quando eu voltasse dessa porcaria de casamento.

– E, não, obrigada. Vou comer o brownie aqui mesmo.

Fiz uma pausa, reconsiderando a escolha.

– *Os* brownies... quero dois, por favor, Sally. Acho que posso me dar esse direito hoje. Tirei folga, tenho o dia todo para descansar e relaxar.

Ela pesou os grãos de café com muita precisão.

– Nossa, você deve estar com muita saudade de mim então, se decidiu vir aqui mesmo no dia de folga – comentou ela, sorrindo para mim por cima do ombro. – Não que eu culpe você por isso. Quem não sentiria saudade de mim, não é mesmo?

Eu ri.

– É claro que senti saudade. Você é minha barista favorita no mundo inteiro.

Meus olhos rastreavam seus movimentos; eu já estava salivando.

– Hum, está dizendo isso só porque estou em posse do seu pedido, né? Mas continue, por favor.

Eu estava pronta para não só admitir isso, como também para pedir Sally em casamento se isso significasse suprimento infinito de café grátis. Então, vi seu olhar desviar para um ponto atrás de mim enquanto ela apertava os botões que faziam a magia cafeinada acontecer.

Vi os olhos de Sally brilharem.

– Bom dia – disse ela a quem quer que estivesse atrás de mim.

Sally então me lançou um olhar malicioso antes de voltar a se concentrar no cliente novo.

– O de sempre? Expresso duplo, sem açúcar?

Ela fez uma pausa, e senti o recém-chegado parar bem atrás de mim. Franzi a testa porque algo naquele pedido parecia muito familiar. Preto, amargo, sem alma, exatamente como...

– Saindo, Aaron.

De olhos arregalados, continuei olhando para a frente, mas senti a coluna enrijecer na hora.

– Obrigado, Sally.

Aquela voz. Pertencia ao homem que embarcaria em um avião comigo no dia seguinte. O homem que eu apresentaria à família como meu querido namorado de mentirinha.

Virando devagar na direção dele, fui recebida pelo par de olhos azuis como o oceano, em uma expressão séria que eu conhecia muito bem. Abri a boca, mas não tive a oportunidade de dizer nada.

– É pior do que eu pensava – disse ele, analisando meu rosto, os lábios contraídos na linha reta de sempre.

– O quê? – perguntei, imitando-o ao olhá-lo de cima a baixo.

– Seus olhos – disse ele, apontando para a minha cabeça. – Parecem enormes no seu rosto. Maiores do que o normal. Tem certeza de que cafeína é uma boa ideia? Você já parece um pouco frenética.

Meus olhos enormes e maiores do que o normal se estreitaram.

– Frenética?

– É – disse Aaron, assentindo com indiferença. – Como se fosse surtar a qualquer momento.

Engolindo uns palavrões, respirei fundo justamente para não surtar bem ali.

– Em primeiro lugar, eu estou calma.

Isso suscitou um olhar que me disse que ele não estava acreditando.

– *Mesmo*. Não apenas calma, mas também serena, para sua informação. Como aquelas lagoas onde a água nem se mexe.

Virei de costas para ele e vi Sally apoiada no balcão, o queixo descansando no dorso da mão, entretida com a conversa.

– Estou começando a sentir menos saudade de você, Sally – falei brincando.

Sally abriu ainda mais o sorriso e endireitou a postura. Olhei para Aaron de esguelha.

– Você não devia estar no trabalho, Sr. Robô? Sabe, em vez de sair por aí comentando a aparência de mulheres frenéticas aleatórias?

– Você não é uma mulher aleatória – respondeu ele, com a voz calma, e se apoiou no balcão bem ao meu lado. – E eu estava, de manhã. Tirei o resto do dia de folga.

– Folga? – perguntei, fingindo um engasgo de espanto. – O inferno deve ter congelado se Aaron Blackford tirou um dia de folga.

Ele nunca, nunca fazia isso.

– Meio dia – respondeu ele, me corrigindo.

Sally colocou nossos pedidos em cima do balcão. Ao mesmo tempo. O que achei estranho, porque eu tinha feito o meu uns bons minutos antes.

Semicerrei os olhos para ela, que me deu um sorriso angelical.

– Aqui está, pessoal. Só o melhor para meus clientes favoritos. Expresso duplo, sem açúcar. E um com espuma de leite.

E, nesse momento, me lembrei de Sally ter comentado algo sobre o pedido do Aaron ser o *de sempre*.

– Com que frequência você vem aqui, Aaron? – perguntei.

Considerando a assiduidade com que eu ia ao Na Esquina, não devia ser muita, pois eu nunca tinha encontrado com ele ali.

– Como você ficou sabendo desse lugar?

Google Maps, Tripadvisor, e um milhão de outros sites poderiam estar por trás daquela descoberta. E no entanto...

– Com alguma frequência – respondeu ele, tirando a carteira do bolso.

Com os olhos ainda semicerrados e observando os dedos compridos dele vasculharem a carteira, me lembrei de uma coisa. Eu mesma tinha falado sobre o Na Esquina para ele. Ou tinha falado comigo mesma e o Aaron calhou de ouvir... Bem, não importava. Tinha sido no dia em que ele apareceu para me ajudar com as coisas do Open Day.

– Qual é a surpresa, Catalina? Eu presto atenção no que você fala, sabe? Mesmo que esteja só resmungando para si mesma. O que você faz com frequência. Mas de vez em quando você diz alguma coisa interessante.

– Você lê mentes ou algo do gênero?

– Felizmente não. Acho que ficaria apavorado de saber o que você pensa na maior parte do tempo – disse ele, entregando o cartão a Sally. – Por minha conta.

Tá. Primeiro de tudo: apavorado? E segundo: eu, resmungando? *Com frequência?*

Ver Sally pegar o cartão me tirou do estado de choque.

– Espera!

Chamei tanto a atenção de Sally quanto de Aaron.

– Não precisa, eu tenho dinheiro.

– Sei que tem, mas eu quero pagar.

– Mas e se eu não quiser que você pague? – argumentei.

O olhar de Sally saltava de mim para ele. Aaron tinha uma expressão calma.

– E você tem algum motivo específico para isso, Catalina? Algo me diz que, se fosse qualquer outra pessoa, você não hesitaria em ganhar um café e um brownie de graça – disse ele, e olhou para o balcão. – Dois brownies.

– Tem um motivo, sim, espertinho – respondi, dando um passo bem pequeno na direção dele, e acrescentando, baixinho: – Eu já te devo muito e não estou falando dos tacos de peixe de ontem, tá? Não preciso que você aumente ainda mais minha dívida.

A julgar pela cara amarrada, esta última frase pareceu incomodá-lo bastante.

– Você não me deve nada – respondeu ele, carrancudo. – Eu pagar um café, tacos ou qualquer outra coisa não aumenta dívida nenhuma.

Ele balançou a cabeça e notei que algumas das mechas perfeitamente penteadas saíram do lugar. A cara feia foi embora, substituída por um olhar distante.

– Será que algum dia você vai ser capaz de aceitar alguma coisa de mim sem brigar?

– Essa... Essa não é uma pergunta fácil de responder, Blackford.

– Entendi.

Aaron virou o corpo largo na minha direção, diminuindo muito a distância que nos separava. O movimento foi inesperado e o susto me fez perder o ar. Com todos os meus sentidos absorvendo a proximidade do corpo dele, hesitei. De repente eu não sabia mais o que dizer ou sequer se ele esperava que eu dissesse alguma coisa.

Aaron ergueu o braço e tocou minha têmpora. Eu entreabri os lábios automaticamente e senti o corpo inteiro se arrepiar.

– Sempre brigando comigo – disse ele baixinho.

Olhei para seu rosto lindo e sério, os olhos azuis analisando minha reação.

– Sempre oferecendo resistência...

Meu coração disparou como se eu tivesse corrido uns três quilômetros.

Aaron baixou a cabeça, sua boca se aproximou de onde seus dedos tinham estado segundos antes. Quase tão perto quanto na noite em que dançamos.

– Quase como se quisesse me ver implorando. Você ia gostar, Catalina? De me ver implorar?

A voz dele soava tão... íntima. Sussurrada. Mas foram as palavras que vieram a seguir que bagunçaram completamente meus pensamentos.

– Você gosta de me ver de joelhos? É isso?

Uau.

Um calor muito familiar me subiu pelo pescoço e se espalhou pelo rosto. Depois desceu, e meu corpo pegou fogo em questão de segundos.

Aaron sustentou o olhar e alguma coisa fez meu estômago gelar.

– Me deixa agradar você, tá? Eu quero.

Contraí os lábios ressecados, tentando entender o caos que dominava minha mente e meu corpo.

Suspirei, e com uma voz trêmula e estranha, respondi:

– Tá.

Pigarreei. Duas vezes.

– Pode pagar meu café. Não quero ver você implorar ou dar showzinho no meio da cafeteria.

Pigarreei de novo. Minha voz ainda não soava normal. Fiz uma pausa, tentando fazer com que meu corpo voltasse a funcionar direito.

– Pode pagar, sim. E obrigada.

Aaron assentiu, o início de um sorriso de satisfação surgindo nos cantos da boca.

– Viu só? Nem foi tão difícil, foi? – destacou ele.

Seus lábios se curvaram ainda mais, e ele pareceu todo convencido e... a ficha caiu.

Opa, calma aí.

– Você estava...

Eu não estava acreditando nisso. Em nada disso. Na minha reação. No fato de que Aaron tinha acabado de me deixar... pegando fogo, só para se divertir às minhas custas.

– Você só estava brincando.

– Talvez...

Aaron finalmente saiu do meu espaço pessoal e virou de costas. Segundos depois, voltou a olhar para mim, os lábios ainda curvados.

– Está decepcionada, Catalina?

Não acredito nisso.

O pior de tudo era perceber que aquilo significava que ele sabia do efeito que exercia sobre mim. Sabia o que aquela proximidade causava nos meus sentidos, no meu corpo. E ele tinha acabado de usar isso para ganhar uma discussão idiota.

Fiquei observando seu perfil, boquiaberta, enquanto ele levava a xícara aos lábios, parecendo todo satisfeito.

– Sabe de uma coisa, Aaron? – perguntei, dando de ombros e lutando contra o sorriso que queria dominar minha expressão. – Estou muito decepcionada.

– É?

O olhar presunçoso desapareceu.

– Ah, muito. E sabe o que eu faço quando isso acontece? – perguntei, virando para Sally. – Sally, vou querer um de cada de tudo o que você tem. E mudei de ideia, vou querer tudo para viagem, por favor.

Dei um sorriso que esperava que não fosse maligno.

– Ele insiste em pagar – disse, apontando para Aaron com o polegar. – Então, por favor, cobre antes que ele afugente todos os clientes com alguma palhaçada sobre ficar de joelhos.

– Ah, eu não ia querer isso – disse Sally, com uma piscadela. – Você gosta muito das barrinhas de limão, né? Quer duas? – perguntou ela, pegando uma de um dos recipientes grandes.

– Boa ideia! Eu amo mesmo. E por que não dois muffins de blueberry também? Estão com uma cara ótima.

Aaron ficou ao meu lado testemunhando minha ceninha.

– Se acha que ver você comer vai me chatear, você realmente não entendeu o quão sério eu estava falando ontem.

Ignorei o que aquela fala provocou em mim.

– Mas ainda espero que você divida tudo isso aí.

– Achei que você estivesse me fazendo um agrado, não o contrário.

Se eu não o conhecesse, teria sido fácil ignorar a satisfação em seus olhos. Mas estava bem ali.

E, reparando naquele rosto lindo que eu desprezei – talvez injustamente, *ok, ok, eu sei* – tantas vezes no passado, me dei conta de uma coisa. Eu estava tão satisfeita quanto ele, se não mais. E não era só isso que tínhamos em comum. Nós dois estávamos fazendo um péssimo trabalho ao tentar esconder.

De alguma forma, pela primeira vez na história, nenhum de nós pareceu se importar com isso. Simplesmente continuamos ali, olhando um para o outro. Olhos nos olhos. Os dois lutando contra o que eu sabia que seriam sorrisos triviais. Escondendo a satisfação como dois idiotas teimosos, esperando que o outro cedesse e risse primeiro.

– Ok – disse Sally, rompendo o encanto com um sorriso enorme. – Pedido embalado.

– Ah, obrigada – murmurei.

Com um pouco de esforço, consegui abraçar a embalagem enorme junto ao peito.

– Certo, Blackford. Obrigada também. É sempre um prazer fazer negócios com você.

– Você não vai dividir mesmo, né?

– Não.

Segundos se passaram em silêncio enquanto nos encarávamos.

– Eu...

Aaron parou de falar, parecendo mudar de ideia a respeito de alguma coisa. Meu coração disparou.

– Não gosto de correr pelo terminal. Então tente não se atrasar amanhã. Não tem mais...

– Graça. Eu sei, Blackford. Tchau.

Dei meia-volta e saí.

Primeiro, o cara ataca meus doces, agora aquilo.

Algum dia eu arremessaria alguma coisa naquele rosto simétrico ridículo. Com certeza. Porém, essa coisa jamais seria um brownie.

TREZE

Aaron nunca se atrasava. Ele não estava programado para esse tipo de comportamento descuidado.

Eu sabia disso porque, havia quase dois anos, eu vinha tentando chegar dolorosamente mais cedo do que ele a todos os compromissos que nossos calendários tinham em comum. O que só poderia significar uma coisa: ele não viria.

Tinha voltado a si e percebido o quanto nosso plano era ridículo.

Meu plano, com o qual ele tinha concordado.

Ou tinha sido o contrário?

Àquela altura eu já não sabia mais.

Não que importasse se ele não viesse.

Porque essa era a única explicação razoável para o fato de eu estar no meio do terminal de embarque, embaixo do painel enorme que informava o status e o horário de todos os voos, sentindo um suor frio escorrer pelas costas e sem ninguém ao meu lado. Com certeza não o ranzinza de olhos azuis que deveria estar ali naquele momento.

Olhando ao meu redor, tentei me acostumar com a ideia.

Estou sozinha.

Fui varrida por uma onda de pânico. E de outra coisa também.

Uma que parecia muito a mágoa que a gente sente diante de uma traição. O que na verdade não fazia sentido. No que dizia respeito a Aaron, eu não tinha o direito de me sentir traída, ou abandonada. Também não queria essas emoções deixando minha cabeça ainda mais ferrada. Ou meu coração. Até porque eu entendia perfeitamente por que ele teria dado para trás.

Aquilo tudo era uma loucura. Não fazia sentido nenhum. Então, por que dar cabo de um plano que só me beneficiava?

Meus olhos pousaram na mala grande e na de mão aos meus pés enquanto eu tentava afastar o que estava sentindo.

Você está bem, disse a mim mesma. *Ignore essa sensação idiota e péssima que você nem deveria estar sentindo e vá despachar as malas.*

A última coisa que eu queria fazer era embarcar sozinha, mas teria que ser. Eu teria que encarar minha família – e Daniel e a noiva dele e o passado que eu tinha deixado para trás – e as consequências da minha mentira de cabeça erguida. E faria isso sozinha, por mais que eu tivesse me permitido, nas últimas quarenta e oito horas, acreditar que teria alguém ao meu lado.

Dios. Como eu deixei isso acontecer? Como Aaron Blackford tinha conseguido se tornar indispensável na minha vida?

Apoiando as mãos no quadril, prometi a mim mesma esperar só mais um minuto. E, para completar, jurei a mim mesma que ficaria bem.

A pressão acumulada nos olhos? Nervosismo. Ir para casa sempre me deixava igualmente feliz e com remorso. Sempre me fazia sentir toda a nostalgia e a dor que vinham com as lembranças. Era por isso que eu não ia à Espanha com frequência.

Mas não importava. Eu era uma mulher adulta e, antes de Aaron, o plano era fazer aquilo sozinha. E era isso o que eu ia fazer.

Trêmula, soltei o ar, esvaziando a cabeça e o peito de qualquer pensamento e emoção passageira, tirei as mãos do quadril e peguei as malas.

Ya está bien. Hora de ir. O inferno não espera...

– Catalina.

De trás de mim veio a voz grave que eu achei que jamais ficaria feliz de ouvir. Não só feliz, mas também aliviada, alegre, *exultante*.

Fechei os olhos e me permiti um momento para sentir o turbilhão inadequado de alegria que, sem sucesso, eu tentava afastar.

Aaron está aqui. Ele veio.

Engolindo em seco, apertei os lábios.

Não estou sozinha. Ele está aqui.

– Catalina? – chamou ele mais uma vez.

Virando bem devagar, não consegui impedir que minha boca finalmente formasse o que eu sabia se tratar de um sorriso, mesmo que hesitante. Um que provavelmente entregava todas as emoções que estavam prestes a explodir em mim.

Fui recebida por uma testa franzida e juro que nunca fiquei tão feliz ao ver aquele vinco teimoso entre as sobrancelhas dele.

Ele veio, ele veio, ele veio.

Aaron inclinou a cabeça.

– Você está be…

Antes que ele terminasse de formular a pergunta, me joguei contra ele com um *ufa*. Então, dei o abraço mais forte que consegui.

– Você veio.

As palavras foram abafadas pelo tecido macio da camisa. Seu peito era quente, largo e aconchegante e, por um segundo, não me importei nem um pouco com o fato de que tinha me jogado em cima dele nem com a vergonha que sentiria depois.

Porque, para o bem ou para o mal, eu estava abraçando Aaron.

E ele… estava deixando que eu o abraçasse, mas sem retribuir. Aaron permaneceu com os braços soltos junto às laterais do corpo, exatamente onde estavam quando eu me joguei nele. O peito também não se mexia muito. Era como abraçar uma escultura de mármore, inflexível e rígida, mas com batimentos, o único sinal de que o choque não tinha causado uma parada cardíaca nele.

Porque, tirando isso, Aaron estava completamente imóvel. Dando um passo para trás bem devagar, olhei para cima.

Ok, ele também parecia uma estátua. Talvez eu tivesse quebrado Aaron com o abraço. Isso explicaria por que ele mal piscava ao passar um tempo me observando. Nesse intervalo, eu me dei conta do que tinha acontecido no minuto anterior. Desesperada, tentei encontrar o que dizer, qualquer coisa que justificasse o surto temporário de loucura que resultara em me atirar em cima dele. Nada me ocorreu.

Ele finalmente rompeu o silêncio.

– Você achou que eu não viria.

Parte de mim não queria admitir, ainda que isso estivesse bem óbvio.

– Você me abraçou porque achou que eu não viria – prosseguiu ele, em tom acusatório.

Seu olhar era inquisidor. Como se ele não conseguisse acreditar no que tinha acabado de acontecer. Ou entender.

– Você nunca me abraçou antes.

Dei mais um passo para trás, sem saber o que fazer com as mãos e me sentindo um pouco pressionada pelo jeito como ele estava me olhando.

– Não acho que conte como abraço quando um dos envolvidos fica duro feito uma tábua, Capitão Nem Tão Óbvio Assim.

Na minha cabeça, eu tinha acabado de decidir que aquilo não tinha sido um abraço.

– Além disso, a pessoa que nunca se atrasa se atrasou. O que você queria que eu pensasse?

Impondo a quantidade adequada de espaço entre nossos corpos, finalmente consegui observar Aaron por inteiro. Da cabeça aos pés. E... dos pés à cabeça também. Porque o tecido macio em que eu tinha encostado o rosto era uma camiseta branca de algodão. E as pernas que ficaram imóveis durante o abraço/ataque estavam cobertas por um jeans desbotado. E o...

É um tênis que ele está calçando?

Sim, era.

Eu não fazia ideia do que esperava que ele vestisse, mas certamente não aquilo. E não estava preparada para a imagem de um Aaron vestindo qualquer coisa que não fosse uma camisa social de manga comprida enfiada dentro da calça social.

Aaron parecia relaxado. *Normal.* Não a máquina de aço inoxidável indiferente que eu via todos os dias no trabalho. Uma que deixava bem claro que era bom manter distância.

Ironicamente, eu queria mais do que tudo encostar o rosto em seu peito mais uma vez. O que era absolutamente ridículo. E perigoso também. Aquela versão era tão perigosa quanto a que sorria e gargalhava. Porque eu gostava das duas. Um pouco demais para que nosso plano funcionasse. *Meu* plano.

– Catalina.

Senti o rosto esquentar e, mesmo fingindo que não estava olhando para ele, eu estava gostando do que via.

– Pois não?

– Já passou?

Mierda. Cocei a lateral do pescoço, tentando esconder a vergonha.

– Passou? O que, exatamente?

– O pânico. O medo que eu não viesse. Passou? Porque agora estou aqui, exatamente como disse que estaria. E não me atrasei, você é que chegou absurdamente cedo – disse ele, inclinando levemente a cabeça, e acrescentou: – Ao menos uma vez na vida.

Com os olhos semicerrados, conferi a hora no celular.

– É, pode ser que você tenha razão... Ao menos uma vez na vida.

O canto direito de seus lábios subiu.

– Ótimo. Então agora que isso está resolvido – disse ele, e não gostei nada do quanto pareceu presunçoso –, será que você pode parar de me olhar como eu tivesse duas cabeças? Porque eu gostaria de embarcar.

Pega no flagra.

– Claro, vou parar com isso também – rebati, endireitando os ombros e pegando o puxador da mala. – É que eu não sabia que você tinha roupas normais.

Aaron ergueu uma sobrancelha.

Meus olhos traidores o varreram dos pés à cabeça mais uma vez. Droga, ele estava muito, muito bonito naquele look tão aconchegante e confortável.

Balancei a cabeça.

– Vamos, Sr. Robô, precisamos despachar as malas – falei, me obrigando a desviar o olhar. – Agora que você chegou e tal.

Ergui a mala de mão abarrotada, pendurei no ombro e tentei caminhar com o máximo possível de graça. Aaron me alcançou em uma passada longa e vi sua sobrancelha subir quando ele me olhou de esguelha.

– Quanto tempo você pretende ficar na Espanha? – perguntou, olhando para as minhas duas malas maiores-do-que-o-necessário. – Achei que a gente voltasse segunda.

– A gente volta.

Com os olhos arregalados, Aaron fez questão de deixar claro que estava olhando para mim – e para as malas – de cima a baixo.

– E isso é o que você leva para passar três dias?

Apressei o passo tentando muito não *cair de bunda* no chão liso do terminal com o peso da mala em meu ombro.

– Sim. Por que a pergunta?

Em vez de responder, ele colocou a mão no meu braço e me fez parar. Sem me dar a chance de reclamar, pegou a mala do meu ombro e colocou no dele.

O alívio físico foi tão imediato que precisei conter um gemido.

– Meu Deus, Catalina – disse ele, bufando e olhando para mim, horrorizado. – O que você está levando? Um cadáver?

– Ei, não é um fim de semana qualquer visitando a família, tá? Pare de me julgar – falei para a cara amarrada dele. – Precisei levar um monte de coisas. Maquiagem, acessórios, secador de cabelo, prancha alisadora, meu condicionador bom, creme, todos os vestidos, seis pares de sapatos...

– Seis pares de sapatos? – repetiu Aaron, ficando com a cara ainda mais feia.

– Aham – rebati, meus olhos procurando o balcão de check-in correto. – Um para cada uma das roupas que vou vestir, e três de reserva.

Fiz uma pausa, pensando em uma coisa.

– Por favor, me diga que você trouxe pelo menos um reserva.

Aaron ajeitou minha mala no ombro, balançando a cabeça ao mesmo tempo.

– Não, não trouxe. Mas vai dar tudo certo. Já você, por outro lado...

Ele balançou a cabeça mais uma vez.

– Você é...

– Brilhante? – concluí por ele. – Astuta? Talentosa na arte de fazer malas? Eu sei. E espero que você tenha trazido o suficiente nessa malinha aí.

– Ridícula – murmurou ele. – Você é uma mulher ridícula.

– Vamos ver quem é ridículo quando alguma coisa acontecer com a sua camisa, sua gravata, seu terno e você tiver que usar um dos meus vestidos.

Um grunhido chegou aos meus ouvidos.

– Seis pares de sapatos – resmungou o homem carrancudo em suas roupas casuais. – Mulher ridícula com uma mala que pesa tanto quanto ela – continuou ele, quase baixo demais para que eu escutasse.

– Se é pesado demais para você, pode devolver. Eu estava levando numa boa.

Ele virou a cabeça com tudo na minha direção, com um olhar que me dizia que isso não era uma opção.

Com um suspiro, aceitei a ajuda.

– Obrigada, Blackford. É muito gentil da sua parte.

– E você não estava levando numa boa – respondeu ele, o que me fez querer retirar o agradecimento. – Você podia ter se machucado.

Aaron virou para a esquerda, e eu finalmente avistei o balcão da companhia.

Fui atrás dele.

– Obrigada pela preocupação, Big A. Mas eu dou conta do recado.

Ele ignorou o fato de eu ter usado seu apelido.

– Claro. Além de ridícula, você também é teimosa – resmungou baixinho.

Tive que esconder o sorriso.

– O sujo falando do mal lavado.

Olhando de esguelha uma última vez, Aaron acelerou o passo, deixando que as pernas longas o levassem com sua malinha de tamanho razoável e minha mala ridiculamente cheia no ombro.

De onde eu estava, alguns passos atrás, não tive escolha a não ser permitir que meu olhar descesse por suas costas. Uma parte não muito pequena nem muito silenciosa de mim ficou um tanto impressionada com o modo com que a calça jeans envolvia suas coxas musculosas, que um dia o impulsionaram em um campo de futebol americano. Essa mesma parte de mim ficou menos silenciosa ainda quando meus olhos voltaram a subir, observando como aqueles bíceps – que um dia carregaram por esse mesmo campo uma bola de couro marrom em formato de melão –, se contraíam ao segurar o peso da minha mala.

Argh. Era perturbador como o corpo de Aaron me distraía agora que eu o conhecia um pouco melhor. Agora que eu tinha conhecimento daqueles vários pedacinhos de informação sobre a vida dele.

Pedacinhos que descobri na noite do evento beneficente, mas também os que desenterrei com uma pesquisa no Google.

Sim, eu havia me rendido à curiosidade. Mas só uma vez, eu juro.

Não foi fácil alcançar o nível de autocontrole necessário para não pesquisar mais vezes. Tudo o que descobri em meu pequeno tour pelo Google ficou gravado na cabeça desde o dia em que cedi à tentação. Informações que exigiam ser consideradas com muito mais frequência do que eu estava disposta a admitir.

Minha mente adorava repassar todas aquelas fotos de um Aaron mais jovem – mas tão estoico, de ombros largos e mandíbula tão rígida quanto o atual – vestindo um uniforme roxo e dourado que fazia meu coração acelerar só de pensar. Ou às manchetes que me diziam que ele era famoso naquele tempo. Mas o mais difícil de esquecer eram as matérias, muitas matérias, elogiando seu desempenho e prenunciando o jogador que ele viria a se tornar e nunca se tornou.

Mas por quê? Por que a partir de determinado momento não havia mais nada sobre ele?

Isso foi algo que não consegui descobrir e que só alimentou ainda mais a minha curiosidade. Eu queria saber mais sobre aquele homem que eu acreditava ter decifrado completamente e agora me dava conta de que não poderia ter estado mais enganada.

Nesse exato momento, Aaron olhou para mim, erguendo as sobrancelhas.

– Algum problema?

Pega um pouco desprevenida, só balancei a cabeça.

– Então, vamos. Nesse ritmo, não vamos chegar à Espanha.

– Eu não teria essa sorte – resmunguei, correndo para alcançá-lo.

Mais uma vez, Aaron tinha razão. Eu tinha assuntos mais urgentes com os quais me preocupar, como o avião em que embarcaríamos em poucas horas. Ou o fato de que, uma vez dentro da aeronave, não haveria como voltar atrás. Estávamos prestes a fazer aquilo. De verdade. E tínhamos que fazer bem-feito.

Quando pousássemos na Espanha, minha família precisava acreditar que Aaron e eu estávamos felizes e apaixonados. Coração explodindo, pássaros cantando, flores desabrochando. Ou, no mínimo, que éramos capazes de nos suportar por mais de dez minutos sem fazer eclodir uma guerra mundial.

E por mais que eu não fizesse a menor ideia de como conseguiríamos isso, de uma coisa eu tinha certeza: nós, Aaron e eu, daríamos um jeito.

Não havia escolha.

CATORZE

– E você dizendo que as sobremesas não eram nada de mais, hein? Porque esse bolo de chocolate aqui está dizendo bem o contrário, meu amigo – falei, comentando sobre a sobremesa maravilhosa do voo. – Será que eu posso pedir mais um? – murmurei de deleite.

Estava *tão* bom que eu nem fiquei com vergonha.

Nem com Aaron ocupando o exuberante assento de primeira classe ao meu lado. Ah, sim! Aparentemente, agora eu voava de primeira classe. Eu ainda não tinha entendido muito bem como é que deixei que ele pedisse – ou melhor, exigisse – um upgrade do meu assento na econômica sem discutir. Mas eu sabia que a cena tinha incluído Aaron colocando o braço sobre meus ombros e pronunciando a palavra namorada. O que, pensando bem, percebi que tinha me pegado de surpresa a ponto de simplesmente assentir feito uma idiota e colocar meu passaporte em cima do balcão.

Ele abaixou o jornal atrás do qual estava escondido, revelando a sobrancelha erguida.

– Meu amigo?

– Shhhh. Estou curtindo meu bolo.

Ele suspirou e voltou a ler.

Com a colher no ar, hesitei antes de levá-la à boca.

– Você não precisava ter feito aquilo, pagar meu upgrade foi um pouco demais.

Ouvi um grunhido evasivo vindo dele.

– Estou falando sério, Aaron.

– Achei que você quisesse comer em silêncio.

– Vou devolver o dinheiro quando voltarmos. Você já está fazendo o suficiente.

Ele suspirou quase no mesmo instante.

– Não precisa, Catalina. Sou membro do Sky Club da companhia aérea, tenho muitas milhas – explicou Aaron enquanto eu finalmente comia o último pedaço daquele pedaço de céu em forma de bolo. – E, como eu disse, podemos usar o tempo de voo para nos prepararmos.

Quando finalmente terminei de comer aquele que tinha se tornado o ponto alto do meu dia, limpei a boca com o guardanapo, coloquei-o de volta na bandeja à minha frente e virei para Aaron.

– O que acaba de me lembrar que terminou o intervalo.

Ele me ignorou, então cutuquei o jornal.

– Temos que voltar ao trabalho. Anda – falei, dando mais uma cutucada. – Hora da preparação.

– Você precisa mesmo fazer isso? – perguntou Aaron de trás de jornal.

– Aham.

Cutuquei o jornal algumas vezes, impossibilitando a leitura.

– Preciso da sua atenção total. Só falamos de algumas das pessoas da minha família, e nosso tempo está acabando.

Puxei um dos cantos do jornal.

– E então, tenho sua atenção total?

– Você não precisa fazer nada disso.

Aaron baixou o jornal com um movimento repentino.

– Você sempre tem a minha atenção total, Catalina.

Isso fez meu dedo pairar no ar.

– Rá! Muito engraçadinho você tentando me comprar com esses truques baratos – respondi, e sustentei o que esperava ser um olhar sério. – Não pense que essa conversinha mole vai livrar você dessa. As relações internacionais dos Estados Unidos da América não são importantes agora.

Assentindo com relutância, Aaron dobrou o jornal meticulosamente e o deixou na bandeja.

– Tudo bem – disse ele, os olhos azuis totalmente focados em mim. – Sem distrações. Sou todo seu.

Minha respiração ficou presa em algum lugar entre os pulmões e a boca.

Todo seu.

– Noivo e noiva? – perguntei, sabe-se lá como.

– Gonzalo e Isabel.

Ele revirou os olhos, como quem diz que o teste poderia ser mais difícil. Me desafiando.

– Trio de primos, que você não vai dar a mínima para o que disserem? Principalmente se a interação começar com *Ei, quer ouvir uma coisa engraçada?*.

– Lucas, Matías e Adrián.

Ele nem hesitou. Bom, ótimo, porque aqueles selvagens eram perigosos. Nunca se sabia o que poderia sair daquelas bocas. Ou deles como um todo.

– Pais da noiva e seus supostos futuros sogros se você estiver levando o relacionamento a sério, o que você com certeza está?

– Cristina e Javier – respondeu ele, imediatamente. – Devo ser educado, mas chamar pelo primeiro nome ou eles vão ficar ofendidos e me achar um idiota pretensioso.

Aaron fez uma pausa após repetir exatamente as palavras que eu tinha dito a ele. Então, ajeitou o corpo imenso no assento mais que espaçoso, fazendo com que parecesse menor e apertado.

– Javier é professor universitário de história e fala inglês fluente. Cristina é enfermeira, e seu inglês é… não é tão bom. Só que é com ela que preciso tomar mais cuidado porque, mesmo quando parecer que não entendeu o que eu disse, é mais provável que esteja analisando cada palavra.

Assenti, secretamente impressionada. Ele estava gabaritando todas as perguntas – pela segunda vez. Não que eu estivesse surpresa. Aaron já tinha provado que sua determinação não tinha limites no que dizia respeito ao sucesso, independentemente de qual fosse a tarefa. Aaron não fazia as coisas de qualquer jeito; ele sempre entregava o melhor resultado.

Ótimo. Porque ele precisaria de toda a sua determinação com a família Martín e o restante dos convidados.

Mas isso não queria dizer que eu estava totalmente satisfeita. Não ainda.

– Pais do noivo?

– Juani e Manuel – respondeu Aaron, de pronto.

Soube o que ele ia acrescentar antes mesmo que as palavras saíssem de sua boca. Juani e Manuel eram pais do irmão do noivo também, é claro. O irmão do noivo que era meu ex.

– Ok, próxima pergunta – retomei antes que ele pudesse completar. – Prima que você deve evitar a qualquer custo a não ser que eu esteja junto para controlar a situação?

Virando no assento, fiquei de frente para ele. Em uma tentativa de descobrir como Aaron agia sob pressão, fiz a expressão mais autoritária possível.

Parecendo distraído, ele contraiu a mandíbula.

Droga. Ele estava hesitando? Não podia ser...

Eu estava prestes a expressar uma objeção quando ele se recuperou, falando mais rápido do que eu.

– Charo.

O nome da minha prima parecia diferente nos lábios do Aaron graças ao sotaque americano pesado.

Eu teria criticado imediatamente a pronúncia se Aaron não tivesse feito o que fez na sequência, me pegando totalmente de surpresa.

Ele ergueu o braço e tocou meu rosto bem devagar com a mão enorme. Meus olhos saltaram da mão para o rosto dele, encontrando seu olhar fixo em alguma coisa em cima do meu queixo. Então, antes que eu pudesse impedir o que estava prestes a acontecer, ele tocou minha pele com o polegar. Bem de leve.

Aaron estava acariciando meu rosto. Bem perto da boca.

Qualquer reclamação que eu tivesse pensado em fazer desapareceu completamente no instante em que ele acariciou minha pele.

Aaron voltou a falar, parecendo absorto pelo movimento de seu polegar.

– Charo – repetiu distraído.

E eu... eu simplesmente congelei. Aquele mero toque pareceu causar pequenos incêndios no meu corpo inteiro.

– Você disse que eu devo fugir de uma ruiva com olhos verdes curiosos e pouca ou nenhuma vergonha na cara. Essa seria Charo.

Como um contato tão delicado era capaz de fazer minha pele queimar daquele jeito era algo que eu... não conseguia entender. Entreabri os lábios e um suspiro trêmulo saiu.

Só então os olhos de Aaron encontraram os meus.

Meu sangue ferveu, subindo até o pescoço, bochechas, têmporas. Se espalhando enquanto eu olhava para aqueles olhos cujo azul ia ficando um pouco mais escuro.

Quando Aaron desviou o olhar e afastou o toque, relaxei um pouco, mas muito brevemente. Porque assim que meu olhar encontrou a mão dele pairando no ar, descobri, horrorizada, um pedaço de chocolate em seu dedo.

Chocolate que estava no meu rosto um segundo antes.

Ah, meu Deus.

Mas o que quase me fez cair do assento no chão acarpetado da aeronave foi outra coisa. Não a constatação de que eu tinha passado uma breve eternidade falando com um pedaço de bolo grudado no rosto. Nem a de que eu tinha feito isso na frente de Aaron, que provavelmente usaria isso contra mim no futuro. Não. O que quase fez com que eu caísse de bunda no chão, não fosse pelo cinto de segurança, foi ver Aaron abrir aqueles lábios que passavam tanto tempo contraídos e inexpressivos para lamber o chocolate do dedo.

Um chocolate que ele tinha acabado de tirar do canto da minha boca.

Um turbilhão de emoções explodiu na minha barriga quando vi o movimento da garganta dele engolindo, a expressão de deleite em seu rosto.

E eu… *puta merda.* Fiquei olhando para ele, totalmente… em êxtase. Completamente em choque.

Na verdade, eu deveria ter ficado horrorizada. Mas não. Meus olhos castanhos estavam fixos na boca de Aaron, e me dei conta de que o calor agora viajava pelo meu corpo, chegando a todo tipo de lugar interessante.

Com a visão periférica, percebi que Aaron limpou as mãos no guardanapo que estava na minha bandeja.

– Você tinha razão; o bolo estava mesmo bom – disse ele, pigarreando como se nada tivesse acontecido. – Como eu estava dizendo, devemos evitar sua prima Charo.

Quando consegui, sabe-se lá como, voltar a encará-lo, senti um calor incômodo e estranho.

– Você enfatizou o quanto é importante que Charo não desconfie da gente. Do nosso acordo.

Quase sem ouvir o que ele dizia, vi sua mão pairando no ar e, mais uma vez, ele esfregou o canto dos meus lábios. Só que agora com o dobro da intensidade e um toque duas vezes mais gentil. Fechei os olhos por um instante.

– Acho que você já tirou todo o chocolate – falei, num sussurro tão baixo que quase nem me reconheci. – Obrigada.

– Só quis ser minucioso – respondeu ele, em voz baixa, enquanto seu olhar subia daquele maldito ponto no canto da minha boca até meus olhos. – Próxima pergunta?

– Padrinho?

Eu me remexia no assento, a inquietação substituindo o calor de antes. Talvez porque aquele tópico não despertava os melhores sentimentos em mim, ou quem sabe eu só estivesse agitada pelo que tinha acabado de acontecer. Qualquer que fosse o motivo, prendi a respiração enquanto esperava pela resposta.

– Daniel – respondeu Aaron, mantendo os olhos nos meus. – Seu ex e irmão do noivo.

Assenti uma vez, incapaz de fazer mais que isso.

Aaron se ajeitou no assento, baixando a cabeça para que ficássemos à mesma altura.

– Você não contou muito mais do que isso. Tem mais alguma coisa que eu deva saber?

Ele ficou me observando em silêncio, quase com expectativa, e daria mesmo para dizer que eu tinha sua atenção total. Exatamente como ele afirmara, só que dessa vez não parecia conversinha mole. Senti muita necessidade de me abrir e contar tudo, mas hesitei.

– Não. É só isso. Ele é meu ex e irmão mais velho do Gonzalo. Isabel e Gonzalo se conheceram por nossa causa, quando começamos a namorar. E... Isso é tudo.

Como ultimamente eu parecia ter adquirido o dom de tomar decisões burras, não contei a história inteira.

Em minha defesa, encarar o catalisador da minha atual situação já parecia difícil o bastante. Eu não queria perder tempo falando de Daniel porque isso significaria relembrar um monte de coisas que envolviam escolhas ruins e muita mágoa.

Então, não, não dava para conversar casualmente sobre aquilo por mais que fosse crucial para a cena que estávamos prestes a representar. Parte de mim se recusava a reconhecer o quanto eu me sentiria minúscula ao mostrar aquela parte de mim. Mesmo sabendo que eu estava mentindo para ele.

Mais uma vez. Uma mentira por omissão, é claro, mas que tinha o potencial de se voltar contra mim mais tarde. Como qualquer mentira.

– Você pode confiar em mim – disse ele, com a voz suave.

Talvez eu pudesse mesmo. Mas isso não tornava aquilo mais fácil. Aquela parte da minha vida tinha ficado trancada à chave por muito tempo; tanto tempo que é provável que o cadeado tenha enferrujado e não seja mais possível abri-lo. Isso explicaria como eu tinha chegado àquele lugar. Em algum ponto sobre o Atlântico, sentada ao lado de um homem com quem eu tinha dificuldade de compartilhar até o mesmo ar sem querer atirar alguma coisa naquela cabeça dura, mas que de alguma forma acabou sendo o único em Nova York capaz de encenar o papel de namorado inventado.

Mantive o olhar baixo, em qualquer ponto que não fosse o rosto dele. Eu não queria nenhuma pista do que Aaron pudesse estar pensando naquele momento. Achava que não me faria bem.

– Qual é o nome da minha *abuela*?

– Catalina.

Aaron disse meu nome em um tom que soou muito como pena.

Odiei aquilo.

– Errado – rebati. – O nome da minha *abuela* não é Catalina, Aaron. Você precisa saber o nome da minha única avó que ainda está viva.

Eu estava desviando do assunto principal, mas isso não mudava os fatos. Ele precisava mesmo saber o nome da minha *abuela*.

– Qual é o nome da minha *abuela*? – pressionei.

Aaron apoiou a cabeça no encosto de pelúcia, fechando os olhos por um segundo.

– O nome da sua *abuela* é María, e ela não fala uma palavra de inglês, mas nem por isso devo acreditar que seja inofensiva. Se ela por acaso empurrar alguma comida na minha direção, devo ficar quieto e comer.

As palavras rolavam da língua de Aaron como se ele tivesse passado meses praticando aquele discurso.

– Impressionante.

Ele respirou fundo e olhou para mim, implorando.

– A gente já repassou isso mil vezes e você está me deixando com dor de cabeça. Você precisa relaxar e eu preciso descansar, então vamos fazer isso, ok? Acha que consegue ficar quieta por algumas horas?

– Em primeiro lugar, foram só três vezes – retruquei, mostrando o número nos dedos para enfatizar. – E a gente nem terminou a última rodada de perguntas. Em segundo lugar, estou completamente relaxada. Estou mais tranquila do que um bicho-preguiça, Blackford. Só quero ter certeza de que você não vai se confundir com informações básicas. Você é meu namorado – falei, fazendo uma pausa assim que ouvi o que tinha acabado de sair da minha boca. – Esse é o seu papel nessa farsa espanhola. Meu namorado de mentirinha. Então, você precisa pelo menos saber o nome dos meus parentes próximos, para que ninguém desconfie que isso não é real. E, acredite: eles vão saber se você hesitar o mínimo que seja.

Isso me rendeu uma cara feia.

– É isso mesmo, não adianta me olhar com essa cara – falei, apontando para sua testa franzida. – Na Espanha, primos e primas de segundo grau também são parentes próximos, tá? O mesmo vale para tios, tias e tios-avós. Às vezes, vizinhos também.

Parei para pensar um pouco.

– Ah, talvez fosse bom se a gente repassasse as características físicas...

– Não – interrompeu ele, parecendo totalmente frustrado. – A gente precisa é descansar. E se você não quiser fazer isso, pelo menos me deixe fazer, ok? Ou você quer que eu esteja mal-humorado quando pousarmos?

– Você sempre está mal-humorado.

– Você quer que eu esteja tão cansado a ponto de ficar mais mal-humorado que o normal e causar uma péssima impressão? – perguntou ele, a cara ainda *mais* amarrada.

– Isso é uma ameaça? – perguntei, arfando.

– Não – respondeu ele, surpreso com minha acusação. – Mas é um resultado possível se você não me deixar dormir.

– Só mais uma vez, Blackford. Rapidinho. Só os primos de primeiro grau? – implorei com um biquinho.

Aaron soltou um suspiro dramático.

– Ou talvez seja bom repassarmos o básico, tipo minha cor favorita, o filme que me faz chorar, ou meu maior medo.

Aaron murchou no assento.

Abri a boca, mas Aaron cortou o ar com a mão, me interrompendo.

– Coral. *P.S. Eu te amo.* E cobras ou qualquer coisa que lembre uma.

Bom, ele... acertou em cheio.

Em seguida, fechou os olhos, se desligando do mundo. E de mim.

Sem palavras, descansei a cabeça no assento, dizendo a mim mesma para não pensar no quanto ele estava certo. O silêncio, no entanto, só fez com que cada pensamento na minha cabeça gritasse ainda mais.

A emoção de antes voltou, me deixando tonta e nervosa a ponto de perder o controle sobre o mínimo de moderação que eu estava tentando manter.

– Só quero garantir que tudo saia perfeito. Desculpa se estou te deixando com dor de cabeça.

Aaron deve ter ouvido alguma coisa na minha confissão, mesmo que tenha sido feita em um tom talvez inaudível dado o burburinho na cabine.

Ele abriu os olhos e virou a cabeça para mim.

– Por que você tem tanta certeza de que eu vou estragar tudo?

A pergunta sincera só apertou ainda mais o nó no meu peito.

Ele achava que minha preocupação se resumia a ele esquecer o nome da minha *tía-abuela*?

A impostora de verdade era eu, não ele.

– Não é isso – respondi, balançando a cabeça, incapaz de encontrar as palavras certas. – Eu... eu quero que eles acreditem que estou feliz.

– E você não está feliz, Catalina?

Seu olhar procurou o meu com aquela intensidade que eu estava começando a acreditar que acabaria expondo todos os meus segredos.

– Acho que estou.

Suspirei, parecendo mais triste do que eu queria demonstrar.

– Acho que estou feliz, sim, mas quero que todo mundo acredite nisso. Mesmo que o único jeito de conseguir isso seja assim – expliquei, fazendo um gesto para indicar nós dois. – Se você for convincente. Se *a gente* for convincente. Se todo mundo acreditar que eu não estou encalhada e que sou um caso perdido.

Vi que Aaron estava tentando preencher as lacunas, então eu mesma fiz isso.

– Preciso muito que todo mundo, todo mundo *mesmo*, acredite que estamos profunda e completamente apaixonados. Se a nossa farsa for descoberta, acabou pra mim. Vai ser a humilhação do século. Provavelmente um milhão de vezes pior que ir ao casamento sozinha e eles sentirem pena de mim até o fim dos meus dias.

Se minha família descobrisse que eu tinha convencido alguém a fingir ser meu namorado, alguém que não era sequer meu amigo, isso só confirmaria o que eles já pensavam a meu respeito. Uma Lina patética e encalhada. Um caso perdido.

Os olhos de Aaron demonstraram algo que parecia compreensão. Como se alguma coisa tivesse finalmente se encaixado. Minha verdadeira motivação, talvez? Eu esperava que não. Mas o que quer que fosse durou pouco porque fomos interrompidos.

Aaron olhou para a comissária que pairava sobre nossas cabeças.

Ela deu um sorriso radiante para ele. Um sorriso que ele não retribuiu.

– Aceitariam uma bebida, Sr. Blackford? Srta. Martín?

– Dois gins-tônicas, por favor – disse ele sem nem olhar para a comissária. – Pode ser, amor?

Minha cabeça rodou com aquela última palavra. *Amor*.

– Pode. Claro – sussurrei, sentindo meu rosto arder imediatamente.

Tá, aquilo… aquilo foi… Eu nunca tinha sido o *amor* de alguém. E, a julgar pelo frio na barriga, eu meio que tinha gostado de ser. Meu Deus… Eu *realmente* tinha gostado de ouvir aquilo. Mesmo que fosse só de mentirinha.

– Obrigada, é… – Dei uma olhada para a comissária, que olhava para Aaron com algum deleite. – Obrigada, namorado.

A mulher assentiu com um sorriso retesado.

– Certo, já volto com as bebidas.

– Sabe – disse Aaron em voz baixa –, você está aí toda preocupada que eu estrague tudo misturando um monte de nomes espanhóis que ouvi pela primeira vez hoje, mas deixa passar o fato de que me chamar de namorado provavelmente estraga tudo logo de cara.

– Um monte de nomes? – repeti, sibilando. – Não são tantos assim.

Aaron só me olhou.

– No máximo uns vinte. Mas talvez você tenha razão – admiti, o que me rendeu uma expressão de choque. – Qual apelido carinhoso você quer que eu use?

– O que você preferir. Pode escolher.

Naquele momento, o efeito de ter sido chamada de *amor* voltou com força total.

– Não sei – respondi, afastando o apelido carinhoso da cabeça. – Acho que faz sentido que seja em espanhol, certo? *Bollito*? *Cuchi*? *Pocholito*?

– *Bollito*?

– É um pãozinho doce – respondi sorrindo. – Tipo aqueles pãezinhos esponjosos e reluzentes e tão fofos que...

– Ok, não. Acho que é melhor nos chamarmos pelo nome mesmo.

Aaron pegou as bebidas com a comissária, que tinha acabado de ressurgir, e colocou meu copo na minha frente.

– Acho que não confio o bastante em você para escolher um em espanhol sem eu saber o que significa.

– Ora, que absurdo. Eu sou muito confiável, ok? Você já devia saber disso a essa altura – falei, e fingi refletir por um tempo. – Que tal *conejito*? Significa coelhinho.

Com um suspiro longo, Aaron afundou o corpo enorme no assento.

– Tem razão; você não é um coelhinho. *Osito*? – perguntei, olhando para ele de cima a baixo com exagero, como se testasse o apelido. – É, combina mais. Você está mais para ursinho mesmo.

Algo que pareceu muito um gemido ficou preso na garganta dele. Aaron levou o copo à boca e engoliu quase metade do drinque.

– Beba e tente dormir um pouco, Catalina.

Virei para o outro lado, me aconchegando no assento e bebendo um gole.

– Já que insiste, *mi osito*.

Com o canto do olho, vi Aaron beber o restante do gim-tônica.

Não que desse para culpá-lo. Definitivamente, um pouco de coragem em estado líquido era necessária para sobreviver àquela situação.

QUINZE

O processo de desembarcar, cruzar a alfândega e pegar as malas foi meio como aqueles sonhos estranhos em que tudo em volta parece confuso e irreal, mas parte de nós, lá no fundinho da mente, sabe que não é de verdade.

Só que, daquela vez, era. O *tum, tum, tum* da pulsação martelando alto em meus ouvidos era a prova cabal disso.

E ainda assim, por mais que uma parte de mim repetisse que eu logo acordaria e que meu coração gritasse que eu já estava acordada e que a situação estava mesmo acontecendo, no instante em que avistei a porta do desembarque, meu corpo inteiro paralisou.

As rodinhas da minha mala derraparam no chão quando estaquei no lugar. Com a respiração presa na garganta, vi a porta automática abrir e fechar, deixando as pessoas à nossa frente saírem.

Olhei para Aaron, que andava alguns passos à frente, não mais ao meu lado. Minha mala cheia demais pendurada em seu ombro de novo.

– Aaron – resmunguei, o *tum, tum, tum* ficando cada vez mais alto. – Não vou conseguir.

Com a sensação de estar com os pulmões cheios de cimento, levei a mão ao peito e suspirei.

– *Ay, Dios. Ay, Dios mío.*

Como eu havia deixado aquilo chegar tão longe?

O que eu faria se a coisa toda fosse por água abaixo? E se eu piorasse ainda mais a situação?

Eu estava louca. Não: eu estava sendo burra mesmo. Quis socar minha própria cara. Talvez isso me fizesse cair na real.

Vasculhei o saguão em desespero, provavelmente em busca de uma rota de fuga. Não dava para ver nada além das portas que nos separavam dos meus pais e engoliam um passageiro após o outro.

– *No puedo hacerlo* – resmunguei, sem reconhecer minha própria voz. – Não consigo fazer isso, Aaron. Simplesmente não consigo sair e mentir para a minha família inteira. Eu... Isso não vai dar certo. Eles vão descobrir e eu vou fazer papel de idiota. O papel da idiota que eu sou porque...

Aaron tocou meu queixo, levantando meu rosto para encontrar seu olhar. O azul em seus olhos brilhou sob a luz fluorescente que iluminava o terminal, atraindo toda a minha atenção.

– Ei... Calma.

Incapaz de pronunciar absolutamente nada sem perder as estribeiras, assenti devagar. Aaron continuou segurando meu queixo.

– Você não é uma idiota – disse, olhando em meus olhos.

Fechei os olhos por um instante, sem querer enxergar qualquer que fosse o sentimento nos olhos dele porque sabia que aquilo me faria perder o controle de vez.

– Não consigo – sussurrei.

– Catalina, deixa de ser ridícula – disse ele, soando mais firme.

Ao contrário do toque suave, o comando saiu brusco. Insensível, considerando que Aaron se dirigia a uma mulher prestes a surtar.

Alguma coisa em suas palavras, no entanto, me obrigaram – me permitiram, na verdade – respirar fundo pela primeira vez nos últimos minutos. Inspirei, soltei o ar. O tempo todo, Aaron ficou olhando nos meus olhos com algo que deveria ter me deixado muito ansiosa, mas que aos poucos foi me trazendo de volta.

– Nós vamos conseguir – disse ele, confiante.

Nós.

Aquela palavrinha simples de três letras de algum jeito soou um pouco mais alta que as demais. E então, como se ele já esperasse que eu estivesse preparada para ouvir, Aaron soltou o golpe mortal.

– E você não está mais sozinha. Agora somos eu e você. Estamos nisso juntos e vamos conseguir.

Por algum motivo que eu jamais seria capaz de explicar, acreditei nele. Não questionei ou discuti.

Nenhum de nós disse mais nada. Apreensiva, sustentei aqueles olhos azuis determinados, e um tipo de compreensão silenciosa surgiu entre nós.

Nós. Porque Aaron e eu tínhamos acabado de virar um nós.

Aaron soltou meu queixo e pegou a mão que não estava agarrada a meu peito, apertando de leve.

Pronta?, perguntou sem palavras.

Respirei fundo uma última vez, e fomos em direção às portas que levavam ao terminal de desembarque do pequeno aeroporto espanhol.

Que levavam aos meus pais.

Àquela farsa absurdamente ridícula na qual estávamos prestes a embarcar.

Àquela... como eu tinha chamado antes? Ah, sim, à farsa espanhola que tínhamos planejado.

Porque nós, Aaron e eu, íamos conseguir Ele garantiu. E eu acreditei.

Eu só esperava, para o bem de ambos, que ele tivesse razão.

– *Papá*, pela última vez, está ótimo para nós aqui.

Meus olhos percorreram o pequeno cômodo em busca do meu namorado de mentirinha, atrás de ajuda.

Aaron deu um sorrisinho tímido.

– Talvez se colocarmos sua *abuela* na casa da sua irmã – continuou *papá* –, assim vocês podem ficar com o quarto de hóspedes grande. Mas não tenho certeza se o *tío* José e a *tía* Inma vão dormir aqui. Espera, vou ligar...

– *Papá* – interrompi, estendendo a mão para acariciar seu braço. – Está tudo bem. Aqui está ótimo. Não precisa colocar a gente na casa. Deixe a *abuela* em paz.

Uma onda de nostalgia e familiaridade me pegou em cheio. Fazia tanto tempo que eu não voltava para casa; tudo ali era tão natural quanto respirar, mas, ao mesmo tempo, era como revisitar uma lembrança deixada de lado por muito tempo. Meu pai e seu coração bondoso, sempre tão acolhedor. Sempre se preocupando com tudo. Tentando fazer com que todos se sentissem em casa, mesmo que isso significasse dar início a um *Jogos Vorazes* dos quartos. Eu estivera tão ocupada temendo aquele momento que tinha esquecido que todos ali eram minha família. Que aquela era a minha casa. E que, minha nossa, apesar de tudo, eu estava morrendo de saudades.

Minha mãe entrou no quartinho apertado, avaliando a situação.

–*Ay, cariño*, seu pai tem razão. *No sé…* – disse ela, procurando as palavras. – *Este hombre es tan alto y… grande.*

Balançando a cabeça em um misto de admiração e ceticismo, ela olhou para Aaron de cima a baixo.

Pensei ter visto o sorrisinho tímido nos lábios de Aaron crescer e lancei a ele um olhar de quem não estava entendendo o motivo.

– Entendi o que ela disse – comentou ele, sorrindo para mim, mas ficando sério ao se dirigir à minha mãe e acrescentar: – Obrigada pela preocupação, Cristina. Mas ficaremos ótimos aqui. *Muchas gracias por todo, de nuevo.*

Como o da minha mãe, meu queixo quase caiu no chão pela segunda vez naquele dia. A primeira vez tinha sido no aeroporto, quando descobri que Aaron falava espanhol bem o suficiente para se apresentar aos meus pais. Quase sem sotaque.

Logo depois, com meu queixo ainda exatamente no mesmo lugar, o sorriso que era reservado a um número bem limitado de pessoas ganhou vida no rosto de *mamá*.

Ela suspirou, seu semblante um misto de surpresa e resignação. Como quem aceitaria de bom grado a afirmação de Aaron desde que ele continuasse falando em espanhol. O que também era algo que ela reservava a poucos.

Meu namorado muito sortudo e muito falso presenteou-a com um sorriso educado.

– Catalina não ocupa muito espaço mesmo – disse ele de repente. – Daremos um jeito de nos aconchegarmos. Certo, *mi bollito*?

Minha cabeça girou na direção dele.

– É – respondi entre dentes. – A gente se aconchega, sim.

Prometendo a mim mesma que ele pagaria por aquilo mais tarde, olhei para o meu pai horrorizada. Ele estava rindo, para meu desânimo. Minha mãe, por sua vez, só assentia, os olhos passando de Aaron para mim, avaliando nossa diferença de tamanho e altura.

O que, felizmente, não seria um problema. Convenientemente, o apartamento que meus pais alugavam na alta temporada para turistas tinha dois quartos. Como tudo mais ali, os quartos eram pequenos e funcionais e tinham apenas o estritamente necessário. Mas isso significava que nós não ficaríamos em *aconchego* nenhum. Não teríamos que dividir o quarto.

Graças aos céus.

O que me lembrou de que era hora dos meus pais irem embora.

– Maravilha, então. Obrigada a vocês dois, mas já estamos acomodados – falei, indo até eles e empurrando-os delicadamente em direção à porta. – Precisamos desfazer as malas e nos preparar para a despedida de solteiro-barra-solteira.

Minha mãe pegou meu pai pelo braço.

– *Vale, vale.* Viu só, Javier? Eles querem ficar sozinhos – disse ela, mexendo as sobrancelhas para insinuar algo. – *Ya sabes.*

Meu pai resmungou alguma coisa que não entendi, demonstrando que não tinha nenhum interesse de descobrir o motivo.

Ignorei a insinuação e, depois de envolver meus pais em um abraço apertado, enxotei-os para fora. Aaron agradeceu mais uma vez, com toda a educação – em espanhol, para alegria da minha mãe –, e permaneceu em seu canto.

Quando meus pais finalmente foram embora, vi que Aaron colocava as duas malas em cima da cama. Então ele abriu a dele e começou a tirar as roupas e os produtos de higiene.

– Não precisa, vamos dormir em quartos separados – falei.

Aaron ergueu uma sobrancelha.

– Ah? – Foi a única coisa que saiu de dentro dele.

Ignorando seu olhar confuso, conduzi Aaron pelo corredor até o quarto que seria o dele, com uma cama só para ele.

– Tcha-ram! – falei, abrindo os braços.

Aaron entrou no quarto logo atrás de mim.

– Este é seu quarto. Sua cômoda. Mas o banheiro fica no corredor. E, sim, esta é a sua cama.

Apontei para a cama de solteiro e percebi que o tamanho era ridículo. O quarto era muito menor do que eu lembrava.

Aaron avaliava a cama de braços cruzados. E então, exatamente como minha mãe tinha feito alguns minutos antes, olhei-o de cima a baixo.

É. Não ia funcionar.

– Certo – falei, aceitando que ele nunca caberia ali. – Eu troco com você. Pode ficar com o outro, o maior. Eu durmo na cama de solteiro.

– Não precisa, Catalina. Eu durmo aqui.

– Não dorme, não. Você não cabe nessa caminha – respondi, dizendo o óbvio. – Nem se deitar na diagonal, eu acho.

– Está tudo bem. Vai lá desfazer as suas malas. Eu dou um jeito.

– Não. Não tem como você dormir aqui, Aaron – insisti, ignorando o olhar repreensivo que ele me lançava por sobre o ombro.

– Tem, sim.

Homem teimoso, cabeça dura, pensei.

– Você é a única teimosa aqui – disse ele.

Lancei um olhar irritado para o leitor de mentes.

– Bom, se você admitir que é o sujo, eu posso ser a mal lavada – retruquei, apontando para a cama. – Quero ver você provar, então. Anda, mostra que você cabe na cama e deixo você em paz.

Aaron soltou um suspiro ao descruzar os braços e levar uma das mãos ao rosto.

– Você poderia…

Aaron parou de falar, balançando a cabeça.

– Quer saber, Catalina? Dessa vez eu vou concordar com você. Só para evitar desperdiçar nossas vidas discutindo até estarmos os dois em cadeiras de roda combinando.

Aaron estava enganado. Cadeiras de roda combinando jamais estariam nos meus planos no que dizia respeito a Aaron Blackford.

Em dois passos meu namorado de mentirinha, e muito alto, estava bem na frente da cama de solteiro. *Ele não vai caber*, pensei, tendo certeza. Recuei e esperei que ele provasse que eu tinha razão.

Assim que Aaron sentou no móvel minúsculo, o colchão balançou loucamente. Com um rangido alto, Aaron acomodou o corpo, deitou de costas e mudou de posição algumas vezes. O colchão reclamou o tempo todo.

Óbvio. Que. Não. Cabia.

Observando o homem claramente maior que a cama à minha frente, balançando os pés para fora do colchão e olhando para o teto, não pude mais conter o sorriso que eu estava tentando evitar.

Não porque eu tinha razão. Não. O sorriso satisfeito e cheio de dentes que preencheu meu rosto tinha tudo a ver com ver aquele homem rabugento deitado na diagonal em uma caminha minúscula, com a cara mais feia do universo. E o melhor de tudo era que ele mesmo tinha comprovado que eu tinha razão. Só porque eu pedi. Só porque nós dois éramos igualmente teimosos.

O que só me fez sorrir mais.

Cheguei perto e continuei com meu sorriso radiante.

– Confortável?

– Muito.

– Ah, com certeza. Aposto que você nunca esteve tão confortável em toda a sua vida.

Aaron revirou os olhos e sentou. As molas do colchão simples e provavelmente barato (sejamos sinceros) rangeram alto sob seu peso.

– Tá bom, Catalina. Você tinha razão.

Aaron se esgueirou até a beirada, tentando sair de uma areia movediça que engolia seus movimentos.

– Agora, será que você...

Antes que eu me desse conta do que estava acontecendo, o estrado cedeu com um barulhão, engolindo parte do colchão e Aaron com ele.

Com o susto, levei as mãos à boca.

– Puta merda, meu Deus – rugiu ele.

– Meu Jesus amado, Aaron!

A gargalhada que soltei para o homem sentado no meio da catástrofe de molas, mais rabugento do que nunca, provavelmente foi ouvida em Nova York.

A julgar pelo tamanho do vinco na testa, Aaron não parecia nada bem, mas mesmo assim perguntei:

– Você está bem?

Juro que tentei ficar séria, mas era impossível conter as risadas. Eu ria cada vez mais alto.

– Aham, estou – resmungou ele. – Tudo sob controle.

– Tá, mas só por garantia…

Estendi a mão para ajudá-lo a levantar, mas nós dois ficamos paralisados quando um grito veio da porta de entrada.

– *¡Hola!* – chamou uma voz alta e estridente, me causando arrepios.

Era…

A voz que eu conhecia, bastante bem, chamou de novo.

– *¿Hay alguien en casa?*

Não.

A mulher cujo cabelo ruivo eu tinha quase certeza de que surgiria na minha frente em dois segundos perguntou se tinha alguém em casa. Como se ela já não soubesse.

Charo. Minha prima Charo estava ali e, a julgar pela passada rápida, estaria no quarto em…

– *Ay, pero mira qué bien.* Vejo que alguém está estreando a cama! – disse ela, com uma risada nem um pouco fofa e totalmente maligna.

A expressão do meu namorado de mentirinha mostrou que ele sabia de quem se tratava.

Sem esperar resposta, minha prima continuou tagarelando.

– Gente, olha só essa bagunça. Mas depois de tanto tempo solteira é mesmo de se imaginar que você estaria sem prática, *Linita*.

Fala mais alto, prima. *Acho que não te ouviram lá na China!* Fechei os olhos por instinto e senti o rubor subir pelo pescoço.

– Porque, sério, quantos anos desde que rolou aquela merda toda com Daniel? Três? Quatro? Talvez mais…

Ah, meu Deus do céu. Eu queria desaparecer. Era inacreditável que Charo tivesse ido do "oi" direto para aquilo. Na frente de Aaron. Eu não queria olhar para ele. Não queria olhar nem na direção dele. Será que aquela cama destroçada não podia me engolir também?

E, do nada, meu desejo foi atendido.

Aaron pegou meu braço e me puxou direto para o caos que antes era uma cama de solteiro. Gritei e fiquei estatelada em cima dele, mas não por muito tempo porque, antes que eu me desse conta, aqueles braços grandes e musculosos me colocaram em seu colo. Aaron me virou de frente para Charo, e meu corpo ficou rígido como um cabo de vassoura com a troca de posições.

Puta merda, eu estou no colo dele. De costas para ele. Minha bunda no... é. No colo dele.

– A culpa é toda minha – disse Aaron, com a voz muito grave, bem pertinho de mim...

Lentamente, fui conferindo todas as partes do corpo dele que eu sentia contra o meu. Coxas, tórax, braços, tudo muito firme e colado em minhas costas. Na minha bunda. Nas coxas e... Precisei parar.

– É difícil resistir.

As palavras do meu namorado de mentirinha entraram em meus ouvidos ao mesmo tempo que percebi os músculos embaixo de mim se contraindo.

– Não é, *mi bollito*?

Ah, meu Deus.

Ele estava... Eu estava... Eu só...

– É – resmunguei –, *mi osito.*

Charo sorriu para nós, completamente satisfeita com o show. Ela havia acabado de chegar e já presenciara uma história que eu ouviria pelos próximos dez anos. A vez em que a Lina e o namorado quebraram a cama de solteiro. Aposto que ela acrescentaria coisas que jamais aconteceram, talvez ter visto Aaron pelado ou algo do tipo.

Uma imagem mental invadiu minha mente. Aaron. Sem roupa. Com todos aqueles músculos que eu estava sentindo...

Não. Não. Não.

– *Ay*, olha só vocês dois – disse minha prima, colocando as mãos sob o queixo. – Tão fofos. E, Lina! Nunca imaginei que você fosse louca assim.

Charo ergueu as sobrancelhas. A mão de Aaron repousava em meu joelho, o contato queimando minha pele mesmo por cima do jeans. Meu Deus, eu sentia o corpo dele inteirinho no meu. Se eu relaxasse as costas, encaixaria totalmente nele.

A mão quente apertou minha coxa.

Era impossível manter o foco, mas Charo parecia estar esperando que eu dissesse alguma coisa.

Recapitulei o mais rápido possível.

– Ah, é.

Eu precisava sair dali. Sair de cima de Aaron. A posição em que estávamos me deixava muito distraída. Muito, muito, muito mesmo.

– Não é, menina? Muito louca! Pode apostar! Isso é muito louco mesmo.

Eu me contorcia, tentando, sem sucesso, sair do buraco negro em forma de homem que me sugava.

– É louco porque eu sou muito louca. Louca por ele, é claro.

Quando me contorci um pouco mais, notei que talvez estivesse presa entre aquelas coxas grossas. *Continue falando.*

– Tipo, tão perdidamente apaixonada que chega a ser louco, sabe? Muito.

– Acho que ela entendeu – sussurrou meu namorado de mentirinha em meu ouvido, fazendo um arrepio idiota percorrer todo o meu corpo.

Continuei me remexendo em seu colo, ignorando que tudo o que eu sentia embaixo de mim – ou embaixo da minha bunda, mais especificamente – era firme e quente. *Muito quente.* Músculos e mais músculos e mais músculos. Alguns ficando mais contraídos a cada esforço inútil que eu fazia para me levantar.

Ah, meu Deus. *Ah, Dios mío.* Aquilo… não. Não podia ser. Aaron não podia estar… excitado…

Desesperada, tentei mais uma vez levantar do colo dele, arrancando um pequeno grunhido que me tocou na nuca como um jato de ar.

– Para com isso – sussurrou ele no meu ouvido. – Não está ajudando em nada.

Obedeci imediatamente, obrigando meu corpo a relaxar. *Ok, está tudo bem. Pense que é uma cadeira. Um trono. Esqueça que é Aaron.* É só um trono do tamanho de um homem.

Dei um sorriso falso para minha prima.

– Então, o que você está fazendo aqui, Charo?

– Ah, eu ia ficar com um amigo este fim de semana, mas o banheiro do apartamento dele inundou ou alguma coisa do tipo, então vou ter que dormir aqui – explicou ela, com um aceno discreto. – Tenho certeza que acharam que o apartamento seria todo de vocês, hein? – perguntou, erguendo as sobrancelhas mais uma vez. – Mas juro que não vou atrapalhar. Vocês nem vão notar que estou aqui.

Só tinha um jeito de não notarmos Charo bisbilhotando tudo, e esse jeito incluía drogas pesadas.

– Que ótimo. Bom, precisamos desfazer as malas, e você também – falei, e pigarreei. – É, ok, então. Vamos agilizar.

Ao notar que Aaron não se mexeu, pigarreei de novo, bem alto.

– Você não acha melhor a gente ir, *mi osito*?

Antes que eu tivesse a chance de pedir, ele colocou as mãos enormes na minha cintura e me ergueu do colo. Com pernas trêmulas, aterrissei em frente a Charo.

Uau... Ok, então. Fácil assim...

Aaron – que misteriosamente tinha recuperado a agilidade usual – também levantou, deixando para trás o desastre de molas e madeira.

– Não me apresentei – disse ele, estendendo a mão que estivera na minha cintura segundos antes, a mesma que tinha apertado minha coxa. – *Soy Aaron. Un placer conocerte.*

Minha prima – que eu suspeitava já ter pedido todas as informações disponíveis sobre Aaron à minha mãe – pegou a mão dele e o puxou para si.

– *¡Ay y habla español! El placer es mío, cariño* – disse, dando um beijo em cada bochecha dele.

É, com certeza era verdade a parte do prazer ser todo dela.

Depois que Charo soltou Aaron, que parecia um pouco pasmo, ela me envolveu em um abraço também.

– Vem aqui, prima. Também tenho beijos para você – disse ela, e acrescentou com um sussurro que só eu ouvi: –*¿Dónde tenías escondido a este hombre?*

Comecei a rir.

– Ah, prima, se você soubesse.

De repente, levei um susto ao sentir a mão de Aaron em minhas costas. Me afastei de Charo e parei bem diante dele, que olhou para mim parecendo confuso.

– Pode ir seguindo para o nosso quarto e começando a desfazer as malas, sim? Eu dou um jeito nessa bagunça aqui para a sua prima – disse ele, muito atencioso,

Meu Deus. Eu havia me esquecido completamente da cama. Pelo jeito, ajudar minha prima a resolver um estrado quebrado não estava no topo das minhas prioridades.

Mas, antes que eu pudesse me desculpar, Charo interrompeu.

– *Uy*, não, não! Eu ligo para o *tío* Javi – explicou ela, chamando meu pai de *tío* Javi. – Vocês dois podem ir se acomodar. Tenho certeza de que vocês estão exaustos da viagem. Só tomem cuidado para não quebrar a outra cama também.

Charo soltou uma gargalhada.

– Eu posso levar a culpa por essa aqui, mas acho que seria difícil explicar a outra para o seu pai – completou ela, com uma piscadinha.

Com apenas um "obrigada", deixamos Charo e voltamos para o nosso quarto.

Nosso quarto, que teríamos que dividir agora.

Merda.

Era bom desfazer logo as malas e realmente nos acomodarmos. Se aquela cena era alguma pista de como seriam os próximos dias, eu e meu namorado de mentirinha estávamos prestes a embarcar numa aventura daquelas.

Com as malas quase vazias e todos os trajes do casamento pendurados no armário, olhei para a cama de esguelha. Algo que eu vinha fazendo pelos últimos quinze minutos.

Estarei aqui esperando vocês, a cama parecia cantar, e desejei que aquela ali também caísse e desaparecesse.

Aaron olhava para mim com a testa franzida.

– Relaxa. Eu posso dormir no chão se você estiver tão incomodada assim.

– Eu estou relaxada – menti.

Eu não contava com a ideia de dormir na mesma cama que ele. Não tinha planejado isso. Meus pais haviam dito que o apartamento seria só nosso, já que maioria dos convidados era da região, e os que não eram só viriam para o grande dia.

– Somos adultos e nos conhecemos há quase dois anos. Podemos ser civilizados e dormir na mesma cama. Pelo menos é de casal. E está inteira.

– Vou dizer aos seus pais que eu me responsabilizo pela outra, ok? Vou arcar com o conserto.

Havia alguma coisa em sua voz. Ele parecia pensativo e quase… envergonhado?

– Não precisa – falei, com sinceridade. – Não foi culpa sua. Aquela cama durou mais que o esperado, sério. Essas coisas… acontecem.

Tirando e desdobrando algumas camisas que ainda estavam na mala, pensei no que eu tinha acabado de dizer. Nunca havia me acontecido, mas, sim, essas coisas acontecem, sim. Talvez com Aaron fosse mais comum. Talvez ele já tivesse reduzido dezenas de camas a uma pilha de madeira e molas. Ele era um homem grande, forte. Não seria tão estranho que muitas delas cedessem e quebrassem com seu peso. Talvez ele se mexesse demais. Ou ele se jogasse nelas com alguma força. Ou fizesse atividades que colocassem à prova a resistência da madeira e das molas e...

Não, não, não. Afastei da cabeça a imagem de um Aaron suado e nu e... *Não.*

– Tá bom – disse Aaron, fechando o zíper da mala vazia. – E, se você não se importar mesmo de dormirmos na mesma cama, por mim tudo bem. Com um pouco de sorte, essa não vai quebrar.

Uma nova imagem mental me pegou de surpresa. Uma muito parecida com a anterior, mas que agora me incluía e...

Não. Eu precisava parar com aquela loucura.

– Então beleza – falei, afastando aqueles pensamentos e ideias indesejáveis. – Melhor mesmo ninguém dormir no chão. Casais dormem juntos e não podemos arriscar que a Charo pegue a gente.

– E como exatamente ela nos pegaria? Sua prima por acaso sai por aí entrando em quartos nos quais não vai dormir?

– Bom, Aaron, eu queria muito responder que não, mas eu estaria mentindo.

Os anos me ensinaram que Charo era imprevisível.

– Então – falei, mudando de assunto – em algumas horas encontraremos a parte mais nova do clã Martín para a fase um da despedida de solteiro-barra-solteira.

– Um breve resumo, por favor? – pediu ele.

Aaron, que, diferentemente de mim, tinha terminado de desfazer as malas, se apoiou no guarda-roupa no canto do quarto e me dedicou atenção total.

– Você vai adorar saber que será um dia ao ar livre, curtindo o calor do sol espanhol em alguma atividade que não tem nada a ver com beber mimosas e receber massagens, que era a minha ideia inicial.

Fui até a cômoda estreita e peguei uma pilha de toalhas limpas.

– Meus deveres de madrinha foram indeferidos por uma das minhas primas mais novas, Gabi.

Coloquei as toalhas em cima do edredom.

– E isso significa uma única coisa...

Fiz uma pausa dramática.

– Copa do Casamento.

– Copa do Casamento? – repetiu Aaron com uma risadinha que, estranhamente, me deu vontade de rir também.

Suspirando, fiz um resumo de como passaríamos o dia.

– A Copa do Casamento consiste em uma competição entre o Time da Noiva, só de mulheres, e o Time do Noivo, composto de todos os homens – expliquei a última parte com sarcasmo. – Muito inovador, não é? Uma gincana de meninos contra meninas. Uhu!

Aaron assentiu, imparcial.

– Dá para ver o quanto você está animada. Mas, por favor, continue.

Olhei para ele irritada.

– O time que conseguir mais pontos vence e leva a Copa do Casamento.

– E essa copa é um troféu físico ou só uma recompensa simbólica? – perguntou Aaron, e percebi que ele estava tentando levar a sério.

Em vão, porque ele mal conseguia conter a risadinha.

– Olha só – falei, colocando as mãos na cintura para parecer imponente. – Eu já disse que não tenho nada a ver com isso. Estou mais para figurante de madrinha. Gabi é uma dessas pessoas obcecadas por atividades físicas, foi ela quem organizou tudo. Então se dê por satisfeito por eu não estar no seu time.

Pegando meus itens de higiene pessoal e minhas maquiagens, fui até o banheiro modesto da suíte e continuei explicando enquanto arrumava as coisas no pouco espaço disponível.

– Não estou feliz com isso, tá? Por mim, iríamos para um spa e vocês iriam fazer... coisas de homem.

– Coisas de homem? – perguntou ele do quarto.

– Ah, sei lá. Bater no próprio peito, beber cerveja como se não houvesse amanhã, ir a um clube de strip.

Balancei a cabeça; sabia que aquilo era um estereótipo.

– Mas não – continuei, colocando a embalagem de xampu tamanho viagem na prateleira. – Não tivemos essa sorte. O mais curioso é que quem topou a ideia primeiro foi Gonzalo. Quem poderia imaginar? Participar de uma competição idiota em vez de aproveitar o último dia de solteiro longe da noiva. Não que eu tenha ficado chocada, porque ele é louco pela minha irmã desde a primeira vez que pôs os olhos nela. Por que passar pelo menos um dia longe dela, não é mesmo?

O que eles tinham era real. Um amor sincero, dedicado, palpável. Que transcendia a distância, as diferenças e os obstáculos. O tipo de amor que se via nos livros. Pensar nisso encheu meu peito de calor, sem saber se algum dia eu mesma encontraria isso, mesmo querendo muito.

– Enfim, Gonzalo é o maior apoiador da Copa do Casamento. E alguma coisa me diz que ele vai ficar muito animado ao ver você. Vai uivar e te dar um abraço de "brother" e você vai ser o novo melhor amigo dele. Já estou até vendo. Gon sempre foi muito competitivo. Ele vai ficar nas nuvens por ter a coisa mais próxima de um deus grego no time dele. Saído diretamente do Olimpo – falei, bufando de escárnio.

Porque Aaron parecia *mesmo* uma daquelas esculturas gregas. Estoico, todo simétrico e de linhas suaves. Gonzalo amaria ter Aaron no...

Espera aí.

O que eu tinha acabado de dizer?

Fechei os olhos quando me dei conta de que tinha acabado de chamar Aaron de deus. De deus grego. Saído diretamente do Olimpo. Em voz alta.

Ah, por favor, paredes do banheiro, sejam grossas e à prova de som. Por favor.

Sentindo a presença de Aaron em algum ponto atrás de mim, avaliei silenciosamente as dimensões do quarto e do banheiro.

Pelo espelho, vi Aaron apoiado no batente da porta.

Respirei fundo, esquadrinhei a bancada do banheiro e fui subindo até encontrar o olhar de Aaron no espelho.

– Alguma chance de você não ter escutado o que eu disse? – arrisquei.

– Depende – disse ele, engolindo em seco. – Deuses gregos têm boa audição?

Eu tinha duas opções: assumir como a mulher adulta que eu era, ou ignorar feito uma covarde.

Reorganizando todos os itens que eu tinha acabado de arrumar, escolhi a segunda opção, sentindo que o olhar dele acompanhava todos os meus movimentos.

No instante seguinte, senti Aaron virar. Olhei para o reflexo de suas costas e, antes que ele se afastasse, chamei:

– Ah, e, Aaron? O time que perder tem que dançar uma coreografia hoje à noite.

Aaron não respondeu, mas, quando finalmente se afastou, pude imaginar perfeitamente o espírito competitivo fazendo surgir um brilho em seu olhar.

DEZESSEIS

Fiquei com as mãos na cintura, um pouco perdida na paleta de azuis e verdes que pintavam o cenário à minha frente.

Quando pensam na Espanha, as pessoas imaginam praias lotadas em um dia quente de verão. Imaginam mesas com muitas jarras de *sangría*, *paellas* e mais *paellas*, e muitas *tapas*. Provavelmente imaginam também um cara de cabelo escuro fazendo uma serenata à noite, os dedos ágeis dedilhando um violão. E, de certa forma, elas não estão totalmente equivocadas. É possível mesmo ver tudo isso na Espanha, porém essas coisas são só uma parte do que representa meu país. Uma parte que infelizmente não corresponde a dez por cento do que ele oferece.

A cidadezinha onde nasci fica mais ao norte da península, esmagada entre o mar Cantábrico, quase sempre violento e coberto por uma espuma de marfim, e uma cadeia de montanhas verde-esmeralda.

Ao contrário do que diz o senso comum, meu país também não é banhado pelo sol o ano inteiro, principalmente as regiões setentrionais. O norte da Espanha é famoso por oferecer a possibilidade de experimentar as quatro estações no intervalo de algumas horas, em qualquer dia do ano. Essa característica permitiu o desenvolvimento de uma flora exuberante, que engole campinas e morros e cria uma paisagem que poucos imaginam quando pensam na Espanha. O verão, portanto, não é tão intenso no norte, mas, surpreendentemente, naquele dia o céu estava azul e do mar soprava uma brisa suave. A composição me fez lembrar de um tempo em que tentávamos aproveitar dias como aquele ao máximo, do nascer ao pôr do sol, como se nossa vida dependesse disso. Isabel e eu. *Las hermanas Martín.*

Dando uma olhada nas pessoas reunidas para a Copa do Casamento, uma pequena parte de mim se perguntou o que se passava na cabeça de Aaron. Qual tinha sido sua primeira impressão do lugar em que cresci? Da minha gente?

As apresentações tinham saído melhores que o esperado. Se os espanhóis eram famosos por alguma coisa, essa coisa era a hospitalidade. Ninguém pareceu desconfiar que ele era meu namorado de mentirinha. Nada mais se deu além da estranheza de ter um *guiri* – como chamamos os turistas – entre eles, obrigando todos a usar seu inglês enferrujado.

Apenas a geração mais jovem das famílias da noiva e do noivo, seus parceiros e alguns amigos mais íntimos estavam presentes, exceto nosso primo bárbaro e de espírito livre, Lucas, que ninguém sabia por onde andava. E o padrinho – também conhecido como Daniel, meu ex, meu primeiro e único relacionamento, o homem que minha família achava que eu nunca tinha esquecido. Ele também não tinha chegado.

– *Aquí está mi hermana favorita.*

A voz da minha irmã soou um segundo antes de eu ser atacada pelas costas.

– Sou sua única irmã, besta. É claro que sou a favorita.

Coloquei as mãos em seus braços, que estavam apoiados em meus ombros.

– Esqueça esse detalhe técnico. Você continua sendo a minha favorita.

Mostrar a língua foi a minha resposta.

Se não fosse pelo rosto em formato de coração, não teríamos qualquer semelhança. Isabel sempre foi mais alta e mais magra do que eu. Embora tivéssemos as duas olhos castanhos, os dela tinham manchinhas verdes – algo que sempre invejei – e o cabelo de Isabel era mais cacheado e mais escuro, como o de *mamá*. E as diferenças não paravam por aí. Enquanto minha irmã era uma peça curinga, sempre se encaixando de primeira em qualquer ambiente, para mim sempre foi mais difícil encontrar meu lugar. De alguma forma, sempre me faltava ou sobrava algum detalhezinho, o que me obrigava a continuar procurando um espaço no qual eu pudesse me encaixar melhor. Sendo assim, passei a vida em busca de um lugar para chamar de lar. A Espanha não cumpria esse papel, mas Nova York também não, por mais que eu tivesse Rosie e uma carreira da qual me orgulhava. A cidade sempre me pareceu um pouco... solitária. Incompleta.

– O-oi? Terra chamando a Lina – disse ela, se aproximando para me puxar pelo braço. – O que deu em você hoje? Por que está se escondendo aqui?

Mas eu de fato estava me escondendo, não estava? Ainda que só por uns minutinhos. Minha irmã me conhecia bem demais, então eu estava sendo ainda mais cuidadosa com ela quando estava perto de Aaron. Se existia alguém capaz de desvendar aquela farsa, esse alguém era Isabel.

– Não estou me escondendo – respondi, dando de ombros. – Só queria um minutinho de paz longe da noiva neurótica. Ouvi dizer que ela quase arrancou a cabeça do noivo porque ele comprou o sapato errado.

Dei um passo para trás e me virei, ficando de frente para ela.

– Ouviu certo.

Minha irmã e a noiva do momento colocou a mão no peito, fingindo consternação.

– Eu deixei ele escolher uma coisa, Lina. Uma. E aí Gonzalo me chega em casa todo feliz e orgulhoso com um sapato que me fez questionar meu gosto por homens, juro pra você.

Isabel balançou a cabeça.

– Quase tive que desconvidar o noivo do meu casamento.

– *Nosso casamento*, você quer dizer – corrigi, rindo.

– É. Não foi isso que eu disse? – perguntou ela, com um sorrisinho malicioso. – Enfim, acho que ainda temos uma hora mais ou menos até o almoço. Está pronta?

Trocamos olhares.

– Para morrer? Sempre.

– Anda, rainha do drama – disse Isabel, entrelaçando o braço no meu e me puxando em direção ao grupo. – Hora de voltar. Gabi me mandou buscar você. Tem toda uma programação, sabia?

Fiz um biquinho.

– Ah, para com isso. Vai ser divertido.

– Não está sendo nem vai ser – respondi, arrastando os pés, mas indo atrás de Isabel porque que escolha eu tinha? – Gabi se transformou nessa tirana esportiva... Ela é fofa, mas está meio assustadora. Todo mundo está com medo dela.

Isa bufou de leve.

– Não é pra tanto, Lina. Além do mais, ainda podemos ganhar. Estamos só três pontos atrás daqueles idiotas.

– Você por acaso acabou de chamar seu noivo de *idiota*?

– Tá bom, tá bom. Estamos só três pontos atrás do Time do Noivo. Melhorou?

– Melhorou – respondi, com um olhar de desânimo por cima do ombro. – Mas ainda vamos ser esmagadas como baratas.

Balançando a cabeça, pensei no quanto o Time da Noiva não era nem um pouco atlético comparado à equipe masculina. Os pontos conquistados até ali tinham sido marcados por Gabi por pena, só para manter o time motivado. Bom, todo mundo menos eu. Minha motivação tinha ido embora havia muito tempo. Eu estava pronta para encerrar aquilo ali e ir me encher de comida. Perdido com o *jet lag*, meu corpo tinha ligado o botão "fome" antes mesmo de começarmos a correr de um lado para o outro naquela coisa sem sentido.

– A culpa disso é sua mesmo – disse Isabel, usando o indicador para dramatizar a acusação. – Você quem trouxe o sósia do Clark Kent.

– Parece mesmo, né?

– Aham. Aliás...

Ela fez uma pausa e, antes que eu tivesse chance de desviar ou me preparar, ela puxou meu rabo de cavalo. Com uma força um pouco exagerada.

– Ei! – Dei um grito, tirando meu cabelo do caminho de mais um ataque. – Que diabos foi isso, sua maluca?

– Não seja chorona, você mereceu. Como você *ousa* esconder *aquilo*?! – disse Isabel, apontando para Aaron e me obrigando a dar um tapa na mão dela.

– Isabel – falei, em tom de alerta.

Mas ela seguiu me ignorando e com o dedo apontado na direção do meu namorado de mentira.

– Quando minha irmã começa a namorar alguém, eu espero um relatório completo. Descrições detalhadas, fotos, vídeos, pinturas... qualquer coisa. Até aquelas fotos íntimas que eu mencionei e que você nunca mandou.

– Isabel! – chamei, mais baixo. – Cala a boca. Ele vai ouvir...

Estávamos a apenas alguns metros do grupo.

Ela ergueu uma sobrancelha e inclinou a cabeça devagar.

Merda.

– Ué. Ele não é seu namorado? Qual é o problema de ele ouvir você falando sobre isso com sua irmã? Você já viu o pinto dele. Temos licença para falar sobre isso – disse ela, revirando os olhos. – Acho até que isso é o esperado. Tenho certeza de que ele já falou dos seus peitos pros amigos dele.

Xinguei baixinho.

Ela ficou olhando para mim, analisando minha reação.

Nervosa, olhei na direção de Aaron. Nossos olhares se encontraram. Aqueles olhos azuis, que sempre pareciam me encontrar, ficaram fixos nos meus por um tempo.

Meu Deus, ele ouviu isso?

Fiquei olhando para ela, balançando a cabeça devagar.

– Sabe – disse ela, dando de ombros –, você só falou dele algumas vezes, então eu achava que não era nada sério. Mas agora já não tenho mais tanta certeza.

– Como assim?

O medo do que ela ia dizer fez meu coração acelerar.

Porque eu e Aaron mal tínhamos tido tempo de agir como pombinhos apaixonados ou representar seja lá qual fosse o comportamento esperado de um casal. Aquela besteira de Copa do Casamento estava consumindo todo o nosso tempo e a nossa energia.

– Bom, para começar, ele está aqui – destacou Isabel. – Você trouxe o cara para conhecer *mamá* e *papá* e basicamente a cidade inteira, o que mostra que ele não é qualquer um. Deve ter algo de especial nele, porque você não traria alguém com quem estivesse só saindo. Mesmo um cara com *aquela* aparência. Você não confia mais assim tão fácil nas pessoas.

Tropecei nos meus próprios pensamentos e precisei parar.

As palavras de Isabel me atingiram em cheio, esvaziando tudo o que eu poderia dizer.

Uma acusação tomou forma em minha cabeça: *impostora*. Como não, se eu era uma grande mentirosa?

Isabel interpretou meu silêncio como um sinal para continuar falando.

– E ele também não tirou os olhos de você esse tempo todo.

Oi??

– Faz só, o quê? Umas duas horas? E o cara ainda está focado só em você, observando e acompanhando cada movimento como se você estivesse cagando arco-íris e deixando um rastro de purpurina. Eu acharia enjoativo se eu mesma também não estivesse apaixonada – disse ela, acariciando minha mão. – E, irmã, acredite, você toda vermelha e suada? Não é tão bonita assim.

Olhei na direção de Aaron mais uma vez. Ele estava bebendo água de uma garrafa, e não parecia ter se cansado nem a metade do que os outros cansaram. Mesmo depois de ele e Gonzalo terem carregado o Time do Noivo nas costas. Perdida, observei seu braço flexionado e seu pomo de adão subir e descer ao engolir a água, me perguntando se Isabel tinha imaginado tudo aquilo ou se a atuação de Aaron era mesmo tão incrível. Talvez eu não tivesse dado a ele o devido crédito.

– Enfim – acrescentou ela quando finalmente alcançamos o grupo –, você vai ter que me atualizar e me contar todos os detalhes sórdidos. Não pense que não quero saber só porque não fiquei perguntando – avisou Isabel com um olhar que dizia que ela ficaria no meu pé até eu ceder. – Mas, até lá, continue fazendo o que quer que esteja fazendo porque, *hermanita*, o cara está de quatro.

Uma bufada escapou de meus lábios sem querer.

– Aham, claro.

Isabel ergueu uma sobrancelha.

Ah, merda.

Ergui a mão tentando parecer despreocupada.

– Digo, é claro que está, Isa. Ele é meu namorado – afirmei, mas sem soar convincente.

Então apertei o passo e deixei minha irmã para trás antes que eu mesma a ajudasse a desmascarar aquela farsa. Felizmente, assim que alcancei o pessoal, Gabi já acenava um cronograma impresso e tentava reunir todos em um círculo perfeito. Revirei os olhos.

Minha prima e mentora da Copa do Casamento começou a gritar ordens em espanhol enquanto tentávamos ignorar o fato de que Gonzalo tinha agarrado minha irmã por trás, dando-lhe um abraço que incluía uma boa quantidade de carícias impróprias para o local.

– Eca, Gonzalo – resmunguei baixinho. – Ela é minha irmã.

Mas, ao mesmo tempo, senti um aperto no peito por algum motivo. Uma pequena parte de mim sentia algo muito parecido com desejo ao observar aquela demonstração pública de afeto. A sensação era incômoda, despertava em mim uma série bem específica de perguntas para as quais eu não tinha resposta. Todas envolvendo o mesmo problema.

Algum dia eu também teria o que Gonzalo e Isabel tinham? Algum dia eu me permitiria isso? Algum dia eu ficaria tão perdidamente apaixonada que tudo mais se transformaria em ruído?

Olhei para Aaron. Não que eu quisesse que ele imitasse Gonzalo, mas porque talvez todos estivessem esperando por isso. Não o encontrei em lugar nenhum no círculo quase perfeito de pessoas ao redor de Gabi – que continuava gritando ordens – e fiquei um pouco preocupada enquanto ela berrava instruções para o grupo. A cabeça dele ia rolar se não aparecesse imediatamente.

Um leve toque em meu braço chamou minha atenção. Virando a cabeça, fui recebida por um par de olhos azuis me encarando com uma expressão estranha.

– Aí está você – sussurrei alto enquanto Gabi continuava falando ao fundo. – Estava temendo pelo seu bem-estar. Aonde você foi?

– Eu estava bem aqui.

A expressão estranha continuava ali, mas deixei aquilo de lado porque não tinha tempo para avaliar o que quer que eu achava ter visto. Em vez disso, me concentrei no quanto ele estava bonito de bermuda de náilon e camiseta de manga curta.

– Está se divertindo?

Ele me ofereceu uma garrafa de água, empurrando-a com gentileza na minha direção.

– Ah, obrigada.

Peguei a garrafa, tocando em seus dedos sem querer. Faíscas percorreram todo o meu braço, me fazendo recolher as mãos rapidamente e levar a garrafa ao peito.

– Isso foi… fofo. Muito namorado.

Aaron fechou a cara, mas não dei oportunidade para que ele reclamasse.

– E não estou me divertindo muito, não, para ser sincera.

Fiz beicinho. Eu tinha falado sério quando disse à minha irmã que por mim podíamos encerrar.

– Graças a Deus está quase acabando. Daqui a pouco eu teria que fingir uma perna ou um pulso quebrado – falei, e, em tom mais baixo, acrescentei: – Ou teria que bater na Gabi com alguma coisa.

– Espero que não cheguemos a esse ponto – disse ele, com um sorrisinho de canto de boca. – O que está faltando?

Suspirei.

– Bem, parece que ela guardou o melhor para o final. Agora vai começar a competição de verdade.

Fiz um gesto com as mãos, como se estivesse revelando uma grande surpresa.

– A estrela da Copa do Casamento: a partida de futebol.

Aaron soltou um "humm", perdido nos próprios pensamentos por um instante.

– Acho que nunca joguei futebol.

– Nunquinha?

Vi Aaron balançar a cabeça. Uma chance de vitória.

– Tipo, nem uma vez?

– Nem uma vez – respondeu ele.

Ele chegou a abrir a boca, mas fechou quando Gabi nos mandou ficar quietos.

Meu Deus, essa mulher precisa relaxar. Endireitamos a coluna e voltamos a olhar para a frente.

Aaron baixou o tom de voz, falando com o canto da boca.

– Você acha que isso vai ser um problema? Ela parece um pouco… rígida.

– Ah, não se preocupe com ela – respondi, com um gesto descontraído, mas olhando para a frente. – Mas no seu caso? Eu tentaria pegar o jeito logo.

De esguelha, percebi que ele me lançou um olhar rápido.

– E o que acontece se eu não conseguir?

Dei um sorrisinho torto.

– O Time do Noivo vai perder. Feio.

Eu não achava que isso fosse possível, mas Aaron tinha acabado de admitir que não era incrível em alguma coisa. O que era novidade.

Ele cruzou os braços.

– Se você jogar mal e estragar tudo, todo mundo vai te culpar. Mas tudo bem, não se pode ser bom em tudo – acrescentei.

Ele não se mexeu nem disse nada.

– E você não está com medo de dançar com o resto dos caras, né?

Mais uma olhada rápida me permitiu ver a palavra "desafio" estampada na cara dele, o que me fez rir.

– Ah, talvez você esteja. Não achei que você fosse um frangote, mas até que cai bem em você. Talvez eu deva te chamar de *pollito* em vez de *osito*.

Ele virou a cabeça devagar. Meu olhar ficou fixo no dele, e, sem conseguir evitar, esqueci Gabi.

– Você me chamou de frango? – perguntou ele, o azul em seus olhos reluzindo. – Em duas línguas?

– Ah, pode apostar que sim. Mas eu também teria medo. Nosso time é forte.

Mentira.

– E, só para você saber, eu sou uma excelente zagueira. Mestre dos carrinhos e desarmes.

Mentira de novo.

– Mas talvez você não saiba o que isso significa, né? Tudo bem, só fique sabendo que algumas pessoas me chamavam de Lina, a Máquina.

Isso também não era exatamente verdade.

De todos os esportes que envolvem bolas, o futebol provavelmente era aquele em que eu era menos péssima. Mas, se alguém algum dia me chamou de máquina, só pode ter sido por eu ser uma máquina de cair.

– Zagueira, é?

Ele não precisava saber a verdade.

– Você está tentando me impressionar com jargão esportivo, Catalina? – perguntou ele, falando mais baixo.

O jeito como pronunciou meu nome era novo. Eu não saberia dizer por quê, mas foi diferente de qualquer outra vez em que ele tinha pronunciado aquelas quatro sílabas. E fez meus braços se arrepiarem.

– É até sexy, mas não pense que você precisa me impressionar. Eu já estou impressionado.

Abri a boca e acho que perdi um pouco o ar. *Sexy*. Ele tinha mesmo dito aquilo? Analisei o rosto dele em busca de qualquer traço de sarcasmo ou sinal de que tinha sido uma piada. Mas, antes que eu pudesse identificar qualquer um dos dois, uma comoção estourou atrás da gente. Ao me virar, percebi o motivo. E, no instante em que avistei o cabelo louro escuro que conhecia – ou um dia havia conhecido – tão bem, senti um peso na boca do estômago.

Daniel havia chegado. Ou pelo menos uma versão mais velha do homem de quem eu me lembrava. Quando namoramos, ele poderia ter se passado por alguém da minha idade, mas aquilo havia mudado. Desde a última vez que o vira, a aparência de Daniel passara a revelar sua idade. Mas fato é que ele tinha envelhecido bem, o tempo fora gentil. O Daniel que vinha em minha direção era um quarentão atraente, um homem que se movimentava com a confiança que apenas alguém que ficava diante de uma sala de alunos universitários todos os dias teria.

Mas aquela confiança sempre existiu, não é? Não havia sido exatamente ela que me fizera me apaixonar pelo meu professor? Na primeira aula? Bastara ele entrar na sala, pigarrear e mostrar aquela covinha. Não tinha sido necessário nada mais do que aquilo para que eu me tornasse um caso perdido.

Um caso perdido e patético, apaixonada pelo professor de física. Ou era o que eu pensava; porque, de repente, em uma reviravolta mágica, Daniel me notou. Mais do que notou, na verdade. E então acreditei que o que existia entre nós era real. Que ia durar, como aconteceu com Gonzalo e Isabel.

Então a coisa toda explodiu bem na minha cara. Apenas na minha, porque ele fora poupado do pesadelo.

– Aquele é o Daniel?

A pergunta sussurrada de Aaron me fez voltar para o presente.

Virei rápido para ele, sem encontrar palavras, então só assenti. Minha atenção saltou de volta para onde meu ex estava e, ao vê-lo abraçar o irmão e dar um tapinha em suas costas, senti Aaron se aproximar de mim. Permaneci completamente imóvel à medida que ele chegava mais perto, até parar um pouquinho atrás de mim.

O calor que irradiou em minhas costas e o modo com que a proximidade entre nós esmagou um pouco do desconforto me assustaram e me tranquilizaram ao mesmo tempo. Aaron estava me acalmando. Eu não entendia como ou por quê, mas não tive tempo de analisar isso. Não com Daniel e todo mundo ali. Então, só me agarrei àquela sensação.

Fiquei ali observando o padrinho cumprimentar todo mundo com beijos e abraços. Ele percorreu o grupo, e jurei sentir alguma coisa no ar. Como se todos estivessem prendendo a respiração até chegar a minha vez de cumprimentá-lo.

Odiando o modo com que cada par de olhos voltado para mim pesava o clima, lembrei que eu já esperava aquela reação geral. Todo mundo ali sabia o que tinha acontecido entre nós dois. Como as coisas ficaram feias e como foi difícil para mim. E a maioria tinha sentido pena de mim à época. Eu sabia que algumas pessoas ainda sentiam e que outras sentiriam para sempre.

Daniel deu um último passo na minha direção, fazendo meu estômago se revirar.

– Lina.

Fazia muito tempo que eu não ouvia meu nome saindo daquela boca e imediatamente voltaram à tona os momentos bons que tivemos – e houve momentos incríveis mesmo. Toda aquela alegria que vem com um primeiro amor, a inocência de achar que ele vai durar para sempre. Mas também restava toda a dor de ver aquele sentimento se transformar em um oceano de mágoa. Porque, claro, quem partiu meu coração tinha sido Daniel, mas o estrago de verdade fora causado pelas outras pessoas. Por todos que ficaram sabendo de nós e mancharam nossa história com boatos idiotas e venenosos que...

Não. Não era hora de pensar nisso.

Daniel colocou a mão em meu braço e me deu um beijo no rosto. Se não fosse pela mão quente de Aaron, que sabe-se lá como estava pousada na base das minhas costas, eu teria caído para trás. Foi nesse nível de guarda baixa que aquele beijo amigável me pegou.

Olhei na direção do grupo, confirmando que cada pessoa presente estava de olho em nós dois.

Daniel parecia alheio a todos os olhares boquiabertos e sorria para mim como se fôssemos velhos amigos que se reencontravam após anos. Exatamente o oposto de como eu estava me sentindo.

Ele me olhou de cima a baixo.

– *Dios, Lina. Cuánto tiempo. Mírate. Estás...*

– Daniel – interrompi –, esse aqui é o Aaron.

Nesse momento, me afastei do ex e me aninhei no atual de mentirinha, que também era meu escudo humano pessoal.

As sobrancelhas franzidas de Daniel demonstraram confusão, provavelmente mais por eu estar falando em inglês do que por estar apresentando a ele alguém que supostamente era meu namorado.

– Oi. Eu sou o namorado – disse Aaron educadamente, estendendo a mão. – *Su novio.*

Falar em espanhol, embora totalmente desnecessário e um pouco arrogante, em alguma realidade paralela teria arrancado uma risadinha de mim. Mas meus lábios continuavam tensos em uma linha reta.

– É um prazer conhecer você, Daniel – completou Aaron.

Daniel encarou Aaron por um breve instante e então abriu um sorriso cauteloso, mas amigável, finalmente aceitando a mão estendida.

– *Sí, claro.* O prazer é todo meu, Aaron. Sou um velho amigo da Lina.

Alguma coisa se revirou em meu estômago ao ouvi-lo definir o que um dia fomos.

Assim que soltaram as mãos, Daniel voltou a atenção para mim e a mão de Aaron voltou para minhas costas.

– Como tem passado, Lina? Você parece tão... diferente – disse Daniel, sorrindo mais ainda. – Diferente, mas bem. Na verdade você está incrível.

Seus olhos continuaram a me avaliar, como se ele não conseguisse acreditar que aquela era eu. Como não sabia ao certo o que achava daquilo, fui obrigada a retribuir o sorriso.

– Obrigada, Daniel. Eu estou bem, ocupada com o trabalho e... a vida.

– Isso é verdade – disse ele, assentindo. – Está ganhando o mundo em Nova York. Eu sempre soube que você tinha potencial para fazer coisas incríveis, para ir muito longe na carreira.

Daniel tinha sido meu professor durante um ano antes de começarmos a namorar de verdade, e durante aquele tempo fui uma aluna muito motivada. Eu me destacava. Mas as coisas mudaram depois daquilo.

– E foi exatamente o que você fez.

– Obrigada – murmurei, minha mente arquivando todo tipo de reclamação. – Não é nada de mais.

Aaron pigarreou de leve.

– É, sim – disse ele em um tom tão suave que achei que tivesse dito só para mim. – A Lina lidera uma equipe considerável em uma das maiores empresas de consultoria em engenharia de Nova York. Qualquer um diria que é uma grande coisa.

Daniel deu um sorriso tenso.

– Uau. Isso é incrível, Lina. De verdade. Parabéns.

Resmunguei um agradecimento, sentindo que ainda estava um pouco corada pelo que Aaron dissera. Houve um momento longo e desconfortável de silêncio, e os olhos de Daniel saltavam entre mim e Aaron.

– Então é ele, hein? O namorado americano?

Minha cabeça recuou, chocada com a escolha de palavras de Daniel. Com os ombros contraídos, abri a boca com a intenção de perguntar o que ele queria dizer com aquilo, mas senti a mão de Aaron subindo em minhas costas, parando no ponto entre meu ombro e meu pescoço. O polegar acariciando minha pele, bem suavemente. Aquele toque em minha nuca quase me fez esquecer quem estava na minha frente, o que ele tinha dito ou mesmo se tinha falado alguma coisa. Mais um movimento do dedo, mais um arrepio subindo pelas costas.

Fechando os olhos por um instante, voltei à conversa e decidi ignorar o último comentário de Daniel.

– Parabéns pelo noivado – falei, me obrigando a sorrir. – Fico muito feliz por você, Daniel.

Os olhos dele, que tinham observado a mão de Aaron, encontraram os meus. Ele assentiu e mostrou aquela covinha que um dia eu conheci tão bem.

– Obrigado, Lina. Estou muito feliz por ela ter aceitado. Às vezes não é fácil lidar comigo. Fico muito tempo perdido na minha própria cabeça quando estou trabalhando – disse ele, colocando as mãos nos bolsos. – Bom, nem preciso dizer isso. Você já sabe.

Sim, eu sabia. E todo mundo ali sabia que eu sabia. Ele não precisava ter destacado aquele ponto, não depois de ter rebaixado nosso passado a *velhos amigos*.

A mão do meu namorado de mentirinha espalmou e desceu pelo meu ombro, os dedos percorrendo meu braço até chegar à minha mão. O toque de Aaron me desconcentrava totalmente, mas, ao mesmo tempo, me mantinha com os pés no chão. Sempre que eu ameaçava divagar, Aaron me trazia de volta. Percebi que suas carícias suaves tinham esse poder. E, a julgar pelo modo com que minha voz soava – ofegante, fraca –, esse apoio cobrava seu preço.

– Bom, desejo tudo de bom a vocês – falei, com sinceridade apesar de tudo. – Ela vai se juntar a nós hoje?

Aaron entrelaçou os dedos nos meus, despertando em mim algo que me fez querer virar e olhar para ele, mas mantive o olhar em Daniel.

– Infelizmente, Marta não vem. Teve uma questão de última hora do trabalho. Ela também é professora, precisou substituir um colega em uma conferência – explicou ele, dando de ombros.

Fiz um lembrete mental de conversar com minha irmã. Eu tinha a impressão de que a noiva saberia se alguém tivesse cancelado.

Os olhos de Daniel saltaram para a mão de Aaron mais uma vez, e ele pareceu distraído.

– Mas tudo bem. Vir a um casamento sozinho não é tão dramático assim. Além do mais, eu não ia querer ser o centro das atenções – disse ele, olhando fixamente para mim.

Era... acusação o que eu via em seus olhos?

– Eu...

Minha voz sumiu. Simplesmente fiquei ali, boquiaberta e com o rosto ardendo.

– Então por que perder mais tempo falando sobre isso? – perguntou Aaron em um tom monótono, parecendo entediado, mas eu sabia que não era isso. – Estou ansioso para ver qual vai ser o próximo jogo.

Fiquei surpresa com a afirmação, mas ele apertou minha mão.

– Lina estava me dizendo que Gabi guardou o melhor para o final. Não é, amor?

Ele inclinou a cabeça e tocou meu ombro com os lábios. Bem de leve.

Impossivelmente leve, mas o suficiente para fazer meu corpo se acender.

– Isso – respondi baixinho, tentando expulsar o choque na minha expressão.

Meu Deus, eu ainda sentia aqueles lábios em meu ombro, o toque se espalhando em minha pele.

– Ah, e o que seria? – perguntou Daniel.

Ou assim achei, porque minha cabeça estava em outro lugar.

Aaron me deu um beijo. No ombro.

A temperatura do meu corpo deve ter subido alguns graus.

Ótimo. É isso que casais fazem. Se beijam. Em várias partes do corpo. Como o ombro.

– A partida já vai começar, eu acho – disse Aaron. – Lina prometeu me mostrar todos os truques dela. Não vou mentir, estou igualmente intrigado e apavorado.

Tentando entrar na personagem, encostei a cabeça no peito dele e quase desabei ao sentir outro beijo em minha cabeça.

– É – falei, com a respiração presa na garganta. – Lina, a Máquina, está prestes a fazer uma aparição.

Aaron riu, e senti seu peito vibrar contra minha têmpora. Ele pousou a mão livre no meu quadril, enviando choques elétricos por todas as terminações nervosas do meu corpo.

Respire, Lina. É assim mesmo que ele tem que agir.

Me obriguei a ficar parada quando, na verdade, eu gostaria mesmo de fazer qualquer outra coisa. Tipo esquecer Daniel e perguntar a Aaron o que ele estava fazendo. Por que tinha beijado meu ombro? Ou a minha cabeça? Será que ele poderia, por favor, fazer de novo só para eu checar se aquela tinha sido uma reação única ou se meu corpo reagiria sempre assim ao toque dele?

Daniel fez menção de falar, mas não disse nada, provavelmente constrangido com as demonstrações de afeto.

Afeto de mentirinha, lembrei a mim mesma.

Meu ex-namorado e professor olhou para cima, para o ponto onde a cabeça de Aaron pairava sobre a minha. Vi alguma coisa em seu rosto, mas foi rápido demais para que eu discernisse. Então, ele assentiu e sorriu para mim.

Sem entender o que tinha acontecido entre os dois, finalmente me permiti olhar para Aaron.

E nada. Não vi nada além de uma de suas expressões neutras. Alguém chamou Daniel. Minha cabeça baixou a tempo de vê-lo caminhar até Gonzalo e assumir seu lugar ao lado do irmão.

Ainda sentindo uma tensão estranha no ar, respirei superficialmente.

Meu Deus. Aquilo tinha sido muito estranho. Eu queria me chacoalhar, me livrar da sensação que parecia grudada na minha pele. Só que isso também me livraria de todos os arrepios que eu estava sentindo. E eu também teria que me desvencilhar do braço, do peito e do corpo de Aaron, e... Eu não sabia se queria fazer isso.

Você quer, sim, sua idiota. Isso não é real.

Algo de que eu precisava me lembrar antes que fizesse algo bem idiota.

Pelo caos ao meu redor eu diria que tínhamos um probleminha.

– *No me lo puedo creer* – exclamou minha prima no meio do círculo quase perfeito, jogando os braços para cima como se o mundo estivesse prestes a acabar. – *No podemos jugar así. Se cancela todo. Esto un desastre. No, no, no, no.*

Ela pegou algumas das camisetas da caixa aberta que estava aos seus pés e jogou-as no chão.

Eita.

– *Esos malnacidos...*

– *Cálmate, prima* – interrompeu Isabel. – *Qué importa. Son solo unas camisetas.*

Nossa prima engasgou e sibilou algo bem desagradável para minha irmã, que ladrou um insulto em troca.

Aaron se inclinou para o lado e perguntou em voz baixa:

– O que está acontecendo? Não é melhor a gente correr?

Sufoquei uma risada. Não queria deixar Gabi ainda mais irritada. Ela estava prestes a chorar ou virar a versão feminina do Hulk, e teríamos que lidar com as consequências de uma coisa ou de outra.

– Houve uma confusão com as camisetas da partida de futebol – expliquei com um suspiro. – Parece que mandaram as do Time do Noivo em tamanho pequeno, e não grande.

– Não podemos jogar com as roupas que estamos vestindo? – perguntou aquela pobre alma que era meu namorado de mentirinha.

Gabi virou na nossa direção.

– *¿Qué ha dicho?* – gritou minha prima.

– *Nada* – respondi, erguendo as mãos, e então virei para Aaron: – Fala baixo. Você não viu como ela reagiu quando Matías perguntou por que ela não distribuiu as camisetas no começo? Ou quando Adrián disse que teria sido mais inteligente checar os tamanhos antes?

Aaron apenas estreitou os lábios.

– Exatamente. Ainda bem que minha irmã interferiu antes que ela rebatesse. Porque meus primos podem ser duros na queda, mas ainda assim seria uma carnificina. Sei que você também é, mas preciso de você inteiro, ok?

Parei de falar assim que percebi o que tinha dito.

– A gente vai dançar no casamento.

– Eu não vou a lugar nenhum – disse ele. – Posso sobreviver à sua prima. Posso garantir que nós dois ficaremos seguros também. É só você dar o sinal.

Olhei na direção de Gabi. Com o rosto vermelho, Isabel tentava tirar a caixa da mão dela. Mas minha prima puxava com bastante... violência, se eu tivesse que escolher uma palavra.

Minha irmã gritou, deu um passo para trás e levou as mãos à cabeça.

– Chega. Chega chega chega e chega.

Ela foi até o meio do círculo, com as mãos no ar.

– Nós vamos jogar futebol. Está decidido – anunciou e virou para Gabi. – Eu sou a noiva e vocês são obrigados a fazer o que eu mandar.

Eu ri, o que me rendeu um olhar ameaçador de Isabel.

Meu Deus, esse casamento vai ser o fim de todos nós.

– *No es el fin del mundo* – disse ela para Gabi. – Você – continuou, agora virando-se para mim –, no meu próximo casamento, vamos beber margaritas.

Contive uma risada, mas, sim, eu concordava totalmente.

– Ok! É verão, o sol está brilhando e eu acabei de ter a melhor ideia de todas.

Isabel fez uma pausa dramática, olhando para as pessoas no círculo.

– O Time do Noivo vai jogar... sem camisa!

Ninguém falou nada.

– Vamos, cavalheiros – disse ela, em tom mais firme. – São sempre as mulheres que tiram a roupa e dão uma palhinha. Mas hoje vocês é que vão mostrar esses corpinhos.

Mais silêncio.

Isabel olhou para o noivo, que, como todo mundo, ainda estava avaliando a sugestão. Ela arregalou os olhos e levantou um dedo, mandando Gonzalo acordar.

– Anda, Gonzalo!

Meu futuro cunhado voltou à vida.

– Ah!

O noivo então tirou a camiseta, mostrando todo o esplendor do peito cabeludo. Ele levantou os braços e rugiu:

– É isso aí, *cariño*! Vamos, cavalheiros. Tirem a camiseta.

Minha irmã recompensou o noivo com um grito e palmas entusiasmadas.

Daniel, sendo padrinho, foi o próximo a tirar a camiseta. Quase relutando, balançando a cabeça. Meu olhar o acompanhou involuntariamente. Não foi um choque ver que, apesar de não ser nem um pouco musculoso – o que ele nunca foi –, ele ainda estava em boa forma. E no entanto… não senti nada. Meu corpo não se agitou nem um pouco.

A animação do grupo aumentou à medida que mais membros do Time do Noivo foram imitando Gonzalo e Daniel. Bom, ninguém chegou a reclamar, provavelmente com medo da reação da minha irmã, que, àquela altura, comemorava a cada homem que tirava a camiseta. Até a frustração de Gabi por ter perdido o controle do grupo diminuiu quando o clima foi ficando mais leve.

Isso até Daniel abrir a boca e pesar de novo o clima.

– Ué, garoto americano? Vai ficar de fora dessa? – perguntou ele, apontando para o homem ainda vestido que estava ao meu lado.

Garoto americano.

Arregalei os olhos. Ele tinha acabado de chamar meu namorado – *namorado de mentirinha*, me corrigi. Meu ex tinha mesmo acabado de chamar meu namorado de *mentirinha* de *garoto*?

Daniel era uns oito ou nove anos mais velho que Aaron, tudo bem, mas chamá-lo de garoto?

Olhei para o atual bem a tempo de ver sua reação. Sua mandíbula estava relaxada e vi o início de um… sorriso em seus lábios.

Então, sem hesitar e com toda a calma – uma calma assustadora –, meu namorado de mentirinha lançou para Daniel um olhar que faria qualquer um fugir para as montanhas. O olhar que lhe rendera sua reputação na InTech. O olhar que ele ostentava como sinal de alerta. E que significava problema. Coisa séria.

Prendendo a respiração, vi os dedos de Aaron segurarem a barra da camiseta.

Ah, meu Deus, ele vai mesmo fazer isso. Meu namorado de mentirinha e futuro chefe vai tirar a roupa na minha frente.

Em um movimento rápido – digno daqueles comerciais de perfume onde tudo, exceto o modelo surrealmente atraente, fica borrado ao fundo –, Aaron tirou a camiseta.

Pisquei.

Madre de Dios.

Aaron era... ele era...

Merda.

Ele era... maravilhoso e... Não, ele era *mais* que isso.

Aaron era um espetáculo.

O corpo do homem era de outro mundo, digno de um comercial, tão perfeito que me deu vontade de chorar.

Sim, uma mulher muito superficial, mas não ligo nem um pouco.

Enquanto meu olhar engolia a visão de Aaron sem camisa, perdi todo o ar. Eu achava que o que me deixava impressionada – quase fascinada, para ser totalmente sincera – eram sua altura e seu tamanho. Mas, se tinha alguma coisa mais impressionante, mais fascinante do que aquilo, era um homem ter aquele porte e ainda por cima ter músculos firmes de todos os tamanhos e tipos.

Jesus Cristo. O abdômen dele é esculpido em pedra?

Meus olhos idiotas e famintos viajaram dos ombros largos ao peito esculpido e continuaram descendo, absorvendo gomos de abdômen que minha imaginação jamais seria capaz de fabricar com tanta perfeição. E aqueles braços fortes à mostra, marcados por músculos poderosos? Eu também nunca teria imaginado aquilo. Sinceramente, eu quase queria cutucá-lo para ver se aquilo tudo era mesmo real.

As camisas sociais sem graça não faziam jus àquele corpo. A roupa casual que Aaron tinha usado no voo também não. Nem sequer o smoking que ele usou no evento beneficente conseguia tal feito.

Ele era... muito... bonito.

É, àquela altura eu estava cobiçando Aaron, e não estava nem aí. Não dessa vez, porque eu vivia um momento histórico. Eu tinha um Aaron perfeito, sem camisa diante de mim provavelmente pela primeira e última vez. E queria guardar aquela imagem na memória. Ainda que ela fosse me assombrar pelo resto da vida. Eu podia suportar.

Gritos e aplausos romperam o vácuo para o qual eu tinha sido sugada. Piscando algumas vezes, percebi que Aaron olhava para mim. Havia algo intenso e faminto naquele oceano azul profundo. Algo quase impossível de controlar. Ou talvez eu estivesse vendo minhas próprias emoções refletidas ali, me encarando de volta.

Com o rosto corado, eu estava totalmente despreparada para o que o homem seminu à minha frente fez em seguida. Os olhos de Aaron brilharam sob o sol espanhol, ao que ele me presenteou com um sorrisinho e uma piscadinha.

Uma única piscadinha, rápida e brincalhona.

Foi o que bastou para que meus órgãos derretessem em uma poça. Cérebro, peito, barriga e tudo o mais liquefeito aos meus pés.

Não. Eu não estava preparada. Estava completamente indefesa.

Aaron colocou as mãos no quadril, parecendo satisfeito, e voltou a olhar para a frente, para onde o Time do Noivo estava reunido para começar a partida de futebol. Muito naturalmente, como se não tivesse acabado de fazer com que partes do meu corpo se dissolvessem em uma gosma com a qual eu não sabia o que fazer.

Aquele desgraçado perfeito, sem camisa, de olhos azuis. Me deixando desequilibrada daquele jeito.

Eu estava tão absorta com o momento que não tinha percebido o olhar apreensivo de Daniel, que oscilou algumas vezes de mim para Aaron até finalmente recair sobre o homem que ele achava que eu estava namorando. No instante seguinte, Daniel virou, deu um tapinha nas costas de Gonzalo e foi em direção ao campo de futebol improvisado.

Antes de se juntar ao restante dos caras, Aaron se aproximou de mim, parando apenas quando nossos tênis se tocaram. Ele se inclinou, a boca perigosamente perto da minha orelha, como se estivesse prestes a me contar um segredo.

Minha garganta tremeu.

– O que acha? – perguntou ele, as palavras fazendo cócegas na minha orelha.

– Você está… ótimo – balbuciei como uma boba.

Ouvi sua risadinha.

– Obrigado, acho, mas eu não estava falando disso.

Ah.

– Mas aceito o elogio. Por enquanto.

– Do-do que você estava falando então?

– Acho que estamos fazendo um bom trabalho até aqui. Não acha?

Ah, então era disso que ele estava falando. Da farsa, é claro. Sim, isso fazia mais sentido.

Fiz que sim.

– Somos um bom time, Catalina.

E ali estava meu nome mais uma vez. Pronunciado daquele jeito todo… novo.

Pigarreei, tentando ignorar o fato de que meu rosto estava a mais ou menos um palmo daquele torso perfeito sem camisa.

– Somos – murmurei.

– Eu não fazia ideia de que a gente ia se meter nessa situação. Me pegou desprevenido, mas tudo bem. Estou começando a entender.

Fiquei confusa. Não havia nada para entender. Tinha uma parte que eu não tinha contado a Aaron, sim – o que não foi a decisão mais inteligente –, mas isso estava no passado. Não afetava nosso objetivo naquele momento.

– Continue fazendo o que está fazendo – falei, engolindo o nó na garganta. – Se concentre em fingir que é louco por mim, beleza?

Aaron disse um "humm" curto e baixo, mas alto o suficiente para me fazer dar um passo para trás e olhar em seu rosto. Seus olhos exibiam aquele brilho determinado que eu conhecia tão bem.

– Acredite, estou me concentrando só nisso.

Antes que eu pudesse dizer alguma coisa, Aaron voltou correndo para o campo.

– E não esqueça – gritou ele de longe –, no amor e na guerra vale tudo, *mi bollito.*

Quase todo mundo ao redor olhou para mim. Isabel olhava para mim e ela estava com um sorriso tão largo que temi que ficasse com a mandíbula doendo bem no dia do casamento.

Relutante, sorri de volta para todos que me olhavam, fingindo parecer relaxada e não que estava tentando me controlar.

– Nossa, Aaron é tão bobo – falei. – Não precisa me lembrar disso, *cosita mía*! – gritei de volta para ele.

Mas ele já tinha disparado, correndo atrás do time. E assim fiquei ali, observando como os músculos de suas costas dançavam a cada movimento e me perguntando o que ele quis dizer com aquilo.

Meus olhos se estreitaram.

No amor e na guerra vale tudo.

Vale, de certa forma, pensei. O que eu não conseguia entender era como isso se aplicava quando o amor era falso e os adversários não tinham escolha a não ser unir forças.

DEZESSETE

Embora parecesse impossível, a partida estava quase acabando, e os times estavam empatados.

Era de se imaginar que jogar contra um grupo de descamisados seria uma distração, mas grande parte eram homens da família e eu já tinha visto tudo o que podia ver de um deles, Daniel. Restavam apenas dois, o que reduzia consideravelmente minha distração.

Um estava prestes a se casar com a minha irmã.

Só sobrava o outro.

Esse outro era um homem que em geral eu conseguia ignorar quando estávamos cumprindo nossos papéis no mundo real. Mas o papel de namorada que eu cumpria ali me dava o direito de ficar boquiaberta. E Aaron, como namorado, pelo jeito tinha o direito de parecer um modelo em um ensaio sobre esportes para alguma revista.

Porque era exatamente isso que Aaron estava parecendo ali suado, sem camisa e correndo pelo gramado atrás da bola.

E foi exatamente onde meus olhos muito superficiais e idiotas se mantiveram o tempo todo, seguindo Aaron como dois insetos burros atraídos por uma luz irresistível. E, como insetos, meus olhos não tinham qualquer instinto de autopreservação. No fim do dia, as imagens estariam gravadas a fogo nas retinas e nunca mais eu conseguiria me livrar delas.

Dane-se, eu já me sentia mesmo um inseto carbonizado. O suor escorria pelas minhas costas e eu estava pegando fogo embaixo daquele sol. A fome parecia ter se transformado em inanição, e, por mais que eu tentasse me concentrar no jogo, minha atenção sempre se voltava para as pernas longas de Aaron correndo para lá e para cá. A contração dos músculos, as gotinhas de suor escorrendo pelo peito, pelo tanquinho glorioso. Meu sangue borbulhava sempre que nossos olhares se encontravam.

Então, sim, eu estava me sentindo nojenta, incomodada e com calor. Não necessariamente nessa ordem.

Mas, ainda assim, sabe-se lá como, o Time da Noiva tinha conseguido fazer tantos gols quanto o do Noivo. Surpreendente, mas como saber o que tinha rolado se eu tinha estado ocupada demais cobiçando meu namorado de mentirinha perfeito e reluzente?

A voz de Gonzalo ressoou pelo campo, até onde eu estava.

– ¡*Vamos!* Elas não podem ganhar! – disse ele, cada palavra acompanhada por uma palma agressiva. – Cinco minutos! Só temos cinco minutos, gente! Precisamos ganhar essa merda!

Quando os homens se reuniram do outro lado do campo, percebi que Daniel se aproximou de Gonzalo e Aaron, fazendo um gesto e apontando para o nosso gol.

– *Madre mía* – disse Isabel de onde estava, no gol, alguns metros atrás de mim. – Acho que eles estão mudando de estratégia. Não parece nem um pouco bom, *hermanita*.

Quando observei a movimentação e a troca de posições dos homens, as suspeitas dela se confirmaram.

– Estamos ferradas, Isa – falei, sem me virar. – Eles estão colocando Aaron na frente. Vão usar ele como atacante.

Minha irmã veio até o meu lado e estreitou os olhos, observando nossos oponentes.

– *Mierda*. Clark Kent vai atacar? – perguntou ela. – Rápido, tire a camiseta também. Isso vai distraí-lo.

Eu ri.

– O quê? Não.

– Mas, Lina, a gen…

– Não vou tirar a camiseta, Isabel. Que loucura é essa?

– Seus peitos vão distrair ele!

– Não vão, acredite.

Percebendo que aquilo não era exatamente o que uma namorada diria, expliquei:

– Ele já viu tudo o que tem pra ver aqui. Esquece.

– Então dança, rebola, sei lá! Qualquer coisa que mexa com ele.

Cruzei os braços.

– Não.

– Ok, então. Vamos perder.

– Não sem lutar – falei, levando as mãos à boca para começar a reunir nosso time. – *¡Vamos, chicas! ¡Todavía podemos ganar!*

Minhas palavras de incentivo eram ingênuas; a gente não tinha chance nenhuma. Não com Aaron atacando. E certamente não se eu mostrasse os peitos para ele, como Isabel sugeriu.

Virando para minha irmã, apontei o dedo para ela.

– Em breve os perdedores, que com certeza seremos nós, estarão dançando para todo mundo esta noite. Então da próxima vez que você quiser colocar minha reputação em risco, por favor organize uma noite de perguntas e respostas e não de futebol, ok? Agora vamos tentar terminar isso com o máximo de dignidade.

No momento em que me virei para o outro time, todos os caras entraram em ação. Meu olhar se concentrou na bola, nos passes que, de jogador em jogador, iam deixando para trás as jogadoras do Time da Noiva. A bola foi parar nos pés de Aaron, que, considerando todo aquele tamanho, se movimentava com muita agilidade.

Para alguém que nunca tinha jogado futebol, Aaron tinha pegado o jeito bem rápido.

Sua figura imponente chegou perto de mim num piscar de olhos, devorando a distância rápido demais para que meu cérebro ordenasse as pernas a entrar em ação.

Mierda.

Em uma tentativa de detê-lo de alguma forma que não envolvesse tirar a roupa, me joguei na direção dele para interceptar a bola. Ou ele. Qualquer um dos dois. Infelizmente, a estratégia não obteve exatamente o resultado esperado. Quando eu estava prestes a alcançá-lo, meu pé ficou preso em um calombo do gramado e fui arremessada para a frente.

E eu querendo terminar isso com dignidade, hein?

Fechei os olhos involuntariamente, me preparando para a aterrissagem dolorosa. Engolida pela escuridão, contei os segundos e milissegundos até o impacto com a grama. *Três, dois, um...*

E então, nada. Num segundo eu estava no ar, de olhos fechados e prestes a dar de cara no chão e, no instante seguinte, eu estava suspensa no tempo. Não, eu estava suspensa no ar. Sem entender como, abri os olhos, e um *hunf!* deixou meus lábios.

Minha barriga aterrissou em algo firme.

Fui brindada com a visão da pele lisa e reluzente de umas costas perfeitas. Descendo o olhar, com a visão de uma bunda durinha coberta por um short esportivo, seguido por um par de panturrilhas musculosas.

Eu estava pendurada em alguém. Mais especificamente, no ombro de alguém. E, mais especificamente ainda, no ombro de Aaron.

Mas que...

Todo mundo pareceu gostar do que via, considerando as palmas e os gritos à nossa volta. Ignorando a pequena comoção, Aaron me ajeitou em seu ombro largo, agarrando minha cintura com força, mas com gentileza. A reclamação morreu na garganta quando notei que ele começava a correr.

– Aaron! – gritei, desesperada.

Ele estava correndo, comigo pendurada no ombro como se eu fosse um saco de batatas.

A cada passada, os músculos simétricos e contraídos em suas costas se movimentavam. Os da bunda também e...

Droga, Lina, para com isso! Foco.

– Aaron... O que. Você. Está. Fazendo?

Minha fala era interrompida a cada passada das pernas longas que conduziam a bola na direção da minha irmã.

– Aaron Blackford!

Aaron riu e deu um tapinha na minha coxa.

– Eu não podia deixar minha namorada cair no chão, podia? – perguntou o desgraçado com toda a calma, nem um pouquinho sem fôlego.

– Aaron!! – uivei. – Eu juro por Lúcifer...

Ele pisou com mais vigor, interrompendo minhas palavras. Então segurou minha cintura com mais força e senti seu toque até a ponta dos pés. A outra mão segurava minhas coxas, os dedos espalmados sobre a pele. Meu Deus, o toque daquele homem era todo firme e quente e...

Droga.

Eu não estava acreditando. Eu estava com raiva e... e... e...

Merda. Eu também estava um pouco *excitada* com aquela demonstração de força.

Eu mal havia acabado de registrar a informação quando o toque de Aaron em minha cintura mudou e ele passou a me segurar com o braço inteiro. Senti seu bíceps na lateral do meu corpo. Meu sangue borbulhou, o que não tinha nada a ver com o fato de estar de cabeça para baixo.

– Se prepare, namorada. Vou ganhar essa parada e colocar alguma comida dentro de você antes que você arranque e coma a minha cabeça.

– Ah, mas isso vai acontecer de toda forma, *namorado.*

Querendo saber o quão próximo Aaron estava de fazer o gol de misericórdia, virei o corpo para cima o máximo possível. Atrás de nós, vi celulares a postos, gravando aquilo tudo.

Ah, meu Deus, por favor não permita que isso acabe no TikTok.

Uma última passada, e o caos se instalou quando Aaron parou de avançar.

– Me. Sol. Ta.

Pontuei cada sílaba atacando suas costas com meus punhos fracos. A julgar por sua reação, duvidei que ele estivesse sentindo alguma coisa.

– Ei.

Aaron se virou e avistei minha irmã, que ainda estava em posição. Mesmo tendo levado o gol, ela sorria.

– Eu sabia que você era mandona, mas não sabia que era violenta assim.

– Você não viu nada – falei entredentes enquanto ele permanecia despreocupado, sem sequer sentir o peso de uma mulher nos ombros.

Senti o peito dele estremecer logo abaixo do meu quadril e das minhas coxas. Aaron estava rindo?

Que audácia.

A situação pedia medidas extremas. Então, com toda a destreza que consegui reunir, me estiquei e consegui beliscar sua bunda.

Isso mesmo. Eu, Lina Martín, tinha acabado de beliscar a bunda de Aaron Blackford, me arrependendo na mesma hora por isso.

Primeiro, porque foi a bunda de Aaron que eu belisquei. Como agir normalmente quando tivesse que encará-lo no trabalho – todos os dias da semana –, especialmente agora que ele seria meu chefe?

Segundo, porque era tão durinha que tive vontade de beliscar de novo só para ver se uma bunda tão firme poderia ser de verdade. Seria possível que uma bunda tivesse tantos músculos?

E isso, junto com o motivo número um, me fez questionar minha sanidade.

Com a cabeça girando, me dei conta de que Aaron tinha percebido o beliscão hostil, porque ele congelou na hora. O corpo do meu namorado de mentirinha – que continuava me segurando – ficou totalmente paralisado no instante em que meus dedos entraram em contato com suas nádegas.

Esperei, mesmo tentada a dar mais um beliscão e conferir se ele estava respirando ou se só estava tão chocado quanto eu.

De modo surpreendentemente cuidadoso, Aaron me pegou pela cintura e me tirou do ombro. Fui então posicionada bem na frente dele, que ainda me segurava e impedia de colocar os pés no chão. Nossos rostos estavam na mesma altura, e nossos olhares se encontraram irremediavelmente.

Ele estava absolutamente inexpressivo, como se meu beliscão tivesse tirado toda a sua emoção.

Percebi que eu preferia o Aaron brincalhão àquele que escondia qualquer coisa que estivesse sentindo, um pensamento que foi para segundo plano quando senti o espaço inexistente entre nossos corpos do peito para baixo.

Eu estava um pouco tonta, então envolvi o pescoço dele, o tempo todo sem desviarmos o olhar. Acho que nem sequer estávamos piscando.

Aaron ajeitou meu corpo e passei a sentir também o torso dele contra o meu. E seu suor. Mas, acima de tudo, eu estava extasiada com aqueles dois diamantes azuis reluzindo sob o brilho do sol escaldante. Minha respiração ficou presa na garganta, sem subir nem descer. Exatamente como eu.

Absolutamente de forma alguma eu teria me imaginado naquela posição. Abraçada por um Aaron sem camisa e sem querer me afastar o mais rápido possível. Para minha surpresa, eu queria fazer exatamente o oposto; eu queria aproveitar e analisar cada centímetro visível daquela pele nua e suada. Queria ficar bem ali, talvez até deixar que ele me carregasse para todos os lugares daquele jeito pelo resto do dia.

E admitir isso me deixou assustada. Assustada não, apavorada.

Ou ao menos deveria ter deixado, porque naquele exato momento eu não me importava com nada além das batidas loucas do meu coração contra a pele dele.

Quando ele finalmente falou, sua voz saiu com uma textura ofegante.

– Você beliscou minha bunda, Catalina.

Eu tinha beliscado mesmo. E estava arrependida. Um pouco.

O que não apagava o sorriso sem vergonha e alegre que surgiu no meu rosto. Eu mal conseguia me reconhecer naquele momento, mal conseguia entender a necessidade de sorrir daquele jeito e obrigá-lo a retribuir com um sorriso também. Talvez até uma risada.

– Me nego a produzir provas contra mim mesma. – Dei um jeito de dizer isso apesar daquele sorriso bobo ridículo. – Além do mais, se alguém beliscou sua bunda talvez você tenha merecido.

– Ah, é?

Aaron deu um sorrisinho.

Ou quase.

– Aham. Cem por cento merecido.

– Mesmo se eu tivesse salvado essa pessoa hipotética de um tombo violento?

Os olhos de Aaron se enrugaram com o sorriso que eu estava esperando, mas os lábios não se moveram. Não ainda.

– Violento? Teria sido só um tombinho de nada, bem tranquilo, fique você sabendo.

– Você é impossível, sabia?

Eu sabia e estava prestes a admitir, mas então Aaron deu aquele sorriso que eu tanto queria. Ele abriu a boca e deu um sorriso lindo que mudou totalmente seu rosto. Um sorriso que eu só tinha visto uma vez e que fez meu coração enlouquecer dentro do peito. Meus olhos provavelmente brilharam.

E ele tinha razão; eu era ridícula. Aquela coisa toda era ridícula.

De algum lugar perto da gente, interrompendo o momento e dissipando a nuvem de alegria em que eu estava, Daniel chamou:

– Ei, gente! A comida já está na mesa. Vamos almoçar?

Ouvindo o que imaginei serem os passos dele se afastando, eu sabia que meu sorriso tinha desaparecido.

Aquele momento só tinha acontecido porque estávamos diante de Daniel e todo mundo?

Provavelmente. Com certeza. Porque era assim que os casais agiam, davam toques brincalhões um no outro, sorrisos largos, trocavam olhares quentes.

Eu me senti um pouco... um pouco boba. Perceber a realidade fez o sorriso de Aaron valer um pouco menos e tirou o sentido do meu.

Imaginei que fosse bom o sorriso lindo de Aaron também ter desaparecido. Mas, mesmo depois de se afastar, ele não tinha desviado o olhar. Nem quando soltou minha cintura e fui escorregando até o chão. Ou talvez fosse coisa da minha cabeça porque, enquanto eu deslizava pelos planos rígidos e pelas saliências do corpo dele, posso ter fechado os olhos.

Aterrissei com as pernas meio bambas, tonta com a sensação esmagadora que dançava pelo meu corpo. Fiquei grata por Aaron ainda estar segurando minha cintura.

Quando pareceu ter certeza de que eu não ia cair, ele me soltou. Mas não sem puxar uma mechinha de cabelo que tinha caído do meu rabo de cavalo.

Momento em que meu coração começou a entrar em colapso.

Colapso que se intensificou quando ele foi baixando a cabeça devagar.

– Nada mau para um deus grego, hein?

Sua voz não parecia tão brincalhona quanto estivera no momento em que Daniel havia estourado minha bolha, mas, dessa vez, houve também uma piscadinha.

Balancei a cabeça para esconder um sorrisinho.

Quem é esse homem que anda por aí me lançando piscadinhas e sorrisos? Resposta: meu futuro chefe.

Não seria motivo suficiente para começar a pensar em ter uma conversinha com aquela vibração dentro do peito? Bem, talvez o fato de que aquilo tudo era uma farsa talvez fosse, certo? Aaron logo seria promovido a chefe da divisão – da *minha* divisão – e eu precisava me lembrar disso.

– Vamos – disse ele, quando fiquei quieta. – Eu disse que ia colocar alguma comida pra dentro de você e sou um homem de palavra.

Sim, ele era. E eu não podia esquecer isso também.

Aaron tinha prometido que faria o papel do namorado da melhor maneira possível. E até aquele momento vinha fazendo um trabalho tão incrível que eu começava a acreditar que se tratava de um homem diferente do que eu conhecera em Nova York.

DEZOITO

Não rastejar para baixo da mesa revelava-se uma tarefa muito difícil. Se Isabel não parasse imediatamente o interrogatório *Aaron e Lina*, eu não teria escolha e seria obrigada a fazer exatamente isso. Ou, então, meu último recurso seria nocautear a noiva com uma das bandejas metálicas que continham a variedade de *pinchos* que beliscávamos. Seria um desperdício de comida e estragaria a despedida de solteiro-barra-solteira dela, mas nada iria me impedir. Isabel era uma mulher forte, se recuperaria a tempo para o casamento.

Estávamos em um dos bares – *sidrerías* – mais frequentados da minha cidade, rodeados pela conversa alta característica e pelo cheiro azedo de *sidra* – a típica da região, de maçã – derramada. Por todo o norte da Espanha era possível encontrar esse tipo de estabelecimento em cada esquina de cada cidade. As pessoas se reuniam em grupos de todos os tamanhos e idades. Algumas em volta de mesas altas, como nós – noiva, noivo, padrinho, Aaron e eu. Outras estavam sentadas para jantar e havia ainda algumas junto ao balcão, conversando animadamente com os garçons.

Respirei lenta e profundamente, tentando me acalmar e organizar os pensamentos a fim de driblar a pergunta derradeira de Isabel.

– Ah, qual é? Deve ter mais alguma coisa nessa história de como vocês se conheceram.

Os olhos de Isabel brilhavam de curiosidade, saltando de mim para meu estoico namorado de mentirinha, que por sua vez estava perto o bastante de mim para roubar boa parte da minha atenção.

– Vocês estão se fazendo de difíceis, Lina.

– Essa é a história toda, eu juro. – Soltando um suspiro, me concentrei em minhas mãos, que brincavam com um copo vazio. – Aaron foi contratado pela InTech e foi assim que nos conhecemos. O que mais você quer saber?

– Quero os detalhes que você não me contou.

Percebi que minha irmã ia começar a choramingar, daquele jeito irritante e insistente que sempre conseguia convencer as pessoas a dar a ela o que quer que fosse. Eu mesma tinha sido vítima disso, muitas vezes.

Ela inclinou a cabeça.

– Olha, se rolou um tesão à primeira vista e aí vocês começaram a se pegar e depois a namorar, tudo bem. Não precisa ficar com vergonha. Isso explicaria os boatos que estão circulando sobre uma certa cama quebrada...

Arregalei os olhos, boquiaberta.

– Charo é mais rápida do que eu pensava – resmunguei.

Senti Aaron se mexer ao meu lado, diminuindo a já pouca distância entre nossos braços, mas não virei para olhar para ele, e minha irmã continuou:

– Não sou *mamá*, Lina. Pode me contar.

Minha irmã deu várias piscadinhas tentando me convencer, e ouvi Gonzalo pigarrear.

– Ou compartilhar com o grupo... tanto faz – disse ela, revirando os olhos para o noivo. – Vamos. Estamos ouvindo. Vocês se pegaram primeiro? Quantas vezes antes de começarem a sair oficialmente?

Daniel, que estava quieto demais para alguém que deveria estar se divertindo, soltou um suspiro alto.

– Isabel, acho que não tem necessidade nenhuma de Lina compartilhar isso com o grupo.

Meu olhar virou na direção dele, que estava inexpressivo.

– Obrigada, Dani – respondeu Isabel entredentes. – Mas vou deixar que a *minha irmã* decida se quer ou não compartilhar suas escapadinhas sexuais com a mesa.

Meu Deus, Isabel tinha mesmo usado o termo *escapadinhas sexuais*?

Ao ouvir a mudança no tom de Isabel, Gonzalo colocou o braço sobre seus ombros e a puxou para perto. Reparei que ela relaxou imediatamente, deixando de lado o que eu sabia serem anos de animosidade contida contra o irmão do noivo.

Soltando um suspiro leve, senti uma pontada de culpa. Era uma sensação inédita, e eu também não tinha motivo nenhum para me sentir responsável pela situação. Só que, ao mesmo tempo, era difícil não deixar que um pouco do peso recaísse sobre meus ombros.

Em um mundo ideal, o padrinho do casamento da minha irmã não seria meu ex. Nesse mesmo mundo, eu não teria entrado em pânico ao descobrir que ele estava noivo enquanto eu parecia ter parado no tempo e estava sozinha. E também não teria sentido a necessidade de mentir para minha família nem teria me enrolado naquela teia de farsas que eu mesma tinha tecido. Talvez nesse mundo ideal, o homem ao meu lado estaria ali porque me amava, não porque tínhamos um acordo.

Mas esses eram cenários hipotéticos e, portanto, irreais. Inalcançáveis. Todos estavam bem longe da verdade. No mundo real, há uma consequência para cada decisão tomada. Para cada escolha feita. Não existe um mundo perfeito em que a vida se desenrole de forma organizada, ideal. A vida é uma bagunça, muitas vezes bem difícil, e ela não espera a gente estar pronto para os solavancos na estrada. É preciso segurar firme o volante e voltar para a pista, e foi isso que eu fiz. Para o bem ou para o mal, essa postura era o que me levara até aquele ponto.

Era uma pena que o homem com quem Gonzalo compartilhava seu DNA fosse a outra metade de um relacionamento que foi o catalisador para que eu deixasse para trás tudo aquilo que um dia chamei de lar. Mas, a bem da verdade, eu tinha escolhido viver aquele relacionamento. Com meu professor da faculdade. O homem que apresentaria minha irmã ao amor de sua vida.

Porque a vida não é ideal. Ela faz curvas. Ela tira a gente do eixo e nos coloca de volta em questão de instantes.

Ao contrário do que muitos acreditam, quando, um ano depois do término, me inscrevi no programa que acabou me levando para Nova York, eu não estava fugindo de Daniel; eu estava fugindo da situação em que nosso relacionamento havia me colocado. No processo, ele também havia me magoado muito, é claro, e isso foi o que todos viram. Lina, a fugitiva de coração partido. Mas os danos eram mais graves que um simples término. Depois dele eu havia passado pelo pior ano da minha vida. Eu quase abandonara a faculdade e desistira de me formar. Quase desistira do meu futuro. Tudo porque pessoas que um dia considerei minhas amigas espalharam mentiras nojentas a meu respeito. Algo que ferira não só a mim, mas que também tivera impacto na minha família.

Mas aquela tristeza com que todos me olhavam foi se entranhando em mim com o tempo. E nas poucas vezes em que voltei para casa, solteira, ela foi se tornando mais palpável até se solidificar em algo que eu carregava comigo.

Até meus pais, de certa forma, nitidamente tinham medo de que eu nunca me recuperasse. O que era uma besteira. Eu tinha superado Daniel. O fato de estar solteira não tinha nada a ver com isso. Eu só... tinha dificuldade de confiar em alguém a ponto de me entregar. Ficava sempre a alguns metros de distância de qualquer coisa que pudesse me machucar, o que sempre gerava o mesmo resultado: ou eu me afastava, ou a pessoa se afastava. Mas pelo menos eu saía inteira.

Já Isabel passara de amar Daniel por ter lhe dado Gonzalo a pôr em xeque o caráter do padrinho. Por várias vezes. E, embora ela tenha se tornado minha protetora mais feroz e minha maior torcida, o término nunca abalou seu relacionamento. O que provava o quanto aqueles dois se amavam e se adoravam. Além disso, com o passar dos anos, Isabel aceitou que, embora Daniel tivesse sua parcela de culpa, ele não tinha feito nada além de quebrar uma regra tácita no que dizia respeito a namorar uma ex-aluna. A sociedade se encarregou do resto.

O que não me dava o direito – ou a Isabel ou a Daniel – de obrigar Gonzalo a escolher um lado. O que Isabel acabou aceitando. Um dia. Do jeito dela.

Balancei a cabeça levemente, tentando afastar todos aqueles pensamentos e aquelas memórias.

– Não teve isso de escapadinhas sexuais, Isa.

– Ah, vai... Nem umazinha? Vocês trabalham juntos. E eu vi vocês dois na hora do futebol. Vocês...

– Foi um começo sem grandes acontecimentos – interrompi. – Tire isso da cabeça.

Isabel fez menção de falar e não tive escolha a não ser dar uma cotovelada no meu namorado de mentirinha.

Talvez a confirmação de Aaron a deixasse satisfeita.

– Exato – disse ele, e ouvi em sua voz quanto ele estava achando aquilo tudo engraçado. – Nada de escapadinhas sexuais.

Isabel fechou a boca.

– Infelizmente – acrescentou ele.

E aí foi a minha vez de fechar a boca. Ou de abrir, já que fiquei de queixo caído.

Não olhe para ele. Não pareça chocada. Tudo isso faz parte da armação.

Concentrando a atenção em minha irmã, ignorei o último comentário de Aaron e sorri – esperando que parecesse um sorriso natural.

Isabel pegou a garrafa de *sidra* e despejou um *culín* em minha taça, enchendo apenas o fundo, seguindo exatamente a tradição de servir *sidra*. Depois, ela fez o mesmo com a taça de Aaron.

– Tem alguma coisa que vocês não estão me contando.

Ela estreitou os olhos até virarem duas fendas, empurrando os drinques em nossa direção. Então, me olhou fixamente.

– Estou vendo nos olhos de vocês. Bebam.

Não achei que ela estivesse blefando. Mentir não era exatamente um dos meus talentos e minha irmã tinha aquela capacidade fraternal de detectar esse tipo de coisa.

Minhas mãos começaram a suar. Isabel estava aprontando alguma. E eu precisava começar a falar, entregar algum detalhe.

Virei o conteúdo da taça em um só gole, também exatamente como ditava a tradição. Colocando a taça vazia na mesa, comecei:

– Tá, tá. Ok, então, Aaron e eu nos conhecemos…

Meus olhos saltaram inconscientemente para o rosto de Aaron, que me observava com interesse renovado. Voltei a olhar para Isabel.

– Em um dia frio e escuro, 22 de novembro… Eu me lembro porque é o dia do meu aniversário, não porque…

Parei de novo. Então, balancei a cabeça. Eu mal tinha começado e já estava metendo os pés pelas mãos dando explicações desnecessárias. Por isso que eu nunca, jamais devo mentir.

– Enfim, era novembro.

Aaron acariciou minhas costas levemente. O toque me desconcentrou no início, mas logo, como mágica, me deu confiança. Exatamente como acontecera mais cedo. Eu não sabia como ele conseguia fazer aquilo, mas, quando ele passou os dedos sobre o tecido da minha blusa fina, logo acima da escápula, a sensação de ser uma fraude diminuiu um pouco.

– Mas isso não é importante, eu acho – continuei, pigarreando porque minha voz saiu um pouco tremida. – Conheci Aaron no dia em que ele foi apresentado como o novo líder de equipe pelo nosso chefe.

O toque de Aaron foi ficando mais leve, até cessar completamente.

Tentando manter a cabeça na história e longe da trilha delicada de arrepios que ele tinha deixado em minha pele, continuei:

– Ele entrou na empresa, todo confiante e determinado, todo imponente com essas pernas compridas e ombros largos, e juro que todo mundo na sala de reuniões de repente ficou em silêncio. Eu soube no ato que ele era o tipo de homem que basta uma ou duas palavras para que todo mundo o… respeite, por falta de palavra melhor. Só pelo modo como ele olhava ao redor, avaliando a situação. Como se estivesse procurando por possíveis ameaças e descobrindo maneiras de eliminá-las antes que surgissem. E, mesmo assim, todos pareciam encantados com o cara novo.

Eu lembrava perfeitamente que todos tinham ficado boquiabertos com o novo colaborador bonitão e sério, todos assentiam em silêncio, admirados. Incluindo eu mesma. Eu jamais admitiria isso, mas, na época, cheguei a pensar que poderia muito bem passar o resto da vida satisfeita com aquela voz grave no meu ouvido toda noite.

– Então, é isso, todos os meus colegas ficaram em êxtase, mas eu não. Não me deixei enganar tão fácil. Durante os discursos de Jeff e Aaron, fiquei imaginando como ele devia estar nervoso. Percebi seus ombros se contraindo cada vez mais e seu olhar ficando… inseguro. Como se ele estivesse se segurando para não sair correndo para fora da sala. Então, cheguei à conclusão de que ele não era tão frio quanto parecia, ali em pé. Não podia ser. Ele só estava nervoso. Não era possível que alguém transmitisse uma vibração como aquela de propósito. Era o primeiro dia dele, e isso intimida pra caramba. Achei que ele só precisava de um empurrãozinho na direção certa. Umas boas-vindas amigáveis para se encaixar.

Então comecei a fazer uma coisa bem burra e impulsiva. Como eu sempre dava um jeito de fazer.

– E eu não poderia estar mais enganada – falei, com uma risadinha amarga. – Talvez Aaron não estivesse nervoso... eu não sabia dizer. Mas ele não precisava de empurrãozinho nenhum. Ele não estava interessado em fazer amigos e certamente tinha consciência da impressão que estava causando.

Nesse momento, voltei para o presente, e fui recebida por três pares de olhos confusos. Minha garganta secou.

– Quer dizer, isso obviamente mudou com o tempo – acrescentei logo em um tom nada convincente. – Porque hoje estamos superapaixonados, viva!

Joguei as mãos para o alto, tentando muito retomar o controle, mas o gesto não transmitiu nada do que eu gostaria. Isabel parecia um pouco decepcionada, e antes que o vinco em sua testa ficasse ainda mais profundo, para minha surpresa, Aaron veio ao meu resgate.

– Catalina estava certa. Naquele dia, eu estava um pouco nervoso – confessou, e minha cabeça virou em sua direção.

Aaron estava olhando para minha irmã, o que era bom porque precisávamos desesperadamente fazer uma contenção de danos e isso exigia toda a atenção e o charme dele. Mas também porque eu não queria que ele visse minha expressão. Retomar aquelas lembranças me deixou um pouco sensível e eu não conseguia esconder como eu realmente me sentia a respeito daquele dia.

– Eu não tinha planos ou esperança de fazer amigos, não durante aquela primeira reunião nem depois dela – continuou ele.

Depois de quase dois anos suportando aquela postura, a informação não era novidade para mim.

– E fui bem claro quanto a isso. A última coisa que eu queria era que alguém ficasse pensando que eu estava ali para fazer qualquer coisa que não fosse entregar o melhor trabalho possível. E, na minha cartilha, isso não é compatível com contar piadas e compartilhar histórias de família. Mas naquele dia Lina apareceu na minha sala. Um pouco depois das cinco.

Ele olhou para as mãos, e suas pálpebras encobriram o azul de seus olhos por um instante.

Por um motivo que eu não sabia explicar, meu coração acelerou com aquela lembrança. Provavelmente a reação física a reviver aquele momento vergonhoso vindo dos lábios dele. *Vergonha.*

– Ela estava com o rosto vermelho, e com um pouco de neve no cabelo e no casaco. Segurava um embrulho com um desenho ridículo de chapeuzinhos de festa. Quando olhei para ela, tive certeza de que ela só podia ter errado de sala, não era possível que aquela mulher estivesse ali, segurando um presente para mim. Talvez fosse para o cara que ocupava aquela sala antes de mim. E eu ia dizer isso a ela, mas não tive chance porque ela começou a tagarelar sobre como Nova York era fria no inverno e como as pessoas ficavam irritantes quando nevava, que a cidade era caótica e nem um pouco tranquila. "Como se eu tivesse culpa pelos nova-iorquinos detestarem neve", disse. "Parece que o frio congela o cérebro das pessoas e deixa todo mundo burro."

Aaron deu um sorriso tímido e brevíssimo. Fiquei observando seu rosto, absorvendo as palavras que me levaram de volta àquele dia.

Àquela altura, meu coração batia aceleradíssimo, uma coisa selvagem pedindo para ser libertada. Implorando para fazer todas as perguntas que se formavam na minha cabeça e ameaçando fazer isso se eu mesma não fizesse.

– Ela colocou o pacote em cima da mesa e disse para eu abrir. Mas o frio também deve ter congelado o meu cérebro, porque em vez de seguir em frente fiquei olhando para o pacote. Paralisado e... intrigado. Sem a menor ideia do que fazer com aquilo.

Ele tinha feito isso mesmo, e a reação me fez entrar em pânico e virar a Lina em modo controle de crise. O segundo erro que cometi aquele dia.

– Como eu não peguei o pacote, ela mesma desembrulhou e tirou o que tinha dentro.

Aaron soltou um ruído abafado, curto e quase triste.

Eu também não estava rindo, ocupada demais pensando no fato de que ele lembrava de tudo. Em detalhes. Eu tinha várias perguntas.

– Era uma caneca. Com uma frasezinha engraçada: *Engenheiros não choram. Eles constroem pontes para passar por cima dos problemas.*

Nesse momento alguém riu. Isabel ou talvez Gonzalo. Batendo enlouquecidamente, meu coração de algum jeito subiu pela garganta e chegou às têmporas e eu não conseguia me concentrar em nada que não fosse a voz de Aaron.

– E sabe o que eu fiz? – continuou ele, o tom de voz ficando amargo. – Em vez de rir, como eu queria, em vez de olhar para ela e dizer alguma coisa engraçada que provocasse um daqueles sorrisos largos que eu já tinha visto tão livremente nas poucas horas que tinha passado com ela, suprimi tudo e coloquei a caneca em cima da mesa. Então agradeci e perguntei se ela precisava de mais alguma coisa.

Eu sabia que não deveria ficar envergonhada, mas eu estava. Tanto quanto tinha ficado na época, se não mais. Tinha sido uma atitude tão boba... Quando Aaron me dispensara com tanta naturalidade, eu me sentira tão minúscula e tão burra.

– Eu praticamente expulsei Lina da minha sala depois de ela ter feito questão de me comprar um presente – disse ele em tom baixo e sério. – Uma porcaria de um presente de boas-vindas.

Abri os olhos a tempo de ver Aaron virar a cabeça na minha direção. Nossos olhares se encontraram.

– Exatamente como o grande babaca que eu tinha demonstrado ser, eu a afastei. E até hoje me arrependo sempre que me lembro disso, sempre que olho para ela.

Aaron não piscava, e acho que eu também não. Acho que eu não estava nem respirando.

– Todo o tempo que desperdicei sendo um babaca. Todo o tempo que eu poderia ter passado com ela.

Se eu não estivesse apoiada na mesa da *sidrería*, eu teria caído. Minhas pernas não conseguiam mais sustentar meu peso. Meu corpo parecia estar anestesiado. Aaron olhou para mim e... Não, ele olhou para *dentro* de mim, e, em troca, deixou que eu fizesse o mesmo. Eu não sabia como, mas seria capaz de jurar que, naquele momento, ele estava expondo um pedacinho de si. Ele estava tentando me dizer alguma coisa que eu não sabia se era capaz de assimilar. Estava mesmo? Ou será que estava implorando para que eu lembrasse que aquilo era uma farsa? Ou para que eu não esquecesse que, ainda que fosse, suas palavras continham parte da verdade?

Mas isso não fazia sentido, fazia?

Não. Nada fazia. Nem eu me perguntar esse tipo de coisa, nem o que quer que eu achava ter ouvido dele ou visto em seus olhos.

Certamente não o jeito como meu coração havia se transformado em uma bola de demolição, destruindo tudo pelo caminho e deixando apenas um rastro de ruínas.

– E o que aconteceu depois? – perguntou uma voz familiar.

– Depois – respondeu Aaron, que, com o dorso dos dedos, acariciou meu rosto –, eu passei mais um tempinho agindo como um bobo... um idiota, depende de para quem você perguntar...

Fechei os olhos, rompendo o contato. O sangue pulsava pelo meu corpo. Eu ainda sentia o toque dele no meu rosto.

– E, com o tempo, acabei conseguindo fazer com que ela me desse uma chance, acreditasse que precisava de mim. Depois, provei que precisava mesmo.

Meus olhos ainda estavam fechados. Eu não confiava em mim o suficiente para abri-los.

Não queria ver Aaron. Seu rosto, seus lábios, a mandíbula desenhada. Não queria ver se havia segredos nas profundezas do oceano em seus olhos.

Eu estava morrendo de medo de não encontrar nada. De encontrar alguma coisa. Tudo, qualquer coisa. Eu... estava simplesmente morrendo de medo. Muito confusa.

Então, alguém começou a bater palmas e eu ouvi a voz inconfundível da minha irmã.

– Você – disse ela, quando abri os olhos.

A voz da Isabel parecia trêmula de emoção e raiva. Tudo ao mesmo tempo.

Não que eu me importasse naquele momento. Eu estava olhando nos olhos de Aaron de novo e ele não tinha tirado os olhos de mim.

O que está acontecendo? O que estamos fazendo?

Minha irmã continuou falando.

– Que lindo isso, Aaron. E você, Catalina Martín Fernández – disse Isabel, usando meus dois sobrenomes, sinal de que eu estava enrascada. – Você não é mais minha irmã. Não acredito que escondeu tudo isso de mim... Você me fez falar de escapadinhas sexuais quando a verdade é muito melhor que essas besteiras superficiais.

A verdade. Essa palavrinha azedou meu estômago.

– Ainda bem que seu namorado tem mais juízo. Você tem muita sorte por ele estar aqui.

Aaron continuou olhando para mim ao dizer:

– Viu? É excelente mesmo eu estar aqui.

Isso fez meu coração dar mais uma pirueta.

– Ah, Aaron.

Ouvi minha irmã soltar um suspiro trêmulo e percebi que ela estava prestes a chorar. Ou me chutar. Poderia ser qualquer uma dessas coisas.

– Você não faz ideia do quanto isso me deixa feliz. É o melhor presente de casamento que eu poderia ganhar, ver minha irmãzinha finalmente… – disse ela, com a voz embargada. – Depois de todo esse tempo, é… Ah, cara. Por que estou chorando quando minha vontade é dar um chute nela? Deve… deve… ser…

Mais um soluço de Isabel.

Ah, meu Deus.

Relutante, desviei o olhar para minha irmã: Isabel estava em prantos. E parecia puta da vida também.

– Deve ser a pressão do casamento… – resmungou ela, ou assim achei.

Daniel, de quem eu tinha me esquecido completamente, disse alguma coisa baixinho e pegou a garrafa de *sidra*. Estava vazia, então ele a colocou de volta em cima da mesa e disparou em direção ao bar.

– *Ven aquí, tonta.*

Gonzalo puxou minha irmã em um abraço, encaixando o queixo sobre sua cabeça. Então, enunciou apenas com o movimento dos lábios *Mais álcool.*

É. Era a única coisa que poderia salvar a noite, já que a noiva estava aos prantos. Principalmente porque ela estava chorando por uma história que nem era verdade.

Porque não podia ser.

Era tudo mentira. Uma farsa.

Aaron estava jogando, exatamente como eu tinha pedido. Ele enfeitava a verdade, alterava para que se encaixasse na farsa que estávamos estrelando. Nada além disso. Continuávamos os mesmos Aaron e Lina de quando saímos de Nova York.

E, falando em Nova York, ele ainda era o mesmo Aaron que seria promovido a meu chefe.

Ouviu isso, coração burro e delirante? Chega dessa maluquice.
Para Aaron Blackford, aquilo tudo não passava de uma atuação.

Quando chegamos à parada seguinte, a boate – e dar esse nome ao bar modesto e mequetrefe que abria uma pista de dança à meia-noite era generoso –, eu tinha noventa e nove por cento de certeza de que talvez tivesse cruzado a fronteira entre estar alegrinha e estar bêbada.

O um por cento restante estava dividido. Com toda aquela *sidra* correndo nas veias, era difícil discernir se o que eu estava sentindo era culpa só do álcool ou se tinha alguma coisa a ver com o homem que me observava como um falcão.

Aaron tinha parado de beber em algum momento entre a choradeira de Isabel e a chegada do restante do grupo de convidados à *sidrería*. O que eu ainda não tinha certeza se era uma coisa boa. Ele estava completamente sóbrio, e isso queria dizer que no dia seguinte se lembraria de cada detalhe da noite. E isso não era bom. Porque que toda vez que ele me tocava, meu corpo claramente reagia. E porque toda vez que ele abaixava a cabeça para perguntar se eu estava bem ou se eu estava me divertindo, meu coração despencava para a boca do estômago.

No mais? Bom, eu estava preocupada com a música alta que enchia meus ouvidos e se espalhava até meus quadris e meus pés enquanto andávamos pelo lugar lotado e escuro.

Entrando no mar de corpos com o restante do grupo a reboque – ou não, porque provavelmente tínhamos nos perdido deles –, de repente dei alguns passos para trás, cambaleando. Aaron, que estava bem atrás, me segurou. Ele envolveu minha cintura e pousou a mão no meu quadril.

Em um movimento rápido, eu estava apoiada nele.

Pelo que devia ser a centésima vez naquela noite, todas as minhas terminações nervosas ficaram eletrificadas no exato instante em que minhas costas entraram em contato com o corpo dele. Cada centímetro de pele encostada na dele ficou quente. Mesmo através do tecido fino da minha blusa e da camisa dele.

Ele apertou meu quadril com dedos fortes e longos.

Virando para olhar para seu rosto, não me importei que meus lábios estivessem abertos e que meus olhos provavelmente estivessem um pouco turvos e anuviados. Exatamente como eu mesma me sentia e sabia que seria incapaz de disfarçar, fosse pelo álcool ou pela proximidade com Aaron.

Então, em vez disso, pela primeira vez, me permiti aproveitar. Foquei toda a minha atenção nele. Em todos os pontos em que nossos corpos se tocavam e no modo como ele olhava para mim. Me *concentrei* em Aaron e em como ele me abraçava enquanto avançávamos para dentro do bar. Olhando para trás, notei que alguma coisa dançou no azul de seus olhos. Pensei que ele fosse sorrir, mas a boca formou aquela linha séria.

– Você me segurou... Meu salvador. Sempre vindo ao meu resgate, Sr. Kent – falei, em meio à música estrondosa, parte de mim ciente de que era o álcool falando.

Aaron não respondeu. Alguém atrás dele nos chamou. Ou talvez tenha vindo do outro lado do bar lotado. Eu não sabia, e não me importava. Eu ia dizer a Aaron que ignorasse, mas então ele me deu a mão e me puxou para o lado.

Coisa de que gostei muito. Demais. Então não reclamei.

Ele foi me conduzindo como se ele é que tivesse passado inúmeras noites ali quando era mais jovem. O bar era tão escuro e estava tão cheio de gente quanto eu lembrava. A música ainda alta demais, o chão grudento por causa das bebidas derramadas.

Eu amava aquela atmosfera.

E amei o fato de Aaron estar lá comigo naquela noite. Amei o fato de ele me proteger dos empurrões acidentais – ou ébrios.

Amei muitas, muitas coisas naquele momento. E senti que precisava falar isso para ele.

Fiquei na ponta dos pés, na esperança de chegar perto da orelha dele em vez da axila, porque isso seria bem vergonhoso.

– Esse lugar não é o máximo? Eu amo. Não tem nada a ver com as boates metidas de Nova York, né?

Aaron abaixou a cabeça, seus lábios pairaram sobre a minha orelha.

– É bem... autêntico.

Ele fez uma pausa, mas não afastou a boca. Um arrepio percorreu minhas costas.

– No começo fiquei um pouco desconfiado, não vou mentir.

Sorri. Definitivamente não fazia o estilo de Aaron.

– Mas agora... – continuou ele, e seus lábios tocavam a área sensível logo abaixo da minha orelha, me fazendo derreter e despertar, tudo ao mesmo tempo. – Agora, acho que poderia ficar aqui até o sol nascer. Talvez até um pouco mais.

Meus lábios se abriram, mas, quando eu ia começar a falar, alguém me empurrou e acabei ficando ainda mais perto dele, só que dessa vez frente a frente. E imediatamente senti todos os músculos que eu tinha visto reluzindo sob o sol naquela manhã.

Algo dentro de mim acelerou até quase explodir.

Meu corpo me incitou a eliminar os últimos centímetros de espaço entre nós. Era louco o quanto eu queria fazer aquilo, era louco o desejo correndo nas veias. Como se o coração estivesse bombeando loucura pura pelo meu corpo. Eu me sentia tão ousada que meus braços se ergueram por conta própria, e minhas mãos se uniram na nuca de Aaron. Vi seus olhos se arregalarem por um instante, então alguma coisa ardeu naqueles olhos azuis, substituindo a surpresa por algo que parecia fome.

Todos à nossa volta estavam dançando algo que minha mente nebulosa parecia querer se lembrar de algum lugar. Era latina, divertida, o tipo de *guilty pleasure* que compunha as noites de verão na Espanha. Comecei a mexer os quadris inconscientemente e Aaron colocou as mãos na minha cintura. E estávamos dançando. A lembrança de ter feito isso com ele pouco tempo antes me pegou de surpresa por um instante. Era irônico que estivéssemos na mesma situação em tão pouco tempo e que parecêssemos pessoas totalmente diferentes.

Não fazia sentido.

Mas eu não me importava. Não naquela noite.

Meus dedos brincaram com o cabelo curto da nuca de Aaron enquanto nossos quadris balançavam ao som da batida. Tão macio... O cabelo dele era tão macio. Exatamente como eu imaginava que seria. Puxei um pouco as mechas, sem saber por quê. Em resposta, ele aumentou a pressão, fazendo meu sangue ferver e vibrar em lugares interessantes.

Sem conseguir me segurar, fiquei de novo na ponta dos pés, abrindo mão de qualquer desculpa para examinar seu rosto mais de perto. Ele não estava franzindo a testa nem sorrindo, mas alguma coisa em seus traços dava a ele um ar diferente. Livre. Sim, era isso. Não havia nenhum resquício daquela reserva usual. E, para mim, isso o fazia parecer mais lindo do que nunca.

Talvez eu devesse dizer isso a ele.

Abri a boca para falar e vi que Aaron observava meus lábios. O que vi naqueles olhos me deu um frio glacial na barriga.

– Aaron...

O jeito como ele me olhava me desconcentrou. Tive a impressão de ter parado de dançar. O que eu queria dizer mesmo?

– Você confia em mim, Catalina? – perguntou ele.

Sim. A resposta me veio à cabeça, mas não verbalizei. Havia alguma coisa segurando aquelas três letrinhas. Alguma coisa que eu mal sabia que precisava manter em mente.

Os dedos de Aaron se espalharam e ele percorreu o tecido da minha blusa com os polegares. Um deles escorregou por baixo de barra. O simples contato enviou uma onda de sensibilidade pura pela minha pele.

– Não confia, ainda não – disse ele, em meu ouvido, e seus lábios pairaram sobre meu rosto, me deixando sem ar. – Mas você vai. Pode ter certeza disso.

Eu... eu não entendia. Não entendi naquele momento e provavelmente não entenderia depois. Mas qual era a importância disso quando sua boca estava tão próxima da minha? Quando seus lábios dançavam em minha mandíbula, tocando muito de leve, o que só me deixava doida. Se eu me mexesse, se eu inclinasse a cabeça e...

Um grito e uma mão pousando em meu braço desmancharam qualquer pensamento e, de repente, eu estava sendo arrastada para longe de Aaron. Mais um grito alto indicou quem estava atrás de mim, puxando meu braço.

– ¡Lina, nuestra canción! – gritou minha irmã, mais alto que a música, nos levando a uma abertura estreita, onde havia algum espaço.

Nossa música?

Meus ouvidos absorveram a música que saía dos alto-falantes enquanto a ficha lentamente ia caindo.

Impossível não reconhecer a batida. O vídeo infame em que dançamos aquela música era reproduzido sem parar em encontros da família e Natais desde sei lá quando. A música e a coreografia estavam gravadas em meu cérebro para sempre. Estava tocando "Yo Quiero Bailar", de Sonia y Selena, e isso só podia significar uma coisa.

– Hora de pagar a derrota! – gritou Gonzalo.

Com isso, todos abriram o máximo de espaço possível ao redor de nós duas e o restante do Time da Noiva se reuniu atrás de nós para pagar a aposta por termos perdido a Copa do Casamento.

Meu corpo despertou ao som da batida familiar.

– Você vai pagar por isso, noiva neurótica – gritei mais alto que a música enquanto olhávamos uma para a outra, preparando nossas posições para começar a coreografia infame.

– Eu? – respondeu ela, enquanto mexíamos o quadril, sincronizadas. – Você vai me agradecer depois.

Giramos os braços no alto e fomos descendo até o chão.

– Como assim? – perguntei, enquanto batíamos no quadril uma da outra, seguindo com a coreografia idiota.

Eu sentia o conjunto improvisado de bailarinas do Time da Noiva em algum lugar atrás de nós. Elas imitavam nossos movimentos da melhor forma possível. Em sua defesa, não acho que fosse tarefa fácil imitar os movimentos embriagados da minha irmã e os meus.

Isabel e eu batemos na mão uma da outra no alto. Então, fomos descendo até o chão com a batida da música, de um jeito que deveria seria sensual, mas provavelmente acabou saindo desajeitado e nada natural.

– Como assim que, se os olhos ardentes do seu namorado significarem alguma coisa, você vai se dar *muito* bem esta noite.

Aquelas palavras mal tinham entrado pelo meu ouvido quando quase caí de bunda.

Olhei rapidamente para o lado, observando a plateia e pousando em um par muito específico de olhos. Ardentes, como Isabel tinha acabado de descrever. E enquanto eu reproduzia os movimentos, contando apenas com a memória muscular, não consegui mais desviar o olhar daqueles olhos azuis penetrantes.

Executei a coreografia distraída, incapaz de olhar para outro lugar. Magnetizada por aqueles dois pontos azuis que pareciam iluminados. E, embora eu pudesse culpar o álcool, eu não sabia dizer qual era a desculpa dele.

Aaron observava cada movimento ridículo e bobo como se estivesse contemplando algo mais que uma coreografia inventada por duas irmãs bobalhonas tantos anos antes. Olhava para mim como se eu fosse mais do que uma mulher adulta executando uma dança boba e maluca. Como se estivesse adorando. Como se ele estivesse prestes a abrir caminho entre a multidão só para chegar mais perto e captar meu mais ínfimo movimento.

Nunca tinham me olhado daquele jeito. Nunca.

Quando a música acabou e começou o hit seguinte de dez anos antes, o que quer que estivesse acontecendo entre mim e Aaron revirou meu estômago. Imediatamente. Tanto que me deixou tonta, agitada e prestes a sair do corpo.

Lembrei dos nossos corpos bem próximos, apenas alguns minutos antes.

Tentei me recompor, controlar a respiração. O suor escorria pelas minhas costas e pelos braços, uma sensação avassaladora percorrendo meu corpo todo.

Eu precisava de ar fresco. Isso sempre ajudava.

– Vou sair um pouquinho – falei para Isabel, envolvendo-a em um abraço rápido.

Minha irmã assentiu, distraída pela música, que calhava de ser sua música favorita no mundo todo também. Virei em direção à porta, sem ousar olhar para Aaron. Eu não podia. Eu simplesmente... não podia.

Precisava organizar meus pensamentos.

Após abrir caminho em meio ao mar de corpos, saí para a noite quente e úmida e agradeci pela brisa do mar. O alívio foi instantâneo, mas breve. Minhas pernas pareciam pesar cem quilos cada uma.

O que ainda era preferível ao que eu sentira lá dentro. Eu estava arrependida de cada drinque tomado. Com a mente mais afiada, talvez eu fosse capaz de entender o que quer que estivesse acontecendo. Principalmente por que meu coração parecia armar um complô contra mim.

Sentei no meio-fio para descansar as pernas. Estávamos em uma área de pedestres, e apenas carros de moradores podiam circular. Dada a hora, quase três da manhã, a probabilidade de eu ser atropelada era baixa. Então, me permiti um tempinho, tentando acalmar o que quer que estivesse deixando o meu corpo arrepiado e formigando.

Com os olhos fechados e os cotovelos apoiados nos joelhos, me concentrei na música abafada que vinha do bar.

A porta atrás de mim abriu e fechou.

Eu soube que Aaron estava ali antes mesmo que ele dissesse qualquer coisa. Ao que parecia, estávamos sintonizados. Aquele homem quieto cuja presença sempre falava muito mais alto que as palavras. Sem virar para trás, ouvi seus passos pesados se aproximando de onde eu estava, sentada na calçada morna. Aaron sentou bem ao meu lado e esticou as pernas, ocupando possivelmente o dobro do espaço que as minhas ocupavam.

Uma garrafa de água caiu suavemente em meu colo.

– Talvez você queira um pouco disso – disse ele.

A sensação avassaladora que tinha me levado até ali ainda não tinha se dissipado e atrapalhava meu raciocínio.

Ele cutucou minha perna com o joelho, me incentivando.

Olhei para a garrafa no meu colo e de repente me senti exausta, meus braços pesados demais para abri-la. Meu corpo inteiro parecia pesado, na verdade. Ali, tão perto, o corpo grande e quente de Aaron me convidava a encostar a cabeça em seu braço e fechar os olhos por um minutinho. Só um cochilinho rápido.

– Sem dormir, linda. Por favor – disse ele, que pegou a garrafa, abriu e enfiou na minha mão. – Beba – pediu com a voz suave.

Mais um cutucão da perna.

E que bela perna era aquela. Ele devia ter mais músculos no quadríceps do que eu tinha no corpo inteiro. Levando a garrafa aos lábios, bebi um gole considerável enquanto continuava minha análise cuidadosa.

É uma coxa direita muito bonita, pensei pousando a garrafa ao colo.

Uma risadinha me fez olhar para o homem responsável por ela.

Seus lábios se curvaram em um sorrisinho torto, me distraindo.

– Obrigado – disse ele, o sorriso ficando mais largo. – Ninguém nunca elogiou essa parte específica da minha perna.

Franzi a sobrancelha.

Eu tinha dito aquilo em voz alta? Ai, droga.

Olhando para ele, ainda em silêncio, optei por beber mais água. Meu cérebro estava claramente desidratado se eu estava dizendo em voz alta tudo que me vinha à cabeça.

– Está melhor? – perguntou Aaron ao meu lado.

– Ainda não – respondi, dando um sorriso hesitante. – Mas obrigada.

Aaron franziu a testa, a cara amarrada ressurgindo.

– Vou te levar de volta para o apartamento. Vamos.

As pernas que eu estava admirando se dobraram, prontas para levantar seu corpo.

– Não, espera…

Minha mão repousou naquela bela coxa, tão firme.

– Ainda não, por favor. Podemos ficar aqui só mais um pouquinho?

Os olhos azuis de Aaron pareceram analisar alguma coisa, provavelmente meu estado, mas ele ficou onde estava e olhei de novo para aquelas pernas esticadas.

– Obrigada. Tem… Tem uma coisa que eu preciso te contar. Uma confissão.

Mesmo sem olhar para ele, senti que Aaron ficou tenso.

– Pesquisei você no Google. Só uma vez. Mas pesquisei.

Aaron pareceu refletir, mas não fez nenhum comentário. Em vez disso, pegou a garrafa da minha mão, abriu, e fez um gesto indicando que eu bebesse mais. Quando terminei, ele pegou a garrafa vazia e pensei tê-lo ouvido resmungar alguma coisa, mas não tinha certeza.

– Achei muita coisa e foi por isso que só me permiti pesquisar uma vez – admiti com um sorriso tímido. – Estava com medo de encontrar alguma coisa que mudasse o que penso sobre você.

– E encontrou?

– Sim, e não.

O que encontrei mudou a imagem que eu tinha de Aaron? Eu achava que não era capaz de responder isso.

– Devo ter visto todas as fotos que o Google tinha disponíveis.

– Então viu muitas fotos.

– Talvez – disse, dando de ombros. – Quer saber o que descobri?

Ele não respondeu, mas contei assim mesmo.

– Tem uma foto de você no meio do campo; você está de costas para a câmera, e está com o capacete dourado pendurado na mão. Só dá para ver suas costas, mas eu poderia jurar que saberia dizer como estava seu rosto. Imaginei a testa franzida e a mandíbula tensa, como quando você está chateado, mas não quer demonstrar.

Aaron permaneceu quieto, e olhei para ele de relance. Ele me observava e havia algo em sua expressão que parecia choque.

Mas naquela noite eu era uma Lina sem filtro, que pelo jeito não tinha problemas em falar ou revelar demais.

– E também vi umas matérias – continuei. – Várias, elogiando você como jogador. Chamando você de promessa da NFL. Mas, a partir de determinada época, elas sumiram. Como se você tivesse desaparecido da face da terra.

O olhar de Aaron parecia vazio, como se ele não estivesse mais ali comigo, sentado na calçada na cidadezinha espanhola que me viu crescer.

Continuei, não por querer pressioná-lo a me contar detalhes, mas porque de algum jeito não conseguia parar de me explicar.

– Acho que não são muitas as promessas do futebol americano que trocam o esporte pela vida nada glamorosa de engenheiro de uma empresa média de tecnologia.

Eu não sabia muito sobre como o futebol universitário funcionava, mas o pouco que tinha lido durante a pesquisa me dizia que eu não estava enganada.

– Desde que você me contou isso, me pergunto o que poderia ter levado a essa decisão. Uma lesão? *Burnout?* Como uma pessoa faz essa transição tão brusca?

Passei os dedos em seu braço imaginando que Aaron ficaria assustado, mas não. Em vez disso, ele entrelaçou os dedos nos meus e pousou nossas mãos sobre a coxa dele.

– Tudo bem se você não quiser falar sobre isso.

Apertei a mão dele. Estava tudo bem mesmo, mas isso não queria dizer que eu não me sentia um pouco decepcionada.

– Se não quiser me contar.

Aaron não disse nada por um bom tempo e usei o intervalo para aceitar o fato de que ele nunca se abriria comigo. Não que eu o culpasse, porque eu mesma não tinha sido totalmente sincera com ele sobre meu passado. Mas, por mais que eu tentasse dizer a mim mesma o contrário, a sensação de derrota tornava difícil ignorar o que eu realmente sentia. Eu queria saber. Queria desenterrar e descobrir tudo sobre o passado dele porque no fundo eu sabia que isso era a chave para finalmente entender o homem que Aaron se tornara. E o fato de ele não me deixar entrar só me lembrava de que eu não era mais especial do que ninguém.

– Ah, Catalina – disse ele, finalmente, e soltou um suspiro profundo e cansado. – Eu quero contar. Eu te contaria tudo sobre mim.

Meu coração repassou todas as besteiras com as quais eu tinha lidado naquela noite. *Ele vai me contar tudo.*

– Mas você mal consegue ficar em pé. Não está em condição de acompanhar uma conversa direito.

– Estou sim, prometo que vou ouvir – rebati de pronto. – Não estou tão bêbada. Olha só, posso provar.

Fiquei de pé, de um jeito bem instável. Mas, mesmo me sentindo um pouco melhor, havia grandes chances de me espatifar de cara no chão se me mexesse rápido demais. O que, ainda assim, não me impediria. Eu provaria para Aaron que estava bem, eu não deixaria aquela oportunidade escorrer por meus dedos de bêbada e…

Um par de mãos grandes interrompeu minha trajetória, me segurando pela cintura.

– Calma. Vamos evitar ficar em pé – disse Aaron.

Ele me fez voltar à posição anterior com facilidade, ao seu lado. Talvez um pouco mais perto de seu corpo. O que não me faria reclamar.

– Você quer tanto assim saber?

– Aham, eu quero saber tudo – confessei, Lina sem filtro atacando mais uma vez.

Ele soltou uma risada sem nenhum humor.

– Não era meu plano que as coisas saíssem como saíram.

Meu cérebro confuso não entendeu muito bem, mas, antes que eu pudesse perguntar, ele continuou:

– Sempre joguei futebol americano. Passei duas décadas fazendo só isso da vida. Meu pai era um cara meio que importante em Washington.

Aaron balançou a cabeça, o cabelo curto e desgrenhado quase reluzindo sob a luz suave da rua.

– Meu pai era famoso por saber identificar jogadores em potencial, fez isso milhões de vezes. Então, quando ele percebeu que eu mesmo tinha o talento bruto de que ele tanto falava, foi como se toda a sua carreira o tivesse preparado para aquilo. Para ter um filho que ele pudesse moldar como um jogador perfeito desde o início.

– Ele treinou você desde a infância? – murmurei.

Aaron dobrou as pernas e apoiou os cotovelos nos joelhos.

– Mais do que isso. Meu pai me transformou em um projeto pessoal. Ele tinha um filho, alguém dentro da própria casa, com potencial de se tornar tudo o que ele sempre sonhou. E tinha as ferramentas e a experiência para tornar isso possível. Não havia espaço para erros. Meu pai batalhou para me transformar em uma máquina impecável, que ele montou com cuidado desde o instante em que minhas pernas desenvolveram força suficiente para correr atrás de uma bola e minhas mãos cresceram o bastante para segurar uma.

Aaron fez uma pausa. Ele estava olhando para a rua sombria à nossa frente, e vi sua expressão endurecer.

– Nós dois trabalhamos duro. E durante muito tempo eu me dei bem no futebol.

Me peguei me aproximando mais, até meu braço e meu ombro ficarem totalmente alinhados com os dele.

– Como isso mudou? – perguntei, deixando que meu corpo se apoiasse um pouco no de Aaron. – Quando você deixou de gostar de jogar?

Ele olhou para mim de esguelha, algo em sua expressão se suavizou.

– Sabe essa foto que você mencionou? – perguntou ele, e desviou o olhar para a rua vazia à nossa frente. – Foi meu último jogo.

Aaron fez uma pausa, e percebi que ele precisava de um momento para se recompor, sua voz ficou séria.

– Exatamente um ano depois da morte da minha mãe.

Senti um aperto no coração e uma vontade urgente de abraçá-lo e protegê-lo, de tirar aquela dor que havia em sua voz. Mas me limitei a pegar sua mão e entrelaçar nossos dedos. Ele então colocou nossas mãos unidas em seu colo.

– Naquele momento, vendo a multidão e meus companheiros comemorando uma vitória com a qual eu não conseguia me importar, decidi desistir. E foi o que fiz.

– Deve ter sido muito doloroso – falei, acariciando a pele quente das costas de sua mão com o polegar. – Tudo isso, perder sua mãe e desistir de uma coisa para a qual você havia dedicado uma vida inteira.

– Doeu – disse ele, de cabeça baixa, e vi que ficou olhando para nossas mãos entrelaçadas. – Meu pai não conseguiu entender. Ele nem tentou...

Aaron soltou uma risadinha amarga.

– Depois do diagnóstico da minha mãe, minha carreira no futebol tinha se transformado na válvula de escape perfeita. Só que em vez de isso consolidar nosso relacionamento de pai e filho, nos transformou em jogador e treinador, nada mais que isso.

Mais perdas. Meu coração ficou partido por ele. Apertei sua mão e encostei a cabeça em seu braço, bem devagar.

– Ele disse que eu estava jogando minha vida fora. Meu futuro. Que eu seria um fracasso. Que, se eu fosse mesmo abrir mão mesmo de uma oportunidade que mudaria minha vida, ele não queria ter mais nada comigo. Então eu me formei e fui embora de Seattle.

Ainda segurando minha mão, Aaron apertou meus dedos. Mantive a cabeça encostada nele e senti minha mão livre ir em direção a seu braço. Era o único jeito que eu tinha de expressar meus sentimentos por tudo o que ele havia passado sem envolvê-lo em um abraço apertado que eu não tinha certeza de que seria capaz de largar. Não naquela noite, pelo menos.

– Deve ter sido muito difícil crescer limitado pela ideia de outra pessoa quanto ao que você deveria ou não ser.

Ele brincou com meus dedos, distraído, as carícias suaves de sua pele na minha fazendo meu braço se arrepiar.

– Hoje, olhando para trás, eu entendo. Mas enquanto estava acontecendo eu não percebi; as coisas eram como eram. Me colocavam uma lista de objetivos, e eu ia em frente – explicou ele, o polegar trilhando meu pulso. – Nunca fui infeliz, pelo menos não até perceber que também não era totalmente feliz.

– E agora? Você é totalmente feliz agora?

As carícias pararam, e ele não hesitou ao responder:

– Totalmente? Ainda não. Mas estou fazendo o possível e o impossível para chegar lá.

DEZENOVE

Qualquer um que testemunhasse minhas tentativas ridículas de chegar até o quarto acharia óbvio que eu estava prestes a cair de cara no chão. E não estaria enganado. Eu estava me arrastando, os pés mal levantavam do chão.

Ironicamente, e ao contrário do que meu corpo dizia, eu nunca tinha me sentido mais desperta do que quando passei por aquela porta.

Minha cabeça estava a mil por hora. Digerindo tudo o que Aaron tinha me contado sobre seu passado. Revirei cada pedacinho de informação até ter a certeza absoluta de que estavam guardadas em segurança em um lugar da memória de onde nunca escapariam.

Não importava que minhas pernas cambaleassem a cada passo e a exaustão pulsasse por todo o meu corpo. A confissão de Aaron – porque de fato pareceu que ele estava revelando algo que vinha mantendo guardado a sete chaves – tinha criado um pequeno turbilhão na minha cabeça.

E no peito. Definitivamente no peito também. Com o coração apertado, eu ainda tentava aceitar o fato de que não devia estar sentindo aquilo. Ou querendo fazer alguma coisa. Parte de mim sentia falta de estar bêbada ou alegrinha o bastante a ponto de não me importar, mas depois de toda a água que Aaron insistiu que eu bebesse – e como não bebi mais nada depois que voltamos para dentro do bar –, eu não podia mais me dar ao luxo dessa desculpa. Já passava das cinco da manhã, e o efeito do álcool tornara-se apenas um zumbido baixinho que indicava que o dia seguinte não seria muito agradável.

Não percebi que estava parada no meio do quarto, olhando para o

289

nada, até que Aaron fechou a porta ao entrar. Quando me virei, meu olhar foi imediatamente para o copo de água em suas mãos.

Vi Aaron caminhar até a mesinha de cabeceira, onde eu tinha colocado algumas das minhas coisas, e deixar o copo ali.

– É para mim?

Eu sabia a resposta, mas aquele pequeno gesto me fez derreter. Como todas as vezes em que ele cuidou de mim naquela noite. Eu... não me sentia mais tão pequena.

– Se continuar cuidando de mim assim, vai ser muito difícil voltar à vida real.

Talvez eu não devesse ter dito aquilo, talvez não devesse ter colocado naqueles termos, mas, depois de tudo o que tinha acontecido, a cautela que eu tentava manter perto de Aaron parecia estar se dissipando.

Aaron assentiu, parecendo mais sério, mas não comentou o que eu tinha acabado de dizer. Em vez disso, abriu os primeiros botões da camisa e em seguida mudou de ideia e começou a mexer na pulseira do relógio.

Sentindo as pernas bambas – pelos motivos errados –, fui até a beirada da cama e sentei em cima do edredom simples e sedoso. Impedindo que meu corpo afundasse nele imediatamente, soltei um suspiro de cansaço, liberando um pouco da tensão dos ombros. Mas, antes que eu pudesse relaxar totalmente, retomei a postura quando me dei conta de uma coisa.

A cama.

Dormiríamos juntos naquela cama.

De algum jeito, aquele fato tinha desaparecido da minha cabeça até aquele instante. Relembrá-lo causou uma coisa estranha em minha barriga. Não estranha de um jeito engraçado, mas de um jeito excitante, que me deixou com calor.

Bom, se eu estava me sentindo assim e ainda nem tínhamos deitado, eu não podia nem imaginar o que aconteceria quando estivesse embaixo das cobertas com Aaron. Nossos corpos de tamanhos tão diferentes preenchendo o colchão de tamanho modesto.

E eu... *ah, merda.*

Procurando me distrair, tentei ocupar minhas mãos. Tirei as sapatilhas;

meus pés doíam. Depois, massageei as têmporas, dizendo a mim mesma que relaxasse porque estava tudo bem. Éramos adultos. Prestes a dormir na mesma cama. Mas e daí?

– Você está muito mal? – perguntou Aaron da outra extremidade da cama.

Dei uma risadinha, mas pareceu mais o barulho de alguém sufocando.

– Bom... – falei, e depois pigarreei. – Parece que fui atropelada por uma debandada de antílopes muito raivosos e pesados com pressa para chegar a algum lugar.

Aaron surgiu em meu campo de visão, parando à minha frente.

– Isso foi uma referência à morte do Mufasa?

– Você gosta de *Rei Leão*?

– Claro.

– De mais algum filme da Disney?

Eu estava tentando a sorte. Aaron manteve a expressão séria.

– De todos.

Caramba.

– Até *Frozen*? *Enrolados*? *A princesa e o sapo*? – perguntei, e ele assentiu.

– Eu amo animações. Elas me distraem – disse ele, enfiando as mãos nos bolsos da calça jeans. – Disney, Pixar... Sou fã.

Aquilo era demais. Primeiro ele se abriu sobre a infância, e agora isso. Eu queria perguntar como e por quê, mas tinha uma questão mais urgente.

– Qual é o seu favorito?

Por favor, não diga aquele que vai me fazer enfartar. Por favor, não diga.

– *Up – Altas aventuras*.

Merda. Meu coração teve dificuldade de bater por um instante. E o que antes era só um pedacinho de mim que amolecera com o passar da noite virou um pedaço maior.

– Ah! – Foi tudo o que consegui responder.

Fechei os olhos e segui massageando as têmporas. Embora talvez eu devesse massagear meu peito.

– Você está tão mal assim, é?

Aaron parecia avaliar alguma coisa quando olhei para ele. Minha sobriedade, provavelmente.

– Não se preocupe, tá tudo bem. Não estou mais bêbada. Prometo que não vou vomitar em você.

Ele não respondeu nada e estremeci com minha escolha de palavras. Aaron desapareceu dentro do banheirinho da suíte, me deixando sozinha para lidar com minha esquisitice e meus pensamentos.

Que se concentravam principalmente em Aaron – assistindo a animações na privacidade do lar, *Up* mais especificamente, se reconhecendo no protagonista, Carl – e na porcaria da cama.

Levantei devagar.

Meu olhar seguiu o padrão geométrico do edredom até onde estavam os travesseiros. *Nossas cabeças vão ficar ali, a centímetros uma da outra.* Tudo o que eu estava sentindo foi aos poucos substituído por uma mistura de ansiedade e algo… novo.

Eu precisava manter a calma. Era só uma cama. Éramos dois adultos que podiam dormir lado a lado. Éramos… amigos agora? Não, eu não achava que fôssemos. Mas também não éramos mais apenas colegas. Mesmo deixando de lado o fato de que logo ele seria meu chefe, eu não achava que estivéssemos restritos a duas pessoas que trabalhavam juntas, discutiam regularmente e tinham dificuldade de tolerar um ao outro por mais do que dez minutos. Nosso acordo – aquela farsa de amor na Espanha – tinha nos afastado do rótulo meticuloso que exibíamos antes. Nos levado a um território totalmente novo e inexplorado. E agora, éramos mais do que qualquer coisa que já tínhamos sido. Maior do que éramos…

Minha única certeza era que estávamos prestes a dormir na mesma cama.

E também que eu precisava parar de ficar pensando nisso. Eu precisava ser… indiferente. Isso, indiferente. Se íamos dormir na mesma cama, eu precisava parar de agir como se fosse algo muito importante. Mesmo que fosse importante pra cacete. Aaron estava me mostrando isso com aqueles toques suaves e relaxantes e aqueles pedacinhos da história dele que eram tão provocantes quanto os toques.

O que a Rosie me disse uma vez?

"Jogue seu objetivo para o universo. Visualize."

Era exatamente o que eu precisava fazer.

Então, visualizei a mim mesma, impassível. Despreocupada. Indiferente. Um bloco de gelo no meio de uma nevasca. Eu ficaria firme. Imóvel, fria e calma.

É.

Com isso em mente, fui até o armário e peguei meu pijama, uma bermuda e uma camiseta velha que dizia *Science Rocks* em letras amarelas. Parte de mim se arrependeu por não ter pensado melhor no pijama agora que a situação dos quartos tinha mudado. Outra parte, muito menor, achou que Aaron gostaria da mensagem da camiseta. Que talvez ele desse um daqueles sorrisinhos tortos que...

Não. Não eram pensamentos que um bloco de gelo teria.

Aaron saiu do banheiro em silêncio, ainda com a camisa, que agora tinha mais dois botões abertos – o que, lembrei a mim mesma, não me afetava –, e foi direto até seu lado do armário. Retribuindo o silêncio, entrei no banheiro, para me lavar e vestir o pijama.

Quando terminei, enchi os pulmões com uma inspiração profunda e – eu esperava – revigorante e voltei para o quarto.

Eu não sabia o que esperava encontrar, mas certamente não estava preparada para ver Aaron apenas com a calça do pijama. Bem baixa – tão baixa que dava para ver o cós da cueca – e em um tom escuro de cinza que combinava bem com o tom de pele.

E, olhando mais para cima, ali estava o peitoral glorioso que eu tinha visto reluzindo sob o sol com gotículas de suor que...

Meu Deus, não, não, não.

Eu precisava fechar a boca. Parar de comê-lo com os olhos como se nunca tivesse visto um homem sem camisa antes. Aquilo não era saudável. Não era bom para minha saúde mental.

Virando um pouco bruscamente, remexi nas roupas que tinha tirado. Com o canto do olho, vi Aaron vestir uma camiseta de manga curta.

Ótimo. Muito bom. *Cubra esse peitoral e esse abdômen, homem ridiculamente impecável que ama* Up.

Abri a gaveta da cômoda estreita e fiquei olhando para ela. Ao perceber que eu não precisava de nada, voltei a fechá-la. Abri uma das portas do armário e percebi a mesma coisa. Xingando baixinho, irritada com a demonstração evidente de burrice, senti Aaron se mexer atrás de mim.

Minhas mãos amassaram as roupas que eu estava segurando em uma bola.

Um toque suave na parte de trás do meu braço fez tudo desandar, incendiando imediatamente minhas tentativas de me convencer de que eu era *fria* e *indiferente*.

– O que foi? – perguntou ele, deslizando os dedos para cima e para baixo em meu braço. – Você está inquieta.

– Nada. Está tudo bem – menti, e ouvi minha própria voz tremer. – Estou... tranquila.

Eu não estava mesmo.

Ele mais uma vez me tocou enquanto eu continuava de costas. Aaron parecia à espera de alguma coisa, e ao perceber o silêncio após a minha resposta se estendendo, ele soltou um suspiro.

– Eu durmo no chão.

Sua voz saiu toda esquisita, então finalmente virei para olhar para ele. Ele estava se afastando, mas peguei seu braço e senti sua pulsação.

– Não – sussurrei. – Eu disse que você não precisa fazer isso. Vamos dormir na cama. Nós dois.

Engoli o nó que tinha se formado em minha garganta.

– Não estou preocupada com i-isso.

E não era totalmente mentira. Eu sabia que Aaron dormiria com metade do corpo para fora numa boa se eu parecesse minimamente desconfortável. Inferno, ele dormiria no chão se eu deixasse.

– Eu só...

Balancei a cabeça, sem saber como terminar a frase. Sem coragem.

Não é de você na cama comigo que estou com medo, é de mim mesma e de tudo o que está acontecendo na minha cabeça e nesse coração idiota. É disso que estou com medo. É de mim e do que eu me permitiria fazer que estou morrendo de medo. É toda essa farsa que estamos executando que está mexendo com tudo o que eu achava que sabia.

Não fazia nem um dia que tínhamos aterrissado na Espanha e o que havia entre nós mudara mais em vinte horas do que em quase dois anos de convivência.

Como uma coisa dessas podia ser possível?

– Me fala o que está passando nessa sua cabeça; pode confiar em mim

– disse ele, segurando meu rosto. – Me deixa te mostrar que você pode confiar em mim.

Ah, Deus, como eu queria aquilo. Queria *muito*.

Mas seria como pular de um penhasco. Ousado. Imprudente. Eu estava paralisada de medo.

Encontrando seu olhar, me dei conta de que eu poderia me afogar naquele azul se me permitisse. O que só alimentava ainda mais o meu medo. Lá se ia o bloco de gelo sobre o qual eu havia pregado minutos antes. Aquele gesto simples – aquela mão quente segurando meu rosto – me fez derreter completamente. Aaron tinha esse poder sobre mim.

– Não sei como fazer isso.

Apoiei meu rosto em sua mão. Só por um instante. Foi tudo o que me permiti fazer.

Então as roupas esquecidas que eu ainda segurava embaixo do braço foram arrancadas de mim. Aaron as colocou em outro lugar. No chão, na cômoda, na cama – eu não sabia onde, e não me importava. Uma emoção bem específica tinha se materializado em seu olhar. Determinação.

Em meu âmago eu sabia que ele estava prestes a me mostrar que eu podia confiar nele. Que talvez eu pudesse pular, e que ficaria tudo bem. Que talvez ele não deixasse que eu me afogasse como eu achava que aconteceria.

Alguma coisa se assentou no ar ao nosso redor. Algo espesso e abafado mudou a atmosfera daquele quarto.

– Feche os olhos – pediu ele.

Mas não tinha sido um pedido. Não exatamente. O que não importava, porque minhas pálpebras se fecharam imediatamente.

Pela primeira vez na vida, fiz exatamente o que Aaron pediu sem discutir. Nem o menor osso em meu corpo estava disposto a fazer outra coisa que não seguir suas instruções. Deixar que ele me mostrasse o que quisesse.

Tirar das minhas mãos o peso de responder à sua pergunta.

Com os olhos fechados, senti Aaron se aproximar, e a proximidade era um cobertor quente no qual eu queria me envolver.

A cada instante passado ali, à espera, todos os meus sentidos foram aos poucos se aguçando. Eu ouvia minha respiração pesada, sentia meu peito subir e descer, o modo como meu sangue corria pelo corpo, latejando nas têmporas com intensidade cada vez maior. Eu sentia o calor que o corpo grande de Aaron irradiava em ondas que pareciam em sincronia perfeita com meus batimentos cardíacos.

Na escuridão que tinha me engolido, naquele silêncio, desejei suas palavras, seu toque, seu próximo movimento como nunca havia desejado nada na vida. Como se eu estivesse prestes a sair do corpo se ele não fizesse alguma coisa. Odiando e saboreando cada segundo que me separava do que quer que fosse acontecer em seguida.

Senti a respiração de Aaron na minha têmpora, o que causou uma onda de sensações em minha nuca.

– Eu já te disse que sou paciente. Que não tenho medo de dar duro pelo que quero.

Ele estava muito mais perto do que eu pensava, embora nossos corpos não se tocassem. Algo que eu poderia mudar facilmente, porque bastaria levantar a mão para tocar aqueles lábios que estavam tão perto da minha orelha. Ou então para empurrá-lo e acabar com aquela tortura.

Mas ele continuou.

– Talvez eu não tenha sido totalmente sincero.

Não fiz nenhuma das duas coisas. Minha mão não se estendeu para tocá-lo ou empurrá-lo. Em vez disso, deixei que a ansiedade fervesse em meu sangue. Deixei que ele me tirasse essa escolha. E, como se conseguisse me ler como um livro aberto, ele fez exatamente isso.

Seus lábios *finalmente* tocaram a pele logo abaixo da minha orelha, causando um surto de calafrios que percorreram meu corpo inteiro, sem poupar um só centímetro.

– Está ficando muito difícil esperar – disse ele, mais um toque no mesmo pedaço de pele. – Você está quase me fazendo enlouquecer.

Ele soltou uma risadinha, o sopro de ar acariciando e atiçando minha pele. Senti Aaron se aproximar mais um passo, e meu coração acelerou.

– Mas eu sou um homem de palavra.

Minha respiração ficou presa na garganta quando seus lábios tocaram meu pescoço mais uma vez, agora se demorando um pouquinho mais.

Ele subiu a mão pelo meu braço até chegar ao outro lado do meu pescoço e tocar meu rosto. Seu polegar acariciou de leve meu queixo.

– Você quer que eu me afaste?

Meus lábios se abriram, e tudo o que consegui fazer foi balançar a cabeça, sem força.

Aaron soltou um *humm* de aprovação que, sozinho, incitou coisas loucas, perigosas, em minha barriga.

– Então você quer que eu te toque...

Eu queria. Meu Deus, como eu queria. Mas...

– Ótimo.

Seus dedos escorregaram pelo meu pescoço, chegando à gola da camiseta e acabando com qualquer pensamento racional. Mas em algum lugar da mente soou um alerta, algo de que eu precisava me lembrar.

– Aaron... – sussurrei.

O contato era tão suave, tão impossivelmente delicado, e no entanto tinha o poder de me fazer perder a cabeça. De incitar algo em mim. O que ele provava desde o evento beneficente.

– Aaron... – repeti.

Seus dedos pararam logo acima da minha clavícula e ele afastou a mão. Senti a falta de seu toque imediatamente.

– O que estamos fazendo? – perguntei, soando desesperada aos meus próprios ouvidos.

Soltei todo o ar dos pulmões bem devagar, lamentando pelo que tinha sentido no instante anterior. Mas isso era importante. Eu precisava dizer alguma coisa para me sentir mais segura. Para dar algum sentido àquilo tudo. Seria demais para suportar em silêncio. Eu sabia que seria demais.

– Ainda estamos... fingindo?

Engoli em seco. Odiei minhas próprias palavras, mas não podia me conter.

– Isso aqui é só uma encenação?

Uma voz alta na minha cabeça ordenou aos gritos que eu me calasse. Que eu não estragasse o momento e que me permitisse aceitar o que quer que Aaron estivesse disposto a me dar. Mas a verdade era que eu estava apavorada. Eu tremia de pânico. Por trás de todas as reações do meu corpo a cada toque e a cada palavra, e por mais que eu desejasse tudo o que estivesse por vir, eu estava apavorada.

Senti Aaron suspirar em minha pele e fiquei tentada a estender a mão e segurá-lo antes que ele se afastasse. Eu provavelmente tinha estragado tudo.

Mas ele não se afastou.

– Vai fazer você se sentir melhor? Eu finjo um pouco mais se é disso que você precisa.

– Vai...

A palavra deixou meus lábios no automático.

Eu sabia que me arrependeria por ter dito aquilo, muito em breve. Jogávamos um jogo perigoso. Mas, naquele momento, a única coisa que parecia importar era a bolha segura que eu tinha criado ao nosso redor. A boia que implorei que ele me jogasse, e na qual eu estava me agarrando como se minha vida dependesse disso. Se eu analisasse as palavras de Aaron com cuidado, abriria os olhos, meu cérebro voltaria a funcionar e nossas bocas se ocupariam falando.

Seus lábios tocaram minha pele mais uma vez, voltando ao lugar de onde tinham parado. A boca de Aaron deslizou pela minha mandíbula, e meu coração pareceu voltar à vida dentro do peito. Eu nem tinha reparado que ele havia parado de bater no momento em que Aaron se afastou.

– Acho que eu seria incapaz de negar qualquer pedido seu, Catalina.

Aaron me deu um beijo molhado na nuca, quase me arrancando um gemido.

Minhas pálpebras devem ter estremecido, porque Aaron disse:

– Não. Não abra os olhos ainda.

Eu nem poderia. Aaron estava no controle do meu corpo agora.

– Boa garota. Fique de olhos fechados.

Mais um beijo molhado como recompensa.

– Vamos jogar este jogo só mais um pouquinho...

Eu estava completamente zonza.

A mão que estava em meu rosto começou a descer, descer, descer por cima da minha roupa, parando na minha cintura e deixando um caminho incendiário para trás. Fazendo minha cabeça girar.

– E pelo bem da encenação, posso te mostrar exatamente como seria.

Senti Aaron agarrar o tecido da minha camiseta, como se estivesse se segurando para não fazer mais. Então ele soltou e sua mão voltou à minha cintura.

– Se você fosse *mesmo* minha, eu faria isso o tempo todo.

Seus dedos compridos envolveram meu quadril e me puxaram contra seu corpo da cintura para baixo. Quente... tão quente e firme, marcando minha pele, mesmo com as camadas de tecido entre nós.

– Se fosse minha, você desejaria isso.

Então ele eliminou a distância que ainda nos separava bem devagar. Fazendo com que nossos corpos se tocassem com tanta suavidade e em um ritmo tão lentamente doloroso que eu o louvei e amaldiçoei ao mesmo tempo.

– Você ia gostar disso. Ia querer isso.

E eu não estava reagindo justamente dessa forma?

Antes que eu pudesse mergulhar naquilo, o corpo grande de Aaron se mexeu, e minhas costas se apoiaram contra uma superfície rígida. O armário. Ele estava me prendendo contra o que parecia ser a porta do armário, e eu não sabia como tínhamos ido parar ali. Mas seu corpo pressionava o meu deliciosamente, me protegendo do mundo ao nosso redor. Como o escudo humano que ele já tinha mostrado que podia ser. Mantendo meus pés no chão, mas ao mesmo tempo fazendo todos os meus sentidos dispararem de uma vez. Eu não me importava. Ao contrário, meu corpo desejava mais contato. Implorava por mais.

– Se eu fosse seu, não seria capaz de fazer nada sem tocar você.

As palavras fizeram algo em meu peito se contrair.

– Não conseguiria passar nem cinco minutos sem fazer isso – acrescentou ele, apertando minha cintura com a mão e deslizando o polegar por baixo da minha camiseta, me tirando o fôlego.

– Ou isso.

Aaron se aproximou ainda mais, pressionando o quadril contra o meu.

Indefesa, soltei um gemido.

O polegar fugitivo que tinha se enfiado embaixo do tecido da minha camiseta viajou alguns centímetros pela lateral do meu corpo, amassando minha camiseta.

Não consegui fazer muito mais do que soltar um suspiro trêmulo, sem mal conseguir respirar, sobrevivendo à espera do toque seguinte. Cada terminação nervosa em meu corpo parecia estar prestes a se incendiar. Meu sangue fervia, queimando cada veia e cada órgão no caminho. Tudo queimava.

Achei que mais um gemido tinha escapado, porque fui recompensada com mais um beijo molhado. Dessa vez na têmpora. Então, os lábios de Aaron viajaram pela lateral do meu rosto, e o ar que saía deles era quente e sedutor.

Sua boca parou nas minhas pálpebras, ainda fechadas, e ele manteve os lábios sobre elas por um segundo. Não era um beijo, estava mais para um toque leve como uma pena. E, meu Deus, aquele toque era tão doce, tão carinhoso, que me deu vontade de chorar.

Ele continuou descendo, parando em meu nariz e repetindo o toque suave.

Então, fez o mesmo com minha bochecha direita. Minha bochecha esquerda. Meu queixo.

Aaron deixava beijos suaves em todos os lugares em que parava, me virando do avesso.

Um desejo puro e bruto pulsava pelo meu corpo a cada centímetro de pele que seus lábios percorriam. E, quando Aaron chegou ao canto da minha boca, achei que explodiria se ele não me tocasse ali também. Se ele não passasse os lábios nos meus e me beijasse.

Senti o seu corpo grande e másculo pressionado contra o meu. Com os lábios pairando sobre os meus. Aaron suspirou.

Rompendo meu controle, minha mão subiu e descansou em seu braço, que descobri que estava apoiado no armário, bem ao lado da minha cabeça. Incapaz de envolver seu bíceps flexionado, espalmei a mão o melhor que pude em sua pele quente e firme e senti que ele retesou ao toque. Eu me perguntei se Aaron estava se segurando, tentando não me envolver em seus braços e me levantar no ar. Talvez pressionar meu corpo com ainda mais força, ou quem sabe fazer mais do que só deixar beijos leves e carícias suaves.

Sem saber se o que ele precisava era de um incentivo meu, apertei seu braço com mais força. Cravei as unhas em sua pele.

Um som profundo e gutural deixou a boca de Aaron e aterrissou bem no meio das minhas pernas, onde aquele desejo crescente se acumulava.

Agarrei seu braço com mais força, meu corpo se arqueando contra o dele, inconsciente, eu mal conseguia me conter. Eu estava muito perto de implorar, e faria isso se fosse preciso. Como resposta, Aaron se aproximou um pouco mais. Me apertou com mais força. Sentia Aaron latejar contra a minha barriga.

– Lina.

Meu nome saiu dos lábios dele como uma oração suave. Ou um aviso. Eu não sabia ao certo.

– Eu vou beijar você...

Suas palavras pousaram em meus lábios, muito, muito perto. Então, aumentei a pressão de meus dedos em seu braço, para não derreter bem ali. Para não desaparecer antes que pudesse tocá-lo. E eu queria tanto... Seu pescoço, seus lábios, seu queixo, o vinco entre as sobrancelhas – eu queria tudo. Eu queria deslizar meus dedos por seu cabelo e descer pelo seu peito, até suas coxas grossas.

Eu queria que Aaron cumprisse a promessa. Queria que ele me beijasse.

Mais um toque breve de seus lábios, mas dessa vez nos meus. Suave, pleno, doce, como mel escorrendo pela boca. Eu queria mais, eu *precisava* de mais.

– Por favor, Aar...

Uma porta batendo em algum lugar no apartamento arrancou o apelo de meus lábios. Nos afastamos antes que eu pudesse sentir seu sabor, e meus olhos se abriram.

Fui recebida pela imagem de um homem prestes a perder o controle. Seu olhar estava nebuloso, nublado pelo mesmo desejo correndo em minhas veias. Ele repousou a testa na minha, e vi seu peito subir, puxando e soltando o ar dos pulmões com esforço. Como o meu. Ficamos em silêncio por um bom tempo, cercados apenas pelo som de nossa respiração selvagem e desenfreada.

– Você me chamou de Lina.

De tudo o que tinha acabado de acontecer, foi isso que meu cérebro confuso decidiu comentar.

– Você nunca me chama de Lina. Só aconteceu uma vez.

Ainda descansando em minha testa, a cabeça de Aaron balançou contra a minha. Brevemente. Então, uma risada ofegante chegou aos meus ouvidos, me fazendo sorrir.

Mas a parte do meu cérebro que deveria organizar os pensamentos racionais voltou à vida, tirando aquele sorriso do meu rosto.

Puta merda. Quase nos beijamos.

Aaron disse que ia me beijar e quase tinha feito isso. O homem cujos braços e cujo corpo me prendiam contra um armário tinha me torturado com seus dedos, sua boca, e quase me beijado. Logo depois de me chamar de Lina. Mas...

– Ah, meu Deus – sussurrei. – Que barulho foi esse?

Aaron levantou ligeiramente a cabeça, só o suficiente para que eu pudesse ver seus olhos percorrerem meu rosto como se não conseguissem decidir onde repousar. Acabaram parando em meus lábios e seu rosto demonstrou algo que parecia dor.

– Sua prima, espero.

Charo.

Claro. Isso... fazia sentido.

Aaron foi recuperando o juízo aos poucos, e sua expressão acabou voltando ao normal.

– Vou lá olhar – anunciou ele, antes de se afastar de mim.

Meu corpo lamentou a perda imediatamente, e me senti zonza e com frio.

Me esforçando para manter as pernas firmes, me limitei a seguir Aaron até a porta, entorpecida e totalmente perdida. Ele olhou para mim logo antes de abrir a porta.

– Catalina.

E ali estava outra vez. Não Lina. *Catalina*.

– Estou feliz por não ter beijado você.

Algo em meu peito parou de repente.

– Por quê?

A pergunta saiu como um sussurro trêmulo.

– Porque quando eu finalmente beijar a sua boca, não vai ter nada de farsa. Não vou estar demonstrando como seria se você fosse minha, porque você já vai ser. E com certeza não vou estar demonstrando como seria bom se você acreditasse que também sou seu. Você já vai saber disso.

Ele fez uma pausa, e posso jurar ter visto em sua postura um esforço para se controlar. Como se ele estivesse se segurando para não nos levar de volta ao momento anterior, contra a dureza da porta do armário.

– Quando eu finalmente beijar você, você não vai ter dúvida nenhuma de que é real.

VINTE

No instante em que meus olhos se abriram para a gloriosa manhã que só um país onde persianas são instaladas religiosamente pode oferecer, eu soube que não estava na minha cama.

Em Nova York, eu estava acostumada a acordar com raios de sol inundando o apartamento. Outra coisa ali também era a superfície na qual eu estava. Parecia diferente. Mais macia e flexível que aquela com que meu corpo estava acostumado. E o travesseiro onde minha cabeça repousava – muito achatado e baixo.

Mas a diferença realmente gritante – que dizia que eu não estava na minha cama no meu apartamento em Bed-Stuy, no Brooklyn – era o peso morto descansando sobre a minha cintura. Era pesado e quente e parecia muito um membro desproporcional que não era meu.

O tambor que tocava em quase todos os cantos da minha cabeça não me ajudava a ter clareza sobre quem era o responsável por aquele torno que me envolvia. Ou por que eu não estava no conforto do meu quarto, rolando em um colchão que fazia o rombo em minha conta bancária valer a pena.

Piscando algumas vezes e tirando o cabelo do rosto, meus olhos se ajustaram à escuridão.

Tentei identificar o que poderia estar por trás daquele peso na minha barriga.

Um braço. Como eu suspeitava. Salpicado de pelos escuros e adornado por músculos. Então, não era meu. Meus olhos percorreram o membro longo e musculoso até o ombro masculino ao qual o membro estava conectado. Um ombro que levava a um pescoço forte que terminava em uma cabeça que…

Mierda.

O dono de todas aquelas partes que eu estava analisando se mexeu. Congelei. Aquele braço robusto e pesado preso à minha cintura se deslocou, a mão deslizando um pouco para baixo da minha camiseta. Todos os cincos dedos espalmados na minha pele.

Minha respiração ficou presa em algum lugar entre a garganta e a boca.

Não se mexa, Catalina, ordenei a mim mesma.

Mas era difícil, com aqueles dedos tão quentes na minha pele, fazendo meu corpo inteiro formigar.

Apenas alguns centímetros me separavam de Aaron.

Aaron. Ontem à noite.

Vários palavrões me ocorreram, explodindo em minha mente à medida que imagens borradas surgiam.

Não, não, não, não.

Aqueles dedos roçaram minha pele novamente, e um barulho profundo e gutural saiu do homem que dormia ao meu lado.

Um sonho. Todas aquelas imagens deviam ter sido um sonho porque era impossível que tivéssemos quase nos beijado. Aquilo era loucura. Era…

Em um ritmo frenético, todos os acontecimentos da noite anterior se solidificaram. Rolaram na minha memória, surgindo atrás dos meus olhos. Cada uma das imagens, dos fragmentos, se repetiam em minha mente em uma câmera lenta dolorosa.

Toda a *sidra*. A história que Aaron inventou sobre como começamos a namorar. Seus olhos fixos em mim a noite toda. Nós dançando no meio da boate escura com piso grudento, perdidos em meio ao mar de corpos. Meu surto. Aaron sentado comigo na calçada, cuidando de mim, me contando um pouco da vida dele. Se abrindo, expondo um pedaço de si. Ele me pressionando contra o armário. Meu corpo reagindo – pegando fogo – com todos aqueles toques de seus lábios e dedos, leves como pluma. *Lina. Aaron me chamou de Lina.* Logo antes de roçar os lábios nos meus.

Quase nos beijamos.

Não. Quase implorei a Aaron que me beijasse, e teria feito mais que isso.

Quando eu finalmente beijar a sua boca, não vai ter nada de farsa, foi o que ele dissera antes de ir conferir o que havia estourado nossa bolha de loucura.

E eu deitei na cama e desmaiei imediatamente.

Merda, Merda. Mierda, joder.

Eu precisava sair daquela cama. Precisava pensar, digerir. Longe de Aaron. Antes que eu fizesse alguma idiotice. Alguma coisa imprudente. Como quase beijá-lo.

Um gemido baixo subiu pela minha garganta, e não tive escolha, precisei abafá-lo com a mão. O movimento repentino fez o colchão balançar.

Merda.

Aaron se espreguiçou ao meu lado.

Não acorde, por favor. Por favor, universo. Deus. O que for. Só preciso de alguns minutos para me recompor antes de encará-lo.

Senti o corpo de Aaron se acomodar, sua respiração ainda profunda e constante.

Voltando a descansar as mãos junto às laterais do corpo – bem devagar –, agradeci ao universo por me ouvir dessa vez e prometi retribuir. Iria à igreja com minha *abuela* na próxima vez que viesse para casa, jurei.

Eu estava agindo como uma covarde, mas precisava de uns minutos para mim. Só para acalmar a cabeça, que estava a mil por hora. Para me reconciliar com aquilo tudo e seguir em frente como se nada tivesse acontecido. E também para ir atrás de um analgésico para acabar com o latejar na minha cabeça. Um café também viria a calhar.

E o primeiro passo era sair daquela cama – sair debaixo do braço que eu tinha agarrado desesperadamente algumas horas antes – o mais rápido e silenciosamente possível antes que os olhos do dono do braço se abrissem e me vissem surtando.

Levantando o membro pesado de Aaron com a maior delicadeza e bem devagarinho, rolei para o lado, na beirada da cama, e coloquei o braço musculoso de volta sobre o edredom. Aaron se mexeu, virou de barriga para cima e levantou o braço que estava em cima de mim, colocando-o atrás da cabeça.

Essa posição fez com que seu bíceps se contraísse, aquele bíceps grande, delicioso e...

Jesus Cristo, Catalina.

Tirando os olhos do homem deitado na cama, andei pelo quarto na ponta dos pés. Saí e fechei a porta. Apoiei a cabeça na porta e fechei os olhos.

– *Vaya, vaya. Mira quién ha amanecido* – disse uma voz estridente me recepcionando na cozinha. – *Buenos días, prima.*

Meu sangue congelou.

Eu não tinha um segundo de paz.

Dei um sorriso forçado.

– *Hola, Charo. Buenos días* – cumprimentei, endireitando as costas e tentando ao máximo não parecer alguém que tinha acabado de sair de fininho do quarto.

Entrei na cozinha, com passos leves e despreocupados. Passando por minha prima, plantada no piso banco, analisando cada movimento meu, comecei a abrir portas e gavetas, procurando grãos de café para dar uma turbinada no cérebro antes que Charo começasse o interrogatório. Ou que Aaron acordasse e eu fosse obrigada a encará-lo.

– *He dejado una cafetera preparada* – disse Charo atrás de mim.

Charo? Preparando café para mim? Isso só podia significar uma coisa: estava aprontando alguma.

– *Está ahí, mujer. En la encimera.*

O café estava em cima do balcão.

Ainda de costas para ela, resmunguei um agradecimento e servi um pouco daquela bênção líquida em uma caneca.

Para o desgosto da minha cabeça cheia de ressaca – não que fosse alguma surpresa –, ela continuou seu monólogo antes que eu pudesse tomar o primeiro gole.

– *Hay suficiente para ti y para tu novio.*

Tinha café suficiente para mim e para meu namorado.

– *Imagino que no tardará en despertarse, ¿no? Oye, si quieres ir a llamarle para que no se enfríe el café...*

Se Charo queria que eu fosse acordar Aaron para que o café não esfriasse, podia tirar o cavalinho da chuva. O café viraria cubos de gelo antes que eu voltasse para aquele quarto por vontade própria.

– *Menuda sensación ha causado en la familia. Tu madre no podía parar de...*

Ela começou a me contar *quando* e *como* e *o que* foi dito sobre meu namorado – de mentirinha –, Aaron, nas vinte e quatro horas que ele passara na Espanha até o momento.

E a falação foi muita, considerando o curto período.

Era exatamente por isso que ter Charo compartilhando o apartamento conosco era tão perigoso. Ela não tinha nenhum tipo de filtro social e o menor apreço por privacidade. Eu estava chocada por ela não ter simplesmente entrado em nosso quarto e tirado Aaron da cama para poder continuar sua análise atenta.

A tagarelice de Charo preenchia a cozinha, e eu assentia, distraída.

– *Y justo como le dije a tu madre, llegará un día en el que Lina tendrá que superar lo de Daniel.*

Charo dissera à minha mãe que, cedo ou tarde, eu teria que superar Daniel.

– *Sino se va a quedar para vestir santos y...*

Meu Deus, minha prima tinha acabado de usar a expressão espanhola que eu tanto odiava. A expressão que usaram tantas vezes em referência a mim, sempre sussurrada ou murmurada, ou exatamente como ela fez, em alto e bom som. *Se va a quedar para vestir santos.* O que se traduzia literalmente como algo sobre vestir santos e significava que eu ficaria solteira e dedicaria o resto da minha vida a Deus.

Me sentindo completamente indefesa ali, sozinha com ela, eu já não sabia mais se Aaron estar dormindo era uma coisa maravilhosa ou péssima. No dia anterior, quando ele estava comigo, encarando Charo, minha irmã, Daniel e todo o mundo, tinha sido surpreendentemente mais fácil lidar com a situação do que agora, sozinha.

Por mais que eu tivesse levado Aaron para a Espanha justamente com esse objetivo de tornar tudo mais fácil, eu no fundo não tinha acreditado que funcionaria. Que seríamos um time, que ele me daria força – ainda que eu usasse essa força para mentir para minha família – e que eu não fosse sentir que estava sozinha.

E o mais assustador era que tudo isso estava começando a borrar os termos do nosso acordo. Em pouco mais de um dia.

A prova tinha sido a noite anterior. Tínhamos feito muito mais do que encenar ou fingir. Tínhamos quase nos beijado.

O que era uma loucura, mas, ao mesmo tempo, também era verdade. Eu tinha a honestidade de admitir isso para mim mesma. Mas não a coragem para reconhecer isso em voz alta. Eu continuava sendo a covarde que tinha saído de fininho do quarto como se estivesse com o corpo em chamas, só para adiar uma conversa indesejada.

E faria isso de novo.

Aaron logo seria meu chefe, e isso mudaria tudo. Ter ele ali – na Espanha, no meu país, para ir ao casamento da minha irmã como meu acompanhante – já era perigoso. Motivo suficiente para eu tremer só de pensar que alguém do trabalho pudesse descobrir e não por alguma política estranha da empresa ou por implicância minha. Eu já tinha vivido um relacionamento em que havia relação de subordinação, no qual eu não era a pessoa em posição de autoridade. E a que ponto isso havia me levado? A ter de lidar sozinha com as línguas sujas e venenosas que não pensaram duas vezes antes de estigmatizar a mim e a todas as coisas pelas quais eu tinha lutado. E por quê? Por algumas risadas? Para apontar o dedo? Porque me deixar mal as fazia se sentir melhor?

A história poderia se repetir, e dessa vez a culpa seria minha. Eu é que tropeçaria na mesma pedra pela segunda vez. Só que agora eu não estaria só arriscando minha reputação como mulher ou minha vida social, mas a credibilidade do meu trabalho e a minha carreira também. E a culpa seria toda *minha*.

Bebendo mais um gole de café, tentei afastar esses pensamentos.

O que quer que estivesse acontecendo entre nós teria que... não acontecer. Simples assim.

Porque não podia. De forma alguma. E, em todo caso, porque era uma mentira.

Como se o próprio demônio tivesse sido invocado por Charo, Aaron se materializou na cozinha. Seus olhos me encontraram imediatamente, como se eu fosse a única coisa entre aquelas quatro paredes.

Minha xícara congelou no ar. Meus lábios se abriram, e tive fome de observá-lo por inteiro. Como poderia ser diferente? A camiseta básica que cobria o peitoral não era capaz de ocultar um corpo que eu agora sabia ter sido cultivado para a perfeição durante anos. Décadas. A calça larga e baixa no quadril permanecia como na noite anterior. Me instigando. Me fazendo pensar em como ele tinha pressionado o quadril contra o meu corpo de um jeito dolorosamente suave e delicioso.

Mas foi a expressão em seu rosto que provocou – não, reacendeu – a vibração na boca do meu estômago. A cara amassada de quem acabara de acordar, o cabelo adoravelmente bagunçado, a postura relaxada. Mas seus olhos... bem, os olhos não tinham qualquer sinal de sono e contavam uma história diferente. Uma que eu suspeitava ser muito semelhante à que fervilhava nos meus.

E que incitava aquela vibração a alçar voo e se espalhar pelo resto do meu corpo.

Desviando o olhar antes que aquela fixação e aquele devaneio prejudicassem meu raciocínio, obriguei meus pulmões a inspirar o oxigênio de que meu corpo parecia precisar naquele momento.

– ¡Ay! – gritou Charo, me fazendo estremecer. – ¡Mira quién está aquí! Bom dia, Aaron. Estávamos mesmo falando de você.

Ele arregalou os olhos por um breve instante.

– Bom dia – disse ele para a cozinha, ainda parecendo surpreso.

Foi um momento fofo. Não, na verdade foi chocante que ele não tivesse enxergado o cabelo ruivo gritante de Charo como um farol a distância.

– Espero que tenham falado bem – completou ele, com um sorrisinho torto discretíssimo.

– Claro, claro – disse Charo, acenando com uma das mãos. – Estávamos esperando você acordar. Aposto que Lina estava com saudade.

Minhas costas se enrijeceram, e a cabeça de Aaron virou lentamente em minha direção.

Merda, Charo. Escondi meu sorriso tenso com a xícara.

Minha prima continuou:

– Tem café fresco. Quer um pouco? Você toma puro? Quer um pouco de leite? Talvez açúcar também? Mascavo ou refinado? Ou talvez nem goste de café. Lina não disse nada, então supus que você fosse tomar. A não ser que não queira, é claro. Não vou obrigá-lo.

Aaron piscou algumas vezes, parecendo um pouco perdido.

– Pegue uma xícara – murmurei.

Ele pigarreou e foi na direção do da cafeteira.

– Eu... Eu acho que vou me servir de uma xícara. Obrigado, Charo.

A resposta de Charo foi um sorriso satisfeito. Antes que Aaron terminasse de encher a xícara, ela voltou a tagarelar.

– E aí, vocês se divertiram ontem, *parejita*?

Minha prima disse esta última palavra cantando. *Parejita*: casalzinho. Revirei os olhos.

– Eu queria ter ido, mas não sou mais jovem como vocês. Espero que a cama dessa noite ainda esteja em pé, visto o estado em que deixaram a outra. Embora eu imagine que certamente teria percebido se ela tivesse caído. As paredes são *muuuuito* finas – disse ela, com uma piscadinha.

Com a minha visão periférica, vi Aaron estremecer. Não poderia culpá-lo. Também estremeci.

– Enfim – continuou minha prima –, vocês chegaram em casa bem tarde. Ouvi a porta da frente.

– Chegamos, mesmo. Desculpe, Charo.

Meu olhar acompanhou Aaron percorrer decidido os poucos metros que nos separavam, finalmente se acomodando em uma das banquetas junto ao balcão estreito. Bem ao meu lado.

– *Ay no*, não se preocupe – disse Charo.

Mantive os olhos nos movimentos do meu namorado falso.

– Vocês não me incomodaram. Na verdade, fiquei feliz por saber que tinham voltado em segurança.

Aaron deslizou o banco mais para perto do meu, e seu cheiro me atingiu como um caminhão acelerado, me levando de volta à noite anterior, quando me inundou totalmente. Meus cílios tremularam, e tive que desviar o olhar.

– Ah, bom. Ótimo. Que bom – falei para minha prima, distraidamente, sentindo o rosto corar.

– E eu acordo algumas vezes durante a noite, tenho sono leve.

A voz de Charo foi virando um ruído branco à medida que eu absorvia a proximidade do corpo de Aaron.

– Então se vocês ouvirem barulhos estranhos à noite, sou eu andando pela casa – disse ela, dando uma risadinha. – Com um pouco de sorte, não vou pegar vocês pelados nem nada do tipo.

Pelados. Aaron, *pelado*. Minha mente pareceu entrar em curto-circuito no instante em que se aventurou a criar essa imagem mental, e pulei do banco como se tivesse sentado em alguma coisa quente.

Espaço. Ar. Eu precisava... de alguma coisa. Qualquer coisa.

Sem conseguir ir muito longe, considerando as dimensões da cozinha funcional, abri alguns armários, me certificando de ficar de costas para Aaron até o sangue que tinha subido para o meu rosto se espalhar um pouco.

Me abanei com uma das portas do armário. *Bom, bom. Melhor.*

Precisando de uma desculpa para minha fuga nada elegante do banco, peguei um pacote de biscoitos com gotas de chocolate.

– Então, me conte tudo, Aaron – ouvi Charo dizer atrás de mim enquanto eu abria o pacote. – O que achou da nossa cidadezinha? Tenho certeza de que é muito diferente de Nova York. Não temos arranha-céus nem nada disso, mas há muitos pontos turísticos, natureza, belas praias. O litoral é maravilhoso, há muita coisa para fazer.

Ela fez uma pausa, e tirei um biscoito do pacote.

– Por falar nisso, quantos dias vocês vão ficar? Falaram que vocês vieram só para o casamento. Poxa, é uma pena! Vocês deviam pegar um feriado e...

A campainha tocou, interrompendo Charo.

– Ah, eu atendo – anunciou minha prima na hora, e saiu da cozinha.

Estreitei os olhos.

Enquanto eu me perguntava se estávamos esperando alguém, fui pega de surpresa quando um braço – com o qual eu já estava ficando bem acostumada a essa altura – me envolveu pela cintura e me puxou para trás.

Aterrissei em algo firme e quente, e meu corpo se moldou àquele espaço.

O colo dele.

A respiração dele acariciou minha orelha.

– Você não me deu bom dia.

Minhas costas se endireitaram quando me lembrei da minha fuga sem graça.

– Você quase me fez derrubar meu biscoito, Sr. Robô.

Era tão, tão estranho chamá-lo daquele jeito, como eu tinha feito tantas vezes antes. Como se aquele apelido pertencesse a outra vida. A duas pessoas diferentes.

Aaron deu uma risadinha, fazendo cócegas no meu pescoço.

– Eu não ousaria. Não sou doido.

Seu braço me envolveu, e tive que me conter para não colocar minhas mãos nele.

– O que você está fazendo? – Suspirei alto.

Charo voltaria a qualquer momento.

– Eu estava me sentindo sozinho – admitiu ele, baixando a voz e fazendo minha mente voar com tudo o que ele não estava dizendo.

Burra. Preciso parar de ser burra.

– E, se vou precisar passar por esse interrogatório, você podia pelo menos me fazer companhia. Além disso, você me deve uma conversa.

– Eu estava aqui o tempo todo – rebati, com uma voz estrangulada. – E Charo não está aqui agora.

O "hummm" de Aaron viajou direto até a minha barriga.

– Mas ela vai voltar. Você sabe que eu gosto de estar preparado.

Eu sabia. Me dei conta de que sabia muito bem.

E com esse pensamento ainda flutuando, Charo surgiu em meu campo de visão. Ela arregalou os olhos e deu um sorriso ridiculamente largo.

Meu Deus.

Ela uniu as mãos.

– Ah, olha só para vocês! *Ay, Dios mío.* São muito fofos.

O peito de Aaron roncou com uma risada, que senti em minhas costas.

– Viu? – sussurrou ele em meu ouvido.

Não, para falar a verdade eu não tinha visto nada. Era difícil me concentrar em alguma coisa estando no colo dele.

Abri a boca, mas todas as palavras morreram no instante em que uma segunda cabeça surgiu na cozinha.

Charo virou na direção daquela segunda cabeça no mesmo tom de vermelho gritante.

– *¿No ves, mamá? Te lo dije.*

– *¿Tía Carmen?* – murmurei. – *¿Qué haces aquí?*

O que a mãe de Charo estava fazendo ali?

A versão mais velha e mais redonda da minha prima apontou para mim.

– *Venir a saludarte, tonta.*

Ela tinha ido até ali para me dar oi? Não acreditei. Ela me veria no casamento no dia seguinte...

313

Meus olhos se voltaram para Charo, e a expressão em seu rosto a entregou. Ela disfarçou mexendo em alguma coisa que estava em cima do balcão.

Aaron se mexeu embaixo de mim, dobrando as penas e segurando minha cintura com mais firmeza, como se...

Uau.

Ele se levantou e deu um passo à frente.

– Não fomos apresentados – disse ele à minha tia.

De alguma forma, ele manteve meu corpo sob seu controle delicado e habilidoso.

– Não quero que você corra para a saída mais próxima – sussurrou em meu ouvido.

Mas o que...

– *Soy Aaron. Encantado* – disse ele, mais alto, para minha tia.

O tempo todo me mantendo aninhada nele. Acho que a ideia era me carregar por aí em seus braços até que eu falasse com ele sobre a noite anterior. Sobre nosso quase beijo. Minha cabeça girou para trás e semicerrei os olhos.

– Não, não, não – disse *tía* Carmen, interrompendo o movimento de Aaron em sua direção. – Pode sentar, *cariño*. Não tem necessidade dessas formalidades. Somos família.

Aaron obedeceu, fazendo-nos voltar ao banco imediatamente. Charo, que ficou rondando a cozinha durante essa troca com minha tia, colocou uma bandeja em cima do balcão, com frutas, cereais, castanhas, um prato com vários tipos de queijos e frios e umas fatias de pão.

Meus olhos se arregalaram quando me perguntei como e quando aquilo tinha chegado ali.

– Fiz umas comprinhas ontem – explicou minha prima.

Arqueando uma sobrancelha, me concentrei nela. Ela estava planejando alguma coisa.

– Você já experimentou o *jamón*, Aaron? – perguntou ela, ignorando meu olhar.

– Experimentei, sim. É delicioso, mas...

Tía Carmen se apoiou na mesa.

– Você gosta de *chorizo*? Este é muito bom.

– Aqui.

Sem esperar resposta, Charo serviu algumas fatias das duas iguarias espanholas em um pratinho e colocou diante de nós.

– Prova, eu sempre compro do melhor.

Aaron agradeceu, provavelmente olhando para o prato e se perguntando se aquelas mulheres escutavam alguma coisa do que lhes diziam. Com pena dele, acariciei seu braço que ainda estava na minha cintura.

– *¿Y qué intenciones tiene este chico con nuestra Linita?* – perguntou *tía* Carmen à minha prima, pegando uma fatia de pão da bandeja.

Quais são as intenções dele com nossa Lininha?

Meu queixo caiu.

Charo pareceu pensar por um instante, os olhos fixos no homem atrás – ou embaixo – de mim.

– *No lo sé, mamá* – respondeu ela. – Aaron, quais são as suas intenções com a Lina? Você não está brincando com ela, está? Qual é a sua opinião sobre casamento? Porque Lina já vai fazer trinta anos e…

– Charo, *ya basta* – sibilei. – E eu só tenho 28. Meu Deus.

Aaron riu embaixo de mim.

– O casamento é uma das minhas instituições favoritas, eu sempre quis me casar.

Meu queixo caiu e eu não conseguia respirar, mesmo de boca aberta.

– Ter muitos filhos. Um cachorro também – acrescentou ele.

Engolindo em seco, tentei esconder meu choque e controlar minha mente, que vagava com as imagens irreais e perigosas causadas pelas palavras de Aaron.

Mentira. Ele só está falando o que toda família quer ouvir.

– A gente ama cachorro, né, *bollito*? – perguntou ele, ainda ao ataque.

Dando um jeito de buscar meu queixo no chão, respondi com uma piscadinha.

– Ama – disse, balançando a cabeça para me recompor. – Por isso vamos ter vários. Em vez de ter filhos.

A risadinha dele fez cócegas em minha orelha.

– Mas temos muito tempo para falar sobre isso – falei, com um sorriso falso.

– *¡Ay, que bien!* Cachorros, bebês, amor verdadeiro. Bem a tempo, antes que você fique um pouco velha – disse Charo, batendo palmas.

Olhei para ela irritada.

– *Mujer, no te pongas así.* Você experimentou o *jamón*, Aaron? – perguntou ela, mudando de assunto. – Se vocês se casarem e se mudarem para a Espanha, você vai comer todo o *jamón* que quiser.

Se mudarem para a Espanha? Meu Deus, o que ela estava querendo? Que eu perdesse a cabeça?

– Sabe, Lina teve que ir embora para a América há tanto tempo por causa de tudo o que aconteceu e...

– Charo – interrompi, minha respiração ficando pesada. – *Déjalo ya, por favor* – implorei que ela parasse.

A campainha tocou de novo e resmunguei um xingamento não tão baixo assim.

– Ah! Eles chegaram! – anunciou minha prima.

O quê? Quem?

Então, ela pegou minha tia pelo braço e saíram as duas da cozinha.

A mão de Aaron apertou meu braço com gentileza e soltei todo o ar dos pulmões.

A conversa havia me deixado tensa. Decidi ignorar – não, esquecer – o comentário dele sobre casamento e filhos e cachorros porque era totalmente irrelevante.

E fiz isso assim que seus dedos desceram até meu pulso. O toque – o carinho – leve como uma pluma, breve, mas poderoso, espalhando uma onda de calafrios pelo meu corpo.

– Relaxe – disse ele em meu ouvido.

Seus dedos começaram a traçar círculos sobre a pele do meu pulso. Seu toque era preguiçoso, relaxante.

– Isso, assim...

Aaron suspirou e seguiu acariciando minha pele. Meus ombros foram relaxando aos poucos até minhas costas se acomodarem perfeitamente em seu corpo.

Aaron descansou o queixo no topo da minha cabeça e disse:

– A gente vai conseguir.

Eu queria acreditar nele, acreditar que conseguiríamos fingir e sobreviver àquela reunião de família improvisada e à do dia seguinte. Mas, quando finalmente me rendi e deixei que meu corpo caísse no dele, percebi que parte de mim não queria acreditar só nisso. Porque estar naquela cozinha, sentada no colo de Aaron enquanto ele passava os dedos sobre a pele sensível do meu pulso, enquanto encarávamos as palhaçadas da minha família, era confortável.

Aaron e eu parecíamos um *nós*.

E quando a cabeça da minha mãe apareceu, seguida da minha *abuela*, da minha *tía* e de Charo, a sensação se solidificou em meu peito. Como um tijolo ou um bloco de cimento: pesada, firme e difícil de ignorar. Mas foi quando Aaron se afastou de mim por um instante – apenas o bastante para se apresentar à minha *abuela* – que senti o tijolo se encaixar como uma peça de Tetris em um cantinho que esperava ser preenchido. Quando ele envolveu de novo a minha cintura e me encaixou em seu colo e então olhou para baixo e deu aquele sorriso só para mim, tive certeza de que nunca mais conseguiria tirar aquele tijolo dali.

Ele estava ali para ficar.

VINTE E UM

Surpreendentemente, tudo estava indo bem. Até então, nenhum momento estranho ou constrangedor fizera eu me arrepender de todas as minhas escolhas de vida, e ninguém tinha feito nenhuma pergunta imprópria que me fizesse querer abrir um buraco no chão e me enfiar lá dentro.

Com um pouco de sorte, quem sabe até passasse ilesa por aquele jantar. Acreditei nessa possibilidade.

Torci para que essa sensação de satisfação que fazia meu corpo zumbir não fosse mera consequência da comida que eu tinha devorado. Porque um banquete espanhol era capaz de afetar nosso discernimento.

Estávamos todos sentados a uma mesa redonda no terraço de um restaurante à beira-mar. No horizonte, o sol que se punha já quase desaparecia sobre a linha tênue onde oceano e céu se encontram. O único som além de nossa conversa baixa era o bater das ondas contra as rochas que margeavam a costa.

Traduzindo em uma frase simples, um momento perfeito.

O toque suave de uma mão em meu braço causou uma onda de arrepios que percorreram minha espinha.

A voz grave que eu aprendera a antecipar falou pertinho do meu ouvido, fazendo minha respiração vacilar.

– Frio?

Balançando a cabeça, olhei para ele. Apenas alguns centímetros nos separavam. Separavam nossos lábios.

– Não, estou bem.

Eu não estava. Tinha descoberto que, quando Aaron chegava tão pertinho assim, eu ficava bem longe de estar bem.

– Só um pouco cheia. Talvez eu tenha exagerado.

– Não vai ter lugar para a sobremesa?

Franzi a testa diante da audácia.

– Não seja ridículo, *mi osito*. Sempre tem lugar para a sobremesa. Sempre.

Os lábios de Aaron se curvaram, e aquele sorriso alcançou os cantos de seus olhos, transformando todo o seu rosto.

Poxa vidinha. Eu não estava preparada para aquilo, conforme demonstrava o frio em minha barriga.

– Lina, Aaron, mais vinho? – perguntou meu pai, do outro lado da mesa.

Meus pais insistiram que pedíssemos vinho embora o casamento fosse no dia seguinte – quando certamente haveria rios de *sidra*, vinho, *cava* e muito mais. Ninguém tentou se opor. Nem mesmo Isabel ou Gonzalo, que estampavam na face as consequências da noite anterior. Mas, na terra do vinho, era quase impossível sair para jantar e não pedir uma garrafa.

– Não, obrigada. Acho que vou me resguardar para amanhã – respondi, tirando a taça do alcance da garrafa que meu pai já segurava no ar.

Ao contrário de mim, Aaron foi lento demais e, antes que pudesse elaborar uma resposta, meu pai já estava enchendo a dele.

– Dormiu no ponto – cochichei para ele.

Aquele sorriso largo que tinha dominado seu rosto voltou, tirando minha presença de espírito em um piscar de olhos. Então o braço que estava estendido atrás da minha cadeira se esticou um pouco mais e me beliscou, brincalhão.

Pulei na cadeira, quase virando algumas taças no processo.

Com a mão livre, Aaron pegou a taça e bebeu.

– Nem banque a engraçadinha.

Por cima da taça, ele me lançou um olhar que fez com que eu me revirasse na cadeira. Então, inclinou a cabeça e continuou baixinho:

– Da próxima vez não vou só beliscar.

Seus lábios finalmente tocaram a taça, bebendo um gole. Sem tirar os olhos de seus lábios durante alguns segundos intensos, tive a certeza de que algo se remexera na região do meu baixo ventre.

Com o rosto corado, virei a cabeça, procurando por alguma evidência de que alguém na mesa tinha escutado o comentário. Minha *abuela* ainda estava ocupada limpando o prato. Gonzalo e Isabel pareciam prestes a desmaiar de exaustão e provavelmente a ter uma congestão antes mesmo da sobremesa. Meus pais conversavam animadamente com um garçom que eu nem tinha percebido que estava ali. E Daniel – que tinha ido sozinho porque os pais dele e de Gonzalo chegariam só na manhã seguinte – estava olhando para o celular como se o aparelho guardasse os segredos do universo.

Semanas antes, quando eu inventara a mentira de que estava namorando ao saber que Daniel estava noivo e mais feliz do que nunca, a motivação tinha sido o pânico de imaginar uma cena quase idêntica àquela. Com a diferença de que a cadeira ao meu lado estaria vazia. Ou ocupada por alguém como minha *abuela* ou a noiva de Daniel, dependendo da minha sorte. Ou talvez aquele acompanhante que eu considerei contratar por um breve instante. De qualquer forma, teria sido alguém que não fazia meu coração disparar com um simples olhar nem minha barriga congelar com um daqueles sorrisos que agora eu queria só para mim.

Quando olhei novamente para Daniel, percebi algumas coisas. Primeiro e mais importante: minha reação instintiva ao mentir e me meter – e meter Aaron – naquela história ridícula talvez tenha sido um pouco exagerada. Segundo, o fato de que, apesar do exagero, ter Aaron comigo tornava tudo mais fácil, de um jeito que eu jamais teria imaginado. Por último – e essa eu tinha dificuldade de entender –, uma parte considerável de mim, e que eu estava tentando muito, e em vão, ignorar, não se arrependia de nada.

O que era muito burro da minha parte. Porque o homem que estava me deixando corada – e que eu não me arrependia de ter ao meu lado – seria meu chefe.

– Então, Aaron – disse minha mãe, me fazendo voltar ao presente. – Isabel explicou como vocês se conheceram e começaram a namorar.

Os olhos dela brilhavam e eu podia apostar que não era só por causa do vinho.

– A história que você contou para eles ontem na *sidrería*. Parece tão romântica, como os filmes que a gente assiste no Netflix.

É claro que minha mãe levaria a conversa nessa direção.

– É *na* Netflix, *mamá* – resmunguei, brincando com as mãos sobre a mesa. – E sim. O bom e velho romance de escritório, exatamente como nos filmes, né?

– Só que este é de verdade – disse Aaron.

De verdade.

As palavras dele voltaram à minha cabeça. *"Acabei conseguindo fazer com que ela me desse uma chance, acreditasse que precisava de mim. Depois, provei que precisava mesmo."*

Meu coração disparou.

– Então, vocês trabalham juntos mesmo?

O olhar da minha mãe estava direcionado a Aaron, e um sorriso inquisidor em seus lábios me dizia que ela estava desesperada para saber cada detalhe.

– Nós lideramos equipes diferentes e não trabalhamos nos mesmos projetos, mas nos vemos com frequência – explicou ele, e me olhou de lado. – E, quando não nos vemos, dou um jeito de fazer isso acontecer. Tento encontrá-la no intervalo, vê-la rapidinho nos corredores, passar na sala dela sem ter desculpa. Qualquer coisa que a faça pensar em mim por alguns minutos todos os dias.

Baixei a cabeça, olhando para o prato vazio. Aquilo era verdade? Aaron costumava mesmo surgir do nada. Mas isso era intencional? Ainda que só para me irritar? Eu estava começando a ter dificuldade com uma coisa simples: diferenciar o que era real do que não era. Tudo o que saía da boca de Aaron se baseava na realidade – o fato de que trabalhávamos juntos, de que nos conhecíamos havia quase dois anos. Mas havia também um elemento de fantasia – nosso namoro, estarmos apaixonados. Só que todo o resto, tudo o que de alguma forma ficava no meio do caminho entre esses dois lados – todos os enfeites que ele colocava na verdade e na fantasia –, pertencia a um campo neutro que eu não sabia definir.

– *Qué maravilloso* – disse minha mãe, radiante.

Então, ela traduziu o que Aaron tinha dito para minha *abuela*, e a mulher de quem eu tinha puxado o cabelo com uma leve tendência ao *frizz*. Na verdade, minha *abuela* ficou encantada com Aaron no instante em que ele a cumprimentou com dois beijinhos e disse o quanto ela devia estar orgulhosa da neta. O que, por sua vez, também me transformou em uma idiota sorridente.

– Sabe – acrescentou meu pai –, nem todo mundo sabe lidar com a nossa Lina. Ela tem o maior coração da família, mas pode ser um pouco...

Ele parou de falar, uma das sobrancelhas erguidas.

– *Ay*, qual é a palavra em inglês?

Meu pai fez mais uma pausa, com um biquinho nos lábios, de frustração.

– Ela às vezes é...

– Uma tonta? – sugeriu Isabel, convenientemente voltando dos mortos nesse instante.

– *¡Oye!* – exclamei.

Ao mesmo tempo, meu pai respondeu:

– Não. Não essa.

Ele coçou a lateral da cabeça.

– Baixinha? – sugeriu Gonzalo. – Desastrada?

Minha cabeça virou na direção dele.

– Absurdamente teimosa? – disse Aaron, baixinho.

Sem me dar ao trabalho de virar para ele, dei-lhe uma cotovelada. Ele pegou meu braço com gentileza e entrelaçou nossos dedos, colocando nossas mãos na mesa. Olhei para nossas mãos entrelaçadas e toda a indignação sumiu imediatamente.

Então, Aaron baixou a cabeça e falou baixinho:

– Eu não queria ficar de fora.

Olhei para ele e vi mais um daqueles sorrisos que faziam minhas pernas ficarem bambas e meu estômago se revirar.

– *Gracias*, todos vocês – resmunguei.

Meu pai continuou procurando a palavra de que não conseguia se lembrar.

– Não é nenhuma dessas. Me deixem pensar.

Daniel pigarreou e finalmente participou da conversa.

– Que tal se você disser a palavra em espanhol e nós traduzirmos, Javier? – sugeriu ele.

– *Claro, usa el Google, Javier* – disse minha mãe.

– *Papá* – falei, com um suspiro –, deixe para lá.

– Um rojão – disse ele, finalmente. – Nossa Lina é um pequeno rojão. Tudo bem. Na verdade não era tão ruim assim.

– Ou seja, ela pode dar trabalho. Com alguma frequência.

Ah. Murchei na cadeira, sem soltar a mão de Aaron.

– A criatura fala o tempo todo, como se tivesse muito a dizer e o tempo disponível não fosse o suficiente. Ou rindo como quem não se importa de acordar a metade do mundo que está dormindo. Também é rebelde às vezes e Deus sabe o quanto ela é teimosa. Mas isso tudo é fogo. Paixão. É o que faz dela nossa Lina, nosso terremotozinho.

Os olhos do meu pai começaram a brilhar sob a luz das poucas lâmpadas que tinham se acendido ao cair da noite. Algo em meu peito se contraiu.

– Mas por um tempo não foi assim. Toda essa leveza desapareceu. Ver nossa filha passar por algo assim não foi fácil, sabe? Partiu nosso coração. Aí ela foi embora, e mesmo que soubéssemos que era algo que ela queria e precisava fazer, nosso coração se partiu um pouquinho mais.

A essa altura, meus olhos estavam se enchendo de lágrimas, a pressão atrás deles aumentando a cada palavra que saía da boca do meu pai. A cada memória desenterrada.

– Mas ainda bem que tudo isso ficou no passado. Lina está aqui agora. E está bem. E feliz – disse minha mãe, estendendo a mão e pegando a do meu pai.

Sem conseguir mais me conter, levantei com as pernas bambas e dei a volta na mesa. Quando cheguei até onde meu pai estava, dei um abraço e um beijo nele.

– *Te quiero, papá.* – E fiz o mesmo com minha mãe. – *A ti también, tonta.*

E durante tudo isso segurei as lágrimas como se minha vida dependesse disso. Eu não ia chorar. Eu me recusava.

– Agora parem, tá? Os dois. Deixem um pouco para amanhã.

Quando voltei para minha cadeira, me vi buscando a mão de Aaron. Como se eu não concebesse mais a ideia de não estar com a minha mão envolta pela dele. Absorta por meu próprio gesto, meu coração saltitou no peito quando a mão dele encontrou a minha no meio do caminho. Ele entrelaçou nossos dedos e os levou à boca para dar um beijo leve no dorso da minha mão. Foi tudo tão rápido que, não fosse pelo calor dos lábios impressos na minha pele, eu não saberia dizer se tinha mesmo acontecido.

Minha mãe falou em seguida.

– Fico feliz que você esteja em casa, *cariño* – disse para mim, e depois seus olhos repousaram em Aaron com um sorriso, sem tristeza. – Por ver você assim.

Uma pontada de culpa me cortou por dentro, seguida por algo sufocante e denso. Algo que tinha gosto de arrependimento e esperança.

– Por um instante, achei que ela não fosse trazer você, Aaron. Cheguei a desconfiar que você não existia.

Ela riu, e posso jurar que meus pulmões pararam de funcionar por um segundo. Quando olhou para mim, havia um sorriso leve em seu rosto.

– Não me olhe assim, querida. Você nunca falou sobre nenhum namorado ou trouxe alguém de Nova York nas poucas vezes que veio para casa. E foi tudo tão... repentino.

– Sério, *hermanita* – acrescentou Isabel, com um interesse suspeito. – A gente achava que você fosse acabar como uma daquelas senhoras que termina rodeada de gatos. Mas, sendo alérgica a pelo de gato, no seu caso teria que ser rodeada de peixes, ou sei lá... lagartixas. Falamos muitas vezes sobre isso nos encontros da família.

Isabel riu.

– Obrigada pela confiança – resmunguei, mostrando a língua para minha irmã.

Eu não conseguia acreditar que eles estavam dizendo aquelas coisas na frente de alguém que acreditavam ser meu namorado. Ou melhor, na frente de alguém que eles sabiam ser meu namorado.

– Que sorte a minha ter vocês.

Aaron apertou minha mão com um pouco mais de força, e senti meus dedos retribuírem o gesto.

– Isso não é verdade – afirmou minha mãe, com firmeza, lançando um olhar irritado para a filha mais velha. – Pare de provocar sua irmã, Isabel. Você vai se casar amanhã.

Isabel franziu a testa.

– O que isso tem a ver com...

Mamá cortou o ar com a mão, descartando a fala da minha irmã.

Não pude deixar de rir ao vê-la cruzar os braços.

– Nunca pensamos que você fosse acabar sozinha, Lina. Mas tínhamos medo de que você estivesse solitária.

Ela olhou para Aaron, e seu olhar suavizou.

– E saber que não está, que tem alguém com quem contar, alguém para quem voltar, alguém a quem talvez possa vir a chamar de lar um dia, me deixa mais tranquila.

– Isso eu posso prometer – disse o homem ao meu lado, sem hesitar.

A voz de Aaron era como uma carícia. Meu coração batia forte, ao mesmo tempo querendo e não querendo ouvir o que viria em seguida.

– Ela sempre vai poder contar comigo. Ela ainda não sabe disso, mas não vai se livrar de mim.

Depois disso, não pude deixar de olhar para ele, de buscar seu belo rosto. E isso não deveria ter me deixado tão surpresa, eu já sabia que Aaron tinha esse poder sobre mim. Quando me permiti virar para ele, seus olhos já estavam em mim.

Será que ele também sente essa atração? Esse desejo de procurar em meu rosto as respostas que acha que pode encontrar?

Tentando controlar meu coração, espreitei aquele oceano azul com apreensão. Com ansiedade também. E encontrei algo absolutamente assustador. Algo que não devia – não podia – estar ali, considerando que aquilo tudo era para ser uma farsa e que, portanto, o que Aaron dissera não era verdade. Mas era bem difícil negar o que estava à minha frente, as emoções estavam mesmo ali, irradiando de seu olhar. Sinceridade pura. Convicção. Fé. Confiança. Um juramento. Tudo isso exigindo ser reconhecido.

Como se ele estivesse prometendo para *mim* e não para minha mãe.

Como se o que ele tinha acabado de dizer não fosse parte de uma farsa.

Mas eu não podia aceitar. Por mais que meu corpo tremesse com o tanto de esforço para me conter e não agarrar o pescoço dele e implorar por respostas; ou para que ele me dissesse exatamente em que ponto da zona cinzenta estávamos, eu não me permitiria fazer aquelas perguntas que giravam em minha cabeça e formavam um grande nó dentro de mim.

Porque talvez eu não quisesse ouvir as respostas para perguntas como:

a gente passou de colegas de trabalho a parceiros no crime e depois amigos? Nós éramos amigos que juravam apoiar um ao outro? Amigos que quase se beijavam? Aquela promessa era mesmo verdadeira, como seus olhos imploravam que eu acreditasse? Ou era apenas um enfeite? E, se era, por que ele diria algo assim? Ele não tinha consideração com meu pobre coração? Será que ele não enxergava que eu não conseguia mais discernir uma coisa da outra? Mas, se aquilo não era um mero embelezamento da verdade – uma cena, uma ferramenta daquela farsa –, o que Aaron estava fazendo? O que *nós* estávamos fazendo?

Incapaz de suportar tudo o que havia no olhar de Aaron ou de assimilar todas as perguntas na minha cabeça, endireitei as pernas com um movimento rápido, e minha mão soltou a dele. A cadeira embaixo de mim rangeu ao ser arrastada.

– Preciso ir ao banheiro – deixei escapar, desviando o olhar de Aaron.

Então, me afastei o mais rápido possível, sem olhar para trás. Nem uma vez.

Nem quando ouvi minha irmã dizer:

– Agora que ela saiu, podemos falar sobre mim? Eu sou a noiva, eu devia ser o centro das atenções. Estou me sentindo negligenciada.

Se minha cabeça não estivesse uma confusão, eu teria rido. Provavelmente teria voltado e puxado o cabelo dela por ser uma criança egocêntrica, mas eu estava ocupada demais fugindo. Sendo uma covarde mais uma vez, arte que, naquele ritmo, eu dominaria antes que o fim de semana acabasse.

Lavei as mãos e joguei água no rosto enquanto pensava em nada e em tudo, me sentindo totalmente dominada pela minha própria estupidez. Deve ter sido por isso que, ao sair do banheiro, só percebi que alguém estava no caminho quando bati contra um peito masculino.

– *Mierda* – resmunguei baixinho, voltando alguns passos para trás. – *Lo siento mucho* – acrescentei antes de perceber quem estava à minha frente. – Ah, Daniel.

Tirando o cabelo do rosto, me encolhi internamente.

Meu ex não demonstrou se sentir constrangido como eu.

– Você está bem? – perguntou ele, em espanhol.

Agora que éramos só nós dois e Aaron não estava por perto, respondi em espanhol também.

– Estou, sim. Tudo bem, foi só um esbarrão.

Pigarreei e espanei uma sujeira imaginária da minha saia de pregas.

– Mais uma vez, desculpe. Foi culpa minha. Eu estava um pouco distraída.

– Tudo bem, Lina.

Aquela covinha em seu rosto fez uma aparição. E pensar que, anos antes, tinha sido ela a causadora de tudo e que, naquele momento, eu não sentia absolutamente nada ao olhar para ela.

– Acho que não devia ter vindo hoje – confessou Daniel, do nada, me fazendo voltar ao presente.

Assenti devagar, tentando digerir a estranha sensação de empatia que senti por ele de repente. Ele não estava errado. Daniel não passara de um fantasma durante o jantar. Ninguém tinha falado com ele diretamente – o que eu entendia, considerando nossa história –, e ele também não tinha falado com ninguém. Me colocando no lugar dele, acho que eu não teria aceitado o convite.

– Não, vir era a coisa certa a fazer se você achava que devia estar aqui – falei, unindo as mãos, para que não ficassem se remexendo. – Você veio pelo Gonzalo, foi corajoso da sua parte.

Ele abriu um sorriso amargo.

– Acho que ninguém naquela mesa concordaria com você. Exceto, talvez, Gonzalo, e ele não usaria a palavra "corajoso".

Daniel enfiou as mãos nos bolsos da calça.

Mais uma vez, ele também não estava errado. Ainda que distantes, meus pais sempre foram educados com Daniel pelo bem de Isabel. E de Gonzalo, também. Os dois sabiam o quanto o genro considerava o irmão e que, sem ele, Gonzalo não estaria em suas vidas e eles o amavam demais. Mas eu não tinha dúvidas de que jamais perdoariam Daniel por ter me magoado tanto, por ser em parte responsável por tudo que passei.

– Olha – disse Daniel, antes de soltar um suspiro. – Sei que provavelmente é tarde demais, mas eu queria pedir desculpas, acho que nunca pedi.

Não, ele nunca tinha pedido.

– Mas nunca foi minha intenção que tudo aquilo acontecesse. Nunca imaginei que fosse uma possibilidade.

É claro que não imaginou, e não tinha sido justamente isso parte do problema? Daniel me arrastara para aquele turbilhão e, quando as coisas começaram a ficar realmente feias, ele abandonou o barco e me deixou para afundar sozinha. E afundar foi exatamente o que fiz. Foi preciso lutar sozinha para voltar à tona.

Aquele era um pedido de desculpas muito atrasado – talvez até demais –, mas pelo menos finalmente tinha chegado. E era importante.

– São águas passadas, Daniel – respondi com sinceridade.

Embora parte de mim sempre vá se lembrar dele como fator importante de um evento que deixou cicatrizes eternas.

– A propósito, não se preocupe com o que meu pai disse, ele está um pouco emotivo.

Levantei e fiz um aceno com as mãos, parando assim que me dei conta de que não devia nada a ele. Eu não devia estar tentando fazer com que ele se sentisse melhor. Pigarreei.

– Casamentos têm esse poder de despertar o melhor e o pior em nós.

Eu era prova viva disso: meu suposto namorado estava sentado à mesa com minha família, e eu finalmente estava encarando meu ex que tinha ficado noivo recentemente.

Mas o problema de vir ao casamento de Isabel – solteira, sem namorado – nunca tinha sido encontrar o Daniel propriamente dito, mas encontrar Daniel na frente de *todo mundo*. Era a ansiedade que isso causava, a ideia de estar com todas aquelas pessoas que me viram crescer, me apaixonar e que depois testemunharam meu coração sendo destroçado a ponto de me fazer perder uma parte de mim e me obrigar a fugir para outro país. Era encarar um homem que claramente tinha posto a vida de volta nos eixos, quando eu não tinha. Foi isso que colocou tudo em movimento, que me fez apertar o botão do pânico.

E quão burro aquilo tinha sido? Quão burro tinha sido permitir que aquela situação me levasse a mentir? A criar e vender uma imagem ridícula de mim mesma que achei que me faria parecer completa e feliz aos olhos dos outros?

E ali, diante do gatilho que deu início a toda aquela confusão, percebi o tamanho imenso da burrice.

– É, acho melhor mesmo deixarmos tudo isso no passado. Espero de verdade que esteja sendo sincera, Lina.

Daniel olhou para o chão por um instante, depois assentiu e perguntou:

– Você está feliz agora? Com sua vida? Com ele? Você não parece totalmente feliz.

Senti a garganta ficar seca e os olhos se arregalarem enquanto eu tentava assimilar as palavras.

– É claro que estou – respondi, quase sem fôlego.

Um choque percorreu meu corpo, se misturando a meu medo idiota de ser pega mentindo.

– Estou feliz, Daniel – repeti, choque e medo se transformando em algo mais amargo.

– Tem certeza? – perguntou ele com calma, de um jeito confiante e condescendente que me fez jogar a cabeça para trás. – Ele parece um cara leal, esse Aaron. Embora também pareça um pouco... seco. Formal.

Fechei os olhos por uma fração de segundo e fui tomada por um instinto protetor fortíssimo.

– Mas imagino que ele seja bom para você. Ele não sai do seu lado desde que o conheci – disse ele, rindo. – Essa vibe cão de guarda não faz muito o meu estilo, mas entendo o apelo.

Eu não conseguia acreditar no que estava ouvindo.

– Mas você está feliz mesmo, Lina? Eu conheço você, e essa não é a Lina despreocupada com que estou acostumado. Você está agitada desde que chegou, e, vou ser sincero, não consigo deixar de ficar preocupado.

Preocupado? Pisquei com força. E mais uma vez. E mais uma e mais uma.

Eu estava agitada? Talvez sim. Certamente me senti assim mais de uma vez. Mas... o que ele achava ou não achava não tinha importância. O problema era Daniel acreditar que tinha algum direito de contestar qualquer coisa que eu estava dizendo.

Alheio à minha indignação cada vez maior, Daniel continuou:

– Pode ser o fato de voltar para casa. Deve ser muita pressão pra você. Ou talvez o fato de Isabel estar se casando e você não.

A respiração ficou presa em minha garganta.

– Ou talvez seja ele. Não sei, mas...

– Pode parar – sibilei.

Alguma coisa se acendeu dentro de mim. Como uma fogueira. Eu até mesmo ouvia as chamas estalando e crepitando. Incendiando o que restava da minha paciência.

– Não ouse fazer isso, Daniel.

Ele franziu a testa e uniu as sobrancelhas, parecendo confuso.

– Isso o quê?

– *Isso o quê?* – repeti, minha voz subindo uma oitava.

Fechei os olhos e tentei ao máximo recuperar a compostura.

– Fingir que se importa, ou que sequer me conhece. Você não tem o direito de julgar ou duvidar da minha felicidade.

O ritmo com que minha respiração entrava e saía dos pulmões aumentou, minha raiva não recuava.

– Então, pode parar de jogar na minha cara o que quer que você ache que sabe ou vê. Você perdeu esse direito há muito tempo.

Daniel balançou a cabeça, suspirando alto.

– Sempre me importei com você, Lina. E sempre vou me importar. É por isso que estou preocupado, por isso que estou tentando ter uma conversa.

– Você sempre se importou comigo? *Sempre* vai se importar?

– É claro que sim – respondeu ele, suspirando outra vez. – Você é como uma irmã mais nova para mim. Estamos prestes a ser da mesma família.

A medula em meus ossos congelou. Fiquei absolutamente paralisada.

– Oi? Uma irmã mais nova?

Essa declaração deixou um gosto azedo em minha boca.

– Você só pode estar brincando, Daniel.

Ele assumiu aquela expressão de quem quer se impor, transmitir autoridade. Eu conhecia bem aquela cara, dos tempos em que sentava na frente dele em sala de aula.

– Não seja assim, Lina.

– Assim como?

Ele soltou um "tsc", me afogando em condescendência.

– Não seja infantil. Somos dois adultos agora, sabe? Você poderia começar a agir como uma.

Agora. Ele disse *agora.* Em oposição a quê? A quando namoramos?

– E por acaso eu era uma criança quando estávamos juntos, Daniel?

Quando você ficou comigo? Fez com que eu me sentisse especial? Quando você disse que me amava?

Vi sua mandíbula se contrair.

– É isso que eu era quando você me largou como se eu fosse uma batata quente ao farejar a menor dificuldade vindo na sua direção? Uma criança? Pensando bem, acho que isso explica tudo. Só estou recebendo um pedido de desculpas nesse momento porque você acha que enfim me tornei digna só porque virei adulta.

Dei um passo para trás, ouvindo o coração bater em meus ouvidos. Ele nem se mexeu.

– Mas quer saber? Estou de saco cheio disso.

Balançando a cabeça, dei uma risada amarga.

– Não te devo nada e você também não me deve nada. Você nunca se importou comigo, Daniel. Pelo menos não o bastante. Caso contrário, não teria deixado as pessoas me comerem viva.

Engoli em seco, afastando todas aquelas lembranças por mais que elas esperneassem em busca de liberdade.

– Eu preferia sinceramente que você não tivesse dito nada disso. Porque esses últimos minutos acabaram com o pouco de respeito que eu ainda tinha por você.

Dei mais um passo para trás.

Daniel, ainda imóvel, abriu a boca, mas a única palavra que saiu foi:

– Lina.

– Tudo bem – falei. – Não espero nada de você. Como eu disse, são águas passadas.

Ele fechou a boca e seus ombros caíram com o que esperei que fosse uma expressão de resignação.

– Mas de uma coisa você pode ter certeza: eu *estou* feliz.

E eu estava. Confusa também, para ser sincera. Sim, meu coração estava confuso e desorientado. Apavorado. Mas uma força parecia romper a casca de medo que cobria o pobre órgão cansado, ia entrando pelas fendas para, se eu permitisse, acabar com todas as minhas dúvidas. Uma promessa de segurança e conforto.

Mas aquela não era uma conversa que eu devia a Daniel, e sim a outra pessoa.

Uma pessoa para quem, aliás, eu precisava voltar.

Eu estava prestes a me virar e fazer exatamente isso quando alguém que sempre conseguia me fazer sorrir apareceu.

– Por que está demorando tanto, *cariño*? – perguntou minha *abuela* em espanhol, mas logo avistou Daniel. – Ah, entendi.

Ela lançou um olhar de canto de olho e ignorou a presença dele. Quando voltou a olhar para mim, deu um sorrisinho travesso.

– Aquele seu namorado está sentado lá na mesa, parecendo um cachorrinho abandonado.

Minha *abuela* enlaçou o braço no meu e automaticamente comecei a me sentir mais leve.

– Ele pediu sobremesa para você, sabia? E fica olhando o tempo todo na direção em que você saiu, parece que está se segurando para não vir te procurar.

Minha barriga gelou e fiquei agitada.

– Ah, é?

Minha *abuela* acariciou meu braço.

– É claro que sim, *boba*.

Ela estalou a língua, me puxando de volta para a mesa.

– Ele nem pediu duas colheres, provavelmente sabe que é inútil tentar fazer você dividir uma sobremesa.

Ela deu uma risadinha, e tentei ignorar a sensação que se espalhava até meu peito.

– Ele… ele é perfeito – murmurei, surpreendendo a mim mesma.

– É, sim – disse ela, sem nem pensar muito. – É por isso que você não devia deixá-lo abandonado tanto tempo assim. Ele é bonito demais para dar conta de si mesmo sozinho.

Aaron era mesmo bonito demais. Até para que *eu mesma* desse conta dele também.

– Você acha que ele dança comigo amanhã?

– Acho que sim – respondi, mas não tinha dúvidas. – É só pedir com jeitinho, *abuela*.

Ela deu mais uma risadinha, e eu não tinha dúvida de que provavelmente teria de lutar com minha própria avó pela atenção do meu falso namorado.

Então, a mulher que, mais de um milhão de vezes, me deu chocolate escondido depois da hora de ir para a cama me levou de volta ao salão onde todos conversavam animadamente.

Logo antes de chegar à mesa, ela falou baixinho:

– Não havia homens assim no meu tempo. Seu *abuelo* era charmoso, mas não desse jeito. Só que não foi a aparência que me conquistou, se é que me entende... – disse ela, dando uma piscadinha.

– ¡*Abuela!* – sussurrei alto.

Ela acariciou meu braço.

– Não se faça de tímida comigo. Sou velha. Você não me engana. Agora, vá.

Um par de olhos azuis me encontrou imediatamente. Saltaram para minha *abuela* e então para algum lugar atrás de mim. Notei que Daniel vinha a alguns passos atrás de nós.

Depois de me separar da minha avó, fui caminhando até Aaron com os olhos fixos nele. Ele parecia ansioso, de mandíbula contraída e testa franzida. Quando nos encaramos mais uma vez, vi dúvida e o instinto protetor que eu mesma havia sentido minutos antes quando Daniel mencionara o nome dele.

A preocupação de Aaron era clara como um céu de verão. Ele estava se segurando para não me perguntar o que tinha acontecido. Ele se importava com aquilo. Comigo. E me protegeria, me abraçaria ou só ficaria ao meu lado se eu pedisse. Eu sabia que sim. *Droga*, ele faria tudo isso mesmo se eu não pedisse.

Uma preocupação sincera, genuína. Muito diferente daquilo que Daniel alegava sentir.

Joguei o corpo delicadamente na cadeira, aproveitando para colocar um sorriso calmo no rosto, uma expressão neutra. Só que, muito provavelmente, fiz isso de um jeito estranho e transpareci tudo que ainda fervilhava dentro de mim depois da interação com Daniel, porque, quando virei para Aaron, seus olhos brilharam com mais intensidade.

Tentei sorrir. Um músculo no rosto dele se contraiu.

Minha irmã começou a tagarelar sobre alguma coisa que eu jamais saberia dizer o que era, porque minha cabeça estava em outro lugar.

Minhas mãos estavam no colo quando senti a mão de Aaron se juntar a elas e, pela segunda vez naquela noite, entrelaçar nossos dedos. Todos eles. Só que dessa vez bem em cima da minha coxa. Como se ele estivesse tentando me dizer que aquilo era uma coisa só nossa, que não era parte da farsa.

Aaron apertou minha mão com vontade, a mão quente na minha. *Só nosso*, o gesto parecia confirmar. Parecia prometer.

E então, fazendo o papel da maior idiota do universo, senti que aqueles cinco dedos longos, aquela palma calorosa, me reconfortaram como nada no mundo. Levei nossas mãos mais para perto da barriga e retribuí o aperto.

Alguma coisa dentro das minhas costelas parecia uma bomba-relógio.

– Estou ouvindo as engrenagens da sua cabeça girando – disse Aaron.

Ele veio andando pelo quarto naquela calça de pijama que estava causando coisas loucas na minha barriga outra vez. O mesmo valia para a camiseta, a mesma da noite anterior.

Pelo menos ele estava usando uma, porque acho que não daria conta de um Aaron sem camisa naquele momento.

– Eu estou bem – menti.

Minha cabeça latejava a cada repetição da conversa com Daniel, que repassava em *looping* infinito desde então.

– Só estou repassando tudo o que preciso fazer antes do grande dia amanhã.

Que era o que eu deveria estar fazendo.

Também já de pijama, alinhei os dois pares de sapatos – o par que eu usaria e o par reserva – no chão. Bem juntinho da parede. Deixando o mesmo espaço entre eles, meticulosa.

Dei um passo para trás, admirando meu trabalho. *Não*.

Sem me convencer, ajoelhei para arrumá-los de novo.

Quando eu ficava com alguma coisa martelando na cabeça, eu tinha apenas duas reações: comer ou organizar compulsivamente. Considerando que tínhamos acabado de jantar e a julgar pela pilha de roupas bem empilhadas e os itens perfeitamente alinhados em cima da cômoda, pelo jeito dessa vez seria a segunda opção.

De esguelha, percebi Aaron se jogar na cama com uma calma e uma elegância que ninguém daquele tamanho devia ter.

– Tem fumaça saindo das suas orelhas.

Ele apoiou as costas na cabeceira e a madeira gemeu com o peso.

Peguei os sapatos mais uma vez, deslocando-os um centímetro para a direita.

– Acho que não – respondi, seca.

Então, desloquei os dois pares meio centímetro para a esquerda.

– Para isso, eu teria de estar pensando demais em alguma coisa. O que não é o caso.

– Ah, mas é sim – disse ele, sem mudar de posição na cama. – Fala comigo.

Não me dei ao trabalho de responder. Ouvindo-o suspirar, me mantive concentrada no que estava fazendo.

Talvez se eles ficarem de frente para a parede...

– Catalina...

O jeito como ele disse meu nome me fez virar para ele.

– Vem cá – disse Aaron, dando batidinhas na cama com a mão.

Com as sobrancelhas franzidas, fiquei olhando para ele.

– Senta aqui um pouquinho, depois você volta a torturar os sapatos até que fiquem na posição perfeita – disse ele, com um suspiro. – Rapidinho.

E ele colocou a mão sobre o edredom mais uma vez. Como eu não disse nada nem me mexi, ele acrescentou com a voz bem suave, como se eu fosse partir seu coração se não aceitasse aquele único pedido:

– Por favor.

Aquele *por favor*, aquele maldito por favor e o jeito como ele disse fizeram minhas pernas se mexerem.

Antes mesmo que eu me desse conta do que estava fazendo, minha bunda estava na cama, bem ao lado do quadril dele. Eu sabia sobre o que Aaron queria falar. Aquele mix de emoções e lembranças e perguntas que estava se formando aos poucos na minha cabeça. Que eu tinha trazido comigo para o apartamento e que eu sabia que, assim que eu abrisse a boca, despejaria com força total. Mas contar sobre uma parte do meu passado que eu não tinha nenhuma alegria em revisitar significaria confiar totalmente em Aaron. Seria dar a ele uma chave que o ajudaria a me entender – e me conhecer – melhor. E eu queria fazer isso? Eu seria capaz de fazer isso sem aninhar minha cabeça em seu peito em busca de conforto?

– Não quero aborrecer você com o melodrama da minha vida, Aaron – respondi com um suspiro, e estava sendo sincera.

O que eu não disse era que, por trás disso, havia apenas medo.

– Não precisa se preocupar...

Em um movimento suave, Aaron me pegou e me colocou entre suas pernas abertas. Mais um suspiro deixou meus lábios entreabertos, mas este não tinha nada a ver com exaustão ou o que quer que estivesse fervilhando na minha cabeça.

– Qualquer coisa que te incomode é importante para mim e quero saber – disse ele, atrás de mim. – Nada em você me aborrece ou não me interessa... nada. Entendeu?

Percebi que assenti e talvez tenha resmungado um "Sim" baixinho. Meu coração estava batendo muito alto em meus ouvidos para que eu tivesse certeza.

Aaron continuou:

– Se você quiser conversar sobre o que quer que tenha acontecido, vamos conversar.

Suas mãos repousaram sobre meus ombros com uma ternura que me desarmou. Então ele colocou meu cabelo para o lado, e seus dedos viajaram até minha nuca.

– Se não quiser, falamos sobre outra coisa. Mas quero que você relaxe, nem que seja só um pouquinho.

Ele parou de falar, e seus polegares começaram a massagear meu pescoço. Tive que me segurar pra não choramingar como um animalzinho ferido. Mas não de dor.

– Que tal?

– Tudo bem – respondi, incapaz de não derreter ao sentir seu toque.

Um instante de silêncio, e os dedos de Aaron percorreram minha nuca, massageando com delicadeza. Mais um som subiu pela minha garganta, mas consegui me impedir de soltá-lo.

– O que seu pai disse no jantar me fez lembrar de algo que minha mãe me dizia quando eu era criança.

Aaron continuou massageando, aliviando não só a tensão em meus ombros. Eu estava virando manteiga derretida com aquela voz grave, estava nas nuvens. Ele estava prestes a compartilhar mais um pedacinho da vida dele comigo.

– Na época, não entendi nem me importei, só muito tempo depois, quando fiquei mais velho e o diagnóstico trouxe a possibilidade de ela nos deixar, é que me dei conta. Mas minha mãe me dizia que, no instante em que nasci, ela encontrou sua luz na escuridão. Como se eu fosse um farol que, independentemente do que acontecesse, estaria sempre aceso, iluminando a noite e mostrando o caminho de casa. É claro que quando pequeno eu achava isso brega, dramático.

Uma risada baixa e sem graça deixou seus lábios.

Mais uma vez senti pena dele, machucado e implorando que eu oferecesse o consolo que estivesse ao meu alcance. Mas nem me mexi.

– Você deve sentir muita falta dela.

– Todos os dias. Quando ela morreu e as noites ficaram um pouco mais escuras, passei a entender o que ela queria dizer.

Aquela era uma perda que eu torcia para só experimentar daqui a muito tempo.

– Mas o que o seu pai disse, sobre o fato de que durante um tempo você deixou de ter essa chama, essa leveza, esse seu jeito tão cheio de vida...

Aaron fez uma pausa, e jurei ter ouvido ele engolir em seco.

– É...

Ele hesitou, como se estivesse com medo de dizer as palavras que viriam em seguida. E Aaron nunca teve medo de falar o que pensava. Aaron nunca tinha medo.

– Você tem mesmo tudo isso, Catalina. Você é luz, paixão. Sua risada melhora meu humor e muda meu dia em questão de segundos. Mesmo quando não é para mim que você ri. Você... é capaz de iluminar um salão inteiro, sabe? Você tem esse poder. E isso se deve a todas as coisas que fazem de você quem você é. Cada uma delas, mesmo as que me deixam louco de jeitos que você nem imagina. Não se esquece nunca disso.

Meu coração parou. E não queria voltar a bater. E nenhum ar entrava nem saía do meu pulmão e percebi que meu coração tinha parado completamente. Por alguns instantes, fiquei suspensa no tempo, pensando que nunca mais poderia me recuperar porque meu coração não estava mais funcionando, só que... Bem, se aquelas eram as últimas palavras que eu ouviria nesta terra, eu morreria feliz.

Quando meu coração voltou a bater, eu não fiquei aliviada. Impossível sentir alívio com ele batendo com uma força que eu nunca tinha experimentado antes.

Escrever um poema, compor uma música ou jurar amor eterno em uma grande demonstração pública são coisas que, em geral, as pessoas consideram os gestos mais lindos. Mas ali, aninhada entre as pernas de Aaron, seus dedos massageando meu pescoço com delicadeza só porque eu parecia tensa, percebi que eu não queria nem precisava desse tipo de coisa. Se eu nunca ouvisse uma declaração épica, eu estaria feliz porque sem dúvida aquilo tinha sido a coisa mais linda que já tinham dito sobre mim. *Para* mim. E por mim.

Meu corpo queria se virar, gritava para que minha cabeça deixasse. Mas eu sabia que, se fizesse isso, o que Aaron veria em meu rosto – sabe-se lá o quê – mudaria tudo, absolutamente *tudo* entre nós.

Eu... *droga*. Esse homem. Ele ficava demonstrando o quanto era perfeito. Revelando tantas partes bonitas de si que me deixavam tonta e querendo mais.

Mas eu ainda me sentia como se estivesse à beira de um penhasco, olhando para um oceano com o mesmo tom de azul dos olhos dele. Eu teria coragem de pular?

– Eu me apaixonei pelo Daniel no segundo ano de faculdade – falei sem me virar.

Não arriscaria uma queda livre. Não totalmente.

– Eu tinha dezenove anos. Ele era meu professor de física. Era mais jovem que os outros professores, então chamava atenção. Era popular entre os alunos... principalmente entre as alunas. No início foi só uma paixãozinha boba. Eu ficava ansiosa pelas aulas dele. Talvez me dedicasse mais ao escolher uma roupa e sentava na primeira fileira. Mas eu não era a única. Quase todas as garotas, e também alguns caras, se encantaram com a covinha em seu rosto e a confiança com que ele andava pela sala, mesmo que a disciplina dele fosse uma das mais difíceis.

Aaron continuou se dedicando à tensão nos músculos que se estendiam por meu pescoço e meus ombros. Permaneceu em silêncio, e era quase como se – à exceção de seus dedos – também estivesse imóvel.

– Então imagina a surpresa quando comecei a perceber que ele me observava um pouquinho mais do que aos outros alunos. Ou que a covinha aparecia um pouco mais quando era para mim que ele olhava.

Meus olhos se fecharam quando as mãos de Aaron desceram, viajando pelas minhas costas.

– No decorrer daquele ano, a coisa foi se desenvolvendo até o ponto de trocarmos alguns toques inocentes entre as aulas ou quando eu ia tirar dúvidas na sala dele. Era muito... muito excitante, aquilo tudo. Era quase como uma injeção de ânimo, sabe? Ele fazia com que eu me sentisse especial, como se não fosse só mais uma aluna atrás dele.

Ouvi minha voz ficando cada vez mais baixa, perdida naquela lembrança, então tentei recuperar o tom.

– Enfim, nós só começamos a namorar depois que terminei os dois semestres da disciplina dele. A namorar oficialmente, publicamente. Não dentro do campus ou nada assim, mas fora dele nós saíamos juntos como qualquer outro casal. Ele apresentou o Gonzalo à Isabel, e os dois se apaixonaram loucamente com apenas um olhar.

Um sorriso verdadeiro apareceu em meus lábios ao pensar no instante em que Isabel e Gonzalo se olharam; parecia que os dois estavam esperando por aquele momento. Como se um estivesse esperando conscientemente pelo outro.

As pernas de Aaron se moveram, me aninhando ainda mais em seu colo. Ou talvez eu é que estivesse me curvando cada vez mais. Eu não sabia, mas não reclamaria nem me afastaria.

– E eu estava apaixonada. Depois de um ano sonhando com uma coisa que eu não podia ter, esperando, acabei ficando cega pela alegria de finalmente poder ficar com ele. Chamá-lo de meu.

Seus dedos pararam por um instante, como se estivessem hesitando antes do próximo movimento, mas logo retomaram a ação.

– Durou alguns meses. Então, ouvi o primeiro sussurro, o primeiro rumor feio e venenoso que obscureceu toda aquela felicidade. E, um após o outro, muitos rumores foram surgindo. Sussurros viraram comentários em voz alta e aquilo foi se espalhando pelos corredores do campus. Depois vieram as postagens no Facebook, as *threads* no Twitter. Nunca direcionados a mim, mas sempre sobre mim. Pelo menos no início.

Levei os joelhos ao peito e abracei-os.

– *"A piranha que dorme com os professores. É claro que ela vai se formar com nota máxima. Foi assim que ela passou em física quando mais da metade dos alunos reprovou. Ela trepou com ele e vai trepar com todos os outros até conseguir o diploma."*

Ouvi a respiração de Aaron. Senti em minha nuca. Seus dedos ficaram tensos e pararam por um breve instante.

– Foi horrível demais.

Minha voz soou diferente, vazia e amarga. E aquilo me fez lembrar de uma Lina que eu queria esquecer.

– As coisas que diziam sobre mim viraram dedos apontados e fotos nojentas em que alguém colocou meu rosto no Photoshop. Coisas... coisas muito feias.

O toque de Aaron se transformou num mero arrastar dos dedos na minha pele, me acalentando, me fazendo avançar, me dizendo *Estou aqui. Estou com você.*

– Transformaram o que a gente tinha em uma história desprezível, na qual eu era uma aproveitadora suja que seduzia os professores para tirar notas altas. Todo o meu esforço e as noites que eu passava estudando foram destruídos só porque... não sei. Até hoje não sei qual foi a razão ou a motivação. Inveja? Só por diversão? Mas sei que, se eu fosse um dos meus colegas homens e Daniel fosse uma professora, talvez eu não tivesse passado por isso. A professora seria tachada de papa-anjo e o aluno receberia parabéns. Mas, sendo mulher, quase fui forçada a desistir da faculdade. Eu não queria mais ir às aulas, não queria sair de casa. Eu ainda morava com meus pais porque era tranquilo ir de carro da casa deles para o campus, mas eu não queria nem conversar com eles. Apaguei meus perfis em todas as redes sociais. Me fechei para todas as pessoas da minha vida, até para a minha irmã e os poucos que continuaram meus amigos.

Me concentrei nos círculos que Aaron desenhava em minha pele, me mantendo firme e me conectando a ele e ao presente.

– Foi pesado demais. Eu me sentia... envergonhada. Sentia que tudo o que eu havia feito até então não tinha valor nenhum. E, com isso, quando minhas notas caíram e meu coeficiente foi para o ralo, eu nem liguei.

Um instante de silêncio que pareceu se alongar demais me fez perceber que Aaron não tinha dito uma palavra. Eu sabia que ele não me julgaria, mas fiquei me perguntando o que ele achava daquilo tudo. Se a maneira como ele me via mudaria.

– O que ele fez? – perguntou Aaron, finalmente, com uma voz rouca, áspera. – O que Daniel fez a respeito de tudo isso que estavam fazendo com você?

– Bem, as coisas começaram a ficar feias para o lado dele. Não havia nenhuma regra que impedisse professores de namorarem ex-alunas, mas a situação deve ter pesado para ele.

– Para *ele*? – repetiu Aaron, com uma rispidez na voz que não estava ali antes.

– Pois é. Então Daniel terminou comigo, disse que era complicado demais e que relacionamentos não deveriam ser tão difíceis.

A mão de Aaron ficou estática.

– Ele achava que um não deveria prejudicar a vida do outro e, como era isso que estava acontecendo com a gente, não fazia mais sentido ficarmos juntos. E eu... eu acho que ele tinha razão.

Aaron não disse nada. Nenhuma palavra saiu de seus lábios, mas percebi que tinha algo de errado. Senti que sua respiração havia ficado mais rápida, mais profunda. E que suas mãos permaneciam paralisadas em meus ombros.

– Às vezes me pergunto como consegui me formar. Acho que, em algum momento depois do término, eu acordei, fui fazer as provas e passei. E depois, sei lá como, me inscrevi para um mestrado internacional e fui embora para os Estados Unidos.

Aaron retomou a massagem. Muito suavemente, mas pelo menos ele tinha voltado a me tocar. E eu precisava daquele toque mais do que gostaria de admitir.

– Eu não estava fugindo dele, sabe? Todo mundo achou que eu estava, mas não era isso. Daniel tinha me magoado muito, sim, mas eu estava fugindo era de todo o resto, de todas as pessoas que me olhavam como se eu tivesse mudado ou como se o jeito com que elas me enxergavam tivesse mudado. Como se eu fosse algo frágil. Abandonada pelo professor, assediada, ridicularizada. As pessoas sussurravam "*ah, coitadinha. Como ela vai se recuperar disso?"*. Me tratavam como se eu estivesse destruída. Ainda me tratam, na verdade. Todas as vezes que vim à Espanha sozinha depois disso foi assim, todos me olhando com pena. Sempre que eu dizia *ainda estou solteira*, todo mundo assentia e dava um sorriso triste.

Balançando a cabeça, soltei o ar dos pulmões.

– E eu odeio isso, Aaron – falei, e dava para ouvir a emoção em minha voz, sufocando as palavras, porque eu odiava mesmo. – Por isso vim tão poucas vezes.

Mas eu também odiava o meu receio de que parte daquilo talvez fosse verdade. Por que eu não conseguia confiar meu coração a ninguém?

– Tudo o que aconteceu me magoou, deixou cicatrizes, mas não me derrubou.

Engoli o nó na garganta; eu queria acreditar em minhas próprias palavras.

Um som, grave, rouco e doloroso, veio de trás de mim. Antes que eu entendesse o que estava acontecendo, Aaron colocou os braços ao meu redor e me aninhou em seu peito. Quente, firme, seguro e... Que me fez sentir muito menos sozinha. Muito mais completa do que segundos antes.

Aaron enterrou a cabeça na lateral do meu pescoço, e dei vazão a um desejo quase incontrolável de consolá-lo.

– Não estou destruída, Aaron – falei em um sussurro, talvez para assegurar isso a mim mesma. – Não posso estar.

– Você não está – disse ele, com a boca quase em minha pele.

Me abraçando mais forte. Me trazendo mais para perto.

– E eu sei que mesmo que alguém destruísse você, porque a vida é assim e ninguém é invencível, você juntaria os pedaços e continuaria sendo a pessoa mais cheia de luz que já conheci.

Segurei aqueles braços que envolviam meus ombros, que me puxavam mais para perto, como se ele temesse que eu me desmaterializasse. Eu me agarrei a ele com o mesmo desespero. Como se Aaron fosse meu ar.

Ficamos assim por um bom tempo. E, aos poucos, bem devagar, nossos corpos relaxaram um no outro. Se fundiram. Eu me concentrei na respiração dele, na sinceridade daquele momento, nos batimentos do coração dele em minhas costas, em sua força. Todas as coisas que ele me entregava tão abertamente, como se não fosse nada demais fazer isso. Como se fosse natural para ele entregá-las, como se eu tivesse o direito de recebê-las.

Nenhum de nós disse nada enquanto o tempo se estendia, o abraço se afrouxando conforme perdíamos a batalha contra o sono.

Acabei fechando os olhos, mas segundos antes de ser levada à escuridão do sono, pensei ter ouvido Aaron suspirar:

– Nosso abraço encaixa... É como estar em casa...

VINTE E DOIS

Como eu tinha sido idiota.

Uma besta absolutamente idiota e estúpida.

Naquela manhã, quando meu alarme tocou um pouco depois do amanhecer e eu me desvencilhei dos braços de Aaron em silêncio – mas não em pânico –, imediatamente me arrependi de aceitar encontrar minha irmã horas antes do casamento. Então, depois de arrumar tudo e me preparar para sair, logo antes de sair do quarto sem acordá-lo – embora eu já tivesse descoberto que ele também tinha o sono pesado –, cheguei perto bem de mansinho e dei um beijo suave em seu rosto. Porque na verdade eu não queria ir, e eu era uma mulher muito, muito fraca no que dizia respeito a Aaron.

Por precaução, deixei um bilhete dizendo que o veria em algumas horas porque me arrumaria com Isabel. Charo o levaria até o local do casamento.

Seja forte e não se entregue, escrevi. E assinei *Com amor, Lina*.

Essa escolha de palavras fez meu coração parar por um instante, mas disse a mim mesma que não era nada demais e segui em frente.

Menos de uma hora depois de sair, comecei a sentir saudades – a pensar nele e suspirar e me perguntar o que ele estaria fazendo –, então mandei uma mensagem de texto.

Lina: Viu meu bilhete?

Aaron respondeu em poucos minutos.

Aaron: Sim, estou escondido no banheiro. Sua prima
estava tentando tirar uma foto minha escondida. Vocês,
Martíns, são implacáveis.

Isso me fez bufar tão forte que a maquiadora acabou passando sombra na minha testa. Ela tentou manter a compostura, mas percebi que ficou com raiva.

Mas nada disso era o motivo pelo qual eu tinha certeza de que era uma besta absolutamente idiota e estúpida.

Entre calçar o salto castanho-claro aveludado e colocar o vestido vinho elegante e leve, de algum modo minha cabeça começou a fazer perguntas. Perguntas importantes. *Será que vou conseguir encontrar Aaron na multi-dão? E: Ele vai ficar bem? Ele vai chegar ao local e encontrar o assento?* E a estrela do show: *Talvez eu só o veja depois de cerimônia. E se eu não conse-guir encontrá-lo?*

Então, ao chegar ao meu lugar à direita da noiva, em um dia glorioso de verão, rodeada por arranjos de peônias em todos os tons entre o rosa-bebê e o branco perolado, na frente das pessoas que nos viram crescer e nos tor-narmos as mulheres que somos hoje, virei a cabeça.

E fixei o olhar naquele par de olhos com a cor do oceano. Todas as per-guntas desapareceram de imediato.

Que besta absolutamente idiota e estúpida eu tinha sido por duvidar que meus olhos não seriam atraídos por Aaron Blackford em questão de segundos. Como não?

Ele estava deslumbrante, em pé ao sol em um terno azul-marinho. E quando deu aquele sorriso largo e furtivo que eu estava começando a con-siderar que era só meu, eu seria capaz de jurar que o brilho me cegaria se eu não tivesse piscado. Aquele sorriso – o sorriso de Aaron, seu rosto lindo, ele inteiro – deixava minhas pernas bambas e me dava um aperto no peito.

Foi exatamente por isso que, quando a cerimônia chegou ao fim e Gon-zalo quase engoliu minha irmã na frente de todo mundo, virei sobre as pernas bambas. A multidão começou a jogar arroz e confetes quando os noivos vieram andando pelo corredor, e quando eles entraram em um Fus-ca amarelo para ir ao local onde tirariam fotos, todos começaram a ir para a área do restaurante. Um silêncio se impôs, exceto pelo barulho do meu coração, que tentava sair pela garganta.

Aaron esperava na saída, com as mãos nos bolsos da calça azul-marinho e o paletó entreaberto. Bem onde as fileiras de cadeiras em tom de *off-white* terminavam. Estava com alguns confetes presos no cabelo.

Ele me olhava fixamente enquanto eu avançava pelo corredor e senti as pernas bambas como se eu estivesse andando na areia. Pesadas e desajeitadas.

Só quando cheguei perto ele deu um passo na minha direção; um gesto rápido e apressado, como se Aaron estivesse se segurando para não correr até mim e não conseguisse mais se conter.

Vi quando ele engoliu em seco, seus olhos subindo e descendo e subindo mais uma vez, devorando o que estava à sua frente.

– Você parece um sonho.

Que coisa boba de se dizer quando era ele quem não parecia real. Eu não conseguia acreditar que aquele homem estava ali, enchendo meu peito de coisas que eu não entendia.

Balancei a cabeça, tentando me recompor o suficiente para responder.

– Você está incrível, Aaron.

Seu olhar analisou meu rosto por um instante, e o que quer que tenha encontrado o fez sorrir. Mais uma vez aquele sorriso. Só para mim. Que baita vaca sortuda eu era.

Aaron ofereceu o braço, e tive que me segurar para não me jogar em cima dele.

– Me concede a honra? – perguntou ele.

Uma risada profunda deixou meus lábios. Aceitei seu braço com um gesto lento.

– Agora você está exagerando.

Ele pousou a mão na minha, na curva do braço dele.

– Como assim?

– Só mocinhos de romances dizem esse tipo de coisa. E romances da Jane Austen. Nem mesmo um mocinho de romance comum enalteceria tanto assim uma mulher – expliquei enquanto avançávamos em direção ao restaurante, onde todos provavelmente já estavam com uma taça de vinho, ou duas, na mão.

– No meu livro, ter a mulher mais linda nos braços é uma honra.

Torci para que as duas camadas de base que a maquiadora tinha aplicado escondessem meu rosto vermelho.

– Se a noiva souber que você disse isso, você vai ter problemas.

Aaron riu, mas não retirou o que tinha dito.

– Ela vai te expulsar do casamento, e eu não vou poder ajudar, ok? Você é alto e grande demais para entrar de penetra.

E lindo demais também, mas essa parte guardei para mim.

Aaron riu mais uma vez, e aquele som percorreu minhas costas, deixando um rastro de arrepios. Era muito difícil ignorar o tanto que era bom andar de braços dados com ele.

Só quando já estávamos a alguns metros da área aberta, onde todos os convidados estavam reunidos, Aaron falou:

– Valeria a pena.

Minha cabeça virou, observando seu perfil enquanto ele mantinha o olhar à frente.

– Para ver você nesse vestido e entrar com você de braços dados em qualquer lugar, eu suportaria quase tudo.

Se não tivesse o apoio de Aaron, eu teria caído e rolado o resto do caminho e provavelmente só parado quando minhas costas atingissem uma cadeira ou mesa.

– Até a ira da sua irmã.

Então, um flash estourou bem na nossa cara, me tirando do transe.

Piscando para me recuperar das manchas brancas, olhei para a câmera.

– ¡*Maravilloso!* – guinchou uma voz que eu conhecia muito bem. – Vocês formam um casal tão lindo.

Minha boca se fechou e voltou a abrir. Minha visão ainda não tinha voltado totalmente, e fiquei piscando até que a juba vermelha reluzente começou a entrar em foco. *Charo.*

– Gente, os filhos de vocês vão ser as coisas mais lindas!

Xinguei baixinho e dei um sorriso tenso. Aaron, por sua vez, parecia surpreendentemente despreocupado. Uma imagem mental idiota me pegou de surpresa. Aaron segurando um bebê gordinho e de olhos azuis em seus braços musculosos.

Desviando da trajetória da minha prima e indo em direção ao vinho, tentei me recompor.

– E assim começa – murmurei baixinho. O dia que temi durante meses.

No entanto, naquele instante, com o braço dado a Aaron e ele sorrindo para mim, percebi que o que eu temia mesmo era algo que eu jamais teria imaginado.

Se eu soubesse que minha irmã tinha contratado uma câmera do beijo para a festa, teria alegado estar doente e me escondido no banheiro. Ironicamente, não teria sido uma mentira tão grande. Meu jantar subia pela garganta toda vez que soava a melodia que anunciava os trinta segundos mais dolorosos da minha vida. Durante esse tempo, que se estendia em uma eternidade infernal, um fotógrafo percorria as mesas redondas espalhadas pelo jardim exuberante do restaurante mostrando imagens de cada casal – emolduradas por um coração – em um projetor.

Cada vez que a câmera passava por mim e meu falso namorado, meu coração parava de bater e então voltava em uma velocidade vertiginosa.

Pelo jeito, a possibilidade de que meu primeiro beijo com Aaron fosse exibido em uma tela para toda a família estava prestes a me causar um ataque cardíaco.

E como se meu pensamento a tivesse atraído, a melodia anunciou o início de mais uma rodada de: *Será que Lina vai ter um troço de ansiedade hoje? Será que vai perder a cabeça e quebrar a câmera?*

– Ah, que ideia divertida, Isabel! – gritou minha mãe, entusiasmada, do outro lado da mesa.

Minha irmã pareceu ainda mais orgulhosa de si mesma, se é que isso era possível.

– Eu sei – respondeu ela, com um sorriso exagerado. – Eles vão juntar todas as imagens, editar e fazer uma montagem com todos os beijos – explicou, acompanhando a melodia implacável da minha desgraça.

Com um olho na tela, observei a câmera pairar sobre uma mesa próxima à nossa.

– Tive que pagar um pouco a mais, mas valeu a pena.

A câmera passou na nossa mesa, mostrando o rosto de Aaron e o meu na tela.

Meu rosto ficou branco. Minha mão estremeceu, e derrubei um garfo. Mergulhei para pegá-lo, rápido demais, e quase virei um copo. Xingando baixinho, peguei o garfo embaixo da mesa, ressurgindo a tempo de ver a câmera passar por nós.

Quase. Muito perto.

Pegando minha taça, pensei em sair de fininho e colocar um fim naquilo. Mas isso seria fugir. Seria agir como uma covarde, de novo. Algo que eu fazia muito ultimamente.

Se a câmera parar em vocês, você vai beijar Aaron, eu disse a mim mesma virando o resto do vinho. *Um selinho. Não precisa ser um beijo de cinema. Só um beijinho.*

Mas aquele incentivo, em vez de me ajudar, só aumentou o aperto no peito e o frio na barriga.

Olhando para o homem que eu provavelmente teria que beijar em alguns segundos, fiquei surpresa ao ver um músculo em sua mandíbula saltar. Analisando-o mais atentamente, percebi que Aaron parecia... o Aaron de Nova York. Não a versão brincalhona e relaxada com quem eu tinha compartilhado os últimos dias. Seu olhar estava fixo na tela e, embora seu rosto não entregasse nada – pelo menos não para os que não dominavam a arte de interpretar Aaron como eu –, alguma coisa nele me dizia que ele não estava tão bem quanto parecia.

Mais uma vez, a câmera pairou sobre nós, colocando nosso rosto na tela por um segundo tenso, e seguiu em frente.

Meu coração voltou a bater.

Antes que eu sentisse qualquer alívio, lá estava ela outra vez, como se o fotógrafo estivesse executando uma dança coreografada especialmente para mim, provocando minha resistência cardíaca. Gotinhas de suor se formavam em minha nuca. Aaron permaneceu em silêncio ao meu lado, firme, seus olhos perfurando a tela. A ponto de sua preocupação começar a se revelar.

– Uuuuu! – gritou a multidão quando a câmera passou por nossa mesa mais uma vez, a velocidade diminuindo aos poucos.

Olhando para Aaron, era difícil perceber qualquer outra coisa que estivesse acontecendo. Eu mal percebi a animação das outras pessoas da nossa mesa, batendo palmas e assoviando ao som da maldita música da câmera do beijo. Meus olhos se concentraram nos lábios de Aaron, fechados com firmeza. Ansiedade e expectativa – sim, uma expectativa poderosa e tentadora – se acumulavam na boca do meu estômago. Meu olhar assimilou toda a imagem dele, sentado ao meu lado, estoico. Em meio ao caos que nos rodeava, consegui perceber o movimento de seu joelho, vibrando para cima e para baixo. Mal durou mais que dois segundos, mas eu vi.

Aaron está... nervoso? Por me beijar? Não pode ser.

Não depois de quase ter feito isso logo após me provocar a ponto de eu chegar perto de implorar.

Sem perceber que eu olhava para ele, seus joelhos retomaram o movimento, e o músculo de sua mandíbula se contraiu de novo, em sincronia.

Ah, meu Deus, ele está nervoso, sim.

Aaron estava muito tenso, e era por minha causa. Porque provavelmente teria que me beijar. *Eu, Lina.*

Alguma coisa pareceu bater asas dentro do meu peito. Eu não conseguia acreditar que um homem tão confiante, tão controlado – que tinha acendido meu desejo com nada além do mais leve dos toques – podia estar preocupado por ter que me beijar. A vibração em meu peito aumentou, me fazendo querer pegar...

Uma comemoração alta explodiu ao nosso redor, desviando minha atenção.

As pessoas gritavam.

– *¡Que se besen! ¡Que se besen!*

Beija! Beija!

Meus olhos saltaram desesperadamente para os convidados e meu coração subiu até a boca. Todos olhavam na nossa direção.

Eu vou fazer isso. Eu vou beijá-lo.

Quando olhei para a tela, algo se agitou dentro de mim em reação ao que vi.

Meu pai colocou a mão no rosto da minha mãe e lhe deu um beijo na boca.

E, em vez de alívio, senti decepção. Uma decepção dolorosa e inexplicável por não ter sido emoldurada por aquele coração idiota. Porque meus pais tinham sido alvo da câmera do beijo. Não nós.

Senti Aaron se mexer ao meu lado. Virando para ele, meu olhar voltou a se fixar em seus lábios. Sua boca. Aquela pontinha de decepção aumentou, apagando todo o resto e se transformando em algo denso e pesado, a promessa de provar um sabor delicioso. Um que só de imaginar fazia meu coração acelerar.

Desejo, me dei conta. O que eu sentia era desejo. Eu desejava Aaron, precisava que ele me pegasse em seus braços e me beijasse como tinha prometido.

"Quando eu finalmente beijar a sua boca, não vai ter nada de farsa."

Ele dissera. E o que eu sentia lá no fundo – o que ameaçava se derramar e virar minha vida de cabeça para baixo – não estava *muito* longe de ser uma mentira? Não seria o oposto de um fingimento?

Era. As consequências que se danassem, mas era.

Eu já tinha superado aquela farsa. E a bola de emoções que surgiu daquela percepção caiu bem em cima do meu peito, me fazendo desmoronar e levar junto tudo o que havia em seu caminho. Real – o que eu estava sentindo tinha que ser real.

"Quando eu finalmente beijar você, você não vai ter dúvida nenhuma de que é real."

Eu queria que fosse real. Absolutamente real.

Aaron deve ter sentido essa mudança em mim. Afinal, ele era a única pessoa que parecia me entender como se estivesse de posse da única cópia do *Manual da Lina*. Atento, ele analisou meu rosto enquanto eu via seus lábios se abrirem, maravilhada.

Naquele instante senti que algo finalmente tinha se encaixado, libertando tudo o que eu vinha mantendo preso, limitado.

E não sabia como nem por quê. Não fazia a menor ideia. Mas não era isso que criava o mistério da vida? Não era parte do que a tornava incrivelmente emocionante? A beleza do inesperado? O fato de não podermos controlar nossas emoções por conveniência?

O que eu sentia por Aaron se transformou em uma fera selvagem da qual eu era uma presa indefesa.

Foi exatamente por isso que, quando ele pegou minha mão em silêncio e levantou, fui atrás dele sem pensar. Cada coisinha que fez com que eu me segurasse naqueles últimos dias desapareceu no caos que se instalou ao nosso redor. Tivemos que atravessar o lugar, contornando pessoas que dançavam animadamente, desviando de parentes com o rosto vermelho e o cabelo despenteado que se lançavam em nossa direção, ignorando a música que enchia o lugar e que atraía todos à pista de dança improvisada. Nada importava, só seguir aquele homem para onde quer que ele me levasse.

Eu era um copo que se enchera a conta-gotas. Que aos poucos tinha acumulado até a boca tudo que Aaron oferecera – os toques mais suaves e provocantes; sorrisos preciosos só para mim; sua força; sua fé em mim –, e que sentia aquilo se misturar com tudo o que eu estava sentindo. Eu estava prestes a transbordar. A revelar tudo que eu vinha contendo com tanto esforço.

Ainda estávamos em algum lugar do lado de fora, talvez em uma das extremidades do pátio do restaurante. A música da festa chegava aos meus ouvidos abafada pela distância, e a única luz que iluminava aquela parte do jardim vinha de um poste solitário empoleirado na outra extremidade, nos deixando quase no escuro.

Aaron parou, finalmente virando para mim. Sua mandíbula estava tensa de novo, sua expressão perfeitamente contida para não revelar nada.

Mas eu sabia. *Eu sabia.*

Meus pés deslizaram no cascalho, me dizendo que aquele não era um caminho muito usado, já que meus sapatos não conseguiam ficar firmes por mais que alguns segundos.

Ou talvez eu estivesse tremendo, o que dificultava manter o equilíbrio.

Aaron deu um passo à frente, inclinando o corpo em direção ao meu. Me empurrando deliciosamente e obrigando minhas costas a se apoiarem na superfície áspera da parede.

– Oi – resmunguei, como se estivéssemos procurando um ao outro há muito tempo.

E, meu Deus, por que parecia tanto que estávamos? Eu finalmente estava ali. Finalmente voltando para o meu *lar*.

Ele engoliu em seco e respirou fundo antes de falar.

– Oi. – Sua mão descansou em meu queixo, segurando meu rosto. – Pergunta o que eu estou pensando.

Meu coração acelerou ao pensar em fazer isso, pois antecipei a resposta com uma apreensão que jamais senti. Mas era melhor do que ele me fazer a mesma pergunta.

– No que você está pensando, Aaron?

Ele soltou um "humm", e o som saiu grave e rouco. Atingindo meu peito em cheio.

– Estou pensando que você quer que eu te beije.

Meu sangue ferveu ao ouvir aquelas palavras. *Eu quero. Eu quero.*

– E também estou pensando que se eu não fizer isso logo vou acabar enlouquecendo.

A mão que segurava meu rosto desceu e um dedo traçou a pele do meu braço.

Eu não falei. Não achei que seria capaz.

Seu olhar desceu pelo meu pescoço, deixando um rastro de arrepios em minha pele.

– Mas eu estava falando sério quando disse que, quando eu finalmente te beijasse, você saberia o significado.

Ele se aproximou ainda mais, a ponta dos sapatos encostando nos meus, nossos corpos quase se tocando. Coloquei as mãos em seus braços, tremendo tanto que não confiava mais em mim mesma.

– Agora você sabe, Catalina? – perguntou ele, e seu nariz roçou minha têmpora, me deixando sem ar. – Você sabe o que isso significa?

A boca de Aaron roçou minha mandíbula, fazendo minhas costas se arquearem, meus ombros ainda apoiados na parede atrás de mim. Meus lábios se abriram, a resposta estava presa na minha garganta.

Ele soltou um suspiro trêmulo, seu corpo tenso com o autocontrole.

– Responde, *por favor*.

Sua testa descansou na minha e os cílios esconderam aquele oceano no qual eu alegremente me afogaria se ele deixasse. De olhos fechados, ele se aproximou ainda mais, seus lábios quase tocando os meus.

– Acaba com o meu sofrimento, Catalina – disse ele, os dentes cerrados, segurando minha nuca com dedos trêmulos.

Meu coração – meu pobre coração – perdeu o compasso ao ouvir o desespero em sua voz. O desejo.

– *É real* – finalmente respondi baixinho. – Isso é real – repeti, porque precisava ouvir as palavras, sentir a verdade em minha pele. – Me beija, Aaron – pedi, sem fôlego. – Me prova que é de verdade.

Um rosnado – um rosnado baixo e desvairado – saiu da garganta dele. E antes mesmo que eu pudesse assimilar o quão fundo aquele som tinha penetrado em mim, até os ossos, seus lábios tocaram os meus.

Aaron me beijava como quem passou uma eternidade morrendo de fome, como uma fera que queria me devorar. O corpo firme contra o meu buscava desesperadamente tudo o que eu estava disposta a dar.

Exploramos a boca um do outro com voracidade enquanto suas mãos grandes desciam pelas laterais do meu corpo. Até pararem abaixo da minha cintura. Minhas mãos voaram até seu peito, e me deliciei com sua firmeza, seu calor, sua solidez perfeita, só *minha*.

Meu coração batia forte, e um som subiu pela minha garganta quando senti que o coração dele também batia forte sob meus dedos.

O som instigou Aaron a pressionar o quadril contra o meu corpo. Fui brindada com um gemido selvagem. Ele me puxou pela cintura, me trazendo mais para perto, me fazendo sentir o calor da sua ereção na minha barriga, o que me arrancou mais um gemido.

Aaron, Aaron, Aaron, minha mente parecia cantarolar enquanto meu corpo sofria aquela sobrecarga sensorial.

As mãos dele passeavam pelo tecido do meu vestido, me percorriam as costas enquanto nossas línguas se enroscavam.

Ele pressionou o quadril contra o meu mais uma vez. Perdi o controle e senti ainda mais calor entre as pernas.

Quando nos afastamos, a respiração dele estava tão pesada quanto a minha. Sem desperdiçar nem um instante, ele pousou os lábios no ponto macio entre meu queixo e meu pescoço. Olhando para o céu escuro, ofereci o pescoço a ele. Mais um gemido me deixou, levado pela brisa que vinha do mar.

– Esse som – disse Aaron baixinho com a boca em minha pele. – Esse som está me deixando maluco.

Insano. O que corria em minhas veias era a mais pura loucura.

Aaron foi beijando meu pescoço, subindo até a orelha, deixando pequenos beliscões que faziam meu sangue rugir. Trovejar pelo meu corpo. Minhas mãos subiram por seu peito largo, chegando à nuca. Enrosquei os dedos no cabelo dele, puxando-os devagar quando Aaron mordiscou a pele logo abaixo da minha orelha. Quando ele passou os dentes em mim, puxei com mais força.

– Se segura em mim, amor.

Em um movimento rápido, Aaron me levantou do chão, minhas pernas enroscadas em seu corpo e meus braços firmes ao redor de seu pescoço.

Em algum lugar do meu inconsciente, pensei no tecido do vestido, que não era fino o bastante para que eu o sentisse. *Aaron. Inteiro.*

Todas as dúvidas foram embora quando ele pressionou o corpo contra o meu mais uma vez. Apoiei as costas com mais firmeza na parede e senti Aaron entre as minhas pernas.

Quente... Ele estava tão quente e duro.

– Eu quero mais... Quero mais... – implorei.

Eu queria mais, mais, mais. Eu rasgaria o vestido todo se precisasse.

Quando ele balançou o quadril em um movimento firme que me fez ver estrelas, seus lábios encontraram os meus mais uma vez, abafando mais um gemido.

– Assim você me mata, Catalina – disse Aaron, com os lábios nos meus.

Segurei mais firme em sua nuca, tentando trazê-lo mais para perto. *Mais.*

– Eu sei – disse Aaron, entredentes.

E com mais um movimento do quadril ele se posicionou exatamente entre as minhas pernas, quase me levando à loucura. Aaron pressionou o membro em mim, seu calor atravessando furiosamente as camadas de tecido entre nós.

– Mais – implorei mais uma vez.

Eu não sentia vergonha. Eu pediria de novo. E de novo e de novo.

– Tão exigente...

Uma risadinha rouca acariciou meus lábios.

– Se eu enfiar a mão embaixo do seu vestido – murmurou Aaron com a boca na minha, balançando o quadril contra o meu e latejando entre minhas pernas –, você vai estar molhada?

Ele não acreditaria no quanto. Eu achava que nunca tinha ficado tão excitada, tão desesperada.

Aaron roçou seus lábios nos meus, o toque suave demais para me satisfazer.

– Não vou fazer isso – disse ele, e sua voz saiu rouca, banhada pelo desejo que eu sentia percorrer meu corpo. – Não agora.

– Por quê? – perguntei, sem fôlego.

– Porque não vou conseguir me conter.

Aaron rosnou em meu ouvido. Ele balançou o quadril contra o meu mais uma vez, me pressionando com mais força contra a superfície áspera atrás de mim.

– E, quando eu entrar em você pela primeira vez, não vai ser uma rapidinha encostada na parede.

Lamentei aquelas palavras. A perda daquela imagem tão clara que ele tinha pintado. Eu daria qualquer coisa para ter Aaron dentro de mim. Talvez assim eu não sentisse aquele vazio no peito.

Sua testa descansou na minha mais uma vez. Ele parou de se mover.

– Eu morreria feliz se pudesse fazer você gozar agora – disse ele, e o suspiro que dei me fez estremecer. – Mas qualquer um pode passar por aqui e ver a gente, e transar com você é um privilégio que eu quero só para mim.

Soltando um suspiro, passei os dedos por seu cabelo, descendo pelo pescoço até chegar à mandíbula. Devagar, fui me recompondo.

– É, você tem razão.

Meus lábios se fecharam em um biquinho.

Os olhos azuis que brilhavam como nunca antes se enrugaram em um sorriso.

– Olha só – disse ele, antes de me beijar com firmeza, rápido demais para que eu ficasse satisfeita. – Vou começar a ter umas ideias loucas se você concordar comigo tão fácil assim.

Talvez um sorriso leve tenha aparecido no meu rosto. Mas, quando eu estava prestes a fazer biquinho de novo, lembrando o quanto eu ainda estava agitada, ele baixou a cabeça e tirou a cara feia de mim com um beijo.

– Vamos. Sua família deve estar se perguntando onde estamos.

Aaron me colocou no chão devagar. Então, ajeitou algumas mechas de cabelo que tinham saído do lugar, o dorso da mão passando pelo meu rosto antes de ele dar um passo para trás.

– Perfeita – disse, me olhando de cima a baixo.

A palavra me atingiu bem no meio do peito.

Ele me ofereceu a mão, que aceitei no mesmo instante. Pelo jeito eu era uma mulher carente. E, no que dizia respeito a Aaron, aceitaria tudo o que ele estivesse disposto a me oferecer. E, depois disso, talvez eu ainda implorasse por mais.

VINTE E TRÊS

Pegando fogo. Era assim que eu me sentia.

Foi isso o que Aaron fez comigo: ele me incendiou. Ele havia desvendado algo que, agora eu percebia, estava latente em mim havia muito tempo.

Todo aquele turbilhão não tinha se formado em questão de minutos ou por conta de uma química absurda. A motivação sempre havia estado ali, soterrada sob o peso dos *mas*, dos medos e das dúvidas. E da minha teimosia também. Mas agora que tinha irrompido, que havia jorrado e fluía misturada com um desejo empolgante, mas completamente assustador, eu sabia que não tinha mais volta. Eu não seria capaz de enterrar tudo aquilo de novo, deixar de lado ou ignorar.

E eu nem queria fazer isso.

Não depois de ter um gostinho de tudo o que podia ser *meu*. E não estou falando só dos lábios de Aaron. Pela primeira vez desde que chegamos à Espanha, cada toque, olhar sorriso ou palavra era *real*. Depois daquele beijo, sempre que acariciava meu braço com o dorso da mão eu sabia que era porque ele *queria* fazer isso. Sempre que ele dava um beijo no meu ombro, era porque não conseguia se conter. E sempre que me puxava para perto e sussurrava alguma coisa em meu ouvido, não era porque minha família estava olhando e tínhamos um papel a desempenhar, mas porque ele queria me dizer o quanto me achava bonita e o quanto era sortudo por me ter em seus braços.

Passamos horas dançando, dessa vez sem nada para nos assombrar, e beijei aquele sorriso que era só meu. Mais de uma vez. Impossível parar.

Naquela noite, decidi ficar na nossa bolha e lidar com o que quer que nos esperasse em Nova York quando chegássemos lá. Aquela noite era nossa.

Aaron fechou a porta do quarto, e eu, aos pés da cama, não conseguia parar de olhar para ele. Tínhamos acabado de chegar ao apartamento, e eu estava descansando um pouco as pernas bambas e os pés doloridos enquanto ele pegava água na cozinha.

Aaron, com um dos braços atrás das costas, me obrigou a inclinar a cabeça, curiosa. Ele sorriu, e quando mostrou o que estava na sua mão, quase gritei pedindo que parasse de provocar meu pobre e fraco coração. Porque eu não sobreviveria.

O donut recheado de chocolate com glacê que haviam servido como lanche da madrugada na festa. E que provavelmente eu havia comido mais do que deveria.

– Aaron Blackford – falei, sentindo alguma coisa ser esmagada em meu coração. – Você escondeu um donut no bolso?

Ele abriu um sorriso. Um sorriso lindo, tímido e despretensioso. E meu pobre coração se apertou ainda mais.

– Eu sabia que você ia ter fome.

– Acertou – admiti, minha voz saiu toda errada. – Obrigada.

Aaron colocou o doce envolto em um guardanapo em cima da cômoda. Aproveitei para mandar meu coração se acalmar antes que fosse tarde demais e eu desmaiasse.

Aaron deu as costas, como se soubesse que eu precisava de mais um tempinho para me recompor. Mas, em vez disso, fiquei admirando a musculatura, observando enquanto ele tirava o paletó e o colocava com delicadeza em cima da única cadeira do quarto. Pensamentos perigosos começavam a se acumular em minha cabeça, viajando até a boca do estômago. Quando Aaron finalmente virou para mim, desfazendo o nó da gravata, a coisa toda provavelmente estava estampada na minha cara.

Nossos olhares se encontraram, e um rubor incontrolável subiu pelo meu pescoço, chegando até o rosto. Horas antes eu estava devorando seus lábios, e agora um simples olhar me virava do avesso.

Agitada e corada, desviei o olhar e cheguei um pouco para a frente, estendendo a mão em direção ao meu pé direito. Meus dedos se remexiam embaixo da tira do sapato lindo, mas que machucava muito. Frustrada, passei um tempão tentando abrir a tira fina que envolvia meu tornozelo.

Enquanto eu tentava sem sucesso libertar o calcanhar direito, Aaron se aproximou de mim e da cama. Se estava achando minha situação engraçada ou ridícula, ele nada disse. Em vez disso, ajoelhou na minha frente e segurou minha mão, me fazendo parar.

– Deixa que eu faço isso – disse. – Por favor.

Deixei. Eu estava começando a entender que deixaria aquele homem fazer qualquer coisa que ele pedisse.

Seus dedos fortes soltaram as alças finas e foram tirando o sapato devagar. Me matando com uma ternura da qual eu nunca me cansaria. Aaron colocou meu pé em sua coxa e esse simples contato me dominou.

Totalmente. Eu me entreguei inteira quando os dedos deslizaram até meu tornozelo, massageando e liberando a tensão, me fazendo perder o ar.

Aquelas mãos. O que elas poderiam fazer comigo se um toque tão simples era capaz de disparar descargas elétricas que subiam pelas pernas e se acumulavam no baixo ventre...

Minha cabeça, que às vezes era minha inimiga, decidiu que era um bom momento para me lembrar eu estava havia muito tempo sem sexo. E Aaron... bom, bastava olhar para saber que ele provavelmente tinha mais experiência do que eu. Qualquer um teria. Eu mal tive alguns encontros depois de Daniel e...

– Relaxa.

Uma voz grave me trouxe de volta ao presente. Aaron ainda massageava meu tornozelo direito com delicadeza.

– Não espero nada de você esta noite, Catalina.

Nos encaramos por um instante. Havia apenas sinceridade em seus olhos azuis.

– Antes, quando beijei você, eu me deixei levar. Fui com muita vontade, e peço desculpas.

Meus lábios se abriram, mas não saiu nada.

– Você precisa dizer alguma coisa, amor. Você está muito quieta e estou começando a ficar assustado.

Amor. Aquela palavra mexia comigo. Eu gostava. Talvez demais.

Tentei muito engolir todas aquelas inseguranças idiotas.

– Não precisa se desculpar por nada. Por favor, não faça isso – pedi, olhando em seus olhos. – Você foi perfeito. Você... é perfeito.

Essa última parte deixou meus lábios em nada mais que um sussurro. O azul nos olhos de Aaron fervilhou, brilhando com determinação. Ficou assim por um instante que foi se estendendo, até que ele pigarreou e retomou a massagem.

Pegando meu outro pé, ele repetiu o processo, deixando o sapato esquerdo onde o outro estava no chão. Ele foi apertando meu calcanhar esquerdo, os dedos subindo até o tornozelo, e só depois de massagear tudo, ele falou:

– Prontinho. Vamos tirar esse vestido para você deitar.

E foi o que bastou.

Aquelas palavras despretensiosas, o carinho com que ele tirou meus sapatos e o jeito como olhou para mim, como se seu único objetivo fosse garantir que eu estivesse confortável. Tudo isso fez algo irromper dentro de mim.

Eu podia jurar que tinha até ouvido o estalo cortando o silêncio do quarto ao meio.

– Não.

Ele endireitou as costas, subiu o olhar até chegar ao meu e contraiu a mandíbula.

– Então me fala... Me fala o que você quer.

Em vez de responder com palavras, coloquei a mão em sua nuca e o puxei para perto. Aaron deixou, me permitindo demonstrar do que eu precisava naquele momento. Meu rosto estava a centímetros do dele. A lembrança do sabor de seus lábios era quase poderosa demais para resistir.

Ainda de joelhos, Aaron se aproximou, encaixando o tronco entre as minhas coxas e colocando as mãos na minha cintura, quase no meu quadril.

– O que mais?

Eu ouvia o desejo em sua voz. Quase conseguia sentir seu gosto.

Incapaz de me conter, enfiei os dedos no cabelo dele. *Você*, eu estava dizendo com aquele puxão, incapaz de articular em palavras.

– Preciso ouvir você dizer...

Aaron suspirava em meus lábios ainda sem tocá-los, ainda sem fechar aquela brecha.

Segurei o braço dele com a mão livre e imediatamente me dei conta dos músculos fortes contraídos sob o tecido da camisa, tensos. Como se ele estivesse se segurando fisicamente para não se aproximar mais.

– Me diz o que você quer – repetiu ele, a voz quase falhando.

– Você – respondi, rouca, e uma barreira se rompeu. – Quero tudo o que você estiver disposto a me dar.

Eu precisava que ele chegasse mais perto, que acabasse com o espaço entre nós de uma vez por todas. Que ele subisse em cima de mim até ser impossível distinguir um corpo do outro.

– É você que eu quero.

Nunca imaginei que palavras sem fôlego como aquelas pudessem ser a chave para algo tão poderoso, porque, com olhos ferozes, Aaron rugiu. Uma fome que eu nunca tinha visto – nem mesmo antes, quando nos beijamos – se revelou em seu rosto e, logo depois, aquilo deu lugar a uma expressão de dor.

– Vou te dar o mundo inteiro – disse ele, a boca quase tocando a minha. – A lua. As estrelas. Tudo o que você pedir é seu. *Eu sou seu.*

E, assim, o mundo explodiu. Aaron me beijou de um jeito nem um pouco suave. A língua mergulhando em minha boca, as mãos percorrendo minhas costas.

Aaron me puxou para si e minhas pernas envolveram sua cintura, um pouco alto demais para o contato que eu mais desejava, aquele que eu sabia que me faria ver aquelas estrelas que ele prometera.

Eu estava louca, descontrolada, a sensação de ter aquele corpo firme entre minhas pernas era avassaladora, era uma tortura... Eu queria ficar ali para sempre – com Aaron de joelhos e meu corpo o envolvendo. Seus lábios nos meus. Suas mãos em meu cabelo.

Não. Na verdade eu queria mais, só que antes precisaria me livrar daquelas roupas.

Aaron me puxou mais para perto e me movi descontroladamente, buscando a fricção que eu tanto desejava.

Sem interromper o beijo ou me soltar, ele ficou de pé e, com pernas fortes, me levou junto. Com as pernas ainda ao redor do corpo dele, Aaron me posicionou bem do jeito que eu desejava loucamente que ficássemos. A sensação insana de tê-lo aninhado entre minhas coxas causou uma onda de prazer que viajou por cada célula do meu corpo. O calor de sua mão em meu quadril atravessou o tecido da roupa e o calor do membro latejando chegou ao meu âmago. Tão, mas *tão* quente que minha pele queimava.

Em duas passadas, Aaron me colocou contra a parede e balançou o quadril uma única vez, o que arrancou de mim um gemido doloroso.

– Me diga se quiser que eu pare – disse ele, entredentes, os lábios ainda tocando os meus, seu corpo rígido como uma pedra sob as minhas mãos. – Me diga o que posso ou não fazer.

Pressionando o quadril contra o meu, ainda encostada na parede, ele passava as mãos pelo meu corpo enquanto eu via estrelas de tanto delírio. Parando ao alcançar meus seios, seus dedos longos acariciaram o tecido fino que os cobria.

– Assim? Você gosta, amor?

Assentindo, arqueei as coisas, empurrando os seios contra as mãos dele, mãos que não hesitaram nem um segundo em aceitar minha oferta. Aaron acariciou meus seios devagar, seus polegares roçando o tecido que cobria meus mamilos. O desejo de arrancar o vestido do corpo voltou com tudo e tive que lutar fisicamente contra o impulso. O toque dele deveria ser no meu corpo, na minha pele, não no tecido daquele vestido idiota.

Como se tivesse lido minha mente, as mãos de Aaron voaram até meus ombros. Ele segurou as alças do meu vestido, brincando com o tecido fino antes de perguntar:

– Posso tirar isso?

Seu cuidado, sua dedicação irrestrita para garantir que eu estava me sentindo confortável, rasgava alguma coisa dentro do meu peito, e eu tinha medo de que, uma vez rompida, essa coisa nunca mais voltasse a ser o que era.

– Pode – respondi. Ouvi a urgência em minha voz.

Fui pega totalmente desprevenida quando, em vez de tirar as alças, Aaron deslizou as mãos até a minha cintura, desencaixando nossos corpos. Então ele me colocou no chão e meus dedos desceram de sua nuca até seu peito, por causa da diferença de altura.

Franzindo a testa, olhei para cima. Eu mal tinha absorvido a risada suave e o riso radiante de Aaron quando ele me virou de costas.

Apoiei as mãos na parede.

Sentir o hálito dele em minha nuca disparou uma onda de calafrios que galopou pelo meu corpo. Dedos firmes alcançaram o zíper do vestido, logo acima da lombar. Se eu me lembrava bem de onde aquele zíper terminava, Aaron podia ver a minha calcinha...

Engoli em seco ao ouvir um som abafado deixar os lábios dele.

Ele deslizou os dedos para cima pelas minhas costas, provocando. Ao chegar às alças em meus ombros, ele as puxou para baixo. O vestido deslizou e caiu no chão, me deixando só de calcinha. E, meu Deus, nunca na vida eu tinha ficado tão feliz por usar um vestido que já vinha com bojo embutido.

Olhando para ele por cima do ombro, vi seu belo rosto apreensivo. Inconscientemente, tentei me virar, mas Aaron me impediu, pousando umas das mãos na minha barriga e a outra em meu quadril. Ele me puxou e o calor de seu corpo inteiro em minhas costas nuas invadiu meus sentidos.

Ele pousou o queixo no meu ombro e disse:

– Só um pouquinho. – E suspirou em meu ouvido.

Depois de alguns segundos parados ali, só absorvendo aquilo tudo, senti seus lábios em minha nuca.

– Estou tentando ir devagar, Lina. Eu juro – disse ele.

A mão subia pela minha barriga e senti seu polegar acariciando mais uma vez a pele do meu seio.

– Mas você está me deixando louco...

Quando ele roçou meu mamilo, soltei um gemido rouco, o que me rendeu um gemido dele em troca. A mão que estava no quadril desceu até a coxa, perto do elástico da calcinha. A alguns centímetros do ponto onde todo aquele calor que percorria meu corpo se acumulava.

– Estou louco para descobrir cada pedacinho do seu corpo...

Ele pegou meu mamilo entre o indicador e o polegar e puxou devagar. Soltei um gemido, destruída. Devastada.

– Memorizar você.

A voz dele tinha o mesmo desespero que eu sentia na barriga.

– Você quer?

– Quero – respondi em frangalhos, tal e qual meu juízo ficaria se ele me negasse aquilo. – Preciso que você me toque.

Quando Aaron grunhiu, coloquei as mãos nos seus ombros e arqueei meu corpo, me oferecendo para ele.

Seu braço me puxou para mais perto.

Ele balançou o quadril e deslizou a mão pela minha coxa.

– Se abre para mim – exigiu, com a boca ainda em meu pescoço, enquanto abria minhas pernas com o joelho por trás para ter mais acesso. – Finalmente vamos ver o quanto você está molhada...

Ele colocou os dedos pela lateral da calcinha, acariciando os pelos e a pele. Minhas pernas ficaram bambas com o prazer daquele contato poderoso. Ele segurou com mais firmeza em meu quadril, me puxando para trás contra o membro rijo que senti pulsar mesmo através do tecido da calça. Seguindo em frente, os dedos dele finalmente encontraram minha fenda molhada, parando por um instante e então deslizando para baixo devagar.

Entreabri os lábios e um gemido me escapou. Eu nunca tinha ficado tão molhada ou excitada na vida.

– Puta merda... – disse ele com a voz rouca. – Isso tudo é pra mim?

Se consegui gemer uma resposta afirmativa, não sei. Mas, qualquer que tenha sido a resposta, acho que Aaron ficou satisfeito, porque seus dedos começaram a deslizar, revestindo tudo de prazer, fazendo meu sangue virar lava.

– Se eu enfiar os dedos em você, vou enlouquecer – disse ele, em uma voz grave e rouca que era um aviso, uma promessa.

Seu polegar começou a circundar meu clitóris, quase me colocando de joelhos.

– Você está pronta?

Minhas costas se arquearam.

– Aaron...

– Isso não é resposta, amor.

Ele aumentou o ritmo do toque, me deixando meio tonta.

– Você quer que eu te faça gozar e te abrace até você dormir?

Com a outra mão ele voltou a provocar meu mamilo.

– Ou você quer que eu te coma gostoso?

Tão autoritário e ao mesmo tempo tão cuidadoso. Cuidando de mim, me arrebatando. Aaron era tudo de que eu precisava. Tudo que meu corpo desejava e meu coração queria.

Pela última vez naquela noite, segundo eu viria a descobrir, eu disse o que ele queria ouvir. A verdade que eu mantinha guardada bem no fundo.

– Estou pronta, Aaron.

Levei minha mão até a dele, que estava parcialmente coberta pela minha calcinha.

– Sou sua. Toda...

Segurei mais firme e pressionei nossas mãos contra o meu sexo.

– Me come.

Aaron não perdeu tempo. Um de seus dedos deslizou para dentro de mim em um movimento rápido, e um gemido se formou no fundo do meu peito em reação àquela invasão maravilhosa.

Meu Deus. Fazia tanto tempo que só os meus dedos entravam ali...

– Você está encharcada, amor. Só pra mim...

Aaron foi entrando mais, acrescentando mais um dedo e fazendo manchas claras surgirem no fundo dos meus olhos.

– Você inteira, só pra mim.

Alguma coisa começou a se desvendar, me abrindo completamente. Levando meu corpo ao limite.

– Aaron... Isso é... eu não estou aguentando...

Ofegante, perdi o controle sobre meu próprio corpo.

– Está sim. Isso aqui é *de verdade* – murmurou ele em meu pescoço enquanto a outra mão acariciava um dos meus seios.

Eu estava muito perto de desmoronar. Um milhão de sensações diferentes percorriam meu corpo, se espalhando a partir dos pontos em que Aaron me tocava. Tatuando minha pele. O modo como ele enfiava os dedos em mim, ou como brincava com meus mamilos. O balanço do quadril em minhas costas, sincronizado com o movimento da mão. Tudo aquilo era demais para mim. Demais.

– Isso... Estou te sentindo apertar os meus dedos. – Suas palavras me levaram ainda mais ao limite. Cada segundo daquela tortura maravilhosa me cegava com mais prazer. – Isso, amor... Goza na minha mão...

E então aconteceu. Meu Deus, como aconteceu. Senti a cabeça girar e pernas e braços perderem toda a força. E enquanto eu gemia palavras sem sentido misturadas ao nome de Aaron, seus dedos continuaram se movimentando dentro de mim. Arrancando cada gemido, me guiando até a sensação arrefecer do meu sexo que ainda pulsava.

Depois do que podem ter sido alguns segundos ou minutos, Aaron tirou os dedos de dentro de mim. Inclinando a cabeça para o lado, olhei para cima porque queria ver seu rosto. Seu lindo rosto e seus olhos azuis como o oceano. Ele me olhava com um sorriso que era novo para mim. Um que eu nunca tinha visto. Uma mistura de fome e desejo e algo mais. Uma coisa mais poderosa do que tudo isso.

Enquanto eu olhava para Aaron, provavelmente com uma expressão de exaustão e felicidade, ele levantou os dedos que momentos antes estavam dentro de mim e os colocou na boca. Ele fechou os olhos e seu rosto se contorceu em uma expressão que eu jamais esqueceria. Uma expressão que ficaria marcada na minha memória pelo resto da vida e que me assombraria nos sonhos eróticos que eu tivesse dali em diante.

Aaron gemeu, abrindo os olhos e encontrando os meus.

– Eu seria capaz de gozar só de sentir seu gosto. Com você em meus braços assim.

Tão primitivo, tão simples, tão delicioso.

Eu não consegui articular nenhuma resposta nem me mexer. Aaron deve ter percebido porque um de seus braços envolveu minhas pernas e o outro, minha cintura. Ele me pegou no colo e me colocou sobre o lençol macio da cama.

Então, ficou em pé ao lado dela, os dedos pairando sobre os botões da camisa.

Um dos botões se abriu, revelando seu peito. Minhas mãos quiseram tocá-lo. Foi o que me fez despertar. Eu não o deixaria tirar isso de mim. *Eu* queria ter o privilégio de tirar sua roupa. Rastejando pela cama com meu olhar se concentrando no próximo botão, fui até ele e fiquei de joelhos.

– Eu quero fazer isso.

Senti um prazer infinito a cada botão que se abria. Um a um, fui descendo pelo seu torso. Sentindo o peito de Aaron subindo e descendo, sua respiração saindo pesada. Quando terminei, tirei sua camisa, jogando-a no chão.

Se eu já tinha achado aquele peitoral perfeito no dia em que o vira pela primeira vez, ali, naquele momento, junto com todo o resto, com cada emoção poderosa zumbindo em minha pele, a visão foi simplesmente celestial. Minhas mãos repousaram sobre a pele firme e fui lançada imediatamente ao paraíso.

Meus dedos memorizaram cada protuberância, cada centímetro de pele, que parecia esculpida em pedra. Firme, macia, gloriosa.

Tudo para mim.

Deslizando minhas unhas em seu peito, cheguei à barriga. Aaron estremeceu ao meu toque. Ainda insatisfeita, deslizei meus dedos mais para baixo, seguindo a linha fina de pelos escuros. Enfeitiçado, meu olhar devorava cada um de meus movimentos. Meu Deus, não havia tempo suficiente em uma vida para que eu me cansasse daquela visão.

Ao alcançar o botão da calça, ergui o olhar a tempo de ver a mandíbula dele se contrair e o brilho em seu olhar. Desci a mão ainda mais, sentindo o membro grosso e quente sob o tecido escuro do terno. Ele gemeu, empurrando o quadril contra minhas mãos.

Fiquei completamente atordoada e de pernas bambas ao senti-lo na mão.

Aaron baixou a cabeça, encostando os lábios em minha têmpora com um beijo. Ele colocou as mãos sobre as minhas. Abrimos o botão juntos. Em seguida veio o zíper, e eu...

Hesitei. Congelei.

Embora sentisse que ia implodir se não abrisse aquele zíper, eu hesitei. Meus dedos tremeram com esse pensamento.

Estamos mesmo fazendo isso. E, puta merda... parece muito mais que sexo. Parece muito mais.

– O que foi, amor? – sussurrou ele em minha têmpora.

Analisei seu rosto. Como dizer que toda a minha coragem tinha desaparecido? Que minhas mãos tremiam de desejo, mas eu tinha percebido que na verdade não sabia o que estava fazendo? O que estávamos fazendo?

Aaron soltou um suspiro e travou a mandíbula. Algo pareceu se encaixar em seu olhar. Ele pegou minhas mãos e as colocou em seu peito.

– Meu coração está disparado. Está sentindo?

Assenti, e um pouco do medo se dissipou.

Então, ele levou minhas mãos ao membro rijo.

– Está sentindo isso também, Lina? Tá sentindo como tá duro?

Aaron ilustrou as perguntas empurrando o quadril contra minhas mãos.

Soltei todo o ar pelo nariz ao sentir aquele contato latejante.

– E, sim, isso tudo é por sua causa. É você que me deixa assim. E é você que faz meu coração querer sair do peito com apenas um toque ou um olhar. Mas não precisa ter medo. Estamos nisso juntos, lembra?

Aquelas palavras alimentaram algo em mim, desenterrando o desejo soterrado pelas minhas inseguranças repentinas. Minhas dúvidas. Meus medos.

Baixei a cabeça, beijando seu peito.

– Estamos.

Então, minha mão se movimentou sobre o tecido da calça, envolvendo-o. Bem devagar.

Aaron gemeu. Senti seus lábios em minha têmpora mais uma vez, e ele me deu um beijo ali, como um incentivo.

– Coloca pra fora.

Obedeci. Eu estava nas mãos dele. Faria qualquer coisa que ele pedisse. Então, abri sua calça, me concentrando no volume do membro. Seguindo seu comando, baixei a calça e a cueca. Apenas o bastante para vê-lo por inteiro. Envolvi o pênis e percorri a mão por ele uma vez só.

Um som reprimido deixou o corpo de Aaron.

– Meu Deus, que delícia…

Com mais um movimento, desfrutei da sensação de tê-lo entre meus dedos, delicioso e firme, latejando ao meu toque. E então comecei a imaginar qual seria a sensação em minha língua. Seguindo meu impulso apressado, me inclinei e ouvi Aaron suspirar com minha mudança repentina de posição. Coloquei os lábios nele e depois o enfiei na boca, passando a língua na pele.

Meu Deus. Todo o sangue em meu corpo se acumulou no ventre, meu desejo pulsando e perfurando todos os meus sentidos.

Segurando meu cabelo, Aaron puxou com gentileza.

– Amor…

E puxou mais uma vez. Desta vez, seu quadril recuou, o bastante para eu parar.

– Eu quero isso… quero muito… mas não vou gozar na sua boca hoje.

Colocando as mãos em meus ombros, ele me puxou para cima. Em um movimento rápido e delirante, Aaron me deitou e depois se livrou da calça e da cueca.

Aaron está nu.

Tudo nele era firme e delicioso. Grande. Poderoso. Perfeito. *E só para mim.* Pensar nisso me deixou sem ar.

Olhos azuis famintos, nos quais eu me perderia feliz, percorreram meu corpo deitado na cama. Assim como eu queria decorar cada linha dos seus braços e peitoral, memorizar aquele membro que me fazia lamber os lábios, aquelas coxas poderosas que sempre me deixaram louca. Eu queria tatuar tudo aquilo na memória, guardar para sempre.

Aaron foi até o nécessaire dele que estava em cima da cômoda e pegou um pacotinho.

Voltando até a cama, ele largou o preservativo em cima da coberta, bem ao meu lado. Segui todos os seus movimentos, enfeitiçada, incapaz de me mexer.

Olhando para mim com uma intensidade ardente, Aaron levou a mão ao membro e deslizou a mão nele com um gesto forte e brusco.

– Não sei como vou conseguir ir devagar – murmurou, puxando seu membro mais uma vez, com força.

– Então não vá… – implorei, devorando a imagem à minha frente, me segurando para não pular nele. – Não vá devagar… Quero você inteiro. Em cima de mim, dentro de mim, em cada pedaço de mim.

Antes que eu absorvesse as palavras que tinham saído de minha boca, Aaron estava em cima de mim, sua boca devorando a minha, *me* devorando. Eu o envolvia com as pernas abertas e sentia o pênis dele pulsar aninhado em mim.

– Precisamos nos livrar disso. Agora – sussurrou Aaron em meu ouvido enquanto puxava o tecido frágil da minha calcinha.

De repente, a calcinha estava no chão e Aaron estava mais uma vez entre minhas coxas, bem onde eu queria. Bem onde parecia ser seu lugar. Ele ficou de joelhos, e observei seu corpo grande e firme.

O ritmo da minha respiração aumentou. Meu sangue ferveu.

Pegando a camisinha, ele rasgou a embalagem e a colocou em seu membro, sem tirar os olhos dos meus.

– Você é a coisa mais linda que já vi, deitada aí. Toda minha.

Seu olhar suavizou e senti que, naquele momento, um buraco foi aberto no meu coração, um que eu não sabia se conseguiria preencher de novo.

Aaron se abaixou e pousou os lábios em algum lugar no meu quadril, acariciando minha pele até chegar à junção com a coxa. Um beijo. E mais um. E mais um. Ele gemeu e desceu mais, como se não fosse capaz de se conter até mergulhar a língua dentro de mim.

O contato foi breve, mas fiquei alerta na hora e soltei um gemido.

Uma descarga elétrica de prazer se espalhou, fazendo todas as minhas terminações nervosas estalarem.

A reação dele foi imediata: seu corpo inteiro ganhou vida. Seus lábios subiram pelo meu corpo, deixando um rastro de beijos ardentes. Beijos suaves em meu queixo, meu pescoço e meus ombros. Então seu peso finalmente caiu sobre mim, e levei minhas mãos até seu rosto. Trazendo-o para mim, beijei Aaron devagar, mas com vontade. Ficamos os dois sem ar.

– Aaron – sussurrei em meio à respiração pesada –, isso é real?

Eu não conseguia acreditar, parecia um sonho. Parecia que eu ia acordar a qualquer momento.

Aaron olhou nos meus olhos, provavelmente conseguindo enxergar dentro de mim. Um lugar ao qual nem eu tinha acesso. Mas, em troca, ele me deixou acessá-lo também. Tudo o que estávamos sentindo, tudo o que estivera enterrado, que havia sido negado, veio à tona, se revelou.

– Nunca nada vai ser tão real quanto isso – disse ele, me beijando no canto da boca.

Suas palavras, a sinceridade pura no azul de seu olhar, o calor de seu corpo, o modo como envolvia o meu... tudo isso fez meu coração explodir. Fez cada célula do meu corpo tremer com violência e partir em mil pedacinhos.

Aaron deve ter sentido o mesmo porque nossos corpos emergiram da névoa e entraram em frenesi. Ele passava língua e dedos pelo meu corpo: lábios, pescoço, clavícula, seios. Tudo ardia sob os lábios de Aaron. Ele movia o quadril e empurrava o membro entre minhas pernas, a ponta deslizando a cada movimento até chegar à entrada.

Quando parou de me beijar e me encarou, seu olhar pediu permissão sem palavras.

– Sim. Sim.

Completei a resposta empurrando meu quadril contra o dele.

– Por favor.

Aaron deslizou para dentro de mim, só um pouquinho, ainda não o bastante.

E então, com um último beijo na minha clavícula, ele finalmente me penetrou com um movimento lento e profundo, me preenchendo e mandando minha cabeça, meu corpo, minha alma para outra galáxia.

– Meu Deus – balbuciei, feliz.

O gemido de Aaron atingiu minha têmpora.

– Puta merda!

Ele movia o quadril, arremetendo com mais força agora, arrancando de mim um gemido de prazer. Sua boca acariciava meu pescoço.

– Esse som, Catalina – disse ele, dando mais um impulso. – Vai ser meu fim…

E mais um.

Minhas mãos voaram até seu cabelo, estimulando Aaron a se livrar de qualquer amarra que ainda restasse, e assim ele o fez. Gemendo, ele arremeteu mais forte, empurrando meu corpo inteiro para cima. Soltei um gemido, certa de que me afogaria nas ondas de prazer que varriam meu corpo.

– Se segura na cabeceira – rosnou Aaron, pegando meus pulsos e levando-os até lá.

Obedeci, agarrando as barras, rezando para que resistissem a nosso ataque.

– Quero mais – sussurrei. – Preciso de mais.

Aaron se impulsionou contra mim, se segurando na cabeceira. Seu ritmo abriu mão do controle que lhe restava.

– Você precisa de mim – disse ele num gemido, aumentando a velocidade.

Arqueei as costas e ele mergulhou para dentro de mim com mais força. E mais uma vez. Com mais força.

– É de *mim* que você precisa.

Meu Deus, ele não sabia – não era óbvio – que eu precisava?

Mais um impulso rápido.

– Diz...

– Eu preciso... – gemi, meu corpo perdeu completamente as forças com as ondas de prazer. – Eu preciso de você, Aaron. De *você*.

Essa última palavra rompeu a última gota de sanidade à qual ele parecia se agarrar e seus movimentos perderam completamente o ritmo e se tornaram mais fortes, mais rápidos, mais profundos. Tudo ao mesmo tempo. Aaron se movimentava livremente. Nossos corpos colidiam, e continuei me segurando na cabeceira enquanto o observava se movimentar em cima de mim. Ele deslizava para dentro e para fora, os músculos do abdômen contraídos. Os ombros poderosos curvados. Tudo isso me levando ao limite.

– Quero sentir você gozar de novo, amor... – disse ele, antes de tomar minha boca.

Uma de suas mãos voou até meu peito, cobrindo o mamilo rosado.

– Goza pra mim – exigiu ele, com a voz rouca. – Goza no meu pau.

Suas palavras, seu ritmo feroz, seu corpo contra o meu – tudo isso me fez fechar os olhos. Eu sentia meu corpo arder, se incendiar com cada impulso.

Um pedido desesperado deixou meus lábios.

– Aaron...

– Olha pra mim. Quero que você olhe pra mim.

Ele levantou meu peso, me segurando contra o peito. Ele me movimentou, mergulhando em mim por baixo, me levantando e me pressionando contra ele. Colocando os braços em volta do seu pescoço, senti Aaron ganhar vida. Puxei seu cabelo com força.

Aaron colocou meus braços atrás das minhas costas, segurando meus punhos com uma das mãos.

– Olha só para você, sob o meu poder.

Ele aumentou o ritmo do meu quadril, do meu balanço contra ele.

– Exatamente onde eu queria você esse tempo todo.

Depois de mais um impulso profundo e forte, a mandíbula dele se contraiu, ao mesmo tempo que a outra mão surgiu entre nós, seus dedos logo acima do ponto onde estávamos conectados. Ele estimulava meu clitóris e, antes que eu pudesse fazer alguma coisa para me conter, fui aos céus na mesma hora em que senti Aaron pulsar dentro de mim.

Meu nome deixou seus lábios em um gemido animalesco. Uma felicidade pura tomou conta de mim enquanto o movimento do seu quadril continuava, os impulsos ficando mais leves, levando nós dois ao clímax. Então Aaron me abraçou com força e enterrou o rosto em meu pescoço, o contorno dos nossos corpos indiscernível até que seu quadril parou de se mover.

Ficamos os dois ali, suspensos no tempo. Os batimentos do nosso coração na pele um do outro até que comecei a sentir o ritmo da pulsação dele se acalmar.

Então, Aaron saiu de dentro de mim e nos deitou de lado, ainda me abraçando. Ele me aninhou em seu peito e eu soube que qualquer outro abraço nunca mais serviria. Nada nunca seria comparável àquilo.

Ele beijou meu pescoço. E minha têmpora, deixando os lábios ali por um momento.

– Foi demais?

Virei o rosto em direção ao peito dele e encostei meus lábios logo acima do seu coração.

– Não, de jeito nenhum – respondi, sendo sincera. – Eu...

Hesitei, minha voz passando a nada mais que um sussurro.

– Eu gostei de você ter perdido o controle. Gostei muito.

Senti sua mão em meu cabelo, acariciando as mechas desgrenhadas.

– Cuidado aí, mocinha. Se você ficar mais perfeita, vou acreditar que foi feita para mim.

Sorri e precisei encostar minha boca em seu peito para não dizer o que estava pensando. *Fica comigo. É o mínimo que você pode fazer se fui feita para você.*

Depois de alguns minutos, Aaron se virou, mas tentei impedir segurando-o pela nuca.

– Preciso tirar a camisinha, amor.

Ainda assim me recusei a deixá-lo ir, fazendo Aaron dar uma risada leve e solar que foi um golpe certeiro e me distraiu o bastante para que ele conseguisse sair.

Choraminguei, decepcionada e com frio. Talvez eu fosse uma mulher gananciosa no que diz respeito a abraços.

Ou talvez no que dizia respeito a Aaron.

– Volto em um segundo, prometo.

Para a sorte dele, de fato foi rápido e a visão de seu corpo perfeitamente nu atravessando o quarto ajudou. De volta à cama, Aaron me encaixou junto ao seu corpo. Ele puxou o edredom leve sobre nós dois e deu um suspiro profundo e satisfeito.

É, pensei. *Eu também.*

– Viu? – disse ele, com a boca no meu cabelo. – Não levou nem um minuto.

Suspirei em seu peito.

– Sou carente, tá? – admiti, sem vergonha. – E não estou falando só de carinho. Sou tipo um bicho-preguiça.

Demonstrei jogando minha perna por cima da dele e meu braço sobre o peito, emaranhando nossos corpos de um jeito que imaginei que não tinha nada de fofo.

Mas, mesmo com o rosto enterrado no pescoço dele, eu sabia que ele estava sorrindo. Então, seu peito estremeceu, confirmando que Aaron não estava só sorrindo.

– Você está rindo da minha desgraça?

– Eu não ousaria. Só estou gostando de você ser uma preguicinha comigo.

Sua mão percorreu minhas costas, parando na minha bunda. Ele apertou.

– Mas, se você não se comportar, não vamos dormir nada esta noite. E por mais triste que isso seja, eu só tinha aquela camisinha.

Me afastei um pouco.

– Você... esperava que isso fosse acontecer? – perguntei, imaginando Aaron colocando uma camisinha na mala.

– Não – respondeu ele, com a voz suave, acariciando minhas costas. – Mas não vou mentir; parte de mim queria que acontecesse, e talvez por isso eu tenha deixado a camisinha na carteira. Ela está ali há um tempão, então pensei que mal não ia fazer.

– Fico feliz por isso, mas... – falei, com sinceridade.

Aaron descansou a mão em minha nuca. Seus dedos deslizaram e se enredaram em meu cabelo.

– É uma pena que você não tenha trazido outras.

O som que saiu da garganta de Aaron me trouxe de volta à vida.

– Ah, é?

Em vez de responder o que eu esperava que fosse uma pergunta retórica – porque como eu poderia não lamentar não termos mais a oportunidade de fazer algo alucinante como aquilo que tínhamos acabado de fazer? – outra pergunta surgiu em minha mente.

– Posso perguntar uma coisa? – arrisquei, me afastando um pouco para olhar seu rosto.

Aaron também afastou a cabeça, encontrando meu olhar.

– Você pode me perguntar qualquer coisa.

– Por que você fala espanhol tão bem?

Seus lábios se contraíram em um sorriso tímido.

– Sério – continuei, incitando-o a responder. – Eu não fazia ideia disso. Você nunca me disse que falava tão bem.

Vi seus olhos brilharem com o elogio. Eu gostava de ser a razão daquele brilho em seu olhar. Tanto quanto de fazê-lo sorrir.

– E pensar que talvez você tenha entendido todos os nomes dos quais te chamei.

Ele soltou um suspiro e ficou um pouco corado.

– Mas não entendi.

– Como assim?

– Você disse que tudo tinha que ser perfeito e…

Fiquei analisando a expressão dele, procurando o significado por trás daquela fala.

– Então você… o quê? Começou um curso intensivo antes de vir para cá?

Era uma piada, mas Aaron deu de ombros.

Demorei a entender.

– Ah, meu Deus. Você fez isso mesmo! – falei baixinho.

Por mim. Ele tinha feito aquilo por mim.

– Eu já tinha estudado espanhol antes, na escola.

Ele colocou a mão no meu cabelo de novo, brincando, distraído, com uma mecha, enrolando-a no indicador.

– E agora existe aplicativo para tudo. Aprendi o bastante para causar uma boa impressão, mas ainda estou longe de saber tudo.

Devo ter transparecido alguma coisa – algo que eu esperava que não fosse a adoração que senti por ele naquele instante –, porque os olhos de Aaron pareceram muito interessados em analisar meu rosto.

Então, ele me abraçou com mais força, me aconchegou em seu corpo e beijou meu ombro. Derreti como manteiga ao sol.

– Aposto que ainda não sei nada de muito interessante – acrescentou, parecendo pensativo e beijando meu ombro mais uma vez. – As melhores palavras.

Sorrindo, me interessei pelo rumo que aquela conversa estava tomando.

– Ah... Você quer que eu te ensine os palavrões?

Olhei para ele e ergui as sobrancelhas. Aaron deu um sorrisinho torto que teria feito minha calcinha cair no chão se eu ainda a estivesse vestindo.

– Bom, então considere esse seu dia de sorte, porque sou uma ótima professora.

– E eu um aluno muito dedicado.

Ele deu aquela maldita piscadinha que fazia meu coração parar.

– Embora eu fique um pouco distraído de vez em quando.

– Entendi.

Coloquei o indicador no peito dele, observando seus olhos mergulharem rapidamente antes de voltarem ao meu rosto.

– Talvez você precise do tipo certo de motivação para manter o foco.

Fui subindo com aquele dedo, viajando pelo seu peitoral e pelo seu pescoço, seguindo a linha de seu queixo até chegar aos lábios, que se abriram com uma respiração superficial.

– Isso...

Me impulsionei para cima e beijei seus lábios levemente.

– É uma palavra de seis letras em espanhol. *Labios. Tus labios.*

A resposta dele foi me beijar como se o único jeito de aprender a palavra fosse sentindo seu sabor.

– E isso – falei, antes de abrir seus lábios e deixar o beijo mais profundo, nossas línguas dançando juntas – é mais uma palavra de seis letras. *Lengua*... língua.

– Acho que gosto muito dessa.

Aaron inclinou a cabeça, sua nova palavra favorita alcançou meu peito.

– E isso aqui? Como se chama? – perguntou, passando a boca pelo meu mamilo.

Uma risadinha que logo viraria um gemido deixou meus lábios antes que eu pudesse responder.

– É uma palavra de cinco letras. *Pezón*. Mamilo.

Aaron soltou um "humm" enquanto seus lábios viajavam pelo meu peito, deixando beijos suaves pelo caminho.

– Então trabalhamos palavras de seis e de cinco letras.

Ele espalhou mais beijos pela minha pele.

– Para continuar seguindo seu método, devemos passar a palavras de quatro letras. Você me ensina uma?

Uma palavra de quatro letras. Não devia ser difícil. Deve haver milhares de palavras de quatro letras em espanhol, mas minha mente era traiçoeira e me traía com frequência. A única palavra em que consegui pensar foi uma bem específica. Uma que, apesar de não ser muito longa, era poderosa o bastante para mudar as coisas. Para mudar a vida das pessoas. Para mover montanhas e dar início a guerras.

Era uma palavra grande que eu tinha prometido a mim mesma não entregar a ninguém antes de ter certeza de que sentia aquilo com cada molécula do meu corpo. Sem ter certeza de que era seguro.

Meu silêncio pareceu dar a Aaron a oportunidade perfeita para continuar explorando minha pele, sua boca fazendo meu coração bater forte no peito.

– Não sei – murmurei distraída. Com medo e ao mesmo tempo excitada.

Mais beijos roçaram minha pele, me fazendo lutar para recuperar o fôlego.

– Tudo bem – disse ele, parecendo bastante sincero. – Podemos quebrar as regras. Essa é a mágica quando nós mesmos as criamos.

Aaron me beijou com vontade, me afastando da minha própria cabeça por um instante de felicidade. Quando paramos para respirar, ele mergulhou a cabeça mais uma vez, dando um beijo molhado logo acima do meu coração.

– *Corazón* – disse ele com uma voz tão suave que a palavra se infiltrou em meu sangue, se misturando com o meu para nunca mais poder sair dali.

– Coração. Seu coração. Sete letras.

Olhando em seus olhos por um bom tempo, eu seria capaz de jurar que via neles tudo o que ele não estava dizendo. *Vou fazer com que seja meu.* E tudo o que eu não tinha coragem de dizer. *É só pegar.*

Quando finalmente ele falou, pareceu uma promessa.

– Vou merecer minha palavra de quatro letras.

Eu não tinha dúvidas disso. Mas a que preço?

VINTE E QUATRO

A experiência de acordar ao lado dele na manhã seguinte não teve nada a ver com as duas outras vezes em que abri os olhos e me deparei com Aaron deitado na mesma cama.

Para começar, estávamos nus. E pensei que poderia me acostumar com aquilo rapidinho. Sem o menor esforço.

Além disso, tinha uma coisinha de nada que diferenciava aquela manhã das anteriores. Um detalhe técnico: o sorriso radiante que já estava em meu rosto. Era um sorriso incrivelmente largo, e fiquei com medo de ter dormido daquele jeito. Ridículo, eu sei. Mas quem tinha tempo de ficar com vergonha quando Aaron Blackford estava bem ali, grande e nu e pronto para ser devorado?

Eu não.

Especialmente quando havia um volume considerável latejando na minha coxa.

Aaron gemeu, se virando e empurrando aquela parte pulsante contra mim.

Ah, olá, minha nova parte favorita do corpo dele.

– Bom dia – disse Aaron com a voz rouca carregada de sono, implorando que eu me aconchegasse.

– Hummm – dei um jeito de responder.

Sei que foi bem mal-educado da minha parte, mas eu estava ocupada com coisas mais importantes. Como desenhar cada centímetro do peitoral dele com as mãos. Ou do abdômen definido. E a trilha estreita de pelos escuros. Sim, eu também precisava me familiarizar com ela.

– Seus pais já vão chegar pra buscar a gente – disse ele, quase sem fôlego.

– Eu sei... Mas uma hora tem sessenta minutos. Se conseguirmos arrumar nossas malas e tomar banho em... três? Teremos cinquenta e sete minutos inteiros.

Tempo que eu planejava passar aprendendo mais sobre o corpo dele.

– Dá para fazer muita coisa com tantos minutos assim. É uma questão de gerenciar bem o tempo.

Meus dedos continuaram descendo e descendo até finalmente se fecharem ao redor dele. Aaron empurrou o quadril contra minha mão.

– Amor...

A palavra soou sufocada, mas continuei explorando, subindo e descendo a mão.

– Você quer me matar?

Ele perguntava isso como se eu tivesse uma resposta.

– Não? – respondi com a voz rouca, totalmente distraída. – Sim?

Seu quadril se impulsionou contra minha mão mais uma vez.

– Qual era mesmo a pergunta?

Aaron gemeu e pousou a mão na minha lombar, me puxando para perto e me encaixando com força na lateral do seu quadril. Inconsciente, quase instintivamente, comecei a me esfregar nele em busca de alívio. Exatamente como ele estava fazendo com a minha mão.

Naquele momento, eu estava começando a considerar a possibilidade de esquecer as malas, meus pais, o voo, o trabalho, a vida e basicamente qualquer coisa que não fosse aquela cama. Qualquer coisa que não fosse Aaron. Eu simplesmente não me importava,

E de repente, estávamos no ar. Bom, *eu* estava.

Com meu corpo em seus braços, Aaron chegou ao banheiro em poucas passadas largas e ligou o chuveiro sem me colocar no chão.

– Odeio dar más notícias, mas cinquenta e sete minutos não são tempo suficiente para tudo o que eu quero fazer com você. Então precisaremos otimizar – explicou Aaron.

Ele me colocou embaixo da água quente e observou meu corpo, o desejo obscurecendo seus olhos.

– Gerenciamento *e* otimização do tempo – falei, vendo-o entrar embaixo do chuveiro comigo. – Você tem um currículo impressionante, Sr. Blackford.

Ele me segurava pelo quadril com um toque urgente. Desesperado.

– E eu não fujo de um desafio. Por favor, acrescente isso também.

Seu corpo pressionou o meu contra os azulejos gelados e lisos.

– Vou ter que fazer você gozar te chupando enquanto tomamos banho.

Minha nova palavra favorita surgiu, percorrendo seu lábio inferior. *Que delícia...*

– E talvez de novo enquanto fazemos as malas. Tudo isso em menos de cinquenta e sete minutos. Mas tenho quase certeza de que vou conseguir.

Deus do céu...

Ele *realmente* conseguiu.

Por incrível que pareça, chegamos a tempo.

As habilidades de Aaron eram mesmo impressionantes.

Meus pais nos deixaram no aeroporto com tempo mais do que suficiente para um café da manhã no terminal antes do embarque.

No avião, Aaron apoiou o braço em meus ombros e me aconcheguei nele. Minha cabeça descansou na curva de seu pescoço, seu cheiro delicioso me envolvendo e me fazendo suspirar de felicidade, várias vezes. A intimidade que tinha nascido entre nós me acalmou o bastante para me fazer dormir antes mesmo da decolagem.

Só quando pousamos em solo americano um alarme familiar soou em minha cabeça. *A conversa*. Se eu fosse esperta, teria usado todo aquele tempo que passamos confinados para uma conversa. Precisávamos estabelecer limites, definir o que era aquilo que havia entre a gente. Decidir... o que fazer. Porque, embora eu geralmente não cedesse a esse tipo de pressão, Aaron não era qualquer um. Ele não era um homem com quem eu saía casualmente ou com quem eu tinha passado uma noite maravilhosa e enlouquecedora. Ele era Aaron. *Meu Aaron*. Meu colega de trabalho. E, em breve, meu chefe. Algo que exigia uma abordagem diferente para nosso relacionamento. Fosse lá o que ele tivesse em mente ou do que quiséssemos fazer dele.

Mas para isso precisávamos conversar.

Senti a mão dele apoiada na minha lombar, o polegar traçando círculos em minha camiseta. Quando olhei para ele, Aaron já estava me olhando. Caramba, aqueles olhos estavam se tornando minha coisa favorita no mundo inteiro. Mais até do que brownies de chocolate triplo.

Tínhamos acabado de passar pelo portão de desembarque e estávamos no meio do terminal, em solo nova-iorquino. A poucos metros do que nos esperava do lado de fora do aeroporto. O que quer que fosse.

– Lina – chamou ele.

A julgar pela suavidade com que disse meu nome, pelo peso em sua voz, eu sabia que ele ia dizer algo importante. Mas aquela palavra simples – não Catalina, *Lina* – saindo de seus lábios causava coisas em mim. No meu peito, na minha cabeça.

– Amo ouvir isso. Você dizendo meu nome – confessei em voz baixa, como se fosse apenas um pensamento. – Você não me chama de Lina o tanto quanto eu gostaria.

Aaron ficou olhando em meus olhos por um bom tempo, sem falar. Sem reconhecer meu comentário. Só quando concluí que ele não ia mesmo dizer nada – que íamos sair do aeroporto em silêncio e seguir cada um seu caminho –, ele falou:

– Vamos lá pra casa comigo.

Pega de surpresa, pisquei lentamente. Em um silêncio atordoado, pensei que o que eu mais queria era ter mais tempo com ele, me perder nele um pouco mais antes de ter que voltar para a vida real. Antes de sermos obrigados a falar, a ter a conversa que consolidaria – ou não – tudo o que havia mudado entre nós.

Uma conversa que eu temia mais a cada minuto.

Eu queria me entregar a ele. Queria muito. Mas minha experiência me dizia para não fazer isso, me alertava para que eu não cometesse o mesmo erro duas vezes.

E no fundo eu sabia que me recuperar daquilo – de perder Aaron, ou de possivelmente destruir anos de trabalho duro por causa de acusações sujas e injustas, caso a história se repetisse – não seria fácil. Seria a coisa mais difícil que eu teria que fazer na vida. Eu já sabia disso.

Enquanto tudo isso rodava na minha cabeça, vi algo que parecia ansiedade e medo dançar no rosto de Aaron.

– Vem comigo, Lina.

Meus olhos se fecharam por um instante.

– Vou te dar comida e manter a gente acordado para que o *jet lag* não dure a semana inteira. Amanhã, bem cedinho, passamos na sua casa para você pegar suas coisas e depois vamos para o trabalho – disse ele, e, após uma pausa, acrescentou: – Juntos.

Parecia um sonho.

Assim como ele mesmo. E tudo aquilo tinha mesmo que ser um sonho se Aaron achava que precisava me convencer a ir a algum lugar com ele. Eu iria com ele para qualquer lugar. Mas...

Mas... sempre tinha um "mas", não tinha?

Respirei fundo. Eu devia isso a ele, a mim, a nós.

– Aaron, vou ser muito sincera com você... Eu estou... com medo. Apavorada. Você vai ser promovido, sabe? Vai virar chefe da divisão. E isso vai mudar as coisas.

Baixei o rosto para não encará-lo. Havia coisas demais em seus olhos e essas coisas me distraíam, tiravam a minha sanidade.

– Não estamos mais na Espanha. Aqui é a vida real. E isso... – Fiz um gesto indicando nós dois. – Isso vai complicar as coisas.

Ou talvez fosse o contrário... O fato de ele ser promovido é que complicaria o que quer que aquilo pudesse ser.

Ele pegou minha mão e a levou ao peito. Tão caloroso, sólido, tão cheio de todas as coisas que eu queria para mim, mas estava morrendo de medo de querer.

– Vamos conversar sobre isso depois de um banho, quando você estiver confortável e relaxada.

Ele colocou a outra mão no meu queixo, inclinando minha cabeça para que ele pudesse olhar em meus olhos.

– E amanhã, vamos conversar com o RH. Vamos falar com a Sharon se isso vai te deixar mais calma.

Por quê? Por quê? Por que ele tinha que ser tão atencioso? Tão perfeito?

– Mas, antes de tudo, você vai ter que dar uma chance pra gente, ok?

Foi a vez dele de soltar um suspiro trêmulo.

– Você confia em mim?

Minha mão, que estava apoiada em seu peito, logo acima do coração, agarrou o tecido da camisa, incapaz de fazer outra coisa.

– Me leva pra casa, Aaron Blackford.

Olhando para a tela do celular, me perguntei pela centésima vez se deveria responder à mensagem com a verdade.

Ela vai surtar. Ela vai me socar com tanta força que vai me mandar de volta para a Espanha.

Tirando os olhos da tela e olhando para o meu reflexo no espelho – o espelho do banheiro de Aaron –, não gostei do que vi. Não tinha nada a ver com as olheiras ou o cabelo embaraçado que se tornara um caos provavelmente enquanto sobrevoávamos algum ponto do Atlântico. O que me incomodava não era algo que eu pudesse apontar com o indicador ou consertar com um banho, algumas horas de sono e uma escova de cabelo.

Saí da frente do espelho e me apoiei na borda da banheira impressionante e atraente. Uma banheira grande o bastante para acomodar dois Aarons, como tudo em seu apartamento. Espaçoso e luxuoso, sóbrio e de bom gosto. Combinava perfeitamente com ele.

Olhei de novo para a tela do celular para ler a mensagem mais uma vez.

> **Rosie:** Já voltou? Vai me contar tudo enquanto tomamos um café. Ou dois? Talvez três? Quantas novidades você tem para contar?

Quando reuni coragem suficiente para responder, três pontinhos começaram a dançar na tela.

> **Rosie:** Posso ir até a sua casa, levar a cafeína até você. Em uma hora? Meia? Agora?

Eu podia imaginar os olhinhos dela piscando sem parar. Rosie nunca foi tão insistente para ouvir alguma coisa de mim.

Lina: Não estou em casa.

Rosie: Ainda está no aeroporto? Posso ir mais tarde. É só me dizer a hora.

Respirando fundo, digitei a resposta.

Lina: Acho que não vou voltar para casa hoje…

Aqueles três pontinhos voltaram a surgir na tela. Rosie digitou e digitou e digitou. Durante muito tempo. Fiquei olhando para o celular com a testa franzida, me preparando para o que vinha.

Rosie: EU SABIA.

Um som sufocado subiu pela minha garganta. *Era só isso que ela estava digitando?*

Rosie: E AÍ? Pode ir falando. Pode digitar tudo para eu poder dizer que eu já sabia.

Dei uma risadinha. Eu estava mesmo tão cega assim?

Lina: …

Rosie: DIGA. DIGITE EM VOZ ALTA. ANDA!

Lina: Calma, Edward Cullen.

Rosie: Catalina, se você não começar a falar, eu vou ficar puta. E isso nunca acontece. Você ainda não sabe como é uma Rosie puta da vida.

Lina: Aaron. Estou na casa do Aaron.

Rosie: Lógico que está. Eu quero saber o resto.

Lina: O resto?

Rosie: A versão resumida. Por enquanto.

Lina: A gente meio que se beijou. Meio que dormiu junto.

Rosie: MEIO QUÊ? MEIO QUÊ? O que isso quer dizer?

Lina: *emoji revirando os olhos* Aconteceu. A gente se beijou. E transou.

Rosie: E?

E muito, muito mais do que isso, eu quis digitar, mas meus dedos congelaram e... Meu Deus... Depois começaram a digitar a uma velocidade vertiginosa.

Lina: ... e que eu estou perdida. Estou assustada e tonta e ridiculamente feliz também. E ele é tão bom comigo, tão bom que parece um sonho do qual eu vou acordar com a pele molhada de suor. E você sabe o quanto eu odeio quando isso acontece. Lembra quando eu sonhei que estava me atracando com Joe Manganiello e o alarme de incêndio do meu prédio disparou quando ele estava abrindo o cinto e eu fiquei um mês inteiro irritada?

Lina: O que está rolando aqui é um milhão de vezes melhor do que esse sonho. Infinitamente melhor.

Era mesmo, e eu não estava falando só do meu corpo inteiro se acendendo com um toque. Porque essa era a menor parte daquilo tudo.

Lina: Não quero acordar, Rosie.

Rosie: Ah, amiga…

Quase senti o abraço que viria com aquelas palavras.

Lina: Enfim, eu te conto tudo amanhã.

Aquela não era mesmo uma conversa para se ter por mensagem.

Rosie: É bom contar mesmo. Ou eu vou te socar.

Uma batida na porta.

– Amor? – chamou uma voz grave do outro lado, a palavra que fazia meu coração bater forte. – Vou começar a achar que você está se escondendo de mim.

Meu Deus, eu era péssima.

Aaron continuou:

– Anda, vamos comer alguma coisa. Você escolhe.

Meu estômago com *jet lag* roncou ao pensar em comida.

– Mesmo se eu quiser tacos de peixe?

– Principalmente tacos de peixe.

Caramba. Ele estava mesmo fazendo de tudo para conquistar meu coração.

– Tá, já vou! – gritei enquanto digitava mais uma mensagem para Rosie.

Lina: Tenho que ir. Vamos buscar comida.

Rosie: Tá. Mas amanhã, você e eu. Vamos conversar.

Lina: Sí, señorita.

Rosie: E, Lina?

Rosie: Você não precisa acordar desse sonho.

Com essa ideia em mente – não, com essa *esperança* em mente, porque foi exatamente isso que senti quando li a mensagem, uma esperança boba –, saí do meu esconderijo chique e azulejado.

Encontrei Aaron em pé na sala, olhando pelas janelas de estilo industrial com vista para o rio.

O apartamento dele ficava em Dumbo, uma parte do Brooklyn que eu não conhecia tão bem, mas pela qual me apaixonava cada vez mais. O lugar era incrível. Espaçoso e objetivo, elegante, mas simples.

Fui até ele e também olhei pelas janelas enormes.

– Essa vista do East River é de tirar o fôlego.

– É, tenho muita sorte de poder bancar isso – disse ele, parecendo grato, o que não era comum.

Virando e inclinando o corpo em sua direção, apoiei as costas nas janelas e fiquei de frente para ele. Como eu poderia dizer que aquela vista – ele, no caso – era tão linda quanto a do rio? A gente simplesmente não diz esse tipo de coisa. Então me limitei a observar e absorver.

Aaron manteve o olhar distante, a luz do sol entrando pelo vidro das janelas e beijando sua pele. Os olhos azuis brilhando. Mas pude notar que estava pensativo.

– Está tudo bem? – perguntei, acariciando seu braço.

Só então ele olhou para mim.

– Vem cá.

Em um movimento rápido, ele me encaixou em seu peito. E me abraçou, nos balançando.

– Bem melhor. Agora ficou tudo bem melhor.

Eu não podia discordar. Tudo o que envolvia estar nos braços de Aaron era muito melhor que qualquer outra coisa. Deixei que ele arrancasse de mim um suspiro de felicidade e me deliciei com o "humm" que ele soltou quando o abracei também.

Quando ele finalmente me soltou, seu olhar voltou a vagar através da janela, mas dessa vez com um sorriso discreto.

Vamos com calma.

De algum jeito, meus olhos repousaram no balcão que complementava perfeitamente o estilo das janelas e do restante do apartamento. Os únicos itens ali eram um porta-retratos e o que parecia ser um livro técnico.

Curiosa para ver quem estava na foto, fui até o móvel e peguei o porta-retratos. Uma mulher linda de olhos azuis e cabelos pretos e com um sorriso que reconheci imediatamente. Meu coração se aqueceu.

Senti o braço de Aaron cobrir meus ombros e um beijo em meu cabelo.

Deixando meu corpo se encaixar no dele, perguntei:

– Qual era o nome da sua mãe?

– Dorothea.

Senti a voz de Aaron reverberar em seu peito, nas minhas costas.

– Ela reclamava do nome o tempo todo. Obrigava todo mundo a chamá-la de Thea.

– Fala um pouco mais sobre ela, sobre a sua família.

Ele soltou um suspiro, que atingiu meu cabelo com um pff.

– Dorothea era o nome da avó dela. "Um nome de velha pretensiosa", ela dizia. A família dela era muito rica, mas nunca teve sorte no que dizia respeito à saúde. Eles falavam que era uma maldição.

Aaron fez uma pausa, parecendo perdido em lembranças.

– Quando eu era criança, minha mãe era a única ainda viva, então não conheci meus avós. E, quando minha mãe morreu, eu me tornei o último dos Abbots. Então herdei tudo. Por isso posso pagar por um apartamento assim.

– Faz sentido – murmurei.

Eu me considerava sortuda por trabalhar em uma empresa como a InTech. Por ter um bom salário todos os meses. Mas aquele lugar pertencia a um estilo de vida completamente diferente. Um estilo de vida em que apartamentos inteiros cabiam dentro de um banheiro.

– Então na verdade você não precisa de um emprego comum.

– Não, mas amo o que faço. Ainda que alguns digam que sou um robô viciado em trabalho.

– Ops, essa eu mereci – respondi, rindo.

Pensei que ninguém no escritório devia saber daquilo. Aaron sempre foi tão… reservado. Mas o fato de que ele não precisava trabalhar e mesmo assim era mais dedicado que a maioria dos funcionários era louvável. Isso me fazia amá-lo…

Eita. Balancei a cabeça.

– Sempre admirei você, sabia? Por mais que eu encha seu saco por ser tão pragmático e teimoso, sempre admirei você. Sempre.

– Eu...

Aaron hesitou, parecendo um pouco perdido por um instante.

– Obrigado, amor.

Sorrindo, coloquei o porta-retratos de novo no balcão.

– Sua mãe era linda. Dá para ver de quem você herdou essa beleza toda.

Aaron riu baixinho.

– Você me acha bonito?

– Lógico que acho. Você é mais que bonito, Aaron. Não se faça de chocado. Você sabe disso.

– Eu sei, mas nunca pensei que você se sentisse atraída por mim. Pelo menos não nos primeiros meses.

Bufei. Se ele soubesse...

– O que me entregou? O que mudou depois desse tempo e fez você perceber que não sou de aço, Sr. Desatento?

Ele me abraçou um pouco mais forte e soltou um suspiro.

– Lembra daquela conferência que a InTech ofereceu para alunos do ensino médio alguns meses depois que eu entrei? Percebemos que não havia cadeiras suficientes quando eles começaram a chegar. Quando vi você sair de fininho, de alguma forma eu soube aonde você estava indo.

Eu me lembrava daquele dia. O babaca do Gerald tinha contado errado o número de participantes.

– As cadeiras dobráveis.

– É, você saiu correndo para pegar as cadeiras dobráveis que a gente guardava no almoxarifado.

Aaron apareceu do nada naquele dia e, como sempre, me encheu o saco por querer carregar as cadeiras sozinha porque não era meu trabalho fazer aquilo.

– Então, o que me entregou? O fato de eu quase bater em você com uma cadeira por ser um babaca autoritário?

– Foi o modo como você estremeceu quando me aproximei por trás para te ajudar com uma que estava presa na prateleira. Sabe, logo antes de você dar mais um puxão e desmoronar no chão.

Ah. É mesmo. Eu me lembrei daquele momento exato.

Eu tinha sentido seu corpo atrás de mim. Seus braços me envolveram sem me tocar, e ficara olhando – trêmula, vermelha e agitada – seus músculos se contraírem sob a camisa de botão enquanto ele tentava soltar a maldita cadeira. Foi como um tapa na cara o quanto aquilo tinha me deixado com calor e agitada.

– Foi aquele momento. Eu sabia que aquela vermelhidão que se espalhou pelo seu rosto e pelo seu pescoço não tinha nada a ver com o fato de você ter me chamado de robô teimoso e frio.

– Você...

Hesitei, um mal-estar se formando em meu estômago.

– Você se incomodava por eu chamar você dessas coisas? Com o que eu dizia quando discutíamos?

Meu coração acelerou, eu estava com medo da resposta.

– Não – respondeu ele, simplesmente. – Àquela altura eu já aceitava o que você quisesse me dar, Catalina.

Algo vacilou no meu peito.

– A história que contei à sua irmã sobre como nos conhecemos? Era a mais pura verdade.

Fechei os olhos e agradeci aos céus por ele estar me abraçando junto ao peito, porque do contrário eu teria desmoronado.

– Quando percebi o quanto eu tinha sido idiota ao afastar você, você já me odiava.

Tentei engolir o nó em minha garganta.

– Um dia eu ouvi, sem querer, você falando com o Jeff...

Aquele nó não queria ir embora e apertava cada vez mais minha garganta.

– Você disse que preferia trabalhar com qualquer outra pessoa, qualquer uma que não fosse eu. E senti que tinha sido jogada para escanteio. Que para você eu não tinha valor como profissional porque você não gostava de mim. Porque eu tinha ultrapassado algum limite que eu nem sabia que existia. Eu... como eu poderia olhar para você e não lembrar disso? E aí você entrou na minha lista de desafetos.

– E eu mereci.

Aaron me virou com delicadeza, encaixando nossos corpos um no outro bem devagar. E olhou para mim.

– Eu estava sendo sincero quando disse aquilo. Quando você levou aquele presente de boas-vindas à minha sala, uma fenda se abriu dentro de mim. Você... me distraía. Me tirava o foco, e eu nunca tinha sentido nada parecido. Entrei em pânico, Lina. Eu me recusava a permitir que aquilo acontecesse. Quando Jeff sugeriu que eu trabalhasse com você, convenci a ele, e a mim mesmo, que seria uma má ideia. Mas aí conheci você melhor.

Aaron olhou para mim com atenção. Algo em seu olhar me trazia, ou melhor, *nos* trazia cada vez mais uma emoção que foi tomando conta do meu peito a cada segundo.

– Observei você trabalhando, rindo, sendo essa mulher brilhante e gentil que você é, e aquela rachadura do primeiro dia foi aumentando, crescendo sem parar. Comecei a perceber o quanto eu tinha sido um idiota. Quando me dei conta de que não queria mais afastar você, de que não conseguiria mais fazer isso, já era tarde demais. Então, aceitei o que quer que você sentisse por mim, mesmo que fosse ódio, inimizade, uma antipatia óbvia, qualquer coisa que me permitisse passar alguns minutos com você todos os dias. Se isso fizesse você pensar em mim, ainda que só por um tempinho...

– Aaron...

Hesitei, tudo o que havia em meu peito, na minha cabeça, na minha memória estava se transformando em uma tempestade violenta.

– Esse tempo todo você...

– Eu sei.

Vi sua mandíbula se contrair, sua expressão endurecer.

– Você me deixou ser hostil com você. Você passou esse tempo todo aceitando que eu tratasse você assim.

Minha voz tremeu de emoção ao pensar no tempo que perdemos, mas também na mentira que se escondia nas minhas próprias palavras.

Será que em algum momento eu o havia odiado de verdade? Porque não parecia mais possível àquela altura. Será que eu mesma não tinha feito a mesma coisa e me convencido de que o odiava só porque ele tinha me magoado?

– Por quê? – perguntei em um sussurro, para ele, mas também para mim.

– Porque era o que você estava disposta a me dar. E eu preferia que você me odiasse do que nem sequer pensasse em mim.

Estremeci sob o peso daquelas palavras, com a palavra oculta no meio daquelas que estavam a caminho dos meus lábios.

Amor. Só podia ser amor aquele alvoroço rasgando meu peito. A percepção tomou conta de mim tão rápido quanto um raio caindo.

Respirei fundo.

– Eu não odiava você. Por mais que eu quisesse, acho que nunca odiei. Eu só estava… magoada. Talvez porque sempre quis que você gostasse de mim e você me fez acreditar que não gostava.

Algo iluminou o rosto de Aaron. O espaço entre nossa boca foi preenchido por uma eletricidade e uma emoção que eu nunca tinha sentido antes.

– Eu quero seu coração, Catalina.

Aaron colocou as mãos no meu ombro e subiu pelo meu pescoço até segurar meu rosto.

– Quero seu coração pra mim assim como entreguei o meu.

Ele já é seu, homem lindo e cego, eu quis dizer. *Pode pegar, ele não me pertence mais,* era o que eu queria gritar para ele e quem mais quisesse ouvir.

Mas não fiz isso. Jamais imaginei que uma pessoa pudesse ficar paralisada pela mais pura alegria. Mas ali estava eu, em pé diante dele, enquanto Aaron colocava o coração nas minhas mãos, e tudo o que consegui fazer foi ficar olhando, para ele com mil palavras não ditas esperando na ponta da língua.

Então, decidi que precisava mostrar. Toquei em seu rosto do mesmo modo com que ele tocava o meu e o puxei para perto. Com aquele beijo, eu estava dizendo que eu era dele. Eu estava me entregando a ele com aqueles lábios que não pareciam capazes de articular palavra alguma.

Aaron me tirou do chão e me tomou em seus braços com ternura, com uma reverência que me deixou sem fôlego, como eu imaginava que ele faria com meu coração. Minhas pernas envolveram seu quadril quando nosso beijo se aprofundou, a língua dele ganhando espaço.

Com passadas largas, ele atravessou o apartamento comigo no colo e nenhum de nós parou para respirar. Aaron me colocou sobre o balcão da cozinha e senti o granito gelado na parte de trás das coxas.

Aaron beijou minha nuca, seus dentes arranhando minha pele, chegando finalmente ao decote da blusa e puxando-o para baixo, expondo meu sutiã. Ele soltou um gemido que reverberou em mim.

Aaron me puxou com firmeza pelos quadris, me deixando na beirada do balcão. Meu Deus, o homem não tinha limites. Aquele ser faminto puxou minha blusa até a minha cintura e abriu meu short, quase arrebentando o zíper. Aaron nem ligou. Parecia nem notar que estava fora de si.

Eu fiz isso. Eu desatei suas amarras.

O mesmo tipo de urgência zumbia sob a minha pele, sob meus dedos, quando puxei sua camiseta. Em um movimento rápido ela estava fora, e senti a pele quente do peitoral dele na minha, seu quadril encaixado entre as minhas pernas, enquanto aqueles braços fortes faziam meu corpo se fundir ao dele.

O que restava da minha sanidade foi embora com um gemido.

Querendo me livrar do resto das roupas, puxei a calça jeans dele em desespero. Quando arqueei as costas, buscando a fricção que eu desejava – pela qual eu ansiava loucamente –, Aaron impulsionou o quadril contra o meu, disparando uma onda de prazer mesmo através da barreira das nossas roupas.

Senti seu membro quente e inchado e só isso já fez minhas pálpebras tremularem, os dedos dos pés se enroscarem e meu mundo parecer prestes a explodir. Ele se mexeu de novo, aumentando o atrito entre nós, e senti que chegaria ao clímax se ele fizesse aquilo mais uma vez.

– De novo... – pedi, implorei.

Aaron espalmou as mãos na minha bunda, puxando meu quadril e se impulsionando contra mim com mais força, arrancando vários gemidos, me levando ao limite...

– Meu Deus, eu nem toquei em você – disse ele, com a boca na minha. Então, mordeu meu lábio inferior enquanto pressionava o corpo contra o meu. – Ainda nem entrei em você...

Suas mãos assumiram o controle sobre mim, puxando meu corpo contra o dele sem piedade, e deixei a cabeça tombar para trás, um pedido mudo em meus lábios.

– Goza... – pediu ele.

Aaron gemeu em meu ouvido, nossos quadris balançando um contra o outro. Estávamos transando de roupa.

– Goza pra eu poder te comer gostoso...

E essa frase – *essa frase* – me derrubou. Derrubou não: atropelou. Minha mente saiu do corpo e explodi em uma sensação crua e sem amarras. Mesmo querendo gritar até ficar rouca, nem sequer consegui chamar pelo nome dele. Eu estava exausta, vazia. Leve.

Aaron me abraçou e em um instante eu estava em pé sobre pernas bambas. Com minhas costas coladas em seu quadril, imediatamente senti Aaron quente, latejando de desejo. Aquela sensação – de saber que eu tinha o poder de fazer aquilo com ele – me trouxe de volta à vida.

No instante seguinte, ele desceu meu short e minha calcinha, me ajudando a tirá-los e jogá-los para o lado.

Senti o calor de seu peito nas minhas costas, e seus dedos envolveram meus punhos.

– Mãos no balcão – exigiu ele, guiando minhas mãos pela superfície. Então, ele abriu minhas pernas com o joelho, beijando minhas costas com a boca aberta. Suas mãos agarraram meu quadril, e uma delas percorreu minha bunda.

– Vou te levar pra minha cama.

Aaron apertou minha bunda e desceu a mão até minha coxa.

– Vou deitar você e te comer bem devagar.

Gemendo, empurrei meu quadril contra o dele. Aaron rosnou e recuou. Ouvi o barulho do zíper da calça e, em um segundo, senti seu membro duro na bunda, subindo e descendo pela fenda. Ele havia colocado o pau para fora sem nem se dar o trabalho de baixar ou tirar a calça.

Louca. Isso me deixou completamente louca.

– Sabe quantas vezes eu me masturbei pensando em você de quatro?

Ele passou mais uma vez o membro pela minha bunda, me fazendo gemer de desejo.

– Ou sobre os meus joelhos depois de cair de boca no meu pau?

Mais um gemido, cheio de agonia. Eu queria transformar aquelas palavras em realidade.

– Hum... – disse ele, suspirando, e então acrescentou em tom mais baixo: – Acho que você ia gostar disso tanto quanto eu.

Uma das gavetas abriu e fechou, e uma embalagem foi rasgada.

– Dessa vez estou preparado. Tenho uma caixa inteira. Está aí há meses.

– Aaron – implorei.

Eu o queria naquele instante, ou ia virar uma nuvem de cinzas em combustão.

– Preciso de você...

Com os olhos em chamas, olhei por cima do ombro e vi sua expressão bestial.

– Agora. – Foi minha vez de rosnar.

Ele acariciou delicadamente meu queixo com o dorso da mão, depois colocou a mão nas minhas costas e me empurrou contra o balcão.

– Segura na borda, amor – rosnou ele. – Que agora eu vou te comer bem forte e bem gostoso...

Com um impulso profundo, ele se encaixou dentro de mim. Gemi, me sentindo maravilhosa, divinamente plena, e antes que eu pudesse pedir mais, pedir tudo o que ele tinha prometido, Aaron tirou e colocou mais uma vez. Gememos ao mesmo tempo.

Uma das suas mãos se apoiou no balcão, a outra agarrando meu cabelo. Se não gozasse logo, eu ia desaparecer sob a onda de prazer que se acumulava na base da minha barriga.

– Mais... – consegui dizer.

O ritmo das investidas aumentou, Aaron agarrava meu quadril, me empurrava contra o tampo do balcão e gemia em meu pescoço.

– Posso te dar mais...

Aaron deu um tapa na minha bunda. Um gemido como nenhum outro deixou meus lábios.

– Posso te dar tudo...

Mais um tapinha. Me puxando para baixo, para baixo.

– Isso... – gemi.

Fiel à sua palavra, Aaron me deu tudo. Ele metia em mim de um jeito incontrolável, o som do quadril dele batendo no meu abafando nossas respirações ofegantes.

– Goza comigo.

Senti o peitoral dele sobre as minhas costas, me enjaulando de um jeito delicioso. Fundindo nossos corpos. Ele também massageava meu clitóris, no ritmo em que arremetia.

– Quero sentir você gozar em mim quando eu gozar.

Mais um impulso frenético, desesperado. Foi o que bastou para que nós dois explodíssemos de felicidade. Soltamos gemidos igualmente poderosos, nossos nomes abençoando os lábios um do outro.

Aaron pousou as mãos na minha cintura, mais se agarrando a mim do que me segurando. Então, ele endireitou nossos corpos, saindo de dentro. Eu me virei em seus braços e encostei o queixo em seu peito. Aaron me deu um beijo na testa. Mais um nos lábios. E mais outro no nariz.

– A sensação é de que você é minha.

Olhei para ele, olhos nos olhos.

– Eu sou.

Só duas palavras, duas simples palavras usadas com tanta frequência em conversas casuais que pareciam não ter muito significado. Mas tinham. Aquelas duas palavras comuns proferidas no momento exato significavam muito. Eu soube disso porque o rosto dele se iluminou ao ouvi-las. Abrindo o sorriso mais lindo que eu já tinha visto até aquele momento, ele destruiu o que restava das minhas defesas. E, olhando no azul de seus olhos, senti que os muros ao meu redor desmoronaram como se eu não tivesse investido todo aquele tempo na sua construção.

– Eu sou – repeti, esmagando os últimos destroços com as próprias mãos.

Aaron me beijou mais uma vez, selando minhas palavras com seus lábios e acrescentando palavras dele:

– Vou provar que você é.

Dessa vez, devoramos os tacos ali mesmo. A fome pós-sexo faz isso com as pessoas.

– Sério – falei, colocando um dedo na boca e saboreando o molho que estava nele. – Só estou dizendo que, se os vampiros voltarem, o mínimo que eles podem fazer é brilhar.

Ao perceber o olhar de Aaron em minha boca, deixei minha mão pairar no ar e senti o rubor se espalhar em meu rosto.

– Você está ouvindo, Blackford?

Seu olhar subiu e voltou a descer.

– Sim, vampiros. Brilho.

Limpei o resto do molho das mãos com um guardanapo.

– Ainda não acredito que você escolheria ser um vampiro e não um lobisomem.

Outra coisa em que eu não acreditava? Aaron teve essa conversa comigo sem hesitar. E não foi só isso, ele também pareceu entender bastante sobre criaturas paranormais. Eu tinha perguntas.

Aaron tirou o papel da minha mão e jogou na lata de lixo que ficava ao lado do carrinho.

– Eles são imortais – disse ele, como se nada mais importasse.

– Mas você é tão… lobisomem.

Correspondendo à minha acusação, aqueles olhos azuis reluziram com um quê de avidez.

– Sou?

– É. Para começar, você é grande, quente e…

– Hum, já estou adorando…

Um dos seus braços me envolveu, me puxando mais para perto.

– Por favor, continue.

– Pare de ser tão mente suja.

Peguei a mão dele, levantando-a no ar entre nós dois.

– Está vendo? Parece uma pata. E com quente quero dizer em termos de temperatura, como…

Fiz uma pausa. Só conseguia pensar em coisas quentes com formatos fálicos. *Dios*, todo aquele sexo tinha matado tantos neurônios assim?

– Sua temperatura é sempre alta, é isso. Como um… um cobertor aquecido e pesado.

Aaron franziu a testa.

– É um elogio. Quero dizer que *eu adoraria entrar embaixo de você e me aconchegar agora mesmo*.

A cara amarrada se desfez.

– Essa dá pra aceitar – disse ele, beijando meu nariz. – O que mais?

– Você é leal.

Ele soltou um "humm", concordando.

– E reservado, guarda as coisas para si. E, embora as pessoas achem você frio e hostil, na verdade você só aborda as situações com certo distanciamento. Você presta atenção em tudo para poder antecipar o que vai acontecer, o que, para falar a verdade, é impressionante, ainda que bem irritante também.

Aaron me olhou de um jeito estranho.

– O que foi?

– Nada.

Ele balançou a cabeça, se livrando do que quer que o estivesse deixando atordoado. Observei Aaron se recompor.

– Você se esqueceu de uma coisa.

– É? Qual?

– Eu mordo – disse Aaron, antes de passar os dentes em meu ombro.

Então, ele mordiscou a pele sensível do ponto onde ombro e pescoço se encontravam.

Rindo como uma louca, deixei meu corpo se aninhar em seu abraço, mas algo em minha visão periférica chamou minha atenção. Eu não tinha certeza, mas achava que era alguém do trabalho. Um dos caras da equipe de Gerald, se o cabelo loiro e os ombros esbeltos fossem o suficiente para reconhecê-lo.

Senti um frio na barriga de apreensão que matou minha risada despreocupada.

Aaron não pareceu notar, ou, se notou, não disse nada.

– Vamos para casa. Tenho uma reputação de cobertor quentinho a zelar.

Fiel à sua palavra, Aaron envolveu meu corpo com o dele naquele sofá imenso dos sonhos que ficava no meio do apartamento. Provavelmente foi o misto de exaustão, *jet lag* e o calor do corpo dele, mas por mais que eu tenha tentado resistir, desmaiei em menos de dois minutos depois que chegamos em casa.

Ele acariciava minha barriga com a mão grande e robusta. Estávamos deitados de lado e, a julgar pelo silêncio, a TV não estava mais ligada. Aaron provavelmente tinha desligado assim que peguei no sono.

Dedos compridos se espalharam pela minha barriga, alcançando a parte inferior dos meus seios. Me deixando levar pela sensação que viajou pelo meu corpo, me encaixei mais ainda nele.

Um gemido soou em meu pescoço.

– Está escuro lá fora.

Meu olhar viajou até as janelas enormes com vista para o rio, como se eu precisasse confirmar que tinha anoitecido.

– A gente pegou no sono – falei, voltando o olhar para aqueles cinco dedos em minha barriga, os dedos dos pés já curvados de expectativa. – Achei que você queria que a gente lutasse contra o *jet lag* juntos, senhor.

– Eu quis, por um tempo.

Aaron riu, e senti o som nas minhas costas. Meus lábios se curvavam quando minha mente imaginou aquele rosto lindo sorrindo.

– Mas sua pele é tão macia, e encaixada assim em mim...

A mão dele subia e descia, e Aaron puxou meu corpo contra o seu.

– Não consegui resistir. Você me fez perder a noção.

Virei meu corpo, rolando para olhar para ele. Ele pousou a mão na minha lombar, e a mudança de posição quase fez minha boca encostar em seu pescoço. Olhei em seus olhos.

– Com licença, você por acaso está colocando a culpa em mim?

– Nunca.

Ele me abraçou mais forte, nosso corpo se encaixando ainda mais. Fechei os olhos e, com um sussurro, satisfeito, perguntei:

– Você gostaria de me levar para a cama, Aaron Blackford?

Ele não respondeu. Em vez disso, levantou do sofá comigo nos braços. Encaixando as pernas ao redor da cintura dele, ri do entusiasmo repentino. Com passadas largas e rápidas, Aaron me carregou pelo apartamento, passando pela ilha da cozinha, depois entrando no corredor amplo e indo direto para a suíte. O quarto dele. Fiquei com tesão na hora. Eu estava prestes a dormir ao lado dele, na cama dele, enrolada em seus lençóis macios e exuberantes, minha cabeça sobre os travesseiros deliciosos onde a cabeça dele descansou tantas vezes.

Mas, quando eu já estava pronta para ser lançada sobre o colchão king-size que parecia um sonho, entramos no banheiro da suíte.

Meus olhos observaram nosso reflexo no espelho, sem saber o quanto eu ia amar o que via. Eu, com as mãos cruzadas atrás do pescoço dele. Eu, nos braços dele. Eu, o rosto corado e com uma expressão maravilhada porque era ele me segurando. Eu, feliz.

Aaron tentou me colocar no chão de porcelanato preto e branco.

– Ah, não. Nada disso.

Balancei a cabeça, me agarrando mais a seu pescoço e mantendo as pernas em volta de sua cintura.

– Gosto daqui.

– É? – perguntou ele com um tom bem-humorado, mas também carregado com algo denso e cheio de vida.

Abracei mais forte seu pescoço.

– Gosta tanto assim?

– Sim – admiti, colada em seu pescoço. – Acho que você pode me carregar para todos os lugares a partir de agora. Não quero mais ter que andar.

As mãos dele me reposicionaram, me encaixando na lateral de seu corpo. Aaron deu um beijo em minha têmpora.

– Acho que posso me acostumar com isso rapidinho.

Ele pegou meu nécessaire, abriu e tirou minha escova de dentes. Após colocá-la na minha mão com sorrisinho, ele repetiu o processo com a própria escova.

– Primeiro os dentes, depois cama.

Escovamos os dentes olhando para nosso reflexo no espelho e o tempo todo fiquei pendurada nele como um bicho-preguiça, carente e pegajosa. Não que eu me importasse. Seria capaz de fazer isso todas as noites. Quando terminamos, ele me carregou para a cama.

– Aaron – falei, suspirando, depois que ele me cobriu com um edredom leve.

Estávamos frente a frente, minhas mãos estavam logo abaixo do meu rosto, e só nossos pés se tocavam.

– Estou feliz por você ter ido à Espanha comigo.

Ouvi Aaron soltar um suspiro trêmulo ao ouvir minhas palavras, embora elas não fizessem jus ao que eu estava sentindo de verdade.

– Não porque nosso plano deu certo. Estou feliz porque você estava lá comigo. Estou... mais do que feliz. Acho que ainda não tinha dito isso, mas queria que você soubesse.

Ele levou as mãos ao meu rosto, seu polegar acariciando meu queixo e meus lábios.

– Você também está feliz? – perguntei, cobrindo sua mão com a minha.

– Acho que não sou capaz de dizer o quanto.

Ele levou minha mão à boca e passou os lábios nela.

– E não só porque de algum jeito consegui colocar você exatamente onde você está – disse ele.

– Na sua cama?

Cheguei mais perto, encostando as coxas nas dele.

Ele puxou minha mão, me convidando a me aproximar ainda mais.

– Aham, mas também me refiro a você aqui, do meu lado. Exatamente onde sempre quis que você estivesse.

Soltei um "humm", faíscas de felicidade se acenderam em meu peito.

– Eles amaram você, sabia?

Encaixei a cabeça no espaço entre sua mandíbula e sua clavícula.

– Quer dizer, nem acredito que vou dizer isso, mas é meio difícil não amar.

Beijei sua pele, me perguntando como eu não tinha percebido isso antes. O quanto ele era... leal, atencioso e afável por trás da cara sempre amarrada. Mas talvez eu tivesse percebido, sim. Talvez isso explicasse por que fiquei tão magoada quanto ele me jogou para escanteio. Quando ele não quis ter qualquer envolvimento comigo. Quando ele não deixou que eu me aproximasse. Balancei a cabeça. Isso não importava. Não mais.

– Minha mãe nunca falou tão bem de alguém. Isabel me disse que ela não parava de falar de você. "*Aaron fala espanhol tão bem. Aaron é tão alto e bonitão. Aaron tem os olhos mais azuis que eu já vi. Você viu Aaron sorrindo para a nossa Lina daquele jeito? Ele veio lá dos Estados Unidos só para conhecer a gente.*" E ela não foi a única. Fiquei com medo que minha *abuela* tentasse roubar você de mim, juro. Ela ficou tão... apaixonada. Foi até um pouco estranho.

Eu ri ao me lembrar disso.

– Você acha que vou ter que brigar por você com minha avó?

Esperando que ele risse, fiquei chocada quando, em vez disso, ele soltou um sussurro profundo.

Olhei para ele, sem conseguir ver muito no escuro.

– Ei, o que houve?

– Nada, amor – disse ele, o tom carregado com uma emoção que eu consegui identificar muito bem.

Puxei a camiseta dele, incitando-o a me contar.

Ele soltou mais um suspiro.

– É que... eu nunca tive algo assim. Nunca. Sua família é tão...

– Bagunceira? Todo mundo fala alto demais? Fica se intrometendo o tempo todo?

– É, mas de um jeito bom.

Ele fez uma pausa e levou a mão à minha nuca. Dedos compridos acariciaram meu cabelo.

– O mais próximo que cheguei disso foi quando ainda éramos três e, por algum motivo, esqueci como era.

Senti um aperto no peito ao ouvir isso e me aproximei ainda mais, querendo tirar dele toda aquela dor. Desejando poder colocar um pouco de conforto naquele coração.

– Sua família te ama e esse é um laço que não se pode impor. É um tipo de amor que não encontramos em nenhum outro lugar. Pode ser avassalador, mas só porque é sempre sincero. E ter feito parte disso, mesmo que só por alguns dias, foi... demais. Mais do que você poderia imaginar.

Ele encostou a boca na minha cabeça com uma força que não estava ali antes.

– Eu não estava fingindo, Catalina. Nem por um segundo. Foi tudo real para mim. Por isso foi tão importante.

– Aaron.

Suspirei, sem saber o que dizer, sem saber como explicar o que estava acontecendo dentro de mim.

– Então eu é que estou feliz. Eu é que estou aliviado por você ter me levado. Eu é que sou grato.

Engoli em seco, tentando afastar a alegria pura que ameaçava me inundar e tirar meu fôlego.

– Você não precisa me agradecer por isso, Aaron. Nunca.

Ele apoiou o queixo no topo da minha cabeça, e senti sua respiração em meu cabelo.

– Preciso, sim, amor. Preciso, sim.

VINTE E CINCO

– Ah, meu Deus, parece que você acabou de sair de uma maratona de sexo.
 – Rosie – falei entredentes, batendo no braço dela.
Ela ficou vermelha e levou as mãos à boca.
Era hora do almoço no coworking, então havia algumas mesas ocupadas por grupos aproveitando o intervalo. Tivemos a sorte de conseguir uma perto das janelas que iam do chão ao teto.
Minha amiga olhou ao redor.
 – Merda. Desculpa – sussurrou.
Eu ri. Ela parecia tão nervosa, era até fofo.
 – Tudo bem. Não precisa se desculpar.
 – É que você está tão radiante e amarrotada.
 – Já pode parar de sussurrar, Rosie.
 – Tá – respondeu ela, ainda sussurrando.
Revirei os olhos, ela pigarreou.
 – Então, vocês não vão guardar segredo, né?
 – Eu... acho que ainda estamos tentando decidir isso. Mas tem uma diferença entre não guardar segredo e sair anunciando para todo mundo que eu transei.
 – Tem razão. Desculpe – pediu ela, ficando um pouco corada outra vez.
 – É que seu cabelo, sério. Parece...
Ela agitou as mãos no ar de um jeito exagerado.
 – Está ventando muito hoje, tá?
Passei a mãos pelos cachos castanhos, tentando domá-los.
 – A gente não faz o tempo todo, não somos animais – falei, baixinho.

Mas meio que éramos, sim, porque aquilo tinha sido exatamente o que fizemos naquela manhã. Assim que o alarme disparou. Os dois igualmente vorazes e gananciosos no instante em que abrimos os olhos e nos vimos em um emaranhado de braços e pernas.

Só de pensar nas mãos dele eu...

– Meu Deus! – sussurrou Rosie, mais alto.

Olhei para ela e vi seus olhos verdes se arregalarem.

– Você está pensando nesse exato momento, não está?

Não me dei ao trabalho de negar; ela me conhecia o suficiente para perceber a mentira.

– No escritório? – perguntou ela, boquiaberta. – Ainda é meio-dia.

– Não – respondi às pressas.

Mas uma faísca se acendeu entre as minhas pernas ao pensar em transar no escritório. *Caramba, estou viciada em sexo?*

– Na casa dele.

Dei de ombros, abrindo o bagel que compramos a caminho do trabalho. Era estranho pensar em nós dois daquele jeito, como um *nós* que comprava almoço e ia para o escritório juntos. Não, aquela inquietação no meu estômago não queria dizer *estranho*. Queria dizer *diferente*. Um diferente que me deixava meio tonta, sentindo frio na barriga.

Ela analisou minha expressão por um bom tempo, me fazendo franzir as sobrancelhas. Então, deu um sorriso reluzente.

– Uau! A coisa está feia mesmo.

Talvez esteja, pensei, mordendo o bagel.

– E aí, o que eu perdi, Rosalyn?

– Nada de mais.

Ela abriu um recipiente metálico, revelando uma salada de arroz, coberta por alguns legumes.

– Não temos tempo para falar sobre minha vida sem graça ou sobre trabalho. Está tudo igual. Pode ir contando tudo agora mesmo, Lina.

Ela enfiou um garfo na comida com uma força um pouco exagerada.

– Com riqueza de detalhes. Inclusive os bregas e os emocionantes.

Ameacei protestar.

– Não. Nem ouse me dizer que não houve momentos cinematográficos senão vou deixar de ser sua amiga.

Largando o bagel em cima da mesa, soltei um suspiro dramático.

– Pode ir falando tudo, Catalina Martín.

– Caramba, desde quando você é mandona assim? – perguntei logo antes de ela apontar o garfo para mim e fazer uma cara feia. – Tá bom, tá bom.

Levantei as mãos, respirei fundo e comecei a contar tudo o que havia acontecido entre nós. Sem citar o nome do nosso futuro chefe, só por garantia.

Quando minha amiga já estava atualizada – e pelo sorriso estampado em seu rosto ela estava mais do que satisfeita com o que tinha ouvido –, peguei o bagel de novo e voltei a comer.

– Puta merda, Lina – disse ela, com um sorriso de orelha a orelha.

Estremeci.

– Rosalyn, você acabou de falar um palavrão enquanto sorria como o Gato Risonho?

– Puta merda, fiz isso mesmo, sua idiota.

Com a boca aberta, vi Rosie olhar ao redor, pegando todas as coisas que estavam em cima da mesa e colocando-as de volta no lugar. Ela parecia não ter se convencido de alguma coisa.

– O que é que você está fazendo? – perguntei, engolindo o pedaço de bagel.

– Procurando alguma coisa para jogar na sua cabeça – respondeu ela, como se não fosse nada, mas aquele sorriso ainda estava ali.

Aquela era a Rosie com raiva? Era perturbador.

– Quem sabe assim eu conseguisse enfiar algum juízo nessa sua cabeça dura. Mas, por tudo o que você está me contando, você, além de teimosa, também é cega. Então, de verdade, estou perdida aqui. Quero te socar pra ver o que acontece.

Minha boca se fechou.

– Me socar? Essa é a sua lealdade, minha suposta amiga?

Ela me lançou um olhar que me fez ficar séria, imediatamente.

– Lina.

– Eu sei, tá? Eu mereço esse soco.

Eu sabia o quanto tinha sido burra. Cega e teimosa. Eu sabia que ela tinha razão. Mas também estava começando a entender o que eu sentia por Aaron e como esse sentimento era imenso e assustador.

– Rosie, eu acho... não. Tenho certeza que eu...

– Ah, não – disse Rosie, me interrompendo.

E, ao mesmo tempo, uma cabeça surgiu no meu campo de visão.

– Oi, Rosie. Oi, Lina. Tudo bem?

Até agora estava, agora nem tanto, era o que eu gostaria de responder.

– Oi, Gerald – resmunguei.

Nenhuma de nós se deu ao trabalho de responder à pergunta.

Não que ele se importasse, pelo jeito, porque ficou ali parado.

– Então, como foram as férias, Lina?

As férias. Eu tinha tirado três dias de folga, pelo amor de Jesus Cristo, mas não adiantaria de nada corrigi-lo.

Virando de frente para ele com o que eu esperava que não fosse uma careta, me preparei para alguns minutos torturantes de conversa fiada.

– Maravilhosas, obrigada.

Ele assentiu e deu um sorriso descarado. Franzi a testa.

– Vai ser um dia e tanto amanhã, hein? O Open Day.

Ele apoiou uma mão na nossa mesa, os botões de sua camisa quase estourando.

Por que aquele homem se enfiava em roupas dois números menores do que ele? Alguém devia falar alguma coisa. Ele não merecia essa gentileza, mas o mundo também não merecia ter que ver aquilo.

– Você já escolheu a roupa? Sei que vocês, garotas, demoram para decidir esse tipo de coisa.

Meus dentes rangeram com o esforço que eu estava fazendo para não virar a mesa e mandá-lo para aquele lugar.

– Escolhi, sim – respondi, com os dentes cerrados. – Agora, se você não se importa, estamos al...

– Você teve alguma dificuldade para organizar tudo? – perguntou Gerald, ignorando minhas palavras.

Pensei ter ouvido Rosie murmurar algo que pareceu muito *babaca*, bem baixinho.

Caramba, ela está atacada hoje.

– Um pouco. Mas agora está tudo certo – respondi, com a expressão neutra.

– Hum... Posso apostar que você teve uma *ajudinha*.

Essa última palavra – *ajudinha* –, o jeito como ele disse, erguendo as sobrancelhas, pareceu querer dizer muito mais do que se imaginaria.

Senti meu rosto ficar branco e o corpo gelar.

– É. Tive, sim.

Eu não tinha pensado em esconder o fato de que Aaron tinha me ajudado; não havia motivo para isso, mas aquilo tinha sido antes de irmos à Espanha. Agora havia algo entre nós. Algo novo, maravilhoso e muito frágil.

– É, aposto que sim – comentou Gerald, como quem não quer nada. – Imagino que seja só dar uma piscadinha e pedir com jeitinho, né?

Uma onda de frio – gelada, glacial – começou a se espalhar pelo meu corpo. Estremeci.

– As coisas são fáceis para garotas que pedem com jeitinho.

Me empertiguei. *Com jeitinho.*

– Como é?

Gerald riu e levantou a mão.

– Nada, só estou puxando papo, meu bem.

– Lina.

Minha voz saiu fria, mas como poderia ser diferente? O frio tinha penetrado, aberto caminho até meus ossos. *Não se deixe abalar*, disse a mim mesma, implorei a mim mesma.

– Meu bem, não. Meu nome é Lina.

Vi Gerald revirar os olhos. E isso me incomodou como nunca antes.

– Sempre fui muito educada com você, Gerald – comecei, o tom agora carregado de fúria, tanto que quase não ouvi o medo paralisante que ameaçava se revelar por trás desse sentimento. – Então, vou convidá-lo a se retirar da nossa mesa.

Eu não queria ouvir absolutamente nada que ele tivesse a dizer. Se ouvisse, certamente haveria um terremoto que colocaria tudo a perder.

– Não tenho tempo para você e sua babaquice machista.

Sua gargalhada viajou pelo ambiente, e cabeças viraram na nossa direção.

– O que é isso, *meu bem*?

– Gerald, por favor, sai daqui.

Rosie levantou da cadeira, mas ele demonstrou não ter ouvido.

Não, um homem com aquela expressão, a expressão de alguém prestes a atacar, não daria ouvidos a ninguém.

– Ora, ora – disse ele, com um sorriso zombeteiro e aumentando o tom de voz. – Olha só você. Se assanha com o chefe e acha que pode sair repreendendo os outros, me chamando desses termos idiotas.

Meu mundo inteiro parou de repente. Simplesmente parou de girar. Toda aquela raiva derreteu, formando uma poça no chão. O medo rugiu como uma fera saída da jaula depois de uma eternidade em cativeiro.

Havia um zumbido agudo em meu ouvido. Minha visão ficou turva. Memórias de um passado que eu achava que tinha deixado para trás voltaram com tudo, me atingindo com a força de um caminhão.

Piranha. Vagabunda. Passou a faculdade inteira dando para os professores. Mamou alguns pra conseguir essas notas.

E era o que eu tinha feito, não é? Eu tinha tropeçado de novo na droga da mesma pedra. Mas dessa vez eu não tinha só ralado o joelho. Eu estava caindo com tudo e não parecia que seria capaz de levantar, sacudir a poeira e seguir em frente. Não dessa vez.

Minha carreira. Todos aqueles anos batalhando em uma área que não era exatamente fácil para mulheres. Tudo que eu tinha conquistado. Tudo jogado no lixo por mais um homem vil que transformava algo belo – um tesouro que eu tinha acabado de encontrar – em um lodo abominável que poderia usar contra mim.

Uma mão quente em meu braço. Delicada. Macia também. Familiar de um jeito que era contraditório porque parecia que eu não tinha tido tempo suficiente para me acostumar. Para tatuá-la em minha pele, para que eu não esquecesse.

– O que está acontecendo, Lina? – perguntou uma voz grave que falava diretamente ao meu coração surgindo em meio ao caos em minha cabeça.

Meu olhar vagou ao redor, encontrando pares e mais pares de olhos nos encarando. Devorando a cena como quem vê um acidente de trem. *Que mórbido. Que triste.*

– Catalina? – chamou Aaron com uma urgência crescente.

Finalmente me concentrei nele, um sorriso tentando se fixar em meu rosto, mas morrendo.

– Nada.

Soltei um suspiro, balançando a cabeça. Queria tirar ele dali. Não queria Aaron perto daquilo tudo. Não queria que o veneno de Gerald o tocasse, espirrasse nele.

– Não está acontecendo nada.

Algo em seu rosto gritava pedindo que eu o tocasse, que colocasse as mãos em seu rosto e o consolasse com beijos suaves. Mas não fiz nada disso. Simplesmente fiquei olhando enquanto ele se virava para minha amiga.

– Rosie – disse Aaron, com a voz tão… estranha, tão diferente dele. – Me diga o que está acontecendo.

Olhei para minha amiga, implorando em silêncio que ela não dissesse uma palavra. Ele ficaria furioso, eu conhecia Aaron bem o bastante para ter certeza de que faria alguma coisa. *Ele faria qualquer coisa.*

Mas Rosie balançou a cabeça.

– Gerald pode te explicar.

Aaron não precisou de mais do que isso para adivinhar o que tinha acabado de acontecer, porque sua expressão endureceu como uma rocha.

– Não que vocês tenham tentado esconder – disse Gerald, rindo como se aquilo tudo fosse uma piada para ele. – Paul disse que viu vocês ontem, mas, ei, eu entendo. Não tem nada de mais, cara.

Todos estavam olhando, envolvidos pelo drama que se desenrolava. E, meu Deus, eu estava tão… cansada. Tão esgotada. Eu queria que a vida voltasse a qualquer ponto antes daquilo.

– Um conselho? Onde se ganha o pão não se come a carne, Blackford. As coisas se espalham. Principalmente quando você sai por aí dormindo com as funcionárias. Mas que bom para você – disse ele e, então, se virando para mim. – Ei, não culpo você, viu? Sei o apelo que pode ser ir para a cama com o chefe.

Fomos engolidos por um silêncio denso e carregado.

Então, a voz de Aaron rompeu o silêncio. Afiada como uma navalha.

– Você quer manter seu emprego?

Ah, não. Aaron se dirigiu a Gerald, mas as palavras acertaram meu peito em cheio.

– Aaron, não.

Dei um passo à frente, segurando seu braço.

– Ah, poxa, me desculpe, Blackford – disse Gerald, dando um tapinha na própria cabeça. – Mas saiba, *futuro* chefe, que você ainda não ocupou o cargo, então, acho que o privilégio de demitir alguém ainda não está ao seu alcance.

Aaron se desvencilhou da minha mão, dando um passo na direção de Gerald.

– Eu fiz uma pergunta.

Mais um passo lento, pesado, e ele estava cara a cara com o sujeito.

– Você quer manter seu emprego, Gerald? Porque posso acabar com você. Seus amigos do golfe não vão poder fazer nada, nem seus lacaios do RH.

Gerald ficou quieto, e a zombaria desapareceu de seu rosto.

A frustração de ser tão impotente, tão indefesa diante daquele cenário em que as coisas tinham saído do controle, causou uma pressão familiar no fundo de meus olhos.

Odeio isso. Odeio com todas as minhas forças. Por que as pessoas têm prazer em destruir os outros? Por que nós? Por que tão cedo?

O sorriso desdenhoso de Aaron, seu corpo tão rígido e extremamente tenso, me diziam que ele estava prestes a surtar.

– Aaron, para.

Minha voz vacilou. Eu não podia chorar. Não ia fazer isso. Não ali, com metade das pessoas da empresa olhando.

Mas ele não recuou. Permaneceu uma estátua de mármore, esperando a resposta de Gerald como se tivesse a vida inteira para fazer isso.

– Aaron, por favor – falei, agora mais ríspida.

Mas ele ficou paralisado. Imóvel.

– Você está piorando as coisas.

Aquilo era verdade? Eu não tinha certeza, mas foi o que saiu da minha boca. Foi o que pareceu entrar em seus ouvidos e atingi-lo como um golpe físico, fazendo-o estremecer.

Vi Aaron – o homem que eu queria e de quem eu precisava em minha vida – se virar lentamente e me encarar com mágoa nos olhos.

Partiu meu coração dizer aquilo, mas qual era a alternativa?

Eu não deveria ter feito aquilo. Eu me detestei por ter nos colocado naquela situação, sendo que sabia o que poderia acontecer. E estava acontecendo.

Incapaz de aguentar mais um segundo daquilo – eu, a mágoa nos olhos de Aaron, tudo –, virei e saí andando, pisando firme pelo longo corredor.

Continuei andando, virando e descendo escadas sem saber direito para onde ia. Estava no automático, e a covardia era meu funcionamento-padrão.

– Catalina, para de fugir – disse Aaron, vindo atrás de mim.

A voz dele era desespero puro e aquilo me deixou enjoada. Eu me detestava ainda mais por colocá-lo em mais uma situação horrorosa.

– Conversa comigo.

Continuei andando, não queria virar e não sabia onde estávamos no prédio. Um corredor vazio em algum lugar.

– Catalina, você pode parar de correr? Por favor.

Minhas pernas pararam de repente, meus olhos se fecharam. Ouvi – na verdade senti, porque era assim que funcionavam as coisas agora, eu sentia o calor de seu corpo, ansiava por ele – Aaron passar por mim, e quando voltei a abrir os olhos vi um homem irritado, infeliz.

– Não faça isso. Está me ouvindo? – disse ele, sem vacilar. – Nem pense nisso. Não vou deixar você pedir demissão.

Meu Deus, ele me conhecia tão bem. Melhor do que eu conhecia a mim mesma, porque suas palavras apenas concretizaram o que estava borbulhando dentro de mim nos últimos minutos.

Mas eu estava com muito ódio do mundo e de mim mesma.

– É fácil para você falar isso – explodi.

Injustamente, eu sei, mas o veneno de Gerald estava me consumindo. Corroendo tudo em seu caminho.

– Sou eu que estou dando uma de vagabunda por aí, né? Você vai sacudir a poeira e seguir em frente.

Ele piscou demoradamente, sua expressão se contorcendo de indignação e dor.

– Fácil para mim? Sacudir a poeira? – disse ele, os dentes cerrados. – Você acha que para mim foi fácil não quebrar a cara daquele sujeito ali mesmo? Talvez ferrar com a boca dele a ponto de ele não consegui falar por semanas? Não acabar com ele por ser um babaca inútil?

Eu acreditava que Aaron faria todas aquelas coisas. Eu sabia que faria. E isso… fez minha raiva se dissipar, dando lugar à angústia. Como eu poderia sentir outra coisa que não admiração por aquele homem?

– Não vou deixar você fazer nada disso – sussurrei. – Não vale a pena se complicar por causa dele.

– Mas por sua causa vale. Você vale qualquer complicação. Eu andaria no fogo por você, Catalina. Você não enxerga isso?

Ele soltou o ar com força pelo nariz, colocando a mão em meu rosto, fazendo com que eu me apoiasse em seu toque por puro instinto.

– Qualquer ideia que aquele Daniel tenha enfiado na sua cabeça sobre não valer a pena lutar por você é idiotice, porque sempre vale a pena lutar por amor. E eu não sou ele, Lina. Não estamos mais no seu passado.

Balancei a cabeça, mas ele continuou segurando meu rosto com mais firmeza.

– Quando houver uma pedra no caminho e você cair, eu vou cair com você. E vamos lutar para levantar juntos.

– Não é tão fácil assim, Aaron.

Eu queria que fosse. Queria muito que o mundo fosse fácil assim.

– Isso tudo são só palavras bonitas, idealizadas. No fim das contas, você não pode me proteger de tudo, segurar minha mão e demitir quem me desrespeitar.

– Talvez eu não possa. Mas não quer dizer que não vou tentar. Quando alguém destratar você e eu puder fazer alguma coisa, eu vou me manifestar. Não vou ficar esperando e vendo você ter que enfrentar sozinha.

O peito dele arfava, subindo e descendo quase com violência.

– Assim como eu sei que você lutaria com unhas e dentes contra qualquer um que tentasse me prejudicar. Estamos aqui pra proteger e cuidar um do outro. É assim que deve ser.

– Não é só da vida que estamos falando. É da minha carreira. Da sua também, Aaron.

– De fato, e eu nunca faria nada para colocar nossa carreira em risco.

– Mas e quanto aos outros? Os outros podem, sim, colocar isso em risco. Gerald, por exemplo.

Lutei contra a vontade repentina de me encostar em seu peito e desabar.

– O que vai ser daqui para a frente? Sempre que eu conquistar alguma coisa vou ter medo de que alguém me aponte o dedo e me acuse de ter dormido com você para conseguir.

Ele contraiu a mandíbula.

– As coisas não precisam ser assim. Gerald não é todo o mundo, Lina.

Fechei os olhos, incapaz de engolir o nó em minha garganta.

Aaron continuou:

– Não estou menosprezando seus medos, amor. Juro que não estou. Mas não podemos desistir na primeira dificuldade, sabe? Não podemos deixar que os outros tenham mais importância do que nós. Não sem dar uma chance de verdade a nós dois.

Mas e se nem tivermos a oportunidade de dar uma chance a nós dois? Eu queria gritar.

– Preciso que você confie em nós, em mim. Consegue fazer isso?

– Eu confio em você, Aaron.

Balancei a cabeça e me afastei dele.

– Mas isso é… complicado demais. Acho que não vou conseguir passar por tudo isso de novo.

Meu coração não se recuperaria se não desse certo. Se Aaron abandonasse o navio como Daniel. Mais mágoa invadiu aqueles olhos azuis.

– Então você não confia – sussurrou Aaron, a voz falhando. – Se está mesmo falando sério, você não confia em mim.

O silêncio se impôs sobre nós. Os ombros de Aaron caíram.

– Eu te amo, Lina.

Meu pobre e surrado coração se partiu ao ouvir o tom dessas quatro palavras, tão vazias de felicidade e cheias de dor, o oposto do que deveria ser.

– Como é possível sentir que você está partindo meu coração se eu ainda nem tive você?

Minha alma se despedaçou. Eu inteira me desfiz em milhões de pedacinhos.

– Não posso obrigar você a confiar em mim como preciso que você confie, com todo o seu coração.

Quando analisou meu rosto, seus olhos tinham perdido o brilho de sempre. Havia apenas dor.

– Não posso obrigar você a correr para os meus braços em vez de correr na direção contrária. Eu… não posso obrigar você a me amar a ponto de dar uma chance a nós dois.

Um buraco se abriu no meu peito, meus joelhos quase cederam quando o chão aos meus pés pareceu se inclinar. Perdi o equilíbrio.

Ficamos um bom tempo olhando nos olhos um do outro, com o coração na mão do outro, pelos motivos errados. Tudo aquilo parecia irreal. Um pesadelo cruel do qual eu acordaria a qualquer momento.

Mas não acordei. De repente, pensei ter ouvido o celular dele tocar. Fiquei olhando para ele, que ignorou o toque. E de novo. Então, pensei ter visto Aaron pegar o aparelho do bolso e olhar para a tela. Mas eu não tinha certeza.

Meu coração não parava de falar *Confie nele, confie nele, confie nele*, e eu tive dificuldade de ouvir qualquer outra coisa.

Eu estava presa em minha própria cabeça. Sugada por um vácuo onde eu não percebia o tempo ou o espaço. Mas me lembro de uma coisa. De Aaron se afastando, seguindo pelo corredor vazio sem olhar para trás.

Nem uma vez.

VINTE E SEIS

Rosie foi para casa comigo naquela noite.

Nos enrolamos embaixo de um cobertor na minha cama e assistimos a *Moulin Rouge*. Mais uma vez, no meu notebook. Que trágico – encontrar o amor e vê-lo escapar por entre os dedos diante dos seus olhos. Sempre me perguntei o que Ewan McGregor teria feito se soubesse desde o instante em que conheceu o amor de sua vida que a história não ia durar mais que cento e trinta minutos. Será que ele pegaria a mão dela e pularia? Será que ele se agarraria ao tempo que lhe restava, ainda que fosse pouco? Será que ele se deitaria ao lado dela sabendo que aquele espaço nunca mais seria preenchido depois que ela se fosse?

Rosie nem pensou antes de responder.

– Com certeza – sussurrou. – Quando você encontra um amor como esse, o tempo não importa. Aconteça o que acontecer, Lina, ele a amaria mesmo se eles tivessem pouco tempo.

Então, nós duas nos acabamos de chorar. Rosie porque ela nunca conseguia se segurar quando começava "Come What May", e eu... bom, principalmente porque aproveitei a desculpa.

Então, chorei. Deixei que as lágrimas caíssem em cima do celular que eu estava segurando. À espera de uma ligação, uma mensagem, um sinal que eu sabia que não merecia. Mas é isso o que covardes como eu fazem. Dão para trás, se escondem embaixo do cobertor e choram ao som de "El Tango de Roxanne".

Argh. Eu não estava gostando nem um pouco de mim mesma.

Mas, *aconteça o que acontecer*, eu teria que conviver comigo mesma pelo resto da vida. E encontrar consolo nos poucos e bons momentos que tive com Aaron. Tive. Passado. Porque quando ele me pediu para correr na direção dele, eu não tinha conseguido e me afastei. Quando ele me pediu que eu confiasse nele – em nós –, eu não tinha sido capaz, embora eu achasse que seria.

Eu havia afastado Aaron. Eu era a única responsável por isso.

Merda. Eu queria ele comigo. Queria que remendássemos os cacos daquela bagunça juntos. Queria que ele me dissesse que acreditava que ainda tínhamos jeito. Que, colados os pedaços, ficaríamos novinhos em folha.

Mas pensar assim era muito egoísta e ingênuo da minha parte. E burro. Às vezes, por mais que desejemos uma coisa, não estamos destinados a tê-la, a ficar com ela. Não quando isso vai complicar todo o resto. E aquela coisa – amor, porque era isso o que era – entre nós fazia exatamente isso. Complicava nossa vida, o futuro das duas carreiras.

Estávamos tropeçando um no outro, fazendo o outro cair, exatamente como Daniel me disse anos antes. Acabaríamos nos ressentindo um do outro. Porque é isso que o veneno que sai de bocas maliciosas faz. Corrompe tudo. E eu sabia muito bem o quanto.

Então, depois do chororô causado por *Moulin Rouge,* o dia seguinte foi obviamente uma merda. Talvez tenha sido um dos mais tristes da minha vida, e olha que eu já tinha passado por alguns. Passei o dia me arrastando e sabe-se lá como dera um jeito de sobreviver ao Open Day, de oito à meia-noite, com um bando de engravatados sem rosto. Nomes e feições me escapavam completamente, e apresentei todos os tópicos como se cada palavra estivesse sendo arrancada de mim. Se Jeff estivesse lá para testemunhar aquela tentativa fracassada de ser acolhedora, simpática e acessível, ele teria me demitido na mesma hora.

E eu nem teria me importado.

Às vezes a vida era irônica assim.

Quando entrei no prédio pelo segundo dia sem Aaron – percebi que era como eu contava o tempo agora –, esperei que os sussurros dos meus colegas chegassem a meus ouvidos e seus dedos estivessem apontados para mim por nenhum outro motivo que não as acusações públicas de Gerald. Quando o relógio bateu cinco da tarde – depois de eu ter passado o dia querendo e temendo ver Aaron, tudo ao mesmo tempo –, nada tinha acontecido. Nenhum dos meus colegas sequer havia piscado para mim. Nenhum boato horroroso, nenhuma acusação desagradável, nada. E nem sinal dele também.

No terceiro dia sem Aaron, uma agitação estranha tomou conta de mim. Eu estava com saudade dele. Com saudade da possibilidade daquilo que estava crescendo entre nós, e isso começou a se sobrepor a todo o restante. O fato de que o incidente com Gerald não tinha feito com que as pessoas me tratassem diferente não parecia tão importante assim. Eu não conseguia sequer me sentir aliviada. Que importância isso tinha quando eu estava com um buraco no peito?

Eu sentia falta do rosto de Aaron, daquele oceano azul em seus olhos, da cara amarrada e teimosa, do beicinho que ele fazia quando estava perdido em pensamentos, da linha larga de seus ombros, de como ele parecia ocupar sem esforço qualquer espaço em que entrasse e do seu sorriso – aquele que ele dava só para mim. Tanto que me plantei no escritório, deixei a porta aberta, e esperei que ele passasse pelo corredor em algum momento. Esperei ouvir sua voz ainda que à distância. Isso teria sido o bastante para acalmar o desejo que ardia dentro de mim. Mas nada disso aconteceu.

No quarto dia, finalmente desisti e bati na porta da sala dele. Ninguém respondeu. E quando perguntei a Rosie se ela o viu em algum lugar, ela me abraçou e disse que não. Héctor e as poucas outras pessoas a quem arranjei uma desculpa para perguntar também não o viram.

Era exatamente por isso que eu estava andando de um lado para o outro no corredor enquanto esperava que Sharon me chamasse para entrar em sua sala. Exatamente como eu tinha feito em casa na noite anterior. Ou naquela manhã na minha sala. Porque Aaron tinha desaparecido. E eu odiava não saber por quê, não vê-lo, não ter ele por perto e… não ter uma desculpa para ligar para ele, porque eu o havia afastado e provavelmente a última coisa que ele queria era falar comigo.

– Lina, querida – chamou Sharon, espiando para fora de sua sala, me trazendo de volta ao presente. – Por favor, pode entrar. Sente-se.

Seguindo-a para dentro da sala, deixei que meu corpo caísse em uma das cadeiras. Fiquei observando aquela mulher loira se sentar e se apoiar na mesa com um sorriso discreto.

– Desculpe a demora. Você sabe que algumas pessoas acham que o RH tem todas as respostas – disse ela, com uma risada amarga. – Até para perguntas como por que a prefeitura de Nova York tinha decidido recapear o asfalto embaixo da janela da sala delas.

Qualquer outro dia, eu também teria dado risada. Talvez até tivesse feito uma piada sobre a sobrevivência dos mais aptos à cidade que nunca dorme e sempre fecha uma rua para nos manter o tempo todo acordados. Mas eu simplesmente não tinha energia para isso.

– Tenho certeza que é melhor que certas conversas constrangedoras.

Os olhos de Sharon analisaram meu rosto, e sua expressão demonstrou algo que parecia compreensão. O que exatamente ela descobriu ou entendeu, eu não fazia ideia.

– Certo, vamos direto ao ponto.

Ótimo. Eu gostava de ir direto ao ponto. E sempre gostei de Sharon também.

– Chamei você aqui para esclarecer algumas alegações sérias que envolvem você diretamente.

Algo se revirou no meu estômago, e senti meu rosto empalidecer.

– Ah… certo.

Pigarreei.

– O que você quer saber?

Ela respirou fundo antes de falar, como se estivesse se preparando.

– Lina – disse ela, em um tom que eu já tinha ouvido da minha mãe, um tom de consolo, mas ao mesmo tempo de advertência –, nós duas sabemos que Gerald conhece as pessoas certas e, para ser franca, nunca vou entender como alguém tão péssimo consegue estabelecer "relações" tão boas.

Ela fez aspas no ar com os dedos ao pronunciar a palavra relações.

– Só que, por mais que ele ainda se mantenha intocável, isso não significa que seja impossível derrubá-lo. Mas, para isso acontecer, precisamos fazer alguma coisa. Precisamos ao menos tentar.

Minha cabeça assentiu, embora eu ainda tentasse assimilar o que Sharon me dizia. Ela admitia que estava do meu lado. Não só isso, ela estava dizendo que não seria apenas uma espectadora.

– Se isso é algo que você quer fazer, podemos trabalhar juntas em uma reclamação formal. Posso ajudar você. Você precisaria assinar e entregar a reclamação e, depois disso, eu faria pressão por uma investigação completa. Sei que muitas reclamações desse tipo são ignoradas, mas ter algumas pessoas apoiando você vai fazer a diferença.

Algumas pessoas?

– Que... – Perdi o fio da meada e balancei a cabeça. – Que pessoas? Não estou entendendo.

Ela tamborilou as unhas na mesa, inclinando a cabeça.

– Depois do desentendimento no espaço de coworking, algumas pessoas vieram me contar o que aconteceu. Metade queria registrar uma reclamação, mas, como eu disse a elas, tem que ser você.

– Eu... eu só...

Olhei para minhas mãos, que descansavam em meu colo. Senti meu coração se expandir, cheio de gratidão. E outra coisa também. Uma tomada de consciência.

– Você está querendo dizer que as pessoas estão do meu lado? Que elas vieram falar em minha defesa, e não de Gerald?

– Elas estão, Lina.

Sharon sorriu.

– Todas defenderam você, sim. Sei que pessoas como Gerald costumam ficar impunes, porque é assim que o mundo funciona às vezes. Mas isso não significa que devemos parar de tentar mudar isso, certo? Não significa que devemos parar de lutar.

As palavras dela me lembraram as que eu tinha ouvido de outra pessoa, que implorou que eu acreditasse, alguns dias antes. Palavras que eu tinha escolhido ignorar.

– Você pode pensar em tudo o que acabei de dizer. Que tal? Pense sem pressa e decida o que quer fazer.

– Certo. Vou fazer isso.

Havia tanto em que pensar. Tanto para assimilar. Para qualquer outra pessoa, aquilo poderia ser apenas um processo burocrático que eu já devia ter considerado antes, mas para mim? Descobrir que meus colegas – que tinham testemunhado tudo – estavam me defendendo ativamente significava muito. Embora não mudasse o que eu tinha feito, que foi jogar fora tudo o que poderia ter vivido com Aaron. Eu tinha negado a única coisa que ele me pediu. Minha confiança. Que eu confiasse em nós. E por quê? Ele confiava em nós, mas eu tinha desistido sem lutar.

– E, por favor – disse Sharon –, se puder, diga a Aaron para dar uma passadinha aqui assim que ele voltar. Não consigo falar com ele.

Assim que ele voltar?

– Ah, é, eu não... eu...

As palavras foram saindo atropeladas, misturadas às perguntas que rodopiavam na minha cabeça.

– Está tudo bem, Lina. Ele foi bem claro quanto ao relacionamento de vocês. Ele veio aqui logo no início da semana perguntar se havia alguma política da empresa ou cláusula contratual que pudesse complicar as coisas.

Meus batimentos cardíacos, que tinham diminuído durante aqueles dias sem ele, voltaram à vida. Ele tinha ido ao RH para garantir que não teríamos problemas. Para me tranquilizar. Porque sabia que eu precisaria disso. Porque queria que eu me sentisse segura.

As lágrimas que não caíram antes quiseram correr até meus olhos.

– Ei, está tudo bem, Lina. Não temos nenhuma política ou cláusula nesse sentido, ok? Vocês não precisam se preocupar. Não vai haver pedras no caminho.

Não. Só eu mesma que estava transformando essas possíveis pedras em obstáculos intransponíveis.

– Certo – consegui dizer, esperando que meus olhos se segurassem mais um pouquinho. – Que bom. – Nada estava bom. Nada. Porque eu já tinha estragado tudo.

– Certo, ótimo.

Sharon balançou a cabeça loura, seu olhar maternal se enterneceu.

– Mas, por favor, peça a ele que me ligue, tá? Sei que são tempos difíceis, mas é sobre a promoção.

Tempos difíceis. Essas duas palavras ecoaram na minha mente.

O primeiro pedido de Sharon reapareceu de repente. *"Diga a Aaron para dar uma passadinha aqui assim que ele voltar."*

– Ele... Aaron viajou? Aconteceu alguma coisa?

Os olhos de Sharon se arregalaram; sua expressão era um misto de confusão e choque.

– Você não sabe?

Balancei a cabeça e senti meu rosto empalidecer.

– Não.

Ela balançou a cabeça.

– Lina, não cabe a mim…

– Por favor – implorei.

Fiquei desesperada para saber o que tinha acontecido. O pânico corroía minha pele.

– Por favor, Sharon. Nós brigamos, e eu… estraguei tudo. Não importa. Mas, se tem algo de errado, se aconteceu alguma coisa com ele, eu preciso saber. *Por favor.*

Ela ficou me olhando por um bom tempo.

– Meu bem – disse, finalmente, e aquela expressão simples fez todos os alarmes em minha cabeça dispararem –, ele precisou ir para casa. O pai dele está… ele tem câncer. Está em estado crítico há algumas semanas.

VINTE E SETE

Tinha um programa que eu amava quando era adolescente. Um seriado americano que passava em um dos canais nacionais da Espanha – dublado, é claro. Eu amava. Adolescentes com grandes sonhos e egos ainda maiores – ou corações, é uma questão de opinião –, reviravoltas angustiantes e um nível de drama que uma pessoa de dezesseis anos não deveria vivenciar, pelo menos não em uma cidadezinha da Carolina do Norte. Ou do norte da Espanha. E talvez fosse por isso que aquilo tudo me encantava tanto.

Um dos episódios por algum motivo me tocou mais que qualquer outro. Começava com uma narração em *voice-over* perguntando algo como "Qual é a menor quantidade de tempo que tem o poder de mudar sua vida? Um ano? Um dia? Alguns minutos?".

A resposta a essa pergunta era que, quando se é jovem, uma hora pode fazer a diferença. Pode mudar *tudo*.

E eu... discordava totalmente.

Não é preciso ser jovem para que a vida mude em uma hora, alguns minutos ou mesmo alguns segundos. A vida muda o tempo todo, incrivelmente rápido e terrivelmente devagar, quando menos se espera ou depois de um tempão correndo atrás da mudança. A vida pode virar de cabeça para baixo, do avesso, de trás para a frente ou até mesmo se transformar em outra coisa totalmente diferente. E isso acontece em qualquer idade, mas, mais importante, a qualquer tempo.

Momentos capazes de mudar o rumo da vida podem durar alguns segundos ou décadas.

Faz parte da mágica da vida. De viver.

Em meus vinte e oito anos de vida, eu tivera poucos momentos como esse, bem diferentes entre si. Alguns duraram segundos, não mais que um vislumbre ou um instante de tomada de consciência. Outros duraram minutos, horas, semanas até. De qualquer forma, dava para contar nos dedos. Eu lembrava deles de cor. A primeira vez que coloquei os pés no mar. A primeira equação que resolvi. Meu primeiro beijo. Me apaixonar por Daniel e superá-lo. Todos aqueles meses terríveis depois do término. Embarcar para Nova York para começar uma vida nova. Testemunhar minha irmã entrar na igreja com o sorriso mais feliz que já vi em seu rosto.

E Aaron.

Eu achava que não seria capaz de escolher um único momento no que dizia respeito a ele. Porque era *ele* o que fazia com que aquele momento fosse importante. Importante a ponto de mudar a minha vida.

Dormir em seus braços. Ver aquele sorriso que eu sabia que era só para mim. Acordar ao som de sua voz, sentindo o calor da pele dele. Ver seu rosto se fechar. Ele se afastar. Sua ausência.

Todos esses momentos deixaram marcas no meu coração. Em mim. Todos me mudaram, me transformaram em uma pessoa que se permitia se abrir, amar. Que se permitia precisar e que queria se entregar não a qualquer pessoa, mas a *ele*.

No entanto, por mais que eu jamais pudesse apagar todos aqueles momentos que fizeram com que eu me apaixonasse perdidamente por ele, por mais que achasse que aquelas marcas jamais desapareceriam, foi o instante em que *percebi* que eu precisava pegar um avião até Seattle e encontrá-lo que pareceu… transcendental. A percepção de que eu tinha aberto mão de Aaron cedo demais, por descuido. Por bobeira. O momento em que percebi que nada mais importava. Que nada me impediria de correr para os braços dele, de estar lá para apoiá-lo quando ele mais precisava de alguém.

Seria tarde demais? Será que o relógio ainda estava registrando os minutos do momento que mudaria minha vida para que eu pudesse voltar atrás, ou eu tinha perdido a chance?

Minha cabeça rodopiou com essa pergunta durante as seis horas do voo de Nova York a Seattle, saltando sem parar da esperança cega ao pavor que só a antecipação de uma perda pode causar. E, quando o avião tocou o solo, eu ainda não sabia se devia ter esperança por estar mais perto dele ou ter usado o tempo para me preparar para ouvi-lo dizer que era tarde demais e me pedir que eu fosse embora.

Pensei um pouco mais enquanto esperava um táxi, ia até o primeiro hospital da minha lista de hospitais com unidades oncológicas de Seattle e perguntava na recepção por Richard Blackford – nome que desenterrei da internet com base no que Aaron tinha me contado sobre seu passado.

A questão continuou rodopiando na minha cabeça enquanto fiz a volta, entrei em outro táxi e repeti o processo com o segundo hospital. E o terceiro.

E, no momento em que meus joelhos quase cederam com um misto de alívio e ansiedade ao finalmente ouvir a enfermeira no balcão desse terceiro hospital perguntar se eu era *da família* ou *amiga*, a pergunta ainda estava na minha cabeça, gritando para ser respondida.

Ainda estava quando fui até o quarto naquela que seria a subida de elevador mais longa da minha vida.

Será que joguei tudo fora por medo e burrice? Será que é tarde demais?

Então, quando as portas metálicas reluzentes finalmente se abriram, saí do elevador cambaleando como quem sai do carro depois de uma viagem interminável. Meus membros estavam dormentes, minha pele pinicava com o suor seco, e eu mal sabia onde estava. Meu olhar ansioso percorreu o corredor à minha frente, até a sala de espera, onde me disseram que ele provavelmente estaria – meu Aaron, o homem que eu precisava reconquistar. E ali, bem ali, sentado em uma cadeira que mal o acomodava, estava minha resposta.

Com os braços apoiados nos joelhos e a cabeça pendurada entre os ombros, ali estava o momento que mudaria a minha vida.

E ali, olhando à distância, com o coração mais oco do que nunca ao vê-lo ali sozinho, sem mim, foi que pensei que, enquanto tivesse Aaron, o "momento" que ia mudar minha vida para sempre nunca seria uma medida de tempo. Nunca seria tão simples quanto identificar alguns pontos na cronologia da minha vida como transcendentes. Era ele. Aaron. Ele era meu momento. E enquanto ele estivesse ao meu lado minha vida estaria sempre mudando, sendo alterada. Eu seria desafiada, querida, amada. Com ele, eu ia *viver*.

E eu lutaria por isso. Lutaria por ele como não lutei quando ele me pediu. Não aceitaria não como resposta. Ele não se livraria de mim. Como ele me prometeu na Espanha, na frente de todas as pessoas que eu mais amava no mundo. E eu provaria isso a ele.

– Aaron – me ouvi dizer.

Me deixe ser a sua rocha. A mão que vai segurar a sua. Seu lar.

Minha voz não era mais que um sussurro, baixa e fraca demais para chegar até onde ele estava. Mas, de algum jeito, chegou. Porque Aaron ergueu a cabeça. Sentado naquela cadeira de plástico rígido, ele endireitou a coluna, e seu olhar meio que virou na minha direção. Vi a descrença em sua expressão, como se ele achasse que tinha me imaginado chamando seu nome.

Mas não tinha. Eu estava bem ali. E, se ele deixasse, eu cuidaria dele. Faria carinho em suas costas naquela sala de espera monótona e impessoal, passaria os dedos em seus cabelos e me certificaria de que ele estava comendo e dormindo bem. Eu o consolaria com abraços e seria o ombro em que ele recostaria a cabeça ao lamentar o pai que talvez perdesse. O pai que tinha perdido tantas coisas, o pai que eu sabia que Aaron sentia já ter perdido.

Seu olhar percorreu o espaço que nos separava com a determinação que eu sabia que só ele tinha. E eu jamais viria a saber o porquê, mas esperei. Fiquei imóvel enquanto ele olhava ao redor. Então, depois de um tempo que pareceu uma eternidade e ao mesmo tempo insuficiente para me preparar, ele me encarou e senti uma comoção no peito. Meu coração disparou.

Ele esticou as pernas, se levantou e apenas pronunciou meu nome.

– Lina.

Não foi o fato de ele ter me chamado de *Lina*, e não Catalina. Foi a angústia em sua voz – representada pelo aspecto derrotado, o cabelo desgrenhado, as olheiras, a roupa amarrotada que denunciava que não era trocada havia dias – que me fez avançar. Minhas pernas correram como nunca pelo corredor que nos separava. Na direção dele, de seus braços. Como ele tinha pedido que eu fizesse. E, quando o alcancei, me joguei neles. Entrelacei meu corpo no dele.

Não era adequado. Não era a hora nem o lugar, e ele já tinha tanto peso nos ombros. Tínhamos muito o que conversar, mas tudo ficaria bem. Tive certeza disso assim que ele me abraçou.

Ele me levantou do chão, me apertou em seu peito, me segurou em seus braços.

Enterrei o rosto em seu pescoço, murmurando:

– Estou aqui. Estou aqui. Vim correndo assim que eu soube. Eu confio em você. Eu te amo.

Eu esperava que não fosse tarde demais.

E ele não parava de repetir meu nome.

– Lina… Amor… Você está mesmo aqui?

Aaron falou com uma voz baixa e fraca, como quem não acreditava que era eu em seus braços. Que eu finalmente tinha corrido para ele como devia ter feito dias antes.

Não. Como devia ter feito há uma eternidade.

Aaron deu alguns passos para trás, voltando a sentar comigo ainda nos braços, meu corpo aninhado em seu colo, e sua mão em minha nuca.

– Sinto muito, Aaron – sussurrei com o rosto entre seu ombro e sua mandíbula. – Por tudo. Pelo seu pai e por não estar aqui, ao seu lado, antes. Como ele está? Você esteve com ele?

Senti Aaron engolir em seco.

– Ele está…

Ele balançou a cabeça.

– Eu o vi, mas ele ficou desacordado todo esse tempo. Eu…

Ele fez uma pausa, parecia exausto. Derrotado.

– Você está mesmo aqui, amor? – repetiu, me abraçando mais forte. – Ou é minha imaginação brincando comigo? Eu não durmo há… nem sei quantos dias. Dois? Três?

– Estou aqui. Juro que estou.

Levantei a cabeça e me virei, para segurar seu rosto, para olhar bem para aquele rosto que tentei tanto desprezar e que agora eu amava tanto.

– Vou cuidar de você.

Ele fechou os olhos, e ouvi um som sufocado sair de sua garganta.

– Eu te amo, Aaron. Você não deve ficar sozinho… nunca. E sou eu quem deve estar ao seu lado. Aqui. Segurando sua mão.

Ele ficou de olhos fechados, a mandíbula contraída.

– Me deixa fazer isso. Me deixa provar que confio em você e que posso reconquistar sua confiança. Que sou aquela que deve estar ao seu lado neste momento e durante o tempo que você permitir.

– Você quer fazer isso?

– Quero – respondi rápido. – Quero, quero muito. É claro que sim – repeti. – Eu *preciso* – sussurrei; não confiava na minha voz. – Me deixa ficar ao seu lado. Cuidar de você.

Ele abriu os olhos e nossos olhares se cruzaram. Depois de um bom tempo, um sorriso doloroso surgiu em seus lábios.

– Você me deixa louco, Lina. Acho que você não entende ainda até que ponto.

Uma de suas mãos agarrou meu pulso enquanto eu ainda segurava seu rosto desesperadamente. Eu estava preparada para lutar. Estava preparada para implorar se fosse necessário.

– Você veio até aqui. Você…

Ele fez uma pausa, havia dúvida em seu rosto.

– Como você me achou?

– Eu tinha que vir.

Meus dedos percorreram a lateral de seu pescoço, e minha mão se acomodou em sua pele quente.

– Eu me lembrei de tudo o que você me contou. Sobre Seattle, sobre seu pai ser um tanto famoso aqui. Então pesquisei o sobrenome no Google, o time de futebol da universidade, a equipe. Depois, pesquisei uma lista de hospitais onde ele poderia estar internado. Eu sabia que você estaria aqui porque não o deixaria sozinho se o quadro fosse muito sério, como Sharon me disse ser o caso. E você não deixou. Está aqui. Encontrei na terceira tentativa, mas eu teria virado essa cidade de cabeça para baixo se não tivesse encontrado você. Não teria descansado enquanto não te achasse.

Finalmente permiti que meus pulmões respirassem. E vi que os olhos de Aaron brilhavam com uma emoção que fez meu peito arder de um jeito caloroso e incrível.

– Eu liguei, mas foi direto para a caixa postal, e eu… não queria encher sua cabeça com outra coisa. E…

Minha voz agora era um sussurro.

– E eu não queria dar abertura para que você me dissesse para não vir. Estava morrendo de medo que você não me quisesse aqui, então não liguei de novo. Simplesmente vim.

Um tremor sacudiu o corpo de Aaron.

– Ah, Lina… Você implodiu minha cabeça, minhas regras, meu mundo.

Ele respirou fundo, aqueles olhos azul-oceano prendendo meu olhar como nunca antes.

– E aí, quando eu menos espero, aqui está você, pronta pra invadir meu coração, metendo o pé na porta. Como se você já não estivesse aqui dentro.

Ele agarrou meu pulso com mais força, me puxando para mais perto, e senti seu hálito suave em meus lábios.

– Como se você já não tivesse me estragado para qualquer outra pessoa. Como se eu não estivesse nas suas mãos.

Esperança, uma esperança calorosa e suave, se instalou em meus ombros.

– Eu fiz tudo isso?

– Fez, Lina.

Ele pousou a testa dele sobre a minha e não tive escolha, fui obrigada a fechar os olhos. A absorver tudo e controlar o turbilhão de emoções que ameaçava me virar do avesso.

– Com cada sorriso, você fez exatamente isso.

Senti seus lábios tocarem os meus brevemente, me causando um arrepio na espinha.

– Cada vez que foi ridiculamente teimosa e incrivelmente linda, tudo ao mesmo tempo.

Ele beijou minha têmpora.

– Cada vez que mostrou ao mundo o quanto você é forte, mesmo quando você mesma não acredita nisso.

Um beijo na ponta do meu nariz.

– Sempre que você me surpreende e me deixa maluco de maneiras que nunca vou entender e de que nunca vou me cansar.

Seus lábios repousaram em meu rosto, roçando minha pele.

– Sempre que você ri, eu quero te jogar por cima do ombro e correr para algum lugar onde esse som seja só para mim.

Um beijo em meu queixo, e seus lábios traçaram minha pele até chegar à minha orelha. – De muitas maneiras inimagináveis, você me fez ser todo seu.

– Sua – respondi.

Senti o coração crescer no peito. Batendo com força contra minhas costelas. Querendo sair e tocar o de Aaron.

– Eu também sou sua, Aaron. Tão sua. Eu… me apaixonei por você. Não sei como isso aconteceu, mas eu me apaixonei. Eu te amo.

Eu não reconhecia minha própria voz, não com aquelas batidas surdas em meu ouvido.

– Fui tão burra de deixar você ir embora. Tão, tão idiota. Mas me perdi na minha própria cabeça. Eu estava com tanto medo, Aaron. Não queria perder tudo que conquistei com tanto esforço, entende? Não queria que as pessoas olhassem para mim como olhavam anos atrás. E não queria perder você quando você se desse conta de que eu era uma complicação.

– Você jamais seria isso.

– Agora eu sei, mas por algum motivo eu me convenci de que abrir mão de você era a melhor coisa que eu poderia fazer para que aquilo não acontecesse de novo.

Balancei a cabeça, afastando aquela emoção terrível do meu peito. Eu ia contar a Aaron sobre Sharon e a investigação envolvendo Gerald, mas em outra hora.

– Sinto muito por não estar ao seu lado como eu deveria.

Ele me olhou como se não quisesse minhas desculpas, mas não deixei que ele falasse.

– Sinto mesmo. Saber que seu pai estava doente e que você estava aqui sozinho. Aguentando tudo isso sem ninguém para te dar um abraço… Que ele está em estado crítico há semanas, e assim mesmo você foi para a Espanha comigo. Obrigada…

Fiz uma pausa, minha voz trêmula.

– Você me deu tanto sem pedir nada em troca, e me dar conta disso me destruiu. Mas estou aqui agora. Estou aqui e não vou a lugar nenhum, não porque acho que a gente pode dar um jeito de ficar junto agora, mas porque não consigo conceber a ideia de estar em qualquer outro lugar que não ao seu lado.

Engoli em seco, tentando conter todas as emoções que ameaçavam explodir.

– Você sabe disso, não sabe?

Me aproximei, meus lábios tocando os dele. Com muita suavidade, hesitante. Esperando sua resposta.

Um grunhido baixinho deixou sua garganta. Seus dedos apertaram meu punho mais uma vez. O braço que envolvia minha cintura me trouxe ainda mais para perto.

– Eu sei, Lina. E não pretendo deixar você se esquecer disso.

A mão que estava em meu punho subiu pelo meu braço e envolveu meu rosto. Me entreguei ao toque, com a sensação de que seria possível viver apenas das carícias e dos beijos de Aaron.

– Eu teria voltado por você, sabia? Eu disse que não deixaria você desistir de nós. Você ainda me deve aquela palavra de quatro letras.

Ele disse isso mesmo. E a lembrança fez meu estômago embrulhar. Como eu tinha sido burra. Aaron não tinha desistido de nós; eu é quem tinha feito isso, mesmo que brevemente. Mas Aaron se manteve agarrado a nós o tempo todo mesmo quando ele mais precisou de alguém ao seu lado. E isso... isso fez meu coração explodir em milhões de pedacinhos e se recompor em algo diferente. Algo que não pertencia mais a mim, mas a nós.

– É seu. O amor e todas as outras palavras de quatro letras que eu puder te dar.

Beijei sua boca, não conseguia mais me conter. Não tive pressa, reivindiquei seus lábios para mim. Reivindiquei *Aaron* para mim.

Um "humm" ressoou no fundo de sua garganta.

– Então saiba que você não vai se livrar de mim, Catalina.

Os braços de Aaron me aninharam em seu colo, me trazendo para mais perto. A lateral da minha cabeça descansou em seu coração, que batia forte, seu queixo descansou no topo da minha cabeça, e uma paz – uma paz avassaladora que eu nunca tinha visto ou sentido – se instalou entre meus ombros. E eu soube ali mesmo que enfrentaríamos qualquer coisa, desde que ficássemos juntos. Éramos uma equipe. Seríamos luz no caminho um do outro, seguraríamos a mão um do outro e nos levaríamos em frente depois das quedas. Juntos. Seríamos capazes de tudo juntos.

E superaríamos aquilo. Eu ajudaria Aaron a superar aquilo. Nossos olhares se encontraram.

– Aaron? Estou ao seu lado agora. Vou cuidar de você.

Ele soltou um suspiro profundo e lento, como se alguém tivesse tirado o peso do mundo inteiro de cima de seus ombros.

– Mas saiba que, se eu soubesse que seu pai estava doente, eu jamais teria deixado que você fosse para a Espanha comigo. Por que você não me contou quando falou sobre ele, Aaron? Sei que você não me deve explicações, mas me explica? Quero entender melhor.

– Porque tudo… mudou.

Ele engoliu em seco, e seu olhar pareceu perdido.

– Faz um ano que ele está lutando contra o câncer. Que ironia, hein? Primeiro minha mãe, e agora… Bem, o fato é que até alguns dias atrás, eu pretendia ficar longe. Deixar as coisas como estavam entre a gente. Até quando voltei para cá há algumas semanas.

– Você voltou?

– Sim, depois que minha promoção foi anunciada. Foi por isso que não tive tempo de conversar com você sobre o nosso trato.

Não percebi que Aaron tinha tirado uns dias na época, mas o trabalho estava uma loucura, então acho que eu estava distraída. Agora tudo fazia sentido.

– Eu ia conversar com você em algum momento. Eu ia dar um jeito.

– Isso não importa agora, amor – falei, com toda a sinceridade.

Ele soltou um suspiro profundo.

– Vim até Seattle, mas não consegui conversar com ele. Não consegui admitir para mim mesmo, nem mostrar a ele que eu ainda me importava, não depois de ele ter se afastado de mim anos atrás. Quando ele foi o pai que eu já tinha perdido.

Meus dedos traçaram círculos em seu peito, logo acima do coração.

– O que mudou então?

Ele soltou o ar, de um jeito trêmulo e doloroso.

– Tudo. Eu… De algum jeito acreditei que você fosse minha, e de repente não era mais. E por mais que eu estivesse decidido a não deixar você desistir, eu vi em seus olhos. Você já tinha desistido de nós. Você acreditava na sua decisão.

Uma sombra encobriu seu rosto, e como por instinto me aproximei e beijei o canto de seus lábios, fazendo aquela escuridão temporária se dissipar.

– A possiblidade de perder você começou a se concretizar na minha cabeça. E eu... Ah, Lina... Eu sei que não é a mesma coisa, eu sei. Mas naquele momento finalmente entendi o quanto foi difícil para ele perder minha mãe. O quanto ele devia estar perdido diante da realidade de que ela não voltaria. Quantas decisões impensadas ele deve ter tomado. Isso não justifica o fato de ele ter se afastado de mim, mas eu também tenho minha parcela de culpa. Eu estava tão perdido na minha própria cabeça que deixei ele agir como agiu. E deixei que nós dois levássemos isso adiante durante anos.

– Não é culpa de nenhum de vocês dois, Aaron. Não somos programados para perder as pessoas que amamos; não tem jeito certo ou errado de viver um luto.

Minha mão acariciou seu peito, se acomodando em sua clavícula.

– A gente dá nosso melhor, mesmo quando, com alguma frequência, nosso melhor não é o bastante. Se culpar agora não vai mudar o passado, sabe? Só vai te roubar a energia que você deveria estar gastando no presente. E olha só onde você está agora. Aqui. Não é tarde demais.

Ele beijou minha cabeça.

– Naquele dia, quando aconteceu aquilo tudo com Gerald, me ligaram do hospital. Eles me disseram que as coisas não pareciam boas. Parece que meu pai perguntou por mim. Várias vezes. Pediu que me chamassem.

A voz dele falhou e deixei meus dedos brincarem com o cabelo em sua nuca. Para que ele soubesse que eu estava ali. Ouvindo. Ao lado dele.

– Foi como se tudo se encaixasse, e de repente eu não só entendi meu pai como nunca antes, como também senti que precisava estar com ele. Não para me desculpar ou consertar as coisas entre nós, mas pelo menos para me despedir. E eu sabia que essa provavelmente seria minha última chance.

– Você fez isso? Se despediu?

– Quando cheguei aqui, entrei no quarto com essa intenção. Me despedir, sair e esperar. Mas eu... acabei conseguindo conversar com ele. Falei tudo o que não falei durante todos esses anos em que estivemos afastados. Ele não estava consciente, então nem sei se estava ouvindo, mas continuei falando mesmo assim, porque não conseguia parar. Falei e falei, Lina. Contei tudo a ele. Nem sei quanto tempo fiquei lá. E não sei se foi em vão, porque talvez ele não tenha ouvido uma palavra, mas falei assim mesmo.

– Você fez bem, *cariño* – falei, tocando a pele de seu pescoço com os lábios. – Fez muito bem.

Aaron se derreteu um pouco mais em meus braços, ao meu toque.

– Eles me disseram há algumas horas que ele parece estar um pouco melhor hoje. Que talvez ele ganhe mais tempo. Não sabem se dias, semanas ou meses. Mas estão esperançosos.

Seu peito murchou, os braços que me envolviam pareceram se livrar do desespero de momentos antes.

– E eu também.

Uma voz vinda da outra extremidade da sala de espera chegou até nós. Estourando a bolha em que estávamos.

– Sr. Blackford?

Nós dois nos viramos. Um enfermeiro estava a alguns metros de distância, o sorriso treinado para ser educado e calmo.

– Pois não? – respondeu Aaron, endireitando as costas na cadeira.

– Seu pai finalmente acordou. Você pode vê-lo agora – disse o enfermeiro, que colocou as mãos nos bolsos do jaleco. – Mas só uns minutinhos, tudo bem? Ele precisa descansar.

Desvencilhando meu corpo do dele, coloquei os pés no chão e levantei, abrindo espaço para que Aaron fosse até o enfermeiro. Ele também levantou, ainda olhando para a entrada da sala de espera.

– Tá, tudo bem – disse, quase distraído, mas, antes de ir, ele olhou para mim. – Vem comigo, por favor?

Meu coração parou nesse momento, a resposta alta e clara na minha cabeça. *Eu iria a qualquer lugar que você pedisse.*

– Vou. É claro que vou.

Não esperei que ele estendesse a mão para pegar a minha. Eu mesma fiz isso. E segurei com toda a firmeza enquanto seguíamos o enfermeiro até o quarto. Eu não sabia o que esperar. Talvez eu devesse ter me preparado no caminho, e perceber isso fez com que parte da minha coragem se dissipasse. Ele era a única pessoa da família de Aaron que ainda estava viva, e eu ia conhecê-lo. E… de repente a importância daquele momento me fez estremecer um pouco. Eu queria que as circunstâncias fossem outras, que tivéssemos mais tempo, ou que eu soubesse exatamente o que dizer, como lidar com a situação para que tudo saísse da melhor forma possível.

Mas não havia tempo. Só tínhamos aquele momento. Aaron e o pai dele só tinham aquele momento. E ainda que um pouco assustada ou agitada, fiquei feliz por Aaron querer compartilhá-lo comigo.

– Tem alguém aqui que quer ver você, Richard – anunciou o enfermeiro ao entrar no quarto, e olhou para nós, com um sorriso largo. – Volto em alguns minutos, tudo bem?

Aaron deu um passo à frente, e eu fiquei um pouco para trás. Para que eles tivessem um momento só deles.

– Filho – disse, com a voz rouca, o homem na cama.

Olhei para ele e vi a sombra das características que eu conhecia tão bem. A mandíbula firme, o modo como as sobrancelhas se uniam, a determinação e a confiança que transmitiam. Estava tudo ali, só desbotado e desgastado.

– Você ainda está aqui – disse o pai de Aaron, e deu para ouvir a surpresa em sua voz.

– Pai – ouvi Aaron responder, e ele apertou ainda mais minha mão. – É claro que ainda estou aqui. E tem uma pessoa que quero que você conheça.

Aqueles olhos azuis que olhavam na nossa direção se concentraram em um ponto atrás de Aaron, curiosos.

Eu sorri. Aaron largou a minha mão e pousou o braço sobre os meus ombros.

– Olá, Sr. Blackford. Meu nome é Catalina, e estou muito feliz por finalmente conhecê-lo.

O pai de Aaron não retribuiu meu sorriso, não totalmente. Mas seus olhos contavam uma história diferente. Como vi os olhos do filho dele fazerem tantas vezes. Tudo ocultado, fechado a chave.

– Por favor, me chame de Richard – disse ele, me analisando com algo que parecia surpresa. – É ela, filho?

A pergunta me pegou de surpresa, então olhei para Aaron. Vi que ele olhava para o pai com a mesma expressão em seu rosto. Então, seu semblante ficou mais suave.

– Eu não sabia se você estava ouvindo – disse Aaron, quase distraído.

Então, seu braço me trouxe mais para perto, como se me aninhar em seu corpo não passasse de um reflexo.

– Mas, sim, é ela. A mulher de quem falei.

Aaron olhou para mim, os olhos brilhando sob a luz fluorescente do quarto. Minha respiração ficou engasgada.

– Sua Thea – ouvi Richard dizer, com emoção na voz.

Thea. Era o nome da *mãe* de Aaron.

Olhei em sua direção e encontrei o sorriso que ele tinha escondido antes. Era breve e fraco, mas o bastante para que eu retribuísse com um bem maior.

– Se agarre a ela, filho. Enquanto o tempo permitir.

– Agarro, sim.

Encontrei aqueles olhos azuis sorrindo para mim com uma devoção que eu nunca tinha experimentado ou imaginado receber. Com um calor que eu sentia bem no meio do peito, pulsando e se expandindo a cada segundo que eu passava sob seu olhar, ao seu lado. Aaron olhava para mim com um mundo de possiblidades brilhando e reluzindo em seus olhos. Uma promessa.

– Essa é a mulher com quem pretendo passar o resto da minha vida. Não vou abrir mão dela tão cedo.

EPÍLOGO

Um ano depois...

– Catalina.

A voz grave que me acalmou e incendiou cada célula do meu corpo nos últimos doze meses chegou aos meus ouvidos.

A caneta caiu da minha boca, batendo na superfície reluzente da mesa de carvalho da sala de reuniões.

– Catalina, vou precisar de uma resposta.

Minhas costas se endireitaram na cadeira, meu olhar encontrou um par de olhos azuis enquanto eu pigarreava. *Merda. Me perdi completamente.*

– Sim, sim... aham. Uma resposta. Já vai, Sr. Blackford – respondi rápido. – Só estou recapitulando mentalmente.

Vi os cantos de seus lábios se curvarem, seus olhos brilhando com uma emoção que eu conhecia bem. Meu coração acelerou porque, pelo jeito, eu *jamais* deixaria de reagir ao sorriso daquele homem. Por menor que fosse.

– Rosie, se você puder ajudar Catalina enquanto ela recapitula – disse ele, erguendo uma sobrancelha. – Todos estamos ocupados, e eu adoraria terminar esta reunião nos próximos cinco minutos.

– Claro – concordou minha melhor amiga e nova líder de equipe da nossa divisão, que estava à minha direita. – Tenho certeza de que a Lina fez anotações bem detalhadas.

– Sim, era exatamente isso que eu estava fazendo – confirmei, olhando para ela e encontrando seu rosto corado.

Nós duas mentíamos muito mal.

Dei um sorriso hesitante e só mexi os lábios: *Obrigada.*

Ouvi Aaron soltar um suspiro profundo.

Resmungão impaciente e gostoso dos olhos azuis. Para sorte dele, eu estava perdidamente apaixonada.

– Aaron estava sugerindo que talvez, agora que Linda e Patricia voltaram da licença-maternidade, alguém da sua equipe poderia ser transferido para a do Héctor – explicou Rosie, os dedos tateando a agenda aberta. – Apenas para cobrir temporariamente a vaga que deixei agora que estou liderando a equipe do Gerald depois que ele... saiu.

Após a investigação tediosa e demorada que Sharon lançou, revelando alguns casos de conduta imprópria, Gerald finalmente havia sido demitido. Aaron, líder da divisão e dono do meu coração, não hesitou, e assim que o sujeito saiu da InTech, o nome de Rosie foi sugerido para ocupar a posição dele. Logo, estávamos comemorando sua promoção.

– Você acha possível, Catalina? – perguntou meu futuro marido.

Não que ele tivesse feito o pedido, ainda não. Por mais que eu suspeitasse que ele logo fosse fazer, era provável que eu é que colocasse um anel no dedo dele antes. Eu era impaciente nesse nível.

– Com certeza – respondi, fazendo uma anotação no bloquinho, mas dessa vez de verdade. – Vou movimentar algumas pessoas e ver quem pode dar um apoio à equipe do Héctor.

O velho soltou um suspiro.

– Obrigado, Lina. Na verdade, ninguém vai estar à altura da Rosie. Embora eu já soubesse que logo a perderia.

Ele deu de ombros, e seu sorriso triste se iluminou quando ele olhou para minha amiga, ex-colaboradora da sua equipe.

– Estou tão orgulhoso de você, Rosie.

– Obrigada, querido – respondeu Rosie, com a voz embargada de emoção. – Agora, pare com isso. Chorar na minha primeira reunião não seria nada profissional da minha parte.

Um bloquinho foi fechado com força.

– Certo, vou considerar que posso tirar isso da lista – concluiu o Sr. Resmungão.

Olhei para ele a tempo de vê-lo checar o relógio atrás de mim.

– Reunião encerrada. Tenham...

– Mas, Aaron – disse Kabir; havia apreensão em sua voz –, e o...

– Desculpe, mas estou oficialmente de férias – disse ele, com um gesto de dispensa.

Sim, nós dois estávamos. Só meio dia, mas deu trabalho convencê-lo, então considerei um sucesso.

– Isso vai ter que esperar até segunda. Tenham um ótimo fim de semana, pessoal.

Ele empurrou a cadeira e levantou, me presenteando com uma visão do seu tronco.

Suspirei por dentro. Feliz. Todo meu. Tudo aquilo era só para mim e, o que era ainda melhor, aquele coração forte e resiliente batendo em seu peito, cheio de lealdade, generosidade e integridade, também era todo meu.

– Catalina?

Saindo do transe temporário, também me levantei e peguei minhas coisas.

– Já vou, já vou!

Fui até onde Aaron esperava por mim, à porta.

– Você está muito distraída hoje – disse ele em voz baixa.

Uma resposta estava prestes a deixar meus lábios, mas o jeito como ele olhou para mim, com aquela aura de preocupação profunda que fazia meu coração derreter, matou a resposta antes que ela saísse.

– Você me deixa distraída – falei, só para ele.

Seu olhar ficou vidrado, e percebi que ele estava se segurando para não pular em cima de mim. Mas estávamos no trabalho e éramos sempre muito profissionais. Não porque precisávamos ser, porque todos sabiam do nosso relacionamento e o respeitavam, mas porque escolhemos agir assim.

Entrei em um assunto mais seguro.

– Também estou um pouco nervosa.

– Eu sei – admitiu ele quando saímos para o corredor, carregando as pastas com os laptops que tínhamos levado para a reunião. – Nossas malas já estão no carro, então vamos chegar ao aeroporto a tempo de buscá-los.

Entramos no elevador vazio, e Aaron ficou bem pertinho de mim, encostando o braço levemente no meu.

– Dei uma olhada antes, o voo deles está previsto para chegar no horário – disse ele, e as portas metálicas se fecharam.

– Obrigada.

Soltei um suspiro, me aproximando ainda mais dele, inconscientemente.

– Mas ainda assim estou um pouco ansiosa. É a primeira vez que eles vêm para os Estados Unidos, e todos juntos. São Martíns demais em um avião para que tudo corra bem, sabe? E se o voo for demais para a minha *abuela*? E se *papá* esqueceu o remédio da pressão? Tive que fazer uma chamada de vídeo com ele para explicar como colocar um lembrete no celular para pegar o remédio, mas, mesmo assim, ele provavelmente desligou o lembrete e esqueceu de pegar. E estou com medo do que *mamá* possa ter colocado na mala. Lembra que eu contei que uma vez ela queria que eu trouxesse uma *pata de jamón* inteira na mala de mão? É uma perna de porco, Aaron. E se ela tiver trazido alguma coisa ilegal, e a alfândega achar que é contrabando e...

O elevador parou de repente.

Então o beijo repentino que Aaron me deu imediatamente me deixou sem palavras. Sem ação. Leve. Derreti nele, minhas pernas virando manteiga. Eu não conseguia me conter. Aaron sempre teria esse efeito sobre mim, eu sabia disso.

– Amor – disse ele, com a boca pertinho da minha. – Pelo amor de Deus, relaxa.

Ele me beijou mais uma vez e me abraçou. Seu corpo me empurrou com delicadeza contra a superfície gelada atrás de mim.

– Por acaso você parou o elevador, Sr. Blackford? – perguntei, sem fôlego, não que isso me incomodasse.

Aaron sabia muito bem o poder que tinha sobre mim, e eu queria que fosse assim. Não queríamos que houvesse coisas não ditas entre nós. Aquilo tinha ficado no passado.

– Aham.

Ele roçou os lábios no meu queixo.

– E temos três minutos para tirar todas essas preocupações da sua cabeça antes que chamem alguém.

Sua boca desceu pelo meu pescoço, suas mãos quentes seguraram minha cintura.

Meus lábios se abriram.

– Ah. Ok... – murmurei.

Ele mordiscava minha pele sensível e senti meu sangue começar a fervilhar, certas partes do meu corpo exigindo atenção.

– Gostei dessa ideia...

– Eu me certifiquei de que seu pai pegasse os remédios quando falei com ele ao telefone antes de saírem de casa.

As mãos dele foram subindo até chegar aos meus seios.

– Cristina só trouxe alguns cortes de carne curada – continuou ele, encostando as pernas nas minhas. – Não foi fácil, e talvez eu tenha feito algumas promessas que não devia ter feito, mas ela cedeu.

Dei uma risadinha, mas o humor logo morreu quando ele pressionou o quadril contra o meu.

– Sua *abuela* vai ficar bem; ela é durona. Ou você esqueceu que eu tive que literalmente arrancá-la da pista de dança no Natal? – perguntou ele, puxando minha orelha com os dentes. – E não há nenhum perigo para Isabel por causa da gravidez; Gonzalo ligou para a companhia aérea. Duas vezes.

Soltei um gemido, desfrutando da sensação de ter Aaron em cima de mim – seu calor, a força de seu corpo, sua respiração e sua voz em minha pele –, mas também do quanto suas palavras e ações eram profundas. Havia tanto amor e atenção nelas, nele.

– É uma loucura o quanto a minha família adora você – falei, agarrando os dois braços de Aaron, o desejo percorrendo meu corpo. – Você é um encantador de Martíns. Como conseguiu isso?

– Sempre achei que tinha sido sorte conseguir convencê-los de que minhas intenções com você eram sérias depois que confessamos tudo sobre o acordo. Mas talvez eu tenha mesmo um jeito com as palavras no que diz respeito aos Martíns – sussurrou ele, como se fosse um grande segredo. – Mas com uma Martín em especial, quero crer que meu jeito não seja só com as palavras.

Minhas mãos percorreram seus braços fortes, passando por seus ombros e finalmente se fechando em sua nuca.

– Tem, sim – sussurrei. – Também adoro você. Valorizo você. Amo você. Quero você. Preciso de você.

– Quem é que está distraindo quem agora? – murmurou ele.

Respondi esfregando meu corpo no dele, brevemente, mas com propósito. Um grunhido deixou seus lábios.

– Olha só você me provocando desse jeito. Que mulher carinhosa e perturbadora eu tenho nas mãos, hein?

– Quanto tempo ainda temos?

Arqueei as costas, encostando o peito no dele, e ele soltou o ar de uma vez.

– Pouco para o que eu tenho em mente.

Ele colocou a mão na minha bunda, como se não fosse capaz de se conter. Me apertou com vontade, comprovando suas palavras. Sua voz ficou mais baixa.

– Depois. Juro. Assim que eu ficar sozinho com você em casa.

Então Aaron me beijou profundamente, prometendo em silêncio todas as coisas que faria comigo depois. Horas depois, quando finalmente chegássemos à casa que alugamos para passar o fim de semana em Montauk e nossa família estivesse acomodada.

Colocando as mãos em seu rosto, dei um último beijo em seus lábios.

– Você falou com seu pai?

Relutante, Aaron se afastou e apertou o botão amarelo no painel. O elevador voltou a descer.

– Falei mais cedo – admitiu ele, quase cauteloso, como sempre acontecia quando falávamos sobre Richard.

Eu sabia que Aaron não tinha se livrado de parte da culpa que carregava, mas eles tinham avançado bastante. E os dois sabiam que Richard não tinha muito tempo. O último ano já tinha sido um presente.

– Ele e a Martha devem chegar lá em algumas horas.

Martha, a cuidadora, era outro presente vindo direto do céu. Ela era incrível com Richard e sempre nos mantinha atualizados. Tínhamos plena confiança nela e ter seu apoio constante e sua companhia não só nos deixava tranquilos como também acalmava o próprio Richard.

– Vou ligar de novo enquanto estivermos esperando sua família no aeroporto.

As portas do elevador se abriram, e saímos ao mesmo tempo.

– Vai ficar tudo bem, *cariño* – falei, ignorando minhas próprias regras e dando a mão para ele bem no meio da recepção. – Seu pai vai chegar a Montauk direitinho e vai amar todo mundo. E todos vão amá-lo também.

Também ignorando as próprias regras, ele levou minha mão até a boca e seus lábios roçaram meus dedos.

– Eu sei, amor – sussurrou ele, só para mim. – Eu sei que tudo vai ficar bem, não importa o que aconteça. Sabe por quê?

Saímos do prédio para um daqueles dias incríveis de verão em Nova York.

– Por quê?

– Porque somos eu e você.

Aaron sorriu para mim, encontrando meu olhar com a convicção que suas palavras transmitiam. Ele tinha meu coração nas mãos. Meu amor. Meu mundo inteiro. E toda a minha confiança.

– Não importa o que aconteça, sempre teremos um ao outro.

E então aquele sorriso, aquele que ele dava só para mim e que sempre fazia meu coração parar, ficou enorme.

– E estaremos nisso juntos para sempre.

AGRADECIMENTOS

O único motivo pelo qual você tem este livro nas mãos agora é porque alguém muito especial me fez a seguinte pergunta: "Mas, Elena, por que você não publica isso? Você precisa publicar!" Para ser sincera, desconfiei que ela estivesse completamente louca (ainda acho isso às vezes), mas acho que ter a confiança e o incentivo de alguém pode ser o suficiente para que a gente arrisque e vá atrás dos nossos sonhos. Ella, este livro não teria sido possível sem você. Se eu pudesse, escreveria páginas e mais páginas sobre os motivos pelos quais você se tornou uma peça crucial e enorme do quebra-cabeça que é minha vida. Mas você reviraria os olhos com tanta força que eu teria que pegar um avião para visitá-la no pronto-socorro. Então, vou apenas agradecer. Do fundo do meu coração, obrigada. Agradeço cada palavra de incentivo, cada conselho, cada orientação, cada minuto daquelas mensagens de voz imensas, cada troca de segredos, cada "cala a boca" e, acima de tudo, agradeço por sua amizade preciosa.

Cris y Ana... tías, lo he hecho. Gracias por estar ahí para mí desde que éramos unas mocosas insoportables que se creían súper alternativas. Me habéis animado (y psicoanalizado, seamos claras) hasta que me he lanzado a seguir mis sueños. Por ello, siempre seréis parte de ellos. Vuestra amistad lo significa todo, ya lo sabéis.

Erin, tenho uma confissão a fazer. No dia em que perguntei se você gostaria de ser minha cobaia ao ler este livro, eu me fiz de despreocupada, mas estava a um fio de cabelo de perder completamente a cabeça. Mas, meu Deus, você aceitou e, como você disse esses dias, a gente é uma ótima equipe. Este livro não seria o mesmo se você não tivesse lido antes da publicação (imagine o quanto todo mundo ia odiar o Gonzalo). Obrigada, Erin. Espero que tenha sido apenas o primeiro.

Cristina, você tem sido muito boa para mim. Sua gentileza e seu apoio incondicionais são muito importantes. Não acredito que eu pedia recomendações de romance e agora estou emocionada com sua resenha maravilhosa deste livro. Obrigada, *hermosa*. Você tem sido um porto seguro e uma estrela, e sua ajuda fez toda a diferença. Juro que vou escrever um livro quentíssimo com seu herói estilo Cavill. É uma promessa.

Sr. B., espero que leve flores no dia do lançamento. Moramos em frente a uma floricultura, então não vai ser tão difícil. Eu sei que não sou fácil quando estou estressada e passei as últimas semanas no limite. Então é o mínimo que você pode fazer, não acha? Eu faço um bolo para você. Por favor?

Jovana, meu Deus, não consigo nem imaginar o trabalho que eu dei. Este livro não seria o mesmo sem sua magia. Obrigada.

A cada booktoker, bookstagrammer, booktuber e membro da família do Twitter que torceu por mim, mandou mensagem e me deu todo apoio e confiança. Vocês arrasam e merecem todas as flores e todos os bolos. Seus fofos. Isso não teria sido possível sem vocês. Obrigada.

Vocês, leitores. Obrigada por me darem uma chance. Sei que sou novata, e esta é minha primeira (e imperfeita) tentativa, mas espero de todo o meu coração que vocês tenham amado. Espero também que continuem comigo. Porque, sem vocês, nada disso faz sentido.

CONHEÇA OS LIVROS DE ELENA ARMAS

Uma farsa de amor na Espanha
Um experimento de amor em Nova York
Amor em jogo
O dilema da noiva

Para saber mais sobre os títulos e autores da Editora Arqueiro,
visite o nosso site e siga as nossas redes sociais.
Além de informações sobre os próximos lançamentos,
você terá acesso a conteúdos exclusivos
e poderá participar de promoções e sorteios.

editoraarqueiro.com.br